聊山東

孙德汉 主编

中国文史出版社

图书在版编目（CIP）数据

聊山东 / 孙德汉主编 . -- 北京 : 中国文史出版社 ,
2024. 8. -- ISBN 978-7-5205-4785-7

Ⅰ . I277.3

中国国家版本馆 CIP 数据核字第 2024MU0513 号

责任编辑：王文运　赵姣娇　　**装帧设计：**欧阳春晓

出版发行：中国文史出版社

社　　址：北京市海淀区西八里庄路 69 号　　**邮编：**100036

电　　话：010-81136606　81136602　81136603（发行部）

传　　真：010-81136655

印　　装：固安县铭成印刷有限公司

经　　销：全国新华书店

开　　本：1/16

印　　张：28.25　　**字　数：**447 千字

版　　次：2025 年 3 月北京第 1 版

印　　次：2025 年 3 月第 1 次印刷

定　　价：78.00 元

《聊山东》编撰成员

主　编：孙德汉

副主编：胡其林　权锡铭　胡其华　孙茂乐

《聊山东》顾问

主　任：曲植凡

副主任：李延国　刘国栋　许　晨　宋向阳

王建伦　王显忠　王尤起　隋克强

前 言

山东，位于太行山以东，西连中原，北接华北，南邻江淮，三面环海，自然禀赋优越，素有“孔孟之乡”“礼仪之邦”的美誉。

先秦时期，山东这一概念，是指“崤山”以东（今河南三门峡市南）。当时在今山东境内有两国。一曰齐（前 1044—前 221）；二曰鲁（前 1043—前 249），后鲁被楚破，齐最后又被秦所灭。公元前 221 年，秦始皇统一了中国。据史料记载，大约从东汉时期开始，“山东”不再指“崤山”以东，而是指太行山以东。山东作为政区名称，始于金代（1115—1234）。元朝（1206—1368）置山东道，明朝（1368—1644）设山东布政使司，清朝（1616—1911）正式设山东省。

齐鲁风采盈，山东故事多。古往今来，历朝历代，山东人杰地灵，物华天宝，文化灿烂，我们用文字怎么描写也不牵强，用成语怎么形容也不附会，用语言怎么表达也不过分，要是真聊起来，是说不尽、道不完的。

从国事到家事，从平时到战时，从庶民到圣人，从风土到人情，从现实到神话，不论是儿女情长还是婚丧嫁娶，都活灵活现，栩栩如生，耐人寻味，引人入胜，且聊不胜聊，让人难以忘怀！

自《聊关东》问世开始，后继《聊胶东》出版，现又《聊山东》（简称“聊三东”），这个创作团队都是些七老八十的老伙计们，但工作起来却像一团火，那生龙活虎的劲儿从不含糊，处于一个忘我的境界。他们克服了年老体弱、耳聋眼花等诸多不便，甚至强忍着病痛，发挥着老有所乐的兴趣，遍访村户民间，翻越“文山”，畅游“网海”，多方搜集整理深藏民间的瑰宝。他们深知，人民创造历史，劳动创造世界，生产、生活、生态的底气在民间，创作的活力在民间，通过日日夜夜的广揽“聊材”，疾笔“聊书”，几易其稿，终于使“聊三东”完美收官付梓。我们怎么能不为他们孜孜以求的精神所感动？他们的动力来自哪里？简言之，宗旨只有一个，为弘扬和传承中华优秀传统文化，不遗余力，奔之、鼓之、呼之和书之，贡献绵薄之力。

坚持从群众中来，再到群众中去，反映和提升人民群众的文化生活，这是多么正能量的追求与践行！坚持主旋律，繁荣社会主义文化，这又是多么崇高的境界与情操！

孙德汉

2019 年 8 月于青岛崂山初稿

2020 年 3 月于北京西郊改定

聊山東 | 目录

第一辑 鲁东篇 1

第二辑 鲁西篇 75

聊山東 contents

LU DONG PIAN

第一辑 鲁东篇

鲁东，特指山东省东部。

鲁东地区不是一个行政区划称谓，而是一个约定俗成的自然地理称谓。鲁东即胶东，实际就是指的胶东半岛，其三面环海，一面连陆。北部、东部、南部濒临渤、黄海，西部与鲁中地区相接。渤海南岸是莱州湾，黄海北岸是胶州湾，两大海湾之间，有一条开凿于元朝时期的大运河——胶莱河相连接。人们通常所说的鲁东地区，在自然地理上，大体上指胶莱河流域及其以东地域。包含现在的青岛市、烟台市、威海市和潍坊市东部的诸城、高密、昌邑。

鲁东地区历史悠久，古时为东夷族中莱夷之地；春秋战国时期属齐地，齐主曾经在这里建有八主神祠；秦时设置胶东郡，西汉设置胶东国，东汉及三国时期设置胶东城。这一地区西部为平原，东部多是起伏和缓的波状丘陵区。这里有中国海岸线上的第一高峰——崂山（海拔一千一百三十二点七米），是道教名山；第二高峰——昆嵛山（海拔九百二十三米），充满了神话传说。这里有绵长的海岸线和众多岛屿，有中国最东端的荣成好运角（曾称“天尽头”），有中国最大的陆连岛——芝罘岛，秦始皇曾三次东巡登岛，立碑刻石颂功；这里有天然海域良港，唐太宗曾从这里登船扬帆，御驾亲征高丽，留下诸多传说。这里是甲骨文之父王懿荣和战斗英雄杨子荣的故乡……这是一片神奇的土地，物华天宝，人杰地灵，千百年来，在民间流传着诸多神话传说、人物传奇、逸闻轶事。我们曾经在《聊胶东》一书中，分别以“溯河寻源”“登山探幽”“越野追踪”“道听途说”“双海听涛”“齐东野语”“暮鼓晨钟”“东巡逸事”“征东趣闻”“名人佳话”十辑，搜集整理了一些民间传说故事。

目前，我们又在编撰《聊山东》民间故事集，为了使这部集子具有系统性，同时为避免与《聊胶东》中的故事重复，我们又搜集整理了一些传说故事，作为《聊山东》的第一辑——鲁东篇，奉献给广大读者。

——题记

琅琊台

琅琊台位于青岛市黄岛区，三面濒海，一面接陆，海拔一百八十三点四米，东临龙湾，西靠琅琊镇，北依车轮山，远看是一座山，近看却是两座山，两山紧紧依偎在一起，就像相依为命的夫妻俩，不论沧桑如何变化，永不分离。因此，也留下了一个凄惨的传说。

很早以前，琅琊台平平坦坦。那个地方毗邻东海，土地肥得流油，傍黑插上根从柳树上折断的枝条，到天亮就能窜出尺长的嫩芽；海里的鱼虾、蟹子、贝类在潮涨潮落时，多得可以挎篮子在滩涂上捡拾。这里住着十几户人家，有的打鱼，有的种田。其中，有两家人家引人注目，有一天，两家一前一后添了喜。种田的张家先生了个儿子，起名叫张琅；打鱼的苏家后生了个女儿，起名叫苏琊。

两个孩子自会走路和牙牙学语的时候起，就在一起玩耍。张琅时常领着苏琊上山拾柴草、挖野菜、捡蘑菇、采野果、捉知了，到海滩拾蛤、捡贝、捉蟹、抓鱼、捞海菜，在一起过家家、捉迷藏，在年复一年的寒来暑往中，渐渐长大。张琅长成个虎背熊腰的壮实小伙子，种田、捕鱼、打柴、放牛牧羊，样样在行；苏琊长成个模样俊俏的大闺女，描花绣凤、养蚕织布、饲鸡养鸭、做饭炒菜，里里外外都是能手。二人经常暗自约会，倾诉爱意。两家父母看在眼里，记在心上，在张琅、苏琊十八岁时，聚在一起商量，给他俩定了亲事。第二年，又商定在中秋节办喜事。

天有不测风云，人有旦夕祸福。那年，秦始皇东巡回朝时，中途染病身亡，胡亥的老师、大宦官赵高趁机逼迫丞相李斯篡改遗诏，让胡亥替代兄长扶苏，登上皇帝宝座。赵高虽然善写诗文，精通律法，足智多谋，是个人才，但他心术不正，诡计多端，是个坏透了的无耻小人。他没有教会胡亥持家理财、判案断狱和治国理政的本领，反而巧言令色，投其所好，整日陪同胡亥寻欢作乐、欺压百姓。为了赢得胡亥的赏识和信任，他利用胡亥年轻气盛、喜好美色的特点，教唆胡亥学着父皇东巡，耀武扬威，张扬皇权。他与胡亥二次路过黄岛时，暗地里让心腹秦将领兵到盛产美女的琅琊山下抓俊俏美貌的少女，献给胡亥享乐。秦将接令后，立刻领兵挨门逐户寻找抓捕妙龄美女。

八月十五这天，张琅家里大红灯笼高高挂，亲朋好友也都应邀前来贺喜。傍晌，全家人更是忙得不亦乐乎。婚礼进入高潮时，张琅与苏琊刚拜毕天地、拜完父母、准备双双进入洞房的当口，忽然，稀里哗啦闯进来一群秦兵，为首的秦将不由分说，上前一把扯下苏琊的红盖头，发现新娘身材苗条，俊俏秀丽，美若天仙，不禁大喜，即令兵卒捆绑苏琊，拉拽着就走。张琅哪里肯让？一头朝秦将撞去，把秦将撞倒在地。恼羞成怒的秦将即令几个秦兵把他按住，用绳子捆绑起来。张琅的父母上前哀告求情，被秦将几脚踹死。围观的亲友也都敢怒不敢言。张琅看到父母惨遭毒手，气得眼珠要鼓出来了，他暴喊一声，把捆他的绳索挣得粉碎，而后顺手抄起门旁铲地的铲子来，几铲把秦将秦兵砍得哭爹喊娘。张琅迅速解开捆绑苏琊的绳子，背起来抡铲就往外闯。有道是“猛虎难敌一群狼”，秦兵越聚越多。张琅用尽吃奶的力气，也没能冲杀出去，反而被逼到了大海边。

“琅哥呀，你快扔下俺，逃命去吧！”苏琊说。“不！俺怎能撇下你私自逃生？要死要活咱在一起，任妖魔鬼怪也不能将咱俩分开！”张琅喘着粗气斩钉截铁地说。苏琊望着潮汛一样涌上来的秦兵，动情地哭喊着说：“琅哥呀，咱俩闯不出去啦！与其叫他们抓住受辱而死，不如跳海死吧。”“好！”张琅背着苏琊跳进了波涛汹涌的大海……

追到海边的秦将秦兵望着滔天白浪，傻眼了。突然，海水陡地立起，像海啸一般铺天盖地地压向秦兵，把他们全卷进大海，喂了鱼虾。浪退了，张琅和苏琊跳海的地方兀地冒出紧紧连在一起的两座山峰。当地的民众纷纷说这山是张琅和苏琊变的，后来人们摘取俩人姓名中的一个字，就称这山为“琅琊山”。因山形如台，故名“琅琊台”。

（显忠、朴拙搜集整理）

烟台山

一般都说，烟台因烟台山而得名，而烟台山又是为防倭寇而设立的烟墩，每当海患出现的时候，就在那里放起狼烟来，借以报警。其实，戚继光抗倭是明朝的事，而当时的烟台只不过是一个不大的渔村，是否需要在这里设置军事哨卡，还得画个问号。而且，这里地势既不险要，又不高峻，设了军事哨卡，也不一定能发挥作用。倒是那里的一块石头，上面刻着古老的文字，在昭示人们：这里原来不叫“烟台”，而叫“燕儿台”。

关于“燕儿台”，有各式各样的传说，都跟燕子有些关系。站在烟台的制高点——毓璜顶上，俯瞰烟台，便发现她很像一只展翅飞翔的燕子，一头拱进了北海碧波之中。那燕子头，便是烟台山。

传说很早很早以前，烟台山下住着一户渔民。一家三口，恩爱夫妻外加个胖小子，生活虽说艰难，可也温饱无虑，温馨自在。谁知天有不测风云，渔民出海打鱼，被漫天的巨浪吞噬了性命。女人痛不欲生，哭瞎了眼睛。

大海铸造了海边女人刚强的性格，瞎妈妈硬是吃糠咽菜把儿子拉扯大了。儿子不仅出息得模样英俊，而且练就了过硬的本领。海上能使八面风，陆上能开八石弓。更可贵的是一双火眼金睛，不管是风平浪静，还是浊浪排空，他都能一眼看出来水底下有没有鱼，有多少鱼，是哪一种鱼。只要他把网投下去，保准网网不会落空。谁都愿意跟着他出海打鱼，因为船上有他这样一双“神眼”。小伙子从此没了名字，人们只叫他“神眼”。

老人们都说，神眼其实有两双眼睛，一双是他自己的，是在海水中泡大的；还有一双是妈妈的，是在苦水中泡大的。有了这样一双眼睛，不光鱼鳖虾蟹逃脱不了，就是披上蟒袍玉带的乌龟王八蛋，也会让他一眼撕下画皮来。“神眼”因此得罪了东海龙王。

在诸海龙王之中，东海龙王位置最尊，权势最大。玉帝封他为“群龙之首”，特赐给他一颗火种。有了这颗火种，不管是北海龙王，还是西海龙王，都得向东海龙王俯首听命。这理由很简单，水火不相容。龙王虽能翻江倒海，戏水作浪，可在烈火面前则一筹莫展。既然把那火种吹得神乎其神，诸龙王也就只能闻火而战栗，称东海龙王为大哥了。

“神眼”却不买账。每天驾着小船，遨游在东海之上。对龙王那些虾兵蟹将、鱼族子民是照捕不误。这且不说，还对东海龙王好大不敬。龙宫里的那些宝贝，哪个不是珠光宝气？可让“神眼”一看，便鄙夷不屑：“什么宝贝呀？不全是些蛤皮蛸须吗？”海边的人对龙王崇拜之至，“神眼”不以为然：“他哪里是什么神？哄骗众人的饽饽吃就是了。哪年春天他不去找山神婆鬼混？他兴妖作怪是老没正经，你们还要给他磕头。”一双雪亮的眼睛看穿了东海龙王的伪善，东海龙王决心来惩罚这个“神眼”。他兴风作浪了，搅得周天寒彻。那一阵紧似一阵的狂风，呼啸着向岸上袭来，掀起了一排高似一排的浊浪，排山倒海般地往岸上压过来。“神眼”的小船哪里抵得住这如此神力？便在风雨中飘摇。凭着“神眼”的本事，巨浪汹涌倒可以应付，就是那料峭的寒意受不了，“神眼”不由得瑟瑟发抖了。这情景让一只玉燕大动恻隐之心。这玉燕大有点来头。它原来在玉皇大帝廊庑之下，不知经过几千几万年，修炼成一个美丽端庄而又妩媚多姿的姑娘。东海龙王上天述职，一眼瞥见了，就厚着脸皮向玉帝讨要，玉帝自然就赏赐了他。岂料这玉燕冰清玉洁，居然不识抬举，不肯跟东海龙王做那苟且之事。东海龙王一怒之下，便将玉燕贬作侍女。玉燕心灵手巧，居然很快在东宫成了女红巧匠。这且不说，她还因为善解人意，博得了东海龙王的老相好——山神婆的欢心。山神婆喜欢燕子轻手轻脚的，落地都悄没声的，决不会惊动她与东海龙王的好事，就硬从龙王那里讨走了燕子姑娘，充当了婢女。然而，东海龙王还是冷酷地弄瞎了她的眼睛。这不仅因为东海龙王要维护自己“尊长”的脸面，他的风流韵事落入婢女的眼睛总会有人戳脊梁骨的。还因为他实在让燕子姑娘那双眼睛弄得焦躁不安，以致他搂着山神婆时，眼前都闪着燕子姑娘的俊眼。

东海龙王正搅动腥风血雨要置“神眼”于死地的时候，山神婆带着燕子来了。失明的燕子凭感觉，知道跟龙王正在恶斗的人，实在太了不起了，不仅武艺超群，而且胆量过人。一会儿浊浪把“神眼”推到了浪巅，“神眼”像个威风凛凛的大将军傲然屹立；一会儿巨浪又把“神眼”压进浪谷，四周的浪山马上就要倾倒，立即就会埋葬“神眼”，可“神眼”却稳操木舵，借着浪坡再次跃上浪尖，燕子姑娘心醉了，她跟“神眼”灵犀相通，越发使“神眼”如同浪中的海燕。但可惜，东海龙王的凛冽寒气逼住了“神眼”，“神眼”发起抖来——幸亏，这时山神婆的妖冶令东海龙王春心大作，他迫不及待地要与山神婆幽会了。机会难得，燕子姑娘急急去看望“神眼”。两个命运相似的人，用不了好多话语就心心相印了。

“神眼”说：“东海龙王真坏，他把许多大石头埋在浪底下，专门对付打鱼的人。船碎了，人落了海，好喂他的虾兵蟹将。”燕子说：“他坏我早就知道，只可惜，我的眼睛瞎了，不然，我一定站在这里，告诉过往渔船，一定别触礁石！”“神眼”感激地握住了燕子姑娘的手：“你的心太好了，我把我的眼睛给你，你会成为来往船只的保护神的。”燕子姑娘十分作难：“你把眼睛给了我，那你怎么办？不就跟你妈妈一样了吗？”“神眼”说：“我不要紧，反正我快……龙王是不会让我活下去的，他是口里眼里一齐往外冒寒气的。”“不要紧！”燕子姑娘斩钉截铁地说：“我去偷！偷他的火种。火种一点，哼！他再兴风作浪也没用了！”“那怎么行？龙宫的东西能随便偷？何况还是玉皇大帝赏赐的神物！”“我不管。为了你，我甘心粉身碎骨。”

后来，燕子姑娘果然把火种偷了出来。东海龙王厌倦了山神婆之后，再次兴妖作怪，正在大逞淫威时，忽见后方升起了狼烟，烟尘滚滚，遮天蔽日。他的寒意一扫而光。

直到现在，烟台仍旧是中国北方极难得的不冻港，无论寒流如何袭击，仍不见坚冰封海，就因为当初燕子姑娘偷来的这一把火。这一把火现在仍在烟台山上烧，只是凡人俗眼看不见罢了。火种被偷，龙王告了御状。燕子被拿住，要解往天庭问罪。她对着海边遥喊：“神眼哥哥！永别了！”声音十分凄厉，连塔山都随着一起落泪。

“神眼”出现了。一见燕子姑娘被铁镣缠身，痛不欲生，忙喊：“等一等！我给你眼睛……”天兵天将哪里肯等？他们如狼似虎地推搡着燕子姑娘上路。燕子一下挣开那些天兵天将，张开双臂扑向了自己的心上人。天兵天将的头头托塔李天王慌忙抛下了宝塔镇压。这下子可好，“神眼”和燕子都立即变成了石头。“神眼”就是今天的芝罘岛，燕子就成了今天的烟台山。所以烟台山的真名是燕儿台。

燕儿台今天有高大的现代化灯塔，其实，在老辈子，那里就有一明一灭的灯火。那是燕子姑娘在眨眼睛。

（燕台石搜集整理）

九龙池

烟台市牟平区有个著名旅游景点——昆嵛山九龙池，从昆嵛山脉第二高峰苍山脚下到半山腰，分布有九个几乎面积相同的水池，水质清澈。若赶上雨天，水池连在一起，如同九龙戏珠，十分壮观。最令人惊奇的是，无论多么干旱，池水从来没有枯竭过。游人若站在西面山坡的小亭子里向东细瞧，就会发现一只飞来的凤凰紧贴在九龙池旁半山腰的巨石上，好似久别重逢，含情脉脉，惟妙惟肖，堪称大自然的鬼斧神工。说起九龙池的成因，这里还流传着一个鲜为人知的爱情故事。

话说早年的昆嵛山周围是一片汪洋，只露出泰礴顶与苍山顶两个山尖。山下面的大海深处，藏着龙宫，宫中住着东海龙王。老龙王生有九子，号称“九龙”。龙兄龙弟们在海里玩腻了，就思慕着到大海以外的地方，看看奇妙光景，玩玩新鲜花样，尝尝淡水鱼虾。于是，就跑到附近的大沽夹河里玩耍，抓蟹摸蛤，戏水打闹，好不自在。尤其是最小的九龙，最为贪玩，每次都要最后一个离开。

再说大沽夹河西岸、葛庄村北的凤凰山上有座山神庙，庙里住着老凤凰和小凤凰母女俩。老凤凰的丈夫就是西侧、近在咫尺的太平顶龙王庙里供奉的北海龙王。年轻貌美的小凤凰经常到外夹河畔玩耍。渴了，就到河里喝水。这天傍晚，小凤凰又来到河边喝水，喝着喝着，冷不防被河中的老鳖精一口咬住翅膀，怎么也挣脱不开。眼看就要被拖下水吃掉，在不远处贪玩的小九龙急游上前，前爪狠狠地掐住鳖脖子，方使老鳖精松了口。小凤凰得救了，扑打着两个翅膀，嘴里不断地鸣叫着，感谢小九龙的救命之恩。然后，恋恋不舍地飞回凤凰山上，向老凤凰禀报被救过程。惹得母亲直夸小九龙侠肝义胆、菩萨心肠，值得托付终身。小九龙自从与美丽的小凤凰相识，日思夜想，总是寻找机会单独游到外夹河岸边，昂头长啸，找小凤凰诉说相思之情。

不久，两人的私情被当初追求老凤凰不成的东海龙王得知，便心生怨恨，不准他们来往。为了阻止两个年轻人的婚事，便安排小九龙到昆嵛山脉的苍山上，与龙哥们一起修筑九道坎天梯，以便踏着石梯上青天，找王母娘娘给儿子们做媒，让七仙女当自己的儿媳妇。

龙哥们为了早日到天宫与仙女相会，纷纷拿起镐、锤、钢钎凿石。小九龙年轻力薄，拿起镐头，一镐下去，差点震掉膀子；再抡一锤，“咚”的一声，迸出火星子，顽石纹丝不动。气得他把镐、锤一撂，唉声长叹：“天哪，等凿成天梯，俺的小命准完了，根本没法与心上人约会啦。”于是，找了个借口偷偷地跑进外夹河西岸，去寻日夜思念的小凤凰。两个多日不见，互诉衷肠，不忍分离，便商定到邻近的太平顶龙王庙里，请求北海龙王说服东海龙王，成就秦晋之好……

直到深夜，小九龙才回到东海龙宫，惹得老龙王大发雷霆，命令八位龙子严加监管，若再发生小九龙私会小凤凰，追责到底，定斩不饶！为加紧修筑天梯，分工每位龙子凿出一道坎，完不成，家法伺候。不久，北海龙王来到东海龙宫，言明利害得失。东海龙王经不住劝说，开始松口，但却说：“小九龙若凿不出山顶最难啃的一道坎，就别想成婚。”此后，小九龙为了见到小凤凰，早早成亲，攒足了劲，披星戴月，挥铁镐，抡大锤，舞钢钎，跟大石硼展开了决斗……

再说小凤凰蹲在山神庙里等音讯，一等，不见心上人影；二等，听不到小九龙声音，心急如焚，不知发生了啥事儿，只得到太平顶龙王庙里向父王打听音讯。北海龙王现身道：“小九龙被龙哥们监管，又要在大石硼上凿出最难的一道坎，无法脱身。不过，东海龙王已经答应，凿成那道坎，自当前来凤凰山和太平顶，跟你母亲和我提亲。”

小凤凰听后，思恋心切，就跟老凤凰和父王打了招呼，向东南方向的昆嵛山区飞来，落在苍山的半山腰，匍匐在巨石上，扭头看见小九龙正在专心致志地凿石，越看越喜欢，越看越心痛。每天，都要坚持到内外夹河和近海里捞些鱼虾，到山上采集野菜、野果和野味，做好饭菜，给小九龙及龙哥们送来。小九龙望着心上人，吃着美味佳肴，干劲倍增，抡坏了九九八十一把铁锤，磨秃了八八六十四张镐头，用短了七七四十九根钢钎，苦苦干了六六三十六个月，终于抢在龙哥们之前，凿出了最难弄的一道坎。接着，又在小凤凰的协助下，帮助龙哥们凿成石坎，完成了整个天梯的开凿任务，使他们实现了与天上仙女相会的梦想。

东海龙王被小九龙和小凤凰的真情实意所打动，遵守诺言，不计前嫌，主动来到外夹河岸畔的凤凰山和太平顶两座庙里，找老凤凰和北海龙王提亲。几天后，小凤凰便和小九龙拜堂成亲，有情人终成眷属。

不知过了多少年，海水呼啦啦退去了，露出了整个昆嵛山脉。就在东海龙宫搬家的前一天，老龙王念及小凤凰与小九龙的功劳，举起孙悟空留下的定海神针——如意金箍棒，在苍山的第九道坎上咚咚咚，使劲戳了三下。就见被戳的地方，咕嘟嘟地喷出一股甘泉，沿着九道坎，奔腾咆哮，撒珠喷雪，飞流直下，活像一条扶摇直上云霄的巨龙，后人称作“九龙池”。而在其旁边，由于小凤凰曾年复一年地匍匐在山腰的巨石上，痴情不改，留下的身影清晰可辨，至今仍活灵活现、栩栩如生，仿佛在告诉人们九龙池不平凡的来历。

（宋向阳搜集整理）

大乳山

大乳山又称“母亲山”，主峰呈圆锥形，海拔二百一十六点六米，坐落在乳山口海湾南岸。横看秀曼，纵观玲珑，宛若母亲在开怀哺育着心爱的孩子，着实令人感动。此山绿林环绕，芳草如茵，繁花似锦，山泉叮咚；山下港湾，湛蓝明净，怀珠扬鲜，使人心旷神怡。乳山市因此而得名。

传说很久以前，这一带居民日子过得安宁幸福。后来，一群海妖时常在此兴风作浪，给百姓带来深重灾难。那时，打鱼是沿海人民主要的谋生途径，且男女都出海。由于海妖频繁出没，刮起狂风，掀翻船只，渔村因而撇下了大量孤儿寡母。村中的老人根本抚养不过来。思夫哭，念儿哭，想娘哭，盼妻哭，饥饿哭，孩子哀切的哭声，令人悲悯不已。

话说沉香劈山救母之后，全家人团聚，安居天庭很多年。然而，沉香的妈妈三圣母从未忘记人间疾苦，听到孤儿的啼哭，就坐卧不宁。回想当年被压在华山下，日夜思念儿子那种痛楚，真是肝肠寸断；那种痛苦，可谓锥心刺骨。三圣母天性善良，岂能忍心这么多孩子遭受苦难！她决心冲破天规神矩的约束，再次下凡，消灭海妖，解救孩子。三圣母的义妹因不放心她只身临敌，也同行而至。

一天，海边来了两位天仙般的美女，俩人像一个模子倒出来的一样，肤若凝脂，冰清玉洁，弯眉明眸，秀发拂香，玉臂绕腰，真乃闭月羞花之容、沉鱼落雁之貌。从气质上看，姐姐沉稳内向，像是一位漂亮妈妈；妹妹热情奔放，恰似一名活泼的少女。

不一会儿，海妖又开始兴风作浪，爬上岸来，袭击人畜。三圣母立即施展造物术，只见天上飞下无数礁石，像长着眼睛一样，不偏不倚地向海妖们砸去。顷刻之间，小妖被灭。只是海妖的首领有些能耐，它用长戟挑开大石头，持戟向三圣母刺来。只见义妹用手在空中一画，随之吹了口仙气，一只天犬和一只雄鹰从天而降，直扑妖首而去。义妹又顺势扬起手中的宝剑，奋力向前扔去，只听“咔嚓”一声，直中妖首咽喉。

姐妹俩没想到的是，妖首临终挣扎时，掀起滔天巨浪，反而给自己造成内伤。危急之中，她俩容不得多想，当机立断，决定用身体挡住海浪。三圣母在东，义妹在西，二人侧卧于海边。她们的身体，对应着浪峰的长度迅速伸展开来，挡住了海水，保护了岸上的百姓。三圣母卧身挡水时，正好身边有一群饥饿待哺的孩子。有个孩子饿急了，两只小手乱抓岸边的淤泥往嘴里填。看到孩子们饿成这个样子，三圣母心如刀绞，急忙催乳哺育。因待哺的孩子太多，她衣不合襟，广布母恩，自己却误了内伤的恢复期，双乳便化作了大乳山、小乳山地貌，永留此地。

小乳山在大乳山东面。三圣母一侧身子靠近陆地，当时在这侧吃奶的孩子多，导致这只乳房哺育过度，体积缩小。化作母亲山以后，这只乳房没有继续泌乳。就这样，郁久化火，小乳山成了一座内有郁火的山。当地人说，大乳山是“水山”，小乳山是“火山”，两山共存，能调节当地的墒情。所以，这一带的年景，多是风调雨顺、五谷丰登。

大乳山西面是“睡美人”，那是义妹衍生的。在姐妹俩用身体挡海浪的时候，义妹看到三圣母在哺育孩子们，怕姐姐内伤之下再伤元气，就发功帮助。义妹自己也误了内伤恢复期，化作了睡美人山脉，永远陪伴在姐姐身边。从远处眺望睡美人，其山脉由群山参差、珠联璧合而成。那起伏的山梁恰似少女仰卧于碧海之岸，长发飘入大海，宽宽的额头、玲珑的鼻梁、秀美的嘴巴、纤细的脖颈、耸立的胸脯，惟妙惟肖。特别是“脖子”上的连山小路，像一条珍珠项链，为她增姿添色。目睹过睡美人的人，无不惊叹自然造化之美妙！

三圣母以伟大的母亲情怀，向人类诠释了母爱的圣洁无私、博大永恒。她的护子之爱，惊天地、泣鬼神，在人们心中永远树起了东方圣母的神圣形象；义妹匡扶正义、果敢无私，也被人们永远铭记。

（陶明渊、毕广可搜集整理）

九龙山

九龙山在乳山市境内白沙滩镇孔家村之北，西面是无极山，两山之间有群峰拱卫，形成三面环山的地势。群山围起的山坳里，藏风聚气，冬暖夏凉，四季如春。修竹翠翠，茂林青青，绿草油油，花香阵阵，蜂蝶飘飘，鸟语喃喃，人称万香谷。万香谷的腹地有一水潭，人称九龙潭，碧净幽深，青山倒映，白云飞渡。深潭其实是个洞口，洞身在地下与银滩潮汐湖相通。管理这仙境的，是龙王的九太子。

无极山原名雾旗山，高峻入云，因山顶常年云雾缭绕而得名。此山是南极仙翁和北极仙翁例行会面的地方。南极仙翁多是骑着白鹿引着仙鹤而来，北极仙翁多是乘坐金翅雕而来。他二老见面就是下棋，要说的话、要办的事，都在棋局里。南极仙翁总是把白鹿和仙鹤放在万香谷里，北极仙翁的金翅雕则站立在无极山和九龙山之间的老雕顶上。这二老下棋时，如果凡人有缘见到，那就可以长寿了。有个王质烂柯的典故，说的就是这事。晋朝王质上山砍柴，看见两位老人在下棋，一局棋刚下完，柯木做的斧柄已烂得不能用了，下山之后方知人间已是过了百年。

话说有个朝代，历任皇帝都喜欢举办千叟宴，把全国的老头拉到一块儿喝酒。喝酒其实只是个由头，皇帝想表现盛世伟业、国泰民安、人寿年丰、皇恩浩荡的大气象，办千叟宴是个最好的表现方式。宴请全国的老人，声势、阵容、意义、影响均很大。年过百岁的老人称百岁寿民、升平人瑞，赏六品顶戴，九十岁以上老人赐七品顶戴，以显皇家养老敬老美意。

说是千叟宴，实际参加的有三四千人，需要提前很长时间做准备。比如菜品，不仅质量要好，产地的名字也得好。有一届千叟宴，每桌上十道菜，来自广西桂林永福县的就有好几种，借的是永福的名字吉利。比如：金玉汤来自永福镇、寿桃产自桃城乡、麻姑献寿出自百寿镇、果汁鸡球是三皇乡的、佛果酿是龙江乡的、马蹄胶是苏桥镇的、常安宫丁是永安乡的、板峡竹鱼是堡里乡的、锦寿面是罗锦镇的、福敬亲人是广福乡的，菜名与地名相得益彰。

在当时，筹划生产千叟宴用品，是各级官员都想承办的事，如果土产或厨艺被选上了，对地方、对个人都是好事。特别是北方的官员，更是憋着一股劲，千叟宴所用食材如果出自北方，还可省去不菲的运输费用。

李应珏知府和树兆祥知县相伴考察，都相中了九龙山的万香谷，安排在万香谷里栽植寿桃、香梨、茶叶、长寿花等千叟宴用品。负责种植管理的是一位爱好园林的老秀才，姓董，名哲。他率雇工结庐筑室，移居山谷，日出而作，日落而息，辛勤劳作，从无懈怠。万香谷里的果蔬及五谷杂粮，色香味正宗，选择几样做贡品不成问题。特别是培育的寿桃，早熟、晚熟品种都有，桃形、口感均无比优良。

这年，朝廷要举办新一届千叟宴，万香谷的寿桃被指定为必供品。正当董秀才踌躇满志、一切顺利进行的时候，一场意外却突然发生。就在千叟宴日期将至的时候，一夜之间，树上的寿桃几乎被盗贼摘干净了。知府和知县急得像热锅上的蚂蚁，用于千叟宴的贡品是皇帝钦定的，到时候拿不出货来，被判个欺君之罪都是有可能的。一向爱好、要强、又容易钻牛角尖的董秀才，哪能经得起这样大的打击，觉得辜负了府县老爷的信任，给他们捅了天大的娄子。

董秀才急火攻心，竟一病不起。病中，他觉得自己的身子在向上飘，飘呀飘呀，飘到了雾旗山的山顶。他看到俩白胡子老头在下棋，棋局胶着，二老全神贯注。董秀才往山下一看，惊出了一身冷汗。金翅雕在追一只火狐，龙王九太子在制止金翅雕。趁九太子忙不过来时，白鹿和仙鹤在抢食桃子。秀才这才知道，原来桃子是这样丢失的。他大吼一声："留下我的桃子！"下棋的二老听到吼声，这才发现自己的坐骑闯祸了，马上喝令停止。董秀才把育桃的用途告诉了老人，俩老人起初面面相觑，后来答应想办法补救。南极仙翁就是民间所称的老寿星，对寿桃最有研究，他说："雾旗山顶棋盘下的山土，是凡界仙壤，用仙壤养桃，可不误用期。"北极仙翁附和说："也只能如此了。"说话间，南极仙翁拽起董秀才，他们脚踏祥云站在了半空中。只见雾旗山顶部的泥土和山石，全部变成了粉末，形成雾团，飞向万香谷，渗入地下。

董秀才醒了，医生、府县老爷、亲人邻居，不少人在。大家一看秀才的病见好了，悬着的心放下了。秀才觉得刚才似梦非梦，好生奇怪，就讲给大家听。大家纷纷说，那是你失桃伤心，景由心生，心景成梦。说话间，有位雇工回来报告，说他们正干活时，起了大雾，雾消之后发现树上的大桃子多了起来。这人话还没有说完，又进来一人，说是雾旗山的山头不见了。接二连三的怪事，人们闻所未闻、见所未见。不过，是真是假，一目了然，容易查验。大家一齐奔向屋外，桃果盈枝，雾旗无峰，一切确为现实。人们先是齐呼怪哉，后又齐跪于地，口称多谢神仙保佑。

雾旗山变为平顶山了，李知府建议改名为无极山，九龙山、老雕顶原名不变，树知县表示赞成，百姓们也同意。九龙谐久龙之音，无极含福寿无疆之意，都有吉祥寓意，符合千叟宴的采购讲究。李知府和树知县因进献千叟宴贡品有功，均官升一级；董秀才赐同进士出身、候补知县。为纪念这个奇迹，李知府和树知县动员富商大贾出资，在万香谷里建设无极寺。儒、释、道三教合一，无极寺三教人物都供奉。当然了，南极仙翁、北极仙翁、龙王九太子更是无极寺的必祀神仙。寺院落成后，李知府撰写楹联：天降仙壤百福无极，地生灵果万香九龙。

从此，九龙山美丽的传说，一直在民间流传着。

（陶明渊、毕广可搜集整理）

马蹄夼

当你站在烟台市福山区的门楼水库大坝向南眺望，便远远看到一处村庄坐落在山坡上，绿荫里的红瓦白墙倒映在碧波荡漾的库水中。这是一个库区移民村，1958 年修建门楼水库时，古老的村落被淹没在库底。全村迁往辽宁营口，因为适应不了东北寒冷的气候，又怀着对家乡故土的深深眷恋，1962 年全村又重返故里，在老村落的南山坡上建起了新村。这个村庄就是张格庄镇的马蹄夼村。提起这村落的名字，有一段神话传说，一直在小镇流传。

传说在很久很久以前，天庭的天马星到人间视察，看到天下大旱，田地里的庄稼已经枯萎，河溪干涸，人们连喝的水都快没有了。天马星急急忙忙返回天庭，写好奏折，向玉皇大帝禀报。因天马星返回天庭之前，天狗星已经向玉皇大帝禀报了奏折，把天下形势说得一派大好，什么风调雨顺、五谷丰登、国泰民安云云，这都是玉皇大帝明察秋毫，高瞻远瞩，知人善任，选派天子得当而出现的局面。把玉皇大帝吹捧得心花怒放，并给天狗星的官阶晋升一级。而正在玉皇大帝美滋滋的时候，天马星却迎面泼来一盆冷水，心里十二分的不高兴。天狗星害怕自己的假报告露馅，便朝天马星汪汪地狂吠。天马星非常恼火，指着天狗星说：“我叫你瞪着狗眼睛说瞎话！”一蹄子踹到天狗星的脸上，把一只狗眼给踢瞎了。玉皇大帝大怒，立马颁旨，削去天马星仙职一年，降到人间，耕耘拉车，进行劳役改造，以观后效。若改造好了，一年后恢复仙职，若改造不好，再继续一年。这正应了那句话：报喜不报忧，报喜得喜，报忧得忧。

天马星非常生气，又不敢抗命违背圣旨，还得山呼万岁，谢主隆恩。下朝后，匆匆回到自己的办公驻地——天马厩，收拾起行囊，便离开了南天门，驾起祥云，慢悠悠地向人间飘落，等降到人间时已是深更半夜。此时此刻，他托梦给即将落地所经过村落杨姓与靳姓两位族长，自己遭到贬谪，来到人间改造，将化身一座马状小山，警示世人。

第二天，两位族长早早起来会面，互相说出半夜所做之梦，感到十分惊讶。天大亮后，人们忽然发现村落南部靠近北大梁的一块大石硼上，有一个大型的马蹄印痕，人们称这大石硼为“马蹄神”；在距离村落五华里的北面，突兀的一座小山，如马的形状，人们称这座小山为“马山”；村里的杨姓与靳姓先祖族长一商量，沾点仙气吧，于是就把村名由“靳杨夼”改为“马蹄夼”。

（车培清、王义然搜集整理）

功夫台

烟台市福山区的门楼水库南岸东风和松林庄两个村之间的水库边上，有座方圆不过六十步、高不过两丈的平顶小山，小得像练功比武的擂台，被叫作“功夫台”。这里视野开阔，看远处有高山环绕，在建门楼水库之前，有三条河流在此汇聚流入清洋河（俗称内夹河），如今是三面环水，西靠五顶坡。

传说汉钟离接到蓬莱聚会的通知后，便率徒弟吕洞宾早早动身，当来到功夫台时，不禁心旷神怡，浮想联翩，精神抖擞，练了一套仙拳，上下左右、前前后后翻滚舞动芭蕉扇，令人眼花缭乱。

“好威风！”弟子和围观的俗民们齐声喝彩。

汉钟离收起拳脚，乘兴讲述了他与功夫台的渊源。原来，汉钟离本是天宫一童子，计划要去蓬莱、瀛洲、方丈插队学习。不想刚出天宫便看到人间正在打仗，楚、汉双方逐鹿厮杀，难解难分。当时他年少好奇，便投胎人间，准备加入战斗。哪知天地时间不统一，天上一天等于人间一年，等到长大成人，战争早已停止，也没有什么好玩的了。在漫长的成长过程中，疾苦多、快乐少，就想：还是回仙界按计划去三仙山学习吧，可是怎么也回不去了。

恰在这时，听说汉武帝要效法秦始皇东巡寻找长生不老之术，汉钟离推测这可能也是回天之术，于是便谋差跟随汉武帝来到芝罘。闲暇时发现相公庙的旁边有座小山，傍山靠水、空气清新，是个练功的好地方，就经常在这里练功。

这一练就是三百年，其中八次投胎转世。每到三四十岁刚一感到身体不太灵活时，就再次投胎，直到东汉时投胎到钟离将军家中。经过前八世的人间历练，这次一出生就一身的仙气。钟离家族十分重视，以“权”字为名，叫钟离权，便开始了第九世的磨炼。

汉钟离讲到这里，特对弟子吕洞宾说：“你不要嫌我对你的十次考验多了，看这功夫台，山头都被我踏平了，才被王玄甫、华阳真人等几位师傅点化成仙，才掌握了返回天宫的技术——回天之术。”听罢汉钟离的讲述，再望这功夫台，众人恍然大悟，这时两位仙人已飘然去往蓬莱聚会了。

功夫台练功可以得道成仙的事在远近乡民中传开后，周围练武之人纷纷来功夫台练功，尤其是峆嶁寺的武僧，冬练三九，夏练三伏，风雨无阻。昆嵛山的道士和崂山的道士，因尊奉五祖，尤敬正阳祖师，也经常来功夫台练功比武、聚会打擂台等。

关于功夫台还有两个传说，一是“功夫台上有眼井，里面的财宝可值山东一个省”。二是“八路军许世友将军，曾站在功夫台上瞭望指挥，攻打对面马山顶上的鬼子炮楼”。

（洛宾搜集整理）

薛禄传奇

相传，明朝初年，一位姓薛的军户来到胶州市薛家岛屯田戍边，时刻准备去服兵役。因为家里有五个孩子，日子过得很清苦。这一年，薛某的媳妇身怀六甲。可这媳妇怀胎一年多了，孩子还没有生下来。

这天，天阴得像一口锅底，闪电呼雷一个连一个，瓢泼似的大雨下个不停。

偏偏在这个时候，媳妇的羊水破了，马上要生孩子。此时薛某又不在家，这可愁坏了薛某的老娘。你知道为什么？原来，全家的房屋没有一间能挡风遮雨的。儿媳妇生孩子那间屋子的屋顶，不知什么时候叫风把海草刮净了，露出一个碗口大的窟窿，雨水顺着窟窿流进来。谁知，老婆婆正要打发大孙子和二孙子到屋顶上去遮盖窟窿，不知从哪里飞来两只喜鹊，落到屋顶上，伸开翅膀，把漏雨的窟窿遮盖了个严严实实。

恰好这一天，胶州知府陪着巡海的钦差大臣来到薛家岛。他俩一到这里，老天爷就下起了暴雨。知府拉上钦差来到一户人家，想进去避雨。哪知从屋里走出一个老婆婆，高低不让他俩进屋。知府和钦差十分纳闷，问道："老人家，我俩远道而来，外面下着大雨，暂借你家的屋子避雨，这有何妨？"老婆婆说："我儿媳妇正在屋里生孩子，你俩大男人到屋里去，算怎么回事呢？"知府和钦差一听，知趣地退了出来。来到大门口，一边一个，在屋檐下避起雨来。

时辰不大，屋里传出婴儿的哭声。待老婆婆出门泼脏水时，知府问道："老人家，你家添了个男孩还是女孩？"老婆婆欢喜地答道："生了个大胖孙子。"钦差不由得暗自寻思道：这孩子一降生就有喜鹊护驾，钦差和知府为他站岗把门，长大了，肯定了不得。想罢，开口说道："老人家，你的孙子长大了，肯定有出息，至少是个七品官。"老婆婆是个庄户人出身，没念过书，不知道这官职品位越小官职越大，只当是品位越大，官职越大呢。老婆婆听到人家这样夸奖刚出世的小孙子，心里甜滋滋的，说道："这孩子要能有出息，那敢情好。我家祖祖辈辈没出过当官的，这小孙子还能当个七品大官？我看呀，能当个一品官就不错了。"说完，哈哈笑着进屋里去了。钦差和知府闻听此话，你瞅瞅我，我看看你，心里想：你听人家这当奶奶的多会说话，这孩子有出息定了。果然，这孩子正是薛禄。开始时，他根本没有名字，因为排行老六，所以就叫"薛六"。他打小在小珠山上跟高人学艺，弓马娴熟，耍刀舞剑，无一不精。他十八岁时适逢官家招兵，即从军北平，后随燕王朱棣起兵靖难，因战功卓著，累升至都督佥事、骠骑将军、右都督。曾先后救过朱棣两次性命，助他登上皇位。

这一切看似顺风顺水，然而熟悉历史的人都知道，皇帝从来不怕封官。当大臣位高权重的时候，和皇帝的蜜月期很可能就走到了尽头。一向忠心耿耿的薛禄同样惨遭锦衣卫袭击，直接的主使者就是一手掌管锦衣卫的指挥使纪纲。纪纲为什么派人袭击薛禄呢？原来是纪纲看中了一个漂亮的女道士，想成就好事，谁知竟被薛禄抢先一步买走了。于是，纪纲大怒，派人行凶。薛禄没有急于报仇，而是选择长期告病，久不上朝。直到三年之后，纪纲因谋反被杀。朱棣在纪纲的供词中，方知薛禄无辜，蒙受了不白之冤。

不过，薛禄忠心为国，并不记恨，又随明成祖朱棣南征北战，屡立奇功。他四十九岁时，被封为阳武侯，食禄一千一百石，追封三代为侯，并赐给他诰券，民间称“免死金牌”。据说薛禄有个怪癖，很喜欢猴子，一只猴子整天不离他的左右，上朝面圣也是如此。朱棣念他有大功，也不以为意。到了封侯这天，薛禄的猴子爬到了大殿的柱子上，往下撒尿。镇殿将军想抓也抓不住，把文武百官弄得哭笑不得。这时，朱棣发话了：“薛将军，你快把猴子捆到自己的背上，别让它乱跑了。”薛禄连忙遵旨，站到武将行列中听封。于是朱棣开始封侯，封到谁都会跪在地上高呼“谢主隆恩”。然而到薛禄时，他却好像没听见一样，也不下跪。朱棣龙颜大怒：“朕准你带着个猴子上殿已经很给你面子了，又准你以背背猴听封，你为何还不谢恩？”薛禄一听，双膝跪地，大呼：“谢主隆恩，封臣辈辈侯（背背猴谐音）。”朱棣一听，知道自己被薛禄算计了，但皇帝是金口玉言，不能说了不算，于是薛禄的后人辈辈都成了侯爷。

1424 年，明成祖朱棣驾崩，太子朱高炽即位，准许薛禄的诰券世袭继承，并封他为左军都督加太子太保。薛禄因而成了身兼文武的双重一品官。不久，朱高炽的弟弟朱高煦起兵造反。千钧一发之际，在外征战的薛禄接旨后，火速回京，成为一根“定海神针”，辅佐朱高炽的儿子朱瞻基登上帝位。次年，薛禄被钦点为先锋官，两天时间闪电般包围了朱高煦所在的城池，逼其束手就擒。后又数次担任镇朔大将军，巡视边防。1430 年，薛禄在凤凰岭击破敌军，加封太保；七月病逝，终年七十三岁，追赠鄞国公，谥号忠武。

（显忠、栾鹏搜集整理）

张择端献图

张择端，山东诸城人，自幼好学，早年游学汴京（今河南省开封市）。他擅长绘画，所画桥梁、街道、城郭等细致入微，界画精确，豆人寸马，栩栩如生。存世作品有《清明上河图》《金明池争标图》等，皆为我国古代艺术珍品。相传，他曾先后绘有两幅《清明上河图》，分别献给北宋的宋徽宗赵佶和南宋的宋高宗赵构，动机一样，结果却不同。

传说当年在北宋开封相国寺里，住着一些靠给寺院绘画谋生的民间画师，其中一个画师说，诸城青年张择端是画师中的佼佼者，可以把东京城的繁华盛景搬到画上来。另一个人争辩说，张择端的画技虽然好，但不可能把京城的原貌再现于画中。二人谁也说服不了谁，开始赌咒发誓。正在这时，宋徽宗赵佶在宰相蔡京的陪同下、在皇家卫队的护卫下，声势浩荡地驾临相国寺降香。赵佶和蔡京不但喜欢绘画，而且都是绘画高手。宋徽宗听说二人打赌的事情后，便命宰相蔡京前去了解情况。

蔡京来到香积厨里，见张择端的绘画惟妙惟肖，十分赞赏，便将他召进翰林图画院。宋徽宗亲自命题，让他绘画东京的繁华盛景。但张择端提出：不能关在皇宫里面绘画，要求在安静的农舍中作画。赵佶同意了他的请求，命蔡京为张择端在都城郊外找了一处安静的农舍。从此，张择端在安静的农家小屋里，专心致志，披星戴月，潜心作画。一个月之后，一幅东京的繁华盛景图，便跃然纸上。当蔡京将张择端所画长卷呈给宋徽宗赵佶看时，赵佶大喜过望，任命他为翰林待诏。从此，《清明上河图》被收入宋朝皇宫内府，只有皇亲国戚、王公贵族才能欣赏到这幅巨画长卷的真容。北宋灭亡后，宋徽宗赵佶和儿子宋钦宗赵桓被金人俘虏到北方，藏于北宋内府的《清明上河图》等艺术品也被金兵掠获。

这时，徽宗的第十一个儿子赵构眼看大势已去，便率部分皇族成员及官员南下，建立南宋政权，在临安（今杭州）称帝，史称“宋高宗”。

张择端为让宋高宗赵构不忘国仇家恨，率众抗金，闭门谢客，呕心沥血，又绘制出一幅《清明上河图》。他从家乡诸城出发，一路长途跋涉，来到杭州，找到当时的宰相秦桧，由其引荐，将精心绘制的《清明上河图》献给赵构。可是赵构与父亲不同，他贪生怕死，刚愎自用，心胸狭窄，不思进取，却偏好书法，醉心书道，对任何人的绘画作品都不感兴趣。当张择端面呈这幅画时，他坐在金銮殿上，问道："你画的什么？"回答说："是重新绘制的《清明上河图》。"赵构近日正被母亲让金军扣押之事烦心上火，一听张择端进献的是《清明上河图》，描绘的是汴京的繁华景象，连看也没看，脸色难看地说："朕在汴京已经看过，无需再看，快拿走吧！"张择端本想进言几句，尚未开口，站在一旁的秦桧忙上前添油加醋地说道："如今国难当头，内忧外患，圣上哪有心思赏画，你就别在此添乱了，赶紧回老家吧！"一听宋高宗的金口玉言和秦桧的劝说，他只好违心地叩头谢恩，手捧画作退出了金銮殿。怀着一腔热血的张择端，本想留在南宋京城临安，以高超的画技再现江南风貌，描绘抗金将士奋勇杀敌的宏大场面，激发军民收复河山的斗志，谁知遇到的却是一个昏君和一个奸臣，偌大的京城连他安身立业的窝巢都没有，他报国无门，只能悻悻回到故乡——山东诸城老家。他在自己家里，展开长卷，心绪难平，一气之下，将自己重新绘制的《清明上河图》付之一炬，幸好被家人及时抢出一半。不久，张择端忧郁而死。

张择端两次献《清明上河图》的故事是否真实，无法考证。据传，他有着强烈的家国情怀，确实是一位心地善良、忧国忧民的著名画家。

（汉林搜集整理）

刘墉巧劾和珅

刘墉，字崇如，号石庵，外号刘罗锅，康熙五十八年（1719）生于山东密州（今诸城市）。自刘墉的曾祖父刘必显至刘墉的侄孙刘喜海，刘氏家族共出了三十五位举人、十一位进士和两位大学士。父亲刘统勋是乾隆朝前期的重臣，是以汉人身份出任首席军机大臣的第一人。

生长在这样的家庭里，刘墉自幼便饱读经书、博闻强记。然而奇怪的是，刘墉直到三十三岁时，才因出身名门，直接参加了在京举行的会试和殿试，被钦点为二甲第二名。尔后，进入翰林院深造，三年后授翰林编修，不久升为翰林侍讲。此后，刘墉多次担任科举乡试、会试正考官，三次兼署国子监，曾先后任《四库全书》馆副总裁和三通馆、会典馆总裁。刘墉的逸闻轶事可谓家喻户晓。他“反穿朝服劾和珅”的趣话就在京城和民间广为流传。

一天傍晚，乾隆皇帝来到午门散步，抬头一望，只见午门至正阳门那段御道由于年久失修，不少地方已磨损得坑坑洼洼，觉得有失皇家体面，非整修一下不可。于是他便令和珅承办此事，让他造出预算，限两月之内竣工。和珅得皇上宠信，但贪婪成性，是个雁过拔毛的角色。他奉旨之后非常高兴，觉得又得了个发财的良机。

三天后早朝时，和珅带本奏道：“皇上，这段御道确实有碍观瞻，必须全部换新。由于所需石料要从数百里外的房山采办，石匠精雕细刻，故而工程浩大，即使从紧开支，至少也需白银十万两。”乾隆皇帝二话没说，立即照准。

此后，御道旁立即搭起了不少工棚，并将御道两旁用草苫遮住，数百匠人叮叮当当地日夜干了起来。结果，不足一月，御道就提前竣工了。乾隆皇帝在和珅陪同下一看，果然见御道平坦，焕然一新，不由龙心大喜，连声赞好。

次日早朝时，乾隆皇帝就当众宣旨：“和爱卿这次主修御道，夜以继日，既快又好，提前一月完工，劳苦功高，朕赏你白银一万两，再升官一等。”和珅名利双收，连忙谢恩。

谁知过了没几天，此事的底细被刘墉无意中发现了：原来和珅根本没有去房山采办石料，只是将原来的石块撬起来，令石匠在反面雕刻了一下，把下面的路基平整后，一铺上便跟新的一样。因此，工期缩短，成本又省，总共只花了一万两银子。刘墉便决心将它揭露出来，让和珅当众出丑。

第二天上早朝时，刘墉待大家进太和殿后，飞快地将身上的朝服脱下，反过来套上，然后悄悄跟了进去。乾隆皇帝端坐在九龙椅上，居高临下，抬头一看，忽见群臣后面站着个衣着与众不同的人，觉得奇怪，再一细看，却是协办大学士刘墉。心想：刘墉向来注重仪表，办事小心谨慎。今天怎么昏头昏脑地将朝服也穿反了？这究竟是怎么一回事儿？

这一细节很快被向来看着皇上眼色行事的和珅发现了。因当时明文规定：上朝时如果朝服不正，要判罪的。他心想：刘罗锅，这下你有好果子吃了。便故意幸灾乐祸地说："刘大人，你今天这是怎么啦？"和珅这么一咋呼，群臣见了，都为刘墉捏了一把汗。

奇怪的是，那刘墉却低着头置若罔闻。要是换个大臣，乾隆皇帝早就发火降罪了，但念及刘墉一向忠心耿耿，便改用责备的语气问："刘爱卿，你怎么将朝服穿反了？快出去穿好了再来见朕。"刘墉遵旨出去，穿好了又进来，跪地奏道："启奏皇上，微臣今日将朝服反穿，确实不该，请皇上恕罪。不过，朝服穿反显而易见，可如今有人将御道仅仅翻了个面，再略加修饰，就侵吞公款，大肆渔利，虽发生在大家的眼皮子底下，恐怕就不易察觉了吧？"刘墉话音一落，刚才趾高气扬的和珅，顿时像矮了一截，脸色大变。

"什么？你说这御道是翻个面铺的。"乾隆皇帝一听，连忙追问："刘爱卿，这到底是怎么一回事儿？快快如实奏来！"刘墉大步向前，伏地奏道："万岁，此事为臣偶然听说，并已去现场查勘。不过，还是请皇上先问和大人为妙。"乾隆皇帝暗吃一惊，便问和珅："你还不实说？"

和珅见东窗事发，再也无法隐瞒，忙跪倒在地说："为臣该死，确实没有安排人去房山采石，只是将原有的石块翻转过来雕刻了一下，重新铺上。"乾隆皇帝顿时怒形于色："你好大的胆，那么你总共花了多少银子？""一万两。""那其余的九万两呢？""这——"和珅光是拼命叩头，再也答不出话来。刘墉奏道："皇上，这还用问，其余的早落入了和大人的腰包啦。嘿，想不到这么一项小工程，和大人竟能变出大戏法。望皇上明断！"

直到这时，群臣才知道刘墉反穿朝服的用意。乾隆皇帝早已怒气满胸，可和珅与自己情投意合，凡事又离不开他，只得高高举起，又轻轻放下："大胆和珅，竟敢欺君罔上。朕命你速将贪污和赏赐给你的银两退回国库，并降你官职一级。这段御道须按你原来方案重新建造，所需银两罚你出，下不为例。否则，严惩不贷。"和珅只得自认倒霉，表示认罚，并连连谢罪。纪晓岚奏道："皇上，刘大人参奏有功，理该有赏。”乾隆皇帝朝刘墉笑道：“好，朕赏刘爱卿朝服三件。不过，下次你切勿将它再穿反了。”刘墉忙道：“谢主隆恩。如今御道之案已正，为臣岂会再将朝服反穿。”

（汉林搜集整理）

王殿绂传奇

王殿绂，字子佩、来方，号松麓，榜名绂。王殿绂生于嘉庆九年（1804），福山县门楼乡（现张格庄镇）杜家崖村，三十五岁入学，三十六岁取得庠生资格，同治元年壬戌中贡生，时年五十八岁。八十一岁寿终。

王殿绂竭尽孝道，赡养孀母孙氏，乡亲很是称道。他极有天赋，酷爱读书，并过目不忘。二十岁时喜欢读《左传》，即能辨别是非，敏思深远。一些年长的博学之士，对他所写的文章都不能增删一字，他的文章极有文采，但因他的观点不合时宜，乃至三十岁还无所建树。后来他被引荐给一位大宗师，这位大宗师读了他的文章拍案叫绝：这是鹅湖鹿洞之风啊！这样的文章不可多得，一般人怎么理解得了！随即举荐他入学，第二年他便取得了第一庠生资格。

此后他潜心研究学问，先后撰写了《孝经綦注》《春秋左传文证》《春秋范比》《周易义疏》《紫荆斋易学记》《山东人物志》《杂著文钞》等二十余种著作。

山东巡抚丁宝桢对他颇为赏识，于同治七年（1868），多次托人和写信请王殿绂到省府筹办尚志书院，俗称尚志堂。王殿绂每每以年事已高（当时六十五岁），身体欠佳为由婉拒。丁巡抚又来信佯怒道：“难道还要我丁某人亲自上门去请吗？我还殷切等着听你讲学呢，生活上你无须担心，你腰腿不好，我可派人为你盘火炕，给你找个擅长做家乡菜的仆人，照顾你的饮食起居。我已指令沿途地方官资助你所需盘缠，负责接待。”盛情难却之下，王殿绂于同治八年（1869），赴省府尚志堂做主讲。尚志堂的学者，除学习儒学外，还学习天文、地理、算术和西方科技。

该堂刊刻书籍，在国内享有盛名。至今在济南趵突泉公园仍保存尚志堂建筑。院内修竹、芭蕉掩映；院外三面小溪环绕，好似世外桃源。

同时，王殿绂被丁巡抚聘为师爷。丁宝桢经常与他一起探讨政务，有难解之事常与他谋划，深得丁巡抚的器重。

1861 年咸丰驾崩，时同治年幼，慈禧垂帘听政，大权独揽，权倾朝野。自从慈禧提拔安德海为太监总管，他的所作所为更加肆无忌惮，口出一言犹如圣旨，干扰政务，排除异己，得罪了同治皇帝和几位王爷，尤其是辅政的恭亲王，他们总想借机除之而后快。

同治八年秋，慈禧避开恭亲王和慈安太后，特命安德海南下采办龙衣。安德海沿途招权纳贿，胡作非为，地方官吏莫不畏惧，不敢稍有怠慢，搅得地方鸡犬不宁。船到山东境内后地方官上报丁巡抚，丁巡抚以清宫祖训“太监不得离京”为由，派兵将安德海在泰安抓获，押解济南，并火速上报与慈禧太后有隙的慈安太后和恭亲王，这给恭亲王提供了一个千载难逢的报仇良机，于是他便与慈安太后拟就一道懿旨，下令立即将安德海就地正法，不必审问。可就在此时慈禧太后传来解救安德海的懿旨。但慈安太后懿旨还未到，让丁巡抚大伤脑筋，坐立不安，不知如何是好。他深知慈禧太后心狠手辣，六亲不认，稍有不慎，就会招致灭门之祸，后果不堪设想。于是连忙请来王殿绂谋划万全之策。此时，兵部专差星夜赶到，令丁准备接旨。丁巡抚顿时急得满头大汗，连声叹气，王殿绂起身上前道：“大人，此圣旨到底是慈安太后还是慈禧太后的情况尚不明，不如先斩安德海后再接旨，生米做成熟饭，就是慈禧太后也奈何不了。”他这一说，让丁巡抚茅塞顿开，拍案叫绝。于是，速派得力干将，把安德海押到济南西门外丁字街斩首，并暴尸三天，任人观看。其随行者有十三人被同时处死，另有八人被发配到黑龙江为奴。

安德海被处决十天后，丁巡抚才上奏折，慈禧大怒，却又无可奈何，因安德海知道她的事太多，死了也罢，报刑部备案。为了平息朝野上下，她只得写下同治八年八月六日上谕：查安德海利用职务之便，自拟假圣旨，盗盖印鉴，死有余辜，将安德海抄家归公。山东巡抚丁宝桢秉公执法，赏双眼花翎，以示表彰。

王殿绂在此事件中，功不可没。丁巡抚对他更是崇敬有加，但因他不是朝廷命官不能晋封，丁巡抚上奏皇上，在其居住地福山县杜家崖子村王殿绂住宅门前竖立旗杆悬挂三角旗及匾额以示嘉奖（旗杆保留到20世纪50年代）。丁巡抚还在同治十年（1871）亲书“好学勤修”匾额，指令福山县知县、教谕恭谨悬挂。

王殿级的举荐人匡鹤泉先生曾说：“丁大人说，尚志堂有了王先生，此堂可名垂千古了。”

光绪三年（1877），王殿级因年事已高（时年七十四岁），欲告老还乡，安度晚年。丁巡抚闻讯后一再真诚挽留，但因王殿级身体不佳，只能遂他所愿。为了留作纪念，丁巡抚特令画师给王殿级着官服画像一幅（画像保存至今），而后丁巡抚安排专人专车，将王殿级护送回乡。此后两人常有书信往来，丁巡抚多次派人探望。

（上官古月搜集整理）

龙王洞奇遇记

在福山张格庄镇的冯家村西南，有个曲径幽深的石灰岩洞。据说此洞为东海龙王的行宫，每年，它回东海或回福山，总要在此住上几日，俗称“龙王洞”。进洞观之，有一宽阔处，上有太阳、月亮，中有擎天柱石，下有潺潺流水。且洞洞相通，曲折回环，神秘莫测。

明朝早年，即墨县有个名叫王安的叫花子，无处安身，便来到龙王洞里住下，白天外出讨饭，晚上回来安歇。一天晚上，王安起夜解手，睡眼惺忪，迷失方向，找不到洞口，左旋右转，越走越糊涂，他摸爬一阵，折腾许久，突然发现前面有道耀眼的亮光。王安信心陡增，不顾饥饿疲劳，快步向前，及至跟前，出现一座宫殿，飞檐斗拱，巍峨壮观。宫前有条暗河，两岸桃柳掩映，美妙景色，目不暇接。他饥肠辘辘，肚子里唱“空城计”，急忙叩门乞食。片刻，出来一位鹤发童颜的老翁。王安彬彬有礼，跪地叩头，连声乞求给食。老翁把他领进院内的厢房坐下，遂端来可口饭菜。王安头不抬眼不睁，狼吞虎咽，撑得直打饱嗝。食毕，他帮老翁收拾碗筷。洗刷完炊具，又忙着擦桌子、扫地，以谢救命之恩。老翁见他殷勤，给他装了半袋干粮，让其带走。他叩头谢恩，恋恋不舍地按老翁指引的路径离去。

走了半天，王安觉得越背越沉，于是，撂下袋子，解开一看，只见颗颗珍珠，熠熠闪光。回头望去，大路黢黑一片。再看脚下，却是原来住处。他躺下暗想俺饱了，可穷哥们的肚子还在叫唤，这哪行？于是，出洞后，把珠子分了一些给贫苦兄弟，让大伙摆脱贫困。然后，拿出其余的珍珠到福山县城商家卖钱，到龙王洞西南大山夼里建房安家，娶妻生子，安居乐业，日子越过越好。

邻村有个富家纨绔子弟，养着两只恶狗，整天游手好闲，欺男霸女，无恶不作，经常吆喝恶狗伤人。听说王安这个叫花子走了鸿运、桃花运，顿时恶从胆边生，梦想发横财。一天，他领着两只恶狗，背上酒、肉和大枣饽饽入洞，走一气，吃一气，咬着牙，流着汗，几经曲折，找到了梦寐以求的龙宫。他望着暗河两岸树上硕大、红艳、芳香的仙桃，顿时垂涎三尺，心想：仙桃鲜食，可长生不老，岂不比珍珠更好？于是，悄悄溜到树下，伸手便摘。哪知仙桃并非唾手可得，他脚踮一寸，仙桃增长一寸；他跳高一尺，仙桃升高一尺；他越跳越高，仙桃也越升越高，总叫他捞不到手。两只恶狗看着主人，急得在旁汪汪狂叫。公子气急败坏，猛然一窜，想拽住桃枝，不想被桃枝弹到暗河，立即被水卷走。两只恶狗相继跳入水中，妄图抢救主人，谁知迷失了方向，一只沿着洞穴向南猛追，一只朝北寻去……

隔了几天，公子的尸体从洞中流水漂浮出来，人们看到他的背上刺着四个字："心贪手脏。"有人看见，一只恶狗从相距十里外的福山县台上村的虎窠洞爬出来，另一只恶狗从三里外的栖霞县徐家村石灰洞钻出来。两只恶狗由于被洞中岩石刮碰得有皮没毛，加上几天无食，踉踉跄跄地赶回家中，看到主人丧命多时，竟也伸腿断气。

（王义然搜集整理）

冯金龙子外传

关于冯金龙子的故事，在福山县张格庄镇一带，可谓是家喻户晓，有的人称他大金龙子，也有人称他大京龙子，还有人简称冯龙子。

据老人们讲，冯金龙子名叫冯寿昌，祖籍张格庄镇冯家村。不知哪代祖上在京城发了迹，进了皇宫。冯金龙子也跟着沾了光，在南书房上学，凡四书五经、算术尺牍、书法音律等学得也可以。

天有不测风云，人有旦夕祸福。几年后，其父病故，京城里举目无亲，母亲执意要回故里。朝部依规准其意，给足盘缠及安家费用，并在冯金龙子的左臂上刺青龙两条，配刺“金龙”二字。有了这御赐标识，冯金龙子可在故乡享受着特殊的生活待遇，读书就医升迁入仕等优先于当地百姓，地方官也让他三分。

冯金龙子随母回到故乡，找到族人联系上了保长，保长看过朝部文书，颇感为难，祖上的土地房屋多年来早已荒芜坍塌，何处安身？商量来商量去，村里决定将村属的两间厢房由其居住，这样娘俩总算有了家。初来乍到，娘俩时常受四邻接济，村里也给了些粮食和生活用品，问题是，冯金龙子从小在京城过着养尊处优的生活，吃不得农村的苦，至于耕耘种植拾粪搂草等农活从没见过。无奈之下，母子二人去了栖霞大芹子夼村，那里有个老亲，房子也够用。住了一段时间，觉得寄人篱下也不是长久之计，便重返冯家老屋，省吃俭用，再拿出朝廷给的安家费，修缮了祖上旧宅。这时的冯金龙子已出落成一个十七八岁的大小伙子。因不善农事，娘儿俩整天为生计犯愁，为了生活，冯金龙子便抹下颜面，拿着个掉了边的绿瓷碗四处行乞。逐渐和四邻八村的孩子们混得烂熟。他每逢下乡讨饭，一群孩子便把他团团围住，冯金龙子坐在当中将地上的泥沙刮平，用草棍写几个楷书汉字。还别说，那板正的柳体苍劲严谨，颇具神韵。街巷里的老少爷们儿看得如痴如醉，连声叫好。渐渐地，冯金龙子有学问写得一手好字的话在乡间流传开来。许多人找上门来，求他书写碑文、照壁、契约、牌位、包袱、分书、书信、过继单等。冯金龙子有求必应，且从不收人家一分钱。上门求字的人过意不去，便送些面食、散银、果蔬、衣物什么的，以示酬谢。这样一来，冯金龙子腰杆子直了起来，众人眼里也有了些许形象，也不再外出行乞了。二十岁出头，经人牵线，娶了邻村的媳妇张氏。二人日子倒也可以。哪承想，这冯金龙子血气方刚，常因家庭琐事与妻张氏发生口角，有时拳脚相加，夫妻矛盾激化，冯金龙子便写休书一封，将张氏休了。张氏后改嫁到栖霞县峆嵧夼村常姓门下。

冯金龙子成了光棍一条，他受不了娘的整天嘟囔埋怨决定重操旧业，拿起旧瓷碗过上无拘无束自由自在的乞讨生涯。他觉得沿街乞讨一不偷二不抢算不上丢人。

乡人王老汉回忆：冯金龙子不比一般的乞丐。他小时候就知道这个大京龙子，那时候就是这个模样，现在自己年纪一把了，还是这般样子。没什么变化，五捋胡须长得很端正，老是那么长；如果不是五冬六夏穿着那件千纳百补不见原来颜色的破单衣，而是换上件哪怕稍微利索点的长袍，如果把成天端在手中的那个缺口的粗瓷碗换成羽扇或拂尘之类的物件儿，人们准会把他当个隐世高人。他讨饭的确有些讲究，挨家逐户，不论什么人家照讨不误。讨到同样一块地瓜，如果是穷人家施舍的他就拱拱手说受不起受不起。如果是一般人施舍的，他就拱拱手说谢谢你谢谢你。若是富豪人家施舍的，他就摇摇头说真小气真小气。还有一种怪现象，无论多凶的狗，见了这个叫花子，从来不咬，还老朋友似的摇头摆尾。他讨饭只讨一顿，够吃就行。多一点也不要。晚上无论严寒酷暑，随便往哪家门楼子下或是草垛里一缩，就能鼾声如雷睡个香甜。他还有个习惯，见到路中有小石头之类绊脚的东西，总会不厌其烦地踢到路边。如果有容易陷人的小坑，就踢块小石头填平，他踢得那么熟练、那么准确，以至于常有一大批顽童跟在他后面起哄，学着他的样子踢石头玩儿。有时候，几个顽童发现冯金龙子来了，便快速在他的必经之路上摆几块大大小小的石头，躲在远处看他如何安置。冯金龙子来到近前，不愠不火，不紧不慢将石头搬到路边，然后赶他的路。有时他来了兴致，便悠然唱上几句幼时学过的京腔：有也烦恼，无也烦恼。人生滋味知多少？……

甭说，还真带那么点味儿。

有年春天，冯金龙子讨饭逛荡到栖霞县峆嶁夼村，来到村头进了一家农户。这家女主人恰巧是被他休了的张氏。张氏一眼认出面前站着的行乞人是自己的前夫。强忍悲愤，和面生火拎了张油饼，冯金龙子吃完油滋滋香喷喷的油饼，连声道：谢谢你，谢谢你！仔细打量这女主人，发现正是被自己休了的前妻。羞愧难当，索然离去。过了些日子，那可口的油饼又勾起了他的馋虫，二次前去乞讨，张氏门里有男人，门外是前夫，甚是难堪。直恨冯金龙子不明事理，但心地善良的张氏，从不怠慢行乞人，遂和面生火拎油饼。然后在油饼里夹了三棵喂牲口的谷秸节子，送给冯金龙子。冯金龙子见了饼内之物，心里明白了许多。当地习俗，给人拎饼吃，意味着把不愿待见之人抡出去；若是至亲好友，再穷也得擀面条伺候，意味亲情友谊长长远远。而这饼放上牲口草料，自己不是畜生是什么。他思前想后，捶胸顿足，发誓再不来岭艫夼村。

有一次，冯金龙子捡到一串金项链，花了不少劲找到失主，失主看他这么穷，还把金项链送上门来，挺感动，硬要给他几个钱表示一下。冯金龙子说钱没有用，有旧衣服什么的给件就行了。那失主小姐就找了几件旧衣服给他。不一会他就把这几件旧衣服披到另外几个乞丐身上了。

也有和他找乐的。有一次在烟台山海边的一栋豪华洋楼里的一个阔太太，经常晚上看见窗外对面一个露天长椅躺着个老乞丐，一时间动了好奇心，想看看如果这个老乞丐变成了阔佬是什么模样，于是，这位阔太太来到冯金龙子身边，指着对面的小洋楼说，这里太冷，我给你腾出一间洋房，你可以住进去。冯金龙子求之不得，就真的住进了洋楼。阔太太还将已故丈夫的衣服给他穿。这一打扮，冯金龙子可气派啦，这位阔太太简直看呆了，这哪里是乞丐，那气质风度简直就是商业巨头。那已故的丈夫根本没法与之相比。可是更让这位阔太太吃惊的是，过了几天，又看到冯金龙子衣衫褴褛地躺在原来的长椅上，阔太太不解，现成的福不享，难道有受苦的瘾不成？冯金龙子说不是这样，他说在这长椅上睡觉，每晚都梦见自己在对面的洋楼中享福。可在洋楼里睡觉，每晚总是梦见自己在这长椅上受罪。这话算是戳到阔太太的痛处了，她就是这样，经常做流落街头的梦。后来，那小楼毁于一场火灾。据说那败了家的阔太太到处打听冯金龙子的下落，大概没找着。若是找到了，这传说肯定有下文。

冯金龙子自己也不知在这世界上活了多少个春秋，关于他的死，有两种说法：一种说法是，冯金龙子八十岁左右病死于冯家村自家老屋，他辈分高，族人将其葬于冯家老茔。

另一种说法是，20世纪60年代的一天，他一个人溜达到昆嵛山的一块巨石上，惬意地仰天而卧，对着苍穹长长地吁出一口气。他觉得自己来到这世间不算短了，他也想不起自己曾做过什么曾说过什么，也没有什么可想的，该回去了。他就这样躺着，一动也不动，自己的身体就像透明的虚体一样，任凭一阵清风穿身而过，了然无碍。他觉得自己的骨骼在一节一节脱落，像秋风中悄然飘落的黄叶，悄然无声。他置身于一片光明之中，并听到了宇宙间那空明清越的天籁之音。这种天籁之音浸透了自己的每个细胞，他觉得自己的肌肉在一丝一丝下垂，继而觉得自己的肉体和骨头融合在一起，在大青石上蔓延开来，把石头的每一个裂缝都填满了。自己的每一个细胞都在融化、分解，变成一团气，弥漫于天地之间，这团气又在分解、融化，融化在无边无际的虚无缥缈空间，最后虚空也融化了。几天后，有人发现这块大青石上好像躺着一个人，走近一看，褴褛衣衫和几乎没底的鞋子摆成一个人形，旁边还有一个缺口的粗瓷碗，不由觉得奇怪，什么人把这些破玩意儿摆在这仙山宝地上呢？

总之，在人们的印象中，冯金龙子并没有死，都说这种讨饭的人百病不侵，可长寿啦。一定又漂流到别的地方去了。再后来，没有人再提起冯金龙子。毕竟这个世界很实在，大家都很累都很忙，何况一个乞丐更微不足道了。

（王义然搜集整理）

三品御厨

“要想吃好饭，围着福山转。”“东洋的女人西洋的楼，福山的厨子压全球。”这几句民谣，充分说明了福山厨艺在中国乃至世界的美誉度。清朝晚期，松林庄出了位皇家御厨，侍奉了慈禧太后一辈子，被清廷赐予三品顶戴，他的名字叫王德云，厨艺非凡，此人虽名不见经传，却留下了许多传奇故事。

王德云年轻时跟父亲学做鲁菜，先是跑堂打杂，后操刀掌灶，他聪明好学，老成本分，且吃苦耐劳，对鲁菜的传统技法有相当的研究。经他制作的海鲜菜品令人点赞有加，而那道海参琥珀汤，堪称一绝，无人超越。

1847 年，王德云凭着高超的厨艺，被聘进宫廷御膳房，专门伺候皇室贵胄。那时的叶赫那拉氏才十几岁，对王德云的鲁菜技艺印象极深，全国几大菜系的美味佳肴已琳琅满目，唯独喜食福山菜系。1855 年，咸丰帝纳那拉氏为皇妃，称西太后。垂帘听政后，专聘德云为自己的厨师，虽然每天有一百多道菜供她享用，但她对那些大盘小碗的佳肴美味不屑一顾，而见了那碗海参琥珀汤，满脸的阴云即刻散去，乐得“又是秧歌又是戏”。

时间长了，德云成了西太后的红人，太后看重他的厨艺，更看重他的人品。得知德云尚未成亲，选了一个身边的宫女为其做妻。西太后在王府井大街上为德云准备了婚房，亲自为他举办了婚礼，准了他一个月的假，回老家福山省亲，并破例授予三品官衔，赐顶戴花翎。

这天，德云夫妻在天津登船，船头桅杆黄旗招展，甚是风光。一帆风顺到登州靠岸，由知府派员护送至福山县，县衙众僚竞相道贺，前呼后拥，护送到松林庄村。遂在德云门前竖起双斗旗杆，挂彩绸，悬宫灯，鸣喜乐，燃鞭炮，村人道喜，官府赠联，轰动十里八村，其对联是“英年得志，直上青云”等阿谀奉承词句。

眼看着假期已到，德云夫妻作别双亲，并留下许多银两，然后赴京续职，一年后生一子，西太后闻之大喜，令德云抱入宫中。满月后，太后亲自操办喜筵，为其举办宴会，席间太后怀抱男婴仔细端详，口中喃喃自语：“此孩命中本无官宦之位，但有教书先生之相，唉，那就本本分分地教书育人吧！”太后果然是金口玉言。此男婴长大后便当了一名教书先生，任教至今。

光绪二十六年，八国联军在北京通州烧杀抢掠之后，集结各国军队二万余众，逼近京城。六十五岁的慈禧太后惶惶不可终日，无心享用美味佳肴，挟光绪帝出德胜门西奔，京城一片混乱。福山的王懿荣、李秉衡等仁人志士以身殉国。王德云见主子西逃，御膳房一班人马作鸟兽散，八国联军在京城无恶不作，便与妻子商量，回老家福山暂避灾祸。

回到福山老家的王德云，常被福山县衙邀去玩耍，虽然身居三品高位，终日沉浸在灯红酒绿，觥筹交错之中，但他时刻关注着京城的局势，挂牵着在京教书的儿子，挂牵着御膳房的伙伴，也挂牵着西太后。

光绪二十九年（1903）四月，京城复归平静，西太后一改旧日的狼狈困顿，整日在颐和园观赏游览。用膳时，不见当年厨师，饭菜口味与往日相比差之甚远，特别是王德云做的海参琥珀汤令她朝思暮想。而望着眼前的百十道菜，常唉声叹气，怒气冲冲，进而摔盆打碗、翻云覆雨、频施淫威。她派专员到登州府打探，并在登州府、烟台（福山）一带张贴皇榜，榜文大意是奉圣旨，令登州府（当时不知王德云具体地址）王德云速返京都御膳房续职，皇榜贴出去第五天，有一蓬莱人也叫王德云，二十多岁，略懂厨艺，他见这是个转变自己命运的良机，立即撕下皇榜，动身进京。

太后听大臣说此人不像是当年的王大厨，年龄相貌差距太大，于是让这位揭榜人做一碗海参琥珀汤。俗语说，戏子的腔、厨子的汤。意思是好戏子靠的是好嗓门好腔调，而好厨师只要烹得一手好汤就能站得住，吃得开。年轻的王德云属乡间小厨，这海参琥珀汤别说烹制，连面儿都没见过，但得过一些道听途说，于是费尽九牛二虎之力，连猜带琢磨地熬了一碗“海参琥珀汤”呈于太后。太后略一沾唇，便一口断定此人不是当年的王大厨，遂令人轰出京城。

面对国运日下，内忧外患的西太后，整日面无喜色，愁云密布，用膳时多次掀翻餐桌，怒骂宫女，常常伏在御桌前发呆。一日，忽见侍人手捧一碗海参琥珀汤，这汤她熟悉极了，那色、香、味勾起了她当年的岁月，嘴角落下几滴口水，她拿起汤匙伸进玉碗，取一勺汤在嘴边啜了一下，顿时，眼睛一亮：是他啊！他又回来了！

原来，王德云在福山大街上看到皇榜，思忖良久，本来自己年岁已高，不愿重操旧业，况且京城军阀混乱，乃是非之地，但感念太后的恩泽，顺便探望一下儿孙一家，第二天便收拾行李，赴京续职。入厨后的第一道菜便是他的拿手好戏——海参琥珀汤，此汤与众不同之处在于食材是地道的渤海海鲜，海参是八角口的刺参，加以名贵紫菜、海肠粉，精心煲制而成。

光绪三十四年十月，西太后与光绪帝相继离世，此时的北京城兵荒马乱，民无宁日，德云与儿子商定离开京城回归故里，遂去朝部办理了离职手续，合家迁回福山。

晚年的德云衣食无忧，身板硬朗，偶尔做几个硬菜犒赏邻里家人。儿子在县城教书，孙子学业有成，考进师范院校，一家人和和美美过着平静的生活。

这年阴历四月初，当地正筹备一年一度的镇泉山山会。各村里要办耍会，需一顶官帽，于是会首到德云家借官帽一用，答应过了山会立即送来。这顶戴花翎被德云装在樟木箱子里，从不示人。碍于情面，借给了王某。山会这天，人山人海，王某头戴花翎手舞足蹈，尽情地表演着，突然头胀腿麻，四肢无力，在人潮中伸腿瞪眼，三天后气绝身亡。

（洛宾搜集整理）

烟台名吃及传说

千百年来，胶东名吃很多，尤以鲁菜之都——烟台最为有名，在民间流传着许多有趣的故事。

銮驾庄与糟熘鱼片

烟台西部、黄海岸边有个小山村叫銮驾庄。銮驾，指皇帝出行专用的车驾。銮驾分满副銮驾和半副銮驾。皇帝使用的是满副銮驾，表示皇权的威严与至尊，半副銮驾本是正宫娘娘使用的车驾，同时皇上也可以赐封给皇亲国戚或功臣出巡使用。为何这个未出高官、无皇亲国戚、不起眼的小村庄能起如此显贵的名字？这要从传统鲁菜“糟熘鱼片”说起。

相传，明朝嘉靖年间，福山县有个在朝廷负责监察朝廷、诸侯官吏的御史，名叫郭宗皋。有一年，他回乡省亲，返京时便从老家带回一名邹姓厨师，做自己的家厨。不久，穆宗皇帝为皇太后庆寿，宴请文武百官，郭宗皋举荐邹厨师担任主厨，得到皇帝的允许。

邹厨师的刀工娴熟，技法不凡，火候掌握恰到好处，烹调技艺高超，把各种菜肴做得淋漓尽致，使皇上和满朝文武大臣大饱口福。其中有道用牙片鱼、玉兰片、黑木耳等做成的菜，更是匠心独具。只见邹厨师先把新鲜的牙片鱼削成薄片，用鸡蛋清、细盐、湿淀粉上浆后，放入五成熟的油中滑熟，捞出控净油；又将黑木耳撕成片、玉兰片切成菱片；然后锅内放底油烧热，加葱姜末爆锅，倒入糟酒、清汤、木耳、玉兰片和滑熟的鱼片，最后又用高汤、香油等调味，盛盘端上桌。皇上见这道糟香四溢、色泽洁白的菜肴，龙颜大悦，吃后，倍感爽滑圆润、咸鲜可口。诸位大臣品尝后，无不交口称赞。穆宗皇帝立即传旨让邹厨师上朝，询问：“这道菜为何名？”邹厨师回道：“糟熘鱼片。”于是，皇上不仅重赏了邹厨师，还把他留在宫内担任御厨。邹厨师在宫中，采用蒸、熏、焖、炸、烧、熘、爆、炒、扒、氽、烤、煎、熬、炖、酥、拔、煮、炝、拌等几十种烹饪技法，将传统鲁菜变着花样做给皇帝、皇后食用，最多的还是糟溜鱼片，使得皇帝、皇后百吃不厌。

数年以后，邹厨师上了年纪，要告老还乡。皇帝虽不情愿让他走，但看在他年迈体弱，又为自己效劳多年的份上，最终还是同意了他的请求，并赏赐了许多珠宝银两，派人把邹厨师送回老家，安度晚年。

几年后，皇帝忽然病倒在床，不思茶饭，唯独思念邹厨师做的糟熘鱼片。于是，派人赶往福山县衙，传召邹厨师进京。邹厨师觉得“伴君如伴虎”，给皇帝做饭，提心吊胆，稍有不慎，就会脑袋搬家。因此，推说自己年过七旬，身体不适，经不起路远颠簸，所以没有进京。可是皇帝的龙体越来越差，整天念叨着要吃糟熘鱼片。皇后娘娘心急如焚，便派人用自己的半副銮驾赶往福山，把邹厨师接回京城。

邹厨师一进京，便立即下厨制作了糟熘鱼片。皇上食后，精神大振，半月之后竟神奇般康复。从此，邹厨师便成了远近闻名的神厨，糟熘鱼片也名声大振，成为皇宫里的经典名菜。

因为邹厨师是历史上第一个坐过半副銮驾的厨师，所以他老家的人感到无比荣耀，索性将村名改称“銮驾庄”。皇上龙体康复后，邹厨师在京城逗留了一段时间，又回到老家，把他的糟熘鱼片绝技传给了后人。

话说清道光年间，福山县城“吉升馆”聘请邹厨师后人为大厨，推出当家菜——糟熘鱼片，很快名声远播，各方官绅富商无不慕名而至。他们光临吉升馆，必点招牌菜——糟熘鱼片，食后无不咂舌称颂。

且说烟台奇山所有四位阔少，整天游手好闲，只要听说哪里有新开张的酒楼，或哪家饭店有好吃的，必定光临，是几个谁见谁打怵、惹不起的主儿。有一年春天，四人听说福山县城吉升馆的糟熘鱼片味道独特，搭伴专程到吉升馆品尝这道菜。四人一进门，找了个雅间坐下。跑堂的立即过来，满脸赔笑地问道：“请问四位公子想用点什么？”四人中的老大嚷道：“听说这里的糟熘鱼片拿手，爷们倒要领教领教。今天别的不要，就吃糟熘鱼片。”不大一会儿，一盘糟熘鱼片端上餐桌，四人举筷品尝，只一会功夫，便一扫而光。接着，阔少们叫跑堂的吃完一个再上一个，不叫停就一直上。跑堂的已是不惑之年，不觉心生疑虑：我干了多年跑堂的，刁客见得不少，但从没见过这种吃法。莫不是他们以前来过，在什么地方得罪了他们，今天特意来找茬的？于是，赶紧禀告了掌柜的。掌柜的亲自端菜上桌，满脸笑容地问道："四位公子，如有照顾不周，请多多包涵，还需什么，尽管吩咐。"四人中的老二应道："少啰嗦，照上不误。"最小的则说："要是走样，别怪我一分钱不给。若不改样，给你双倍的钱。"就这样，一连上了十一盘糟熘鱼片，四人才叫停。掌柜的急忙向前探问："四位客官，有什么不妥的地方，请赐教。"四人中的老大说道："此菜果然名不虚传，刀工火候始终如一，色、香、味、形独特，其他地方的糟溜鱼片，我们都尝过，都不及这里做得好。难得、难得，服了、服了！"其他三人齐声附和："对、对、对！"说完，老大让老三乖乖掏出双倍钱放到桌上。掌柜的一手拿着钱，一手拉住老大，真情地说："俺吉升馆讲的是童叟无欺、货真价实，从不多收宾客一分钱。"说罢，即把半数银钱放进老大手中。阔少们几乎异口同声："谢了，咱们后会有期！"从此，福山的糟熘鱼片更加出名，享誉四方。

三不粘

三不粘为胶东一带传统名菜，以不粘盘子、不粘筷子、不粘牙而著称。大厨每做一道三不粘菜肴，需要用炒勺翻炒一千八百余下，耗时半个小时以上。所以当地人戏说："三不粘，价不菲，食材便宜功夫贵。"

很早以前，福山城西有户人家，丈夫在村外耕种，妻子在家忙家务。有一天，妻子回了娘家，到晌午还没回家。平时不善做饭的丈夫劳作了一上午，饥饿难耐，就寻思着做点啥简单的饭食应付一下。他想起平时妻子常做的鸡蛋葱油饼，于是就学着做起来。心急的他取出十几个鸡蛋想打碎放进碗里，可是，他从来没有做过，手忙脚乱的不时地把蛋清流到锅台上，最终碗里的蛋黄多、蛋清少。这时，又急又乱的他错把绿豆粉当面粉，把糖当成盐放入碗里搅成了糊。锅里放入花生油，未等油热就把面糊放进锅里，再一看也忘了放进葱花，慌乱之中错把勺子当铲子，面糊在锅里怎么弄也弄不成饼。他又急又恼，索性就用勺子在锅里不停地翻搅，心想弄熟就成。发现有点糊锅，就搁上点花生油，如此往复多次。经过长时间的翻搅，最终一个金黄色的油饼呈现在眼前。从娘家紧赶回来的妻子看到凌乱的现场，也不敢作声，只好强装笑脸陪丈夫一起吃"油饼"。没想到这油饼入口是又香又甜、爽滑筋道，是从没享受过的美味。吃完仔细回味，这饼既不粘盘子，又不粘筷子，还不粘牙，真是个好东西。妻子一一查看了丈夫使用的原料，又详细询问了制作过程，第二天试着又制作了一遍，结果这回更加完美。后来的日子，这“油饼”就成了两口子的最爱。这做法一传十、十传百，在当地很快流传下来，最终成了宴席上的一道美味佳肴。由于它不粘盘子、不粘筷子、不粘牙，人们就给它取名为“三不粘”。

它又是如何传入宫廷的呢？相传清光绪年间，皇宫里有一位深得慈禧太后赏识的御厨。此人野心很大，一心想做大官。慈禧知晓他的想法，一心要举荐他，就让他做了一道拿手菜，呈给光绪皇帝以讨得欢心。皇上品尝后不甚满意。这时，一个小太监给皇上推荐了一位来自民间的厨师做菜，供其品尝，结果令皇上龙颜大悦，忙把此人举荐给了慈禧太后。慈禧将信将疑，便差人招民间厨师进宫，让他与御厨一比高下。常规比赛过后，两人不相上下。

慈禧只得另想办法，于是便问两位厨师：“我岁数大了，牙口不太好，你俩能否做出入口爽滑、不用嚼就能吞咽的食物？”这下可难坏了御厨，他回到厨房，只好硬着头皮做了一道四喜丸子，端上来请老佛爷品尝。慈禧以前吃过多次，尝了一小口，就露出不快之色，吓得御厨双腿打战。民间的这位厨师灵机一动，回到厨房拿来鸡蛋，取出蛋黄，再加进绿豆粉和糖，用油在锅里煸炒、翻搅做成面饼。半个小时后，此菜装盘呈上前来，慈禧看着金黄色的面饼喜出望外，品尝后，顿感香甜可口、柔韧爽滑，真是不用嚼就能吞咽的美味，连忙询问这道菜的名字。厨子便说这是俺们的家乡菜，因“不粘盘子、不粘筷子、不粘牙”，故而取名为“三不粘”。慈禧又问厨子来自哪里，厨子告知来自山东省福山县，在京城为厨谋生。慈禧顺口道：“福山那个地方，净出好厨子。这样吧，你就在御膳房里做饭好啦！”从此，这民间厨子摇身一变，留在宫中做了御厨。而他的拿手菜“三不粘”，便成了皇家的御膳佳肴。

糖醋黄花鱼

胶东人自古以来就把黄花鱼看成上等鱼类。逢年过节、婚庆喜宴等，必有黄花鱼。特别是“糖醋黄花鱼”，更是不可缺少的一道美味佳肴。说起这道菜的来历，还有段有趣的故事。

话说烟台自1861年开埠后，逐渐成为中国繁华的港口。国内外的船只来往不断，商家慕名而至，店铺遍布街巷。聪明的福山人趁机到烟台发展餐饮业，各种饭店、餐馆应运而生，什么“蓬莱春”“松竹林”“东顺馆”等，各具特色。而“会宾楼饭庄”就是当时烟台街上有名的饭店。这个酒楼最初有一道看家菜叫“酥炸黄花鱼”。就是选用一斤多的新鲜黄花鱼，洗净后先在鱼身上斜切几刀，用细盐均匀涂在鱼的表面和内膛，再在上面拍一层干淀粉，将锅内放入花生油，置于旺火上把鱼炸熟，捞在盘里；然后在锅里留少许油，加入葱花、精盐、胡椒粉等佐料爆锅，用湿粉打芡，淋在炸好的黄花鱼上。

经常光顾会宾楼饭庄的有一个常年在烟台做生意的福州富商。他最爱吃的一道菜就是酥炸黄花鱼，而且喜好甜食。所以，每次厨师都要给他添加一碗糖浆。有一次，这位富商在会宾楼饭庄宴请朋友，跑堂的小伙计上菜时，不小心将一碗糖浆洒在酥炸黄花鱼上，他怕被辞退，就不声不响地将洒了糖浆的酥炸黄花鱼端上了桌。富商一尝，让他把掌柜的叫来。小伙计胆战心惊，觉得客人一定是觉得变了口味，想要找茬。掌柜的听说客人找他，便急忙满脸赔笑地来到桌前。还没等掌柜的开口，富商先伸出大拇指说：“今天的酥炸黄花鱼别具风味，特别好吃。”掌柜的一时丈二和尚摸不着头脑，回到后厨核查今天的酥炸黄花鱼为何与以往不同，最后小伙计不得不实话实说，如实“交代”了真情。小伙计不但没受掌柜的批评，反而因歪打正着创造出一道名菜而得到嘉赏。从此以后，每逢福州富商到会宾楼饭庄吃饭，厨师都要在酥炸黄花鱼里浇上糖浆，名曰“糖酥黄花鱼”。

后来，一些在烟台做生意的山西人到会宾楼饭庄吃饭，也点名要糖酥黄花鱼。因为山西人喜欢吃醋，便要求厨师在做糖酥黄花鱼时加上点醋。食后果然酸甜可口，独具风味，因而赞不绝口。久而久之，不仅山西人，其他地方的人也爱吃这种口味。

此后，会宾楼饭庄的厨师对此菜又进行了精细加工，选用一斤半到二斤的新鲜黄花鱼，洗净后用一只手拿着鱼头，一只手拿着鱼尾，先将鱼身子放进油锅里炸一会儿，定型后再将鱼头和鱼尾放进锅里，炸成鱼头和鱼尾翘起状，寓意“鱼跃龙门”。烹制糖醋汁时，锅内加油烧热，用葱姜末爆锅，用湿淀粉勾芡，再加清汤、细盐、酱油、白糖和醋烧开，浇在刚炸好的黄花鱼上，吱吱作响，鲜香四溢。从此以后，这道菜就成了会宾楼饭庄的招牌菜，并正式命名为“糖醋黄花鱼”。

福山烧小鸡

烧小鸡又称“小烧鸡”，其主料选用胶东当地放养的五至六个月龄的小公鸡，宰杀、加工后，经炸、蒸而成。因其为雏鸡、个体小而得名。

相传，清末，一位福山民间神厨将小烧鸡的工艺和配方给了至亲——福山县史家庄人史泗滨，史泗滨在北京东华门外开办“金华馆”，主营烧鸡、烧肉。他用至亲传授的绝技烧制的小烧鸡，誉满京城。

阴历八月桂花香，也是制作小烧鸡的应时季节。中秋佳节的前三天，清朝大臣、两江总督张之洞坐轿进宫求见慈禧太后，路过东华门外，忽然闻到一阵扑鼻的香味，闻知该店乃是妻子（福山人，甲骨之父王懿荣之妹）家乡人开办的金华馆，忙喊停轿，让下人前去买了一只小烧鸡。下人将小烧鸡呈上，张之洞一嗅，垂涎三尺，便忍不住撕下一个鸡翅，尝了起来。刚刚把一个鸡翅吃完，已经来到了养心殿。他赶快将剩下的小烧鸡用手绢包好，藏进衣袖里，慌忙去拜见慈禧老佛爷。

慈禧刚与张之洞搭话，不料，一股特殊的肉香袭来。她嗅了嗅，深感诧异，厉声质问李莲英：“小李子，谁让你将御膳拿到养心殿的？”太监李莲英慌忙跪曰：“禀报老佛爷，奴才没有传膳。”慈禧更加奇怪，又用鼻子仔细闻了闻道：“大胆奴才，没有传膳，这是哪儿来的肉香？”李莲英无奈，只好实话实说：“启禀老佛爷，这香味乃是张之洞张大人身上传来的。”张之洞一听，知道已经露馅，马上跪地，连连叩头，慌忙辩解：“臣该死，罪该万死！这香味确实是老臣带来的。适才进宫叩见老佛爷，路过东华门外，闻得原是夫人家乡福山人在京城开办的金华馆飘出的香味，就叫下人前去买了一只小烧鸡，忍不住尝了一个鸡翅，剩下的就揣在衣袖里。恳请老佛爷恕罪！”说罢，连忙从衣袖中拿出小烧鸡，交到李莲英手里。然后，呈到慈禧面前。慈禧太后看了看，闻了闻色泽金黄、香味纯正的小烧鸡，也忍不住撕下一个鸡翅，尝了一口，只觉得肉嫩骨酥、鲜而不腻，连声夸道：“这小烧鸡太好吃了。小李子，传哀家口谕：每年八月十五前后，让史家金华馆献一些小烧鸡到宫里来，让大家尝鲜。”“遵旨！”李莲英满心欢喜地答应着。张之洞悬着的一颗心也放下了。

从此，福山史家金华馆制作的小烧鸡经常进宫供应御膳。为了方便，太监李莲英还专门给了史家人一块进出宫廷的腰牌，至今仍存在史家。

葱烧海参与海肠粉

民国九年，史泗滨从京城返回故里，在福山县城西门外开办“便宜坊”，将北京金华馆制作烧鸡等技艺传给周元芳。不久，周元芳在青岛市开办“顺河楼”酒店。作为大厨，他继承了史泗滨传统的烧小鸡制作工艺与配方，使之成为该酒楼的当家菜。因其为福山人,故而常常回乡传授技艺。现今的福山烧小鸡店承袭旧制，已经申报为非物质文化遗产。其传承人、福山大娘面馆经理权福健在周师傅的指导下，对原有的小烧鸡制作工艺又进行了改进，在鸡的肚子里加进了茴香这种佐料，使之色香味更佳。

清末民初，京城有名的八大楼中，除春华楼外，其余均为胶东福山人所开。其掌柜的、大厨及跑堂的百分之七八十是福山人，一时成为美谈。

福山鲁菜首推葱烧海参。它选用黄海、渤海所产海参加工而成，是中国北方宴请贵客的招牌菜肴。当时，人们很纳闷：“同为厨师，其刀工、食材、火候、炊具几乎一模一样，为什么福山厨师做出的葱烧海参，就美味可口，其他地方的厨师就略逊一筹呢？”后来，有心的酒店老板特意安排机灵人（探客或奸细）打入内部，专门盯着，终于发现，福山厨师盛菜前，经常背着人，往菜里撒点什么。因其动作飞快，到底是什么，无法看清。上前询问，他们只是笑笑，默不作声。由于福山厨师做的葱烧海参色泽鲜亮、质地软糯、葱香浓郁、口味鲜美，老些宾客指名道姓要他做，掌柜的就给加钱，他们好不得意，久而久之，就成了京城酒楼的大厨或名厨。

话说京城八大楼之首“东兴楼”，为福山县西关村人安树堂、安宝旭所开，以烹饪海鲜为主，分“老号”“礼堂”“同春楼”三个营业场所，员工达二百余人。其生意兴隆的关键，就是有盘葱烧海参的当家菜。大厨每次做此菜即将出锅时，必往里面撒点海肠子粉。不管非福山酒楼的厨师如何偷艺,就是做不出那种鲜味来。

时间转眼到了 1930 年，福山县浒口村人、目不识丁、精明强干的栾学堂在京城开办了“丰泽园”，将善做济南菜的历下帮与善做胶东菜的福山帮厨师招至麾下，将鲁菜两大风味兼收并蓄、取其精华，专做中高档鲁菜，因而名噪京城，誉满华夏。各界名流纷至沓来，军政要人频频光顾。长期潜伏在京城的日本间谍、美食家矢野隔三岔五地必到丰泽园来宴请有关人士，以便刺探军情。他每次前来，都要点福山王大厨做的葱烧海参，百吃不厌。日军占领北京后，矢野这个日本美食家摇身一变，成为日军在京城的特高课头目。为了得到葱烧海参的秘方，他巧取豪夺，成为丰泽园的股东，逼迫栾学堂交出菜谱，并恬不知耻地向王大厨讨要做法。遭到拒绝后，仍不甘心，特意安排日军联队的年轻厨师小岛来丰泽园拜师学艺，限期教会学会。王大厨每次做葱烧海参，聪慧伶俐的小岛都要凑向前去，仔细观看、揣摩。待他学了个八九不离十的时候，矢野专到丰泽园品尝他做的葱烧海参，初次一品，就皱起了眉头，看色泽、汤汁、海参、葱段，都很像，就是不如王大厨做的口味好。于是，严令他继续学习、钻研，一定要把厨艺学到家。直到日军战败，小岛做的葱烧海参仍不如王大厨做得好吃。

新中国成立初期，许多社会名流、外国友人就成了丰泽园的食客，党和国家领导人也曾在这里举行公务宴请外宾活动。他们来此就餐，每次必点葱烧海参。不久，丰泽园公私合营，员工由福山人变成了全国各地人。有些人想跟王大厨学做葱烧海参等鲁菜，做来做去，还是不行。一天，同行们设计请他吃饭。众厨师排着队奉承他，给他戴高帽，轮番劝酒，不大一会儿，就把王大厨灌醉了。接着，众厨师就在他身上乱翻，最后，终于翻出一个盛烟末的小布袋，从里面倒出一些淡红色的粉末。众厨师不知是什么东西，每个人用手指沾了一点，放进嘴里品味，顿觉鲜美无比。待王大厨醒来，众厨师赶忙请罪，然后拿出盛粉末的小布袋，询问请教。

王大厨见秘密被众人发现，索性告知大家：这是选用福山北部金沙滩海边的特产海肠子，控出血水后烘干，研磨成的粉末，俗称“海肠粉”。海肠子形似蚯蚓，犹如鸡肠，虽不雅观，但极其鲜美，在京城开饭店的福山厨师能立于不败之地，与以海肠粉作增鲜调料不无关系。日本人挖空心思学习，讨要葱烧海参的秘方，首先是此菜必须撒放点海肠子粉提鲜，或用猪大腿骨、老母鸡或鸭子熬出高汤增鲜；其次是必须用粗细均匀的葱段煸炒后提味；再是一定要把握住火候。众人听罢，个个点头称是。

王懿荣与福山老豆腐

卤水点豆腐，一物降一物，是胶东一带常说的歇后语。福山老豆腐就与此有关。

将挑选好的黄豆加清水泡好，用小石磨将泡好的黄豆磨成豆粕，放入白纱布将豆浆挤出。把豆浆放进锅内烧沸，将卤水分几次加进烧沸的豆浆中，用勺子搅拌，使之凝结成豆花，拿碗盛出，加入辣椒油、韭花酱、虾油，即成。

这种小吃，烟台其他县市区或称“豆腐脑”，或称“脑饭”，唯独福山称之为“老豆腐”。这是什么缘故呢？原来与甲骨之父王懿荣有关。

相传，清朝光绪年间，时任国子监祭酒的王懿荣母亲病故，他回乡殡葬母亲，并丁忧三年。王懿荣在福山县城建有二宅，离县衙与清洋河边仅有百步之遥。这清洋河西岸就是县城东门外。他守孝丁忧期间，闲来无事，每天清早都有到清洋河边散步的习惯。在东门外，有家豆腐店，店主姓肖，老两口及独子肖玉海以卖豆腐和豆腐脑为生。这肖老汉原来也是读书人，祖上还做过外地一任知县。后因家道中落，无奈变卖了几亩田地，来到县城开起豆腐店。肖老汉非常佩服王懿荣，尤其喜爱他的书法，梦想求他给写个店名，以期买卖兴隆。但也深知，找王懿荣书写店名恐非易事，只能眼巴巴地瞅着他经常从店门口路过，却无可奈何。

这肖玉海也是秀才，因父母年事已高，又无兄弟姐妹帮忙，只得帮助父母做豆腐，以维持生计。他看出了父亲的心思，知道王懿荣酷爱古董，便将祖上留下的青花大瓷缸放在门口，用它盛豆腐渣，卖与一般穷苦人家果腹，以便引起王懿荣的注意，为老父圆梦。

一天清晨，王懿荣照例前往清洋河边散步。走近豆腐店，忽然眼前一亮，只见豆腐店门口放着一口青花大瓷缸，忙疾步上前，手把缸沿，转着圈，上下左右仔细观看。然后进店询问：“小伙子，这缸是你家的？”肖玉海急忙回答：“是！”王懿荣用手指着缸道：“盛豆腐渣未免可惜呀！”玉海对答道：“王大人，不可惜。这缸虽说是宋代钧瓷，在您家里是宝，在俺家里就同泥缸一样。大人若喜欢，就拿走吧！”王懿荣听后，觉得这小伙子谈吐不凡。细细盘问，方知乃书香门第之后。经反复推让，王懿荣坚持回家拿银子买下这口缸，小伙子执意要送。最后肖老汉出来一锤定音：既不要钱，又不白送，就求王大人给写个店名吧。

王懿荣一听，点头应允。他回家铺纸研墨，皱眉凝思，起个什么好听又好记的店名呢？他回味着曾吃过的肖家豆腐脑：全用卤水制成，嫩中含老、老中有嫩、白如膏脂、爽滑圆润。马上提笔挥就：“福山老豆腐店。”肖氏爷俩立即找人刻成匾额，挂于豆腐店。果然，肖家老豆腐店在福山县城声名大噪，前来欣赏王懿荣书法并顺便来吃豆腐脑的、买豆腐的，络绎不绝。

自此，肖家老豆腐店越来越红火，原来称来吃豆腐脑的，统统改称来吃“老豆腐”。肖老汉发财后，恳请王懿荣带着儿子进京，成了国子监的一名太学生。后来，肖玉海因改朝换代辞官，就与儿孙们在京开了一家老豆腐店，重振肖家基业，使福山老豆腐成为京城里一种民间名吃。

鱼锅片片

早年，胶东黄、渤海一带的渔民家中没有大船，有的仅有小船，俗称“舢板”“脚子”，所以在近海捕鱼，捕捞的小杂鱼居多，且又不值钱，只能自家食用。渔民用自家的面酱、添上海水用大锅焖鱼，锅边贴上玉米饼子。如此亦菜亦饭，逐渐成为渔民饮食中的特色饭菜。

传说从前海边一户人家，麦收季节，丈夫在海边买了一些新鲜小杂鱼，忙赶回家要妻子做鱼吃。天近晌午，妻子开始做鱼、炓片片。

她先把小杂鱼逐一洗净，将大葱切段、姜切片，放进锅内，加入花生油、面酱煸炒，然后加进适量的清水、大料、白酒焖煮。为节省柴火，等火旺锅热后再将苞米片片贴在锅上。谁知，她刚贴满一锅苞米片片，正要蹲下往锅灶内加柴火，恰在此时，忽然门外有个中年妇女喊她，她赶忙出去应酬。原来是邻居来借两把镰刀，吃晌好去地里割麦子。她到厢屋家找来镰刀递给邻居，说了几句话儿，就立即返回家，准备继续烧火。一看锅里，立刻傻了眼，原来刚贴的片片全部滑溜到锅的下部，片片的下半截已经进入了鱼汤里。

她想把片片捞出来重贴，哪知片片面本来就稀，再加上溜在鱼汤里，根本就没法下手。不巧，丈夫这时从田里干活回来了。她怕丈夫责备，只好顺手将锅盖盖上，添加柴火继续烧起火来。不一会儿，饭熟了。她把锅掀开，盛出鲜鱼，铲起一半进入鱼汤的片片，忐忑不安地端给丈夫。丈夫并没仔细查看，拿起片片咬了一口，感觉味道十分鲜美。又连吃了几口，大声称赞：“好吃，太好吃了！”妻子见丈夫一连吃了一个半片片，比平日多吃了半个，终于放下一颗悬着的心，满意地笑了。接着，就将如何会把片片做成这个样子说了一遍。丈夫说：“这种做法，片片金黄，透着豆香；鱼肉鲜美，汤汁浓郁，酱香味美，非常对味。明日叫你的两个兄弟来咱家帮助割麦子，俺再去海边买些小杂鱼，你再做给俺们吃，让两个舅子也尝尝鲜。”妻子高兴地点头应允。

次日，妻子用三斤片片面，先用开水烫约三分之二，凉后加入适量的小苏打，再加进三分之一的片片面，用水和成面团；再用花生油、葱、姜末、大料、花椒和豆瓣酱爆锅，煸炒出酱香味后，加入适量的水、料酒、白糖调好口味，开锅后将洗净的鱼放入锅中；烧开后，团弄出十个片片，特意将一半贴在锅边上、一半伸进鱼汤里，盖上锅盖，焖约四十分钟，掀锅盛出鱼和片片，味道果然鲜美无比。帮助麦收的两个兄弟吃着，食欲大增，每人吃了两个半片片，均赞不绝口，还说没吃够，让姐姐晚上继续做着吃。

由于这种做法离不开铁锅和苞米片片，所以小两口就给这一做法起了个好听的名字——鱼锅片片。从此，这种做法就在胶东沿海一带迅速传播开来。

烟台焖子

烟台焖子，是流行于胶东一带的风味小吃。传说清朝末年，登州府蓬莱县小门家村青年农民门立强跟父亲学做地瓜粉条和淀粉，很快就成为十里八村有名的粉匠。结果，被本村心灵手巧的美女门巧凤相中，两家结为秦晋之好。婚后不久，小两口来到福山县管辖的烟台街做粉条生意。到了夏天，则兼做凉粉买卖。

一天，小两口将鲜地瓜洗净，用石磨磨成浆，装入纱布袋内，在瓷缸里反复挤压，析出淀粉，沉淀后把水舀出，将“粉团”用粗布兜住挂起来沥干。谁知刚做好粉坯，恰遇秋雨绵绵，无法晾晒，粉坯做不了粉条。咋办？门立强无计可施，躺在炕上唉声叹气。媳妇巧凤，眼看着做好的粉坯即将酸坏，又舍不得丢掉，情急之下，就试着挖了一些粉坯，用油锅煎着吃。由于担心吃坏肚子，就与蒜泥拌着吃。尝了几口，觉得挺好，就弄了一碗端给丈夫。门立强立感香味扑鼻，试着品尝，只觉得特别对味，很快吃完一碗。接着，又吃了一大碗。因为粉坯还有许多，小两口害怕浪费，赶忙请来邻居同吃。不料，众人吃后，均说好吃。

小两口灵机一动，何不将错就错，将这种做法变成特色小吃呢？于是，小两口开动脑筋，进一步改进、完善其做法。可是，起个啥名好呢？门立强想，这种小吃既不是蒸煮，又不是煎炸，更不是烧溜，很像是煸炒；一连几天，连降秋雨，憋在家里够闷的；自个与爱妻又姓门，何不叫“焖子”。此话刚出口，巧凤就拍手叫好。

焖子这种小吃，必须趁热吃；若凉了吃，味道就不对了。小两口说干就干，在自家门前支锅立灶，将提前做好的地瓜淀粉倒入锅里，加水熬煮，出锅凉透。把凉粉切成小块。起锅放入油，油热后放入凉粉块，小火煸熟，直至稍微有点焦黄。再把先前预备好的一小碗芝麻酱，一小碗蒜末、白醋和盐、味素、虾油调和成的调料，浇在煸熟的焖子上，出售给来人。一时买卖兴隆、门庭若市，来此尝鲜的顾客接连不断。每逢赶庙会或赶大集，焖子总会在小吃摊上占有一席之地，人们老远就会看到其悠悠缭绕的炊烟，听见其嗞嗞作响的妙音，闻到其时时飘来的芳香。

到了冬季，焖子的做法就飞快地传遍周边县域，继而传入青岛、北京、天津、东北等地。因为烟台的名气当时已经比福山大，所以人们就叫它“烟台焖子”。

福山大面与蓬莱小面

过去，登州府最有名的两种面条：一是福山大面，又称“福山抻面”；二是蓬莱小面。二者极其滑溜鲜美，自古至今，均为胶东名吃。

福山大面是用手抻拉出来的。和好的面团，经面点师傅在面板上反复搓揉和摔打，几斤重的面团不一会儿就变成了一束束宽宽窄窄或圆圆细细的面条。当年一位外商目睹福山大厨拉面的过程，赞不绝口，称之为“魔条”。这福山大面，最早是用香油泡的砂陶碗盛面。根据汤汁而分为打卤面、炸酱面、鱼子面、凉拌面、麻汁面、炒面等，品种繁多，风味各异。据考证，北京与韩国的炸酱面均由福山大面延伸传承而来；日本人称拉面为“龙面”，也是由福山人东渡日本开办饭店、酒楼，进而风靡岛国的。

相传，明末清初，福山县王家庄有位心灵手巧的姑娘，名叫王桂华，以善擀面条闻名乡里，后嫁给磁山脚下石岚村的张秀才，生有一子，取名满堂。后来，张秀才赴京赶考，金榜题名，被一皇戚相中，招为家婿。张秀才贪图富贵，抛妻弃子，入赘皇家。

多年后，满堂长大成人，到京城“聚财园”当学徒，因其勤快能干，苦练厨艺，几年后便成为名厨。满堂在京城租下独门小院，随即把母亲接到京城。张某却因得了天花，双目失明，好景不长，被赶出家门。他无颜回乡，又无特长挣钱糊口，只得沿街乞讨。一天，张某在聚财园门前乞讨，被满堂瞧见，听口音知是家乡人，便上前询问，得知与自己同村同姓，就告知了母亲。不惑之年的王桂华心里琢磨，该不会是满堂他爹这个冤家吧？出门一看，果真是他，真是又恨又怜，于是，亲手做了一碗面条给他。张某吃着面条，明白眼前即是结发之妻，悔恨交加，无地自容。善良的妻子最终原谅了丈夫，领他回到了家乡。

王桂华走后，满堂日夜思念母亲，更加怀念母亲做的手擀面。于是，自己动手学着做，反复揉搓终不得法，一气之下，将面摔在盆里，转身之时，粘在手上的面随其走动越拉越长。满堂突发灵感，反复琢磨试验，终于抻出了面条，由此创出抻面。

几年后，满堂带着他独创的抻面技艺返回故里。后来，满堂与清洋河边权家村一大户之女结亲。婚后，岳父出资让小夫妻在福山县城开办了抻面馆。满堂为人朴实，童叟无欺，灵活经营，生意非常红火，久而久之，人们把他的抻面说成是“福山抻面”。

由于福山抻面柔滑、筋道、味美，很快便在胶东一带广为流传。据说民国初年，有位衣姓厨师在蓬莱城南的大道边开了一家福山抻面馆。一天傍晚，面馆快要关门时，进来五位客人，非要吃福山抻面不可。衣师傅一看，和好的面团用完了，现和面已经来不及了，面案上仅剩下不多的抻面面坯，一条客人吃剩下的加吉鱼头、鱼骨、鱼刺、鱼汤，一碗泡发过的木耳，还有几个鸡蛋和一把大葱。于是，他便将面坯分到几个碗内，将锅内加入煮鱼的鲜汤、花椒、大料烧开，淋上鸡蛋液与湿淀粉，搁上点葱花，浇到面坯上，然后端上饭桌。客人一看卤多面少，有点不太高兴，便疑惑地吃进嘴里。这一吃不要紧，只觉得鲜滑美味，口感独特，几人连声叫绝。其中一人询问：“这是什么面，怎么从没见过、吃过？”衣师傅想，此面是福山抻面衍生出来的，面坯比福山抻面少，又是剩下的鱼头鱼骨鱼刺鱼汤和鸡蛋等做成的卤汁，于是就顺口说：“这是蓬莱小面。”从此，“蓬莱小面”就叫开了。与它对应的福山抻面，自然就成了“福山大面”。

胶东大饽饽

胶东大饽饽是民间逢年过节、走亲访友、儿娶女嫁必备的美食。无论是青岛、潍坊，还是烟台、威海，各县市区的饽饽基本雷同，有大枣饽饽、桃饽饽、豆饽饽、鱼饽饽、莲子饽饽等，且有不同的寓意，如：大枣饽饽寓意早点发财，鱼饽饽寓意年年有余，豆饽饽寓意香甜在心，桃饽饽寓意福寿久长，等等。

胶东饽饽做法大同小异：将发面引子或酵母放进水中浸泡好，再将小麦精粉（头麸面）放进盆中，和成面团，放在温度适宜的室内或热炕上蒙上纱布发酵；将发酵好的面团分成小块，放在面板的干粉上放凉，凉后，将小面团揉成大面团，加入适量的食用碱，在面板上不停地揉制，再加入猪大油和白糖，继续揉制。待面团揉匀有光泽后，加工成桃、鱼、莲子等形状。若要做枣饽饽，可在饽饽上挑若干个孔眼，俗称“鼻”，用刀把枣切成细条，插入鼻中即可；将加工成型的饽饽生坯放在温度适宜的地方醒好；锅内加水烧开，把醒好的饽饽生坯摆入蒸笼内，加上笼垫、笼帽，用旺火、急火烧至四十分钟即成。出笼的饽饽，有的裂开，俗称“笑了”。

关于胶东大饽饽，民间流传着两个故事：

一个是“三个儿媳孝顺公婆”故事：传说早年昆嵛山下某村有一个老员外，生了三个儿子，娶了三房媳妇，都挺孝顺。这一年腊月，正逢老员外过七十大寿。大儿媳为了让他高兴，就把煮好的豇豆加红糖调成豆沙馅，包进发面饽饽里，蒸熟后，在饽饽的顶端用食用红色点了个小红点，取名“豆饽饽”；二儿媳在发面时，特意加进白糖，团弄成饽饽，在上面挑了九个鼻，用刀先把枣切成小细条，然后插入鼻中，取名“枣饽饽”；三儿媳发面时格外认真，将发面引子三次稀释，在头麸面中加入三次稀释的引子水和蜂蜜，把饽饽做成桃子状，并配上两片用白面做成的叶子。蒸熟后用事先刻好的寿字，蘸上食用红色印在饽饽上；用食用绿色染绿叶子，取名“桃饽饽”。老员外庆寿那天，儿媳们把各自做的饽饽端了上来。大儿媳说：“爹呀，俺做的是豆饽饽，用蒸熟的豇豆加红糖做馅，白皮红心，祝爹平安、长寿，都甜在心里。”二儿媳说：“爹呀，我做的是枣饽饽，发面时，特意加进白糖，并在饽饽上插有九个枣条，祝爹福寿长久。您老再看，这大枣饽饽笑得裂成四瓣，愿您天天有个好心情，笑口常开！”三儿媳说：“爹呀，我做的饽饽像仙桃，用三次泡发的引子水发面，还加了蜂蜜，取名桃饽饽，也称‘寿桃’。祝爹爹甜甜蜜蜜，福如东海，寿比南山。”老公公听罢，哈哈大笑，为有这样孝顺的儿媳感到高兴。三个儿媳的孝心以及各自做的特色饽饽在当地传为佳话。

另一个发生在烹饪之乡——福山，是一个真实的故事：民国年间的一年腊月底，下官乐沟村孙铭兰受邀到邻村汪格庄于姓财主家帮做大枣饽饽。正月初，于姓财主送给掖县（今莱州）舅舅家六个；两天后，其中四个又被送给蓬莱的亲戚；人家一看大枣饽饽做得好，就将其中两个送到栖霞的亲戚家；栖霞这户人家也是个财主，觉得这两个大枣饽饽做得出众，就送给了福山的亲戚——汪格庄于姓财主。于财主拿起饽饽一看，不觉一怔，顺口说道：“这不是咱家蒸的大枣饽饽吗？”但又不能确定；询问妻子，其妻子也不敢贸然肯定。于是，他就让伙计把孙铭兰叫到家里证实。孙铭兰一看，斩钉截铁地说：“这就是俺亲手做的大枣饽饽，怎么又传回来啦？”于财主茫然，说不清楚。次年，于财主告诉孙铭兰说：“我先问栖霞的至亲，你送的大枣饽饽是哪儿来的？说是蓬莱的亲戚给的；栖霞的至亲又问蓬莱的亲戚，回答说是掖县的亲戚给的。原来这两个大枣饽饽转了三个县，转来转去又转回来了。”说完，赏给了孙铭兰两吊钱（时值两块银圆，相当于现今六百元人民币）。并说：“今后，我家蒸饽饽，还得请你来！”孙铭兰回村之后，向街坊邻居述说这件事儿，感到很自豪。

（权福健、权锡铭搜集整理）

字据恩怨

清道光年间，山东荣成县城里住着两个富甲一方的商人，一个名叫张丰庭，一个唤作刘守义。二人都做皮革生意，既是生意上的合作伙伴，又是市场上的竞争对手。

第一次鸦片战争之后，外国奸商云集中国沿海，他们囤积居奇，强买强卖，很快垄断了中国皮革市场。张、刘二人深受其害，家业渐微，濒临破产。

一天，刘守义拜访张丰庭，寒暄过后，说明来意：“我于近日从新疆物色了一批上乘皮革，质优价廉，若转手销往江浙，必能获利甚丰，只是无奈本钱不够，今日贸然来访，求张掌柜解我燃眉之急。”

张丰庭闻言面有难色，沉吟片刻，问道：“不知刘掌柜所需多少？”

“白银一千两。”

“这……”张丰庭从椅子上站了起来，在厅内踱了几圈，说道：“好吧，你我交往多年，不看僧面看佛面，你既肯屈尊言借，我亦不能太过吝啬，便将我仅有的这一千两家底借给你吧！”

刘守义欣喜若狂，感激万分，当即索了笔墨纸砚，写就欠款字据一张：“今刘守义欠张丰庭白银一千两。”

刘守义用借来的钱，月余便做成生意。因念张丰庭借助之恩，又怕他做生意急于用钱，便从下一笔投资本钱中拿出五百两银子，先还给张丰庭。但当他索要字据修改时，张丰庭称原字据不慎丢失，一时无从查找。刘守义十分信任张丰庭，便不假思索地又立欠款字据一张：“刘守义欠张丰庭白银五百两。”

刘守义是性急之人，仅过了两月，便想方设法将余下的五百两银子凑齐，准备还给张丰庭。这天大雨倾盆，刘守义端坐府中闭目养神，心想，明天天气转晴，即可到张府将所剩银款还清，了却一桩心事。

正无聊间，突然有两个官差闯了进来，说是奉县太爷之命要将刘守义带到县衙过堂。刘守义猜想，一定是生意场上的纠纷。他为人耿直守信，做生意童叟无欺，难免得罪一些同道。但身正不怕影子斜，对于一些居心叵测者的刁难，他向来嗤之以鼻，无所畏惧。

来到衙门，刘守义一时惊得目瞪口呆，原来冒雨告他的竟是令他感恩戴德的张丰庭。

张丰庭向公堂呈交了刘守义先后立下的两张字据，状告他欠银款一千五百两不还。

连同他先前还给张丰庭的五百两，如今加在一起，可是足足两千两的巨额白银呀！刘守义眼冒金星，几欲摔倒。

“张掌柜，我们无怨无仇，你为何要害我倾家荡产？”刘守义愤怒至极。

“刘掌柜，如今世道艰难，洋人横行，匪患四起，做正当生意难如登天。我经营不当，家业颓废，为了兴旺家业，此举实乃不得已而为之。再者，自古商不厌诈，你自愿落我圈套，此你命也。”张丰庭虽有忏悔之心，但并不撤诉。

最后，县令判决如下：刘守义无条件于三日之内将所欠一千五百两白银如数偿还张丰庭，逾期不还将抄家抵债。

刘守义还完巨款，家业所剩无几，一时悲愤成疾，卧床不起。

刘守义有一儿子名叫刘定仁，早年在省城读书，学成后在邻县县衙做了文字小吏。一日刘守义病危，家人召刘定仁返乡省亲。

刘守义临死前对儿子叮咛道：“人一辈子处事要讲个‘信’字，为人要讲个‘义’字，将来无论你为官为商，一定要铭记‘信义’二字。你父虽死在‘信义’之上，但一生光明磊落，无负于他人，死亦无憾！”

刘定仁牢记父亲临终之言，含泪办完丧事，遂辞了官差，子承父业，一心经商。刘定仁不但腹有诗书，而且天资聪颖，他采用先进的经营方法，苦心孤诣，几年后竟力挽狂澜，重振刘家昔日辉煌，不但将皮革生意做得如日中天，而且将业务拓展到钱庄领域。

一天，刘定仁到钱庄审阅账目，突然发现张丰庭日前曾到钱庄借贷的条目，里面还附有借款字据一张：“今张丰庭欠钱庄白银一千两。”

真是人生有相逢，风水轮流转，害父之仇可报矣！刘定仁想到父亲被气死的惨状，一时悲愤交集，恨从心生。

过了月余，刘定仁即差人到张府催款，张丰庭东借西挪，暂还了六百两银子。张丰庭老谋深算，深知修改字据意义重大，便索了原字据在上面仔细注明一条：“还欠白银六百两。”

晚上，刘定仁看罢张丰庭修改后的字据，击掌大笑道：“张贼，任你老奸巨猾，终于还是聪明反被聪明误，我要让你赔了夫人又折兵！”

翌日，午睡中的张丰庭被官差唤到衙门，此刻，刘定仁已等候多时了。

“怎么，那家钱庄是你们刘家开的？”张丰庭震惊之余懊悔不已，但他很快镇静下来：“我又不是不还你银两，唤我到此做甚？”

“张丰庭，我要向你索要你欠我们钱庄的一千六百两银子！”刘定仁冷然相告。

“什么，一千六百两银子？笑话！”张丰庭故作从容，但他知道这里面必有蹊跷，汗都出来了。

“你先前立下字据说欠我白银一千两，后又补充说还欠白银六百两，总计不是一千六百两又是什么？”刘定仁向县令递呈了张丰庭修改后的字据。

张丰庭马上明白自己犯了一个愚蠢而致命的错误，他在字据上补充的“还”字，不但读“huán”，它又读“hái”。

“县太爷明鉴，小人所补充文字乃是已还欠款白银六百两的意思，那个‘还’字，它是一字多音呀！”张丰庭脸色惨白，跪在公堂上磕头不迭。

“住口！”那县令是个见风使舵之辈，他见刘定仁富贵得意，而张丰庭家业败落，已成强弩之末，自然偏向刘定仁一方，便喝令道：“本官限你三日之内将所欠刘家一千六百两白银全部偿还，休再狡辩！”

张丰庭一下子瘫倒在地，他绝望地看了看刘定仁，自知回天无力。

三日后，张丰庭被迫变卖了所有家产，勉强凑齐一千六百两银子，交给了刘定仁。刘定仁收了银子，遂去刘守义坟前拜祭父亲在天之灵。

又过月余，一天刘定仁晨练出门，看见大街之上有个叫花子蹒跚而行。他觉得有些面熟，便叫住一看，竟是张丰庭。

刘定仁从怀中取出一百两银票，递给张丰庭说：“当年你讹我父一千五百两银子，先前我又诈你一千六百两银子，现在我还你一百两，我们刘张二家所有恩怨就此了结。你知道家父临终前所留遗言吗？处事为人一定要讲‘信义’二字。你经商数十年，却连这点道理都不懂得，实为可笑。你拿了银票，好自为之吧！”

望着刘定仁拂袖而去的背影，张丰庭立在街心，茫然失措，恍若隔世。他觉得手中握着的不是一张银票，而是一团熊熊燃烧的烈火，正在一点一点地噬咬着他的良心。

（老锁搜集整理）

莱阳梨膏

莱阳梨的种植历史悠久，很早以前，莱阳五龙河畔的百姓就开始种植慈梨，因得天独厚的地理环境，这一带出产的慈梨汁水丰富、爽脆甘甜，故此美名远扬，历朝历代都被定为朝廷贡品。

在大明万历年间，五龙河畔有个叫赵格庄的村庄，也盛产莱阳梨。这一日，村中宋姓百姓的族长宋太公站在门外，听着从母亲房内传来的一阵又一阵的咳嗽声，愁眉不展，唉声叹气。老夫人自一月前染上风寒后，咳嗽不止，宋太公四处求医，但效果甚微。老夫人已年过八旬，受病痛折磨，卧床不起，茶饭不思。身为孝子的宋太公眼见老母日渐消瘦，自然是忧心如焚，恨不能代母受罪。

天近晌午，宋太公来到老夫人病榻之前，请安之后，询问母亲中午想吃点什么。老夫人摇头表示什么都不想吃。宋太公焦急，说不吃饭怎么能行，一定要母亲吃点东西。老夫人想了想说，那就给我煮一个慈梨，喝点梨汤吧。老夫人年过八旬，自牙齿脱落后，因不能咀嚼鲜梨，喜欢将鲜梨放在锅内蒸煮之后食用，熟梨和梨汤入口绵软、酸甜，别有一种味道。

宋太公见母亲松口肯吃东西，松了一口气，立刻吩咐小儿子宋策跑去梨园摘来鲜梨，将鲜梨放在锅内，添上水，亲自架火烧煮。煮好之后，他将熟梨、梨汤端到母亲病榻前，用汤匙盛了梨汤，送到母亲口边。

老夫人咳声连连，喉间似有火在灼烧，她本无胃口，但一口梨汤入口，自喉间滑下后，喉咙灼烧之处顿时感觉到一阵清凉，热痒感瞬间大减，便将一碗梨汤慢慢喝下。

下午，宋太公见母亲精神渐好，大喜，当晚便又煮梨给母亲食用。老夫人竟然胃口大开，不但梨汤喝得点滴不剩，一个熟梨也吃下肚去。

自此，宋太公便每天都煮梨给母亲吃，几日之后，不知不觉，老夫人的咳嗽症状居然减轻了一些。眼见母亲身体见好，宋太公心中高兴，觉着这慈梨或许能够治疗咳嗽。

这一日，宋太公正在灶前看着灶火为母亲煮梨，有一个村民快步跑来，告诉他莱阳县令要来梨园为皇上挑选贡梨，已到村口，让他赶快前去迎接。宋太公不敢怠慢，因怕灶火熄灭，他先往灶下多加了几块梨树根，这才起身赶往村口迎接县令。

宋太公这一去就是一个多时辰，等他返回，灶下柴火已熄。他开锅一看，不由苦笑：锅中水已烧干，梨已经没了踪影，锅底只留下一滩浓稠的黑褐色液体，形似药膏。他只得清理出梨膏，准备重新为母亲煮梨。在清理梨膏的时候，宋太公感觉梨膏散发的气味怡人，就顺手将沾了梨膏的手指放到嘴里一尝，顿时愣了：此膏竟然甜中带酸，回味醇厚，感觉更胜过煮的熟梨。他兴冲冲地将梨膏送给母亲一尝，没想到老夫人尝完之后，也是满口生津，胸、肺、喉间均感觉为之一畅，咳嗽之意立消。

宋太公是有心之人，感觉梨膏似有润肺止咳的神奇功效，此后在煮梨的时候，他就有意加大火候,熬出浓厚的梨膏让母亲服用。没想到,还真有了奇效,不出七日，老妇人的咳嗽尽消，精神甚至比以前都要健旺。

难道莱阳梨膏竟是止咳圣药？此后，宋太公又将梨膏送给村中其他咳嗽之人服用，竟也疗效显著，甚是灵验。

这时候，恰好有一位姓王的宫廷太医回老家莱阳省亲。宋太公听说后，就带上梨膏，让小儿子宋策赶着马车送自己前去登门请教。王太医见多识广，他在试用之后，对莱阳梨膏也是赞不绝口，认为莱阳梨膏具有很高的药用价值，只不过宋太公所带的梨膏因熬制方法过于原始，火候较大，尚达不到最佳效果，如果能采用宫廷专用的梨膏熬制秘方，熬出的梨膏定将更加灵验。

宋太公大喜，当即恳请王太医传授宫廷秘方，熬制出梨膏造福百姓。王太医闻听却面有难色，说既然是宫廷专用秘方，那么不经允许是不许外传的。宋太公大是失望，正欲告辞离开，王太医却又将他叫住，然后看了旁边的宋策一眼，说如果我将秘方传授给自己的徒弟，那也就不算外传了。

宋策极是聪明机灵，闻言大喜，立马跪下磕头拜师，恳请王太医收自己为徒，教授医术和熬制梨膏的秘方。

王太医哈哈大笑，当下就收宋策为徒，将宋策留在自己家中，悉心教导。

王太医在莱阳住了三个月，这期间，他经过悉心研究，利用宫廷秘方，通过反复琢磨、多次试验，用最正宗的莱阳梨作原料，熬制出了火候、浓度、疗效均达到最佳效果的莱阳梨膏，经试用，清咽利喉、降火生津、和胃化痰，对治疗肺病或伤风咳嗽具有神奇的疗效。

而宋策在这三个月间一直待在王太医身边，两人朝夕相处，一个刻苦学习，一个倾囊相授，短短三个月，宋策不但完全掌握了梨膏的熬制秘方，在医术方面也进步神速，颇有心得。直到恋恋不舍地送师傅王太医回京后，他这才回到家中。

宋太公见宋策学成归来，为了造福家乡百姓，他便开设了一个药铺，专事生产莱阳梨膏。

不过，因为地处偏僻的乡下，加上莱阳梨膏并不为人所知，开业初期，生意并不是很好，所幸宋氏父子开办梨润堂的初衷并不是以营利为目的，而是为了造福乡亲，为病患解除伤痛，所以生意不好，两人均并不着急。但是到了第二年，也就是万历十九年的春天，似乎是一夜之间，前来求购莱阳梨膏的人突然多了起来，几乎挤破了门庭，其中大多数是外地人。

宋太公感到奇怪，这天，他将一位外地口音的顾客请到家中，摆上茶水、瓜果，细细询问。对方说自己是京城人士，自己此次不远千里前来莱阳求购梨膏，乃是慕名而来。

宋太公一怔，“慕名？难道莱阳梨膏名声都传到了京城？”

“一点不错！”对方一拍大腿，“原来你还不知道？你们的莱阳梨膏治好了万岁爷的病呀！”宋太公吃惊不已，原来，此事跟王太医有关：

万历十八年冬，也就是王太医回莱阳省亲的这段时间，京城天寒地冻，患风寒感冒者不计其数。万历皇帝也未能幸免，卧床不起，连朝都不能上了。这可忙坏了宫中太医及文武百官，大家搜罗天下灵药，给皇帝又是驱寒，又是补气，又是补血，又是壮阳，历经半月，好歹是见了效，皇帝渐渐起得了身、下得了床，不过，因寒气入肺，难以去根，万历皇帝落下了咳嗽的毛病，咳嗽起来是惊天动地，而且心热气喘，手脚颤抖。太医们绞尽脑汁，试了上百种药方，却仍难以见效，大家是束手无策。皇帝因为咳嗽寝食难安，太医们救治不力，也是寝食难安，深怕圣上怪罪下来，扣上个庸医的帽子事小，脑袋搬家事大啊！

王太医返京进宫这日，众太医正聚在太医院商量医治之策，其实哪还有什么办法，大家是在商量皇上或者皇后怪罪下来怎么办。见王太医推门进来，众人就像见了救星，七嘴八舌把皇帝染上咳嗽顽疾的事情说了。还有人劝王太医暂时回家，过几天再进宫，以免受到牵连。王太医听完，立刻想起了带回的莱阳梨膏，说太巧了，我这次回老家，刚好带回一种梨膏，倒是生津止渴的妙药，我这就过去给皇上试一试，如果试好了救大伙于危难，那自然是好，如果试不好，那也怨我医术不精，理应跟大家一起受罚。

说完后，王太医赶紧来到皇帝寝宫。还没等进门呢，就听到里面传来一阵剧烈的咳嗽声。他不敢怠慢，进去给皇帝请安后，就打开随身的药箱，从里面取出一个小瓷罐，打开盖子，露出半罐黑乎乎的药膏。万历皇帝这些日子吃了数十种药膏，如今看见药膏都犯恶心了，他见此药膏黑乎乎的毫无出奇之处，不相信地问王太医：这能管用吗？

王太医说，臣不敢保证一定见效，但此药膏可以止咳化痰，滋润气肺，调节阴阳平衡，绝对无害。他从罐子里挖出一块药膏，放入碗中，用温水泡开后，搅匀，双手端到皇上面前，请皇上饮用。

旁边的皇后接过碗，用汤匙喂到皇帝口边。万历皇帝皱着眉头，张嘴喝下，不想只一口，他拧成一团的眉头就舒展开了：没想到此药竟然全无药之苦涩之味，反而甜中带酸，入口即满口生津，沁人心脾，胸中烦闷之气大消。不等皇后再喂，万历皇帝已接过碗，举起一口气饮下，饮完，还意犹未尽地舔舔嘴唇。

说来真是灵验，此药入腹不久，万历皇帝的咳嗽便明显减轻了许多，当晚，就安安稳稳地睡了一个好觉。第二天一早，他便令太监将王太医传来，继续服用药膏。就这样，三天后，咳嗽顽疾尽去。

病一好，万历皇帝自然要论功行赏，大加犒赏王太医，要封其“神医”之名号。

王太医一听，连说使不得，我要是成了神医，会让真正的神医笑掉大牙，能治好圣上的病，并非臣医术高明，而是皇上洪福齐天，再加上莱阳梨膏之功。

万历皇帝大奇，莱阳梨是地方贡品，每年秋天都会自千里之外的莱阳送进宫来，味道甘甜，这神奇的药膏竟然是用莱阳梨熬制而成？怪不得入口如饴呢。不过，水果怎么还能治病呢？万历皇帝便向王太医细问究竟。

王太医便详细说了此次回莱阳省亲发现莱阳梨膏的经过，万历皇帝听完，龙颜大悦，当即吩咐将莱阳梨膏列为宫廷贡品，从此后，宫中上下就再也不怕那咳嗽之苦了。

莱阳梨膏治好皇帝的咳嗽顽疾的消息传出后，莱阳梨膏顿时名扬天下，求购者纷至沓来。每年到了梨花盛开的季节，人们赶到梨园，一边欣赏梨花美景，一边买上几瓶正宗的莱阳梨膏，作为地方特产和神奇良药，带到全国各地。

（五龙河叟搜集整理）

审砚

某日，即墨吉县令奉诏进京任职。临走时，在胶莱运河码头，他看见一班书生将一船房推倒，那船户叫屈不迭。于是上前询问何事，秀才们说，因乘船赶考，被船户偷盗。吉县令便命船户和秀才们到驿馆等候。吉县令坐定后问案，五个秀才禀道："我们到莱州府考试，住在船上，被船户乘机盗走衣服玩器等物一宗。"船户说："五位相公雇小的船，说好来回一个月付船钱十两。现只有二十七天，相公们为少付三两，就以盗贼冤屈小的。"吉县令喝道："相公们以船为家，你当负有照管之责，如有差错，难辞其咎！"船户又禀道："他们有两个管家在船上照管的。"吉公不理，叫左右将船户锁起来。吉县令又问秀才们："有失单吗？"齐声应道："有。"吉公叫拿来看，只见单上无非是些道袍衣被香炉之类，还有一方端砚。吉县令点头说："既然都是秀才，便请教一篇。"

秀才们以为真要作文，不禁技痒，宁神静气，坐以待题。吉县令却道："不敢劳诸位作文，只是要你们画出失去的端砚的式样。"五个秀才因相隔较远，无法串通，只得各自画个式样。吉公一看，大笑道："怎么一个端砚却有五种式样？做秀才要挣出身，却又这样无耻无赖，丧尽良心。若让尔等管理百姓，一定是个贪官；使尔等执掌朝政，必定是个卖国贼！三两船钱并不多，可惜过于阴损！"秀才们面面相觑，哑口无言。吉县令遂命他们报上姓名，上报提学使，依律罚停考五年。

（显忠、朴拙搜集整理）

训虎山与叫儿埠

相传，早在一千八百多年前，训虎山这里就有了村落，美丽富饶的山水养育着纯朴的山民，勤劳的人们一代一代在这里打鱼耕地，过着舒心安逸的生活，倒也乐在其中。可是有一年，山上突然来了两只猛虎，非常凶恶残忍，夜间经常出来伤害人命。乡亲们被逼得没法了，只好投靠亲友，背井离乡。一时这里田地荒芜，一片荒凉。

那时，这里属不其县管辖。县官胆小如鼠，听说有虎，恐慌万状，急急忙忙把县署搬迁到离此三十多里以外的城阳附近。即使这样，那些怕死的县官还是一个个弃官而逃，以致朝廷派不出县令。正在这节骨眼上，有个名叫童恢的州官听说这事，气愤不过，主动要求来当县令。童恢领到皇命，火速上任了。

话说这山脚下的村子里，住着一户人家。家中只有一位老妇人和儿子相依为命，靠儿子上山砍柴为生。这天，儿子上山砍柴回家的路上，突然撞上两只老虎。那老虎瞪眼看着这小伙子，馋得直流口水。看样子，那老虎像是饿极了，张着大口，舞弄着前爪，贪婪地看了这小伙子一阵，真是虎视眈眈。忽然，这老虎像疯了一样猛地扑过来，把小伙子摁在身下，先咬断喉管，接着便生吞活剥地啃嚼起来……

那老妇人在家等儿子，一等不来，二等不回。她一夜没合眼，直到五更天亮，还不见儿子回家。老人拄着拐棍，颤颤巍巍顺山路找儿子。走一步，叫一声，她嗓子喊哑了，嘴皮磨痛了，还是没有回声。老人哭着，喊着，直找到半头晌，找到一担柴火，柴旁边一个血淋淋的人头和一堆散乱的骨头，老人一看这惨象，认出了是儿子，便“哇”的一声，号啕大哭起来。老人哭得死去活来，眼睛都哭瞎了。乡亲们怕她哭坏身子，有的劝，有的拉，有的哄，有的扶。这孤苦伶仃的一个老人，也真够可怜的了。人们嘴里劝着，却也跟着哭起来。忽然有人说：“听说新来了个县官叫童恢，他什么案子也能审，快去告老虎一状吧。”这老妇人听说，也觉得有道理，强撑着身子赶到县城，到大堂上击鼓喊冤。童恢问明案情，给老人些吃食，安慰一番，便与官兵商量计策，挖坑设栏，星夜捕捉凶手。

几天以后，两只猛虎终于被擒了回来，归了案。第二天一早，童大人登上训虎台，并差人请来了老妇人。只见童大人画符念咒，口中念念有词。两只猛虎虽然被捆得结结实实，但却龇牙咧嘴，摇头摆尾，嗷嗷发威。那架势真是不可一世。童恢一点也没放在眼里。他把惊堂木一拍，大喝一声："大胆的畜生，见了本官为何不下跪？"虎道："我本无罪，何必跪你？"童大人道："不见棺材不落泪的东西。传老妇人上堂！"老妇人颤巍巍地走上来，一看那两只猛虎，更气得说不出话来。童恢道："老人家别哭，我今天一定为你做主，你且退下！"转过来又对虎喝道，"你们胆敢伤害百姓，还不快快招来！"老虎吼道："我乃山中之王，世上占有一个'王'字的有几个？吃人是我的天性，我们祖祖辈辈，吃过多少人，从没听说有何罪过！"童恢怒道："大胆！你虽是山中之王，也是在王法之中。难道你不懂王子犯法，与民同罪吗？来人，如若不招，给它加刑！"童恢威严地说："根据王法，杀人者要偿命，尔等虽属虎类，也不能超出法外！"老虎一听要加刑，再一看童大人威风凛凛的样子，终于浑身哆嗦起来，跪在堂前，招了吃人之事。

童恢一看火候已到，接着说："你俩谁是吃人真凶，应该大胆承认。"一只猛虎"吼"的长啸一声，瘫软在地，童恢当即下令推出斩首。他对另一只虎说："你虽非正凶，但也有伙同之罪，你必须依我两件事：第一，这妇人的儿子被你们害死，念她膝下无人，将这老妇人养老送终；第二，你暂时不准回崂山去。我在这座小山上立根柱子，什么时候柱子断了，你再回崂山去。"只见那虎"呜呜"地哭起来，表示悔改、服从判决，随即将老妇人背回了山洞。为了考察老虎的表现，童恢经常上山察访，探问。果然那老虎侍奉老人百般孝顺，夏天背她到大树荫下乘凉，冬天用自己的皮毛为她取暖，还请来"狐仙姑"用灵丹妙药给她治好眼睛。老人过得清闲自在，直到寿终。为了鼓励老虎改邪归正，童恢封老虎为镇山大王，负责这一带的安全。从此，背井离乡的人家都搬回来了，这一带又恢复了人烟辐辏，车水马龙的太平兴旺年景。

为了纪念这位为民除害的童大人，人们把即墨城南的这座山改名为"训虎山"，把山下的那个村庄取名"叫儿埠"，山上还葬着童大人的衣冠，叫"童公墓"，还在墓旁建了一座"童公祠"，世世代代地祭祀着。

（显忠、尤起搜集整理）

狐仙报恩传醪酒

相传在很久很久以前，即墨属东夷地。其东南临海有一座大山，山高林密，泉涌涧深，名曰崂山。山北麓有条小河，聚涌泉之水，顺山涧而下，弯弯曲曲，流经即墨处，水流湍急，弯曲处冲有多处深渊，看下去水深如墨，清澈见底，饮之甘甜，故得名墨水河。

河旁有一小村庄，住有几十户人家，多以种黍砍柴为生。村中有一寡妇，名叫嫱女，因其丈夫早年从戎边疆，为国捐躯，只剩得母子二人，相依为命。嫱女长得一头黄发，且面容丑陋，她心地善良，乐于助人，邻里和睦，村中老幼都愿与其相处；其儿名硕，年方十六，长得虎背熊腰，甚是健壮。母贤子孝，儿耕娘织，小日子过得倒也衣食温饱。

有一天，硕儿清早便起，背绳拿斧，告别母亲，进崂山砍柴。刚到密林深处，忽听一声惨叫，循声望去，只见不远处一悬崖旁，一只大鹏正用利爪抓住一只银色狐狸撕咬，眼见得那狐狸遍体鳞伤，危在旦夕，两眼直瞅硕儿，似在乞求救命。说时迟，那时快，硕儿紧跑几步，瞄准大鹏，奋力掷出快斧，正中大鹏头部，大鹏大叫一声，放开银狐，展翅远飞而去。硕儿急忙抱起银狐，用衣服暖其身躯，搽黄土止其流血，得救银狐眼含热泪，伏爪点头向硕儿道谢，带着伤痕向悬崖下一深洞走去。硕儿松了一口气，砍满薪柴，背负下山，回家不提。

时至深秋，硕儿又入崂山砍柴，忙活了一天，砍得干柴两捆，肩挑下山。走到一大平石处，已是汗流浃背，倍感疲乏，便放下担子，躺在平石上休息，不知不觉竟睡了过去。等他醒来时，太阳已经落山，一阵凉风袭来，猛打一激灵，只觉得浑身像被绳索捆住一样，很不自在，无奈天已渐黑，只得挑起柴担，踉跄上路。

谁知从此以后，硕儿日感四肢麻木，浑身无力，不到一月，竟卧床不起，只得依杖代步，痛苦无比。嫱女见硕儿病到这般光景，心如刀绞，寝食不安，四处求医问药，日夜叩拜上苍，为硕儿祈福祷安，并不见好转。

忽一日，媸女正坐在门口发愁，有一身穿银灰色袍衣的老翁登门自荐，愿为硕儿治病。媸女一听十分高兴，急忙把老翁请到硕儿床前，老翁低头细看硕儿面色，观其舌苔，凭其脉搏，捋须沉思片刻，点头说："此病虽重，尚未入膏肓，还可治也。"媸女急忙扶硕儿起身叩头，请老翁救命。

只见老翁从袖中取出银针数枚，针刺硕儿环跳、足三里、风市、悬钟诸穴位，再用艾叶揉团灸之，以祛外邪。然后教媸女臼麦踏曲，煮黍米为粥，米粥拌曲，温酿分浆，滤清取醪汁，加千年健、海风膝、牛膝、杜仲、地龙、土鳖等中草药，熬汁共服，以攻其内。

自此日起，老翁每天清早傍晚来为硕儿针灸，媸女天天为硕儿酿汁熬药，硕儿日感筋血顺畅，不到一个月就完全康复了。老翁眼见硕儿痊愈，哈哈大笑三声，面对硕儿说道："你救吾孙的大恩已报，了我心愿也。"说完，化作银狐影，飘然向东而去。硕儿大惊：这很像我救的那只银狐呀！急忙叩拜道谢。

话说回来，媸女每天酿出的醪汁焦香扑鼻，村里人都闻味而来，垂涎欲滴，媸女便分些与他们喝，众人饮后，都感透筋骨，温脾胃，舒筋活血，好不痛快！日复一日，讨喝的人越来越多，媸女见众人喜欢，干脆把酿醪汁的秘方传给他们，醪汁便在即墨一带流传开来。因媸女长得满头黄发，人们为了感谢她传方之恩，便将她酿造的醪汁称为"黄醪"。昔日之黄醪即今日的即墨老酒也。

（显忠、尤起搜集整理）

八子绕母千年树

胶州市杜村镇寺后村养老院内的一株银杏已逾千年，由九树组成，中为母株，周围八株子树，人称"八子绕母"。关于"八子绕母"还有一段传说。

很久很久以前，因黄河发大水，闹蝗灾，有对姓崔的夫妇从老远逃荒。这对夫妇虽说很穷，但心眼儿好，车篓里放着两个伸着小手嗷嗷待哺的儿女，本来就够心焦的了，可他俩偏偏心慈。一天傍晚，全家正在赶路，忽见路边沟里躺着一个将死的逃荒女人，身旁一儿一女，正在哀哀哭泣。崔妈妈心头酸楚，吧嗒吧嗒地陪着掉眼泪，那将死的女人强睁开眼睛，用手指了指她的一双儿女，又指了指自己的心口窝，便双眼一闭，咽了气。崔妈妈抓了一把土往她身上一撒，便哭着说："穷帮穷，大嫂，你放心去吧，就是要饭，俺也要拉扯大你这俩孩子，有俺孩子一口吃的，就有你两个孩子一口吃的。"说罢，就和同样满脸泪花的崔老汉，将这俩孩子也放在车篓里，接着上路了。每逢村过店，崔妈妈便领着孩子挨门乞讨，崔老汉饭量大，要来的饭不够吃的，顿顿挨饿，三尺肠子常空着两尺半，短气少力。崔妈妈有口饭总是尽着四个孩子和男人吃，自己常常摘把树叶，掐把野菜充饥，更是浑身无力。

这天他们正在路边休息，忽听到远处传来哭声，崔妈妈是菩萨心肠，最听不得哀哀哭声，立刻循声找去，走近一看，一男一女，两个一般大的孩子，正趴在一个倒在路边的瘦汉身上哭得上气不接下气。她伸手一摸，那瘦汉脸上冰凉，早已经咽气了，便说道："苦命的大哥，你放心去吧，你的孩子我会当自己亲生的一样把他们养大的。"随后叫来崔老汉，将两个孩子抱进了挤挤巴巴的车篓里。

夫妻两个拖儿带女，风餐露宿，最后来到胶州明山岭下。崔老汉强撑着给老婆孩子搭了个遮风挡雨的草棚，一闭眼就离开了人世。

崔妈妈哭得死去活来，瞅瞅六个可怜的孩子，实在不忍心撇下不管，便打消了和男人一起死的念头，她把儿女分成三拨，每天让两拨出去讨饭，留一拨帮自己在家开荒种地，两年的时间，窝棚周围开出了十多块巴掌大的地，加起来有二亩，地里种上绿油油的庄稼，崔妈妈还在窝棚前亲手栽下一棵白果树。

有一天，出去讨饭的两对儿女傍晚回来时却变成了三对，细细一问，多出来的两个是姐弟俩，无爹无娘，相依为命。听说崔妈妈心眼好，待穷孩子亲，就跑来央求一起过，崔妈妈见两个孩子孤苦伶仃，便一起收下了。年复一年，儿女们都长大成人了，崔妈妈把四拨儿女配成夫妻，让他们生儿育女，勤俭持家，过上了安定的日子。

崔妈妈多福多寿，整整活到了八十四岁，她初来时亲手栽下的白果树已经枝繁叶茂，开花结果。她临去世前，做了个奇梦，梦见青天红日头，从空中飞来个骑着仙鹤的仙翁，说她一生行善，护果有功，玉皇大帝封她为果神，叫她在白果树下司花护果，造福子孙。

崔妈妈去世后，儿女们按照仙翁托的梦，把她葬在了白果树旁。八个孩子为了报答母恩，商定死后要葬在老母身旁，以尽孝道。等他们去世后，围绕着那棵白果树的根部，就发出了八株幼苗，后来这八株幼苗越长越高，长成了参天大树，最后环抱老树，合而为一了。

崔氏后人，谓“八子绕母”为崔氏祖先化身，每逢清明节，便到树下祭祀，并告诫后人要老养小，小敬老，代代慈爱，辈辈孝顺。

（显忠、尤起搜集整理）

藏马山

很久以前，在六汪镇墨得水村有一财主，家境殷实，没几年就娶了小妾，且让小妾当家，并成家规。因家中富有，贫困人家的美貌女子也自愿嫁之。当时女子出嫁早，一般十五六岁就嫁人了。某年财主又娶得一女子，该女子过门后自然就成了当家人。当地主要种谷子，某年谷子刚抽穗时，该女子就让长工（财主家的雇工）到地里割谷子，要求十棵一捆，用红绳捆扎，放在地里晒干，雇工很不解，心想：“这不是糟蹋庄稼吗？”雇工们按照小媳妇的吩咐，到财主家的地里挥镰割谷子，并十棵一捆。有一老长工，确实不忍心割这些刚抽穗的谷子，便剩下三分地没割。

这年冬天，朝廷在胶州里岔筹建牧马城，圈养御用马匹。因工程浩大，皇帝向天庭求援，玉皇大帝让天蓬元帅与白龙马负责往牧马城运土石。天蓬元帅自西天取经回来后，一直在高老庄待着，妻妾成群，乐不思蜀，玉皇大帝很上火，这次便决定派他去；白龙马则一直在天庭休闲，这次也有了用武之地。

俗话说得好，兵马未动，粮草先行。天蓬元帅很不情愿地领令后，与白龙马一起到牧马城周边查看地理、选购马料及住所。天蓬元帅本性难改，在途经墨得水村时，见小媳妇有几分姿色，恰逢当时有孕在身，更是妩媚。当即决定以每棵十两银子的价钱订购财主家未成熟就收割、晒干的谷子，并在财主家租用四间大瓦房，让财主给他们再雇俊男靓女各两人，料理他们的生活起居，这样便在财主家安营扎寨。村南高城岘是周边地势最高的，有土、有石料，是最佳土石料场地。

从此，天蓬元帅每天赶着白龙马往牧马城运送土石，在牧马城南侧，立了两排石柱子拴马，朝廷安排专人在此服役，服役人员拖家带口在此居住，后来形成了村落，就是现在的前、后立柱两个村。白龙马累了，有点口渴，就到村前一口井喝水，由于井太深，没喝到水（此井后叫没得水井），后来该村演变成现在的墨得水村。

朝廷安排要员协助天蓬元帅修建牧马城，朝廷要员在拴马途中，发现一美若天仙的村姑，送往皇宫选皇妃，村姑因误信其嫂子的话，被皇帝处死，该故事在当地流传至今。因为老长工留了三分地的谷子没割，就在牧马城即将竣工时，马料没有了，没料吃，白龙马自然也就没劲搬运土石，气得天蓬元帅用鞭子抽赶白龙马。白龙马念叨着："不让马儿吃草，还让马儿运料！过分了，二师兄！"于是挣开缰绳，从墨得水村尥蹄子撒欢，在高城岘向西观察了一会儿（后人叫此地为东观庄），便向西狂奔。一蹄子一个窝洛，就是现在六汪北的那一溜窝洛子村：李家、冷家、赵家、阮家和黄家窝洛等村庄。

再说天蓬元帅一看白龙马跑了，立刻组织村民追赶，自己则腾云驾雾，追赶上了白龙马，将缰绳向东一缀，马头向东一抬，就是现在的东台头村；马头向西一抬，就是现在的西台头村。

白龙马决意不干了，就和天蓬元帅尥蹄子撒野，天蓬元帅对白龙马一顿鞭抽，打得白龙马浑身冒虚汗，怒刨下六个大坑，一个激灵洒下了身上的汗水，立马成了六个大湾，即今六汪村。

白龙马再次脱缰，当跑到一个庄子南面的河岸时，追赶的人们眼看宝马就要走远了，齐声喊道："快回来，马儿快回来啊！"白龙马听到催促的声音，心烦意乱，一头扎到河里，谁知这一扎，就在那河底形成了一个又长又深的大湾，后来人们管它叫龙湾（现崔家庄龙湾），河边的庄子也因催促马儿而得名催家庄，后改成崔家庄，即是现在的崔戈庄。

白龙马跑到月季山西边，正赶上月季盛开的时节，看到月季山顶上的那棵千年古月季花树，枝繁叶茂，姹紫嫣红，煞是好看，白龙马就慢腾腾围着月季山细细观赏，当快要转满一周时，听到追赶的人们越来越近了（此地就是现在的山周村），白龙马一时兴起，盛怒之下用前后两个蹄子一刨，分别刨出了一条小沟和一条大沟，即现在的六汪镇大沟、小沟两个村，而后甩开四蹄向南直奔而去。追赶的人们也急向南追，追着追着被一条山涧挡住了去路，没有办法只好折回另找路，并将此涧命名为折涧（即现在的柘涧村），就在折返途中发现山上一窝野猪，众人围而获之，此地即现在的野潴村。

天蓬元帅紧随其后，眼看要追上了，白龙马一头钻进一座山里去了，就成了现在的藏马山；马跑得急，在山下流下许多汗，便是现在白马河的源头。

白龙马钻进藏马山后，因不能吃苦耐劳，六根不净，未成正果。藏马山原来青山绿水，白龙马进山后，无可享用的饲料，便饥不择食，将山中青草绿树全部吃光；听说天蓬元帅建了牧马城，且草肥水美，欲去享用。被玉帝发现，废其神功，派哪吒用乾坤圈在白龙马必经之路上挖出一条深沟，白龙马想腾飞而过，被哪吒砸入深沟，该沟后取名不过涧；白龙马因伤被人们捉住，用来耕田。此地逐渐形成了村庄，就是现在六汪镇不过涧村。

白龙马在此受尽了皮肉之苦，也熟知了人世间的艰辛，对从前贪图享乐的行为进行了反思。白龙马向玉皇大帝进行了悔过，祈求将它曾经隐身的山作为道场，为天庭的神马营造人间牧场。玉皇大帝恩准，白龙马就返回了此山。

从此以后，白龙马在此修行，栽树植草，使此地田野肥沃、山林青翠，碧水涟涟，山林茂盛，可谓山清水秀，四季如春，天马时常来此嬉戏，形成了北有皇宫牧马城，南有天庭神马苑。

在认真打理神马苑的同时，白龙马一心为人间做好事、行善举。帮助周边贫困人家耕地播种；为世人治病消灾，悬壶济世，看到有人生病了，就到山上挖草药，为人治病；遇到瘟疫流行了，就祈来仙药，撒到河里、井里，让人们服用以躲过瘟疫；天旱了，就朝空中打个喷嚏，下起雨来，浇地润苗，使当地年年丰收，家家满仓。

白龙马给人间带来了幸福与欢乐，人们也非常喜欢白龙马。为了答谢白龙马，人们在山下白马河边盖起了一座龙马庙，庙里香火旺盛。

从此，人们就把此山叫作藏马山，把此河叫作白马河。而周围一带的山头、村庄也大都用“龙”字、“马”字来命名。

（显忠、尤起搜集整理）

日庄火烧

莱西城北面六七里的地方，有一座九个顶的山，名叫九顶梅花山，早年间，每到早春，满山遍野梅花开，溢香流彩，真是美不胜收。

传说，宋仁宗宝元二年三月，皇帝赵祯东巡，经琅琊台去莱阳城，路过九顶梅花山时，正逢这里赶“梅花山会”。赵祯兴致勃勃地看了满山的梅花，忽然觉得肚子饥饿，便命卫兵到山会上去买一种他从没有见过的地方食品充饥。卫兵转遍了山会，看遍了卖好吃的小铺，都是普普通通的食品，正发愁时，只见一株梅树下，一个十三四岁的小孩子，两手端着个小笸箩，背上背着个小背篓，口里喊着：“梅花火烧，梅花火烧……”小孩子的叫卖，引起卫兵的兴趣，急忙向人群里走去。那些卫兵大声吆喝着：“卖火烧的小孩，停下……”卫兵不喊，那孩子走得还很慢，这一喊，他越发跑起来了。

这小孩子就是日庄村的邵小阳，邵小阳七岁丧父，和母亲林氏靠种一亩薄地和卖火烧度日。母亲是个心灵手巧的人，心眼活，手头巧，做什么像什么。她做的“梅花火烧”就是取意“梅花山会”。取形于“梅花”。那火烧是圆圆的，像个铜镜，意思是年年聚会年年圆。火烧的中央有一个突起的圆环，环上匀布着一朵美丽的梅花图案。火烧的边上有相等的五个花瓣，构成一朵美丽的梅花图案。火烧是用豆秸火，在黄泥垒的灶里，放在平底鏊子上烧烤而成。火烧烤熟之后，黄澄澄的，十几步外就可以闻到一股诱人的清香，吃到嘴里又酥又脆，真是越吃越想吃。

那几个卫兵见那孩子要跑，便兵分两路，左堵右截，终于将他捉住，卫士们掀开背篓一看，嗨，个个馋得立刻流出口水。怎奈邵小阳初生牛犊不怕虎，说啥也不肯卖给他们。他为什么不卖呢？这是经验告诉他的。原来，以往当兵的买邵小阳的火烧，十有八九是不付钱或少付钱的，有一次邵小阳还挨了两巴掌。当时老百姓有句顺口溜：“日庄的火烧越叫越远。”其实是对当兵的说的，老百姓要买，一招呼就到。几个卫兵好说歹说，邵小阳就是一个“不卖”！在皇帝老子鼻子根下，他们又不敢使威风，只得连哄带吓，连推带搡，把个邵小阳送到皇帝面前交差。

赵祯打开背篓一看，一股浓烈的清香扑鼻而来，立刻勾起强烈的食欲，恨不得立刻吞下几口。他心里想，御膳食谱里还没有这一谱呢，谁说胶东无美食？胶东美食在农家呀！于是他问邵小阳："哎，你这孩子，你的火烧叫什么火烧？"邵小阳很自豪地答道："梅花火烧呗！""为什么叫梅花火烧？""你没看见像梅花吗？""谁做的？""我妈！""你爹怎么不来卖火烧？""他得了病，没钱治，死了！"说着，邵小阳眼泪涌满了眼眶。赵祯急忙转了话题问："今天为什么凭着火烧不卖呀？"邵小阳指着几个兵说："卖给他们？他们不给钱！"赵祯说："卖给我呢？""谁给钱？""当然是我给钱。今天我还要加倍给钱。"说着让邵小阳点了火烧的数目，真的按价两倍付钱。邵小阳哪知道买他火烧的人是当朝天子，只是淡淡地说了一句："你是个大好人啊！回去和我妈说，她准会给你求佛保平安的。"

再说赵祯由于肚中饥饿，没等邵小阳数完钱，便拿起火烧吃起来，越吃越香，一连吃了四个，还眼睁睁瞅着买来的火烧想接着吃。邵小阳数完钱，道了谢，要回家去。赵祯忽然想到一件事：买了这些火烧，也不过吃三五天，回京后，怕是没有做得出了，心中立刻作了长久打算。他着人问了邵小阳的姓名住址，甚至四邻、街坊也问了个明白，然后才放邵小阳回家了。

邵小阳回到家里，照旧是二、七日庄，三、八南岚，四、九王家夼，五、十水沟头赶集卖火烧。一天，莱阳县衙来了四个当差的，他们打听着找到了邵小阳，让他家三天之内准备好八百个火烧，说是给皇帝进贡，要精心细作，不准要别的户代作，价钱可以高于他人，邵小阳和他母亲白天、黑夜忙个不停，按时让县衙拿走了火烧。邵小阳家的火烧成了贡品的消息，立刻在十里八村传开了。据说，莱阳县知事也接到圣旨，定期为皇宫进献梅花火烧，而且只要日庄邵小阳家做的。邵小阳家生意立刻红火起来，三五年后，便由一个沿街叫卖的小贩，变成了雇人经营批发的店铺了。梅花火烧也就名声大振，誉满京城了。

直到今天，开封市内仍有一家小吃，自称为"正宗莱阳县日庄梅花火烧"。由于过去皇帝说话金口玉言，他说话别人不能随意改动，所以五个瓣的火烧，只在日庄邵小阳家做。但是，随着时代的变迁，日庄不光邵小阳家做五个瓣的火烧，王家、李家、孙家……只要是五个瓣的火烧，便就都叫成了日庄火烧。

（余月搜集整理）

平度茶山

平度茶山为什么没有茶？民间有许多美丽的传说，最美丽的故事还是三柱峰飞天，据说在大唐年间，唐太宗委派高僧唐三藏去西天取经，在唐三藏取得真经功成圆满之际，驾云返回长安。途经山东地界，俯身下看，只见下界山清水秀，草绿花红，奇石峭壁，流水潺潺，便耐不住心中的好奇，按下云头。落在山顶欣赏这里的美景，（后来这里有唐太宗派人修筑三藏庙，暂且不表）看到山坡有一山泉，水如莲花，饮之甘甜，便双手合掌，诵经百遍。只见泉水处突现一穴，白雾缭绕而出，竟是一口天然泉水井。三藏道：今后，凡俗人饮此水，皆可耳清目明，久饮则可成仙。道罢，腾空驾云而去。说来也巧，王母娘娘正开过蟠桃盛宴，与众仙女驾云东游，看到三藏拜清泉这一幕，心中称赞，好和尚，我助你一臂之力吧！信手取来天宫茶籽三棵，大如枣，奇香扑鼻。拂袖生风，茶籽落地成树，三棵茶树，高数丈，叶子郁郁葱葱，顿时满山茶香。从此，茶叶落地入水，皆有余香，香气顺水而下，满山茶香，故名茶山而闻名天下。

后来大唐发生战乱，各地瘟疫横行传播，唯独平度、沽河周边地区，百姓太平无恙！

自此以后，此山、泉水、茶叶皆为神灵之物，造福满山生灵与周边百姓。

且说在这万里茶山，深山峭壁岩洞里藏有两条千年修炼的灵蛇，乃雌雄相伴。那日唐三藏诵经神泉，王母拂袖植茶树皆在远处观之，自此开始便朝嚼神茶叶，日饮清泉水，不日便可腾云驾雾，呼风唤雨了！二蛇知此茶乃神灵之宝，终日守护，不可怠慢。狼虫虎豹及周边贪心坏人均不敢偷摘茶叶，破坏神泉。

山下二十里有店子镇，镇上有一个有名的恶霸财主谭老虎，平日里欺男霸女，凌辱乡里，其罪行无人不恨，无人不晓。当他闻听茶山有如此仙树神泉，便有了霸占为己有的念头，但又听说灵蛇护树，也不敢轻举妄动。一日，谭老虎心生毒计，命家丁将许多削尖的竹签埋在蛇道上，当灵蛇去神泉喝水时，竹签划破雌蛇蛇腹，生命垂危，雄蛇大骇，不敢前进。谭老虎令家丁持刀齐上，欲取二蛇性命，并安排人用铁锹、镐头准备将茶树移栽自己家中。雄蛇发怒，腾空而起，顿时狂风大作，飞沙走石，蛇尾横扫谭老虎及其家丁，谭老虎及其家丁随风落下山坡，变成一块块石头，匍匐在地。蛇尾再横扫，只见三棵茶树席卷上天，插在山顶，化作三柱擎天石柱！正是：世间本有桃花源，神茶圣泉在仙山。怎奈恶虎生恶念，灵蛇发怒惩凶顽。

且说灵蛇发怒作法，三株茶树化作三个擎天柱后，便与雌蛇隐入擎天洞中疗伤，但是，三株茶树乃王母娘娘所栽，掌簿天神早把此事报到天庭，王母娘娘便命天兵天将把灵蛇缉拿归案，雌雄二蛇惧怕天神，藏洞不出，雷神大怒，一声霹雳，把山顶劈了个豁口，（现在豁口尚在）把灵蛇押到天庭，后来王母娘娘念他们惩治恶人，情有可原，把二蛇发配到杭州，废除五百年的仙气神功，令其再行修炼，因此到宋代就发生了白蛇传许仙与白娘子的故事，又演绎了一段流传百世的人间佳话，此乃后话，暂且不表！诗云：灵蛇修行两千年，方得正果在茶山。怒惩恶霸伤茶树，被废神功再修炼。

（乐善山人搜集整理）

罗山半仙洞

在招远市东北部有一座高山，名曰罗山，山势高耸，为招远北方屏障，其南麓六百五十米高的阳坡有一处道观，叫“日觉观”，俗称“仙洞石门”。此处山势险要，东、北、西峭壁耸立，南面向阳，形成天然石屋，上悬百米断崖，下临百米深涧，奇峰林立，苍松古柏，如黛如染。山不在高，有仙则名。据旧县志记载，“仙洞石门”是“羽士班全真修炼处”，故又名“班仙洞”，洞内有诸神像，安有石桌、石凳、石炕。石洞旁一断崖处有水井一眼，其水清冽甘甜，相传能融化铜钱，称为神水。传说，同班全真老道一起住在班仙洞的还有一个小道童，每天打柴、打水、做饭侍候老道。小道每日去东山打柴，正午而归，背回一捆松柴，大小均匀，分量不差，天天如此。老道甚觉奇怪，问之，小道答曰：“我每天去东山，总有一个又白又胖的小童邀我玩耍打闹，一到快晌午时，就给我一捆柴，我一走，他就不见了。”原来老道早就知此山有棵成精的人参，吃后能得道成仙，已暗寻多年。听小道童一说，判定是人参精无疑！遂取出红线一团，叮咛小道：“明日同他玩耍时，将线系到他头发上。”第二天，老道暗随小道童上了东山，远远观望，果然看见一个小童与小道摔跤。快到正午，小童钻入树丛，不见了。老道急忙追去，顺着红线走了百余步，见红线钻入地下。老道先画了个小圆圈，又拜了拜四方，然后轻轻挖掘，竟挖出一个大人参娃娃。老道要外出化缘，临行前，命小道取来神泉之水将参洗净，放入锅内蒸煮，并再三嘱咐：“我若不归，不得掀锅。”老道走后，小道童便生火煮参，煮了一个时辰，锅内溢出香味，而且越来越浓，小道童馋涎欲滴，有心掀锅看看，又想起师傅嘱咐，只好强咽口水。又煮了一个时辰，异香更甚，小道童馋瘾难耐，终于掀开锅盖。一看他吃了一惊，只见锅内煮着一个人参娃娃，有鼻子有眼，有胳膊有腿。小道童撕下一只耳朵，尝了一口，那味道，胜过山珍海味。小道童越吃越爱吃，又撕下条腿，吃完了腿，又吃胳膊，一会儿便把人参娃娃全部吃光了。正在这时，老道赶回来了，一看这情景，气恼之极，举起道杖朝小道童打去。谁知一杖打了个空，小道童腾空而起，飘然升天而去。眼瞅着自己苦寻多年的宝贝就这样成了小道童的成仙之物，老道无奈，气得只得将半锅汤用碗盛了，倒给了庙里饲养的一只小狗，奇迹再次发生了，这只狗喝了参汤后竟然也腾空而去。老道后悔得差点跳崖自尽，原来这汤也有如此大的功效，于是再添上一瓢水将锅使劲刷了一遍，然后咕嘟咕嘟地喝下去，即刻周身热血沸腾，飘飘欲仙，但是毕竟功效大减，在离地数丈后，又跌落下来，如此反复就是升不了天。此事传到乡间，人们都说山上出了神仙，因为全真老道未能升天，故称“半仙”，那“班仙洞”也称为“半仙洞”。

“半仙洞”因罗山而生，罗山因“半仙洞”而闻名。古时每逢农历三月三日，“日觉观”院内牡丹盛开，罗山诸峰百花竞春，四方游人邀朋请友，观赏山花，品佳茗于“半仙洞”。清代名臣丁汝昌在甲午海战前曾登临罗山游览，并为“班仙洞”题写匾额“天外一家”，在阳光的照耀下熠熠生辉。

（乐善山人搜集整理）

苏东坡访八仙

虽说苏东坡是北宋人，八仙形成于元明时期，而蓬莱地儿偏偏编了个苏东坡访八仙的传说出来。

传说苏东坡在登州做官时，想拜访八仙，但不知道到哪儿找。打听来打听去，才有个须发皆白的老头告诉他，每年三月初三,八仙都要到蓬莱阁上聚会，至于能不能见着他们，就要看缘分了。

三月初三一大早，苏东坡就上了蓬莱阁，东游西逛也没见着八仙的影儿。百无聊赖地到了显灵门，见俩老翁下棋，一红脸，一黑脸，都年过八十，须发尽白。红脸老翁见苏东坡来就招手请他做裁判。苏东坡才高八斗，可近前一看棋局，目瞪口呆,懵懵然看不懂棋路。为免得丢脸,借口有事推辞。红脸老者见状对苏东坡说："你要找的人今天一准来，我们在这儿也是等他们的。反正闲着也是闲着，你就不必客气了。"苏东坡一听诧异不已：他怎么知道我是来找人的？老翁不是寻常人，听他的话没错。于是安下心来静观棋路，慢慢看出点儿门道，也不多想什么了。

不知过了多久，走过来一个老叫花，老远就招呼下棋的老翁："老伙计，今天轮到我请客，走吧，走吧！"红脸老翁一指苏东坡："这儿还有一位呢。"老叫花瞥了苏东坡一眼，说："那就一块儿来吧。"苏东坡看那老叫花，要多埋汰有多埋汰，破衣烂衫，脏得看不出颜色来，脸上的油垢厚得能揭下一层。本来不想跟着去，可一想到方才对下棋老翁的疑心，也就跟随着去了。

上了蓬莱阁，见阁上已经先到了七位，有高有矮，有胖有瘦，其中还有个女的。高腿四方桌上摆着两个小锅、一方年糕。老叫花对众人说："今天也没有什么好招待的，就弄了三样小菜，诸位凑合着吃吧！"苏东坡探头一看，一条半生不熟的死狗，一个眼歪嘴斜的死孩子，一方长满霉醭的年糕。这伙人谁也没客气，抓起就吃，吃得津津有味，还连赞"好吃"。苏东坡只觉得恶心，特别是那死孩子，让这伙儿人你扯胳膊我拽腿，血乎淋啦的，看得人心惊肉跳。他本想尝尝那方年糕，可一看沾上了血腥气，又打消了念头。那两位白发老翁倒是直让苏东坡，可苏东坡哪敢吃？眼看着人家狼吞虎咽地吃完了，纷纷离去，只剩下下棋的两位老翁。

老翁把苏东坡招到跟前，问道："你猜我俩是谁？" 苏东坡摇摇头。红脸老翁说："我是南极仙翁，他是北极星君。刚才在座的那八位，就是你要寻访的八仙。桌上的那三样菜我也告诉你吧：那死狗是万年寿狗；那死孩子是千年人参；那发霉的年糕是寿糕。吃一口多活一百岁，吃两口多活两百岁……铁拐李为弄这三样东西费了不少事哩！" 说完，两个白发老翁倏地不见了。苏东坡后悔至极，为什么刚才就不硬着头皮尝一点呢？

（丁玉珉、张同起搜集整理）

街西神窑

在莱州程郭镇驻地五佛刘家村，有一座山名叫歇山，歇山之上曾有一座歇山王母庙。相传有一位五台山的和尚某日云游至此，决定在山上修建一座庙宇。募化物资时，和尚来到街西头村砖窑，向窑主募化砖：待砖烧好之时，我自牵驴前来，只需将驴上的驮篓装满砖即可。窑主心想，装满驮篓不过区区几块砖，于是约好九九八十一天后和尚前来取砖。

提起街西砖窑，还要先说说窑主。清乾隆年间街西出了个名人，姓名已无考。此人忠厚老实，力大无比，绰号"杉木滚子"，此人在年少时，有一天夜晚去离家十五里地的柳林头看戏，等走到时，已是半夜，戏也演完，他叹了口气，转身正要回家，却见戏台拐角处有一块顶面凹陷的方形山石。他一看，此石稍加雕凿可成碓臼，若放在自家巷口，可方便街坊日常使用。于是就把这三百多斤的石头一口气扛了回来。稍年长后，他看到街西西海崖下乱石丛生，一片荒凉，决定在此建一座砖窑。而那和尚来化砖的那天，正好是他的砖窑动工的日子。

首窑烧出的砖瓷实敦厚，碰撞声清脆如铃。"街西砖窑烧出一窑好砖"，大家奔走相告，和尚也从东而来，只见沿路全是和尚带来的毛驴。当初答应和尚要将毛驴身上的驮篓全部装满砖，却没想到和尚带来的毛驴竟不计其数。他不动声色，信守承诺，一边招呼伙计为烧窑师傅和和尚上好茶，一边招呼窑工们装砖。不知装了多少砖，当第一头毛驴已经回到歇山卸下砖时，最后一头毛驴还在窑上装砖呢。这时，奇怪的事情发生了：只见砖出窑，不见坯入窑。一窑砖就这样装了三天三夜。等到装完最后一头驴身上的驮篓，他再去窑中查看，发现窑中的砖竟一块也没少！回头看时，和尚与毛驴已了无踪迹。

一年后，和尚设宴宴请施主，“杉木滚子”再去歇山。山顶的歇山庙已建成，高大雄伟，飞檐翘角。待宴席开始吉时到来，和尚亲自礼让“杉木滚子”至宴席上座，并向来宾介绍说，歇山庙七七四十九间庙宇所用砖，全部由街西神窑布施。“街西神窑”也自此成名。

如今，歇山庙虽已不在，但当地十里八乡至今保存着六月初六赶歇山庙会的习俗。神窑的传说虽颇多神话色彩，然而街西砖窑却是的确存在过的。现今街西头村海崖下的几块地段，后人叫作东荒、西荒和南荒。集体劳作前沟壑纵横，遍布水沟，最宽达六米，后被种上菖蒲。比较大的土沟如东荒的东湾、南荒的三角湾，面积最大的位于西荒的潭潭湾约有五亩，传说这都是街西神窑当年烧砖取土留下的痕迹。

（掖县老叟搜集整理）

屺母岛和将军石

以前，有个将军，是个孝子，打仗的时候，总是把母亲带在身边。母亲年纪大了，他亲自伺候汤汤水水。那么，将军身边就再没有别人了吗？不错，将军是独身一人，不曾娶妻纳妾。他追随着唐王东征西讨，屡建战功，何至于孑然一身？唐王就不替他考虑终身大事，母亲也会不断地过问吧？不错，唐王及老母都多次过问过，但每当唐王赐婚的时候，将军总用汉代大将霍去病的话婉言谢绝：“匈奴未灭，何以家为？”老母亲劝他：“不孝有三，无后为大。”他却说：“忠孝不能两全。”拒绝了一次又一次的提亲。渐渐地，将军年纪也大了，只是膝下凄凉，只能自己担负起赡养老母亲的责任。父亲早亡，母亲孤独，他就将母亲带在身边。唐王李世民要东征高丽，选拔精兵强将。将军自然被挑中了，他将母亲带到了东海边，准备一起乘战船过海。可惜，老母亲晕船，而且晕得厉害，一上船就呕吐不断。将军不忍心让老母亲受这种折磨，就只能把老母亲留下来。他四处寻觅，找到了一个小岛。这个小岛人迹罕至，比较安全。上面还有一个小山洞，洞里有一股清冽的山泉，洞外还长着茂密的奶珠菜，可以充饥。将军想：我把老妈安置在这个山洞里，用不了多久，就可以出征归来亲自接老妈出洞，一起还朝。将军安置了母亲，就放心地出征了。

谁知这一次的出征却极不顺利。两军僵持，旷日持久，战事又十分紧张，将军再思念母亲，也只能遥遥地祝福。海路迢迢，他回不来呀！

老母亲在山洞里十分思念儿子。人老了，儿子是唯一的精神安慰，多年来从没有这么分离过，那山泉水再甘洌也苦唧唧的，那奶珠菜再甜美也涩得很，她饥一顿，饱一顿的。无情无绪地熬过一天又一天，望眼欲穿不见儿子的身影，身体越来越虚弱，终于染病不起，死在这小岛上了。再说将军，唐王的东征终于高奏了凯歌，论功行赏，被加官晋爵了。然而此刻，他却跪倒在唐王面前，谢绝了封赏。说道：“胜利了，国家已经无事，臣已经为国尽了忠；现在应该为母亲尽孝了，母亲还在那个小岛子上，我恨不能插翅归去。”

唐王了解了他寄母于海岛的情况，立即颁旨道：“那岛即赐予你，赐名叫‘寄母岛’！”

将军归来了，可再也见不到母亲的身影。他到处找，找遍了小岛的每一条石缝，但没有母亲的一点痕迹；他到处喊，喊遍了过往的每一条渔船，可没有半点母亲的消息。他绝望了，知道母亲已经不在人间了，好心的渔民见他悲痛的样子，就编了个美好的谎言告诉他：“老人家是被神仙请去了，她说不定哪一天会从仙岛上回来。”将军信以为真，就伫立在大海边上等待。唐王召唤将军回京城去共享荣华富贵。将军说：“我为人子，不能尽孝，有荣华富贵又有何用？况且，荣华富贵更代替不了我心中的凄苦，我只有立在这里，心中存有与母亲团聚的希望，才能有片刻的安宁。”将军打发走了唐王的使者，就一直立在那里，渐渐地竟变成了一块石头，就永远地站立在那里了。人们为了纪念这位将军，就给这块石头取名叫“将军石”。现在到黄县旅游的人，鲜有不到“寄母岛”的，到那里会看到海边有块巨石，酷似一个人形，那就是“将军石”。

（乐善山人搜集整理）

LU XI PIAN

第二辑 鲁西篇

鲁西，特指山东省西部。

鲁西地区在地域范围上包含现在的聊城市(辖东昌府区、临清市、阳谷县、莘县、茌平县、东阿县、冠县、高唐县共一区一市六县)、菏泽市（辖牡丹区、曹县、单县、成武县、巨野县、郓城县、鄄城县、定陶县、东明县共一区八县)、德州市南部（含禹城市、齐河县、平原县、夏津县、武城县共一市四县)。

聊城,因古有聊河而得名。地处鲁西平原,是山东省的西大门,毗邻河南、河北，处于华东、华中、华北三大区域交界处。聊城城区独具“江北水城”特色，黄河与京杭大运河在此交汇，被誉为“中国北方的威尼斯”。明清时期借助京杭大运河漕运之利，聊城成为沿岸九大商都之一，繁荣昌盛达四百年之久，被誉为“江北一都会”。市区环抱的东昌湖是中国北方最大的城市湖泊。唐虞三代，聊城属兖州之域；春秋战国属齐；秦属东郡；西汉初曾封王建国，郡国并称，至武帝始设州部，为十三个刺史部（州）之一；东汉正式定州、郡、县三级。聊城是国家历史文化名城。名胜古迹有光岳楼、曹植墓、景阳冈、狮子楼、海源阁、武训祠、马本斋烈士陵园、孔繁森纪念馆等两千七百多处，国家级重点文物保护单位三处，省级重点文物保护单位十五处。

菏泽，位于鲁苏豫皖四省交界地带，东与济宁市相邻，东南与江苏省徐州市、安徽省宿州市接壤，南与河南省商丘市相连，西与河南省开封市、新乡市毗邻，北接河南省濮阳市，素有“中国牡丹之都”之美称。菏泽古称曹州，原系天然古泽，济水所汇，菏水所出，连通古济水、泗水两大水系，唐更名龙池，清称夏月湖。清朝雍正十三年（1735）升曹州为府，附郭设县，因南有“菏山”,北有“雷泽”,赐名“菏泽”。菏泽是中华民族的发祥地之一。据史书记载，早在四千年以前的新石器时代，我们的祖先就在这里繁衍生息，渔猎耕种，创造着古代人类文明。菏泽历史上堌堆遗址近五百处，至今保存完好的就达一百多处。堌堆数量之多、分布之广、布点之密，在全国独一无二，在全世界也是罕见的。

德州，地处山东省西北部，黄河下游冲积平原左岸，北临河北省沧州市，南接济南市、聊城市，西邻河北省衡水市，东连滨州市，是山东省的北大门。德州之“德”源于“德水”。德水为古黄河别名,秦始皇二十六年(前221）更河名曰“德水”，以为水德之瑞。汉置安德县，意在“以其德水安澜耳”。隋开皇三年（583）改“安德”为“德州”。历史上，因九个省漕运经德州北上京师，德州被誉为“九达天衢”。德州物产资源丰富，土特产品种众多，有德州扒鸡、德州西瓜、乐陵小枣、夏津白玉鸡、夏津手工艺花、德州黑陶、德州菊花、宁津景泰蓝、庆云草帽辮等。德州有丰富的历史和文化底蕴，有苏禄王墓、平原文昌阁、千佛塔、陵县神头汉墓群、邢侗故居、乐陵五家冢遗址，刘关张桃园结义故事、东方朔传说、颜真卿为官轶事等。

我们将从聊城、菏泽以及德州南部齐河县、禹城市、平原县、夏津县、武城县一带搜集整理的一些民间故事，作为《聊山东》的第二辑——鲁西篇，奉献给广大读者。

——题记

凤凰城改称东昌城

早年间，从高处俯瞰聊城古城，其形状如凤凰展翅，建造构筑古城的人，可谓颇具匠心，因为民间有“凤凰不落无宝之地”之说，这种造型象征着聊城是一处风水宝地,所以当时聊城被称为“凤凰城”。可是,后来聊城为什么改称“东昌城”呢？说来话长，有一段凄美动人的传说故事。

过去，聊城有一条著名的大河叫作聊河，是聊城的母亲河。隋朝年间，隋炀帝修筑大运河，凭借聊河，使其与京杭大运河交汇。聊城借助京杭大运河漕运之利，成为沿岸九大商都之一，船来船往，商贾云集，十分繁华。

市区环抱的东昌湖是中国北方最大的城市湖泊。离湖泊不远处有一座凤凰山，山上住着雌雄两只凤凰，它们晚上休息，白天就飞到原东阿黄屯乡南的米山上去吃米。有一天，凤凰看到聊城这一带有一处一望无际的梧桐树林，树林中间的一块开阔地上，还有一座好几丈高的大土台子。站在台上可以眺望方圆百十里风景如画的江北水城，于是，凤凰就统率着这林中百鸟在大土台子住了下来，过着幸福的生活。后来这大土台子就被称作凤凰台。

可是有一年秋天，一连下了四十九天大雨，大水对着梧桐林横冲直撞而来。围着这个梧桐林冲撞了六十四天，树林的周围都是水，深不可测。就在这水里，不知从何处来了一条大蛇，不光在水里兴风作浪，还经常吞食梧桐林中的飞鸟。凡从水上过往的飞禽，无一幸免。这一方黎民百姓也被它伤害了不少，四方商贾路经此处时，都吓得绕道而行。

凤凰为了保护林中百鸟，便与大蛇争斗起来。公凤凰与大蛇斗了三天三夜，因敌不过大蛇,活活累死了。雌凤凰由于腹中有蛋,怕绝了后代,将无法为丈夫报仇，便暂时离开。雌凤凰一走，百鸟俱散，梧桐树被水泡烂，从此这儿就成了一片汪洋，大蛇也就在此地安了家。有一年，管辖这里的地方官见湖波荡漾，周围林茂花繁，景色优美，便想在湖边建城。但工匠们畏惧湖中大蛇，感到工程艰难，均不敢承建。

这时，从东阿凌山来了两个人，一个叫王东，一个叫王昌。这两个人就是当年离开凤凰台的那个雌凤凰所生的儿子。他们自告奋勇向聊城的地方官承担了在湖边建城的重任。王东、王昌兄弟早有复仇准备，曾经到名山拜师学习武艺，经过激战，将大蛇赶走，并开始建城。

在建城过程中，雌凤凰，也就是王东、王昌兄弟的母亲，率领百鸟送来木石建筑材料，不长时间，一座雄伟的湖城便建成了。人们为了纪念凤凰建城的功绩，聊城地方官便将该城命名为“凤凰城”。

但是，大蛇逃走后，不甘心被打败，又返回湖泊，企图摧毁新城。王东、王昌兄弟二人再战大蛇，迫使大蛇逃之夭夭。之后，为堵住大蛇所扒出的水道，防止大蛇卷土重来再次祸害百姓，王东、王昌兄弟二人钻入水下，用身子堵住了水道。

后来，聊城的父老乡亲为纪念王东、王昌兄弟俩献身保城的高尚义举，便将凤凰城改称东昌城，一直叫到如今。

（廖言、邹华搜集整理）

王泓阳趣闻

明朝万历年间，东昌府沙镇王楼村有个叫王泓阳的人，自幼聪慧好学，十几岁时中进士，授元城县知县，后又接连升迁，直升到工部尚书。至今在其家乡一带还流传着他很多故事。

智显庙台

在王楼村西三里路，有个村庄叫沙镇。这沙镇西街有一座大庙，东街有一座小庙。因学堂设在大庙内，所以王泓阳每天上学堂念书，都要从小庙前经过。这小庙的庙台上平时常有一些老人在此拉呱、下棋。这日，他们又议论起王泓阳年幼才高的事来，都想对他考验一番。于是，他们趁王泓阳放学路过此地，便有意将他叫住，说道："泓阳呀，你先别走，俺有件事要考考你。"王泓阳停住脚步问道："什么事呀？"一位老人说："人家都说你才智过人，今天你若能把我们从庙台上叫下去，俺就信服你的才智；如果叫不下去，那就说明你才智也不过一般罢了。"王泓阳听了，眨了眨一双聪慧的眼睛，笑着说道："你们坐在庙台上，说什么不下来，我能有什么办法？如果你们站在庙台下，我倒有办法把你们叫到庙台上去。"几个老头一听，说："那也行，你能把我们从庙台下叫到庙台上，也算你真有才智。"说着，几个老头都从庙台上走了下来。

王泓阳一看几个老人全都从庙台上走了下来，二话没说，转身就走。几个老人喊道："泓阳，你别走呀，你还没有把我们叫到庙台上去哩。"王泓阳笑着说："我不是已经把你们从庙台上叫下来了吗？"此刻，几个老人才恍然大悟，知道中了王泓阳的计。可是他们心里仍不服气，决心第二天再来考王泓阳。

第二天放学后，王泓阳背着书包正要路过此地，见昨天考验他的几个老人又坐在庙台上。心想，他们昨天中了计，一准不会服气，就装着急匆匆赶路的样子。几个老人一看王泓阳走路的样子，都认为王泓阳一定是害怕今日再来考他，才如此匆忙而过，因而都更来了神儿，于是异口同声地喊道："泓阳呀，昨日你施计让我们受了骗，那不算，今天你若再把我们叫下去，才算是神童才子哩。"

王泓阳一边往前走，一边答道："今日要把你们叫下庙台也十分容易，不过俺眼下没闲空啦。听人说镇头上水塘里的鱼翻了坑，我还得逮鱼去哩。"说完，他走得更快了。几个老人一听，都纷纷说："这鱼翻坑可是少有的事，人家王泓阳顾不得应考，逮鱼去了。咱也别在这里闲待着，也快逮鱼去吧。"说着，全走下庙台，随王泓阳而去。

王泓阳回头一看，老人们都跟了过来，他停住笑道："别去啦，你们又中计走下庙台来了。"几个老人不由得都停住脚步，赞叹道："咳，这孩子年幼智高，名不虚传。"

智罚轿夫

王泓阳十几岁即中了进士，在家听候任用。这日天气特别热，王泓阳为了解暑，便在村西头的水坑里赤身游起泳来。不料，就在这时，京里派员带着官轿来接王泓阳去大名府元城县接任知县。一队衙役来到村头，冲着赤身洗澡的王泓阳问道："小孩，王泓阳大人是在这个村吗？"

王泓阳一听，这不是找我吗？于是问道：“找他何事？”衙役道：“王大人已被任为元城县知县，我们来接他上任来了。”

王泓阳听了心想：哎呀，是来接我赴任的，可我现在却还光着屁股，多不像话呀！于是连忙说道：“王泓阳就在这个村，请你们稍等一下，我去把他叫来。”说完，光着屁股，跑回村中。待他回家穿好衣服，复又迈着方步走出，对衙役说道：“我就是王泓阳。”衙役一听，都纷纷摇头，不肯相信。王泓阳只好将考中的报单交其观之。衙役看了报单，不敢不信，都一齐跪地叩头道：“请大人勿怪，快请上轿赴任吧。”

王泓阳拜别了二老，便乘轿离开了家门。在赴任的路上，衙役和轿夫们都知道王泓阳就是在村边光腚洗澡的儿童，就有意戏弄他，于是把轿上下颤动得十分厉害，叫王泓阳坐不稳当。

王泓阳知道轿夫们有意捣鬼，心中不禁想道：这些小人，今日胆敢对我这么放肆，对百姓岂不更敢胡作非为？我定要叫他们知道知道我的厉害。想到这里，正好来到一个村头，见一个场院里放着很多土坯，他立刻喊道：“停轿！”等轿子落稳，他走出轿来，说道：“本官在家睡惯了土炕，我想任所绝无土坯炕。现在有现成的土坯，快给我装上四六二十四块，以备到县衙垒炕用。”

衙役、轿夫不敢怠慢，只好搬了二十四块土坯，放在了轿的四个角里。这土坯一块约三十斤重，走不多远，就压得轿夫们呼哧呼哧喘开了粗气。

轿夫知道这是王泓阳在有意惩罚他们，走了一段，实在累得不行，便停轿向王泓阳叩头说：“请大人饶恕，奴才们再也不敢放肆了。”王泓阳听了，暗自一笑，说：“好吧，就先卸下四块。”

又走了一程，轿夫们又累得支持不住，又停轿叩头请罪。王泓阳又让卸下四块土坯。一直到了大名府元城县，才把二十四块土坯全部卸完。

自此以后，衙役、轿夫们都知道王泓阳厉害，全都老老实实听差，再也不敢放肆妄为了。

智赢宰相

王泓阳升任京官后，与当朝宰相结为好友。一天宰相对王泓阳开玩笑说：“别看娘娘是你选的，但你不敢摸娘娘的脚。”王泓阳说：“我敢摸又怎样？”宰相说：“你要是敢，我当着众人的面趴在地上让你当马骑三圈。”王泓阳问：“此话当真？”宰相道：“大丈夫说话历来算数。”

几天之后，王泓阳同宰相一起去后宫面见皇上。王泓阳知道皇上是个棋迷，就提出与其对弈几盘。皇上立刻同意，两人便摆开了棋势，娘娘和宰相在一旁观战。正当双方下到难解难分之时，王泓阳故意用袖子将一棋子向娘娘方向碰落；接着，趁着弯腰拾棋子之际，摸了一下娘娘的脚。娘娘感到受了侮辱，一跺脚，便带着怒气转身走了。就在这时，王泓阳有意让了皇上一步棋，在皇上将赢的当儿，起身说道：“陛下，臣有罪，这棋不能下了。”

“为什么？”皇上忙问。王泓阳道：“方才臣不慎，衣袖将棋子带落，拾取时误触到娘娘金足，我怕娘娘降罪，故不敢再下了。”

皇上一心想赢王泓阳一局，马上说道：“无意相触，何以降罪，快快下棋，朕赦你无罪就是了。”下完了棋，娘娘面奏了皇上，说王泓阳摸了她的脚，应当问他戏君之罪。可皇上说，他非有意，我已赦他无罪了。娘娘只好作罢。

事后，宰相不好食言，只好叫王泓阳当众作马骑。王泓阳摆了摆手说：“嬉戏之言，何必认真？”

（夏辽搜集整理）

耿如杞赛书

耿如杞，明代官员，字楚材。少时，天资聪颖，博览群书。明万历年间进士，授为户部主事。明思宗时，升任太仆寺卿、右佥都御史，后擢升山西巡抚。

旧时，东昌府的山陕会馆门前，是京杭运河有名的水陆码头。相传，明朝万历年间，春闱开考，各方举子向京城云集。这天，骤雨突降，百舸千帆为避雨泊于码头，其中一只花篷客船，高高的桅杆顶端飘扬着彩旗，上有“精读天下书”五个绣金大字，船头上整齐地排着一摞线装书卷。

雨过天晴，舱里走出一位仪表不凡的吴姓少年，神气十足。他见书被淋湿，命船工向岸上搬书晾晒。举子纷纷瞪大了眼睛，争看摆在会馆门前晾晒的那一大片书籍，赞叹不已。这时，东昌府的文人举子，也赶来准备乘船北上。来到码头一看，天下竟有这样狂妄之人！又见那么多书卷摆放地上，名曰晒书，实为赛书，真乃欺我东昌无人！众人纷纷要与狂生比个高低。然而细看书堆，不由倒吸一口凉气，许多书都未曾见过，顿觉心怯。书主斜视众人，冷冷一笑："我乃江南才子，到此千里，遇举子数百，无不望旗兴叹，观书退却。区区东昌，量也无饱学高士。"众文士面面相觑，怒不可遏。那江南吴姓少年正欲挥手起锚，忽有一人抓住他的胳膊。他扭头一看，是一个衣衫不整，头大身长，一只眼睛，年纪不过十七八岁的少年。那少年拱手说道："仁兄，恕我冒昧，敢问你是赴京应试？如若不嫌，小弟耿某愿与同行。"那江南才子哈哈大笑，说："独目盲盲，岂为群英之首？"少年忍怒说道："群星朗朗，不沾一月之光。"那江南才子停住脚步，心中暗想，此人不凡，莫要小看。随道："小弟，说话不要耳边生火。"独目少年紧接一句："老兄，也不要口下吞天。"原来这位少年男子，是有名的寒士，姓耿名如杞。家贫好读，博览群书且聪敏强记，人称"耿书篓子"，对这江南吴姓举子的狂妄哪能置若罔闻。这江南少年才子受挫，引起一片哄笑之声，他愤愤不平，正要发作，却不知耿如杞哪里去了。江南少年才子拨开人群一看，啊！那耿如杞竟然敞胸露腹仰在地上。他忙上前说道："你这人装何疯癫？"耿书篓子知是那江南狂子，闭目应道："我在晒书！"才子道："这里所晒书卷全是我的，你哪儿有书可晒？"耿书篓子拍着自己的胸腹说道："这儿，五脏六腑全是书卷。"才子怒道："看你赖皮之极，腹中能有几何！"耿如杞反唇相讥："小范老子胸有数万甲兵，耿某腹中之书何止万卷！"江南才子哪能忍下讥刺，愤然说道："我倒要看看你胸中书卷。"耿书篓子忽地站起："你要比试高低？""对，比个输赢！"

看热闹的人闻声凑近，越聚越多，有的喊声助威，有的激将双方。于是二人击掌说定，江南才子若输了，落旗罢试；耿书篓子输了，头顶香盆送江南才子进京。

第一轮江南才子作考。只见他抽一部《周易》，来了个劈章摘句："请背六五女辞。"耿书篓子好似早有所备，张口即诵。背毕，才子心中暗暗一震，接道"请解释"。耿书篓子立即摇头晃脑解释曰："君子由其诚，辉光以照，非无悔，亦合正道而喜。"江南才子只好点头称是。该耿书篓子作考了："鹏之徙于南冥也，何出？"才子答曰："《庄子》篇，逍遥游也，水击三千里，抟扶摇而上九万里。"耿书篓子心说，这老兄真有两下子。

这二位少年才子，真乃棋逢对手，将遇良才。这个之乎者也，那位呜呼哀哉。众人时而赞叹叫绝，时而蹙眉担心。又该耿书篓子作考了，他双眉一扬，指一本冷落在旁的《黄历》道："这历书怕是仁兄熟读的，请一背。"那江南才子一愣，这《黄历》是专供推算历法的，万难背记，可终属书卷之列，况且又在所晒之数，叫他背来也无可挑剔。东昌文士以为江南狂子现丑无疑了。谁料片刻之后，江南才子竟然应道："背背何难，但有一件，我背之后请君复背！"话中饱含不屑。耿书篓子也硬着头皮应道："奉陪。"那江南才子就放声背诵，虽时有停顿，但朗朗之声却如雨打芭蕉，滚珠过盘。耿书篓子顿时色现不宁。忽而耿书篓子微露笑容打躬道："仁兄实乃才子，佩服，佩服！只是耿某若再从头背起，步人后尘，贻笑大方，我愿把这《黄历》倒背！"说毕，背诵之声如仙人吐珠。再看江南才子，脸色发白，唇齿打战，原来刚才自己所背已是软弓硬拉，有几处是含混而过，见这耿书篓子却能倒背如流，心中叹道："此区区小府便能败己，况天下乎？"便双手抱拳道："恕小弟之狂，愿拜下风！"说毕转身上船。

晒（赛）书结束了，看众赞不绝口，东昌众文士无不雀跃相庆。可耿书篓子却面现愧色，连连叹道："我实不如那江南才子！"原来，在赛书中，他已感觉对手不凡，这《黄历》乃是孤注一掷，别说倒背，正背他也背不下来。只是巧借人家背了一遍，才以他惊人的头脑强记了后半部分，今番虽赢而实觉羞愧，便绝了应试之念，归家发愤再读。

后来他们二人同舟进京，同科登第，官居高职，十分相敬。

（夏辽搜集整理）

茌平衙门朝正东

"从南京到北京，茌平衙门朝正东"这句顺口溜，远近皆闻，妇孺皆知。细说起来，茌平的衙门口也不是一开始就朝东开的。

清朝康熙年间，浙江钱塘举人吴陈琰进京赶考。路过茌平时，偶遇风寒，病在了城中的悦来老店（今南关小隅首南）里。有天傍晚，吴陈琰正在店中用饭，却见两个衙役腆胸叠肚地横进店来，叫了几个荤菜，一壶热酒，旁若无人地喝将起来，其中一个衙役道："我说老兄，你说是当县大老爷好，还是咱干衙役的恣啊？""那还用说，当然是当县大老爷好啊！出门坐轿，前呼后拥；堂上一呼，堂下百应。多威风，多荣耀！""老兄，叫我说，还是咱当衙役的恣。你看县大老爷整天迎来送往，审疑问案，昼夜不得安宁。哪像咱，万事不操心，高兴了喝二两，缺钱了敲点竹杠。神仙也赶不上咱快活啊！""有理有理。刚才咱们还敲了老小子二两银子呢！哈哈……"两衙役吃饱喝足了，摇摇晃晃地站了起来，说了声："店家，记在账上！"便扬长而去。

吴陈琰看在眼里，气在心头。心想：有朝一日我金榜题名，非到茌平来当县令，杀杀他们的威风！第二天一大早，吴陈琰便上路了。等到了京城，才发觉考期已误。想回去，盘缠已花得差不多了，只好在前门大街租了个铺面，以卖字测字为生，等下科应考。由于他的字雄浑苍劲，别具一格，很快在京城出了名。

一日，康熙皇帝驾临翰林院，触景生情，脱口出一上联："半天霖雨，点点滴滴化作长江巨浪，愿东之广西之广南之广北之广天下之广，登秦岭，越十二重峰观山观水观日月，大清一统天下。"即命翰林们对下联。恰好这天吴陈琰又被召去测字。听完康熙出的上联，心中早拟好下联，只是身非翰林，不敢造次，便写在纸上，托一翰林学士递上去。康熙接过一看，只见上面写道："一介书生，朝朝暮暮磨成锦绣文章，做仕之魁乡之魁会之魁殿之魁天下之魁，步金阶，列十八学士安国安邦安社稷，天朝万世忠良。"

康熙看罢喜形于色，问道："写者何人？"吴陈琰急忙从人群里挤出，跪倒在地："启禀万岁，乃小人所写。"康熙见吴陈琰非翰林学士穿戴，便问缘由。吴陈琰就将自己的来龙去脉说了一遍。康熙沉吟半晌，说道："朕见你字体苍劲，学识过人，甚为爱惜，就做朕的门生吧，也算翰林学士！"吴陈琰连忙叩头致谢。

后来，康熙又提着一个篮子问翰林："你们说东西南北都是方向，为什么篮子能盛东西，而不能盛南北呢？"众翰林又被问住，吴陈琰答道："东西是金木，南北是水火，所以篮子能盛东西，不能盛南北。"康熙非常满意。这样，吴陈琰便留在了翰林院。后向康熙奏本，要求到茌平县当县令。康熙接到奏章很是诧异："茌平乃京城通南京的御路必经之地，单是迎来送往就疲惫不堪，何必去当那个县令呢？"无奈吴陈琰一再恳求。康熙便说："你既然坚持要去，这迎来送往的客套就免了罢。

朕赐你半副銮驾，把茌平的衙门改朝东开，直向御路，过往官员文官下轿，武将下马！”

到任后，他首先改换了衙门口，把半副銮驾摆在门边。接着从严治吏，把为非作歹的衙役统统革职，将茌平治理得官正吏清，百姓安居乐业。从此，茌平的衙门口朝东开这一规矩流传下来，至今尚令茌平人倍感自豪，津津乐道。

（平波搜集整理）

阳谷县几个地名传说

阳谷县历史悠久，文化源远流长。在这块古老的土地上，曾经发生过轰轰烈烈的事件，留下了无数的生动故事。

会盟台

会盟台位于阳谷县城西南隅，现清河西路南侧。据历史书籍记载，春秋鲁僖公三年（前687），作为周边霸主的齐桓公约宋、江、黄三国诸侯会盟于阳谷。后人查阅了《左传》，发现齐、宋、江、黄会盟于阳谷，其主要用意是联合讨伐楚国。在会盟仪式上，齐桓公还谈了“无障谷，无贮粟，无易树子，无以妾为妻”等内容，意在表达伐楚的决心。为了此次会盟，之前堆土建台，定为会盟台。因大量取土，在城内东南部形成一个面积1000余亩，深有丈余的大洼，后人称之为“指挥洼”。

景阳冈

景阳冈位于阳谷县城东16公里。据《水浒传》中描写，这里曾是冈阜连亘、怪石嶙峋、林深草密、猛兽出没的地方。武松当年在“三碗不过冈”酒店一气喝了十八碗酒后，一步步走上冈子，酒劲上来，见旁边有一大青石，遂把手中哨棒倚在一边，放翻身体，却待要睡，忽地一阵狂风吹过处，乱树背后扑地一响，跳出一只吊睛白额大虫（老虎）来。武松见了，叫声“啊呀”，从青石上翻将下来，酒劲顿时醒了一半，便手拿哨棒，闪在青石边。由于用力过猛，哨棒打在树杈上被折断，武松先后躲过老虎的一扑、一掀、一剪，双手就势揪老虎顶花皮，尽力将老虎按在地上，一阵猛打，将老虎打死。

武松打虎的事情传开后，景阳冈便出了名，虽然对景阳冈名字的来历，至今说法不一，但是有史料证明，景阳冈作为地名在北宋之前就已存在。

景阳冈原名东沙堌堆。五代周世宗显德初年（955），宰相李谷治水患修堤于此，因积劳成疾，病逝于此地。当地百姓为感李谷治水之德，奏请葬李谷尸体于东沙堌堆之上。周世宗柴荣十分感动，赐御碑一块立于墓旁。碑文写道："李谷学禹居山冈，脚登大堤面朝阳。亲手绘下好风景，万人歌唱李宰相。立碑卧地根基重，世世有人祭林堂。宫廷均识英气在，名流千古万人扬。"当地百姓为纪念此事，以七律中前三句之尾字倒读景阳冈命为村名。

狮子楼

狮子楼位于阳谷县城大隅首西南角。据《水浒传》《金瓶梅》载，此楼原名"狮子桥下大酒楼"和"狮子街桥下酒楼"，后简称狮子楼。且不说狮子楼的建筑风格是多么壮观，只看一看在这座酒楼上发生的故事，便让人流连忘返。

北宋期间，清河县人武大郎与兄弟武松分手后，便带着夫人潘金莲来到阳谷谋生，住在县城紫石街，靠卖炊饼为生。后武松打虎出名，被县令招为都头，兄弟二人重新团聚。武松因公务在身，经常出差在外，一日，潘金莲被当地富商西门庆看中，二人勾搭成奸，毒死武大郎。武松回来后，查清此事，便到狮子楼追杀西门庆，西门庆虽有功夫，但哪里是武松的对手？几个回合，西门庆便被武松打下狮子楼，随即被武松割下首级。武松因案被发配孟州。

博济桥

博济桥位于博济桥路西首。据史书记载，这里是寿张通往东昌府的必由之路，因地势低洼，适逢雨季，常使交通梗塞，极为不便。明朝万历二十五年（1597），知县傅道重命义民董宪章在此处修建石桥一座，命名为博济桥。该桥以青石砌成，为拱式结构。建筑靓丽，雕工精细。至今，每当人们走过此桥时，都要看一眼桥上的一幅石雕画：某公驾牛车而去，另一人却牵牛犊而回，驾车人、牵牛人、牝牛、牛犊均回首相望，依恋难舍，画面栩栩如生，呼之欲出。

原来这里记载着一段动人的事情。明万历年间，江西德兴人笪一顺来阳谷县任县丞，居官清廉，上任时是驾着一个牝牛来的，后来牝牛生了一个牛犊，笪公离任回乡时，坚持要把牛犊留下，说是牛犊吃阳谷的草料长大，应该留给阳谷，自己只驾着老牛车走了。笪一顺的作为深深感动了阳谷人，人们对笪公卸任留犊，决意永远铭记，便将他的事迹刻在石桥上，虽经数百年流传，至今不朽。今天人们仍然把此雕刻称为“石牛拉石车”。

（汉林搜集整理）

临清塔

说起临清塔，在临清那可是家喻户晓、尽人皆知的。因为她是临清人心目中的神圣，更是临清城的象征。

临清舍利宝塔位于临清市城北，卫运河东岸，有着近400年的历史，为仿木结构楼阁式砖塔，是国家级重点文物保护单位，它与通州燃灯塔、杭州六和塔、镇江文峰塔并称京杭大运河沿岸四大名塔。据《临清州志》记载：“州人柳佐起建舍利塔，九级，九年成。”柳佐为什么要在这里建造宝塔呢？又为什么将塔命名为“舍利宝塔”呢？这里面还有一段鲜为人知的故事。

话说明万历年间，临清境内有一个大柳庄，位于大运河畔，虽叫大柳庄，但庄子并不算大。庄里住着一户柳姓人家，父亲柳晓是位远近闻名的私塾先生，膝下有一子名柳佐，自幼聪慧好学，四五岁时《千字文》《百家姓》倒背如流。柳佐在十二岁那年，就考取了秀才，四年后也就是万历八年，柳佐又以乡试经魁的成绩考取了举人。什么是经魁呢？按现在的说法经魁就是在考试中得了一个单科第一名。一时间前来道贺的亲朋好友络绎不绝，更有文人墨客前来拜访交流，或吟诗答对、或论经释道。

时光荏苒，大比之年将至，柳佐要准备进京赶考进士。但是，由于种种原因在家里实难静下心来读书。这时，柳佐想到了永寿寺。由于柳家是一个乐善好施的人家，经常给永寿寺布施一些香火银钱，所以，柳佐征得方丈同意搬到了临清北水门外运河边上的永寿寺寄读。

话说这永寿寺西傍大运河，寺内古树参天，肃静清幽，在这里读书可使人心无旁骛，是个寄读的好地方。柳佐自来到永寿寺，早起晚睡，刻苦用功，有时，也与方丈探讨一些对人生、佛法的感悟，从中学到不少佛学哲理。有一天深夜里，天气异常的闷热，柳佐正在烛光下专心致志地读书，突然一道亮光在窗外一闪而过，柳佐一惊，抬头向窗外看去，没发现什么东西。“难道是我看书看得眼花了？”柳佐没有去理会这些，重又捧起书凑近烛光看了起来。过了不大一会，又有一道金光在窗外闪过，柳佐感到非常奇怪，他放下手中的书，伸伸懒腰，漫步来到院内，就在这时突然大雄宝殿前院有数道金光自地面射向天空。柳佐先是一惊，心想，这是何物在放金光。随后慢慢地探寻过去，想落实个究竟。可是，来到放金光的地方搜寻了个遍，也没有发现有什么异常的东西。柳佐心想，不可能呀，刚才明明看到了金光四射，怎么来到近前就什么也没有了呢？柳佐更加疑惑。柳佐一夜未眠终于熬到了天亮。柳佐带着这一疑问，来到方丈面前讨教。方丈说：“听以前的老方丈讲，当年隋炀帝乘龙舟通过永济渠时，驻跸永寿寺，赐给本寺舍利子一颗，本寺历代高僧方丈将其视为镇寺之宝，后来，为了安全，上代方丈把舍利子藏于地宫之中。”柳佐说道：“哦，原来是佛舍利子在发光。”方丈接着说：“这是祥瑞之光，见者如意遂愿，阿弥陀佛。”“阿弥陀佛，谢谢方丈指点。”柳佐回答道。

天气转凉，进京赶考的日子越来越近。可是，柳佐没有忘记老方丈的那句话“如意遂愿”偈语。这天晚上，柳佐读完书，来到放射金光的大雄宝殿前院，跪拜于地，默默祈祷道：“阿弥陀佛，请保佑我此次进京赶考金榜题名，他日我定在此修建舍利宝塔一座。”柳佐辞别了家人，在临清太平渡口搭上了一艘进京的漕船。由于是顺风顺水，十多天便来到了京城。会试期间，柳佐在考棚文思泉涌，似有神助。不几天，会试张榜，临清州柳佐榜上有名，同时，一起进京赶考的临清举子方元彦、汪应泰、王都也榜上有名。在这次丙戌开科中，临清州的举子高中四名，文运名列前茅。

据《临清州志》记载：“柳佐，万历丙戌科进士。”“柳佐历任县令、御史、工部侍郎、工部尚书。”柳佐为官多年，始终没有忘记进京赶考前在永寿寺的许愿，还愿成了他多年来的心结。就在万历三十九年，也就是柳佐考取进士二十六年后，他回到了家乡临清，他将自己这二十多年来的积蓄，全部布施给了永寿寺，并说明要用此款在寺里修建宝塔一座。在给宝塔奠基的时候，柳佐对大家说出了自己多年来心中的秘密。“是舍利子保佑了临清市繁荣昌盛。修舍利宝塔是我多年的心愿。”最后，大家一致赞同把此塔命名为“舍利宝塔”，时任山西按察使的临清籍进士王成德欣然为舍利宝塔题写了塔额。建塔期间，更有不少朝廷重臣、社会名流前来布施资助，在柳佐的督理下，用了九年的时间，临清舍利宝塔终于建成了。

（夏辽、邹延搜集整理）

甘泉龙眼井

莘县旧城东曾有一个人烟稠密的去处叫东鲁店，乃东西南北交通要道，传说春秋时期孔子周游列国时曾在此落脚讲学。东鲁店有一眼古井，因其水丰而味甜，遂名“甘泉井”。也有人说此井下通东海，因而又名“龙眼井”，后人则合二为一，以“甘泉龙眼井”呼之。

关于甘泉龙眼井，有这样一个神奇而美丽的传说：唐太宗李世民南征北战定大唐时，历尽艰辛。其夫人长孙氏随行军中，多方赞助，成为李世民不可或缺的臂膀，李世民爱之如掌上明珠。李世民率军攻打隋都长安时，长孙夫人突患眼疾，多方医治未能奏效。李世民正在着急，忽然一方丝绢从空飘落，上写三十二字：“夫人之疾世上稀，民间药物枉费力。速取三升东海水，此绢蘸水洗顽疾。只限三日。”李世民看后暗想：此地距东海不下三千里，三日如何取得回水？正为难之际，王府记室房玄龄献计道：广唐军营内有一汗血宝马，乃西域所赠。此马日行一千，夜行八百。如派壮士策此马前往，三日可行五千四百里。大人与夫人再移驾洛阳，东迎一千三百里，海水可如期而得。李世民依计而行，遂派体壮身轻、善忍饥渴的参将田忠前往。

田忠上马飞驰，飞奔一日一夜，已到莘县城内，人困马乏，遂在东鲁店泰山奶奶庙前小憩。朦胧中，忽见一仙姑飘然而至，朗声说道：“将军且莫贪睡，取水要紧。一念秦王乃一明主，二念长孙是位贤妇，三念壮士不愧忠臣，待我指你一条捷径。此庙正北四十九步有土坑，坑中有井，下通东海，井水即是海水，可速速去取。”田忠忽然惊醒，原来是南柯一梦。到五更，按仙姑所说方位找到土井，取水尝之，果然甘甜无比。他大喜过望，立即解囊取水，上马奔回长安。三日未尽，已至秦王帐中。长孙夫人以绢蘸水洗目，立见奇效。李世民重赏田忠，并派人到莘县重修土井，立碑题名曰：甘泉龙眼。

对甘泉龙眼井，莘县旧志中是这样记载的：“甘泉，在城东里许。父老传言，昔有领命取东海水引药以疗病者，限期紧迫，道经本县，夜宿城东东鲁店；梦神告以此处有甘泉，其源通海，可取之复命。明旦出店西数步，至井，尝其水，味甘美，取之以归，煎药服之而果愈。”旧志载有“莘县八景”“甘泉漱玉”名列其中。

（乐善山人搜集整理）

东阿阿胶

有关阿胶出自东阿的记载最早见于《神农本草经》：阿胶“生东平郡……出东阿”。阿胶是一种用驴皮经过熬制、浓缩而形成的滋补良药，为上品。因原产于山东省东阿县，故称阿胶。东阿县位于泰山之阴，太行山之阳。东阿地下的阿井水就发源于两山山脉交汇的地下潜流，顺着泰山余脉一路蜿蜒来到东阿县。阿井水的矿物质比一般水高出几十倍，因此用阿井水熬胶，有助于药效发散，从而有利于人体吸收。由于阿井水熬制的胶比其他地方水熬制的胶药效好，于是，历代文人墨客流传下许多赞誉阿井的诗句，如：“灵源疑出蛟龙窟，淑气原从天地贻”“九土所钟惟上品，千年制胶岂凡材”“炼砂煮石经济事，丹井药炉亦可哀”。时间跋涉千年就有千年的传承沉淀，千年来中医讲究药食同源。“阿胶之乡”的美誉就是东阿的一张城市名片享誉中外。关于阿胶的传说一直口口相传，流传至今……

相传在很久以前，世间流传一种非常可怕的顽疾，得病之人会因此而虚劳羸瘦、气喘心慌、四肢酸疼且不能久立，所有名医使用各种药物都不能将其医治，患病之人也只能在痛苦中吐血不止而离开人世。老百姓们人人自危，非常恐慌，可自己或家人得了此病，却又无可奈何，只能在伤心痛苦中度日。在当时，东阿县有个貌美善良、蕙质兰心的姑娘名叫阿娇。阿娇的母亲也得了这种怪病，看着母亲和乡亲们如此痛苦，阿娇心里很是着急。她听说在城外东边有个药王山，山上一年四季百药盈芳，灵芝草木茵茵。药王山有位“神仙”，他有办法治愈此病。

第二日阿娇便收拾好行囊，辞别父老，一个人上了路。对于没有出过远门的阿娇来说，能否找到这位“神仙”寻得良药？此行前途未卜……

一路上阿娇翻山越岭，风餐露宿，经历千辛万苦来到了药王山。身上带的口粮早已吃光，可是寻了几日别说神仙了，连个人影都没有。失落的阿娇准备就这样采些草药下山时，忽然发现了一头小黑驴卧在山石上痛苦地哀叫。善良的阿娇连忙跑上前去，小黑驴腿上有好多处创伤，伤口都在淌着血。阿娇见此情景，赶忙用采来的草药为小黑驴止血，扯了一块衣布为它包扎好。再用采来的灵芝草喂给它吃，又跑到山下担来琉璃河的水让小黑驴饮。在阿娇的照顾下，没过多久小黑驴就痊愈了，只见它浑身上下的毛儿黑如莹漆，在阳光下犹如一匹锦缎。

阿娇心念着患病的母亲，准备与小黑驴辞别，抚摸着它那光滑的毛发，将上山寻“神仙”救村民的心事说给了小黑驴听。刚刚晴朗的天空，顿时天气突变，雷鸣交加，狂风大作。这时小黑驴猛然跳起来，迎着暴风雨直冲上了山头，对天长啸一声，将驴皮脱掉，变成一条黑龙飞到了天上，对阿娇说：“你是个善良的姑娘，快拿着驴皮用阿井里水熬制去救你的母亲和乡亲们吧！”说完便腾空而去。阿娇被眼前的一幕惊呆了,她千辛万苦来寻找的“神仙”就是自己搭救的这条黑龙啊！阿娇将驴皮包裹好，带回了村里面。村民们一起将驴皮晒干，煺净毛儿，按神龙说的打来阿井的水进行熬制。熬了九天九夜，直到把水熬干，看到锅底有一层亮晶晶、黑莹莹的胶层，奇香扑鼻。阿娇将凝固的胶体切成若干小块分给了患病的母亲及乡亲们，他们吃过药胶几日后，果然病好如初。消息很快传开，越来越多得病的老百姓服用了药胶，很快都恢复了健康。

阿娇熬胶救人的故事一传十,十传百便在民间流传下来。人们为了永远不忘阿娇姑娘的恩情，便把这种药胶叫作阿胶（娇）。

（邹华搜集整理）

柳英伴读陆家湾

很久以前，冠县桑阿镇有个陆家湾村，村里住着一个孤儿，名叫陆龙，他喜爱读书，而且聪明伶俐，可家里穷得连御寒衣、隔夜粮都没有，哪里有钱买书呢？无奈之下，他白天去学堂偷偷听讲，用心记住，晚上回家再在地上习文练字。

一天夜里，月光下，陆龙正用手指在地上写字，只觉得背后一阵清风吹来，身上格外爽快，回头看时，是个非常美丽的姑娘在向他微笑，心里十分害怕。他问姑娘姓名，姑娘一面回答自己叫柳英，一面表示愿意教陆龙读书，还允诺读书所用之物由她供给。陆龙一听能教他读书，顿时“害怕”二字飞到九霄云外，他马上恭恭敬敬地给姑娘施以大礼，求她教书，姑娘也不谦让，就用心教了起来，教至半夜，临走对陆龙说：“我只能晚上来，白天怕别人讥笑。”就这样，柳英用心教读，夜来昼去，风雨无阻，陆龙更是如鱼得水，知识大有长进。

日月如梭，光阴似箭，不觉已有四春。这年正是京都开考之年。陆龙求取功名心切，意欲去京赶考，柳英劝阻道：“知识浅薄，功夫不到，此去必然枉费光阴盘缠，还是不去的好。”陆龙不听劝阻，决意前去，然经考场一试，果然名落孙山。陆龙方知柳英有先见之明，回来对柳英百依百顺，读书更加发愤。

不觉三载过去，又到大比之年。陆龙本想不去应试，柳英却再三鼓励他说：“你竭力苦读七载，博古通今，出口成章，此去必能独占鳌头。”

陆龙听了柳英的话，非常兴奋。当他盯着她看时，却发现柳英的脸色有些发黄，好像有什么难言之隐，便怀着不安的心情问道：“柳小姐，我看你脸色越来越黄了，好像有什么话要对我说。”柳英叹了一口气说：“公子，实不相瞒，我并非凡人，乃沟南之古柳，采天地之灵气，聚日月之精华，千年修炼而得人形，因见公子清贫，而又有志，才舍死相助。前者所用笔墨纸砚，皆是我骨血皮肉，而今我已心血用尽，病入膏肓，必不能久于人世，但愿公子高中后，别忘我七载伴读之意，为我立一碑铭，以示我柳树之荣，名扬后世，也不辜负我为你所尽之苦心，如此，我心足矣。”说完便向陆龙微笑着点了点头，飘然而去。陆龙听后，真是又惊又喜又悲痛，站在那里呆愣了好一阵子，待清醒过来，恭恭敬敬地向柳英去的方向拜了三拜。

陆龙即日进京，科场果然中得头名状元，皇帝钦点他为河南八府巡按。等到回乡祭祖之日，陆龙来到家乡，见一棵柳树已经死去。陆龙立即命人去遥远的地方，运来上等的汉白玉石，雇能工巧匠刻一石碑，亲自在碑上写下了“万树之主，柳英之碑”立于柳树之侧。

后来，陆龙告老还乡，就住在柳树之侧，子子孙孙，人口逐渐多了起来。陆龙的后代，为了纪念这位舍命伴读的柳英，就把这个庄子叫作“柳英屯”。

（夏辽搜集整理）

高唐古槐

高唐东门外有一棵古槐，古槐胸围九尺三寸，身高十四米有余，遮阴近一亩地大小。每年从立冬到第二年的清明之间，每到深夜万籁俱寂之时，在此树下或在附近人家的房屋内，静下心来，总能听到有鬼神自空中过，车马人畜之声一一可辨。还可听到呜呜咽咽、忽高忽低、或促或缓地成群连片的人低声哭泣，声高时可辨出捶胸顿足之状，声隐时可随之有抽噎屈闷之感。至今已哭泣了七百二十多年了。任何人只要在上述之时之地，均能听到这悲戚的声息从古槐上下传出。这并非梦幻，亦非错觉。

古槐为何这样长期悲鸣？这要追溯到七百二十多年前发生在高唐驿站的一段往事。高唐地处南来北往交通要冲，驿站设在北关街的东侧。来往信使、钦差、官员在此换马或暂住。

南宋祥兴二年（1279）秋天的一个傍晚，北风劲吹，落叶满街。官道上有一队骑兵拖着一股黄尘由南疾驰而至，停在驿站门前。前后的官兵，将队中间那位须髯长蓄但不蓬头垢面、头发花白却不露衰相、面容憔悴仍气宇轩昂，身着宋朝官袍、年四十余岁的男子扶下马鞍。从双方的态度可见：虽不戴刑具，却是长途押解。这位囚犯是文天祥，在南宋官拜丞相加少保，后封信国公。他率宋军与元兵战于潮阳，溃败后被元兵所俘。“人生自古谁无死，留取丹心照汗青”便出自他的《过零丁洋》一诗。风尘中的这队官兵便是押解文天祥北上赴京的元军人马。他们早晨由东阿县出发，至高唐时已是黄昏，欲在驿站住宿。

文天祥下得马来，活动一下手脚。只见高唐驿站小门小户，乃是借一家临街客店改建而成。门前路边一字排开植有六棵国槐，北边的五棵因车碰马啃枝干早成鹿角，已是生气无有的拴马桩了。南边一棵最小，身如锄柄，高不过丈，叶已落光，不知何故已被连根拔起，歪在一旁，危在旦夕。

文天祥进入驿站之后，一刻未停，路尘未掸，不顾身心劳疲，趁钦差去吃饭之机，从驿站借得锨镢，在差人的跟随下来到街上，小心地将这棵国槐重新栽好，并以碎砖围起护栏，浇上井水后才回驿站吃晚饭。自命难保的文天祥，尽自己所能保护了一棵小树的生命。

夜过子时，文天祥仍端坐在烛焰跳动的桌旁，注视着自己忽长忽短、摇晃不定的身影，思绪万千：大好的河山……坎坷的人生……为宋朝的败灭而愁，为失去报国的机会而忧，为国为民决心赴难……低吟几句后，便索纸提笔一挥而就，写成了《夜宿高唐州》诗：“早发东阿县，暮宿高唐州。哲人达几微，志士怀隐忧。山河已历历，天地空悠悠。孤馆一夜宿，北风吹白头。”天明启程，继续北上。祥兴二年底，到达北京。元世祖或逼或劝，或刑或诱，历时三年，文天祥始终未屈，坚不降元。于元世祖十九年（1282）深秋就义。

文天祥一腔爱国鲜血，化为碧水，永照千秋。他在高唐扶植的那棵国槐便成了高唐人寄托对其思念的载体。天旱时有人浇水，春秋季有人施肥，再无人以其拴马，更无人采叶折枝，在格外的照顾中根深叶茂地长了起来。每年的春节、清明更有不少人特意前来守着这棵树站一会儿。

斗转星移，随着时光的流逝，槐树逐渐长大了，但人们对文天祥的思念却没因时空渐远而冷漠。专注的思念插上想象的翅膀，与变化的环境多次印证的结果往往出现奇迹：“古槐哭泣了”，“古槐永记救命之恩。为文天祥被害而屈、而悲、真能听到哭声”。

原来，槐树东临两丈多深的排水沟头，此沟呈喇叭状向东扩展开来与天齐庙湾成为一体，向西逐渐缩小进入槐树下一个高宽各六尺有余的砖砌拱形涵洞，涵洞在地下穿过北关大街直连东城门外北侧的护城河。这特殊的地形遇有东或北的风向时，空气由无遮拦的天齐庙湾水面吹向涵洞，气流由广路进入窄口，在涵洞口便发出响声，再加上洞内回声，便成嗡嗡哄哄的声响；遇有南、西风向时，气流由护城河入涵洞，同样产生低闷的回声。这便是来自古槐树下的哭泣。此声常年存在，只因太低太弱不会轻易听到，只有与来自古槐树上的声音合二为一时才会听到。

立冬之后，正是槐叶落光时，秋风吹过无叶的但是密集、多弯、硬抖的枝条时，便会发出比柳哨低沉、比松涛婉转的“呜呜呼呼”的低韵，这便是来自槐树之上的悲鸣。与树下涵洞之声组成超低音合奏，便出现了万众齐咽之效果。

清明之后，槐叶茂盛，有风掠过，叶子翻滚碰撞，发出“哗哗啦啦”的声音，此声盖住了涵洞中发出的声音，所以清明槐树有叶之时，是不能听到“呜咽”之声的；天亮之后直至晚上，人和动物频繁，器物相撞，鸡鸣狗叫，车辚马嘶，人际应答……声响鼎沸，压过了古槐上下发出的所有声音，所以白天是听不到古槐悲鸣的。

这便是人们传说的“风尘未掸救幼树，古槐有灵悼恩人”的故事。

（锡铭搜集整理）

菏泽牡丹趣闻

菏泽人们的生活与牡丹密切相关，这里的人们喜谈牡丹，喜画牡丹，喜写牡丹，民间流传着许多有关牡丹的趣闻，今天给大家唠一唠。

状元红　“状元红”花大而艳，灿若晚霞。相传有个已被预招为驸马的状元郎，千里寻亲，却意外见到了大自己十几岁的“妻子”，是她侍奉生父长达十七年。就在生父逼他圆房时，一道圣旨传到，宣他进京成亲。父命难违，君不可欺，他竟口吐鲜血倒地而亡。第二年，状元坟上生出了一枝牡丹，花大如盘，色如状元锦袍，人们称它为“状元红”。

黑牡丹　女皇武则天令百花盛开为之祝寿，唯牡丹敢违天命，武则天一怒之下将牡丹贬出长安，一些誓死不离故土的牡丹被武则天纵火焚之。第二年，这些牡丹，竟神奇地开出了黑里透红的花。

青龙卧墨池　在民间传说中“青龙卧墨池”是献身者的化身。在牡丹因天旱干枯的时候，小青龙舍身盗瑶池仙水拯救了牡丹。为报答小青龙之恩，牡丹仙女携小青龙逃到泰山墨池里，免遭了杀身之祸，但是自己却变成了与众姐妹不同的肤色。

豆绿 相传，菏泽有个青年花农，做梦都想着能把“花魁”的金匾挂在自己的门口。百花仙子告诉他，你如果真有志气，就要到黄河滩上取土，到东海汲水，花魁才能属于你。说完，从头发上拔下碧玉簪丢在地上，那玉绿光一闪，就不见了。青年花农跋山涉水，历经磨难，终于在玉簪入土的地方培育出一株绿牡丹，夺得了“花魁”金匾。这样，豆绿也就成了牡丹中的珍品。

牡丹王 据说，在民国初年，赵楼村有一棵一百五十多年的“牡丹王”，树高丈二，花开数百朵，远望红霞一片，香气袭人。曹州镇守使为讨好袁世凯，把“牡丹王”移栽到袁的公馆里，牡丹树不久枯死。消息传来，花乡人悲痛欲绝，赋诗两句：“灌注心血百余载，枯死异乡刀剜心。”

（锡铭搜集整理）

八里湾

相传，在明嘉靖年间，一南方秀才进京赶考，途经曹州（今曹县），适逢曹州大旱，颗粒无收，秀才有银子也无处买饭买粮，饿得实在走不动，便在曹州东南一村头破庙里安歇，该村李姓财主家有一姑娘，名叫秀娥，年方二八。奇怪的是秀娥最近几天，夜夜梦多无眠，多次梦见一进京秀才因渴求助，便每天命贴身丫鬟到村头查看打听，丫鬟一连打听了七天，也没见到秀才的人影，有些丧气。第八天，丫鬟照例过去查看，当看到一个秀才模样的人奄奄一息地躺在破庙里，便飞快跑回家中，向小姐禀报。李财主听丫鬟及小姐说了事情的来龙去脉，当即命仆人把秀才请到家中，好饭好菜地招待。秀才便在李财主家住了下来，秀娥小姐每天陪伴，李财主让家人避开他们两个，有意撮合。秀才在李财主家中住了十六天，便踏上了进京的路途。临行前，秀娥小姐泪湿衣襟，与秀才相约，无论是否金榜题名，下一年的九月九日都要回家完婚，秀才环拥小姐说道：哪怕天塌地陷，洪水猛兽都挡不住我与小姐的一往情深，海枯石烂永不变心。

秀才走后七年一直没有再回来（传言秀才在河北沧州一带染病早已离世），但秀娥小姐每年的九月九日都会到村头张望等待，直到秀才走后的第八个年头的九月九日，秀娥从日出等到日落，每从村头经过一个人，秀娥小姐都会睁大眼睛一直盯着看，生怕看错，眼看着天黑了下来，秀娥小姐在黑夜绝望至极，失声痛哭，不一会功夫，随着秀娥小姐的哭声，狂风大作，乌云把月亮与星星也吞噬了，紧接着，大雨便倾盆而下。据当地老人说，就是李小姐那悲痛的哭声，惊动了上天，暴雨下了三天三夜，老人说那是上苍的眼泪，上苍的眼泪落到黄河里，黄河呜咽，保护黄河的太行堤硬是被冲开了一道口子，河水顺势冲向李财主所在的村庄，河水来势虽然凶猛，但到了村口就呈漫淹之势，很是平和，所以，当地的村民都有序地转移了，无一人伤亡。

洪水过后，曹县东南八里一片沼泽，常年雾霭，经过此地时，一湾长约八里的碧水依路而伸，如入仙境。因其离县城八里，又曰“水长八里”，所以得名八里湾。

时至今日，那方圆八平方公里的盐碱地已化蛹成蝶，蜕变成一片美丽的湿地公园，花草茂盛，碧水连天，但旧时的传说依然在坊间流传，我们也相信故事可能永远是故事，但我们更相信故事里的真情能够世代相传……

（锡铭搜集整理）

龙王庙村的来历

单城东南二十余里有个古老的村庄，村里有座龙王庙，因而得名龙王庙村。

很早以前，这个村有一户人家，没儿没女，就老两口，老汉姓孙，在村北边开辟了一个菜园，靠种菜卖菜为生。种菜离不了浇园，孙老汉在菜园边上打了一眼井，专为提水浇菜之用。虽说老汉已到古稀之年，但他生性勤劳，把功夫都用到菜地里，种的各样蔬菜长势很好，每到成熟季节就挑到集市上去卖，换回不少钱来，老两口的生活过得倒还算富足。

这一年久旱无雨，井水常常提不上来，菜苗儿渴得打了蔫。孙老汉看在眼里，急在心中，愁得食不知味，睡不安寝，盼望着老天快点下雨，他也曾随着村里人到龙王庙前求雨，但几番烧香祈祷，仍无济于事。孙老汉没办法，只好从井里刮水浇菜，能浇多少是多少，也比干等着好些。

这天，天刚蒙蒙亮，他就起了床，手提着水桶，来到了菜园。可是走近一看，不觉愣了神。整个菜地水汪汪的，菜苗儿喝足了水，也挺起了腰杆。孙老汉望着刚浇过的菜地纳起闷来，这究竟是怎么回事呢？老汉一时弄不清，只好带着这个疑团回了家。第二天一大早，老汉又到菜园来看，菜畦子还是刚浇过，土地滋润，菜苗儿长得正欢，一连数日，都是如此。老汉甚感惊奇，决心要弄个明白，看看是何人相帮，也好答谢人家。

这天正值中秋节，皓月当空，照得地上一片洁白。孙老汉没有睡觉，躲在菜园里的一棵树下，想看看到底是谁帮他浇的园。等到半夜，只见从井里冒出一团青烟，冲天而起，青烟中一只硕大的鹅从井口冲出。美玉般洁白的羽毛，闪着耀眼的光芒。只见它围绕着菜地走了一圈，然后伏到井口上，两只翅膀上下扑打。随着它的翅膀扇动，井内就响起“哗啦、哗啦”的水声，接着井水就从井口溢了出来，顺着大白鹅刚走过的脚印，慢慢地流进菜地里。孙老汉看得真切，被这神奇的景象吸引住了。几天来的迷雾顿时消散。他想这一定是神仙的化身，前来相助，赶忙跨前一步，跪倒叩头，不料大白鹅听到动静，身子一缩，回井内去了。老汉起身紧跟过去，往井里一看，哪有什么白鹅的影子。井还是原来的井，旱得只剩一汪水的井底清晰可见。孙老汉为没有向神仙当面致谢，深感遗憾。

第二天，孙老汉等到日落西山，又急急忙忙来到了菜园，在离井不远的地方蹲下来，想当面问问白鹅是哪路神仙，并致以谢意。时近午夜，忽听井内水声骤起，昨天的情景又出现在眼前。但这次大白鹅没有去菜地绕圈儿，而是一出井口就扑起翅膀来，扇出了井水后，就用身子领着水向菜地走去。白鹅才离井台，孙老汉急忙起身向前，走到井边高叫：“尊神请留步！”不想这一来却使白鹅受了惊吓，那白鹅见井边有人，不能回井，就展翅冲上天空，向东方飞去，眨眼之间就不见了踪影。它扇出来的井水却仍然在一个劲“突突”地往外冒。菜园里满了水，又向周围流淌开来，漫过田野又流进了村庄，转眼间形成了一片汪洋，村人见突发洪水，个个惊恐万状，纷纷逃离家门，往高处避水。不大功夫整个村庄全给淹没了。位于村中的龙王庙也被水泡了起来。这座庙本已年久失修，被水一冲，就塌下去，成了一片废墟。

这件事叫龙王知道了，很恼怒，说："大水竟敢冲倒了龙王庙，真是一家人不认识一家人了。"就派了一员神将前来堵水。神将奉命来到菜园，搬起一块青石，盖在井口上，水被堵住再也冒不出来了。地上的水也很快退了下去。

水退之后，人们陆续返回村庄。听孙老汉一说，才知道是怎么回事，大家来到菜园看井，见井口盖着一块青石，都觉着不牢靠。为防井里再往外冒水，就在井上修筑了一座砖塔，起名龙王塔。村人想要重修龙王庙，却没有这个力量。不久这事传到朝中鄂国公尉迟恭的耳朵里，他慨然捐赠了一笔钱款，把龙王庙重新修建起来，而且更为壮观了。这样才得使龙王庙流传下来。

（铭锡搜集整理）

宝葫芦的传说

从前有个老汉，生有三子。这年腊月三十晚上是老头八十大寿，他准备要好好庆贺一番。十月初，他就把三个儿子叫到面前说："腊月三十是我的八十寿辰，我要大庆一番。现在给你们三弟兄每人一百两银子去备办礼物，到时候准时回来，看谁的本领高，谁的礼物最多，谁就管这个家。"

第二天，三兄弟一起出门，同路走了三天，来到一个三岔路口。大哥说，走右边的那条路好。二哥说，应该走中间这条。老三说，要走左边这条路才是。三人各持己见，最后只好分开走，约定到腊月二十五回到三岔口来集中，谁先到谁在那里等着。

老三和两个哥哥分开后，漫无目的地朝前走，不知不觉走到一个放牛场，看到很多牛娃在那里吹巴乌（一种少数民族管乐器）。他走近听听，心里觉得非常喜爱，便问："小朋友，你们的巴乌卖不卖呀？"放牛娃说："卖嘛！""每支卖价多少？""每支要一百两银子。"老三说："一百两银子倒不贵，可惜我不会吹！"放牛娃说："你若肯买，我们一定把你教会。"说罢，放牛娃递给他一支，并教他吹奏巴乌。老三反复练了几次,不几天就学会了吹巴乌,他就把一百两银子付给了放牛娃,拿着巴乌走了。

他离开放牛娃后漫无目的地朝前走。走着，走着，前面大海拦住了他前进的道路,他便坐在海边,吹起心爱的巴乌解闷。他越吹越来劲,那巴乌的音调忽高忽低,忽缓忽急，悠扬动听。这时，正逢龙王要祝寿，四处差遣虾兵蟹将、巡海夜叉寻访各方乐师参加庆祝。虾兵蟹将听到海岸上悠扬的巴乌声,便走到老三面前拱手说："小师傅请了。我家老爷要祝寿，想请你去助乐，劳驾小师傅去吹奏。""你家老爷在哪里？"蟹将说："在海中,离这儿不远。"老三说："在海里我怎能去得！"蟹将说："这不难，只要你把头放在我的胳肢窝里，闭紧眼睛，不一会儿就可以到。"说完，就把老三的头放在胳肢窝里。老三只觉一阵凉气袭人，不多久就到了龙宫。他睁开双眼一看，只见一座水晶宫殿，里边传出悦耳的箫笙管笛声，抑扬顿挫，热闹异常。到了大殿门口，蟹将说："稍等，待我禀告大王后再来。"龙王传旨请进。老三向龙王施了一礼。龙王问："小伙子你会哪样乐器？"老三说："会吹巴乌。"龙王命吹一曲听听。老三从衣袋里掏出巴乌便吹起来，巴乌声在龙宫里回荡，分外悦耳，一下子惊动了整个龙宫，龙子、龙孙争相前来欣赏。龙王赞许地说："小伙子，你的巴乌吹得很好，我龙宫百般乐器样样有，唯独不曾听过你这巴乌，你把我的儿孙们都教会，我自当重重酬谢你。"自此，老三每天专心教龙子龙孙吹巴乌，龙子龙孙都很喜欢他,尤其是三公子还主动和他交朋友。不久,龙子龙孙都会吹巴乌了,老三就要离开龙宫。龙三公子对他说："朋友，蒙你的教导，我们都学会吹巴乌了，我父王要酬谢你,到那时父王给你金银你别要,因为金银都是你们阳间的香蜡纸火,你就要那个葫芦瓜。那是宝葫芦，你带在身上，想要什么有什么。"

转眼归期已到，老三便向龙王告辞，老龙王再三留他不住，便说："小伙子，你把我的儿孙都教会了,你要多少金银我都给你。"老三说："大王,小人金银财宝不要,我喜欢大王那个葫芦瓜。"龙王说："那怎么行,金银财宝不比葫芦好吗？"老三说："大王既然舍不得给葫芦，小人便什么都不要了。"这时，三太子在一旁劝说，龙王只好取出一个小葫芦瓜递给老三。吃过早饭，龙王就派巡海夜叉把老三送出海面。

走呀,走呀,老三的脚已走疼了,心想要有匹马骑骑就好了。他顺手摸摸葫芦,忽然想,这可是要什么有什么的宝葫芦,便想向葫芦要匹马。他刚把葫芦盖子打开,就有个小人从葫芦瓜里伸出头来问："主人需要哪样？"老三说："我要骑马。"一眨眼便有一匹佩戴齐全的马站在面前。他跃身骑在马上，只听得耳边风声响，霎时间不知走了多少路。看看快到三岔路口，他说了声“我要走路”，霎时马不见了。他走到三岔路口时，大哥、二哥还没有来到。他便仰面朝天躺在那里等。不一会儿，二哥赶着大队马帮驮着驮子来了。二哥见老三躺在那里，两手空空，故意问道：“老三，你替爹办了什么礼物？”老三说：“我没有什么礼物。”二哥把老三臭骂一顿。又过了一会儿，大哥也是大队马帮驮着驮子叮叮当当地来到。他把驮子抬下来，指着老二的驮子，便问：“这些货物是你们两个的吗？”老二说：“都是我的。”大哥再问：“老三，你的呢？”老三仍然说：“没有什么。”大哥一急，也把他臭骂一顿。

大哥、二哥抬上驮子走了。老三掏出葫芦瓜，揭开盖子，里边马上跳出一个小人儿来，问：“主人要什么？”老三说：“赶紧帮我备一乘八抬大轿，要前有先锋，后有护卫。”顷刻一乘八抬大轿摆在他面前，前面有一队先锋开路，后面有一队护卫兵马。老三纵身上了八抬大轿，一路吹吹打打好不威风，一下子赶上了两个哥哥。大哥、二哥一见，以为是官军过路，赶紧把牲口赶到路边低着头静候“官军”过路。老三赶了一程，说声“止足”，顷刻兵马、轿子都不见了。他便懒洋洋地坐在路边等两个哥哥。大哥、二哥一见老三坐在路边，问：“老三，刚才官军过路你看见了吗？”老三说：“没有见着。”大哥、二哥又往前走了。

话说老大、老二先回到家里，老头看见儿子满载而归，非常高兴，老头就问：“这些东西都是你们三弟兄合伙经营的吗？”老大、老二说：“都是我们两个的，老三不成器，钱都吃光了，一样礼物也没买到。”老人一听，火冒三丈，说：“这个败家子，等他回来，给他点苦头尝尝！”老大、老二把驮子收拾好后，老三一歪一跛地回来了。老头见老三空着手回来了，便拿着一根鞭子守在大门口，不准老三进门，骂道：“你还有脸回来见我！给我滚远点！”老三慢条斯理地说：“爹爹息怒，大哥、二哥那点东西在孩儿看来渺小得很！爹爹不要让区区小利蒙了心眼，做出伤害父子感情的事来！爹爹如若容不得孩儿，一百两银子孩儿照赔给爹爹，但请问爹爹父子关系还存在不存在？”老人听罢如火上浇油，骂道：“从今天起，你成龙我也不指望你，你别叫我爹，我也没有你这个儿子。”说完，把大门咣当关上了。老三只好跑到对面牛厩里过夜。

这天晚上是老头八十大寿，三亲六戚都赶来庆寿，一夜吹吹打打好不热闹。老三见了，顺手掏出宝葫芦打开盖子，里边冒出一个小人儿来，问：“主人需要什么？”老三说：“马上在这里给我起一座宫殿，给我备上一百桌酒席，我要大请宾客。”说罢，面前马上出现了一座宫殿，大厅里摆满了酒席。三声礼炮一响，惊动了全寨的人们。大家举目观看，昔日的牛厩不在了，但见一座雄伟壮观的宫殿矗立在面前。大家都非常惊诧，为啥一夜之间，对面会建起一座宫殿来呀！人们一传十,十传百，都争着来看个究竟，在老头家做客的人都跑光了。凡是去看热闹的，不管大人小孩，老三都请到席位上做客。老头听到老三出了奇迹，还有些不相信，便叫老大去看个究竟。

老大来到宫殿门口，真的看见许多人在大厅里猜拳行令，老三正来往陪客，赶忙回去把情况告诉老头。老头说：“还不赶紧去报官府，这是妖魔鬼怪出世了。”老大又跑到城里报知县，县官赶紧逐级上报，最后报到了皇帝那里。皇帝听到这个消息，便带领文武百官前来问罪。这天，皇帝的兵马陆续赶到。

老三听说皇帝驾临，便在宫殿门上迎驾。皇帝进殿一看，宫殿的式样比皇宫还漂亮，皇帝有意为难老三说：“小伙子，我随行人马的吃住问题你能解决吗？”老三问：“陛下有多少人马，需要多少桌席？”皇帝说：“需要一百二十桌席，限你两个小时办齐，否则要问罪。”老三听了说：“陛下远道而来，两个小时太长了，何不现在就摆席开饭？”皇帝心想，这小子自找苦吃，上桌后没有菜肴便要处以欺君之罪，那是要杀头的事！只听老三说声：“请上桌。”顷刻间一百二十桌席摆好，尽是山珍海味、美味佳肴。官军便挨次上桌。文武百官酒醉饭饱之后，都纷纷离席欣赏这特殊的宫殿，观罢无不惊叹。皇帝把老三叫来说：“你这小小百姓，怎么有这样的宫殿？山珍海味从何来？”老三便把实情说了。皇帝说：“哪有这样的事！命你立刻在这里起座上不沾天、下不着地的宫殿来,怎么样？”老三马上把葫芦揭开，里边跳出一个小人儿来，问：“主人要哪样？”老三说：“马上起座空中楼阁。”顷刻一座空中楼阁悬挂在空中。皇帝看了非常惊奇，说：“可以到上面欣赏吗？”老三说：“当然可以。”皇帝又问：“如何上得去？”老三揭开葫芦盖，里边跳出个小人儿来，问：“主人要哪样？”老三说把皇帝和文武百官带到空中楼阁去。说时迟，那时快，只见皇帝及文武百官腾空而起，都到空中楼阁去了。他们在上边游览了宫殿的各处，然后问老三：“怎样下去？”老三掏出葫芦揭开盖子，里边跳出个小人儿来，问：“主人要什么？”老三说：“把所有的人降下去！”皇帝及文武百官立刻又回到地面宫殿来。皇帝心想：我身为帝王，虽享尽人间荣华富贵，不免还要操心国家大事，哪有这样清闲享受好！便对老三说："小伙子，寡人把江山与你换这宝葫芦怎么样？"老三说："我没有掌管天下的福分，还是过我这清闲的日子好！"皇帝坚持要换，老三才勉强答应。皇帝当即把传位的玉玺交给老三，老三也把宝葫芦交给皇帝。第二天，老三便当皇帝去了。

皇帝得了宝葫芦，想试试它的威力，便把葫芦拿出来，揭开盖子，里边又跳出个小人儿来，问："主人要哪样？"皇帝说："带我到空中楼阁去。"顷刻皇帝登上了空中楼阁。他到处欣赏之后，感到孤单无聊，把葫芦拿出来，揭开盖子，里边又跳出个小人儿来，问："主人要什么？"皇帝本想说帮我把空中楼阁降下去，但一时把话说成了把空中楼阁毁掉。瞬间整个空中楼阁天崩地裂地毁了，皇帝也不知甩到哪里去了。

（夏辽搜集整理）

九女坟

传说，在东汉和帝时，成武县西南二十多里处，有一村庄，住一金姓人家，刚三十出头就有八个女儿，他盼啊盼啊，盼望能再添一子，可妻子却不能再生了。有一年春天，金老汉去田里干活，见路边有一女孩啼哭，忙问其原因，原来是父母逃荒路过此地，把她扔在了这里。金老汉听后很气愤，就把这女孩带回家认作义女，起名金九姐，全家人个个欢喜。一天金老汉干完活回家，无意间听村民议论他：虽有九个闺女，也抵不上一个瘸腿儿子，到死后还是没人摔漏盆，他心里很不是滋味，很是伤心，回家蒙头大睡。女儿们知道这件事后，金大姐便对众姐妹说："咱可不能让爹娘伤心，人家不拿咱当人看，咱得做出个人样来，我最大，一辈子不嫁人，也要给二老养老送终，叫他们有十个儿也比不上咱爹娘的一个闺女。"大姐一番话，打动了众姐妹的心，尤其是金九姐，她说："要不是爹爹，我不知到哪庙里当鬼了，我要孝敬爹娘一辈子，请姐姐们放心。"这一大一小下了决心，众姐妹纷纷表示一辈子不嫁，孝敬父母。打那后金家九姐妹，头不擦油，面不敷粉，白天下地种庄稼，晚上在家纺线织布，日子越过越富足。天热了轮流给父母打扇，天冷了轮流给老人暖被窝。十里八乡的人没有不敬佩的，说媒的人也踏破了门，可九姐妹誓死不嫁，一家人相依为命，和和美美过日子。这金老夫妇，由于九姐妹的照顾周到，都成了老寿星，金老太八十五岁先下世了，过了一年金老汉也随她而去，九姐妹发送了老人，过了百天后，一起悬梁自尽了。她们孝名早已远扬，邻里敬重，大伙给收了尸，葬在一个墓坟里，并写了一个墓铭，人称“九女坟”。墓志铭曰：孝哉九女，逾时弗嫁，甘旨奉亲，温凊冬夏。风树既悲，白华亦谢。墓可封哉，永敦风化！李佐时笔也！

人们敬重这九位孝女，在村里盖了“孝女祠”，立了“孝女坊”。

（智多星搜集整理）

雷声隆隆见真情

在古时候，巨野县大代义镇有一户人家，当家男人死得早，家里就剩下当妈的和两个儿子。当妈的含辛茹苦将两个儿子养大，还给他们都娶了媳妇。可没想到，这大儿媳妇不孝顺老太太，心肠歹毒。

有一天，大儿媳妇和大儿子说：“咱们赶快搬出去吧，老太太现在不能干活，光吃饭，咱们可养不活她，干脆搬出去住吧？”大儿子说：“妈辛苦了一辈子，咱们就再侍候她一段时间，给她养老送终。”大儿媳妇一听，当场就发怒了：“你要伺候你伺候，我走！”大儿子是个软耳朵，生怕媳妇跑了，寻思搬出去就搬出去吧，反正还有老二照顾，也就跟着媳妇搬了出去。

等大儿子和大媳妇走了，这老二家媳妇就和丈夫说：“大哥都搬出去了，咱们俩可别动地方了，就在家侍候老太太吧！”老二家媳妇是个孝顺人，有这么一天，老太太就是顺口一说，想吃肉了，老二家媳妇二话没说，就把自己家的老母鸡杀了。到了午饭时，老太太闻着炖鸡的香味就说：“老二媳妇，啥这么香啊？”老二媳妇说："妈，你不是想吃肉？我把老母鸡杀了！""哎呀，那不是下蛋的鸡吗？""妈呀，你身体好比啥都强，给你补身子要紧！"

老太太听着高兴呀："哎哟，还是数你最孝顺。"鸡肉炖熟了，二儿媳妇蹲在院子准备起锅，说："妈呀，你想先吃鸡的哪块儿呀？"老太太说："我想先吃鸡大腿。"老二媳妇说："行。"忙把两只鸡大腿掰下来，不想门外冲出一条野狗，一口将鸡腿叼走了。

老二媳妇连忙追了出去，可刚出门没多久，满天飘起了乌云，又是霹雷又是闪电，雷声不停地响。老二媳妇泛起了叨咕，"老天爷呀，是不是我哪辈子做了坏事，你们找我来了？可别劈这个房子，别伤着老太太。实在要劈，你就把我劈死在外面吧！"说完，老二媳妇冒着大雨，一口气儿跑到大树下。刚站稳，就听"咔嚓"一响，一记闪电正中大树，从中劈开，露出一个水缸，里面装的全是金元宝。这时候，老二也来了，两人你看看我，我看看你，最后还是老二说："这八成是天神看你孝顺，送给你的！"小两口乐呵呵地把金子抬回家，给老太太从头到脚置办了满满三大箱子穿戴衣物，再用剩下的金银买了房子和土地。

老大听说老二两口子发了财，也让媳妇学着老二把自家鸡杀了，然后故意让狗叼走。说来也奇怪，鸡肉刚炖好，天上也打起了雷，老大乐得拍大腿："这回该我家得福发财了。"

雷声在房顶一响，老大就叫自己媳妇快往树下跑，也学着老二媳妇的话叨咕。老大媳妇跑到大树下刚站住脚，就听"咔嚓"一个大响雷冲大树打去。老大听到响动，立刻拔腿就往大树跟前跑，可找了半天，什么也没有，只有一只烧焦的绣花鞋在地上，还冒着青烟。其结果可惨了！

（智多星搜集整理）

施耐庵郓城轶事

在郓城县张营乡驻地东北方向一点五公里处，有一刘家林，刘家林内却只有一座元朝国子司业刘本善的坟茔，一幢五米高的石碑矗立在旷野之中。由于黄河泛滥造成泥沙淤积，墓前的石马石羊等早已淤没于黄土之中，碑前的石翁仲，只露出肩部，神色凝重，似乎有满腹心事要向人们诉说。刘本善祖籍郓城，自幼喜欢水浒故事。这位负责教育的官员与施耐庵和《水浒传》都有着非常密切的关系。

施耐庵祖籍泰州海陵县，住苏州阊门外施家巷，后迁居当时兴化县白驹场（今江苏省大丰市白驹镇）。施耐庵少年时不但聪颖过人而且勤奋好学，深得父母和老师的厚爱。他二十岁时就精通儒家经典，并善于文墨及诗词书画，一时成为乡里出名的才子。元朝至顺年间（1330—1333），朝廷设考，踌躇满志的施耐庵赴京应试，几场考试下来，施耐庵感觉良好。只是在最后一场殿试中，由于当时文思泉涌，兴奋得手中一颤，笔尖点在了空白处，只急得他连连顿足。原来，按规定卷面滴墨则为废卷。污点虽不如苍蝇大，但如按滴墨对待，十年寒窗苦则毁于一旦。情急之中，他发挥其书画特长，把污点画成了一只苍蝇，心想兴许能蒙混过去。

主考官叫刘本善，阅罢施耐庵的试卷不禁拍案称奇，可当他重阅之后，发现卷尾有只苍蝇，挥之不去方知是画的。在惊奇考生的画技之时又扼腕叹息，一只苍蝇不要紧，恐怕要葬送了前程，可惜呀可惜。刘本善是个爱才之人，差心腹暗暗将施耐庵引入家中，问及假苍蝇之事，施耐庵只得如实相告。刘本善沉思良久说：“按规定这样的试卷是不能上报的，我看你是个人才，就冒险推荐给朝廷，如皇上忽略了苍蝇或爱才心切算是你的幸运。”皇帝也被施耐庵的才学所折服，并没追究苍蝇之事，当时有一个王翰林，他的外甥在应试中，考前他曾找过刘本善，让他举荐其外甥为状元，但正直的刘本善主持正义，没向皇上推荐。王翰林便串通与刘本善不和的几个大臣，以欣赏佳作为由看了试卷，借假苍蝇之名定为废卷，鼓动皇上将施耐庵从科中除名，刘本善差点也被革职。

刘本善不忍心埋没这样的人才，就推荐施耐庵为济州郓城县的训导（即负责教育的官）。施耐庵在郓城期间，倡导学习，廉洁奉公，同情百姓，因为施耐庵的家乡是桑蚕之乡，他到郓城后一方面大办教育，一方面大力推广植桑养蚕，手把手教给农民养蚕技术，所以至今郓城还把桑林称为施桑林。

这段时间里，施耐庵利用公务之暇，留心地方掌故。到水堡村访问宋江后人，景阳冈凭吊武松庙，石碣村拜谒三贤祠，黄堆集（黄泥岗）考察劫生辰纲遗址，狮子楼听评书说话，听樵夫晨歌，和渔舟晚唱，过金沙滩，经断金亭，穿黑风口，攀梁山道……郓城期间的经历为他后来写《水浒传》积累了丰富的素材。由于施耐庵关心百姓疾苦，经常接触当地群众，也听到了许多关于梁山好汉的故事，深受感动，决心写成书。因当时距水浒故事发生不过百年，地理变化不大，许多地方基本还是原样，当地百姓和英雄后裔们谈起英雄来是那样津津有味，栩栩如生，施耐庵听得如痴如醉。所以《水浒传》中所描述的郓城风土人情、地理位置、人名地点，至今看来还是那么符实。

施耐庵在郓城期间，闲暇之时，不忘著书立说，曾以水浒故事数篇奉刘司业阅读，刘司业大为赏识，对水浒故事颇感兴趣，一再敦促广为搜集，整理成文。

后来刘本善辞官退居郓城与施耐庵谈古论今，尤其爱读施氏收集整理的水浒故事，为梁山英雄的义举所震撼，死后葬于故里，朝夕与梁山英雄为伴。

刘本善逝后六年，施耐庵终于在至顺年间金榜题名，得以赐进士出身，居官钱塘，但终因与当道不合，辞官归里，著书立说。后为避元末农民起义军首领张士诚敦请之扰，避居东京汴梁时，曾专程来刘本善墓地凭吊，并立有凭吊碑，可惜今已无存。而仅存的刘司业神道碑，由于年代久远，风雨剥蚀，字迹漫漶不清。

（华杰搜集整理）

鄄城杏花岗的传说

鄄城杏花岗位于黄河北岸，是个极其古老的村镇。相传女娲和伏羲就生长在这里，著名的盘古大殿也矗立于此。古时这里就是有名的旅游胜地，因此，民间传说也很多。

盘古开天地

传说远古时代，宇宙是一个大圆球，没有天也没有地。在这个大圆球内，孕育着一个神，就是盘古。

盘古在这个大圆球内生长了一万八千年。这一天，他忽然醒来，睁开眼睛，却什么也看不见，心里闷得难受，也非常气恼。在这个大圆球内，有一把斧头，这是玉帝很早就放进去的，恰巧就在盘古的身旁。盘古就拿起这把斧头，朝着这混沌不清的世界用力一挥……说时迟，那时快，只听得一声霹雳巨响，混沌的世界突然破裂开来。那些轻的和清的东西，就冉冉上升，慢慢就变成了天；那些重的和浊的东西，就慢慢地下降，逐渐变成了地。就这样，形成了天和地。

天和地分开以后，盘古怕天塌下来，再与地合拢。于是，就头顶着天，脚踏着地，笔直地站在天地中间，成了一个顶天立地的大柱子。

可是，天与地每天都在变化，天每天升高一丈，地每天加厚一丈，盘古的身子也跟着每天增长一丈。就这样又经过了一万八千年，天升得极高，地变得极厚，盘古的身子也增长得极长了。

盘古的身子究竟有多长呢？传说有九万里长。庄子说，鲲鹏展翅九万里，这就是天的高度了。盘古是开天辟地的巨人，也是人类的始祖。

盘古就这样孤独地站着，虽然非常吃力，却一点也不敢松懈。于是，又过了一万八千年，天和地逐渐成形了，再也不会合拢了。后来，有个杞国人，害怕天会塌下来。其实，他的担心是多余的，盘古已经把天与地固定好了，天再也塌不下来了。而盘古实在太累了，最后倒下了。

盘古倒下后，仍给这个世界做着贡献：从他嘴里呼出的气，变成风和云；他的左眼变成太阳，右眼变成月亮；他的手脚和身体，变成大地和山川；他的血液，变成江河湖海；他的筋脉，变成道路；他的肌肉，变成田地；他的头发，变成飞禽与走兽；他身上的汗毛，变成花草与树木；他的牙齿、骨头、骨髓等，也都变成了闪闪发光的金属、无比坚硬的石头、晶莹剔透的珠宝；就连身上出的汗水，也变成了清澈的露水和甘霖细雨。

盘古的魂魄留在了一座山上，相传叫鱼山。这座山就在鄄城境内，现在的杏花岗就是这座山的所在地。

伏羲与女娲

相传盘古死后，他的阳根与双乳转化成了一对兄妹，就是伏羲与女娲。兄妹二人生活在鄄城北面的鱼山上。鱼山有一个山洞，他俩就住在山洞里。在山洞旁边的山坡上，栽了许多花草树木，最好看的就是杏林了。山脚下有一条河，叫黄河。

他们饿了就到杏林里摘果子，渴了就到黄河里取水喝，闲了就用草木编织玩具和用具，闷了就制造乐器和唱歌儿。有时，到雷泽湖边玩耍，就这样生活了许多年。

忽然有一天，水神共工和火神祝融展开了一场战争。他们互不相让，从天上一直打到地下，搅得天上和人间四处不宁，最后还是祝融胜了。可是，共工不服气，一怒之下，用头触碰不周山，这一碰不要紧，山崩地裂，把天捅了个大窟窿，地出现了一道道的大裂纹，山林里燃起了大火，地下的洪水也喷涌了出来。百草百木百菜百果与百鸟百兽百虫百鱼，统统外逃。原来热热闹闹、万紫千红的大地，一时冷冷清清，只剩下黑云暗雾，满目疮痍。女娲和伏羲非常着急。这时，盘古的魂魄化作了一位老翁，教给女娲和伏羲如何去补天。可是伏羲一心钻研八卦，心不在焉。女娲却很认真地听，掌握了补天的方法。于是女娲便搬来五色石，架起火将石熔化成浆，用这种石浆将残缺的天窟窿补好；再用盘古的斧子把，当补天的金针，用山顶的葛藤作补天的金线。就这样一针一线、密密麻麻地织补，总算把天补上了。凡是针孔，都成了闪亮的星星。因此，就有了这满天星斗。

再说女娲的哥哥伏羲，细心地向上观察天上的日月星辰，向下观察地上的山川地理，向周围观察鸟兽的花纹足迹，于是就发明了八种符号，用来标志天下的万事万物。这八种符号，就是八卦。伏羲最爱到雷泽湖边去玩，和妹妹女娲一起，用树木编个筏子放在湖水里，坐在上面游呀游，玩得非常开心。

那时候，地上有个管理土地的神叫土地公公，天上有个管理天宫的神叫雷公。土地公公善良，雷公脾气暴躁，所以百花百木和百鸟百兽百虫百鱼，都逃到地上来了，一时地上热闹起来，而天上却冷清了。于是，雷公开始怪罪土地公，就发生了战争。战争中，大树和庙宇帮了土地公的大忙。因此，雷公对树林和庙宇怀恨在心，这就是大树与庙宇常遭雷劈的原因。

土地公要女娲与伏羲成亲，两人因是兄妹关系，不肯婚配。可是，从水里爬出来的乌龟却说可以。结果，被伏羲用棍砸烂了外壳，女娲很伤心。土地公说可以让乌龟复活，女娲就答应结婚，土地公就教给女娲怎样做。于是，女娲就按照土地公的方法，把大小四十八块碎乌龟壳对在一起，用泥土溅在乌龟壳上，龟壳就立刻结合了起来。从此以后，乌龟壳上就有了一块块整齐的花纹了。

女娲和伏羲结婚后，生了一个女儿，一次到雷泽湖里洗澡时，不小心淹死了，成了人们常说的洛神，后人曹植还为她写了一篇赋，叫《洛神赋》。

女娲和伏羲，后来又见到了盘古的魂魄转化的老翁，告诉夫妻二人用捏泥人来繁衍人口。于是两人天天捏，捏的泥人成千上万，晒得洞前洞后到处都是。伏羲摸一摸泥人，泥人就会走会跑了；女娲朝泥人吹口气，泥人就会说话了。过了些时候，泥人有的爬到李子树上，有的坐在山坡石头上，有的站在河岸边……伏羲和女娲就给他们起了各种名字，爬到李树上的叫李子，坐在石头上的叫石头，站在河边的叫河流，人的姓名也从此产生了。

随着泥人增多，于是就有了洞和村庄。泥人与泥人结合，代代传承下来，这就是人类。其实，现在的人都是泥人，从泥里来，终归还要回到泥里去。

伏羲和女娲在鱼山上盖了一座盘古大殿，大殿十分雄伟庄严，大殿周围栽满了各种树木花草。尤其是那片杏林，每到二三月间姹紫嫣红，十分好看。伏羲和女娲死后，后人又在大殿旁盖了女娲和伏羲殿，人们每年三月十八日都到殿中朝拜，纪念女娲和伏羲的诞辰。

始皇赶山

那么，鱼山上的盘古大殿后来为什么不见了呢？原来与秦始皇有关。

春秋战国时的秦国非常强大，到了嬴政当王时，便统一了六国。秦始皇统一文字，统一度量衡，甚至连工具、车辆都统一规格。

那时北方风沙很大，而且外夷还不断骚扰，有个大臣提议修长城。秦始皇一听非常高兴，就下旨修长城。可修长城不是一件容易的事情，不知累死了多少老百姓。观音娘娘知道后，便扮成民女来到人间。只见修城处阴风惨惨，尸骨遍野。千千万万的民工像牛一样弓着背拉石头，监工的官员还不时地用鞭子抽打瘦弱者。看到民工磨破了的肩膀淌着血，菩萨心肠软，就给每位民工一根发丝，用发丝抬石头，轻轻地一抬就把石头抬起了，解除了民工们的劳苦。民工一边干活，一边唱起歌来，这就是民工劳动号子的起源。

后来修好的长城有万里之长，秦始皇非常高兴。可是有个叫孟姜女的人，她的丈夫叫范喜良，也去修长城。孟姜女不辞辛苦去找他，可是到了长城才知道丈夫已经累死，埋在长城下。于是，孟姜女就大哭起来，这一哭却把长城哭塌了八百里。始皇知道后非常恼火，就把孟姜女赶走，让她离长城远远的。

谁知孟姜女离开了长城，来到了大山里，还是哭。她的哭声不管离皇宫有多远，秦始皇都能听到。于是就派人去找孟姜女，不知派去了多少人，也不知找了多少次，只能听到哭声，就是找不到。秦始皇非常发愁。

有一天，秦始皇发现了民工用发丝抬石头的秘密，觉得奇怪，就想：一根发丝拉得动大石，若集合在一起，威力不就更大了吗？接着，下令收缴发丝，编成了一条鞭子。他用鞭子一抽，那山就真的移动了起来，于是将它命名为赶山鞭，用它赶山填海来扩展疆土。他头一鞭是向南抽，众山就争向南窜，拥挤成纵深五百里的南山，因这山是奉始皇一鞭抽成的，所以又叫“秦岭”；第二鞭朝北抽，就形成了北山，成了现在的陕北高原；第三鞭，把泰山赶到了山东；第四鞭，把华山赶到了陕西；第五鞭，把衡山赶到了湖南；第六鞭，把恒山赶到了山西与河北；第七鞭，把嵩山赶到了中原河南。还有一溜山脉行动迟缓，秦始皇扬起“赶山鞭”，对准那一溜呆愣着的山，用力一抽，顿时不见了踪影，形成了八百里平原。由于用力过猛，鞭梢从西至东划出了一道道滔滔大河，就是现在的长江、黄河、渭水等。说也奇怪，自从赶山后，秦始皇再也没有听到孟姜女的哭声。于是，就让人在长城旁边盖了一座孟姜女庙，把她封成了神。

后来，秦始皇为寻海中三位仙山、求长生不老之药，用神鞭赶山填海，这可吓坏了东海龙王。龙王苦思冥想，也没有好的对策。

东海龙王的小女儿最善解人意，她为父亲想了个好主意，亲自去见秦始皇。于是在琅琊台下的龙湾岸畔，变成了一位美丽动人的少女，被秦始皇选进了宫。小龙女长得俊美，聪明机灵，心眼好，深得秦始皇喜爱。她在宫中一住就是一年，秦始皇再也不想赶山的事了，把心思都放在了治国安邦上。

有一天，小龙女给秦始皇梳头，无意中发现秦始皇扎头发的小鞭就是赶山鞭，就悄悄地偷剪下来，离开了皇宫，来到了雷泽湖畔。她想试试鞭子好使不好使，于是就对着鞭子吹了三口气，那小鞭越变越大，越变越长。小龙女挥动鞭子，对着鱼山用力一抽，那山就朝东北移动。当她看到山上有盘古大殿，两旁还有女娲与伏羲的大殿后，说声不好，就没有再吹。可是鱼山却被赶走了，山移动得不算太远，到了平阴境内。所以，鄄城再也没有鱼山了。山上的殿宇也给摧毁了。小龙女非常后悔，就用鞭子从地上掘了些土，吹到了杏花岗，所以杏花岗就成了一个小土丘。而被掘过的地方，就成了坑和小河道。所以鄄城县河渠纵横交错，叫坑的村名众多。由于小龙女离开龙宫太久，又怀了孕，就在龙湾岸畔生下了一个男孩，却被一只母老虎叼走了。老虎将小孩养大，就是后来的楚霸王。

再说秦始皇不见了小龙女，忙派人去找，却没有找到，一气之下拿出神鞭，想继续赶山填海、寻求仙药，可是神鞭不灵了。又听说鱼山被吹到了平阴，山上的盘古大殿也毁了。秦始皇就派人到杏花岗重新盖了盘古大殿和女娲伏羲大殿。每年三月十八日来到盘古大殿朝拜。并且在杏花岗重植了杏林,把甄邑改名为鄄城。

（华杰搜集整理）

李耳与李祯在甄邑的传说

春秋时期，鄄城县城东十里有个村庄，叫曲仁里。村里有一户姓李的人家，有兄弟二人，哥哥叫李耳，名聃；弟弟叫李祯，名目。哥哥老相，很有名气，被后人奉作道教始祖。而弟弟李祯却生得眉清目秀，相貌堂堂，一表人才。

李祯小时候与哥哥一样喜欢饲养牲畜。李耳喜欢养牛，所以有老君骑青牛的故事。李祯喜欢鹿，鹿比牛跑得快，因此外出时经常把哥哥李耳甩在后边。

李祯与哥哥一样聪颖好学，十六岁时就识遍了仓颉造的字，并会用刀在竹板上刻字，文章也写得很好。但是他对诸子百家的理论不感兴趣，唯对草药研究不知疲倦。就仿效神农尝百草的传说，上山采药。

一次他上山采药，遇到虎豹的攻击，他就用木棍驱赶。山顶上有灵芝草，攀登不上去，他就用树枝制作梯子上山。他不怕吃苦，亲尝百花百草，了解药效，成了很有名气的郎中。有一天，他路过一个村子，听说有一种药能治身痒、癣疮，忙向村边玩耍的孩子打听。一个小孩道：“天生灵芝却无根，不在深山草木林。东风一吹如飞絮，水面泛出青鱼鳞。”另一个小孩唱道：“有根不带沙，有叶不开花。最爱随风飘，江河都是家。”李祯知道这药是浮萍。

李祯精通黄帝内经，尝遍百草，远近的百姓都来他家医病，多少疑难杂症都被他治愈了。一次，一位老翁带着骨瘦如柴的孩子求他医治，显然是营养不良的症状。可老人说他是个富翁，什么好吃的都吃过了，就是不见好。李祯经过望闻问切后，说："有一种药可以治这种病，就是龙眼。"老翁说："龙是海里的神兽，怎么挖掉他的眼呢？"李祯说："有一次我到东海边降龙霸村，就是当年哪吒打死东海龙王的三太子的地方，被哪吒挖了的龙眼埋在了村东头。在埋龙眼的地方长出了一棵树，树上的果子酷似龙眼，住在那里的人吃了，个个身体健壮，当地人把这种水果叫作龙眼。"老翁听了欢天喜地而去。

那时候，云彩山出现了一个瘟疫魔，百姓病死得很多。尤其到了九月，瘟疫更甚。李祯决定在重阳节这天根除瘟疫。首先，李祯调查瘟疫魔的弱点有四：一怕红色，二怕酒气，三怕刺激气味，四怕高声大喊。然后呼唤小白龙，从龙宫里拿出一把斩魔剑交给他，再组织附近的百姓登上云彩山，让女的头上插茱萸，茱萸果为红色，叶会散发出一种怪味；让男的喝菊花酒，云彩山的瘟疫魔一出现，就齐声高喊："铲除瘟魔，天下太平。"瘟魔见到红色，闻到酒气和怪味，再听到喊声，就吓得缩成一团。李祯就跑上前去，一剑将瘟魔刺死了。从此以后，瘟疫就再也没有了，百姓安居乐业。

哥哥李耳由于长得像个老头，虽然年轻也没有媒人到家提亲，到了二十岁的时候，去周朝谋了个图书馆管理员的官，走了。李祯长得帅气，媒婆多得拱破了门，父母也催着李祯结婚，可李祯一门心思治病救人，不肯成婚。经不住打扰，就离家出走了。

他来到鄄城。那一天是三月十八日，正是女娲与伏羲的生日。李祯见熙熙攘攘的人群往北走，觉得奇怪，一问才知道，都是到杏花岗盘古大殿上香的，于是便来到了杏花岗。见庙宇虽不大，但庙顶上铺满了琉璃，金碧辉煌，屋脊上还雕刻有五脊六兽。盘古大殿坐北朝南，盘古神像栩栩如生。来殿内求神问卜的善男信女一个接着一个。正在这时，只见一个人慌慌张张地跑来，见了李祯，忽然倒地，不省人事。众人见了大惊，聚拢来围观。那人从地上爬起来就朝李祯跪下叩头，说请神医给家主人治病，李祯说："你不必说，我已经晓得了。"于是就跟着那人走了出去。他们顺着大道往西走，就到了甄邑城，只见大街上店铺林立，诊所与药店很多，上面的招牌五花八门，有的写着："百年老店，货真价实"；有的写着："祖传秘方，包治百病"。那人对李祯说："我家主人就是相信了这些小广告，买了他们的祖传秘方，越吃病越厉害，后来又用了他们的一贴灵，病就更重了。听说你是黄帝传人，去请你，你不在，一路就寻找到甄邑来了。"

李祯给这家主人治好病后，就在杏花岗住了下来，盖了间草房，做起了郎中。从此，找他看病的人愈来愈多，被人称为祯王爷，一时名声大振。不过，他给人治病不收费，也不让谢，因为这里是杏花岗，凡是病愈后的人都来他的住地栽几棵杏树，没几年，祯王爷就拥有一片杏林了。后来，人们为了纪念他，就在这里修了一座祯王庙。

（夏辽搜集整理）

裴宣落第

《水浒传》中有位铁面孔目裴宣，他就是定陶县人，他当年科考落第的故事，在县域广为流传。

窗外旁听显奇才

裴宣家住定陶县裴家庄，父亲是位老实巴交的农民。一家五口人，种着二亩半薄地，上数三代没有一个识文断字的。家境贫寒，夜无隔天粮，吃了上顿无下顿。一年三百六十天，糠菜半年粮。裴宣从会吃饭时起，多少年来就没吃过一个净面的囫囵馍，也没有一天吃过一顿饱饭。但是，他自幼聪明过人，读书过目不忘，被认为是奇才。由于家贫，从五六岁时起，就得担起家里过重的负担，不是拾柴，就是拾粪。他在拾柴时，路过村东学屋时，在屋外站着听村学先生王德品教学生读书。王德品老先生教了十五六个学生。王老先生教书有个习惯,先领学生读一遍，就让学生自己念，念两三遍后，他再一字一句领着读一遍，接着再让学生念两遍，然后喊声“一、二”，让学生默念几遍，接着就开始让学生一个接一个地背书，背不出的就要挨板子。

一天，王老先生还是按老规矩教《战国策》中的一篇《唐雎不辱使命》时，读了一遍让学生自己念，裴宣还是在屋外偷听。王老先生开始提问学生背书，站起一个背两句就不会了，再站起一个背一句下边都忘了。王老先生接着把十五六个学生全提了一遍，谁知连一个能背下来的也没有。王老先生气得青筋暴得老高，汗像细泉汩汩冒出，唰唰下淌。一怒之下，伸手捞过戒尺，胡子一撅一撅，将戒尺往教桌上摔得山响："你们说，脑袋让狗叼跑了怎么的，为什么都不会背。把手都给我伸出放到课桌上,有谁会背？不会背我可要一个个排着打了!"学生你看看我，我看看你，低着头只好把手伸放在课桌上。王老先生望着一个个伸出的手，再次喊："有一个能背下来的我也不打你们啊！"还没有学生说会背。王老先生的眼泪夺眶而出，滚滚而落。他擦了擦眼泪，一咬牙，将戒尺举过头顶，就要往第一个学生伸出的手打下去。就在此时，只听窗外喊："慢着，王老师，我会背！"背书声传入教室："秦王使人谓安陵君曰：'寡欲以五百里之地易安陵，安陵君其许寡人。'安陵君曰：'大王加惠，以大易小，甚善，虽然受地于先王，愿终守之，弗敢易。'秦王不悦……"一口气背完。

王老先生半举起戒尺的手放下了，惊奇地走到教室外，见到骨瘦如柴、十二三岁的裴宣，急忙问："书可是你背的？""正是！"裴宣放下挎篮立正答道。"到室内叙话。"王老先生十分高兴，让裴宣随他进入教室坐下，又问："你啥时会背的？是过去就会背，还是听我念后会背的呢？"裴宣躬身施礼道："禀老师，我在窗外每天都听老师念讲，凡我听过后都会背！"王老先生说："为何不来读书，为啥老在外听呢？"裴宣望着王老师，眼泪像断线珠子滚了出来。于是便将家贫，每天拾柴路过此地听先生教书，听一次就会背，然后再去拾柴，走在路上再温背上几遍的事儿学说一遍。王先生半信半疑地问："我过去所讲的都是哪些？你能背背让我听听吗？"裴宣高兴地说："能！"接着便将过去学过的背了数篇。王老先生听后点点头，大喜道："奇才！奇才！从明天起，免费到室内听，我先给你念、讲，再去拾柴。"从那天起裴宣跟着王老先生念了数年书。次次考试都是第一名。

教书考父人传颂

王老先生十分喜爱裴宣聪明好学，断定将来定是国家栋梁之材，思之再三，便将爱女许配给裴宣为妻。婚后小两口十分恩爱，家中缺粮，妻子就到娘家去背，让裴宣专心读书。苦读三年，王老先生想让裴宣求取功名，准备让裴宣进京赶考。

为了筹备银两，就给裴宣找了个教书差事。让他到裴家庄西十里外的张家湾，在张求财财主家的学馆里，教了十四个学生。讲好了每个学生拿七吊钱，钱先不给，只管饭，到年终看教得好坏一次付钱。教得好，第二年再请，同时增加聘金，教得不好，也就自然解聘。

在张家湾教了一年书，个个学生都学得很好，家长满意，学生高兴，每人早早凑足了七吊钱给了裴宣。裴宣放年假将九十八吊钱全部交给爹爹,买了粮、油、面、肉、菜等过了个肥年。王老先生年终送给闺女五两纹银，并对女儿说："这银子你贷出，不准对裴宣说，到时候有用，要让裴宣知道，就是你的不孝。"年三十喝辞岁酒时，裴宣的爹爹问他："你在张家湾教书吃得好吗？"裴宣说："吃得不孬，顿顿有酒有菜，鸡、鱼、肉常吃，还有汤喝。"裴宣父亲说："过了年我跟你去看大门行吗？只要他们管饭就中啊！我除看门还可挑水、扫地、干活、养花。咱祖祖辈辈养花，谁不知道裴家养花响曹州啊！总比我在家种咱那二亩薄地、养半亩花强呀。我离开家,家里那二亩地,你娘在家里能种得好。"裴宣听爹这么一说发了愁，不让爹爹去吧，爹爹说出了口，是不孝；让去吧，自己又不当主人的家；如果给东家说了，东家让去好虽好，到吃饭时，东家让自己吃好的，爹爹捞不着，也为不孝；让爹爹干活，我怎么支使呢？怎么称呼啊？想了想说："我到学馆对张财东说说，让你去我回家来说声，到学馆干活我咋称呼您老啊？"裴宣父亲说："这个很好办，就说我姓付，你叫我'老付'（父）就行啊。"

转眼，年过了，学馆又派人来请裴宣。因为上年书教得好，这回又增加了钱，每个学生交十吊，还多收了六个学生。开学头一天，东家办了接风酒宴。张财主说："先生辛苦了一年，所教弟子都大有长进，你有何要求或我照顾不周之处，尽管提出。"裴宣见东家说得诚恳，就说："东家待我有百成，尽让吃好的。一年来我看咱那个养花老头不在行，不如叫他去看大门，俺庄上有位姓付的老先生，祖祖辈辈种花，干这活可是行家里手，不如让他管花。"张财主听裴宣讲得在理，当即就定下来："行啊，照先生意见办，让种花老头去看学馆大门、打钟，种花让你庄老付干，只要他能把花养得好，年底给他再加两吊钱。"

裴宣连夜回家叫来老父，第二天就上工了。每天吃饭，裴宣都同老父换着吃，时间长了，让学生们发现了，先是张财主的儿子对爹说了。张财主不信："别瞎说，你老师学富五车，才高八斗，聪明过人，会办这种傻事——拿白馍馍换窝窝吃，我不信！”过了一段时间，张财主的儿子又对父亲学说此事，儿子说：“我说的全是真的，要不信你偷偷看看啊！”张财主心想：耳听为虚，眼见为实，我得亲自看看。第二天吃中午饭时，张财主偷偷去看裴宣和老付如何换着吃饭，一看果真如此。老付吃油饼、炒鸡蛋，裴宣吃玉米煎饼。张财主看罢点点头就走了。第三天又去看，还是换着吃，第四天又去看，还是一样，他一连看了七天。

第八天晚上，东家找裴宣拉呱：“裴先生，我为你专门找厨师办饭是让先生吃的，是做得不好吃呢，还是其他原因？你为何和老付换着吃呢？他干的是粗活，虽然他和你是一庄，他岁数大，也不能换着吃啊？”裴宣听后笑着说：“东家有所不知，老付（父）脾气特别好，我让他孙子喊我爹，我跟他儿媳妇睡，他都不在乎。”东家听了，虽然听出话里有话，但又不能当是真的，还不放心。第二天东家专门去找老付，问道：“裴先生夸你脾气好，是真的？”老付说：“一点不假，他也很讲义气，懂理识事，我跟他娘过了三十多年，他从来没有惹俺生过一回气。”

这回好了，东家全明白了，裴先生和老付是父子关系。知道裴宣的孝心，教书行孝使人敬。从此便让他们父子同桌用饭，不分贵贱。裴宣教了五年书，这样行孝知书达理的人，后来为何被逼上梁山呢？

落第被逼择前程

裴宣教书五年，声望越传越远，数处高价聘请，他均未换学校。在五年之中，加上一连三年的县、府、院试三科，均考第一名。王老先生更加高看他的爱婿，认为裴宣将来定能成为国家栋梁之材。这时的裴宣已在县、州、府成了名人。

一日，王老先生到了女婿家，见到女儿和外孙，裴宣没在家。他对女儿说：“你那银两放了多少？”女儿说：“现在已存有五十两了。”王老先生说：“快去将贤婿叫来，我有话说。”女儿说：“他还在张家湾教书，有啥事对我说好了，等他回来我让他立即登府看望您老。”王老先生说：“不行，此事非同一般，你立即去叫，我在此专候。”女儿听父亲这么说，也不好再说别的了，只得骑驴前往张家湾叫裴宣。

到两顿饭的时间，裴宣夫妇一同返家，王老先生见裴宣来到，立即从腰里解下五十两的银袋言道：“我皇改年号宣和，要正科恩科一起大比开考，我给你纹银五十两，你前往汴京应试。若金榜题名，是祖上积德，一可光宗耀祖，二可为国家效力。”裴宣感激不尽。第二天，妻子又将存贷的五十两银子交给裴宣。

裴宣告别父亲、泰山和妻子，第三天欢欢喜喜登程向汴梁赶去。风餐露宿，十分节俭。这一日来到考城地界，眼看红日西沉，只得投店起伙歇息，吃过晚饭掌灯读书。更天时，突然店家左邻哭天嚎地：“我也不活了，跟你们拼了！”裴宣听此停下读书走出店房，这时店家也走出迎了过来。裴宣问掌柜的：“左邻为何有人哭叫不止？”店家说：“客官，不要管问，快快歇息，明日好早点赶路。”店家话音一落，左邻家的骂声、号哭声、砸东西的声音响成一片。“白天你们抢走我的大女儿，打死我老头，晚上又要抢我二女儿，还有没有王法？”一老妇连哭带骂，只听一个怪声怪气的声音说道：“王法？在考城我家少爷愿干的事，就是王法！少爷看中你大闺女了，同时也看上你二闺女了，让她姐妹俩都让俺少爷玩玩，这是你的福分。”

裴宣听到此，气得青筋直暴，就要闯出店门，被店家拉住：“如今世道，不管为妙。”裴宣说：“这不是一帮强盗吗？”店家说：“客官，别急，你听我说。”硬将裴宣拉入房内，说出了原委：“考城知县姓金，是蔡京的内弟。金知县有一花花公子，名金虎，是考城一带有名的花花太岁，他结交一帮地痞流氓，欺男霸女，无恶不作。只要他看上谁家的大姑娘、小媳妇，就带一帮打手抢来污辱，然后再将人家卖给妓院；若有不从者，打死扔到荒郊，也无人敢管问。知县是他爹，蔡京是他舅，别说告到知府衙门，就是告到东京也无人敢问呀。白天，金虎一帮抢走了张家大女儿，打死了她爹张老汉。谁知张老汉的大闺女性烈，用剪刀扎伤了金虎，也自杀身亡。这不又来抢人家的二闺女。客官，你能管得了吗？”裴宣听此怒道：“难道就没有天理王法了吗？他们就这样无法无天了吗？”店家说：“王法、天理？有权就有法！官大权大就是天理王法！打死无辜的，他会说你想造反。现在就是是非颠倒的社会，装糊涂好了。”裴宣听此很气愤。睡下，一夜接连做了数个梦，一次次都被气醒。第三天赶到了汴京城。

裴宣入了考场，三篇文章做得好，主考官观后，非常欢喜。认为言之有理，持之有据。奏报徽宗：“在数千名举子中发现了两位文章出众的，一是郓城吴用，二是定陶裴宣。此两名望我主殿试亲点。”

徽宗御览奏折后交予蔡京。蔡京观后又气又恨，心想：此二人太狂，不识时务，眼里竟然无我，不把我当靠山，不登我府，另靠他人。若点此二人，不论谁为三鼎甲之首，将来对我都不利。若被皇上重用，我手中的权力将不保，不行！我眼里不能有沙子。他谋划之后，在金殿就将吴用、裴宣试卷细心评读，越读越感文章确实做得好，使他无懈可击。叹道："唉，真乃奇才！"他一遍一遍将试卷读啊读啊，读着读着，心一动眼一亮，计上心来。正在此时，徽宗言道："蔡爱卿你看试卷有何本奏？文章如何？"蔡京深知徽宗看罢主考官奏折，御览吴用、裴宣文章十分欣赏，又见满朝文武个个喜气洋洋，自己不能直言不好，点头奏道："万岁我主，如今我主正逢盛世，洪福齐天，点元可要细览为好，慎之再慎。"蔡京奏罢，君臣退朝不提。

徽宗到了后宫，又将吴用、裴宣文章细览，越读越高兴，龙颜大悦，文章确实字字珠玑，真乃当今少有的好文章。正在欣喜之时，太监呈上了蔡京奏折。徽宗读毕双眉紧锁。蔡京奏折是这样写的："万岁我主是明君，万万不可点吴用、裴宣为三鼎甲之首，也不可用之，臣在宫外候旨面奏。"徽宗虽有不悦，但一向对蔡京是言听计从，立即传旨让蔡京入宫面奏。蔡京入宫参拜之后，徽宗赐座，道："老爱卿奏折不详，为何不让点吴用、裴宣他二人为三鼎甲之首呢？谈其详。"蔡京奏道："为我主万岁着想，当今天下谁人不知我主是有道明君。我观吴用、裴宣文章确实不错。可是文章虽好，名字却不吉利。若点他两个其中一个为状元，举国上下定要愤愤而怨。万岁点了个状元'无用（吴用）'，这对万岁声望，国家不利，就连外国也要耻笑我邦"中原无人才，无用之人都可被点为状元！"徽宗沉思，听后点头，接着问："那裴宣为何不可？"蔡京望着徽宗皇帝说："您让我说实话呢，还是说假话？"徽宗言道："自然实话实讲。"蔡京道："我主改年号为'宣和'，是吉祥之意，而他却名'裴宣'，其不是克'宣和'吗？"徽宗听后点点头道："卿真乃忠臣也，主考官竟然连这点知识都没有，差点坏了国家大事。传我旨意，把吴用、裴宣除名，永不得录用。蔡爱卿，卷子由你再审，报上来，我御批亲点头名。"

相传，蔡京将其侄儿奏报点为头名状元。从此，蔡京也就被徽宗更加重用了。他独霸朝纲，上欺天子，下压臣僚，顺我者昌，逆我者亡。他又和高俅等四大奸臣勾结，弄得宋朝末年国力日衰，贪官横行。外有辽金犯境，内有农民造反。放此不表。

再说吴用、裴宣得知因名而未被点元之后，十分气愤。相传裴宣一怒之下挥毫写了这么一首诗："天昏地暗官贼抢，奸臣当道霸朝纲；官逼民反改天地，神州大地动刀枪。"吴用对天长叹道："天生我才国不用，天昏地暗民遭殃；为国为民成大事，不做懦夫结豪强。"

时间不长，吴用、裴宣聚义上了梁山，给山寨立了无数战功。后人对此有诗叹道：奸臣当道帝王昏，不选安邦定国人；庸辈登高居要位，贤才良将逼山林。

（汉林搜集整理）

禹城锁龙井

在禹城城北的徒骇河上有一架桥梁，名曰北石桥。桥北河岸外的不远处，有眼深不可测的古井。据说井内锁着一条蛟龙，是当年大禹把它锁在这儿的。

相传，远古时候，大禹平治洪水时，在禹王亭下的具丘山上，斗败了东海龙王，迫使龙王退水千里。龙王垂头丧气地回到东海龙宫后，坐在龙宫内茶饭不思，终日闷闷不乐。心想：一代水域帝王，竟然败在了一个凡夫俗子手下，是多么不可思议的事，简直就是奇耻大辱啊！可是回想当初，也真不该发大水扩大水域，涂炭生灵。如今只落了个劳神毁族，身败名裂的结果。怨谁呢？

龙王的大太子是条性情孤傲的蛟龙。看到父王的败绩，不免埋怨老龙王无能。因此，它决心要抻量抻量这个斗败父辈的治水英雄大禹！主意拿定，蛟龙便悄然离开东海龙宫找大禹去了。

蛟龙从徒骇河的入海口逆流而上。一路上，喷云吐雾，兴风作浪，致使徒骇河水暴涨，两岸人民又恐慌起来……这时，在荆山脚下铸完九鼎的大禹，不顾劳顿，又一路风尘地带着他的随从应龙，迈着他那后脚迈不过前脚的禹步，从南往北视察治水成果来了。一路上，看到人们在落水后的土地上，筑庐安家，辛勤耕种的图景，要用愉悦欢快来形容他的心情还是稍显不够的。

一天，他和应龙来到具丘山上，啊！当年就在这里带领人们战胜了龙王。向东眺望，缓缓流淌着的徒骇河水清晰可辨，徒骇河将会成为这个地方的母亲河，滋润养育这一方的百姓。往山顶观望，见一草亭，禹过去一看，原来是百姓以草木结庐，内供牌位，上书“禹王”二字。禹心中感慨万千：多好的人们啊！只要你给他们做件好事，他们将加倍报答你……

禹下了具丘山，走过徒骇河的鬲津桥，乘木舟顺流而下。当他来到离北石桥不远的地方，忽见前方的河水掀起了触天的排浪，空中出现了浓浓的云雾。一条独角青龙纵身窜入云雾，借着云雾的掩护向禹扑来。身边的应龙见蛟龙逞凶，毫不迟疑地纵身跃上去应战，两条龙打在了一起。二龙时而腾空，搅得云雾翻滚，遮得太阳无光；时而双双跌入水中，溅起万丈水柱，水跌落下后又在河中形成了巨大的漩涡。两条龙厮杀得难分难解。禹安然地站在舟头毫不惊慌。

阵阵的蛟啸龙吟，惊动了两岸的人们。人们见蛟龙作怪应龙苦战，有的持叉，有的拿斧，站在岸上干着急插不上手助战。此时，禹怕应龙不敌吃亏，忙把手中舜奖给他的那件玄珪祭起来。只见一道墨光向蛟龙击去。蛟龙被击中了，一动不动地昏死在水面上……

浓云消散了，朗日又高照。河面上恢复了原来的平静。在禹的指挥下，人们用绳索把蛟龙捆了个结实锁在河北岸外的古井中。可是，人们仍怕蛟龙醒来挣断绳索再作怪,就在锁蛟龙的井北面修了一座庙宇。禹帮助他们从湘水请了掌管四海、河流的女神湘君和湘夫人前来坐镇，使蛟龙不敢妄动。自此，这座庙宇便成了湘君和湘夫人云游下榻之处。故名曰娘娘庙。

蛟龙在古井中醒来后，见自己身负绳索被囚于井中，又见是自己的顶头上司坐镇，哪里还敢妄动！它痛苦地闭上眼睛思索起自己的行径来——老龙王败北是自食其果。邪不侵正嘛！谁让它异想天开扩大水域，发大水，残害生灵？我为什么要瞒着老父龙王离开龙宫找禹王？我逞的什么能？……思前想后在自己身上找不出一点对的地方。没办法，事已如此，只得甘心服罪了。于是，蛟龙借此机会，开始修身养性了。它朝夕吸取日月光华，凝神静气，内视反观，气沉丹田，苦练内功……日出月落，寒来暑往……不知经过了多少个叶黄芽绿，终于炼成了一颗内丹。蛟龙为自己的苦修成果感到欣慰。然而,蛟龙没把自己的修炼成果作为解脱，升腾自己的资本，反而把这颗内丹吐在了井水中。

徒骇河两岸的人们，都知道这眼古井中锁着一条蛟龙，又有女神看押。可是谁也不敢到井边去，更不敢到井内汲水。为什么？担心不小心让凶猛的蛟龙一口吞下肚去。

日月如梭，又不知过了多长时日。这年夏季大旱，徒骇河干涸，地下水位下降，村里的水井中也只剩下泥浆。奇怪的是，只有锁蛟龙的这眼古井，水位仍然保持原样，水质依然清澈甘洌。

随着久旱不雨，瘟病开始滋发蔓延，不少人染上了疫病。因此闹得人心惶惶。炎夏缺水是个什么滋味？这是不言而喻的。何况土炕上又躺着病人呢？

这时，在附近村里，有个叫梁二愣的青年，长得人高马大，性格刚毅。二愣家里躺着两个病人，一个是他的寡母，另一个是他新婚不久的媳妇。病人、缺水把这个愣小伙子激火了："娘的！怎么也是死！我就不信这个邪！痛痛快快得死，我看比活受罪强。"说着，他挑起水具大步朝锁龙古井走来。来到井边探身向井内观望，只见井水平静得没有一丝波纹，而且还闻到一股淡淡的香气。二愣不管井水平静不平静，也不管什么香气不香气，便向井中开了腔："哎！我说蛟龙你听着：我来打水。让打，我也打；不让打，咱们就拼了，反正照这样下去也活不长了。"说完，二愣等待井内的反应。过了一会儿，井中丝毫不见动静，井水仍然那样平静。不管他！二愣等不得了。他系下水具提上一桶水来。水面摇碎了二愣的倒影。除此之外，仍然不见异常的动静。似乎汲出的井水香气更加浓了些。二愣没心思管这些，担起来大步朝家走去。

"娘，水来了！"他扶起炕上的娘，把水给娘喝下去，又把娘轻轻地放下。尔后，又照样给媳妇把水喝下去。婆媳二人喝了二愣在锁龙井内汲来的水，精神为之一振，病竟然奇迹般地好了。这事经二愣一宣传，四邻八乡的人们不管家里有病人的和没有病人的都到锁龙井去汲水了。喝了锁龙井的水，还真能治好病。从那以后，人们由恨蛟龙、怕蛟龙，转为敬蛟龙、爱蛟龙了。于是，锁龙井边烧香的、上供的络绎不绝。蛟龙用自身修炼的功果——内丹救了这一方人。时日久了，人们便为去锁龙井汲水起了个名字叫"打法茶"。打即取。法即治病。茶是指锁龙井中的水。

"打法茶"的事，很快让大禹知道了。禹神听到后很是高兴。当即请了湘水女神湘君和湘夫人来到了锁龙井旁，意欲解脱蛟龙令其返回东海。此时的蛟龙经过几年的修身养性，渐悟了人们的可敬可爱。是啊，只要为他们出点力，便受到他们加倍的尊敬和回报。而今，禹王让它返回东海，它反而舍不得离开这个仅使它容身的水域了。事实上是不愿离开这方可爱的人民。不过，那久别的故乡东海和宫中的水族也使它深深地怀念着。最后，蛟龙还是听从了禹的劝说，把自己修炼成的功果——内丹留在了井内，便悄然回东海去了。禹和二位女神，见这方土地上已无事端，便也返回了荆山和湘水。

光阴荏苒，过了许多年，娘娘庙的庙脊上，不知何时住上了一个即将成精的毒蝙蝠。在一个乌云密布的夜晚，毒蝙蝠飞出来兜风。突然空中电光一闪，紧跟着一声霹雳把毒蝙蝠击毙了，被击毙的毒蝙蝠，恰巧落在了锁龙井内。从此，清澈甘洌的锁龙井水遭到破坏，变得臭气熏天，人们再也不敢饮用锁龙井的水了。于是，人们便把这眼曾对自己有救命之恩的锁龙井填平了，只剩下那座娘娘庙孤零零地矗立着。再后来，大概由于湘水女神再也没有来过的缘故，娘娘庙便一天天地败落、倒塌，变成了一堆碎砖瓦砾。

（平波搜集整理）

小芝坊村的虬龙槐

在山东省德州市平原县腰站镇小芝坊村有一棵唐槐，距今已有1300多年的历史，树围要三四个成年人伸开胳膊才能抱过来。树芯早已枯死，形成一个很大很深的空洞，树的最顶端也已干枯，但下部依然生机勃勃，像虬龙一般蜿蜒伸展。

相传，很久很久以前，古槐生长的地方有一座有钱人家的宅院，院子前面有一个很大的池塘，池塘很深，当地人叫“湾”。而那唐槐蜿蜒伸展的虬枝，也一直伸展到了湾的中央。湾里的水很清澈，苍劲有力的槐树枝杈倒映在水里，形成了一幅惟妙惟肖的动人画面。夏天一到，喜欢玩水的男孩们都聚拢到这里，一头扎进清清的水里，戏水玩耍，好不热闹。妇女们大多选个天气晴朗的日子到湾边来洗衣裳，有说有笑，其乐融融。

有一天，几个妇女边洗衣服边说笑，全然没注意在身边玩耍的一个才几岁的小孩子。那孩子在湾边玩着玩着，脚下一滑，掉进深水里，这时孩子的母亲还浑然不知。但就在此刻，晴朗平静的天空猛然刮起一阵旋风，湾里立刻卷起一股水流冲向岸边，掉进水里的孩子竟然被推到岸上。在岸边洗衣服的几位妇女，被卷起的水流打得浑身是水，瞬间的变化令她们傻愣愣地站在那里，好大一会儿才缓过神来。那个被冲到岸上的孩子从地上爬起来，哇地哭了起来。孩子的母亲赶忙站起来跑过去，抱起孩子哄着。

此事过后，人们议论纷纷，这大晴天的怎么会刮来一阵龙卷风呢？时间长了，人们也就不再当回事了，大家相安无事，各过各的日子。

这年春天，开春很长时间也没下一场雨。开始，人们并没有当回事，可是这日子一天两天过去了，一月两月过去了，还是滴雨未见。土地干透了，裂缝了，树叶不出，麦苗发黄。

这下，老百姓真的沉不住气了，老天爷这是咋了？还要不要咱庄户人家活了？

可是说来也怪，四下里干得冒烟，唯独大槐树边的湾里水波荡漾，丝毫没有减少的样子，而且那大槐树底下也是湿漉漉的，依旧枝繁叶茂。人们怀着好奇的心情，纷纷聚拢到大槐树跟前，看看树上，再看看树下，不知道究竟是怎么回事。

忽一日，大槐树下来了一位老者。老者看上去有八十开外，白头发，白眉毛，还有长长的白胡子，红色的脸膛，眼睛不大，却炯炯有神。最显眼的还得说他手里拄着的虬龙拐杖，人们见了忍不住抬头观看大槐树伸向湾里的那根枝杈，老人拄的拐杖简直就和那根树杈形状一模一样！一传十，十传百，一会儿的功夫，大槐树下聚满了人。这时，只见那位老人走到湾边上，将虬龙拐杖伸到水里，然后猛地一挥，将无数的水滴甩向空中。刹那间，天空中云雾蒸腾，而且迅速扩散。紧跟着，大雨便稀里哗啦地落了下来。人们昂着头，欣喜地沐浴在这突如其来的雨水中，全然忘记了身边的老者。当大家回过神来，想要感谢这位神奇老人的时候，才发现老者已经不见了。

后来，有个要饭的来到小芝坊村，走累了躺在大槐树下休息，醒来的时候发现身边的要饭口袋里鼓鼓的，打开一看，吃了一惊，原来空空的口袋里装满了香喷喷的大馒头。消息传开，周边各地真的、假的乞丐都纷纷赶来想好事，占便宜。奇怪的是，只有真正的乞丐才有此幸运，那些假装的乞丐就是在树下躺上三天三夜也是一无所获。

神奇的事情接二连三，究竟是怎么回事呢，人们无从得知。一天夜里，村里最年长的姚老汉做了一个梦，梦中的事情令他大惊失色。后来，他向人们描述梦中的情景，说所有奇怪的事情都源于大槐树精灵。大槐树原本是一条飞龙，孩子得救是飞龙用尾巴甩上来的，久旱得雨是飞龙请来的，乞丐口袋里的馒头也是飞龙赐予的。人们不相信这是真的，但一桩桩神奇的事情都已真实发生。古槐树在人们心灵深处扎下了根，逢年过节，大家都到大槐树跟前烧香叩拜，以表对它的感恩和敬仰之情。

如今，当年的卧龙槐已经随着久远的岁月而消失了，只有底部一截粗树干的空壳依稀显露着它当年的英姿。值得庆幸的是，在它卧倒的树干根部又长出了新的生命，郁郁葱葱，生机盎然。

（夏辽搜集整理）

邻县两令断尸案

齐河桥是长清县和齐河县两县的分界线，以桥中央为界线，西边是齐河县，东边是长清县。

道光年间，桥上死了一个人，在西边，是在齐河县内。齐河县令到桥上验尸，见尸体上有刀伤，看样子死者是被人谋财害命而死，案情重大，齐河县令便假说查验尸体，把尸体翻转到桥的东边，说："尸体在长清县内，还是让长清县令办理吧。"把地保责备了几句，说他们误报案子，就走了。

长清县的人报告给长清县令，并说齐河县移动尸体的事。长清县令便请齐河县令一起去查验。长清县令先到桥上，从死者身上搜得一张账单，上面写明了买的若干布，用去多少钱等，极为清楚。没一会儿，齐河县令也到了，长清县令便请他一起到旁边的寺庙中去商酌。

长清县令对齐河县令说："尸体在西边，为何移到东边来。"齐河县令道："没有啊！"长清县令笑着道："在外的人走在路上，被杀害了，必定会有血迹，现今西边有血迹，东边桥上的尸体下却没有血迹，不是移动了尸体，是怎么回事？"齐河县令无话可说了。

长清县令又笑着道："像这样的案子，恐怕老兄也没有办法查究，小弟代替你办理，也未尝不可。"当时，附近的乡民到庙里看热闹的人不少，长清县令便叫差役把门都关上，便恼怒地说："尔等来到这里，准备窃听我们的对话，好去报告给凶犯吗？"便呵斥着下令："给我每人重打二十大板，否则休想离开！"齐河县令不明白他的主意，还替那些乡人说话，说："他们也是喜欢看热闹才到这里来的，未必要偷听什么信息，你这样未免也太不近情理了吧！"长清县令道："好好……这样，也不打你们了，就罚你们每人给我出半匹布，不管是什么色料，并且五个人之间互相担保，到时候交不上来，得一起受罚。就定好第三天来这里上交，有人胆敢违反，我可不留情面了。"先将那些愿意出布的人，登记好名字、里居，有三十几人。后面的那些人纷纷求饶道："官爷，我们家实在贫苦，实在拿不出钱来买布啊！"长清县令又道："这样，你们每三人出半匹，可以吗？"那些人才没有话说。又放出了三十多人。长清县县令对着剩下的人道："我也不强人所难，你们既然没有钱出布，那一定要怂恿那些出钱买布的人，早早买好，到那天来这里交纳，免得受到责罚。"众人才唯唯答应着离去了。

长清县令也和齐河县令约好，第三天准时来那里收布，齐河县令答应说好。到了第三天，两县的县令先后都到了。出布的人都抱着布，在那里等着交给县官，长清县令按着顺序验收。验收完毕之后，仍然将布还回去，并要求没念到名字的人在外面等着，念到名字的人进去领回他们的布，在他们进去领布的时候，问他们的布是和谁买的，有人说和乡人某甲买的，也都一一注明登记好，等把布一一还给他们之后，统计了一下，有一大半都是和某甲买的。长清县令出来问道，某甲在哪里。某甲也是出布的人，也在人群之中，众人便指着他道："就是他。"长清县令问某甲道："你卖布几年了？"某甲回答道："我刚做这行生意。"长清县令又问道："你所卖的布，蓝色的有多少，白色的有多少，一共又有多少，你还记得吗？"某甲分别说了出来。长清县令道："恐怕不是这样，大概你记错了吧！"又接着问："你的布匹都卖给谁了？"甲某不知道县官已登记好了哪些人的布是从他那里买去，便说："仅仅卖出几匹布，其他的都还没有卖出去。"长清县令道："卖出去了多少，还有多少，你还记得吗？"某甲又一一回答。长清县令道："恐怕还是不如你所说。"便替他说出了数目，卖出布的人多少，还剩多少，都说了出来，并叫差役到他家里去取来。

过了一会儿，差役取布回来了，数那些布匹，果然和他说的不相符合，和长清县令说的倒相差不多。长清县令笑着对某甲道："你自己卖的布，却不知道数目，我倒是都清楚。你知道是什么原因吗？"某甲道："不知道。"齐河县令在一旁感到很惊讶，没有等某甲回答，急忙问道："不知老弟怎么如此断案？"

长清县令指着某甲道："这就是害人的凶犯，只是他不怕死，敢作下这案。"于是，拿出从死者身上搜来的账单，拿给齐河县令看。齐河县令问道："这账单是从哪里来的？"长清县令道："从死者的怀里搜来的。那人的布匹和账单上的数目没有什么差异，这明显是那人贪图死者的布匹，而把人杀死了，还有什么疑惑的。"某甲听了，顿时魂飞魄散，都自供招认了。招供道："死者是齐河县村里的人，贩卖布匹作为职业。我看重他家的资财，便和他结交为好友，那天挽留他在我家住宿，并把他的布匹推到我的家中。夜里的时候，我找了一个借口，说去接别的朋友，让他和我一起去，到了桥中央，便把他杀死了。"

于是，查出了真凶，长清县令便对那些出布的人道："你们的布，都是出钱买的，你们就带回去吧！我岂能真的罚你们，而中饱私囊呢？只是劫夺来的东西，一定卖得比平时便宜，你们一定会去买，因此，借你等买的布，用来查明真凶。"说完，就让那些人抱着布回去了。又叫差役把死者家属叫来，把尸体和剩下的布领回去，并让某甲把卖布所得的钱都拿出来，还给死者家属。并将某甲收监，待秋后问斩。两县的乡民，都称颂长清县令断案神明。

（夏辽搜集整理）

卫运河畔故事多

德州卫运河在形成后的一千多年间，曾经发生了无数可歌可泣的历史故事，这些经过人们口口相传的陈年旧事，不仅贴近老百姓的生活，而且个个都带有激发世人守正向上的正能量。他（她）们不是救民于水火，就是恪守做人本分尽忠、尽孝，或是乐善好施无私助人，故能在民间广为流传。

夏津运河决西不决东

在夏津县运河沿岸一带，自清中期以来一直流传着运河“决西不决东”的传说。

雍正十一年（1733），武城县蔡庄（今属夏津县新盛店镇）人刘宗汤与同窗滕和林一同赴京会试，在武城运河码头登舟北上。二人风度翩翩，才华横溢，然各有其长。

刘宗汤的蝇头小楷技高一筹，滕和林的文章气势不凡。二人站立船头，仰视雨后的夜空，霁月浩渺，群星闪烁，刘宗汤心动诗出，不禁吟了一句“明月千载唱今古”，滕和林随应一句“诗书万卷点乾坤”。刘宗汤紧接着一句“鸟飞鱼跃会试日”，滕和林又是一句“笔舞墨飞第一名”。二位的信口和诗不胫而走，几天后传遍京城。主考大人闻后为之勃然动怒，竟说“世间岂有如此高傲之人？”试毕，主考大人在阅滕和林的试卷时，颇感文采飞扬，气势高远，但厌其高傲，故将其摈除前十名之外，遂屈列二甲。滕和林观榜毕，大喊一声呕血仆地。夜临，刘宗汤扶滕和林上船返乡。滕和林眼望夜空，见星月在黑云中时隐时现，心境郁闷不堪。沉默良久忽仰天长叹曰：“无颜见乡亲父老矣！”喊毕跳入滔滔运河之中。事后，雍正皇帝得知，令主考将其试卷调出，览毕赞叹不已，念其才华敕封其为“运河之神”。

刘宗汤当年接旨赴济南历城任知县，在任公允明断，修水利、兴教化，颇有建树，“大计”之后，擢为优等，朝廷不仅敕封刘宗汤父母，而刘宗汤本人也晋升为曹州知府。后因积劳成疾卒于任上。曹州府衙为其厚葬，将其葬于紧邻夏津运河东岸的西沙河畔，茔地六十亩，其间松柏蓊翠，墓碑巍然。

时至民国初年秋季的一天，运河向东决口，洪水浩瀚，浊浪排空，西沙河大堤岌岌可危，位于河堤边沿的刘宗汤墓和附近百姓的千亩良田也面临水淹。人们忽见一白蛇率九只河龟向东岸游来。蔡庄刘氏族长带众人跪拜于地，焚香祈祷。族长端一红漆木盘，乞河神家中稍作休息。只见白蛇迅飞盘中，众人簇拥回村，拟置村中心的老君庙敬奉。待入庙中，族长手执竹筷立于沙盘，白蛇缠绕其上，蛇尾在沙盘中左右摇动，忽现“和林”二字，族人惊悟，知为七世祖刘宗汤同窗滕和林现身，众人叩拜，待起身再看，白蛇不见踪影。继视沙盘，有“勿喜勿忡，决西不决东”字样，众人凛凛，慌忙罗拜于地，连连叩首称谢。此后，果然灵验，运河遂有“决西不决东”之说。

傅氏四女孝亲

在武城县四女寺镇，很早以前就流传着傅氏四女为照顾父母矢志不嫁的故事。

相传西汉景帝年间，四女寺村有一傅姓夫妇，生有四个姿色超群的女儿，个个聪慧过人，知书达理，孝敬父母。再加上家道殷实，夫妻二人乐善好施，街坊邻居无不称羡。四姊妹在为父亲祝贺五十大寿时发现父亲闷闷不乐，知道了父亲在为四女出嫁后无人能照顾老两口晚年的事而发愁。聪慧达理的四女为能照顾好即将年迈的父母，便争着不嫁。在大姐的提议下，她们各自在自己闺房门口栽下一棵槐树，并约定门前槐树枯死者嫁，槐树茂盛者留。同时，大姐又不忍心耽误妹妹们的青春，便趁夜色降临，偷偷用热水浇灌三个妹妹门前的槐树，以盼妹妹们能够早日出嫁。不料这事被三个机灵的妹妹发现了，她们均学起姐姐的做法，也用热水浇灌其他姊妹们门前的槐树。这样过了一段时间，四姐妹门前的槐树不但没有被烫枯，反而更加枝繁叶茂、郁郁葱葱。四姐妹怀疑是上天在昭示她们，于是越发坚定守闺侍亲的决心。

后来，傅氏四女因孝敬父母争着不嫁的事迹感动了上天，一天，人们目睹她们一家六口在一个阳光明媚的日子驾乘仙鹤飘然升天。为了更好地弘扬孝道和记住四女孝亲的故事，人们将村名改叫“四女树”。再后来，人们又在此建寺塑像，将村名随之改称“四女寺”。自此，当地为政的官员和运河中过往的文人墨客，都对四女孝亲的故事多所歌咏。民国《重修恩县志》不仅在艺文志中收录了大量诗篇，而且还收录有四女塑像旧照。今天，武城县有关部门从精神文明建设和发展旅游业的需要出发，创建四女寺风景区和重建四女祠，成为人们参观休闲和弘扬传统文化的旅游胜地。

义烈的陈氏姑嫂

在武城县祝官屯一带，广泛流传着姑嫂忠勇节孝的故事，并且在祝官屯村北运河东堤下还有一座被无数碑碣里三层外三层包围起来的姑嫂坟作证。

四百多年前的明朝万历年间，祝官屯有一陈姓人家，男主人陈立河娶村南孙氏姑娘孙淑姬为妻，家中有父母双亲和小妹媛媛。陈立河婚后不久即遭官府抓丁，离家外出当兵参战，留下新婚妻子孙淑姬在家侍奉公婆照顾小妹。陈立河一走就是几年，当初杳无音信，后来传说他战死沙场。妻子孙淑姬强忍悲痛挑起了一家的重担。她断然拒绝别人劝其改嫁的好意，继续在公婆跟前尽孝，直到送二老入土为安。小姑媛媛见嫂嫂如此重情行孝，便也矢志不嫁，决心终生与寡嫂相依为命，共度艰难。天有不测之风云，人有旦夕之祸福。在一个月黑风高的夜晚，一恶贼持刀闯进陈家欲行不轨。孙淑姬拼命反抗并与恶贼厮打在一起，恶贼恼羞成怒，举刀砍死了陈家孝妇。搏斗声惊醒了小姑媛媛，她手持剪刀一跃而出，见嫂嫂被杀，一边惊呼，一边向歹徒刺去，恶贼见状仓皇而逃。媛媛抱起嫂子尸体，号啕大哭，痛不欲生，毅然将剪刀刺进了自己的胸口，随寡嫂赴义而去。好心的乡亲们含泪将两位烈女合葬一处，建了座“姑嫂坟”。

事过不久，恶贼即被官府缉拿归案并很快被执行死刑。武城官府为弘扬孙淑姬与其夫妹媛媛两人的贞烈事迹，使“姑嫂坟”能够年年有人祭扫，便以里社讲堂的形式加以宣传，并在清明、上元、寒衣节等节日派人祭祀添土。后来，运河两岸的百姓逐渐把姑嫂当成了神灵，许愿和为其立碑的人络绎不绝。当地百姓至今仍不断为其立碑颂德，现“姑嫂坟”墓前有“烈女之墓”“淑姬之墓”“万世流芳”“二位仙姑之墓”等石碑一百二十余幢。

谢仙姑施药救人

在武城县老城镇一带还流传着谢仙姑施药救人的传说。

据说民国时期南屯善人谢四爷两年连添二女，按排行是家中的三妮、四妮。四爷晚年得女，爱如珍宝，时常带在身边。在她们五六岁的时候，某日，姊妹俩跟爹爹到附近的寺庙去拜佛，巧遇住持和尚。老和尚上前打躬，对谢四爷说了两位女儿若与佛家结缘定有福报的箴语，并给二女分别起名叫谢坚贞、谢志贞。就在坚贞二十一岁、志贞二十岁那年的一天，空中一声巨响，一道金光从窗外射入，父母就见两个闺女的精魂晃晃悠悠飘进金光中，倏忽不见。众乡亲听到响声纷纷前来探望，但见姊妹俩静静躺在炕上，面带微笑。人们将姊妹二人合葬一块，起名叫“姊妹坟”。

后来，武城县城东一带闹起瘟疫，得病人上吐下泻，浑身筛糠。东屯有个叫杨六的年轻人，到县城去请医生给他娘治病，却请了俩仙姑来家。不但治好了老太太的病，还将村南一湾的清水变成了治病的汤药。周围人们纷纷拿器物来取药汤，使得病人喝下立好。好了病的众乡亲找到杨六，打听仙姑下落，纷纷表示要重礼相谢。杨六也不知道其下落，仙姑只是说要回趟娘家，就让杨六送她们到南大屯村边。老人们都说：这是南屯的姊妹仙姑，得道三十年后，回娘家来施救咱这一方民众的。

谢四爷临终留言：谢家后人凡有去往或经过泰山的，定要上山去寻找一下三妮、四妮升界后的踪迹。后来，谢家后人谢书娥因事出差到泰安，一路打听寻上山去。在较偏的一处山坳里有座寺庙，谢书娥进庙观看，只见中间供奉着一尊金光大佛，两侧是二位仙姑的木雕像，下面各有一块牌位分别写着“谢坚贞之位”“谢志贞之位”。

（锡铭搜集整理）

LU NAN PIAN

第三辑 鲁南篇

鲁南，特指山东省南部。

在地域范围上包含现在的枣庄市（辖市中区、薛城区、峄城区、台儿庄区、山亭区、滕州市共五区一市）、临沂市（辖兰山区、罗庄区、河东区、沂南县、郯城县、沂水县、苍山县、费县、平邑县、莒南县、蒙阴县、临沭县共三区九县）、济宁市（辖市中区、任城区、曲阜市、兖州市、邹城市、微山县、鱼台县、金乡县、嘉祥县、汶上县、泗水县、梁山县共二区三市七县）、日照市（辖东港区、岚山区、五莲县、莒县共二区二县）。

枣庄，名胜古迹众多，可以概括为“四种文化”：一是“始祖文化”，早在七千三百年前，人类就在枣庄这片土地上繁衍生息，在这里创造了灿烂的“北辛文化”，是迄今为止黄淮地区考古发现最古老的文化，也是东夷文化的源头。二是“城邦文化”，四千三百年前的先秦时期，枣庄境内分布着七座古城邦，是我国古都城分布最密集的两个地区之一。三是“运河文化”，境内最早的运河开凿于两千七百年前的春秋时期，拥有京杭大运河上南北文化交融、中西文化合璧特征最鲜明的台儿庄古城。四是“工业文化”，枣庄是近代民族工业文明的发源地，我国历史上最大的华资企业——中兴公司在这里诞生，并发行了我国历史上第一张股票。其工业文化已有 130 多年的历史，素有水乡煤城之称。

临沂，是中华文明的重要发祥地之一。早在四五十万年以前，人类的祖先就在这块土地上创造了远古文明。约在五千年以前，这里的人类就开始掌握了酿酒技术，使用砭石治病等。商朝时期，这块土地上就分封着郯、莒、费诸侯国。兰陵县为山东境内最早设立的县，号称“山东第一县”。临沂自古名人辈出，历史上孔子七十二贤徒，有十三人在临沂；著名的二十四孝，临沂就有七孝。清乾隆皇帝有诗句赞曰：“鲁南古城秀，琅琊圣贤多。”著名的有儒家宗圣曾子、大儒荀子，笔祖蒙恬，西汉重臣萧望之、名相匡衡，智圣诸葛亮，书圣王羲之，算圣刘洪等，中国历史名人多出自临沂，当代临沂又有商贸物流城之美誉。

济宁，是东夷文化、儒家文化、水浒文化、运河文化等华夏文明的重要发祥地之一。儒家创始人至圣孔子、亚圣孟子、复圣颜回、史家左丘明皆出生于此。自古素有“孔孟之乡、礼仪之邦”的美称。元明清时期，京杭大运河促进了济宁商品经济的繁荣，使济宁成为京杭大运河沿岸重要的工商业城市。济宁市人文旅游资源丰富，曲阜孔庙、孔府及孔林和境内的京杭大运河被联合国教科文组织列入世界遗产名录。孟庙、孟府、水泊梁山、微山湖、宝相寺、峄山、少昊陵等十九处全国重点文物保护单位，被世人誉为东方圣城。

日照，虽然是山东省最年轻的地级市，但却历史悠久，早在原始社会时期，就有人类在这里繁衍生息。据考古考证，在莒县陵阳河、东港区两城镇等地，已发现了一些属于旧石器时代早中期（北京猿人时期）和新石器时代后期的大汶口文化遗存和山东龙山文化遗存。石臼港就在其境内，因而有港城之雅称。

在本篇的“聊”中，对于史书有详细记载的人物传奇等或广泛流行的民间传说故事，我们则不赘述。而对于那些“名不见经传”的故事，我们则加以搜集整理，作为《聊山东》的第三辑——鲁南篇，献给广大读者。

——题记

枣庄名字的由来

枣庄市是因枣子而得名，关于枣庄来历还有一个感人的故事。相传，在明朝光宗年间，山西有个叫梁天玉的清官，对民间闹灾荒很是不忍，下令减免税务公粮，奸臣李真黑痛恨梁天玉不给他庆祝生辰寿诞，而惦念百姓。就上奏折于皇上，说他有反叛朝廷阴谋，昏君光宗朱常洛吓坏了，下令斩梁家满门。

俗话说，自古忠良不绝后，梁夫人和儿子梁小被好心官兵偷偷释放，母子俩饥寒交迫，风餐露宿，跑到很远很远的地方，一问才知道他们进了山东地界。为了避免被官府发现，他们母子就在一个叫“北山”的脚下，搭起茅草房居家，这儿就是后来的枣庄。山上没吃没喝，母子俩就每天上山采些药材柴火，拿到远处集市换钱买点吃喝。

寒冬腊月，雪花纷飞，母子俩饥肠辘辘，梁小只好继续上山采药，下午时分，天气突然恶劣，北风怒号，石子乱飞，加上暴风雪，梁小不小心摔倒在一个小山沟里，醒来后忍着剧痛站起来准备回家，转身一看，他刚刚躺着的地方有条尺把长的小蛇在慢慢爬行。梁小傻了，自言自语：“小蛇啊小蛇，我从这么高的山上掉下来，莫非是你把我救了吗？”话音刚落，那条小蛇竟然围着梁小转了三圈，然后噌地一下钻到梁小袖筒里。然后听见袖筒里有个干脆的声音传了出来：“梁兄弟，不是我救了你，而是你救了我啊！”梁小吓坏了，但是过了会儿便不再害怕，看小蛇会说话就带回了家，把小蛇养起来。

说来也怪，自从小蛇进家门以后，梁小母子俩到山上采药、打柴、摘野果，每次都很有收获。就这样过了半年多。一次，梁小进城赶集回来很晚，还闷闷不乐，跟母亲说街上有招贤榜，写着皇上得了重病，需要三片龙鳞治病，谁要是能献上龙鳞三片，高官尽做，骏马尽骑！孩儿一不想做官，二不想发财，只愁没有时机为父亲报仇，所以才烦恼！

梁小的话正好被水缸里的蛇听见了，就说话了：“老太太、梁兄弟，不必为了三片龙鳞发愁，小王自可奉献”，原来，小蛇本来是龙王之子小青龙，半年前贪玩不慎从山上掉下，眼看冻僵难以活命，却被梁小从山上掉下来压着暖和身体救活。通过聊天，小青龙知道了梁父一家被奸臣所害之事，非常气恼，摇身一变就变成了一条小青龙，梁小拿刀刮了三片龙鳞就进京献宝去了。

皇上的病治好了，给了梁小无数金银财宝，还封了官。梁小一当官，结果，竟然把家里穷苦老母给忘了，整天荣华富贵，花天酒地，更不记得父亲的深仇大恨。一天，大官李真黑请吃酒，梁小大醉，不慎漏嘴说出复仇之事。李真黑大惊，原来这是当初被他满门抄斩的梁天玉之子，遂起歹念，把梁小杀人灭口。

梁小死后，小青龙看梁母孤苦伶仃，想认作亲母照顾老人家，只是身体虚弱，加上刮去了三片龙鳞,体力不支,又想想梁小这样四亲不认的小人,渐渐虚脱。这天，他把老太太领出茅屋，来到一棵小枣树面前，说道："老太太，我怕是不行了。我死之后，你把我埋在这棵枣树下面，好好浇灌，自会有人养您老的。不过要千万嘱咐他们，人得讲良心，懂情义才行！"没过多久，小青龙死了，老太太把它埋在了枣树下面。说来也怪，这棵小枣树今天长一尺，明天长两尺，时间不长就长成棵很大很大的树，上面结了十个很大的枣。房子的周围满山遍野也都长出来好多枣树，这些枣树也都很快长成了大树，枝头上挂满了大枣。老太太正看着纳闷，"哗啦"一声，十个枣掉了下来，变成了十个顽童，一齐跪在地上喊娘。老太太教导他们做人要讲良心，重情义，又给他们一个个娶了媳妇，还都生了孩子。

就这样年复一年，日复一日，这个故事子子孙孙自相流传，老太太居住过的这片山脚，人越来越多，就有人起名枣庄。枣庄人讲义气重情义的说法也就顺理成章，流传至今。

（夏辽搜集整理）

白马泉

在姑嫂山东北有一个泉，叫白马泉。这泉每到夏秋两季泉水很旺。清清的泉水流入大沙河。在冬春季，泉水不停地往外流，泉眼也不干涸。这泉说来也怪，只要刮东北风，泉水就旺。就是在干旱的春季，泉水也照样流淌。人们都说这泉直通东海，永远都流不完。

要说这泉，它有着这么一个来历，当年唐朝大将薛礼保着唐王李世民去征高丽国，打了胜仗，薛礼有功，得到封赏。在随军东征时，有一员将官叫张士贵，他怕得不到李世民的信任和重用，又嫉妒薛礼的本事，就起了谋反唐朝的心思，趁着攻打铁牌关的时候，他就带着手下兵将，跑回国都八水绕长安，想登基做皇帝。李世民知道后，立刻派薛礼骑着他的宝马白龙闪电驹，回国捉拿反将张士贵，薛礼急于赶路，顾不得吃饭和休息，真是走得人困马乏。

这天来到姑嫂山下，人马饥渴难耐，累得实在走不动了。突然白龙驹来了精神，“咴……咴……”连叫几声，接着抬起前蹄，对着地面刨了三蹄子。随着第三蹄的响声，在地下涌出清清的泉水。薛礼看到清清泉水，慌忙跳下马来，痛饮了起来，白龙马也喝足了水。这时，人马来了精神，薛礼立即又跨上马，直奔长安，捉拿张士贵。这马三蹄刨出的泉，一直到现在流着清清的泉水。从那时起，人们就给这泉起名叫“白马泉”。

（邹华搜集整理）

龙泉塔

话说在很久以前，滕州这个地方百姓安居乐业，风调雨顺。可是忽然有一天，天昏地暗，大雨下个不停。导致荆河泛滥，洪水滔滔。人们纷纷去庙里烧香祈求雨停，可是这雨还是一个劲地下个不停。

老百姓们不知这其中缘故，依旧是烧香磕头。正当人们苦苦哀求的时候，忽然天空中一条巨大的白龙在雨中现身了，恶狠狠地对百姓说：“你们这里的百姓家境殷实，生活过得不错。我来这里帮你们治理荆河，要是不把猪、牛、羊等供品送到我住的地方，我就要淹了庄稼，冲毁房屋！”说完那恶龙就消失了。百姓们为了收成，只好把牲畜送去，可是这恶龙天天要，而且饭量越来越大。老百姓家里的牲畜吃没了，只好去外乡买，老百姓都被折腾得活不下去了。结果越来越多的人背井离乡，眼看着这方圆百里的沃土变为荒地。

忽然有一天，从外乡来了一对父子，看到这种情形后，怒发冲冠。对百姓们说他们父子要为民除害。老百姓们早就被这恶龙吓破了胆，都纷纷逃命去了。那小孩来到荆河边人们献祭的地方，拔掉了岸边的一棵老槐树，在水里搅啊搅，这时有胆子大的一看，原来这小孩有这样的本事，顿时心里有了底。在搅得河水泛黄之时，刹那间冲出一条白龙，想一口吃掉那个孩子，结果那小孩跳上龙头，对着龙头痛打。原来啊，这对父子不是旁人，正是来人间巡视的托塔天王李靖和哪吒父子。

这是怎么回事？原来是玉皇大帝把一条犯了天规的白龙贬下凡间，让它镇守滕州境内的荆河，但它仍然不守规矩，祸害百姓。玉帝知道后，便派出李靖父子前来降妖。哪吒打龙可是拿手好戏，他将那恶龙的龙筋抽了出来。这时李靖从袖子中掏出一个一指头多高的塔来，扔到了那条龙的身上，那龙痛得连连打滚，只见那个小塔落地之后，越长越大，便把那条恶龙压在了塔下。

人们这时候光看热闹了，忽然想起来要感谢这对父子的时候，人已经不见了。只听头上有人说话，抬头一看，见不到人，只听到半空中哪吒说道："我们父子是玉皇大帝派来除掉恶龙的。那恶龙被塔压住了，它永远也不会作恶了。你们以后就放心种庄稼，好好过日子吧。"再后来，人们都管那座塔叫龙泉塔。

这便是龙泉塔的传说，其实据考证，龙泉塔得名是因唐代此处有龙泉寺，后年久失修，只剩下一座龙泉塔，至今屹立在此。

（邹华搜集整理）

许由泉与槐抱碑

许由泉

在薛城邹坞镇中陈郝村东边，也不知道在哪朝哪代涌出了两眼大泉，一个叫陈郝泉，另一个叫许由泉。这两眼泉，水势又大又清，泉水向西通到微山湖，泉水里的鱼虾也很多。从前这泉的周围长满了树木，树林中间有个亭子。在平时，很多人来此歇脚乘凉。

在上古的尧时代，有一个大贤人，他的名字叫许由，隐居在此。他性格桀骜不驯，很是清高。邪席不坐，邪饭不吃，遇到不做好事的人，他连一眼都不瞟。他经常顺着这条河流向东，来泉头这里游玩。有一次尧王访贤，听说了许由是个有才有德的人，就亲自到他住的地方来访他。可巧的是，许由没在家。

听邻居说，他顺着这条河向东，到泉头游玩去了。尧王听说之后，也顺着这条河向东找来。到了泉头，正好遇着许由。尧王向许由说明来意，想把王位让给许由。可许由一再推辞，坚决不接受王位，几番交涉，许由都是拒绝。尧王觉得许由辜负了他的一片好心，生气离去。而许由志不在此，他把尧王送走了以后，自己急忙到泉边用泉水洗了洗自己的耳朵。他觉得尧王的一些话侮辱了他，他本就是闲云野鹤，不在乎名利。

再后来，人们知道了许由曾在这个泉里洗过耳朵，就把这个泉叫“许由泉”了。

槐抱碑

在薛城邹坞镇东北角有一个山庄叫“东上山口”。村子中间，是贯通南北的古道，往年，这条路上的行人很多。路西旁，有两棵不知哪朝哪代栽的槐树，到了夏天，两棵槐树枝叶长得好像两把大绿伞。所以来往的行人，差不多都在这两棵槐树下乘凉歇息。

清朝乾隆四十五年，乾隆皇帝下江南巡访，打这路过。因村北上坡路陡，走到这里时，人困马乏，就在这槐树底下歇息。此地的百姓认为真龙天子在此树下歇息过，是了不起的荣耀，第二天就在此立了一块碑。天长日久，石碑长在了一棵槐树里边了，形成槐抱碑。

不知什么时候，那棵没有抱碑的槐树里，住进了一个成精的长虫。它的身子能小能大，变大时，身长数丈，头似柳斗，嘴如血盆，夜间经常出来伤害人畜。附近村庄的人畜和过路的行人，不知被它吃了多少。成了当地的一害，最终遭到天谴。在咸丰四年六月的一天，雷雨交加，忽然，打了一个雷，长虫精被劈死了，这棵槐树也被天火烧掉了，只剩下那棵抱碑的槐树了。

（夏辽搜集整理）

石屋山

石屋山位于枣庄市峄城区榴园镇境内，在明代此处隶属兖州府峄县兰陵乡。石屋山泉是明代兵部右侍郎贾三近著书立说的隐居之地，他在这里牵头成立了“青檀诗社”，执行主编《峄县志》，创作了《东掖奏章》《左掖漫录》《西辅封事》等许多文学作品。据有关专家论证，贾三近是名著《金瓶梅》的作者“兰陵笑笑生”。

石屋山东接青檀山、汉王山、锅其山；西连马头山、狮山、象山。石屋山南麓的陡壁间有一个罐口泉，蜿蜒的泉溪顺坡奔流，来到悬崖瀑布下又与平地涌水的喷泉相融合，汇成一片平湖。因喷泉两侧俱为天然形成的石屋，所以贾三近便给它命名叫石屋山泉。此处山水与田野交织，林木葱葱掩映其间，鸟语花香，风光秀丽。明朝万历八年（1580），时任南京光禄寺卿的贾三近为父亲贾梦龙七十寿诞而告假，回到家乡峄县。贾三近便在石屋山下“买田结舍”打造一个别墅型的石榴庄园，以供他父亲颐养天年。

据传说，石屋山泉南侧有一个村庄，原名龙塘庄，这个村的陈氏与贾三近为姑舅至亲，关系密切。陈氏和贾氏均为官宦门第，因陈氏家道中落，陈氏便把石屋山前方圆十几里的土地、山林连同“石屋”都卖给了贾氏，陈氏只保留从山上到山下的这一条山泉和水塘的产权。由于贾梦龙的名字与龙塘村的村名都占一个龙字，按照“二龙一水，相斗相伤”的堪舆说法，新村的名字需要改动。所以，贾氏在石屋山泉西侧建造的宅院，便取名贾泉村。这么一来，贾三近的表兄、表弟都不满意，因为山泉的产权归陈家所有，贾氏取名贾泉村属于侵权行为。

针对贾泉的村名问题，贾、陈两个家族发生纠纷，闹了一场官司。峄县县令王希增认真地进行了民俗研究，根据双方的理由和走访邻里详细的咨询，又亲自到石屋山泉实地观察了情况。当他掌握了来龙去脉之后，现场办公，从中调解。王县令的论断是：泉是陈家泉，村是贾泉村，各得其所，不相矛盾。姑舅至亲，骨肉连筋，君子一笑泯恩仇，亲和为贵，德厚子孙。

同时，由王县令做东，摆了一桌酒宴，把贾、陈两族的代表人物都召集在一起，互敬互饮，相叙亲情，两家亲戚又握手言和，重归于好。

紧贴喷泉上首的石屋，是贾三近的创作室，石壁间刻着“雨余雪浪喷千尺，旱后春流济万家”的诗联，上方有“石屋山泉”四个大字，下面署名为“石屋主人贾三近题”。这段文字很有风趣，耐人寻味，字里行间客观地表明贾三近居住在这里，他是“石屋”主人，而不是“山泉”主人。对此，他的表兄、表弟都很敬佩贾三近措辞恰当，讲究分寸的文化风格，贾、陈两家的亲情更加和谐。文献记载和民间传说都一致反映了贾三近才华横溢，为人谦恭厚道，尊老爱幼，待人彬彬有礼。他虽然“言不雅羁”，谈吐自如，总是嘻嘻笑笑，不受拘束；但他坚持正义，办事严谨，一丝不苟。

据《明史》《峄县志》等史籍记载：贾三近生于1534年，卒于1592年；他自幼胸怀大志，文声大振，在乡试中名列山东省第一名，他于隆庆二年（1568）考中进士，进入仕途，从翰林院庶吉士，吏科给事中起步；1573年为户科都给事中，不久升任太常少卿，相继迁任大理寺少卿、南京光禄寺卿；在万历十二年（1584）任都察院左都御史期间，由于他认真执行条律，大力革除弊政，雷厉风行地严惩贪赃枉法之徒，政绩卓著，得到官方和民众的一致赞扬，受到朝廷的嘉奖；万历十四年（1586），山西、河北等地灾荒严重，他救民心切，屡次请命赈灾，得到皇帝批准。因他及时赶奔灾区开仓放粮，每天有二十二万人领到粥米，保住了一方灾民得以全活。万历十五年（1587），任大理寺卿，受命为钦差大臣北上边塞巡察。后因他父亲病重，第三次请假回到峄县。贾三近隐居石屋山泉时，每日修木灌花，散发行吟，鹤步空庭……他热爱家乡，热爱生活，特别钟情于石屋山泉的自然风姿和生态景观。石屋山泉位于峄县石榴园的中心，周边有青檀寺、恩赐泉、十里泉与荀卿祠、仙人洞、桃花台、青石山兰陵石城、刘伶古台、权妃陵墓、匡衡故里、阴平葫芦谷枣园、女娲宫、王良故里、运河古渡、二疏城、微山湖等名胜古迹。这些风景区都是贾三近父子、吕存信、孙沂、王用贤、杨起凤等十二文友和青檀诗社诗友们游览、采风的文学创作基地。他们都留下了诸多传世之作。

石屋山泉南侧原来的龙塘庄之名，渐渐地被贾泉村的名字取而代之。村中的贾府，是清一色的砖瓦宅院，三进三出，大门的匾额上书写“光禄卿第”四个字，门前有石狮子和上马石、拴马桩等。久经风雨沧桑的贾府，而今院落已废，仅存一对石狮子及上马石。20 世纪 80 年代，地方政府于石屋山泉东面重建了砖瓦结构的“三近书院”。书院围墙内是一处豪宅，两进院落，分布着殿堂、楼阁、东西厢房及走廊、书屋、展厅，以及贾三近的塑像香堂等。这座古朴典雅的建筑群，洋溢着浓厚的文化气息。它是昔日贾氏府第的一个缩影，它铭刻着一代英贤贾三近爱国爱民、恩亲睦邻的高尚品德。

（邹华搜集整理）

乾隆皇帝与台儿庄

清朝的乾隆皇帝，人们都熟知他喜欢微服私访，关于他微服私访的许许多多故事在民间广为流传。

这里讲述的就是乾隆皇帝巡访台儿庄的故事，当然只是传说。话说乾隆皇帝刚刚登基不久，为了解民间疾苦，掌握全国大局，他决定到江南微服私访。他悄悄将国事暂时交给丞相掌管，对外宣称身体不适，不能上朝；便悄悄与随驾大臣等即日启程，食不惊官，宿不扰民，乔装改扮，一路沿运河南下。

且不说一路上逢城必停，上岸体察民情；也不表遇事必办，为百姓管尽不平事。这样走走停停，停停走走，一晃就是一个月的光景。

单说这日来到鲁南地域，乾隆皇帝与随驾大臣们站在船上，欣赏着岸边的一派美景。这里地阔人稀，几十里见不到一个村庄。已过阳春三月，岸边的杨柳非常茂盛，小麦等农作物已经返青，正茁壮成长，各种各样的花儿争奇斗艳，微风吹来，似乎正向人们频频招手。三三两两的农民，正在田间劳作。看罢此景，龙颜大悦，于是乎与大臣们赋诗作词，好不快活。

船行过运河的一个拐弯处，看到了一个边陲小镇。据随驾大臣解说，这里是山东的最南端，小镇谁也说不清叫什么名字。说话间，却听唢呐声声入耳，人们欢呼阵阵。怎么啦？难道朕微服私访的消息被走漏，官府来迎接圣驾？乾隆正自纳闷，却又不见人影，这样就更增添了他的好奇之心。于是即派随驾大臣上岸去探个究竟。不一会儿，大臣回来报告，唢呐声不是官府迎驾，而是镇上的一家贫民家大儿子娶亲，按照当地的风俗习惯，唢呐声声正迎娶新娘子。乾隆是个爱热闹之人，听罢此话，不觉心下欢喜，既然遇上了，倒不如也去凑份热闹。于是当即提笔写下一副上联“三文喜钱，不得不收，收之贪财”；吩咐大臣将这上联连同三文钱作为贺礼送去，自己则在船上等候消息，看这镇上文化底蕴如何？大臣按照皇上吩咐，不敢声张，直说是他们家主人让送来贺礼。接待他的是一位六十多岁的管账先生，镇内红白诸事都是由他来管账。看罢这份特殊的贺礼，觉得难为情，一时没了主意。不收这份贺礼吧，人家写得明明白白，不得不收。再说，钱虽少，但也不能违拗了来者的一片美意；收下这份贺礼吧，上面也写着“收之贪财”，这样又恐玷污了主人家的清白名声。

没办法，只得去请示主人家，这礼收还是不收？大家听罢，也无主张。在一旁玩耍的贫民的十岁小儿子，听了此事，不屑一顾地说：“这有何难！”大家以为小孩子口出狂言，没有在意。主人甚至训斥道：“小孩子家懂什么？不要跟着瞎胡闹！”

大臣在等候回话，他们又久无良策，老先生只好求主人小儿子说说看，十岁小儿不慌不忙，胸有成竹，提笔写下了一副下联：“几间茅舍，不能不来，来了图吃”，恭恭敬敬交于老先生，说：“只要把这对联回交来者，我们就没有失礼之处了。”先生看罢，连声叫绝。

再说乾隆皇帝看罢回帖，赞不绝口。吩咐停船靠岸，与众臣到贫民家去喝喜酒。其实也是去看看镇上真正的能人。当得知回帖的是位刚满十岁的小娃时，龙颜大悦，吩咐左右将小娃封官加爵，并准备带回京城培养。

当百姓得知皇帝的身份和这件事后，都非常感念乾隆皇帝用人之道，也为镇上出了个“神童”而骄傲，百姓一时兴起，抬着小娃在镇上转悠了一天。由此，这个鲁南小镇就被称为了“抬儿庄”，后来演变为“台儿庄”。

（汉林搜集整理）

台儿庄的三个地名传说

耿山子

从前，台儿庄区张山子镇耿山子村前有一座小山，原来没有名，因为村里有个姓耿的大户欺压百姓，无恶不作，就连村前的这座小山也成了他家的，耿财主给这座小山起名叫耿山。从此以后，这个村也就叫耿山子村了。

当时，耿家一共喂养了四头大黄牛，耿财主天天让小放牛的到山上去放牛。有一天，小放牛的一查牛竟然是五头，怎么能多出一头来呢？小放牛的挺纳闷，可就是看不出多的是哪头牛。从那以后，只要一到山上放牛，总是五头牛；等到傍晚把牛赶回家，就剩下四头了。因为他很恨耿财主，所以也就没有把这件事给耿财主说。

有一天，小放牛早早把牛撵到山头上，他就蹲在一旁瞅着，看看这多出来的一头牛到底是从哪里来的，可到底也没弄清是从哪里来的。小放牛的正在纳闷，耿财主来了，一看多了一头牛，就瞪起眼来问小放牛的："小兔崽子，供你吃供你喝，你怎么替别人家放牛？"

小放牛的本不想说，可耿财主用枪顶着他的头，只好说了实话。耿财主一听，眼珠子一转，就有了坏主意。等小放牛的晚上把牛赶回家，耿财主就叫小放牛的在自己的四头牛的脖子上都系上了一个红布条。

第二天早上，小放牛的又和以前一样，将耿家的四头牛赶到了山上，耿财主扛着猎枪在附近。不一会儿，耿财主就看见牛群里多出了一头没系红布条的牛。耿财主举起猎枪，"砰"的一枪，就把多出的这头牛给打死了。可这头牛虽然被打死了，身子还站着，真可怜。耿财主又用刀砍下了这头牛的头。谁知道这头牛转眼之间变成了一块石头，石头的四周还淌了许多血。

一会儿，天道变了，乌云陡起，霹雷闪电，接着一场大雨倾盆而下。耿财主赶快往家里跑，没跑几步，只听“咔嚓”一声，一个响雷把耿财主给劈死了。他的家里人也不知道哪里去了。

凤凰台

台儿庄运河南岸，有一个村庄叫贺窑村（现属涧头集镇）。贺窑村东，有座山叫翠屏山，翠屏山看上去不过是一座普通的山，山势不奇不险，却有着一个神奇的传说。

据说，很久以前，野火正在焚烧翠屏山的山林。在这紧要关头，从遥远的天际突然飞来了一只五彩凤凰，望着燃烧的野火，不惜一身美丽羽毛，毅然投火自焚了。凤凰焚于山火，感动了火神，才使一方生灵免遭涂炭。于是，贺窑村的村民把凤凰自焚的地方称为“凤凰台”。

凤凰台的底部，有一种紫红色的黏土，是制陶的好材料。这种黏土十分丰富，贺窑人从事陶业生产就有了得天独厚的地利条件，于是，就用它来烧制盆、罐、缸、钵之类的陶器。

凤凰台上原有二十四个大冢子，据说是段姓的祖坟，其后代生活在某地。有一次（大约在清朝末年），段氏夜间来上坟，用马车拉着火纸。事后人们看到，坟子周围的火纸就有三尺高，马粪就有几抬筐。现在坟墓都被挖光了，经常出土一些铜钱。村里人曾在凤凰台上种植过谷物。从前的风水先生说，落凤之处出大将，这凤凰台能出七十二员大将。可是直到今天，一员大将也没有出现，却出了许多烧制土陶器的窑匠。

俗话说，凤凰不落无宝之地。凤凰落的地方，当地人都说有“聚宝盆”。于是，窑匠就挖凤凰台的红泥，用来烧制土陶。

自从贺窑人挖凤凰台的红土烧窑，没出三个月，就看见凤凰落的地方飞出一只大火球，好像东方升起的太阳，直径有三尺多，由慢到快，向西南天空飞去。

窑匠们挖呀挖呀，把凤凰台的土挖了一半，也没有挖出那个“聚宝盆”。大家都说与那个大火球有关。也有人说，过去凤凰投火自焚过，可能凤凰又要出世了。大家都这样议论着。

传说毕竟是传说。现在村里的窑匠，还是用凤凰台的黏土烧制着土陶器。看来，前人也看中了凤凰台的红泥，才把土陶技术传授至今，逐渐演变成凤凰台的传说。

五里桥

台儿庄北五华里、邳庄镇栗庄村东南一百米处，明朝时原有一个村庄，叫五里桥村，现在村庄遗址上只有砖头瓦块。五里桥尚在，村前一条小河流注入京杭大运河。五里桥村原来是一条紧靠向西北，通往峄县城的官道。庄里住有一户卢姓地主，家里良田百亩，财大气粗，不可一世。他家的场是响场，上用木板铺成，一打场，那“嗡嗡嗡”的声音，台儿庄街里远近都能听得见。卢员外平时坐船到台儿庄，冬天河上冻，马拉车从冰上到台儿庄。

话说有一年，北京开考。一位福建籍的举子，一路骑马到北京参加会试。农历六月，天气闷热，顷刻之间下了一场大雨。这位举子正巧骑马经过五里桥村，便来到一家大户人家的大门厦檐下避雨，将马拴在门前的柱子上。雨下了一个多时辰，谁知道这匹马不争气，在这家门前又拉又尿。一会儿雨停了，这位举子正要动身，卢员外出来了，一见门口有马屎、马尿，顿时火冒三丈。举子连忙上前说道：“先生，请让您家佣人给我找件东西，我给您清理马粪。”卢员外牛眼一瞪：“不行！这马粪你得用手给我捧走，这马尿你得脱下衣服来给我揩干净！”这位举子看员外身后跟着七八个家丁，吓得什么话也没敢说，只好用手将马粪捧走，又脱下上衣将马尿揩干净。卢员外才放这位举子走了。

谁知道这位福建举子到了京城，一举中了个头名状元。他这人长得又很帅，于是被皇帝看中了，招为驸马爷。

这一天，翁婿二人拉起了家常，皇帝问道：“你从福建来京城赶考，遥遥几千里路，途中听到或见到什么故事没有？”状元郎便将在山东五里桥的一段经历说给了皇上听。皇上一听，便说：“哟，这个村哪能叫五里桥，只能叫无理桥。”

谁知皇帝身边多事的太监便把这话说出去了。当朝有关大臣为了巴结新科状元、讨好皇帝，便派人到五里桥村将卢家给抄了，一家九十七口人全都被杀，埋在了一起，这就是栗庄东南叫大块地的地方。坟墓有两三间屋那么大一片，高出地面一丈多。到了 20 世纪 70 年代，全给平了。从此这个村庄也没有了。听说卢家只跑出了两个人，下落不明。

后来，这个状元又经过此地，听到卢家的下场，难过得哭了，后悔不该说出这段经历来，无辜害死了上百口人。

（云泉山人搜集整理）

龟驮城的三个传说

临沂古称琅琊郡、沂州府、开阳城、启阳城。历史悠久，是中华文明的重要发祥地之一。早在四五十万年以前，人类的祖先就在这块土地上创造了远古文明。

“龟驮凤凰城”“龟驮城”“凤凰城”，是临沂人称呼自己城市的另外的名字，古代四大灵兽龙凤麟龟，临沂坐拥其二。

传说之一

传说当年东海神龟背负“洛书”从洛水爬上岸，献上“洛书”后，伏羲令神龟返回东海。但是，这神龟在途经琅琊国的时候，看见这里风水好，就不想再回东海了，欲霸占沂河。神龟在沂河里玩耍时，和沂河里的小白龙打了起来，神龟哪有小白龙厉害？小白龙用开阳城压住神龟，不让它进入自己的领地沂河，因此，开阳城被称为“龟驮城”。

古城临沂，是古代东夷人的重要活动场所。古代东夷人崇拜鸟，凤凰乃东方神鸟。所以古临沂城又称为“龟驮凤凰城”。开阳城东沂河浪涛滚滚，南下入海；城北河、涑河、汶河等流经琅琊国汇入沂河，使开阳城东沂河如同水城一般。有水即有财，沂河是琅琊国的命脉，决定琅琊国的兴衰。又有“沂水盛，琅琊兴；沂水绝，琅琊衰”之说。古琅琊有“帝王之乡”“圣贤之乡”“将相之乡”“才子之乡”之称。“鲁南古城秀，琅琊圣贤多”。历史上孔子的72贤徒，有13人在临沂，著名的24孝,临沂就有7孝。其中有著名的五圣及显赫一时的琅琊王氏和琅琊颜氏。历史证明：临沂确实是一块风水宝地。

传说之二

传说姜子牙封神是在临沂这个地方。当时姜子牙被老龟救了，为了报答老龟，姜子牙让老龟与他一起上天成仙，结果老龟漠然地对姜子牙说："我不走，我就在这，这是我的家。"

姜子牙一再请求，老龟很坚决地说"不"，所以最后姜子牙很无奈地说了句："龟在城在。"老龟点点头说："龟在城在。"说完龟就顺沂河进入了临沂地下，从此就有了龟驮城的说法。

传说之三

据说在很久很久以前，天河里出现了一只神龟，这只神龟很大，头似小山，目似闪电，腾云驾雾，力大无比，巨掌一挥，能推倒一座大山，眼睛一眨，大地抖动。一天，它吃了天河中的一种叫作"醉心草"的仙草，立刻昏昏沉沉，竟从天河跑入人间，到处乱跑，撞塌了几百个村庄，毁坏了大片大片的良田，使众多的百姓无家可归，流离失所。

而神龟却感到十分痛快，它还没见过这么宽阔的大地——因为在仙界，巨大水族神兽不许上岸。它在草原上跑呀，跑呀，还不时东张西望，活像一个好奇的小孩子。可是，此时，阎王府里可遭了殃了。到处鬼满为患，阎王没办法，只好上奏天庭。玉帝得知后，龙颜大怒，想将神龟杀掉，可后来又一想："不如轻轻罚它一下，这不就更显出天庭的仁慈吗？"

想到这里，他朱笔一挥，写下"身为灵兽，下界作孽，死罪可免，活罪难逃。"并罚神龟下界背负一座城，永世不得翻身。就这样，神龟被捉住，"巨灵神"将一座叫临沂的城市压到神龟身上，然后就匆匆回天庭复旨去了。一天过去了，一年过去了，一个世纪又一个世纪过去了，神龟一直驮着临沂，一动也不敢动。

历史长河流到16世纪，终于有一天，天气燥热，已经有许多天没下雨了，神龟毕竟也是水兽呀！它也要喝水，它实在忍不住了，决定冒险去闯一闯。它先试探着摇摇头，看看没什么动静，又小心翼翼地迈出几步，确定没事后，就大胆起来，它使出腾云驾雾的本领，竟然狂奔起来，完全忘了自己背上还有一座城呢！

这可害苦了临沂城的百姓们，他们只觉得一阵头晕目眩，天摇地晃，连一声尖叫都没来得及发出，城市已变成了一片废墟，沂河决口，吞没了大片田野、村庄。

神龟跑到了东海，一口气将东海的水喝干了。欣喜之余，它突然想到背上的人们，叫了声“不好”，它知道自己闯祸了，它想看看临沂的样子，于是摇身一变，变成了一个衣衫褴褛，老态龙钟的老太婆。在城外，它见一个老汉坐在一棵歪倒的树上，正呆呆地望着自己房子的废墟，似乎在想什么。

神龟试探地问：“喂，老弟，我已经三天没吃东西了，能否给点东西吃？”那老汉听了，咬咬嘴唇，从怀里掏出一个干巴巴的不成样子的窝窝头，说：“俺就剩这点吃的了，其余的都被这地震毁了，来，我们分着吃了吧！”说完，把窝窝头掰成两块，把大的那块给了神龟。神龟有点不知所措，也有点受宠若惊，因为它活了几千年了，现在才知道什么叫关爱。

“多么善良的临沂老百姓啊！可我给他们的是什么呢？是挨冻受饿，是流离失所，是妻离子散，是无穷的灾难。我真该死。”它后悔极了，决心将功补过，再也不做对不起临沂老百姓的事了。它发誓：“就是天塌下来，我也要用头顶住，就是地陷下去，我也要用腿撑住，就是洪水来了，我也要用身体挡住，决不让临沂受到半点伤害。”从此，它尽职尽责又驮起了临沂城。打那，临沂城风调雨顺，年年丰收，岁岁平安。

（云泉山人搜集整理）

孝感河与“卧冰求鲤”

临沂城北二十多里的地方，有一条孝感河，简称孝河。孝河岸上有一个孝友村。这里的河名和村名，都离不开一个“孝”字，这是由孝子王祥的故事引起的。

孝友村坐落在茶叶山前，孝河北岸。背山面水，风景优美。春夏季节，一塘荷花，两岸垂柳，鹅游鸭泳，莺歌燕舞，真个是鸢飞鱼跃景致迷人的好地方。

孝友村中住着一个王老员外，他的祖先王吉，官拜汉朝谏议大夫。王家历代官宦不绝，可谓“名门望族”。传到王员外时，正是三国混乱时期，王老员外不愿做官，在家隐居。膝下所生一子，取名王祥，王员外视如掌上明珠，珍爱异常。

谁知好景不长，王祥几岁上，生身母亲竟一病不起，撒手归西。后来王员外续娶朱氏，朱氏过门，不到一年又给王祥生了个弟弟，名叫王览。

这朱氏生性不慈，把王祥看成是眼中钉、肉中刺，只因怕着王员外，还不敢明着打骂，只是暗地里想方设法，编造谣言，把些坏话朝王员外耳朵里送。王员外本来是疼爱王祥的，开始自然不肯听信。常言道：“人搁不住百言，树搁不住百斧。”你想：这王员外是老夫少妻，本来就让着三分，何况夜静更深，枕边之言，你若不听，她便抽泣娇嗔，经不住这日久天长，王员外的耳朵根发软起来，从此朱氏便对王祥耍起歹心。

王员外的场地上有几棵李子树，朱氏叫王祥在树下看守。王祥不敢违背继母的吩咐，从天明到天黑都守在树下，寸步不离。有一天，狂风卷着暴雨，王祥浑身上下淋得像落汤鸡，眼睛睁不开了，冻得牙齿咯咯响。但他始终没有离去，谁不夸奖他是个听母亲话的孝子呀！

王祥一天天大起来，父亲送他到南学攻书，朱氏心中不乐。她推说身体不好，心绪烦乱，想吃飞雀，喝盅酒舒舒心，就叫王祥去捕捉飞雀。可怜王祥一个书生，何曾学得捕雀的技艺？但是母命难违，只好学着别人的样子前去捕捉。说也奇怪，竟有一群甘愿献身的飞雀自投罗网，使王祥顺利地给继母办来了可口的佳肴。

这年严冬已至，大雪封门，天寒地冻，滴水成冰。朱氏娇惯成性，不耐风寒，偶然感冒，真的病了。王员外忙里忙外，请医调治，朱氏趁此机会，又给王祥出了一难题，命王祥到河中去取鲤鱼为她暖胃。

王祥奉命来到河岸。月光下，只见河水冰封，何以得鲤鱼？王祥哪里顾得了许多，他脱掉衣服，赤条条地卧在冰上，要用自己的体温暖化坚冰，以便下水捉鱼。结果，孝心感动了天和地，冰冻忽然自解，一双鲤鱼跃出水面。王祥大喜，持之以归。这样，“王祥卧冰求鲤”的故事，就奇迹般地不胫而走，传遍神州。

王祥的继母虽然不好，可他的异母弟弟王览却很友爱。小时候，每见母亲打骂哥哥，他都哭着替哥哥求情。稍微大了一点，更经常暗地里劝说母亲不要虐待哥哥。朱氏因疼爱自己的亲生儿子，对王祥也稍微宽容一些。谁知王员外死后，王祥的孝行流传开来，声名一天天大起来。相形之下，继母的凶虐也受到了人们的谴责，这就使朱氏的嫉恨心恶性发作，必欲置王祥于死地而后快。

一天，朱氏做好两种饼子，把有毒的一盘放在王祥面前，无毒的一盘放在王览面前。吩咐道：“王祥吃王祥的，王览吃王览的，不准混吃。”弟兄二人同时意识到其中的奥秘，争着去拿有毒的饼子。朱氏无奈，只好把毒饼抢走，王祥才免遭杀身之祸。又有一次，朱氏用同样的方法弄了鸩酒要毒死王祥，还是弟兄俩争着要喝，朱氏只好原物收回，暗暗泼掉。后来王览的贤名，也同样受到人们的称赞和敬佩。王祥出仕以后，王览也登上仕途。

人们称颂王祥的纯孝和王览的友爱，这就是河名孝感、村名孝友的来源。至今，孝感河上的“王祥卧冰处”，虽至严冬，并不结冰，成为神奇的“灵迹”，而“孝河凝冰”的古迹，历代都列入“琅琊八景”之一。

（乐善山人搜集整理）

龟蒙顶

很久很久以前，这地方有一座无名的大山，山的顶上有一个老龙潭，潭水深通东海。每逢大旱，潭水就会雾气腾腾地升起来，行云布雨，浇灌花木庄稼。因此这里山清水秀，花果累累，黎民百姓都过着安居乐业的日子。但是不知从什么时候起，这老龙潭里却出现了一只碾盘大的乌龟，这山上再也来不了云雾和雨水了。从此，草木枯萎，百花凋零，鸟飞兽散。只有不知羞耻的蝙蝠充当了无辜的马前卒。桃花开的时候，由成群的蝙蝠开路，乌龟便拖云带雾地下了山。它渴了要喝骡马血，饿了要吃黄牛肝，一次祸害牛马各一百头，才回到龙潭里晒晾肚皮。到了菊花开的时候，又同蝙蝠们拖云带雾地下了山，这季节它不再祸害牛马，而是渴了要喝童男血，饿了要吃童女肝，一次祸害男童女童各一百名，才又回到老龙潭里龟缩起身子来。这样一来，大山周围数百里以内，人烟稀少，土地荒芜，剩下的人都是些老弱病残。他们天天过着提心吊胆的日子。

大山下有个村庄叫白马关，村里住着白莲、白原姐弟俩。在他们还不懂事的时候，母亲就去世了。在他们刚刚懂事的时候，父亲又去世了。父亲临去世前，把小姐弟俩叫到跟前告诉他们：山里下来的老和尚说过，要是有一位心灵手巧的童真少女，绣出百只苍鹰，一齐放出去，就能啄瞎龟的眼，吃光龟的肉，除此一害。白莲、白原牢牢记在心中，从小立下大志，一心为民除害。他们在乌龟下山的时候，严严实实地躲到山洞里。乌龟回山后，便一心一意地种桑养蚕，抽丝织绢。一有空闲，白莲就学习刺绣。当他们长到十四五岁的时候，抽够了五彩丝，织足了白锦绢，白莲试绣了一只金翅鸟，金翅鸟扑棱棱飞上了天。于是弟弟手执长矛监视着乌龟的动静，白莲就在屋里绣着鹰。她起五更睡半夜，废寝忘食，每天都有一只雄姿勃勃，眼珠骨碌转的苍鹰出现在雪白的绢子上。每绣一只，白莲便把它锁在柜子里，恐怕它飞跑了。她一连九十九天绣出了九十九只苍鹰，眼看再绣一只，小姐弟的愿望就能实现，山上又会花果累累，人们又能安居乐业了。就在这个时候，一只蝙蝠窥探到了消息，悄悄飞去报告了乌龟。天蒙蒙亮，白原正睡着觉，那乌龟拖云带雾来到村前，对准白莲的绣房，喷出三口妖风，刮开了房门，刮开了花窗。白莲一阵头晕目眩，停止了手中的针线，倒在了地上。被风声惊醒的白原见势不妙，背起姐姐进了山洞，待白莲清醒以后，一双美丽的眼睛失明了，最后的一只苍鹰没有绣完，小姐弟相抱痛哭了一场，但他们并没有气馁。白原跑遍了四邻八乡，为姐姐求医治眼。这天又出外求医，路上遇到了一个百岁农夫告诉他：在遥远的喜马拉雅山上有一种雪葡萄，聋子吃了听得见，瞎子吃了看得着，没有治不好的病。白原把这喜讯告诉姐姐后，立即就要启程去采雪葡萄。姐姐流着泪说："别的难处先不讲，光是走路就得三年，有苦就让姐姐自己吃吧，你小小的年纪哪里受得了那么多的磨难！"白原不听姐姐的劝说，执意要去。他把姐姐托付给百岁农夫，便打点好行李辞别了家园。

白原走了一程又一程，走了一天又一天。侧着身子进山林，攀着石缝过悬崖，抓住葛藤下深涧。衣裳划得蓑衣样，头发蓬乱如草团。野果野菜充饥肠，山泉冰雪润心田。白云就这样艰难地前进着。

这一天，他正过怪石岗，忽然听到一声吼叫，他登上怪石抬头一看，一只二目闪着寒光的猛虎大摇大摆地走了过来。怪石张口说道："白原白原回去吧，小小年纪别遭难，要是猛虎看到你，姐弟从此难再见！"白原没有胆怯，依然攀爬牵拉地往前走。当他正要穿过墨松林时，突然一阵狂风摇天撼地。他侧身躲进树洞里一看，百斤重的大雕抓住一头野羊，呼啸着飞了过去。老松树张口对他说："白原白原回去吧，小小年纪别遭难，百斤大雕看见你，从此难再回家园！"白原没有胆怯，照旧攀爬牵拉往前走……

走了一程又一程，走了一天又一天，白原终于来到了喜马拉雅山。在那白皑皑的雪山顶上,他看到了青藤绿叶,找到了水灵灵的雪葡萄。他迎着寒风,踏着冰雪,抽藤编筐，把筐里装满了雪葡萄。他不顾劳累，背起筐便往回走。一路上，聋、瞎、跛、痨等所有的病人，吃了他赠送的雪葡萄都恢复了健康。不久，他回到了家乡，让姐姐吃了雪葡萄，眼睛立时亮了。白莲顾不得亲一亲受了千辛万苦的弟弟，一心扑在了白绢上，飞针走线，不过半日就绣完了第一百只苍鹰。

白莲、白原每人怀抱五十只苍鹰，走上村后的山梁，兴高采烈地齐声说道 :“去吧，去吧，飞去吧，去把乌龟的眼啄瞎，去把乌龟的肉吃光！”说罢，向着老龙潭方向，一撒手，百只苍鹰展开翅膀，一起呼叫着飞向了老龙潭。正在潭边得意洋洋地晒盖的乌龟，来不及躲闪，就被上下翻飞、嗷嗷啸叫的苍鹰啄瞎了眼，吃光了肉。剩下的骨架又被群鹰拉拉扯扯拖到龙潭上，化作了乌龟一样的巨石，严严地蒙盖在潭水之上。那些为乌龟通风报信做开路先锋的蝙蝠，大多数都充当了苍鹰的食料，剩下的钻进了鼠洞，只有黑夜里才能爬出来瞎飞。从此，这山上山下又花果累累，山清水秀，黎民百姓又过上了安居乐业的日子。后来人们在那巨大的乌龟石上，为白莲、白原姐弟修了庙，塑了像，竖了碑。碑文刻写的就是这个故事，人们把这山称作“龟蒙顶”。

（乐善山人搜集整理）

八大崮

在沂水县泉庄与王庄两区交界处，并排屹立着险峻而壮观的八大崮——墩子崮、云头崮、枕头崮、歪头崮、锥子崮、剪子崮、掖刀崮和珠连崮。

相传，很久以前，这里并没有八大崮，八崮东面散布着零星的村庄，西面的高山深涧里伏居着一个大蟒精。大蟒精穷凶极恶，时常变成人形到村子里骚扰。

驿站村有一户姓王的老汉，两天光景，老伴和女儿都被蟒蛇精背走了。老汉撕心裂肺般地难受。从此，他无心做庄稼活，更无心修建家园。

日子一天一天地过去了。王老汉只好以打鱼来消磨时间，他觉得这样可以消愁解闷。

有一天，老汉照旧来到河边打鱼。第一网竟打出个红光光、软绵绵的怪物，打开一看，啊！原来是个女子。这女子长得眉清目秀，花朵一样美。王老汉满心欢喜，他把这女子当成自己亲生女儿一样疼爱。他自己去地里干活，让女儿在家里绣花。

晌午时分，王老汉正在地里锄草，忽然发现西边深洞里烟雾弥漫，一霎间，狂风大作，天昏地暗，山岳为之颤动，看势头，定是蟒蛇精出洞了。他撒腿就往家里跑，跑到家门口，见女儿正坐在家门前的墩子上绣花，便催女儿赶快进屋。可是女儿呢，无论父亲怎么催促，还是认认真真地绣完了最后一针，才冲父亲一笑，站起来整理绣花样子。

这当儿，妖风已刮进村了。门前那棵大柳树的枝条被狂风撕扯着，扭动着，抽打着地皮“啪啪”作响。突然，“咔”的一声，柳树拦腰折断了。王老汉吓出了一身冷汗，见女儿还在慢腾腾地收拾花样，他一气之下，夺取了女儿手里的针线筐抛了出去，只听得“咔嚓嚓”一阵巨响，针线筐里的剪子、锥子、掖刀和刚刚绣成的枕头、彩云花朵，一齐飞向天空，顿时化作几座大山自天而降，把蟒蛇精牢牢地压住了。

王老汉一下子被这惊心动魄的场面吓呆了，而女儿却哈哈大笑起来，一高兴竟把坐着绣花的墩子一脚踢了出去，接着把手脖上戴的一串珠链撸下来抛向天空，又是一阵雷鸣般的响声，珠链牢牢缠住了蟒蛇精的脖子，绣花墩径直飞去压住了蟒蛇尾，蟒蛇精动弹不得，就死去了。

王老汉镇静下来，回头看女儿，女儿早已无影无踪了。猛抬头，只见一仙女正驾着祥云向东南方向飞去。王老汉恍然大悟，才知道这是仙女下凡来整治人间妖蟒、为民除害的。一阵山风吹来，妖雾退去。

王老汉放眼四望，只见八个仙崮出现在人间，自南向北并排而立，形成了一道南至马脖山，北至黄草山长达数十里，蜿蜒崎岖的山脉。后来，人们根据这个故事和八个山崮的形状分别起了以上的名字。

（乐善山人搜集整理）

白马河畔凤凰林

郯城白马河，为县内最大的河，自东北向西南纵贯县境，流域面积四百四十二平方公里，河道总长三十八点八公里，经江苏省邳州市流入沂河。

相传，白马河最早是由明代一个叫张景华的郯城籍朝廷重臣为了造福家乡而筹资、调集人工开挖的。明万历年间，时任左都御史的张景华因不满奸臣严嵩专权乱政，愤然辞官归乡，回到他的诞生地郯城县北涝沟村，从此开始用多年做官的积蓄甚至变卖家产组织乡人开挖白马河。为了治河，他将朝廷给他盖的堂楼都拆下变卖。传说，他的义举感动了上天，上天便派来天神，化作一匹巨大的白马，经常在夜间出来帮助民工开河，它的大嘴巴拱一下，河道就变得又宽又深，白马河的名字从此而来。

在风景如画的白马河左岸，现广集村的南面，有一处古木参天的大茔地，当时人们都叫“顾氏凤凰林”，墓主人先祖文聘号若峨，苏州巡抚官，1672 年迁到捷庄村。顾姓家族在当时是名门望族。

顾氏祖坟的位置，在当年的风水格局中，正如一只引吭高歌、展翅若飞的凤凰，是再好不过的风水宝地。因此，顾姓家族人丁兴旺，人才辈出。

当年，顾姓望族专门安排本族人看管祖坟。一天，一位老先生骑着毛驴从顾氏墓地前经过，不巧，毛驴忍不住不偏不倚在坟前拉了驴屎。看管坟墓的顾姓族人非常恼怒，强制驴主人用礼帽端驴屎，大褂子浸干驴尿，并且一定要老先生给坟头磕头谢罪后才放他走。

谁知这位老先生不仅是一位饱学之士，而且还是一位通晓阴阳风水堪舆之术的高人，就不禁打量了下这个坟墓，这一打量不打紧，自己吃了一惊！他发现了一块绝佳的风水宝地。老先生看明白后，对着坟头冷哼一声，心想：就因为我的毛驴在你坟前拉了几个驴屎蛋蛋，你的家奴就蛮横地非要让我给你磕头谢罪，还非得用袍子兜出去！此等风水被这样品行的姓氏占用，日后子子孙孙做官，还有老百姓的好日子过吗？必须把这里的风水破坏掉！

于是老先生四处扬言道：“如若再过些时日，顾氏凤凰林的这只‘凤凰’喝到白马河的水，那么顾氏在京城做官的族人必将加官晋爵，后代辈辈高官，难以数清，比三斗三升芝麻粒还多。”

但是，老先生在暗中搞起了破坏，他邀请了当地的一位地痞土财主，叫作颜霸天的，在“凤凰”的东北角盖了一座观音庙，在西南角、西北角各盖了砖窑，后来又在“凤凰”的脖子上修了一条路。窑烧了七七四十九天后，路也被人踩车碾了七七四十九天。传说开窑那天白马河的水翻滚浑浊，路上的泥土里渗出血一样的东西。自此顾家的风水宝地被彻底破坏，不仅再没有出过当官的，家族的日子也逐渐地败落了。

这个故事也给了我们不少启发：得饶人处且饶人，做任何事还是将心比心，相互体谅一下比较好。看坟人因为得理不饶人，致使心胸狭窄的老先生怀恨在心，做了对顾氏不利的事情。反过来，风水老先生也该换位思考，若是别人家毛驴在他家祖坟拉下驴屎蛋蛋，估计他也会气愤。还是那句老话实在：退一步海阔天空，忍一时风平浪静，万事以和为贵！

（洛宾搜集整理）

兰陵美酒的传说

兰陵盛产美酒，以其酒香馥郁、醇厚甘甜而八方闻名。

兰陵生产的美酒很多，很多家酒坊一年四季烧锅火不停歇，每天都有酿好的美酒出坛，缕缕芬芳的酒气弥漫兰陵小城，甚至直达天宇。

相传天宫瑶池的王母娘娘闻到下界的酒香，问手下千里眼，才知道这是兰陵的美酒。王母娘娘觉得这样的美酒比天上的美酒还要好上无数倍，就十分垂涎这种美酒佳酿，便想派酿酒仙姑下凡学习其酿造法，准备来年用此酒在蟠桃会上宴请各路神仙。酿酒仙姑也很想知道用什么样的方法才能酿出这样的美酒。好在神仙可以掌握自己的命运，于是下凡投胎于兰陵镇最大最好的酒坊主人张员外家。这时正好赶上张家儿媳怀孕生产，酿酒仙姑就成了张家的女儿，取名叫张美九。

美九很小就聪明过人，长大成人后更是心灵手巧，并对酒很是迷恋，常到自家的酒坊同酒工们一起酿酒，很快就学得一手酿酒的绝技。经她酿出的酒，比原先的更加香醇。于是张家酒店生意越发兴隆，远近闻名，很多人都喜欢尝一尝美九酿出的美酒。兰陵镇上有个无赖叫“坏三水”,坏事干尽,总想着法子去坑蒙拐骗。有一天来到张家买了一坛上好的老酒，说是要回家孝敬老娘，让人感到很是惊奇。第二天一大早，这个“坏三水”找到张家酒坊门前，连哭带骂地硬说他老娘喝了张家的酒中毒身亡，哭闹着要讨人命。

原来这“坏三水”有赌博嗜好，前几天一次赌博把家当都赌光输尽，连老娘省吃俭用攒下给他娶媳妇的钱和养老送终的棺材,也被他当赌注输掉了。老娘见状，气恨交加，一下子昏死过去。“坏三水”还以为老娘真的死了，自己又无钱装殓，便心生歹计，想去敲诈张家酒坊。他来到街上，在郁金老汉的药摊上买了些郁金草来煎熬，又用张家兰陵酒作引子，兑在一起灌进老娘的嘴里，把老娘伪装成喝酒中毒而死的样子，然后叫嚷着说老娘是饮张家兰陵酒中毒身亡的。

他在张家闹了一会，看张家人没搭理他，就直奔县衙击鼓告状。县令一听出了人命大案，急忙差衙役去传张员外和郁金老汉到公堂受审。这时，公堂上突然闯进两个女子，她俩是张美九和郁金老汉的女儿郁金香。两个人申辩说理：肯定兰陵酒无毒，要求验尸定案。县令还比较认真负责，马上差人去“坏三水”家验尸。过不多时差人回禀说，“坏三水”的老娘又活了。“坏三水”一听傻了眼，他想不到老娘会复活，使自己的敲诈落了空。更没有料到的是，养生滋补的兰陵酒，配上那郁金香药，有凉心血、散肝郁、行滞气的功用，竟生出奇效，使老娘“死”而复生，真相大白。县令一听此事，当堂将“坏三水”重责了四十大板，轰下堂去。后来张美九与郁金香二人结为姊妹，一同返回瑶池，为王母娘娘酿造郁金香酒去了。

自此，兰陵美酒更是闻名遐迩。唐朝诗人说得好：“兰陵美酒郁金香，玉碗盛来琥珀光。但使主人能醉客，不知何处是他乡！”

（洛宾搜集整理）

朝阳洞和双丹山

朝阳洞

费县大田庄乡驻地西北六公里处，顺黄崖水库逆流而上，有一处山洞，长二十六米，宽七米，高五米，名曰“朝阳洞”。洞内有一眼山泉，泉水清洌甘甜，四季不绝。据当地人传说，这里曾经是“鬼谷子”王禅修炼的地方。

传说，蒙山顶峰东首，在山高峰险、陡壁悬崖、怪石林立的半山腰间，向阳处有一座“朝阳洞”，里面住着一位禅师，他就是“鬼谷子”王禅。他天天在洞内修炼，研习天文地理、阴阳八卦、奇门遁甲以及布兵摆阵的阵法。

一日清晨，王禅正在洞内打坐，猛然间觉得一阵阵的奇香浓郁扑鼻。睁眼看见洞门外面，霞光万道，紫气千条。王禅好奇，站起身来走出洞外，寻见霞光紫气自蒙山上空而来。仔细观看天空云端渺茫处，一群仙女分成两排，各自手持五色彩带，袅娜多姿，翩翩起舞，自空中飘飘而下。

金童玉女手持屏扇拂尘，拥簇在王母娘娘身边，飘然降落在蒙山顶峰。王禅看到此情景，便知道是天宫里的王母娘娘驾临蒙山。他急忙跑上前去，跪拜在王母娘娘驾前，口称王母娘娘千岁、千千岁！王母娘娘说道：“哀家久居天庭深宫，实感烦躁闷倦。今日特邀请百花仙子陪哀家前来蒙山逍遥游览一番。蒙山上百花盛开，山清水秀，使我满身轻松，倍感清爽。哀家知道你来蒙山静修，尽行善事，多为百姓造福。哀家感念你慈心向善，特意赐赏你珍玉百块，用它可镇山消灾。”说完，由玉女将珍玉送到王禅面前。王禅赶忙接过珍玉，放在兜内，千恩万谢送走了王母娘娘，王禅回到洞中住处，将珍玉放在洞内珍藏，复坐回禅位，将满腹的兴奋压下，默默感悟禅道，静修朝阳洞中。

珍玉在洞内日日生辉，而又生云吐雾。云雾弥漫升腾向洞外涌出，沿着山腰纵横扩散，袅袅地蔓延升腾，云雾如幕，渐渐地笼罩住蒙山诸峰。云雾缭绕、虚无缥缈，时而彩霞展现，更显蒙山群峰丽姿。十日后，珍玉因洞内潮湿生露，露珠点点，由小变大，滴滴流落，汇聚成溪，涓涓地流出洞外。

清澈的珍玉泉水，浇灌着山间的花草、树木。王禅饱饮那甘甜的珍玉泉水，日日参悟禅道，觉得体轻如燕，法力无穷，渐入化境。后来，王禅还收了两个徒弟，一个叫庞涓，另一个就是孙膑。王禅交给他们两个任务，一是学艺，二是护山种树。本来二人情同手足，可惜多年后，为各施抱负，反目成仇，孙膑把庞涓射死在白石谷中，那是后话，暂且不提。

王禅得道成仙以后，要到九霄宝殿位列仙班。临走的前夜，他站在山顶，望着这一片哺育过他的热土，就想给这片土地留下点福祉。于是他想起了帮助他成仙的珍玉，回洞捧起珍玉，向山下抛去。只见飞起来的珍玉，像流星划破夜空，飞往山下，照亮了大地和村庄。那些被抛落而下的珍玉，凡落到的地方，山坡地貌，都变成宝地，共形成了一百多个自然村。

山下的民众也由游牧打猎的流动生活，到珍玉降落到的风水宝地落脚谋生，再按照珍玉所形成的地理特点，给村庄起上了名字。渐渐地，村庄由原来的一户、几户，发展到几十户乃至更多的住户。人们以村定居，形成更大的村民整体，不仅集中团结在一起打猎，抵御外来欺压，更重要的是定居在一起耕耘播种，饲养家畜家禽，开垦荒地，耕种良田，过着幸福安康的日子。

双丹山

在平邑县铜石镇西皋村东南蓝河岸边，屹立着两座挺拔峻峭的小山，相距五六十米，北面的名大丹山，南面的叫小丹山，两座山在蓝河岸边的平滩上，拔地而起，像石笋、似玉柱，如天外飞来，虽不高大却有千丈之势，与周围圆浑低矮的山丘相比，更显得奇特而险峻。丹山的来历，有一个美丽的传说。

民间传说：在远古时期，天上出现了九个太阳，像火球一样炙烤着大地，江河干涸了，草木枯萎了，大地一片焦枯，人们流离失所。玉皇大帝急令二郎神下界制服太阳。二郎神挑着两担女娲娘娘补天所炼的五色巨石，从东海日出之地追赶太阳，赶上一个就把它压在巨石之下。

经过几天不停地追赶，最后只剩下一个太阳了。一天，二郎神来到蓝河边，一群妇女在河边洗衣服，其中一个女子喊道，大家快看呀，这个人怎么挑着两座山？话音刚落，就听“咔嚓”一声，二郎神的扁担断为两截，两块红色巨石落在蓝河边上。二郎神见状，忙跑到河南岸的麻地里拔了一棵麻秆，想再把巨石挑起来，却再也挑不起来了。原来洗衣的妇女是观音菩萨所化，因为九个太阳不能全部灭掉，必须留下一个，所以观音在此阻止二郎神。

两块巨石化成两座山，因是二郎神担来的，故名担山。又因山上石头多为赭红色，久而久之，人们又把它改成了丹山。在二郎神寻麻秆的地方，逐渐形成一个村庄，名叫麻窝。今改名为丹阳村，距丹山一公里。

（洛宾搜集整理）

观音山顶挂心橛子

观音山，坐落在平邑郑城镇驻地东北，山顶中间有个石柱子，当地人都叫作挂心橛子，说起这挂心橛子的来历，还有一个叫人伤感的故事呢。

很久以前，观音山脚下的桃峪村，住着一位姓廉的寡妇，丈夫很早就死了，撇下她和儿子得根。廉寡妇受尽千辛万苦，才把得根养大。平时有一口好吃的，也要留给得根吃，有一件像样的衣服，也要披在得根身上。得根被廉寡妇宠坏了，整天好吃懒做。村里人就给廉得根起了个外号“懒得很”。直到三十岁出头，他才娶上一门媳妇。俗话说得好：“懒人有懒福。”他那媳妇倒也有几分姿色，不过，她面善心狠，为人歹毒，是当地出名的“母老虎”。

媳妇过门之后，也是好吃懒做，和廉得根一个德性。正好印证了那句话：“弯刀对着瓢切菜，不是一家人不进一家门。”她平常有点好吃好用的，只顾自己享受。自己偷着吃饱喝足，就躺在床上装病，说不想吃饭。对待婆婆，没一点儿人味，一日三餐，只给婆婆一些残汤剩饭。这倒还罢，由于恶儿媳好吃懒做，一向勤劳俭朴的婆婆难免要说道几句，恶儿媳就视婆婆为眼中钉、肉中刺，经常在廉得根耳边吹“枕头风”，说婆婆的坏话。

廉得根呢，不是个好玩意儿，和他老婆是一个鼻孔出气，对老婆的话言听计从。于是，两口子像待牲口一样使唤老娘，稍有不顺，不是打就是骂。可怜老人家早起晚睡，还是吃不饱穿不暖。寒冬腊月穿着双夹鞋，挪动着冻得红肿的小脚，推碾拉磨、洗衣做饭。周围的街坊邻居都看不下去，暗地里咒骂得根他们两口子不得好死。

得根媳妇因为有几分姿色，嫌恶丈夫粗鲁愚讷，暗中和村里一个青年相好，老母看在眼里，难免说道几句。恶媳妇嫌老娘多管闲事，在家障目碍眼，加上老人家年老体弱，经常闹病，不能干活，恶媳妇就在丈夫面前一个劲地说婆婆的坏话。廉得根这个畜类，竟和老婆一起，把老娘弄到山上，扔在一间临时搭成的草屋里。给她一点粮食，让她自己独自一人在荒山野岭中生活。老娘身体有病、卧床不起，也不管不问。

廉寡妇天天以泪洗面，每想起往事，更是伤心不已。丈夫早年丢下她母子撒手而去，她一个人一把屎一把尿地把儿子拉扯大。本指望着晚年有个依托，过好日子，想不到得根成家后，儿子媳妇都不孝，把亲娘当成仇人。每念及此，便伤心落泪，常常从夜里哭到天亮，又从天亮哭到夜晚，结果把两眼都哭瞎了。眼睛失明，手脚不便，日子就更难挨了。到了冬天，小屋四处透风，廉寡妇冻得受不了。已经断粮好几日了，她又冷又饿，就拄着拐棍，摸索着下了山，来到自己家门口。恶媳妇一看，顿时脸就黑了，想要出门赶她走，已经来不及了，又怕街坊邻居议论。

于是，恶媳妇灵机一动，反装着好意迎上门口，拦着婆婆，说："婆婆，你眼看不清道路，别到处乱走，要吃的，就让孙女给你送去好了。"说着把婆婆领进门，安顿在她原来住的小屋里。转过身来，她板起凶恶的面孔，对得根说："去！到猪栏看看猪秧子有吃剩下的没有，盛一碗让那瞎老婆子吃个够！"得根虽不情愿，也没办法，就拿着个破瓢，到猪食槽里盛了一碗猪食。恶儿媳又从锅里盛出一碗剩饭，搅和成一大汤碗"烩饭"，让小闺女送去。

廉寡妇蒙在鼓里，心想今天是什么好日子，能吃到儿媳妇送上门的饭菜。接过饭碗，就狼吞虎咽地吃起来。但吃着吃着，越吃越觉得不是滋味，问站在身边的小孙女："你娘给我送来的饭菜是用什么做的？怎么不是个好味呀？"俗话说，孩子嘴里吐实话，小孙女一五一十地告诉了奶奶。廉寡妇一听，伤心透了，嗷嗷大哭起来，把刚吃下去的东西都哇哇吐了出来，一头栽倒在地，昏了过去。待苏醒过来，越想越生气，越想越伤心。

到了晚上，廉寡妇取了三炷香点上，跪对苍天，一边哭，一边数叨：“你这个丧尽天良的女人！欺负我人老眼瞎，给我猪食吃。老天呀！你若有眼，你就惩罚惩罚这个坏女人吧！”说完，倒在地上死了。

不大一会儿，天空乌云翻滚，雷雨大作，“轰隆”一声巨响，一个大火球落在廉得根家的房顶上。天亮以后，人们发现，得根的媳妇被开膛破肚，廉得根也被烧瞎了双眼，只有小女孩被气流从屋里掀到屋外，好好的。有人说，这是大慈大悲的观世音显灵，把得根媳妇的黑心扒出来，挂在了观音山上的石橛子上。后来那个石橛子，被当地人叫作挂心橛子，以警示世上那些不孝的人。

（洛宾搜集整理）

白龙汪村与莲花汪村

白龙汪村

莒南县城西约五里处，一排溜有九个叫白龙汪的村庄。

相传，在很早很早以前，这里有一个百多亩的深水汪。汪边有一座兴龙寺。这里风调雨顺，是因为东海有一条小白龙见这里的百姓正直、憨厚、勤劳、善良，便在这里住下来。老百姓每年瓜果桃杏成熟了的时候，就分一部分给小白龙。

在离此地五百里的百蟒山上有一条千年的青蛇精，它看到小白龙如此受人敬重，便嫉恨交加。就在这年的春天，青蛇精施展妖术，呼风唤雨，霹雷电闪，把百姓刚刚种植的五谷杂粮，冲了个一干二净，弄得家家墙倒屋塌，地里庄稼颗粒无收。大人小孩都准备打点行李逃亡他乡。小白龙看到这种情景，既气愤又难过，在村外的石头上写上“众乡亲莫要逃荒，蛇精罪恶要清偿”。这年夏天的一个晚上，狂风四起，雷声隆隆，只见一会儿青光，一会儿白光，霹雷闪电的整整一夜。天明了，人们发现小白龙躺在地上，身上青一块，紫一块。人们这才明白小白龙和青蛇精打了一夜的仗，两败俱伤，人们怕太阳晒疼了小白龙，就把它引进百亩深潭，小白龙在潭里面养好了伤，就为老百姓施风布雨，这一带常年风调雨顺。

再说青蛇精回到百蟒山养伤三年后，决意复仇。小白龙得知青蛇精要报仇，便告诉了老百姓，端午节这天它要和青蛇精决一雌雄，让人们看见汪里冒白时，就朝汪里扔白面馍，看见汪里冒黑时，就朝汪里扔石灰块。端午节这天人们按照小白龙的说法照做了，小白龙吃了馍力量大增，那青蛇精吃了石灰，肚子疼得难忍，乱窜乱叫，白龙紧追猛斗，不到半个时辰就把青蛇精打败了，从此以后，这里再没有了青蛇精的危害。

人们为了纪念为民除害的小白龙，附近九个村子都取名“白龙汪”村。

莲花汪村

莒南县有个莲花汪村。相传，明朝洪武年间，有个勤劳聪敏的小伙子，名叫汪清水，他和父亲居住在一个池塘边一间简陋的茅屋里面，以养鱼种植莲藕为生。汪清水刚满十八岁那年，父亲突然得暴病去世，从此他孤苦伶仃地生活在水池旁边。那年夏天，在一个月色溶溶的晚上，他望着那朦朦胧胧中的一朵亭亭玉立的莲花，想到自己孤苦一人，不禁满腹惆怅，喟然长叹，他取出来父亲生前用过的短笛吹了起来。笛声悠扬婉转，妙音悦耳，久久地回荡在池畔花间。

吹着吹着，汪清水突然听到了随着笛子声音飘来的一阵歌声，歌声是那么清脆、那么悦耳。他忙向四处张望，可是除了那争奇斗艳的莲花和自己那间茅屋，什么也没有，他心里很纳闷。第二天晚上，他又坐在石凳上吹笛子，吹着吹着，那清脆悦耳的歌声又传了过来。这次他听得真真切切，是一个年轻女子的歌声。汪清水想：“这是一位怎样的姑娘呢？我得设法看个清楚。”

一天过去了，两天过去了，第三天汪清水终于有了主意。他选了一个月光明朗的晚上，来到石凳上坐下，开始吹笛子。笛声刚刚响起来，姑娘的歌声便传了过来，他马上停下来，歌声也停了下来。过一会他又吹，姑娘的歌声也响起来了。于是，他悄悄地一边吹笛子，一边向传来歌声的地方靠近，原来歌声来自刚刚开放的莲花。汪清水猛地张开双臂，抱住了那朵莲花，仔细一看，却是一位眉清目秀、楚楚动人的姑娘。两人目光相碰的时候，一时间不知道怎么办好。姑娘垂下眼帘，羞羞答答。但终于还是姑娘先开口了，“我叫莲花，住在芙蓉国，平时看你那么勤劳、善良，晚上听惯了你的扣人心弦的笛声，俺倒愿意来到人间……”就这样，他俩亲亲热热一直谈到五更。天快亮了，莲花流下了两行热泪，难分难离地说：“我该走了，天亮不归，我就要受到惩罚。”清水拉着莲花说：“留下吧，我们一起，没有谁来惩罚我们。”“不，我们芙蓉国里面有清规戒律，违反了国王会让我枯死的。”“那怎么办？”汪清水十分焦急地说。莲花说：“如果你愿意与我结为夫妻，我告诉你一个方法。等到七月七日那天晚上，你到石凳子边采那朵最近的莲花……”眨眼间，莲花姑娘不见了。

七月七日这天终于等到了，汪清水照莲花姑娘说的，来到石凳子前，看准了那朵鲜艳的莲花，毫不犹豫地伸出手，喊道“莲花姐”。刚一掐，一位姑娘从拥拥挤挤的莲花中走出来了。他定睛一看，正是那天晚上自称“莲花”的姑娘。就这样，他俩结为一对恩爱的夫妻，生活得很美满幸福。从那以后，这个地方就成了一个小村庄，叫作“莲花汪”，至今在莒南县尚存。

（云泉山人搜集整理）

九顶莲花山

话说很久以前，望海楼群山中来了一只猛虎，闹得十里八乡的老百姓不得安生。山脚下的虎园村有位叫化方的老汉养着一匹矫健的白龙马，膘肥体壮，跑起来四蹄生风，脖子和前额的鬃毛潇洒地披散着，“咴咴”的马啸声非常悦耳，勤于耕耘而不知疲倦。

一日，老汉发现这匹马有懒散、疲惫之态，甚为不解。有天凌晨起来出恭，发现白龙马不见了，大门闩得紧紧的，也未听到犬吠，还能到哪里去？回到屋里和老伴说了，急忙穿好衣服准备出门寻找，忽然听到院内有动静，出去一看，白龙马站在槽边，气喘吁吁、大汗淋漓，浑身跟水浇过的一样，其后一连几天都是如此。

老汉上前抚摸着白龙马非常纳闷，说来就来，说走就走，连个响动都没有，必然有其缘故，于是他便在夜里躲于窗下欲看个究竟。

夜半时分，只见白龙马突然跃出马厩，似一道灵光蹿过墙头直奔望海楼方向而去，老汉急忙追赶。时值农历十五，星空如洗，满月似盘，银辉如霜，白龙马在前，主人紧随其后。不一会儿，白龙马站在一块平坦的山坡上不走了。老汉赶紧到一块大石头后面隐藏起来，定睛一看，大吃一惊，在白龙马的对面，蹲着一只吊睛白额猛虎。天哪，原来白龙马出来是和老虎交战！白龙马和老虎相互怒视片刻，就惊天动地地厮杀在一起，只见猛虎张着利牙，竖起尾巴，一跃而起，向白龙马急速扑来，白龙马急忙跳跃躲闪，转头撅腚，竖蹄尥蹶。一个张牙舞爪、翻扑掀剪，一个扬蹄猛踢、尾扫鬃扇；一个低头大声吼叫，地动山摇，一个昂首嘶喊咆哮，声震四野。那真是一来一往，各显神通，打得昏天黑地，尘土飞扬，难解难分，激烈厮杀到黎明时不分胜负，双方罢战，各自散去。

老汉看到白龙马搏斗时前额上那一跳一跃的一绺鬃毛太长，遮挡了眼睛影响搏斗，就想帮马助战。回到家后立即找来一把锋利的剪刀，来到马首旁，“咔嚓咔嚓”几声，长长的、厚厚的鬃毛纷纷落地了，只见白龙马摇头刨蹄，十分烦躁。原来这白龙马是由东海白龙变化来的神马，腾飞就靠这绺修长飘逸的神鬃，也正是用这长鬃横扫老虎的眼睛，才使老虎的利爪不能抓伤它。当天晚上双方再战时，白龙马失去神威，不能腾飞，被猛虎活活咬死。老汉看到与自己朝夕相处的爱马躺在血泊中，气愤之极，抄起木棍就向猛虎冲去，可怜的老汉哪是猛虎的对手，顷刻间就身首异处了。

这天恰是王母娘娘的寿诞之日，闪念之间，王母娘娘便知道凡间出了大事，掐指一算，乃知是身边豢养的一只狸猫变成的猛虎在凡间作怪，急忙派佛祖前去降服。佛祖驾着祥云来到望海楼，谁知这只猛虎仍兽性不改，突然跃起向佛祖猛扑而来，只见佛祖轻轻念动咒语，猛虎就乖乖地趴在佛祖的脚下。佛祖见此处依山傍水，峰峦叠翠，荷花映日，芳草如茵，云雾缭绕，一派佛家圣地景象，遂将猛虎变成一座青山，又把自己的法身作头枕老虎腰状，将青山的余脉变成了自己的肢体，供世代百姓瞻仰膜拜。天上的仙女们听说在人世间有佛祖的化身，便相邀下凡来到虎山东南的山上看个究竟，当飘然而至的仙女欲落下之际，山顶上突然生长出许多盎然盛开、硕大无比、娇艳欲滴的莲花，仙女们就把莲花当作看台顺势落在上面，观看了整整九九八十一天，才恋恋不舍地离去。仙女们走了，这座山从此取名九顶莲花山。

（乐善山人搜集整理）

漱玉泉

蒙阴县有一个小山庄叫东崖。庄西头的石崖下面有一座石头墙院子。院内有一棵古老的大柳树，树下有一个清泉叫“漱玉泉”。

漱玉泉的池口四米见方，四周全是大块石英石砌成。泉水深得发绿，清澈得连一根针也看得一清二楚。方圆几十里的人们都知道漱玉泉有着传奇的神话故事。

在很早以前，就在这漱玉泉的石墙院子里面住着一个姓侯的财主。他的老婆长得又矮又胖，一对又小又圆的眼睛，总是笑眯眯的，人称她侯婆婆。侯婆婆可坏了，她是个笑面虎，又刁猾又凶狠。

侯财主死得早，侯婆婆又懒又馋，什么活也不愿做。她雇了一个使唤丫鬟叫颜漱玉，才十六岁，长得聪明美丽，可是身体很瘦弱。她自从来到侯婆婆家里，总是天不亮就起床做饭、洗衣服，什么活都干。侯婆婆对她很刻薄，她宁可把吃剩的鸡鸭鱼肉喂狗也不给漱玉吃，天天给她吃米糠窝窝头，一不顺心，摸起棍子就打。

一年大旱，几个月没有下一滴雨，河底都干透了，凶狠的侯婆婆就叫漱玉去五里外的地方挑水。家里的两口大缸挑得不满就要挨打。

侯婆婆的鬼点子可多了，为了不让漱玉在路上歇歇，还叫来木匠挖空心思做了一对尖底的大水桶，尖底的大水桶没法放在地上，只好一气挑到家。

有一天，漱玉一上午挑了两趟水，又累又饿，到挑第三趟水的时候，她实在支撑不住了，一头晕倒在地上，两桶水洒光了，还摔坏了一个木桶。她害怕挨打，不敢回家，就坐在河边的一棵大树下痛哭。哭啊，哭啊……一直到天快黑了的时候还是在大树下哭。

漱玉正哭着，眼前忽然来了一位慈祥的老太太。老太太给漱玉擦干了脸上的泪水，递给她一把拂尘，说："闺女，别哭了，往后你就不用挑水了，要是侯婆婆的水缸里没有水，你就用它在水缸里一擦，缸里面的水就满了。"说完，老太太就不见了。

漱玉收起拂尘，挑着空桶回到家，挨了侯婆婆一顿打，晚饭也没有捞到吃，只好空着肚子睡了觉。

第二天天没有亮，漱玉就起来去挑水。摔破的水桶还没有修好，水缸里面又没有水了，这可怎么办？忽然想起昨天傍晚那位老太太的话，她就悄悄地拿着拂尘在水缸里一擦，顿时，水缸里的水满得往外淌。她又在另一个水缸里一擦，另一个水缸里也满了。漱玉很高兴，接着就去点火做饭了。

几天以后，侯婆婆对这件事产生了疑心。一天，侯婆婆见水缸里面没有水了，她便偷偷在门后藏了起来，想看个究竟。不一会儿，漱玉拿着拂尘就过来了，她看四下无人，便来到水缸边，用拂尘在水缸里一擦，水缸里的水满得往外跑。漱玉收起拂尘刚要走，侯婆婆急忙从屋里跑了出来，恶狠狠地从漱玉手里夺过拂尘，扔到院子里面用脚去踩。漱玉一下子从侯婆婆的脚下抽出了拂尘，侯婆婆闪倒在地。漱玉拿着拂尘在地上扫了两下，顿时地上清水直涌。不一会儿，把侯婆婆淹没了，直喊"救命！"她为人太坏，谁也不来救他，不一会儿就淹死了。

漱玉看侯婆婆淹死了，又惊慌又害怕。她手里拿着拂尘站在水面，不知如何是好。这时候一位老太太拉着她的手说："闺女，快抓住我的衣襟。"漱玉一看，正是前几天给她拂尘的那位老太太。说时迟，那时快，漱玉抓住老太太的衣襟，腾云驾雾飘然而去。

从此，这个院子里面便出现了一溪清泉，常年喷水不断。后来，人们把这泉水用石头砌了起来，称为漱玉泉。又在漱玉泉的北边修建了一座庙宇，叫颜庙。纪念颜漱玉姑娘。现在颜庙虽然毁于火灾，漱玉泉却依然泉水清清，日夜喷涌。

（乐善山人搜集整理）

孟良崮

孟良崮地处蒙阴县境内，震撼中外的孟良崮战役就发生在这里。地处蒙阴东南与沂南县交界的孟良崮的民间传说，说明了它名称的由来。

很久以前，孟良崮原名叫鹰狼崮，山上怪石嶙峋，草木茂盛，狼狐出没，鹰雕栖息。

山下一条大道，道旁有个卧虎镇。镇内有许多商号、酒店及各种作坊。每月逢五排十为大集，是这一带最热闹繁华的地方。

北宋时期，奸臣当道，贪官、劣绅肆意盘剥鱼肉百姓，黎民百姓苦不堪言，以致卧虎镇日渐萧条。

在一个初冬的下午，太阳刚刚落山，卧虎镇即家家关门闭户，街上冷冷清清。这时一个大汉风尘仆仆来到镇上。此人三十多岁，身躯高大，虎背熊腰，浓眉大眼，短短的络腮胡子，斜背包裹，手提短柄大斧。

他见街面冷清，叫了几家客店，皆无开门者。不由心想：天这么早，怎么都关门了？为求食宿，只好来到一家店门前，举起铁锤般的拳头敲门，高喊："再不开门，我要砸门了！"

店门刚开一缝，那大汉用力一推，两门大开！店主人扑通一声被推倒。大汉赶紧进门扶起店主人，连声道歉："俺失礼了！俺失礼了！"店主人被眼前铁塔般的大汉吓了一跳，慌忙说："不敢当！不敢当！客官要住店吗？"大汉说："相烦店家，我要吃饭住宿。"店主人见此人虽凶但不像坏人，急忙回身把门关上，很客气地说："里边请。"

这家店铺不大，却收拾得干干净净，但不见有客人住宿，大汉好生奇怪。不大功夫，店主人送来了酒饭，大汉一把将店主人按在自己身边的座位上，硬要一起吃酒。店主人挣脱不开，又见大汉爽直，只好一起就座说："好！恭敬不如从命。"

二人一起喝起酒来，店主人自我介绍说："老汉姓张，世居镇上，以开店为生。"

大汉说："我叫孟良，从河南洛阳来，到河北贩马……"吃喝中，孟良见店家终无喜色，便问："天这么早，怎么就家家关门？你老又怎么如此不安？"张老汉叹了口气，从头到尾说了起来。

前年，来这县上任的县官是当朝礼部尚书的干女婿，此人阴险狠毒，荒淫无道，只知搜刮钱财，残害百姓。谁若指责政事，发句牢骚，被他知道，就给加上"图谋不轨""反叛朝廷"的罪名，轻者充军，重者砍头。老百姓人人恨他、怕他，管他叫"活阎王"。朝廷却称赞他"忠于皇家""治乱有方"。

今年先旱后涝，庄稼歉收，卧虎镇一带山高土薄，收成更差。但活阎王规定的这捐那税，更是多如牛毛，限期上交。若到期交不上，就要捉拿严办！

这里的镇主刁狠奸猾，谄媚于"活阎王"，私设公堂，逼租逼债，奸污民女，打死人命，无恶不作，害得这方百姓走投无路。前些日子，乡亲们公推几人上书县官、知府，告发镇主罪状。不料想这狗官、恶主勾结一起，竟把这几个人抓到县衙打入大牢，动用酷刑，并趁机敲诈勒索，逼死民女，几十个乡亲气愤不过，前去说理，又被诬陷"刁民造反"。今早"活阎王"和几个都头带领百余名士兵赶来，由镇主带路，又将这几十个人抓了起来，现在正关在镇主的大院里受刑，"活阎王"扬言：明天镇上逢"十五"大集，要拉出几个砍头示众。镇上人人既恨又怕，家家早早关门避祸。

孟良早已气得咬牙切齿，不等张老汉说完，拍案大叫："这狗官、恶霸实在该杀！"吓得张老汉急忙用手捂住他的嘴。孟良只好暂且压下怒气，边吃饭边打听镇主大院的路径。

酒饭过后，已经月上东山，孟良越想越气，等不到时交二更，他便披挂停当，怀揣铁丸，手提大斧，悄悄走出客房，翻过院墙，穿街越巷，来到了镇主大院墙外。他在暗处仔细观看，见门前有几个士兵持枪提刀来回走动，即找了个合适的地方，翻墙进院。只听见东厢房里传出一阵阵呻吟声，又见北面客厅灯火通明。孟良沿墙根来到客厅对面的房下，一个"旱地拔葱"飞上了房檐。只见客厅正中大桌上摆满了酒菜，坐在下首的那人站起来，向坐在上首和两边的三人敬酒，并说道："县太爷和两位都头亲临敝镇，弹压刁民，实在大快人心……"孟良已经明白这四个家伙各是什么人了。

四个家伙正在狂饮滥笑，孟良"嗖"地跳下房来，直奔客厅，刚到门口，两个都头听得响声，扭头往外一看，喊了声："有贼！"便各执武器迎了出来。孟良左手一扬，一颗铁丸飞出，“啪”的一声，正中前面都头面门。另一个都头挥刀向孟良头上砍去，孟良一闪，大刀擦肩而过。紧接着二人刀斧相交，没几回合，只听“当”的一声，钢刀被磕出老远。都头见势不妙，拔腿就跑，孟良箭步赶上，只一斧，即结果了那都头的性命。

这时，恶镇主站到院中大喊：“捉贼！捉贼啊！”孟良赶上前去，手起斧落，一颗脑袋滚在地上。客厅里的“活阎王”早已吓得趴在桌子底下，抖作一团。孟良一把将他拖出，拦腰一斧，砍作两段。待孟良跳出门外，许多士兵恶棍围了上来。孟良站在厅前台阶上，指着几具尸体喝道：“谁上来，这就是下场！”又说：“谁无父母兄弟，妻子儿女？你们跟着狗官恶霸残害百姓……”正说着，只见几个领头的上前动手，遂被孟良斧砍脚踢，打翻在地。其余的都抱头鼠窜了。

孟良顾不得那些，赶到东厢房，抡斧砍掉铁锁，放出众人，大家都磕头谢恩，孟良说：“你们赶快远走高飞，免遭官府捉拿。”众人齐声说：“逃到哪里有咱穷人的活命？不如趁此机会由好汉带领我们杀进县城，救出乡亲，一同造反！”孟良听后哈哈大笑，连说：“好！痛快！痛快！”

当夜，孟良带领众人，转移了老小，杀进县城，救出乡亲，并把“活阎王”搜刮来的钱粮分给了穷人。

事后，大家推举孟良为头领，在鹰狼崮上树起了除暴安良的大旗，四方饥民百姓纷纷前来投奔，声势日大。官军几次讨伐，都被杀得屁滚尿流。后来，辽兵大举犯境，孟良又带领众人，随同杨家将，英勇抗辽，立下了汗马功劳。

这里的人们怀念孟良这位除暴安良的英雄，就改“鹰狼崮”为“孟良崮”。

孟良常去遛马的那道山梁就是“跑马梁”；孟良拴战马的那块直立的岩石就是“拴马石”。

此外，山顶尚有孟良军营的旗杆窝；拴马石旁边还有巨石垒砌起来的拴马洞；山顶附近山坡上，有一巨石像被利刃劈开一样分为两片，传说是孟良试刀所劈，名曰孟良试刀石；大崮顶之阴名曰刑场，是孟良军营的法场；大崮顶前脚下三华里处有一片废墟遗址，传说是孟良好友焦赞的营盘。

（夏辽搜集整理）

黄谷峪

临沭县东边有八大黄峪，以前当地人都说是块仙地，常有三位仙女在此显灵。当时有见识的人说，如果在里面建设一座庙宇，就可以永保平安。于是，人们就你一砖我一瓦地在此建了一座三皇姑庙。

相传天上玉皇大帝的三个女儿，嫌在天宫太寂寞，姊妹三个就商量着，不如到人间走走看看，做点好事。

三皇姑性急胆大，说走就走。她们离开天宫，到了人间，一看，群山峥嵘，数峰环列，树木葱郁，水流潺潺，群鸟飞翔，山下帅哥靓女，采桑摘茶，胜似天堂。三皇姑哪见如此美景，就连称好地方，好地方啊！又见一个庙宇整整齐齐，心想，不如就在此修身养性吧，三皇姑按落云头，步入正殿，来到上位坐下。

再说那二位皇姑在天上等三妹，一等二等没有来，有点担心了。大皇姑说，二妹下去走走，看看三妹怎么样了。二皇姑出了天宫，驾起来云头，睁开慧眼，见三妹找到了一个好去处，正舒服地坐在位子上，她也就按落云头，来到这里一起坐下。大皇姑见二妹也没有来，只得自己下去找寻，大皇姑见到二位姊妹都已经坐好了位子，有些生气，但也不知道说什么好了，只好坐在左手一个空位置上。三位皇姑坐错了位置，三妹面带喜色，泰然自若，二皇姑噘着小嘴，有点不悦，大皇姑心里窝火，面带怒色。从此三位皇姑就在此施善保民，接受香火，这又引起了一场风波。

原来离庙不远的地方，有一棵古槐树，树上有一个洞，常有怪物出入。这怪物是黄鼠狼子精。黄鼠狼子千年黑，万年白。这东西已经有六点白，白嘴，白爪，白尾梢……少说有千年的道行了，经常在这里作怪，村里人为了求得安生，所以建了庙宇，逢年过节，烧香磕头，求它保佑。

这畜生想取得人间烟火，开始也施展善德，自从三位仙姑来了以后，心里恼火，你们三个黄毛丫头，有什么道行，想在我的地盘上接受人间香火，夺取我的功德？

真是老虎头上拔毛啊。从此，每逢阴天下雨时候，树洞里面都有一股妖气喷出，直冲天空，如此三年，这个地方滴雨未下，干旱严重，一块仙境就这样颗粒不收。人们只得逃荒要饭，背井离乡。

三位皇姑本想着帮老百姓的，可是被这黄鼠狼一搅和，弄得民不聊生，还是三位皇姑心眼灵通，说，这东西道行有些时日，我们奈何不了它，不如去见我们的父皇。说罢，便乘着夜色返回天庭。

这天夜里，三位仙姑来到父皇面前，未曾禀报原委，父王就训斥了一番：“你们闹着要去人间行善，不安心修行，又跑来是何道理？”三位皇姑把事情的原委跟玉皇大帝说了，玉皇大帝沉思一下说：“好吧，你们先回宫休息，待我命令雷公雨将速速查明。”雷公雨将奉命不敢怠慢，到此一查果真，返回天宫向玉皇大帝禀报。玉皇大帝立即下了一道御旨：“明日午时三刻雷击这个畜生。”

这第二天骄阳似火，烈日炎炎，只听见北边一声闷雷巨响，顿时乌云密布，大雨如注，转眼间下得沟满河平。不过一个时辰，雨过天晴，人们出来一看，古槐被轰碎，一个六点白的黄鼠狼子被雷打死。

三位皇姑又回到此处修行，更加小心谨慎，从此这儿便成了皇姑峪。后来就渐渐演变为“黄谷峪”。

（邹华搜集整理）

微山湖

《铁道游击队》这部经典红色电影妇孺皆知，而铁道游击队的故事就发生在我国四大淡水湖泊之一的微山湖畔，微山湖素有“日出斗金”之称，富饶而又美丽。对于微山湖来历，民间流传着一段传奇故事。

提起微山湖的来历，要先从商朝微子说起，按史书记载殷纣王得妲己之后，荒淫暴虐，兵燹四起，残害百姓，民不聊生。社稷濒危，忠谏难进。箕子、微子、比干三人商量，劝微子抱祭器逃走，日后以保商汤宗祀。后来比干被剜心而死，箕子在武王克商后逃往朝鲜。微子逃走后落于何地？后来怎样？故事就从这里说起。

相传，殷微子名启，自幼聪慧至贤，深得商王帝乙的喜爱，要立做太子，可生他的母亲不是王后，后来母亲当了王后又生了商受，按照商殷朝代的惯例有嫡不能立庶，商受立为太子（就是后来殷纣王），把商启封到一个叫微的地方为侯，后来便称他为殷微子了。

再说殷微子抱着祭器逃出商都朝歌，只身一人急急前行，走啊走啊，到哪里去？也没个目的，听说东方的人民勤劳善良，就直往东而来，走了九九八十一天，来到宋地和鲁地交界的地方，见有一座孤零零的大山，四面大河环绕，山清水秀，鲜花朵朵，树木茂密，百鸟鸣啭，是个隐居藏身的好地方。便直奔山顶爬去。爬呀爬呀，爬了好长时间才爬到了山顶，一看比山下还好，方圆十几里有石有土，有树有花，可就是没有人家。他一连在山上转悠了几天，饿了摘点野果充饥，渴了捧点山泉水喝。他自幼在皇宫里长大，哪受过这样的苦？他有点难过了，便大哭了一场。他想，在一个没有人烟的地方怎么好长期生存下去呢？

这天夜里他爬到山的最高峰，老远见有一个小小的茅草屋，亮着灯，便欣喜得不得了，觉得有希望了，就直奔茅草屋而去。只见屋里有母女二人正在纺棉织布，老妈妈七十多岁，少女二十左右。微子走上前称："请老妈妈发发慈悲，可怜可怜殷微，我已几天没进谷粟了。"老妈妈说："大贤人已到此多日了，请到屋里来吧。"开始微子一愣，心想她怎么知道我已来此多日了呢？于是随口说道："是呀，我这逃难之人，四海为家，我看此山秀美，想在此落脚为生。"老妈妈说："你是逃难之人，俺娘俩是受苦之人，那好吧，女儿快把饭菜拿出来，想是大贤人已经饿坏了。"殷微子几天粒米未进，又累又饿，见了饭菜便大口吃了起来，吃饱喝足之后觉得浑身酸懒，两眼一眯打着鼾声就睡着了。

一觉醒来，折身坐起一看，唉！是在少女的床上，微子羞得面红耳赤，急忙下床往屋外走，到了门口正好与少女撞了个满怀，微子更觉羞惭。来到屋外，老妈妈也从地里薅草回来，便向老妈妈叩谢告辞，老妈妈拉着微子说："你就别走啦，你已在我女儿的床上睡了一夜，这本与礼不周，况且你也无处安身，我这女儿尚未婚配，你们就结为夫妇吧。"微子说："这可使不得，我已四十出头，你这女儿只不过二十有余，年龄悬殊，怎好成婚？"老妈妈说："年龄悬殊这倒无妨，她本贤淑孤女，是天赐姻缘，无须推辞。"说着就把微子和女子拉入屋内，插草为香，拜了天地，结为夫妇。成亲之后，老妈妈又亲自帮他们在山上开垦土地，种植五谷和蔬菜，成了一个安居乐业的小家庭。

又过了数日，老妈妈对微子说："实不相瞒，我乃南海观世音，特来助你微子成家落居，繁衍殷氏后裔，不绝成汤香火。今我要回南海去了，特赐柳枝，今后如有灾难将柳枝插于门左即可。"说完便驾祥云去了。

微子夫妇相敬如宾，男耕女织，勤劳度日。光阴似箭，日月如梭，三十年过去了，微子夫妇生育七男八女，又加男婚女配，在这山上成了殷氏一个好大的家族，原来这个山没有名字，从此便就叫微山了，这湖水也便称作微山湖了。

（邹华搜集整理）

太岁爷火焚刘家楼

传说在明朝成化年间，金乡羊山镇前刘家楼有一个叫刘野风的大财主，曾一度人旺、财旺，做事无所顾忌，行为甚是张狂。这一年大财主刘野风准备起土建造新楼，碰巧太岁爷值守当地，就挖破了太岁头皮。碍于刘大财主势大，刘大家族又处在鼎旺时期，太岁当时也没有办法，只好在夜里到附近枫柏岗乔圩孜庙里偷油抹头疗伤。后来被看庙的和尚逮着了，就问他是谁，干吗夜里来庙里偷油。太岁支支吾吾不好意思地跟和尚说道："我是值守该地的太岁，我的头被财主刘野风盖楼挖土挖破了，想取些灯油疗疗伤。"和尚觉得很奇怪，就询问道："你是太岁，是神仙，谁敢肆意妄为，蓄意在你头上动土啊？你难道没有办法治他吗？"太岁说："我不是不想治他，只是暂时还没有办法，因为刘家正在旺头上。""那你啥时候才能治他？""我已跟火神打过招呼了，要等到腊月二十三火神节那天午时，来个一举火烧刘家楼。"

哪知，这庙就是刘财主出资修建的，经常受刘野风的恩惠。和尚就把这事告诉了刘野风："你家惹祸了，你家盖楼在太岁爷头上动了土，并且还挖破了太岁爷的头皮。太岁跟火神打过招呼了，要在今年腊月二十三火神节那天午时烧你家的楼，你可要当心。"大财主刘野风听后不以为然，并大大咧咧地说："我财大势大，我怕谁啊，老天爷是老大，那我就是老二，我谁也不怕，我就在他太岁头上动土，他能咋着？”话虽这样说，刘野风在心里还是有些顾忌的。到了腊月二十三这天，刘大财主就让家里人都躲开，不生火、不点灯，就独自一人搬把太师椅坐在天井中，思忖道：“我全家人都不让生火，看你太岁怎么烧我家。”

刘财主一人独坐院中，眼看午时接近，也没见有什么动静，这时又有点犯困，心里想不会有事了，于是点上一袋烟就要开吸。正在这时，从门外跑进一只嘴里叼着大鲤鱼的狸猫，鱼尾还正在摇摆翻动着。大财主刘野风满心欢喜，一时高兴得忘乎所以。他就想把猫嘴里的鱼夺回来，追了几圈也没有撵上。这时候刘野风急得就用烟袋砸猫，谁知道这一砸不要紧，万万没想到烟火点着了猫身上的毛，那猫就拼命地乱窜，三蹿两跳，一下子跑上了新楼，顿时燃起熊熊烈火。周围群众平日里都受刘野风的欺负，看见有事都故意躲着，抓住几个帮助救火的人也不热心，结果刘家新楼一火焚之。从此家境败落。

大财主刘野风从那以后，待人接物有了翻天覆地的变化，经常教育后代以此为戒，敬鬼尊神，淳朴待人。后来，有关“猫叼活鱼上新楼，太岁头上别动土”的故事就在当地传开了，刘家楼也因此有了名气。这件事的前因后果，更警醒世人做事要淳朴，妄自尊大害人害己下场可悲。

（邹华搜集整理）

湘子庙的沧桑岁月

鲁西南金乡境内，以月牙闸为界把土地一打两开，闸北是羊山镇，闸南是马庙镇。在月牙闸的南邻有一个湘子庙村，是八仙韩湘子的故里。

村西有一个小湖，湖的北岸有一座庙宇，在那庙里敬着韩湘子及夫人林英，还敬着土地爷爷和土地奶奶，再没有敬其他的神仙，过去香火不断，一度热闹非凡。

在这个古老的村落里，历史上曾经出现过一个姓宋的大户，老员外叫宋坤秋，家有土地百余顷，饲养着成群骡马，还养着九十九头水牛。家里有一个叫太成的仆人，也不知道他姓什么，耕耩犁耙样样精通，是庄稼地里一把好手。东家就把九十九头水牛交给他管理和使唤。到了夏天，用完牲口，太成就把水牛赶进庙前的湖里去消暑。有一天，太成忽然发现九十九头水牛赶下水后，竟然变成了一百头，从水中上了岸又恢复到九十九头。后来，太成就把这一重大发现告诉了员外东家。员外东家就让他再注意一下，结果还是如先前一样，下水九十九头水牛，入水后还是照常变成了一百头。东家想怎样才能把多余的一头与自家的水牛区分开呢？不行，这事情也太奇怪太闷人了。后来就想到了一个好办法，就让太成把自家水牛的牛角上拴了红绸子布，然后再赶进水里，结果这次看着水中的牛一数，不多不少还是九十九头水牛，多余的一头水牛竟然不见了，这却叫东家和太成纳了闷。

据说也就是这最后一次在牛头上拴红绸子布的举动破了宋家的风水，从此宋家一年比一年衰落，没有几年的功夫家产荡尽。整个湘子庙村都沾上了晦气，也不知道惹恼了哪位上仙，结果地处河南的黄河决堤，改道流入了山东，使整个鲁西南水灾成患。后来韩湘子听说家乡被淹了，领着众仙前来拯救，并在小湖北岸露了夫妇仙体，慌得土地爷爷和土地奶奶前来迎驾。

土地爷爷与土地奶奶赶紧承诺把湘子庙村东移三百米，免去湘子庙村红绸打仙头的灾难，从那以后湘子庙村得到了平安。

(邹华搜集整理)

济宁铁塔寺

作为“济宁古八景”之一，同时又是济宁“七寺十八阁”中的千年古刹，铁塔寺最为人们所熟知，在古代，用铁来浇筑一座塔，难度可想而知，但是聪明智慧的古代济宁人做到了，这座铁塔，也成为济宁最具代表性的景点之一。

铁塔寺，位于现济宁市区铁塔寺街路北。铁塔寺，原名崇觉寺，是任城最早的佛教释迦禅寺。寺内建有铁塔、声远楼及殿宇房舍。这一古刹，1988年被国务院列为全国重点文物保护单位。

铁塔寺始建于南北朝时期东魏武定七年（549），寺内原来没有塔。

传说北宋徽宗时，济宁人徐永安常年在外经商，成为当地的富户。但婚后多年无子，便到崇觉寺进香求子，许下誓愿，如果得子将重修寺院，并铸铁塔以弘扬佛法。说也奇怪，第二年，徐永安之妻常氏便有孕在身，生下一男孩。徐永安非常高兴，但因经商在外，北宋崇宁四年（1105）便委托妻子常氏出面，出资重修崇觉寺，并在寺内以生铁浇铸释迦牟尼塔，在佛塔里面供奉佛像和舍利，报答佛祖送子之恩。

铁塔计划建九层，以弘扬佛家九九归一、生死轮回的思想。铸塔时将生铁熔化成铁水后，逐层浇铸。当铸第五层时，在地面上熔化的铁水待运到上边时便凝固了，工匠们束手无策，被迫停工。传说，得道成仙的建筑业祖师爷鲁班知道了此事，变成了一个白胡子老头，来到铸塔工地。领班工匠见这个老人仙风道骨，不同一般，便虚心请教："老人家，现在铁水运上去就凝固了，没法浇铸，我们很着急，想不出办法。您老年纪大，经验多，有什么好办法吗？"鲁班一语双关地说："我都是土埋脖子的人了，没有什么好办法。"说完，一阵轻风，人不见了。工匠们呆住了，好一会儿，领头工匠猛然醒悟，这是祖师爷指点我们：将土堆到塔顶，在上面熔化铁水再行浇铸不就解决了吗?

铁塔建到七级因战乱而停工没建塔顶，但也因此崇觉寺改为铁塔寺，所以后人在对铁塔的赞誉声中因无顶而遗憾地说："塔无顶，譬伟丈夫剑佩峨然，唯冠冕不饰，谈者往往以为未尽观美……"

到了明朝万历九年（1581），龚勉（字锡山）任济宁道（即市长），发动乡绅名流集资，增建塔身两级，添顶为铜制金章，四周垂以风铎，使铁塔方为完美。另外，还于铁塔前边建造了"声远楼"，上悬一大铜钟，还对寺内房舍、院墙修饰一新。从此，铁塔寺与"太白楼"南北遥相对应，雄视无极。铁塔共为九层，加上塔座、塔顶共十一层，通高二十三点八米，是全国铁塔之最。

在铁塔第一层塔身的东南和西北两面的壁上，铸有铁塔铭文："大宋崇宁乙酉常氏还夫徐永安愿谨铸。"第二层塔身的东南面壁上铸有"皇帝万岁，垂清千秋"

字样。第六层塔身西北面壁上也有文字，可惜年久腐蚀辨别不清了。

九百年来因风雨浇洗，雷电袭击，地震摇撼，年久失修，造成塔身逐渐向东南倾斜。1973 年，国家拨款进行了大修，校正倾斜，补铸铁件，使之恢复了壮丽雄姿。在大修过程中，在第一层内发现石棺一口，棺内有一银质“舍利匣”，匣内存放“舍利子”,此物现在济宁市博物馆收藏。在明代增建的两层内,发现铜佛两尊，铁质“佛敕令牌”一方，“大乘妙法莲花经”一部，“影青瓷舍利盒”一个，“珍珠”一颗，“铜镜”一面，“水晶小并”一个，均已被博物馆收藏。

（上官古月搜集整理）

济宁声远楼

声远楼原名神医楼，又名申冤楼。传说，楼的主人，是一位世家名医，姓高名志远。其人乐善好施,行医只求救死扶伤,济世救人,不为名利。幼年聪慧喜欢读书,通药理，耐劳苦，常随祖父辈四方采药，足迹遍于沂蒙泰岱，大河南北。渐长，益笃于学，尤精于医理，遂行医四方，不辞长途跋涉之苦，不言风霜雨雪之困，视病人如父母兄弟，对疾病如仇人大敌。由于医术高明，每每药到病除，时人齐称神医。

某一年，鲁西南大地疫病流行，村村庄庄哀叹不绝，家家户户悲悲戚戚。人得了此病，上吐下泻，高烧不退，昏昏迷迷，奄奄一息。年轻少壮的尚且延缓生命，年老体弱者往往不日死去。这期间，高医生急得心焦火燎，忙里忙外，茶饭不思，困眼难合。心想：与其坐等病人登门问医，不如前去上门送医。于是便组织全家四十余人成立十支小队，分路到各村庄巡回治病。药用了一担又一担，人瘦了一圈又一圈，走遍了大河上下，跑遍了泰岱汶泗。不几日，数万病人就一一治愈，枯木逢春，千家万户欢天喜地。可唯有知州老爷的夫人，死摆“诰命”的臭架子，硬是不去高医生家治病，小命立刻被病魔夺去。昏聩的知州老爷，不但不自责，却怨恨高医生眼里没有他知州老爷，竟气急败坏地发狠要将高医生置于死地。

但四方百姓因免除了一场大难，对高医生百倍感激，于是送钱送物，登门致谢。可高医生都一一婉言谢绝。百姓们总觉过意不去，想出一个妙法，就凑钱凑料，给高家盖了一座小楼，说是房屋稍微宽敞，便于病人前来就医。高医生再也无法拒绝，小楼不几日盖起。楼总得有个名字吧！因高医生医术高明，便给楼起了个芳名——神医楼。

忽一日，京城里来了一位巡按大人，此人性情贪酷，奸诈无比，此次出巡，名曰考绩，实为抽筋扒皮，走一程贪赃枉法，到一地刮尽地皮，不但沿途百姓恨之入骨，就连大小随员也恨他。谁知到了济宁州衙不过半月，就在一个漆黑的夜里，脑袋竟被"歹人"割去。这下子可闯了大祸，州府上上下下，惶惶不可终日，痛哭流涕，如丧考妣。可那知州老爷，老奸巨猾，富有心机，一边兴师动众，发签捉拿凶手归案（当然拿不着），一边又用重金收买钦差随员，封锁消息。随后又题上一本，上奏朝廷，说是："钦差大人到衙不久，偶有小恙，遍求名医治疗，可恨奸医高某，暗下虎狼之药，致死非命。"皇上阅本，龙颜大怒，即批："立斩、抄家、灭族。"知州老爷接旨后，喜形于色，立派五百甲兵，前奔高家，将其家数十人，尽皆处死，并将神医楼推倒，夷为平地，随之扬长而去，似乎报了往日心头之仇，解了郁积有年之根。

谁知过了十天之后，推倒的小楼，竟然又高高耸起，昂首天外，一身堂堂正气。知州老爷闻之，气急败坏，即派人将小楼推倒。就这样，白天推倒，半夜又站起，一连数十日皆是如此。知州老爷不免狐疑，大概是天怒难犯，预示什么不祥之兆，不敢再轻举妄动，触犯神灵，只好龟缩州衙垂头丧气。不数日，钦差案发，知州一家，满门抄斩，血流一地。百姓闻之，无不拍手称快。此后，这神医楼，白天迎朝霞，送夕晖，默默无言，沉思不语；夜晚望星月，吐云雾，恨恨不绝，愤愤不已。那声音，呜呜咽咽，悲悲哀哀，怨怨恨恨，愤愤怒怒，高一声，低一声，翻山越岭，穿林跨河，传向方圆数百里。人们听了，长夜难眠，泪下如雨，思之再三，惊叹不已。于是这神医楼又有了新的名字——申冤楼。

再后来，乡民们每每看到自己一家老老少少欢欢乐乐幸福地生活在一起，就不免想到高医生一家的不幸，感叹，唏嘘。每到清明节，就相约到申冤楼前烧香焚纸、上供、祭扫，哭天哭地，泪下如雨。高医生若在天有灵，看到此情此景，定会将一眶泪水抹去。百姓们在祭扫之后，又低头沉思：楼名"申冤"，似显悲愤有余，寄托哀思不足，不如用"声远"名之为好，一来可高扬高医生之德："声洪动天地，远扬泣鬼神”，二来睹楼思人，永志不忘，昭示来者。于是声远楼的名声就传开了。

（汉林搜集整理）

李白、杜甫游蒙山的传说

李白和杜甫，一位诗仙，一位诗圣，两位文学大家曾经同游蒙山，这事您知道吗？今天，我们就一起来听听这个有趣的传说。

费县蒙山脚下，有一个杏林掩映的小村，叫杏埠。杏花开时，远远望去，宛若一片落霞。传说唐朝天宝年间，身居京城庙堂的侍御范十，竟不恋花天酒地来此地隐居。大诗人李白、杜甫曾结伴漫游蒙山，访问范十。题诗作赋留下了不少佳话。

那是唐朝天宝四年（745），李白四十五岁，杜甫三十四岁，杜甫来兖州看望当官的父亲，李白也回到兖州任城旧居。盛暑过后，二人相约同游蒙山，顺便探访好友范十。

李白、杜甫先进了万寿宫，后在谒蒙祠逗留不久，便拾级而上。登上龟蒙顶，已是汗流浃背，气喘吁吁。他们边说边游览，过了迎仙桥，来到战国时军事家孙膑跟鬼谷子学艺的桃花峪，后进入回马岭险道。再往前走，步过黑风口，攀过山风门，到达南天门。二人开玩笑说：“我们二人进了这南天门就成仙了。”

过了南天门，涉过一道潺潺山溪，再爬一段陡坡，登上了蒙山高峰龟蒙顶。此时，他们已是大汗淋漓，口干舌燥，便坐在石龟上歇息。一阵山风刮来，李白毕竟上了点年纪，突感伤风。二人起身正准备下山，忽听山下有人呼喊，正是他们要探访的范十。李白、杜甫跟范十下山来到杏林深处范十的庭院，杜甫指划着这院子吟道：“龙钟老槐花少开，半是庭院半萍苔。东树想换西池水，隔墙送过红枣来。”

此时，范十从篮中挑出几样药草，又从屋里取出几样，见是野菊花、枸杞、荆芥、防风等，装在紫砂壶里，让童子熬制，然后在石桌上摆好茶具，约李白、杜甫落座。半个时辰后茶水煮好、斟上，一壶茶喝完，李白出了一身汗，顿觉浑身轻松起来，临走时又问范十要了几包拿着。

茶罢，接着上菜捧酒，三人推杯把盏地痛饮起来。一诉别后衷肠。三杯酒落肚，神采飞扬，无话不讲。李白把峨眉求仙访道，采药炼丹，天宝三年“赐金还山”，请北海高天师授道于齐州紫极宫，真正成为道士的事情，从头到尾讲了一遍。还说他那年游泰山时，的确看到仙人向他招手，向他授以仙诀，给他白鹿鸾凤，让他飞往太清。说得神乎其神，杜甫、范十听得入了迷。

范十让童子捧出一坛兰陵美酒为二人斟上。李白品尝了一下觉得味道香醇，当即吟道："兰陵美酒郁金香，玉碗盛来琥珀光。但使主人能醉客，不知何处是他乡。”杜甫深深理解李白怀才不遇的心情，同情他受谗的遭遇。赠诗一首："秋来相顾尚飘蓬，未就丹砂愧葛洪。痛饮狂歌空度日，飞扬跋扈为谁雄。”夜清气爽，月朗景明，三人携手摇摇晃晃地走出庭院，观赏月夜蒙山景色。他们各又吟了许多佳句。

后来，范十说，村里杏树多，可县太爷要求百姓每年给他送一千斤杏子，百姓们敢怒不敢言。李白冷笑一声道，小小知县，作威作福，明天他要到县衙为百姓求情。

第二天，三人来到费县衙门，县令心中大惊，心想李白曾待诏翰林，在皇帝身边行走，杜甫的父亲杜闲是兖州司马，范十，原为侍御，他们突然来此，可得谨慎行事。于是，急忙整衣迎出，恭敬相待。当听说李白为百姓求情，说出免交杏子的事来，自觉勒索百姓，实不光彩，连声应诺。

说话间，早备好美酒佳肴，席间，县令求诗，李白、杜甫各挥毫留诗一首。宴罢，县令送三人到十里长亭。因李白急欲去扬州一带漫游，当下便和范十告别，与杜甫西行去兖州了。临别时，李白、杜甫留诗于范十。李白留诗是："君道蒙山好，余吟秋江清。流水夕阳去，客鸟归林鸣。”杜甫留诗是："幸为蒙山客，萍水兄弟逢。春念蒙山绿，秋思杏埠红。”

李白与杜甫为访范十同游蒙山的故事，至今在民间流传，特别是二人喝过的茶，其用料配方流传至今，而他们当时所题诗句多已失传。

(汉林搜集整理)

九仙山的传说

孔子故里曲阜有个神奇的地方——九仙山，位于曲阜城北二十五公里，最高山海拔五百四十八点一米，此山有着诸多的美丽传说。

山名的传说

话说孙悟空偷吃了王母娘娘用来宴请各路神仙的蟠桃，使得各路神仙无蟠桃享用而不欢而散。王母娘娘大怒，除命托塔李天王布下天罗地网捉拿孙悟空外，还把未采到蟠桃的九位仙女贬到人间的一个荒岛上，以示惩罚。

九位仙女来到了荒岛上之后，从石峰间搜集泥土，撒到水分和光照好的地方。远方飞来的小鸟衔来树种、花种、草种播撒在泥土中，日复一日，年复一年，小树发，花草萌，百鸟鸣，一时间，荒岛换新颜，鸟语花香，生机盎然，俨然人间仙境。

九位仙女以岛上特有的泉水煎熬百鸟所采集的各种草药，为人间百姓医治百病，有求必应，每天到岛上求医的人络绎不绝。

由于去岛上的小路狭窄崎岖，于是，众人集资，请了百里内有名的三十六位石匠，按小岛的起伏，顺砌了八十一层石阶，然后又请了六十四位工匠，在岛上开阔处修建了一座庙宇，以彰九位仙女的功德，以表人们的感激之情。

后来，由于天将争斗，湖底穿透，湖水泄漏殆尽。小岛渐渐升高，变得峭拔险峻，山清水秀，加以人们的精心修建，名关胜景辈出，众人商量，以“九仙山”名之，让大家永远纪念九位仙女的功德之心。

天池的传说

九位仙女日夜为前去求医的人治病消灾，常常忙得汗流浃背，但九仙山那时一度缺水，需要到山脚下汲水以供梳洗，极为不便。

吴刚看在眼里，记在心里，想方设法要为九仙女修一梳洗之地。吴刚决定铤而走险，潜入王母瑶池偷取琼浆，刚把随身带来的水瓢伸入池中取水，便被众护池天将合围。

吴刚知道自己已不能脱身，长叹一声："天不助我！"用力将瓢掷向人间。说来也怪，那瓢径直漂落到九位仙女的山前，仙女们欢天喜地淘水梳洗。

你看那九仙天池，北狭长南粗圆，宛如一瓢，正是当年吴刚盗取琼浆时掷落人间之瓢。

九女堂的传说

扁鹊，又名秦越人，战国时期的著名医学家。二十岁之前的秦越人不懂医术，有一天上山砍柴后就失去了踪影。

一晃几十年，他的好朋友鲁班越过了三十三个山头，找遍九十九个山洞都没有找到他。

一天，鲁班正坐在石头上发愁，偶见一只鸟衔着一棵灵芝停在树上，他就好奇地走上前去观看，鸟儿却振翅高飞，鲁班停，鸟儿就停在树上，走走停停，来到一座大山前，从山上下来一个人，正是秦越人。

原来是当年九位仙女救了秦越人，他便跟随仙女学医救治百姓，医术高明，药到病除，走到哪里，扁鹊鸟总是跟到哪里，人们都奉他为神明，于是称他为"扁鹊"。

鲁班跟随扁鹊来到山中，发现没有居住的地方，便连夜施工，仙女们召集虎、豹、熊等运输材料，不多久就建成了一座金碧辉煌的宫室，九位仙女和扁鹊欢天喜地地搬住进去。

人们把这九位仙女居住过的亭堂叫作"九女堂"。

凉水泉的传说

传说，很久以前，九女堂山崖南面如刀削，无法攀登，只有北面才能绕到山顶。在南面山崖上，有野蜂数万只，筑巢丈许，乳白耀眼，数里可见。

村里张三欲上山采蜜之心已久。一天他准备绳索，提上陶罐，领着小狗，向九女堂出发。

经过了大半天的折腾，每次绑在身上的绳索都会不解自开。他方知有神灵阻碍，不可再做，遂郁郁下山而去。

来到山脚下，遇一白发童颜老者。“年轻人，折腾了大半天，想必是口渴了，喝口水吧。”说完，从怀里掏出一个小葫芦，开塞让张三饮用。

葫芦虽小，但甘甜之水却饮用不尽。张三正心感惊异，看见老者化作一道白光向九女堂隐去。手中葫芦脱手而落，地上即现洼水小溪，涓涓细流不断，流向远方天地，村民们称为凉水泉。

凉水泉现今仍在，无论旱涝如何，日流两方有余，其水甘甜爽口，时有村民或是游客到此取水饮用，成为时下九仙山一景。

奇石的传说

孔子石 顺黑风口前向东延伸的龟石沟上龟石岭，即见自然孕育的一块奇石，巍然屹立山巅，如人在远眺前方万物，有坦荡荡君子风范。该石从各个角度审视，均酷似唐人吴道子所绘的孔子行教图，神形兼备，比例适当，十分罕见，人们把它叫作孔子石。更为神奇的是，在孔子石不远处，更有如六艺城群雕相似的孔子骑马率弟子周游列国的天然群石像，给九仙山增添了许多神秘色彩。

太白金星打坐石 九仙山老寨顶西峰，有一天然人状石头，犹如白须苍苍的老者端坐于地，人称“太白金星打坐石”。据说，春秋战国时期的楚国大将伍子胥在九仙山黑风口得太白金星借此石现身点化而得以脱险。

粮船石 传说春秋战国时期，楚国大将伍子胥到秦国为楚公子米建迎亲，受阻被困，日久缺粮，忽有大船载粮顺河而上，细观乃是硕大石船载粮逆流而不沉，乃神灵保佑之功。此石船遗留在九仙山前，其故事代代相传。后来修水库时石船被毁，但水库却以“粮船石水库”命名。

核桃石 九仙山凉水泉旁边，有块大圆石，人们叫它“核桃石”。其石纹形状似核桃，用石击之，“嘭嘭”作响，似若中空。据说，这石是孙悟空所遗留于此，乃“石胆”，胆中胆汁为宝，若得而洗目，可眼明心亮，视地三尺，使妖魔鬼怪无处可遁。

乌龟石 九仙天池北的一条山沟里，有块巨石，巨石高出沟面一人多高，形似一只昂首蹬脚的乌龟，人们叫它“乌龟石”。早先，一只千年龟精居住在天池这块风水宝地，每天都要村民送一只嫩羊羔到天池边，充当它的饭食，否则每天要吃一个人，如果不答应就要水淹村庄。最后一个叫“小聪明”的青年，用智慧带领村民们合力烧死了千年龟精，其龟壳风化成了一块巨石。

平安石 在九仙山大石峪谷口环山路旁，有一块高二米有余、宽一点五米左右的石块。其上石筋凸显，恰似“平安”的“平”字。人们将它叫作“平安石”。据说只要摸摸该石，就可保一生平安。

青蛙石 在天池上方，龙凤桥向西二百米处，有一天然形成的蛙石，该石高二米多，宽一米多，石上卧着一大一小两只石蛙，故又称母子蛙。

牛腿石 凤凰城岭以北有条山沟，顺沟向东有天然形成酷似牛腿的柱石，倒立空中，人们把它叫作牛腿石，把这条山沟叫作牛腿沟。

凤凰城的传说

九仙群山的最高山海拔五百四十八点一米，东北部的大山之巅有一古代山城遗址，占地约三千平方米，名叫凤凰城，传说是宋代名将呼延庆占山为王时所营造的一座山城。如今，城中兵营建筑已是一片废墟，只有山城四周的城墙石基还在。

在山城一直到南面的搂柴垛几千米山梁上，修有呼家的驯马山道，今称“跑马岭”，山城西北至黑风口的这一蜿蜒山梁，也是呼家跑马练兵的山间马道。

在山城以西的山顶是呼家的西山寨，合称“老寨窝”。

仙人洞的传说

凤凰城向西的山峰是老寨顶，山上有一磐石叫“砚台石”，石下有一天然石洞名叫“仙人洞”。传说很久以前，有一隐者在这石洞中隐住，有人问他从何方来，老人每每答非所问“来所来而来，居所居而居”。

不知过了多久，人们发现山洞已用山石密封起来，在砚台石壁上刻有“自修自洞，自拆自垒”几个大字，而老者已经圆寂，遗体一直都是僵而不腐，完好无损，所以都称他为“神老头”，此石洞为“仙人洞”。

老奶奶庙的传说

碧霞元君是道教中的重要女神，也是中国历史上影响最大的女神之一。

九仙山又称“小泰山”，有石台阶一千多阶，大小庙宇三十二间，始建于康熙八年，九仙山以所供奉神仙之多而著名，山顶供奉的是“碧霞元君”，泰山老奶奶的妹妹。山脚下的“红门宫”供奉的是“仙山老奶奶”。另外还有“华佗庙”“王母宫”“三清殿”“龙王庙”等庙宇。

因为山上的各位神仙特别有灵气，所以每年三月三的庙会，百姓自发前来，游山、拜仙的有上万人。

（邹华搜集整理）

天下第一木匠

大明末期，明光宗登基一个月后就驾崩了，他的儿子朱由校做了皇帝，史称明熹宗。

朱由校不是个有作为的皇帝，却是个天生的木匠，最喜欢做的事，莫过于锯木、刨木、油漆等木工活计，手艺高超得很。他所宠信的太监魏忠贤总是趁他做木工做得全神贯注之时，拿重要奏章去请他批阅。朱由校怎肯放下心爱的木工活计?把手一挥，说道：“别来打扰，这点小事你就瞧着办去吧。”这一来正中魏忠贤下怀，他就去照自己的意思办了。

看到魏忠贤这么有权，朝里自有一批谄谀无耻之徒前去奉承他，皇帝是万岁，那些人就称魏忠贤做九千岁，这些大大小小的官儿们，为了讨好魏忠贤，更上一步，拼命搜刮民脂民膏，这么一来，老百姓苦不堪言。

朱由校每日在宫中干木匠活，时间一长也腻烦了。魏忠贤安插在皇帝身边的小宦官就把这件事告诉了魏忠贤。

为了让皇帝继续沉迷其中，不理政事，魏忠贤赶紧召集亲信们，商议对策，最后，终于想出了一计，那就是策划一个天下木匠大比武，选出的佼佼者，可以进宫与皇帝比试木匠手艺，最终得胜者将会获得丰厚回报。魏忠贤进宫后将这个主意与朱由校一说，朱由校也觉得很新鲜、很刺激，就满口答应下来。

魏忠贤回到府上，就命令手下人全力策划这件事。

且说山东兖州府有一个老木匠，名叫赵三，这赵三原本是一个读书人，后来见皇帝昏庸，奸臣横行，疾恶如仇的他就将书卷扔进了火炉中，然后跟人学起了木匠。

赵三年过半百才有一子，起名赵富贵，这孩子从小就聪明伶俐，赵三亲自教他读书，他过目成诵，被当地人赞为神童。不过，赵三却没有让赵富贵去参加科举，等儿子年岁稍大一些时，赵三让他跟着自己学做木匠。

赵富贵十八岁时，木匠手艺已经炉火纯青，无论是做家具，还是雕刻，附近州县无人能比得过，许多有钱人都专门找到他，让他给打家具，所以赵富贵的活儿一直不断，年头忙到年尾。

这天，赵富贵正在家里忙活，爹爹赵三赶集回来了，却是一脸的怒气，赵富贵忙问出了什么事，这才知道原来是县里贴出告示，说的就是当今皇帝要举办木匠大赛的事情，要有实力的木匠报名，赵三怒气冲冲地说："一个堂堂的皇帝，整日不理朝政，却喜欢做木匠；一个五体不全的宦官，不去伺候皇上，却要参与政事，做九千岁！你说这世界岂不是乱了套了？"赵富贵随声附和。

第二天，赵富贵忽然对赵三说："爹爹，我想了一夜，决定要去参加木匠大赛。"赵三吃了一惊，说："你想通过这件事来光宗耀祖吗？告诉你，这等祸国殃民的事情，我是不会让你去做的。"赵富贵就说了自己的打算，原来他对自己的木匠手艺很是自信，这次参加比赛说不定就会夺冠，到时就会进京见到皇帝，而这也是见到皇帝唯一的一次机会，到时他会找机会劝谏皇上，让他迷途知返。赵三迟疑着说："你这想法靠谱吗？"赵富贵说："为了天下黎民，我可以一试。"

半年之后，经过层层选拔上来的十名顶级木匠进了京城，其中就包括赵富贵，他们在魏忠贤的九千岁府进行最后一次比赛，选出的佼佼者就可以进宫与皇帝进行尖峰对决。

又经过三天比赛，最终，赵富贵以精湛的手艺过关斩将，如愿得了第一。

入宫前，魏忠贤将赵富贵叫到身边，首先叫下人托出一盘白花花的银子，说要赏给赵富贵，他看见赵富贵的眼睛一下子变得贼亮，接着使劲咽了几口唾沫，心里就有数了：这家伙贪财，可用。

魏忠贤对赵富贵说："你即将进宫与圣上对决，这是何等的荣耀，但是有几句话我要交代你。"赵富贵忙跪地说："九千岁大人，您有什么话吩咐小人就是。"魏忠贤说："当今皇上的木匠手艺自认为天下第一，所以他最喜欢的事情莫过于找一个比他手艺高许多的人，这样他的手艺才能得以再次提高，所以这次进宫，你一定要拿出最好的技术来与皇上比赛，一定要他认输，而且要让他输得心服口服。"赵富贵满口应允并表示一定照办。

于是赵富贵就被送进宫去，这时，宫中的比赛场已经布置好，各种木料、工具也一应俱全，朱由校与赵富贵进场，由魏忠贤担任评委，接着比赛就开始了。

第一项比赛是雕工，朱由校拿过一块黄花梨木，赵富贵则挑了一块杨树板，现场的人眼睛都要鼓出来了，因为杨树板质地疏松，根本就不是雕刻的材料。接下来，两个人挑了几样工具，就开始雕刻。

过了约莫一个时辰，两个人都完工了，众人看去，只见朱由校雕刻的是一幅仙童献瑞图，那仙童面带笑容，手捧仙桃，他的身后还有一只梅花鹿，嘴中叼着一朵灵芝，整个图案栩栩如生，呼之欲出，令人叹为观止。

再看赵富贵的那个，却看不出是什么图案，上面布满木屑，乱糟糟一片，魏忠贤正想指责他，忽然，赵富贵拿起那块杨树板抖了一抖，木屑纷纷落下，众人再看，就见那杨树板上竟然出现了一幅八仙过海的图案，但见，铁拐李坐在葫芦之上，悠然自得；汉钟离手摇芭蕉扇，逍遥超脱；吕洞宾手捋长髯，仙风道骨……八位神仙，八种不同的姿势，八种不同的神态。

众人看得呆了，过了好久，朱由校大叫一声："好。"众人才回过神来，纷纷竖起拇指连连夸赞赵富贵手艺高强。

朱由校对魏忠贤说："就单从雕刻这一项，朕就知道赵爱卿的手艺比朕不知高出多少，所以不用再比下去了，朕认输了。"接着他将头转向赵富贵，说："朕要拜你为师，跟你学习木匠手艺。"说完，朱由校竟然要跪下身来，给赵富贵叩头，赵富贵忙上前，搀住了朱由校。

从此，赵富贵就留在宫中，教朱由校木匠手艺，朱由校也一心一意跟着他学手艺，更加不理朝中之事，魏忠贤高兴极了。

赵富贵整天与皇帝厮混在一起，慢慢熟悉起来，两个人年龄相仿，又有共同语言，最后到了无话不说的地步。

半年后，赵富贵对朱由校说 ：“皇上，您是愿意做一个有作为的千古一帝还是想做一个手艺天下第一的木匠？”朱由校不假思索地说 ：“是后者。”接着他说，“其实朕心里很清楚，朕是一个合格的木匠，却远不是一个合格的皇上。”

赵富贵听罢他的话，并没有接下话茬，他好像在自言自语地道 ：“一块朽木，其实就是烧火的材料，有人却非要拿它做房子的栋梁，其结果一定是屋塌人亡。”朱由校听他这么说，眉头先是皱了一下，接着心里动了一动。

几天后，朱由校忽然失踪了，一起不见了踪影的还有木匠师傅赵富贵，朱由校还留下了一道禅位圣旨，宣布即日起退位，因为他没有子嗣，所以就由他的五弟朱由检即皇帝位，而这个朱由检一直对魏忠贤专权深恶痛绝，恨不得除之而后快，所以魏忠贤闻听这个消息，立时就慌了，但是因为事出突然，魏忠贤被弄得措手不及，还没来得及想对策，迅速继位的朱由检就命令御林军将魏忠贤控制起来，接着将其余党一网打尽。

据传说，朱由校是跟着赵富贵潜出京城，自此云游四方，遍访天下名师，终于学成了精匠。

（邹华、夏辽搜集整理）

邹城的历史典故

邹城市，位于山东省南部，北依孔子故里曲阜市、南望滕州市。邹城市历史悠久，是战国时期伟大的思想家、教育家、儒家学派代表人物孟子的故里，素有“孔孟桑梓之邦，文化发祥之地”“东方君子之国，邹鲁圣贤之乡”的称誉。

邹城以前叫邹县，这里流传着不少的历史典故，现采撷几段与友人共享。

颜回借粮

据说，孔夫子周游列国的时候，在陈困住，好几天没吃上饭。实在撑不下去了，孔子对自己的学生子路说："子路，离此地不远，有位王先生与我有一面之交，你去他那里借点粮吧！"子路顺着老师说的方向找王先生去了。走到王先生家里，子路说："老人家，俺师徒在这里困住了，想向您借点粮食。能否周济一下？"王先生说："借粮倒不难，不过我有几句话问你，要是答上来就借，答不上来可别怨我不借给你。"子路说："就请您老问吧。"王先生说："世上什么多？什么少？什么喜？什么恼？"子路心想："这好答。"就答曰："星多，月亮少，娶媳喜，发丧恼。"先生说："不对，你回去吧，这粮不能借。"

子路没办法，只好回来，把借粮经过前前后后说了一遍。颜回说："我去！"就按子路说的地方找到了王先生的家里，王先生问："你是谁？"颜回说："我是孔子的学生，姓颜名回，奉老师之命来这里借粮。"王先生也说："借粮好说，听说你是孔丘的得意门生，我得问你几个问题。答上来就借给你粮。"颜回说："请先生问吧。"王先生说："世上什么多？什么少？什么喜？什么恼？"颜回回答："世上小人多，君子少，借时喜，还时恼。"王先生听后点了点头说："你明白这个道理，这粮食我借给你。"说完就装了一口袋粮食让颜回背走了。

梁祝化蝶

中国四大民间传说之一的梁山伯与祝英台的爱情故事，成为千古爱情绝唱。而他们的故里究竟在哪里？一直是民俗界争论不休的问题。2003 年 10 月 27 日中午，一块立于明朝正德年间的梁祝墓碑在济宁市微山县马坡乡出土。这块墓碑长一百八十厘米、宽八十厘米、厚二十四厘米。碑额刻有"梁山伯祝英台墓记"八个篆字，碑文八百三十一字。根据碑文记载，明朝正德十一年（1516），作为朝廷钦差大臣的南京工部右侍郎、前督察院右副都御史崔文奎视察河道时，途经微山马坡，发现已破败不堪的梁祝墓，决计重修。碑文还记载了祝英台女扮男装，与梁山伯同在邹县（现邹城市）峄山读书学习三载，后二人因思恋而死，合葬在泗河西马坡的情史。据悉，这是中国十处梁祝墓中唯一有文字记载的梁祝故事，且内容比较详细，刻立时间最早的一块石碑。

梁祝的民间传说，最早见于南北朝梁元帝时（552—555）的《金缕子》一书。晚唐的《宣室志》有更详细的描述：东晋时上虞祝氏女英台，女扮男装求学，与会稽的梁山伯同学三年。后祝英台先归家，次年梁山伯去祝家拜访，才知其为女性，央人求聘，而祝已许马氏子。后山伯为县令，勤政爱民，死于任上，葬在城西乡。后祝英台过山伯墓，痛哭呼号，墓自裂，祝跳入梁墓中同葬。宋《乾道四明图经》中有“义妇冢”及梁祝故事的记载。梁祝故事以电影、戏剧、曲艺等各种艺术形式流传于世，范围非常之广，涉及浙江、江苏、山东、河北、山西等十几个省，并流传到欧美各国，被称为东方的“罗密欧与朱丽叶”。

万章误失登云鞋

万章，战国时孟子的学生，家住峄山西北二十余里处，现邹城北宿境内万村。

万章自幼好学。当时孟子在峄山设帐授徒，万章就到峄山拜孟子为师。因为家有老父、继母，不能常住峄山求学，只得早出晚归，每天往返四十余里，不仅十分劳累，而且耽误了大量时间，万章经常为此苦恼。

一天夜里，万章梦见一位老人告诉他：“峄山有个白龙洞，白龙洞里有个小峄山，小峄山上有个白雪翁，他会帮助你。”梦醒之后，老人的话记得清清楚楚。第二天，听完孟夫子的讲授，万章就到白龙洞去了。入洞不远，便见到了一派奇异的景象：迎面是一座玲珑的小山，白色的山石，白色的岩洞，白色的树木，白色的花朵，玉砌的道路，水银似的泉水。万章顺着玉路，转过一个小山头，见一位老人席地坐于树下，这老人就是白雪翁。万章上前深深一揖，说：“学生万章拜见老人……”老人微开双目，轻摇蒲扇说：“好，不用说了，你的来意我已知晓。我这里有一双鞋，叫登云鞋，穿上它，你来去就便当了。不过，你要天不明就起身，天黑了才能回家，不能让人看见，否则，与你不利。”说罢，从身后取出一双鞋交给万章。万章接过鞋，拜别老人，顺原路走出白龙洞。出了洞，天就黑了。万章穿上登云鞋，一迈步，就听呼的一声，起在空中，再迈另一只脚，就到家了。从此，万章每天到峄山求学，早出晚归，方便极了，既节省了体力，又节约了时间，于是学问大进。

万章登云鞋的秘密终于被后母发现了。后母早就想害死万章，让自己的亲生儿子独占家产。于是她暗地里做了一双和登云鞋一模一样的鞋子,趁万章熟睡之后,偷偷地换了一只,拿回自己屋里。第二天一早,万章不辨真假,穿上鞋就走。一抬腿,飞上了高空,又迈另一只脚,唰地一下,落了下来,气绝而亡。办理丧事的时候,后母的儿子得知万章是穿了假登云鞋摔死的,心想母亲屋里的一双鞋一定是真的,不妨试一试,他哪里知道,那双鞋也是一只真的,一只假的。他穿上之后,一迈步,嗖的一声,起在空中,又一迈步,唰地落了下来,也摔得头破血流,气绝而亡。就这样,后母害死了万章,也害死了自己的亲生儿子。

钢山的传说

钢山位于邹城城北,据传很久很久以前,这座山是叫作糠山的,然而在糠山以东不远的地方又有一座山,叫作猪山。糠山本来比较大而猪山比较小,但过了若干年之后,猪山渐渐地大了起来,糠山却慢慢地小了下去,眼看就要影响到邹城的自然风光。这时人们认为一定是猪吃糠的缘故。不然为何猪山越来越大而糠山越来越小呢?于是人们便把猪山改为朱山,把糠山改为岗山,可是,朱与“猪”同音,岗又与缸同音,猪到缸里寻食不更方便了吗?所以依然没有制止岗山变小的趋势,人们急了,干脆把岗山分为前后两山,后山称为钢山,前山称为铁山,“钢铁”并立,猪是无论如何也啃不动的。这一下还不放心,索性又把朱山改为尖山,从那以后两山和平相处,各自独立发育直到现在。这大概便是今人“岗山”与“钢山”不分的缘故吧。

铁山的传说

在邹城城西北隅还有一座山,该山为花岗岩石质,向阳面是一片二亩多的巨大石坪,上面刻满了佛家经文,当地俗称“佛经山”,后来改称为“铁山”。说起铁山的由来还有一段优美动人的故事呢。

相传唐朝玄奘师徒从西天取经后,为广传佛法,又不辞劳苦译成各国文字,用二十四匹白马驮负着五百多部佛经自西向东前往蓬莱仙岛,意将佛家秘籍传往海外,一路风餐露宿甚是顺利。一天行至邹城附近,忽然天空乌云密布,电闪雷鸣,狂风大作，倾盆大雨从天而降，白马驮的经卷不一会儿就淋湿了，师徒们非常着急，见天色已晚,只好到岗山的西山腰晚照寺内歇息。唐僧想着淋湿的经卷,一夜未曾合眼。第二天一早，天气渐晴，悟空从寺外跑回对唐僧说，师傅不要着急，老孙已经找好了晾晒佛经的地方，唐僧问在什么地方？悟空说，远在天边近在眼前。唐僧、沙僧、八戒随悟空来到山前，悟空向前一指说，师傅，就在这块石坪上。唐僧大喜说，徒儿们赶快将佛经拿来晾晒。不一会儿，师徒们七手八脚把淋湿的佛经都铺在石坪上，当时山风正紧，悟空急忙念起定风咒语，那佛经就像糨糊一样紧贴在岩石上，甚为牢固。一会儿工夫佛经全干了，他们揭起佛经以后惊奇地发现在光滑的石面上印上了清晰的经文，如同刻凿的一样。唐僧叹道，这是佛的旨意，就留在这里吧。从此这座荒山秃岭因为有了这片佛经，人们就称这座小山叫“佛经山”。

时隔不久，八仙出游齐鲁驻足泰山，听说邹鲁之地有座峄山，山上奇洞怪石甚是玲珑，众仙商议前去一游，于是各显神通往峄山而来。吕洞宾因贪喝了几杯仙酒起身较晚，走在最后，当日天晚也借宿在钢山晚照寺内。夜间，山风阵阵，将寺内佛塔角铃吹得叮当乱响，一夜不能入睡。次日一早，寺内长老问道：“先生昨夜安歇可好！”吕洞宾回答道：“佛塔角铃叮当作响甚是聒耳。”长老笑着说：“那先生有何妙法令角铃不响？”吕洞宾不动声色道：“愿吹拂试之。”遂念口语猛吹一气，顿时佛塔角铃都哑然失声。然后吕洞宾双手拱别，乘云奔峄山而去。寺院的长老半天才醒悟过来，口称真乃神仙也。以后这个寺院的塔铃就是换了新的也不响了。

吕洞宾来到峄山白云宫前，七仙早已聚齐，齐声问吕仙为何来迟？吕洞宾将昨晚住宿晚照寺，塔铃聒耳，长老戏谑一事讲给众仙听。谁知这一说不要紧，气坏了爱管闲事的铁拐李，他把铁拐杖朝地下一捅，捅得咚咚作响，说：“我去找那和尚算账。”说着便使起道法，一只脚站在峄山插天石上，另一只跛脚跨在晚照寺旁的佛经山上。他这神脚的千钧之力竟在花岗岩石坪上踩出一个二米多长的大脚窝来，连经文也被踏下一大片。至今，在半山腰还留有一个清晰的大脚窝，如仔细观察，不但五道脚趾印明显，脚印下还有踏下去的佛经文字。后来人们称这脚窝是“铁仙遗迹”。这座佛经山，也因而得名为铁山。

（汉林搜集整理）

微山观鱼台

观鱼台位于微山岛西坡，地势突兀，依山近水。站在上边眺望湖面，但见渔帆点点，荷叶片片，确是别有一番韵味。

传说元朝末年，刘伯温随朱元璋兴兵讨元，途经微山湖，见这里鱼密虾稠，却无人捕捞，感到奇怪，便找人询问。当地渔民说，在微山岛附近的深水域内，近年有一鱼怪作祟，经常有人被它所伤，所以人们谈怪色变，渐渐地就再不敢下湖捕鱼了。刘伯温不相信有怪，遂断定作祟的可能是一种凶猛的动物，便决心降伏它，为百姓除害。可是用什么方法才能奏效呢？刘伯温是个大军事家，于是便很自然地想起自己在军中常使用的迷魂阵来。

据说迷魂阵起源于三国时诸葛亮的八卦阵，是经刘伯温加工改进而成的，战场上曾多次使用，效果颇佳。刘伯温深信用此法一定能够制服鱼怪，便连夜绘制了水中布阵图。第二天一大早吩咐士兵砍来木棍，在鱼怪经常出没的地方，按金、木、水、火、土阴阳五行之术，分行条、大廓、二廓、三廓、四廓、五廓等布成阵势。他又叫士兵在湖边抬土筑台，亲自登台指挥。

当地百姓听说刘伯温要在此捉怪，都纷纷跑来观看。天到晌午，果见迷魂阵的行条深处，忽地涌起一股大浪，沿大廓、二廓、三廓、四廓冲进阵来。阵的布局非常巧妙，内部构造极为复杂，处处埋伏着机关。若把大廓比作两军阵前的开阔地，那二廓就是迷魂阵的入口。整个二廓就像一个大葫芦头，进了入口，越往里越大。待进了三廓、四廓、五廓，面积则变得越来越小。越往里走，路子越乱，也就越难辨归路了。

鱼怪刚进阵时，还悠然自得，等进了二廓就犯了迷糊。先是在里边兜了几个圈子，然后就一直沿三廓、四廓直冲进去。进了五廓，随着阵中面积越来越小，感到上当，便在里边横冲直撞起来。最后就沿着行条冲进了闭沟。这地方是个阵眼，只要进去就休想再出来，只好束手就擒了。

刘伯温在台上看得明白，忙把手中的号旗一摆，守护阵眼的士兵各执器械一拥而上，把鱼怪捉上岸来。众人一看，哪里是什么妖怪，原来是一条上千斤的乌鱼。众人见状，无不称赞刘伯温的神机妙算。微山湖渔民急忙跪下，求刘伯温留下这捕鱼的阵法。这就是微山湖上捕鱼的箔塘。从此，微山岛人就把刘伯温筑的台子叫观鱼台了。

（邹华搜集整理）

鱼台话鱼

鱼台以鱼名，自然与鱼缘深厚，所以在鱼台，有很多关于鱼的历史典故和民间传说。

四鼻孔鲤鱼

鲤鱼，是鱼类家族里的贵族，在南四湖上称为头鱼，鲤鱼跳龙门，鲤鱼化龙，是龙族近支。当年，孔子的夫人生了孩子，鲁国国君派人送了一条新鲜的活鲤鱼祝贺，孔子因此给儿子取名孔鲤，可见孔子对鲤鱼的喜爱。这鲤鱼，就是出自南阳湖里的四个鼻孔的鲤鱼。乾隆皇帝游江南，过南阳，吃到四个鼻孔的鲤鱼，赞赏之余，又把这条鲤鱼封为贡品，从此南阳湖鲤鱼年年上到皇宫龙宴。明末清初，大诗人阎尔梅巡游南四湖，在南阳，题诗赞誉南阳湖四个鼻孔鲤鱼之美，“烟水昭阳万顷漩，香城隐隐住琴仙。我来闲访红鲤市，偏有邻家认酒钱。”四鼻孔鲤鱼的特点是头小背宽，乌红发亮，身长而健，只有尾巴是红色，而且是有四个鼻孔、四个须，这种外形是此地鲤鱼所特有的。鱼的肉质非常鲜嫩，现在成为整个微山湖区宴席中上品佳肴。之所以是地方特产，就是说换个地方，离开这湖水就没这特点了。所以鲤鱼虽到处都有，但此鲤鱼非彼鲤鱼，鱼台人待客，四鼻孔鲤鱼是上品。

乌鲤孝亲

据说此鱼产子后便双目失明，无法觅食而只能忍饥挨饿，孵化出来的千百条小鱼天生灵性，不忍母亲饿死，便一条一条地主动游到母鱼的嘴里供母鱼充饥。母鱼活过来了，子女的存活量却不到总数的十分之一，它们大多为了母亲献出了自己年幼的生命。乌鲤是孝亲之鱼。

客不翻鱼

这道菜，整条鱼上桌，但吃鱼有一种特别的禁忌，即鱼的一面肉吃完后，要吃另一面，需要给鱼翻个身时，绝对不能说“翻过来”，要说“转舵”，以免令人联想到船翻这样的事件。客人不翻鱼，因“鱼”与“余”同音，客人翻鱼，会把主家的余福带走；如果客人先翻鱼身，则是对主人不尊重。当然，客人不翻鱼，不要一下子把鱼吃光，是一种矜持，也是一种礼节。

宓子贱的“放鱼经”

宓子贱是鱼台“三贤”之一。据说，有一天他走到鱼市，看到一条大肚子鱼，嘴一张一合，尾巴不停地拍打着地面，卖鱼人夸说大鱼肉嫩味鲜，肚子里的鱼子更是鲜美。宓子贱便把大鱼买下。旁边卖小鱼者说这小鱼也十分鲜活。他又把小鱼买下来，提着鱼篓走出集市。有人认出了宓子贱，更有好奇之人，在后面跟着宓子贱，看他买这么多活鱼作何用途。宓子贱走到河边把所有的鱼都放掉了，人们惊异他的做法。宓子贱说：“大鱼有孕，正是产卵期；小鱼还没有长大。如果把这两种鱼吃了河里的鱼不就越来越少吗？”宓子贱以自己的行动告诉人们：不能竭泽而渔！这种悲悯情怀，一直流传至今。

（邹华搜集整理）

李白与金乡

李白村

在金乡县霄云镇，有一个村子叫李白村。李白是唐代大诗人，这个村子怎么和李白扯上关系了呢？这里还有一个故事。

公元736年，李白携家带口来到任城，也就是现在的济宁市住了下来，这一住就是二十三年。有一次，李白到金乡游玩。玩了几天，就离开金乡去单县。当走到城南现在霄云的一个小村庄时，恰好遇到一个恶少强抢民女。李白虽是文人，但剑术很好，就打跑了恶少，救下了民女。这里的村民为了感谢李白，建了一处庙宇，取名李白庙，后来这个村子就叫李白村了。

写诗文

据史书记载，李白曾多次游历过金乡，并写下了几首不朽的诗文，有《送友人》《金乡送韦八之西京》《赠范金乡二首》《金乡薛少府厅画鹤赞》等。

开元二十九年（741），李白四十一岁，这年春天李白在任城，夏游金乡，到秋返回任城。这一年，李白的好朋友金乡县令范金卿调任浙江，李白写了《送友人》一诗。其诗曰："青山横北郭，白水绕东城。此地一为别，孤蓬万里征。浮云游子意，落日故人情。挥手自兹去，萧萧班马鸣。"这首诗是李白送别诗中的名篇，为唐以后历代诗文选所选用，流传极广。

天宝八年（749），李白四十九岁，这年春天，李白从兖州出发，东游齐鲁，在金乡遇友人韦八回长安，写下了《金乡送韦八之西京》这首送别诗。这首诗也是李白诗中的名篇，多种版本的《唐诗选》也多选此诗。其诗曰："客从长安来，还归长安去。狂风吹我心，西挂咸阳树。此情不可道，此别何时遇。望望不见君，连山起烟雾。"

李白在金乡留下的诗文有《赠范金乡二首》,其一曰 :“范宰不买名,弦歌对前楹。为邦默自化，日觉冰壶清。百里鸡犬静，千庐机杼鸣。浮人少荡析，爱客多逢迎。游子睹嘉政，因之听颂声。”其二曰 :“君子枉清盼，不知东走迷。离家来几月，络纬鸣中闺。桃李君不言，攀花愿成蹊。那能吐芳信，惠好相招携。我有结绿珍，久藏浊水泥。时人弃此物，乃与燕珉齐。摭拭欲赠之，申眉路无梯。辽东惭白豕，楚客羞山鸡。徒有献芹心，终流泣玉啼。只应自索漠，留舌示山妻。”

根据《李太白年谱》记载，李白在金乡还留有一篇赞文。其文曰 :“高堂闲轩兮，虽听讼而不扰。图蓬山之奇禽，想瀛海之缥缈。紫顶烟赩，丹眸星皎。昂昂欲飞，霍若惊矫。形留座隅，势出天表。谓长唳于风霄，终寂立于露晓。凝玩益古，俯察愈妍。舞疑倾市，听似闻弦。倘感至精以神变，可弄影而浮烟。”

“壮观”碑

李白是大诗人，不仅诗写得好，书法水平也非常高。李白的书法流传下来的极少，但在金乡就有。李白在金乡以文会友，曾题写“壮观”二字，后来被刻成碑，就是现在的“壮观碑”。“壮观碑”高一百七十八厘米,宽八十四厘米。正面刻“壮观”二字，左下角署有“太白”落款。碑阴还有铭文，说明了壮观碑的由来。此碑“壮观”二字思高笔逸，遒劲挺拔，犹近壮观之意，确为李白手书。除碑阴刻字所记外，另有正史为证 :大明万历二十四年版《兖州府志》载 :李白大书“壮观”于金乡，字属行体，笔法俊逸，刚劲有力，不失壮观之意 ;北宋诗人、书法家黄庭坚曾于《题李白诗草后》中说 :“观其稿草，大类其诗，弥使人远想慨然。白在开元、至德间，不以能书传，今其行草，殊不减古人，盖所谓不烦绳削而自合者与?”则可知李白书法风格与其诗风相似。

现在济宁、徐州、西安、武汉等地也有“壮观”刻石，但据文物专家考证，都是根据金乡“壮观”碑复制的。对此，明清的史书如《古今图书集成》认为 :李白书“壮观”二大字，在山东金乡县，今翻刻于济宁州城南楼上。

（邹华搜集整理）

嘉祥与麒麟

嘉祥因获麒麟而名。这麒麟是从哪里获得的呢？这要从头说起。

嘉祥县城东南二十里有个村庄叫沈庄，沈庄村东有个地名叫老牛湾。老牛湾原来是个村庄，直到如今地下还有房基、灶台。在老牛湾村有一头老黄牛，这头老黄牛有两大特点：一是年龄很长很长，谁也不知道它是啥时候生的，据说已经活了四百八十岁；二是特别有力气，它拉磨、犁地没有累的时候，而且干活特快。牛的主人是个乐善好施的人，无论谁借他的牛犁地，他都借给。渐渐地村里的其他牛都被卖掉了，全村所有的土地都靠这一头牛耕种。人们都说这头牛是天上的神牛下凡，因为犯了天条被贬到下界受罚的。人们对牛的主人都非常尊重，无论男女老幼都称他“牛大爷”。四乡八邻的人，对老黄牛都感到惊奇，久而久之就把它所在的村称为老牛湾。

老牛湾，顾名思义，村附近有个水湾。有一年的夏天，天下暴雨，老牛湾里降下一条龙，自此以后，老黄牛就怀了孕，肚子一天天鼓起来。这一鼓就是三年，老黄牛虽有身孕，仍能坚持犁地。有一天，邻居借牛去华林山下犁地。犁着犁着，老黄牛躺下就要生产。因为老黄牛怀的不是牛胎，所以不能走红门，胎儿就从牛肚子里钻出来，所生的就是麒麟，不过这时候还不能叫麒麟，它要经过磨难才能成为麒麟。麒麟从牛肚子里钻出来后，牛就死了。犁地人一看从牛肚子里钻出来一个怪物，把老黄牛折腾死了，那个气呀就不打一处来，就拼命地打这个小怪物。这个小怪物这时候还没有灵气，一会就被打昏过去了。犁地人认为小怪物死了，提腿就扔出老远，回过头来就趴在牛身上哭：是借来的牛，我怎么还人家啊！再说，全村耕种都靠这头牛，我怎么向全村人交代啊！就越哭越伤心。

话分两头，再说小怪物被扔出之后，渐渐苏醒过来。它身上有一股香气，引来了一大群鹿。说也奇怪，所有母鹿都争着给小怪物喂奶。本来，小怪物两个时辰不吃奶就会断命，可吃了鹿的奶，不仅保住了命，还具有了一定的灵气。小怪物想它的娘，就回到老黄牛身边。犁地人正哭得昏天黑地，小怪物又回来了，那个气、那个恨比先前更大，就卸下来犁铧劈这个小怪物。更奇怪的事发生了，小怪物越劈越大，一会儿就像头牛那么大。原来麒麟生下来有皮裹着不能长，只有把外皮划开才能长大。这划开的皮，就成了麒麟身上的鳞。不过，这时候的麒麟虽然长大了，但还没有神力。麒麟不甘心一直被劈，就用嘴咬犁铧，它一用劲，居然把犁铧吞进肚里。麒麟不吃铁没有神力，这下子具有了神力。犁地人一看小怪物突然长大了，又吃了犁铧头，就吓得拼命往家跑。这下你知道了吧，麒麟为什么是龙头、牛尾、鹿身？因为它是龙种、牛生、鹿哺的奶。

麒麟是仁义之兽，很有孝心，它要救它的母亲，就从自己身上撕下一块皮，补在老黄牛的肚子上。因为麒麟已经有了灵气，老黄牛就慢慢活转过来。麒麟看母亲和自己身上满是血，就背起老黄牛到山坡下边的河里去洗涮。这一洗不要紧，整个河水都变成了红色。

再说,犁地人回到村里,就大声吆喝:“不得了啦！不得了啦！老牛生了个妖怪，赶快去打妖怪呀！”村里的人拿棍的拿棍，拿锨的拿锨，拿锄的拿锄，都去地里打妖怪。人们走到河边，看到河水都变红了，更认为麒麟是妖怪，就一窝蜂地上去打。麒麟背起母亲往东就跑，很快跑到一座小山上。人们就追到小山上。这时从西北天边飘来一片祥云。麒麟背上它的母亲，腾云向西北方向而去。老黄牛是牛大爷的命，他见老黄牛被带走了就拼命地追赶，追到一片旷野里，看不到一点牛的踪影。牛大爷又累又绝望，就气绝而亡。人们怀念牛大爷，就把牛大爷死的地方称为大爷坡，后演变为大野坡。

后来，人们知道了老黄牛所生的怪兽是麒麟，便把化生麒麟的山叫作化麟山，后来就衍化成华林山。这里的村子就叫作华林村。华林山下群鹿给麒麟喂奶的地方称为鹿哺原。那里出土的北宋宣和年间沈氏墓志铭上就是这样叫的。被麒麟血染红了水的河叫作朱水河，后来演变为洙水河。麒麟驾云而去的小山就叫作云山。金代在这里设置县，就因为是麒麟的出生地，取其吉祥之义，而定名嘉祥。听说之后老黄牛想它的主人又回来了，并救活了它的主人。它繁殖的后代被称作鲁西黄牛，是全国有名的优良品种，这是后话。

（夏辽搜集整理）

汶上趣闻

小县不大四尚书

明朝正德、嘉靖年间，汶上先后出了四位尚书，为官清正。这便是正德年间的兵部尚书路迎、户部尚书王杲和嘉靖年间的吏部尚书吴越、工部尚书郭朝宾。当时大奸臣严嵩弄权，在朝中多次安插江西同乡私党。他籍官员为保乌纱帽，多阿谀奉承，唯工部尚书郭朝宾不肯买账。一日，严嵩威胁而得意地对郭朝宾说："满朝文武半江西。"郭朝宾轻蔑一笑，立刻回答道："小县不大四尚书！"严嵩无言以对，只好干笑几声走开了。

仁义胡同

世代居住在汶城的路迎，在迁升兵部尚书后，族人认为光宗耀祖，重新修家。动工时，主事人依势向东边胡同扩出了一墙。事也凑巧，胡同东边正在筹备修葺关帝庙，也想向西扩出一墙。这样一来，原先很窄的胡同就无法通行了。附近居民见状，请求双方各让出一墙之地。路家人觉得有路尚书撑腰，自然不肯。修庙的主事也不示弱，说："路家官大也大不过关二爷！"于是双方发生了争执。路家人连夜驰书北京，请求路迎向修庙的主事施加压力。路迎看完家书，淡然一笑。当即提笔回信，并嘱咐家人一定要诚信行事。家人收到回信如获至宝，急忙剪开读道："千里家书为一墙，让上一墙又何妨？万里长城今还在，不见当年秦始皇。"路家人看完，茅塞顿开，主动向西移了一墙。修墙的主事听知尚书的回信，连声赞佩路尚书的大量，也赶忙让出一墙。为纪念此事，人们给这个胡同取名为"仁义胡同"。

宝塔镇妖

汶上县城西北隅有一座高耸蓝天的砖砌宝塔，俗称黄金塔，远远望去，十分壮观，据民间传闻，此塔是为镇妖而建。

大约在一千四五百年前，汶上县北境大汶河里出了一个凶恶的鱼精，体大如牛，性情残暴，妖术狠毒，一眨眼就刮黑风，一翻身就闹地震，一摆尾就决堤成灾，给汶上人民带来的灾难实在太大了。后来，汶上出了一位本领高强的英雄和尚，决心带领村民除此大害。他走遍汶河两岸，动员成千上万百姓往汶河里撒石灰，把鱼精烧得焦头烂额，只好跳上岸。这时，和尚飞剑骑到鱼精背上，抽剑刺透鱼精双鼻，用铁链锁了个结实。之后，他指挥人民在县城西北挖了一口大深井，将鱼精投入井里，用石板层层加封，并在上面筑起宝塔。

这位和尚为民除害的精神和事迹实在感人至深，可是他过于仁慈，没有将鱼精杀死，以致留下后患。据说，鱼精在井里翻身时，仍然能造成地震。一千多年来，鱼精究竟翻了几次身，造成了多少次地震，恐怕谁也说不清。但有一点很清楚：一千多年来不管发生多大的地震，汶上宝塔安然如初。有些善于破解神奇的人说，这不仅是因为汶上宝塔建筑技艺高超，也由于那位英雄和尚的神灵在日夜防守的缘故。

神秘昙山

“西临汶水千古秀，东望昙峰万年春。”汶上县山川秀丽，林壑优美，这副楹联就是对汶上大地自然景观的真实写照。昙山位于汶上城东北三十余里的白石乡境内，关于它的来历，有一个美丽的传说。

很久以前，白石这片地方本没有山，而是三面环水的一片大平原。一次，太白金星云游到这里，饱览了美丽的风光之后，觉得这里好像缺少点什么。他想，有山有水方称美景，而这里虽然三面环水，但缺少一座青山。于是他念动咒语，聚集了一些金银宝物，从地上捡起一块泥团，将宝物装在里面，捏了一座小山，用手指一弹，泥团落处就迅速长出一座山来，山上同时也长出了树木、青草和鲜花，郁郁葱葱，非常优美。可是这座山越长越高，若任其继续长下去，势必把天顶破。

玉皇大帝知道了这个情况，就命杨二郎把它搬掉。杨二郎来了后，看到这座山北面五十余里处有一个光秃秃的小山包，心中有了主意，就用手指在半山腰用力一弹，把这座山的上半截弹了出去，正好接在了北面的小山包上。这座山因为是太白金星弹出来的，杨二郎又弹去了上面的一截，所以叫“弹山”，后来取其谐音改作“昙山”。现在从正面看，昙山山顶很平，据说就是杨二郎弹的。北面那个小山包因接了一个顶，所以叫“接山”。后来取其谐音改作“节山”，位于东平县境内。现在仍可看到节山腰有一条带子样的痕迹，那就是衔接的地方。

昙山被杨二郎弹去半截以后，就压不住里面藏着的许多金银宝物了。这些宝物日久成精，经常活动，每隔一段时间就把山拱开一次，这就是人们传说的昙山每六十年一开山。每次开山都是在黎明前五更里，时间很短就又合上了，一般人根本看不到。

有一天，昙山下夏村的一个老头早起拾粪，走到山脚下，看见出现了一个山洞，里面放出金光，他好奇地走了进去。进洞一看，立即被里面的情景惊住了，只见里面有一盘金磨，一个满身金光的老太太套着个金驴在磨豆子。老太太看到有人进来，立即对老头说：“你进来干什么？这不是你来的地方，给你几颗豆子，赶快出去吧，晚了你就出不去了。”说着抓给老头一把豆子，把他推了出来。老头非常害怕，急忙向外跑，只听背后“轰”的一声，吓得他跌倒在地，爬起来回头一看，哪里有什么山洞，还和以前一样。因跑得慌忙，把老太太给的豆子掉得只剩下一颗，仔细一看，原来是一颗金豆子。从此，昙山出金子就慢慢传开了。

白英点泉

数百年以来，汶上流传“白英点泉”的故事。白英字节之，汶上城东北彩山附近白家店人。传说他是一位能“指地为泉，跺地出水”的神仙人物，曾于明朝永乐年间，献策工部尚书宋礼筑戴村坝，引汶济运，帮助疏通了大运河，保证了夏秋漕运畅通无阻。但是，冬春汶水不足时，航运受阻的困难仍没有解决。据说有一年春天大旱，奉旨北调的漕运船只被搁浅在南旺。按律条，贻误皇粮，有杀头之罪。押船的官吏心急如焚，逼老百姓找水接济运河。声言找不到水源，先拿老百姓开刀。可是湖干河枯，上哪里去找水呢？正当人们危难之时，白英老人飘然而至。他率领人们走到城东北云尾村一带，伸出手指，在四处地方各自轻轻点了一下，顷刻之间，地上便冒出四股巨大的泉水来，这便是被后人称作龙斗泉、薛家泉、鸡爪泉、乐当泉的汶上四大名泉。接着，他带领群众走到城东南马庄一带，点出了马庄泉。人们根据白英的指点，将城北各泉南引，取名北泉河，将城东南各泉引向西南，取名南泉河。两河至城西南河圈里合流后，一齐流向南旺，使大运河很快灌足了水，船只得以通过，从而避免了一次大灾难。

后来，皇帝念白英点泉有功，封他为四品公爵“白大王”，为他修了庙宇，塑了神像，还封其长子长孙世代世袭八品官，承受祀田五十八顷，每年四时代皇上向“白大王”祭祀。

孔子沟

大运河畔汶上南旺镇西境，南旺湖上，有阚城遗址。阚城，鲁下邑，鲁桓公十年（前 702），鲁桓公游于阚，面南望气卜吉，对这块风水宝地大为赞叹，告诉左右，他想死后就葬在这里。公元前 694 年，桓公驾崩，鲁国大夫（辅臣）们便遵照他的遗愿，将他葬在了阚城的凤凰岭南坡，此为鲁皇林（即姬家皇林）由曲阜防山续迁阚城之始。其后，鲁国的庄闵、僖、文、宣、成、襄、昭公也都依次葬在了这里。

古代的葬法有严格的法规，是按照占卜的墓道而行穴的。然而第九代鲁昭公却没入穴，他的坟墓竟在诸公墓道之外。这是怎么回事呢？事情是这样的，昭公生前，极力主张讨伐鲁大夫季孙氏，彼此矛盾非常尖锐。后来昭公被迫逃亡晋国边邑干侯，得暴病而死。这时，擅权的季氏大夫趁机报复他，便将他埋在了诸公墓道之外，没让他入穴。对这种违反法规的葬法，当时一些有正义感的鲁大夫曾苦苦加以谏止，均无济于事。

最讲仁义的孔子任中都宰时，面对昭公墓的位置，深感是一件很大的心思，他想在墓的南面及东西两侧开掘一条“U”形的沟堑，意在将昭公遗散在外之神灵与诸公神灵相沟通。但他做事很细心，三思而后行。他想，我仅是一个小小的芝麻官，权力有限，如果冒昧为之，会不会遭到季氏一派的反对，甚至引来杀身之祸，故可望而不可即。后来孔子升任了鲁司寇，权力大了，胆子也壮了，于是，终于实现了多年的夙愿。

这条“U”形的沟堑南北长约五里，后人称之为孔子沟。据说，诲人不倦的孔子曾在此沟讲过学，于是人们又呼此沟为讲沟。随着时间的推移，如今呼为讲沟的人越来越多，孔子沟一说很少了。

相传，孔子的义举，深深感动了昭公的神灵，竟使他九泉有知，并有了来世。他对孔子感恩戴德。一天夜里，昭公给孔子托了一个梦，昭公来到孔子的身边，对他千恩万谢之后，以一颗虔诚的心推心置腹地劝说孔子不要从政，因为从政者必有政敌，活着时与政敌矛盾重重，钩心斗角；死后必然遭受政敌的种种报复，说不定还会有挫骨扬灰的下场。他还现身说法，自己身为一代国君，由于政敌的报复，死后都没能入穴！他还劝孔子说：“万般皆下品，唯有读书高，凭你的文化功底与智力，继续研究学业，定能扬名于天下。”

孔子觉得昭公言之有理，因而从政的上进心凉了半截，从此不求进取。他卸了鲁司寇之任，埋头致力于学业，夜以继日，废寝忘食，孜孜不倦。他整理编订了《诗经》，编纂著述了《春秋》，给以后的读书人留下了“学而优则仕”“学而不思则罔，思而不学则殆”“三人行必有我师焉”“耕者馁在其中矣，学也禄在其中矣”等做人准则和治学格言，终于成为中国的文圣。

蚩尤冢

蚩尤战败于轩辕后，逃淮岱冀兖之地（岱，古指泰山；兖，古指兖州，即今兖州市）。城于涿鹿，宅于淮岱，迁徙往来，号令天下，说明蚩尤被炎黄打败后的势力范围和生存空间已缩小到泰山、兖州、汶上、东平、巨野一带。

有关专家根据资料记载，对蚩尤冢进行了全面论证和考古勘探，证实汶上乃是历史上蚩尤部落的主要栖息地，是东夷文化的主要发祥地之一。

蚩尤冢位于汶上县南旺镇，《皇览·墓冢记》：“蚩尤冢在东郡寿张县阚城中，冢高七丈，常以十月祀之，有赤气出，如匹绛帛，民曰：‘蚩尤旗’。”《中国帝王大辞典》《辞源》《水经注》《兖州府志卷二十三卷》《汶上县志》等对此均有记载。千百年来，前来凭吊的海内外游人络绎不绝。

卧佛寺

汶上县城东北三十里的白石乡马辛村东有一座山叫卧佛山，卧佛山原名青山，唐代盛传佛教，就在青山之巅建起了卧佛寺，从此青山改名为卧佛山。

卧佛寺南北约五十米，东西近百米，东邻麦王庙，西至“千斤石”，前后两进院落。后院有后阁三间，为两层阁楼，底层塑有释迦牟尼卧佛像，该像用一整块石头雕塑而成，卧佛侧卧于一米多高的须弥座上，身长三米多，盖花被，臂以上裸露，左手托腮，前有天聋地哑二侍者。其上层为文昌神，高两米许，左右各有一侍者。古时这里的儿童到了上学的年龄都要先到卧佛寺拜文昌神。

东阁有一马身牛蹄兽叫“得儿”，是牵马小童的名字。阁前是大殿四合院。大殿正中为坐佛像，高约三米，周身饰蓝色，白面。青风、明月左右侍立。东西两厢为十八罗汉，高两米，神态各异。殿前为东西廊庑各三间，东庑为关公坐像，两旁有周仓、关平、王甫、赵累之像。两庑正中为老奶奶坐像，牛头、马面左右侍立，十帝阎君坐像列于两厢。殿西为僧人住所。前三间叫“善门”，善男信女在此和后院烧香，烧香即行善，所以叫“善门”。善门两侧有四大天王，为护法之神，高触屋梁，俱凶恶之状。他们分别怀抱琵琶，手持双锏，脚踏龙尾，手抓龙头，怀中抱伞。善门以里是照壁，后有一株双人合抱柏树。树侧有一石碑，上镌清廪生刘枚一所作《青山四季歌》。歌词：

时逢春，青山新，花飞瑶台乱纷纷，东风化阁暖，细雨石门深，郑王城外草色嫩，喜二月春分，轻歌妙舞，集士女如云。

时逢夏，青山大，白云朝夕松梢挂，纳凉松树荫，酌酒魁楼厦，暑日寒开奇造化，喜晚景如画，短笛牧童，一曲夕阳下。

时逢秋，青山休，清凉寺外景色幽，看牛山左峙，望汶水西流，绿稼红粮呈锦绣，喜暑云尽收，一轮明月，高挂正南楼。

时逢冬，青山封，饮马泉水结成冰，九莲峰松秀，伍王庙霜凝，老僧闭坐山门静，喜最巧天工，一夜飞雪，妆成白玉峰。

善门前为碑群，青山自秦代已有石刻，是无字双碑，唐朝时形成碑群，由善门两侧扇形排开，碑体俱在平而广的山坡上凿孔而立。此种形式的碑群国内罕见。

寺院东南二十米处为奎星楼。乃一亭阁，内有奎星神，挥毫站立，若有所思，似点斗之状。楼底高两米左右，通高八米，四门两两相对。门上有唐天宝重修建的年号。奎星楼内西壁有贞观十四年诗一首，诗曰：青年奇特卧伍仝，山山环水一古城。群峰环抱禅宇寺，南巅悬崖住奎星。西峰平平麦王庙，北峰腋下饮马坑。双碑无文秦王字，像似蓬莱胜东瀛。

关于伍子胥救太子的传说就发生在这里。卧佛山西侧有伍王庙，庙前有块千斤石,高约八米,有一间屋子那么大。古人以千斤为重,其实何止数万斤。神话传说，伍子胥保马娘娘过江，娘娘怀抱太子，被楚怀王追赶甚急，就将太子托付给伍子胥，投八角琉璃井，伍子胥搬了这块巨石盖上了井，打马飞奔而去。伍王庙东北十米处有“饮马泉”，约磨盘大，泉水清澈甘甜，据说伍子胥过江，在此休息饮马，千百年来不论天多旱，泉水不竭。

四季歌和唐诗把卧佛群山描写得风光旖旎，像世外桃源，更似蓬莱仙阁。这里九莲群山此起彼伏，大汶河自东向西，碧波川流如玉带缠绕，大运河南旺分水枢纽工程的补水源头戴村坝横跨南北，涛声震天。卧佛山以西是水牛山，它像一头伏卧而眠的大水牛，尾部有一山泉，常年流水不断。卧佛山以东是古老的郑王城，为环水古城，俗称郑城。禅于寺、奎星楼、麦王庙等都建在山上，群山环抱、山清水秀，颇为壮观。昔日之盛景,游人礼佛拜瞻向往之地,悠悠千载而不衰,历历百世而不竭。

（陌上尘搜集整理）

驸马井与雷泽秋声

驸马井

泗水城东雷泽湖边有口古井，叫驸马井。相传，尧王年迈之时，要选个德才兼备的贤能继位人，便乔装改扮，亲自到民间私访。

尧王走到泗水城东历山雷泽湖旁，看见一个耕夫，正在田间耕地，奇怪的是，当时正是盛夏季节，酷日当头，他却将草帽戴在牛头上。犁前驾着一头黑牛、一头黄牛。可这耕夫从不用鞭子打牛，他在犁辕上拴着个葫芦，隔一会儿，就用鞭杆敲一下葫芦，牛听到响声，便用力拉犁。尧王上前问道："天这么热，你为何不戴草帽，却给牛戴呢？"耕夫回答说："我只不过扶扶犁把，比牛轻快多啦，可牛拉犁又累又热，给它戴上草帽遮遮阴，可以凉快些。"尧王又问："你为何不用鞭子赶牛，却用鞭杆敲葫芦？"耕夫答道："牛拉犁本来就很辛苦，再用鞭子抽它，于心何忍！轻轻弄点动静，黑牛以为我打黄牛，黄牛以为我打黑牛，就都卖力拉犁了，何必再让它多受皮肉之苦呢？"尧王听了，很是折服。觉得此人既有智慧，又有善心。

到了歇晌的时候，耕夫卸下牛来，牵到树荫下，就忙着用陶罐去井中提水。取水回来，耕夫尽管渴得嘴里淌沫，可是他没有先喝，却把水倒在陶盆里，又放了两把麸皮，用木棒搅着，先来饮牛。等牛喝得差不多了，他这才刷了只大碗，倒了碗凉水，端给尧王喝。尧王非常感动，心想：他对牲畜都这样爱护，对人更会无微不至，这不正是自己要寻访的贤士吗？尧王仔细一问，耕夫正是众臣推荐的贤能之人重瞳虞舜。尧又谈了些治理天下的事情，舜的言论明事理，晓大义，非一般凡人之见。尧又走访了方圆百里，大家都夸舜是个贤良慧士。于是，尧王就选定了舜为继位人，来接替自己的王位。并把娥皇、女英两个女儿，嫁给了舜。

舜王即位后爱民如子，生活俭朴。有一次吃饭把米掉进靴子里，他当众脱靴取米塞入口中，有个大臣问："你贵为天子，为何还要吃靴中米呢？"舜王笑了笑说："米是民众的汗水换来的，抛撒一粒都有罪啊！"大臣们听了无不竖指称颂。

后来，人们就把舜王取水饮牛的这眼井叫驸马井，井旁的村庄就叫驸马井村，直到如今仍叫这个名字。

雷泽秋声

有一年秋天，暴雨接连不断地下，就像天河漏了一样往地上倒水。雷泽湖水眼看着上涨，滔滔的洪水卷着浪花冲上堤岸，淹没了大片大片的庄稼，眼看历山村就要被淹。舜帝站在山坡上，紧蹙眉头，思索着退洪的办法。忽听山那边传来"哞哞"的叫声，舜帝心头一动，马上召集村民们说："洪水很快就要进村了，我们一定要保住这辛辛苦苦建立起来的家园。大家回去准备犁和绳索，从湖西边的小山上拱出一条渠道，把洪水顺渠道引出去。”村民们异口同声地喊道：“听帝王吩咐！”

舜帝身材高大，健壮有力。他驱赶着两头大黄犍，用力摁着犁把，从湖边顺着山沟向西犁去。他犁出的渠道又深又宽，洪水顺着这条渠道奔流而下。犁了不到一半时，忽听“啪啪”两声，明晃晃的犁铧头飞出几里路远，牛梭头也飞到几十里外的黄阴集村东的石壁上。（现在的扶犁沟、落犁庄因此得名，牛梭头遗迹还在）舜帝用力太大，一头栽到山坡上，昏了过去。

舜帝被村民抬回家中。半夜时分，逐渐苏醒过来。他忙问身旁的娥皇和女英：“外面的洪水退了没有？”娥皇、女英同时摇摇头。“村民们现在哪里？”“正在守护村堰，洪水还在上涨，刚才一段村堰倒塌，费了好大的劲才堵上，还死了两个人。”

舜帝闻听一惊，又昏迷过去。忽然，他觉得眼前一亮，看见一位须发全白的老者坐在一块大石头上闭目养神，身旁还放着一把明晃晃的斧头。舜帝上前躬身施礼道：“请问老人家是哪里人士，为何坐在这里？”老者站起来随口唱道：“要想除洪又消灾，除非湖中石窦开。银斧一柄劈雷泽，引出‘雷泽秋声’来。”

舜帝正要上前问个明白，那老者转身向山后去了。舜帝急忙赶去，老者一晃就不见了。舜帝回头发现那柄斧头还在原处，就弯腰拾起一看，只见斧柄上写着“轩辕”二字。舜帝恍然大悟，原来是轩辕黄帝来拯救这方村民了。舜帝正要望空拜谢，忽听有人喊：“哎呀，哪里来的斧头？这么闪闪发光！”舜帝睁眼一看，自己的双手正握着一柄斧头，和梦中见到的一模一样。舜帝急忙下床，吩咐娥皇、女英召集村民扎木筏，好乘木筏去劈开湖中的石窦——雷泽岛。

等木筏扎好，舜帝选了几个身强力壮的小伙子划着，他手握利斧站在筏头，顶风冒雨向雷泽岛驶去。

来到雷泽岛，舜帝高高举起神斧，狠狠地向岛的顶端劈去。那神斧猛地挣脱舜帝的双手，化为一道金光钻进岛里，接着就听见一声惊天动地的轰响，把舜帝和众人推下木筏。

舜帝和众人游到岸上，回头一看，雷泽岛不见了，只见湖中一特大漩涡，把洪水很快地漩下，发出雷鸣般的响声。洪水眼看下降。村民们高兴得手舞足蹈，感谢舜帝把石窦劈开，退了无情的洪水。

从那以后，洪水再也不能泛滥成灾。每年秋天，洪水只要漫过堤岸，湖中的石窦就会自然打开，三天三夜就把洪水吞下。那轰轰的水响声几里地外都能听见，这水声就是人们传说的“雷泽秋声”。

（陌上尘搜集整理）

法兴寺传奇

梁山最大的寺院是法兴寺，也叫下莲台寺。法兴寺初建于唐朝，重修于清朝，什么人修的，有这样一个传说。

那时候，梁山脚下有个郭庙村，村上有个郭员外。他心地慈善，专好烧香拜佛，人们都称他郭善人。不知是大唐家哪位皇帝，来梁山游山玩水。当时，梁山水泊号称“小洞庭”，皇帝喜爱这里，就想在杏花村上建一寺院。回京后就传旨到东平州，东平州拨下银钱，叫郭善人负责修寺院。寺院刚到一半工程，银钱花光了，郭善人卖尽了地产，求亲告友，才算修起了寺院。这寺院就叫法兴寺。郭善人没吃没穿，就拖起了要饭棍，四方漂流。

几年过后，法兴寺的香火很旺，远近闻名。同时人们也纷纷传说郭善人的善德，他听了很高兴，就想回梁山看看。

郭善人来到梁山时，正是三九风雪天。天又黑了，没地方安身，又冷又饿。他想：我修的法兴寺，去寺院，准能热情款待。他来到法兴寺，把自己要借宿的话告诉把门的小和尚。小和尚一听是施主到了，慌忙报给老和尚。谁知老和尚不但不迎接，反而叫小和尚紧关寺门，不让他进来。老和尚不让开门，小和尚也没办法。郭善人又气又恼，一头栽到地上，再也没起来。

天明了，小和尚们开门扫雪，见郭善人活活冻死门外，都掉了泪，一齐问老和尚咋办？老和尚说：“先用绳子拴住两条腿拉进来再说。”小和尚不敢违师命，只好照办。老和尚说：“把他的衣服脱光，抓住两条腿推磨。”小和尚都暗骂老和尚心毒，谁也不干。老和尚大发脾气：“谁不动手，打死谁。”小和尚问：“师父，磨多大会？”老和尚说：“啥时把脊梁上的肉磨烂算完。”说完扭头进了大殿。

小和尚们都可怜郭善人，磨了两圈就住了手，一齐告诉老和尚，就说肉皮磨烂了，让师父去看看。老和尚头也不抬说：“我不看。”就吩咐小和尚置上等棺木，请吹鼓手，法兴寺和尚还大做道场，厚礼安葬郭善人。小和尚不理解老和尚的做法，就问：“师父，你对他这样狠，为什么又大方送他？”老和尚回答：“不是我心狠，是你们心狠。”小和尚反问：“师父，可是你让我们这样做的。”老和尚生气了，“是你们害了他。我让你们磨烂他的肉皮，你们偷懒，磨了两遭就完了。实话说了，他死后就该转生一朝人王帝主。这样一来，还不知转生多少代，才成人王帝主。”小和尚说：“师父你咋不早说？”老和尚答：“我要早说是毁了他的阴德。磨烂皮肉是磨去他的凡皮，结果你们害了他，还得让他受多少轮回之苦。”

十里杏林红了又绿，绿了又红，多少年后，郭善人转生了，出家到法兴寺当和尚。他精通佛经，待人和善，后来成了法兴寺住持，小和尚们都很尊敬他。这天，住持和尚正念着佛经，突然发了个昏，人事不省。小和尚围住，一齐哭喊，他才醒过来，对身边的和尚们说：“我恐怕没大活头了。我有一言，我死后，咱法兴寺不管传到哪辈，一律大徒弟为住持和尚。”大徒弟哭着对师父说：“你这去了，何时何日能见面？”住持和尚说：“不管哪朝哪代，我早晚还得回来。当我来时，咱寺院的钟鼓不敲自响，那时你们迎接师父就行。”大徒弟又问：“要是人家不承认是师父呢？”住持和尚说：“把我的中指咬掉，用盐腌了，红绸子包好，放在大殿二梁上。遇着左手断中指的人你们尽管认师父。”说完，就咽气了。大徒弟就按师父的话做了。

宋、元、明又到大清，一代传一代，一直没见老和尚转生回来。看着大清家雍正坐了天下。他从北京来梁山法兴寺降香，刚一进寺门，钟鼓齐响，和尚们跪倒一大片，不呼万岁，都喊师父。雍正皇帝又羞又恼，要处罚这些不懂规矩的和尚。这一辈的住持和尚忙向他解释这个缘故。雍正皇帝说：“胡说八道！我身为一朝人王帝主，上辖百官，下管万民，万里山河尽我王土，钟鼓自然会响。”主持和尚见雍正不信，就到大殿二梁上取下一个布满灰尘的绸布包，问：“师父，你左手可少一节中指？”雍正很惊奇，自己生下就少一节手指头，除了生身母，谁也不知道。主持和尚就把老师父咬掉中指代代传下来的事告诉了雍正，说：“请师父对对看。”说也真巧，半截断指对上，一点也不差。和尚们都又跪拜师父。

雍正皇帝见法兴寺破旧，回京后拨了银子，重修法兴寺。

（陌上尘搜集整理）

日照城的由来

相传，古时没有日照城，现在日照城石臼所以东广大海面，原来是一大片陆地，石河县就设在那里。石河县所处的地域，渔有阔水，耕有沃土，是个美丽富庶的地方。可是石河县的人却为富不仁，互相钩心斗角，尔虞我诈。偷盗劫掠随处可见，拐骗杀戮俯拾皆是。

陆上不安，殃及水族。近海龙王深感不安，便到天上向玉皇大帝奏了一本，并提议：淹了石河县，另立新城。玉皇大帝一听，不假思索就准奏了，令东海龙王执行。龙王领到圣旨，转身要走，站在一旁的太白金星说话了："玉帝，全部淹了，臣看不妥。难道石河县真的就没有一个好人了。"玉帝一听有理，略一思索，便吩咐东海龙王到石河县实地考察一下，再酌情处置。

东海龙王奉旨来到石河县城。这一天，时逢石河县大集，人来人往，络绎不绝。这东海龙王便化作一个卖油的老头，设摊叫卖："买油啦，一葫芦头半斤，二葫芦头四两。"他这么一喊，马上围上一大群人。你想，如此便宜的买卖，还有谁不买啊，龙王整整卖了一个上午，也没有人来提醒他这样卖法亏本了。有些人还暗地里做手脚，明赊暗抢。这时一个小孩走过来说："老爷爷，你这样卖不折本了吗？"东海龙王心想：石河县还是有好人的。龙王此时收了摊子，把那个小孩叫到身边说："孩子，你是个诚实的孩子，我告诉你一件事，三日内，这里将是一片汪洋大海，你若是看见县衙门口的石狮子眼红了，立即往西北方向跑。记住了，千万不要回头。"孩子听了，很吃惊，他把龙王的话记住了，天天到县衙前看那石狮子。

再说东海龙王把到石河县考察的情况向玉皇大帝做了汇报，玉帝听说石河县好人坏人都有，不知如何处置。还是太白金星主意多，他建议玉帝降旨，让石河县的土地神，火速把石河县善良的人家查访清楚，然后托梦给他们，让这些好人避开水祸，把坏人都淹死。

这天夜里，石河县善良诚实的人家同时做了一个梦，让他们三天之后跟着一个小孩跑。大家虽然将信将疑，但还是各自做了准备。再说那小孩时时到县衙门前看那石狮子红没红眼，可是石狮子就是没有红眼。

到了第三天的下午，那小孩又到县衙门前，见那对石狮子眼睛红了，便按照卖油老头说的，拔腿就往西北方向跑。就听后面狂风呼啸，海浪咆哮，电闪雷鸣，就像在屁股后面追赶他一样，他也不敢回头拼命地往西北跑。当跑到一个山岭上的时候，风停了，浪静了，他回头一看，偌大的一个石河县不见了，成了一片汪洋。这时，陆续有人聚集在这山岭上，这都是石河县善良诚实的人们。大家聚拢在山顶，往东望去，只见一轮红日喷薄而出，映红了大地。大家对着红日欢呼雀跃，庆幸躲过了一场劫难。从此，这些人就在这里居住下来，变迁兴废，建立了一个新城。因为大难以后，时逢红日东升，人们就把这个新城叫作“日照城”。所以也就有了“淹了石河县，立了日照城”的俗语。

（云泉山人搜集整理）

浮来山三峰的来历

莒县浮来山有浮来、佛来、飞来三峰组成莲花座。名字很奇怪，必定有它的来历。的确，有一段神奇的传说。

都说老莒州这地方，在很久很久以前是片汪洋大海，这个说法可信，要不，浮来山上的石头里怎么还会有水生小虫化石呢！传说那时，凡是游到这里的神仙，都看着莒州这地方物华天宝，一旦汪洋消退，会呈现一片肥沃的平川，将是人类的文明之源。

这一天，东海龙王扩建龙宫，嫌旁边的一座山碍事，想把山挪个地方。猛想起莒州虽是宝地，但缺少山峦点缀，何不将此山挪至莒州，再将那里的水收回东海，让人类在那里繁衍生息，开创文明。想到这里，便命一只老龟驮上这座大山，漂浮到莒州。山刚刚放定，就听山上有一童破口骂龟。老龟好生奇怪，便爬到山坡上想看个究竟。等来到山坡上一看，原来是龙王三太子在山上玩银杏果，老龟没发现就连太子也驮来了。老龟说：“你别急，我再把你驮回去。”说完，太子坐在龟背上，又被驮回东海去了。老龟回禀龙王："山已安好。"东海龙王面对莒州，只用鼻子一吸，莒州的水没了，果然是一片平川。一座山孤立在这片土地上，因为它是从水中漂浮出来，所以人们叫它"浮来峰"。后来山上出了一棵银杏树，这是三太子玩银杏果丢掉了一粒出的。这棵银杏树以后长成大树，年年结银杏果，为人们享用。

再说南海观音一日出游到莒州上空，看见东海龙王为这人杰地灵赐了一山，大增了莒州的光彩，可惜只孤立一山，风淡景浅，我何不再赐一山相依，使其锦上添绣，也算我一功劳。说办就办，回到南海，将普陀岩下一秀山招来托在手中，送往莒州，依浮来峰北侧放定；因为山峰由佛地而来，故称"佛来峰"，为凡人世代流传。

名山好水并不是一日形成。又一日，八仙云游来到莒州，见浮来、佛来二峰不翼而至，为莒州确实增色不少。议论之间，那铁拐李抬高声音说："人说八仙神通广大，到处为民造福，可这里所造山景却没有我们的份，咱蓬莱仙山多得很，我们移来一座，为莒州做点好事，不是很好吗？"另七仙欣然同意。那铁拐李挥动拐杖，口中念念有词，只见一座山峰飘飘从蓬莱飞来，稳稳当当地靠浮来峰以南落了下来，此峰飞来即称"飞来峰"。有山无水不成山清水秀，铁拐李好事做到底，一拐杖照山坡捅去，捅出一眼泉，便命名为"卧龙泉"，天长日久，水流不断，有时东海龙子龙孙顺泉游玩到浮来山，卧龙泉则是他们停留的地方。

你看浮来山那秀丽的景色，确实像仙景。山林葱茏，泉水叮咚，怪石林立，古树参天。那龙王三太子无意种下的银杏树，如今枝繁叶茂，华盖如冠，就它的古老与粗大，盖世无双，人称"天下第一树"。

（洛宾搜集整理）

天下银杏第一树

莒县浮来山上有一座寺庙叫定林寺，这座小寺庙建于南北朝时期，已有一千五百多年的历史了。寺庙里有一棵银杏树，树龄在四千年左右。虽然这棵银杏树已经久经沧桑，但是至今还是生机勃勃，枝繁叶茂。一座小山与一座不知名的小苗却因为一棵四千多年的银杏树而声名远扬，乃至全国没有不知道莒县浮来山的这棵千年银杏树的。但是这棵银杏树有多粗呢？相传在明朝嘉靖年间，莒县东边有一秀才进京赶考，途中天降大雨，就躲到这棵高大的银杏树下面。雨越下越小，那个秀才闲来无事，忽然兴致上来，想丈量一下这棵银杏树到底有多粗，当时又没有合适的丈量工具，秀才就用搂抱的方式来测量一下银杏树的粗度。棍作为记号，就一搂一搂地搂了起来。

秀才竟然搂到七搂还没转到起点，正在秀才搂到第八搂的时候，被眼前的情况惊呆了！在秀才放木棍当作起点的地方，竟站着一位年轻的小媳妇。原来小媳妇也是到银杏树下避雨的。由于银杏树特别的粗，所以两人谁也没看见谁。搂到这里已经七搂了，小媳妇站在这里怎么办呢？秀才有心想让那小媳妇让一下吧，又不好意思开口。但是已经量到这里了，秀才又不想放弃自己的测量，怎么办呢？于是秀才开始改用手拃的方式，当拃到第八拃的时候正好到了小媳妇的身边，可是小媳妇所占的位置怎么量呢？秀才想不出别的办法来，就把小媳妇的体宽也算是一个测量的长度。于是浮来山的千年银杏树就有了“七搂八拃一媳妇”的粗度。

已经几百年过去了，银杏树的树围早已超过了“七搂八拃一媳妇”。但是，“七搂八拃一媳妇”的趣闻，却在周围的村庄里世世代代地流传着。

凡是到莒县浮来山定林寺见过树龄四千余年的“天下银杏第一树”的游客，都会惊叹于大自然的造化，这棵古银杏树之所以能长寿不衰，除了这里的自然条件和它自身顽强的生命力外，还有许多世代流传保护老树的带有神话色彩的故事。

在那粗如巨梁的侧枝虬干上，生长着许多大大小小的树瘿，就像石钟乳一样悬垂在枝干上。这是一种独特的副根，在当地被称作“膫”。当地民间流传的一句歇后语：白果树下扔石头——打撩（膫），就由此而来。据说这棵古老银杏树上的树瘿，如果把它锯下来，解成板，打磨光洁，就会显现出千姿百态的花纹来——行云流水、飞禽走兽、奇峰怪石、花草树木，什么都有。把它镶嵌在红木框架里，就成了官宦豪门厅堂里最珍贵的摆设。可是，神物不可亵渎，不容侵害，否则就要受到天诛。

传说很久很久以前，有个大财主雇了个木匠，夜里来偷这树上的一个瘿。锯了一夜，瘿只剩一点皮连着树干，可是怎么也锯不下来。天亮了，只好住手，躲了起来。第二天夜里，他又带着木匠来锯，没想到，头天夜里锯开的地方都已经长好了，像是没锯过的一样。只好重新再锯。锯到天亮，还是只差一点树皮连着，锯不下来。又只好住手，躲了起来。到了第三天夜里又来锯，断口仍旧长得完好如初。

这时木匠不禁又惊又疑，想就此罢手。但贪心的财主哪肯罢休，木匠只得硬着头皮再锯。谁知刚刚锯了几下，树瘿竟流出血来。木匠见事不好，拔腿就跑，这个大财主却一命呜呼，死在树下。从那以后，就再也没人敢打“瞭”的主意了。

浮来山周围的乡民们，历来对定林寺内的这棵古树奉若神明，从不敢砍伐，甚至连一枝半叶也不敢攀折，生怕得罪神灵，招灾惹祸。当地还有一种传说：谁要切割银杏树上的瘿瘤，七天之内，鼻口出血，非死无疑。但是这些神话传说只能在一定限度上约束一下中国国民，对外国人来说就毫无作用了。

清末民初，有个洋传教士，曾要把定林寺院内的古银杏树买下，锯倒后分解运往本国，然后再复原制成植物标本，开办一个“古生物活化石展览馆”。此事遭到当时定林寺住持僧佛成的坚决反对。但他深知在当时的情况下，单靠自己一位僧人是难以抗拒掠夺的。于是佛成就背地里向一位有爱国之心的中国翻译面授机宜。后来这位居心不良的传教士被那位中国翻译以“此树已成为朽木，不可搬运”的曲义解释瞒哄过去，所以他就放弃了砍伐古树的念头，从而使这棵号称中华瑰宝的银杏树王幸免一劫。

“天下银杏第一树”历经了 1668 年 8.5 级的郯城大地震，它安然无恙；抗日战争时期，它又躲过日军的肆虐；“大跃进”年代，因大炼钢铁的需要，银杏树又差点被“斩首”；2012 年 8 月“达维”台风过后，它毫发未损。

浮来山古银杏树，不知得何灵气，经历了那么多的天灾人祸，却从未遭劫，至今仍保持着顽强的生命力，其冠如华盖，繁荫数亩，阳春开花，金秋结实，生机盎然。随着浮来山风景区管理保护的日臻完善和公民道德水平的逐步提高，这棵古银杏树将更加枝繁叶茂，将以更加雄伟的姿态迎接四面八方的游客。

（乐善山人搜集整理）

五莲禅茶

五莲山位于山东日照市五莲县东南部，东临黄海，主峰海拔五百一十五点七米，因其五座山峰列峙、耸接云霄、如莲花初放而得名。五莲山的“护国万寿光明寺”为山东四大名寺之一。

相传，很久很久以前，五莲山叫五朵山。一天，过海八仙路过五朵山，但见山高入云，千奇百怪，然不见半点绿草，经向山神询问，知此处有火龙作孽，五朵山周围天旱地裂，草死木枯，颗粒无收。百姓无以度日，远走他乡。八仙闻听此言，决计除怪治山，造福生灵。经过八仙们努力，五朵山上便山花烂漫，草木丛生，硕果累累，鸟语花香。

八仙走后，山神便欢喜地满山巡视，行至五莲山顶，他望着一块直插云霄名叫天竺峰的巨石，便沿石向上攀去。行至天竺峰腰际，一低头，发现一粒核桃般大小的种子裸露在石缝中，未见发芽。山神想把这粒种子拿出来种到别处，可他的手伸进石缝，离那粒种子总差半指，无论如何也拿不出种子。无奈何，山神只得到别处捧来一些黄土，将种子埋了，又巡山去了。

八十年后，这粒种子破土发芽，从天竺峰半山腰的石缝里钻出来，长成一株碗口粗的野茶树。遥望此树枝繁叶茂，近闻此树清香扑鼻。当地人称其为“神茶”。山神为了防止神茶倒下，就用土石仿照自己的手重塑了一只“手掌”。手掌的二指与三指将神茶树牢牢箍住。人们为纪念山神，就将此掌称为“仙人掌”。几千年过去了，这只手掌依然还清晰地留在树下托着神茶呢！

到了明代万历年间，四川高僧心空和尚云游五朵山，只见五朵山山清水秀，峰峙壁立，禁不住惊叹大自然的神奇造化，赞不绝口“天赐我风水宝地也！”因而建寺定居下来。

不久，万历皇帝（明神宗）的母亲李皇太后因患眼疾，双目失明，汤水不进。宫中御医看遍，却无人能治。神宗心急如焚，张榜天下：有能治愈者，赏黄金万两，赐官一品。心空久研医道，精通医术，云游中曾治好不少疑难病症。他早知道神茶来历，于是冒险攀上悬崖，采来几枚叶片，配成药方，带着药方赶赴京城，为皇太后治疾。一剂药服下，李皇太后便觉胸阔气畅，食欲大振，双目发痒。三剂过后，李皇太后盲眼复明，顾盼自如。神宗大喜，传下旨意：耗银万两，敕建五莲山护国万寿光明寺。一庆母亲眼见光明，二祝母亲长寿万年，三求明代江山永固，四改五朵山为五莲山。

寺院建成后，心空不愿为官，便留在寺中当了住持。心空广收门徒五百名，整日焚香诵经。五莲山上香烟缭绕，好不兴旺。数年后心空圆寂，后世寺院住持立有规矩：每日采神茶一片，熬制成汤，供奉心空。他人未经许可，不得采摘，否则按寺规处置。众僧每次闻其清香，无不垂涎。由于神茶有祛肺痈、保健康、护齿明目、解渴生津、增长善根之功效，因此饮禅茶便成为禅门修道的最好辅助。后经僧人广泛引种，精心栽培，采撷嫩芽炒制禅茶，既可供寺院僧人饮用，又可招待施主或作为结缘礼品。一时间人们争相到寺院求取禅茶。

（乐善山人搜集整理）

五莲山母子石的传说

在风景秀丽的五莲山上，有两块形状奇异的山石相对而立，一块细长高耸，酷似一位瘦骨嶙峋的老妇人，另一块低矮弯曲，像一个长跪在“老妇人”面前叩头的罪人。这，就是五莲山著名景点之一——母子石。

关于母子石，自古以来流传着这样一个发人深省、寓意深刻的故事。

在很久以前，五莲山下住着母子二人。孤儿寡母，其艰难的日子是常人难以想象的。母亲每日里只是靠纺线织布勉强度日，儿子则拾草砍柴换几个零花钱。后来，在好心人的帮助下，将儿子送到本村的私塾先生那里免费读书。儿子虽然十几岁入学，好在他聪明伶俐、勤奋好学，深得先生喜爱，学业日渐长进。

冬去春来，时光荏苒。转眼间，到了进京应试的日子。母亲倾其所有，加上亲戚邻居帮助，给儿子打点了一个小包裹。临行前，母亲千叮咛、万嘱咐，希望儿子能考上个一官半职的，好好做人、清廉为官。上为朝廷出力，下为百姓造福。不求改换门庭、光宗耀祖，至少改善一下目前家庭的贫困状况，也是菩萨保佑、阿弥陀佛了！儿子跪拜母亲，咬着牙发誓说：“母亲尽管放心，儿子若能求得一官半职，一定回家接母亲到京城享福！”母子洒泪而别。

春去夏来、夏走秋至、秋归冬临。冰化了、花开了，小燕子来了、大雁又飞走了……

一年又一年过去了，母亲的青丝变成了白发，岁月的风霜沧桑了母亲的容颜。母亲变老了，茅草屋就要塌倒了，唯一不变的是母亲对儿子无尽的思念，是母亲每日登高眺望浑浊的目光……

某一日，天刚蒙蒙亮，母亲又像往常一样，蹒跚着爬上五莲山顶，久久地凝视着山下弯弯曲曲通向远方的小路。忽然，母亲心中一动，自言自语道：难道、难道是我错了？难道我不应该让孩子读书？难道我不应该让孩子远游？这么多年来儿子音信全无，该不会是死在外面了吧？要是这样的话，岂不是当娘的罪过？儿子啊，娘对不起你呀！娘不该贪图什么富贵让你去考取什么功名啊……母亲老泪纵横、絮絮叨叨，不住地责怪自己。渐渐地，母亲那颗苍老、疲惫、后悔、挂念的心脏停止了跳动，遥望远方的身体直立着，化作了永恒……

可怜的老娘并不知道，她的儿子早已经做了高官，早已经腐化堕落，早已经忘记了家乡、忘记了老娘。

想当年，儿子怀揣梦想，牢记老娘的嘱托，踌躇满志地来到京城。该当他有这个“鳖命”，竟然一举考中并被京城的一户有钱人家招为上门女婿。一开始，儿子也想着回家把老母亲接来享福。但是，当他看到自己前后左右、上上下下都是衣着光鲜、红光满面，住着高楼大厦，骑着高头大马，吃着山珍海味，养着三妻四妾，趾高气扬、八面威风的有钱人和有权人时，那种“我是农村出来的”自卑感油然而生。他害怕别人知道自己是山里人；害怕别人知道自己家里穷；害怕别人知道自己有个没钱没权的庄户老娘；害怕别人说自己没有靠山、没有背景、没有裙带关系；更害怕因此失去已经拥有的荣华富贵；害怕……唯一不怕的就是良心被狗吃了、不孝不敬不仁不义不知廉耻天打五雷轰！

于是，儿子忘记了故乡五莲的水和山，忘记了寒窗苦读的难和艰，忘记了亲娘日夜的思和盼，更忘记了当官为民的初心和信念。从此，结交权贵、仗势欺人，花天酒地、寻欢作乐，贪赃枉法、欺上瞒下，黑白两道、无恶不作……

终于有一天他的恶行败露，被皇上一道圣旨罢官免职，秋后处斩。幸亏老丈人有钱有势有关系，左右打点、上下使钱，才被改判发配三千里，到福建充军，永世不得再回京城。

世界上永远没有卖后悔药的。儿子拿到“判决书”时后悔得捶胸顿足、痛哭流涕、肝肠发青，但已经为时太晚。当他戴着沉重的枷锁，在解差的押解下路过五莲山下时，提出要回家看看老娘。好在解差还有点人味，允许他速去速回。

儿子凭着记忆找到自己家的门口，早已是门框断裂、草屋坍塌、一片废墟了。远房大叔闻讯赶来，面对逆子训斥道：“你娘想你想疯了，整天待在五莲山上，早已经化成石头了。你这个小畜生要是还长点人肠子，就去看看你娘吧！”

在求得解差的批准后，儿子连滚带爬地上了五莲山，跪倒在母亲的化石旁，号啕大哭、悔恨交加。其凄惨之声、悲凉之景，连群山都为之动容。顷刻间，儿子也化为石头，跪在母亲的化石旁。

然而，母亲早已经去了另一个世界，一个清静无尘的世界。她的心不可能被没有良心的眼泪所打动，她瘦弱却屹立不倒的身躯不会因为毫无意义的忏悔而动摇。她所能做的，就是把这个丧心病狂、不知廉耻的孽畜永远钉在耻辱柱上！

（乐善山人搜集整理）

九仙山上情侣峰

在五莲山对面有一座九仙山。九仙山上有一座山峰叫“情侣峰”，这情侣峰曾经有一个美丽的传说：情侣峰上演牛三和子规的忠贞爱情。九仙老母娘娘就在这里目睹了牛三和子规对爱情的忠贞不渝，尤其是看到牛三死后，子规的视死如归，凄哀婉鸣，非常感动，就派月老先后惩处了侯四和杜老财。又唤起牛三和子规的元神，于七月七日这天，在这个地方上演了一场轰轰烈烈的爱情故事。

为证忠贞爱情，牛三舍身跳试心崖。牛三沿台阶而上，经过“风鸣口”。风鸣口有两种说法：半山中一洞口狭长、风过嘶鸣，即使是无风的日子，也依然阴凉清爽；风鸣口是一个仙界口，凡人至此，风若鸣，则可以进入另一边的仙境；在风鸣口右边是观花台，每年四五月份，全山杜鹃花开，美不胜收。站在平台上往左看，看远处一大肚老翁身披长袍、手提锦包，就是传说中的“月老石”。在这里，王母娘娘导演了一场试验牛三和子规爱情的新剧目。“月老石”前面有一座山峰，四周不靠，高耸千丈，名“试心崖”，对面山峰顶一小岩如镜台斜立，石面光滑如镜，名“镜台”。子规姑娘已在镜台挽起新娘的发髻，对镜贴喜妆。而牛三则在试心崖上，如果爱子规，就要拼一死跳过去，否则，别想娶到新娘。牛三一定会跳，并且一定会跳过去的，因为他有月老的帮忙。

牛三子规入洞房，喜鹊飞来搭鹊桥。拾级而上就来到了“心心相印台”，牛三和子规在这里心心相印，山盟海誓，举行了盛大的婚礼。洞房在一壑之隔的对面，可怎么过去，老母吩咐道：今天是七夕，牛郎与织女相会，好在他们年年都相会，今年就拖半个时辰吧，喜鹊接令，纷纷飞至，在两山之间搭起了一座鹊桥。这时老鹰看到来了不少喜鹊，不知内情，盘旋于空中，喜鹊的桥队有些变形，老母一看，大喊道：东北设鹰窝山，鹰禽回巢，不得作乱。老鹰也真听话，飞到东北山峰的鹰窝，筑巢而居，真不作乱，一直到今天，那个鹰窝山还是老鹰的天下。这时，日落西山，天际忽然变黑，牛三和子规看不清脚下的路，这可把二郎神的哮天犬忙坏了，眼前的这座山峰正是哮天犬，大喊着：“月亮月亮，照照路，月亮月亮，照照路”，一时皓月当空，犹如白昼，看远处那块大石头叫“犀牛望月”，旁边还有“仙猿献桃”“神鳌驮龟”。原来是这热闹的场面把观世音的坐骑神鳌和在九仙山与母亲失散的神龟都吸引来了，他们从水里伸出头，眼中好像露出了羡慕和祝贺的目光。

牛三子规不孤独，情侣峰有情侣十二对。对面两峰并峙相列，亭亭玉立，显现于群峰之中，那不是牛三和子规满怀幸福的喜悦，来答谢来宾们吗？难怪他们的名字叫“情侣峰”。置身“情侣峰”下，呼吸着情侣的芳香，聆听她们窃窃私语，仿佛进入一个至真至纯的恋爱季节。子规的肩上站着一只喜鹊，久久不去，竟化成了鹊石。正是基于这些传说，情侣峰才得此名。这里共有十二对情侣，除牛三与子规外，还有十一对情侣，游客们可以认真仔细寻找。如此看来，情侣峰是一个爱情的圣地，自古以来就是一个见证爱情的地方，相传情侣来到这里，就会像牛郎织女那般忠贞不渝。“每逢七夕爱满天”，中国传统节日七夕节来临，情侣峰定是不可不去的地方，带着心仪、心爱的他（她），在这里许下海誓山盟，让牛三子规、九仙老母娘娘共同见证。

（乐善山人搜集整理）

LU BEI PIAN

第四辑 鲁北篇

鲁北，特指山东省北部。

鲁北地区在地域范围上包含现在的滨州北部（滨城区、沾化区、惠民县、阳信县、无棣县、博兴县共六区县），德州北部（德城区、乐陵市、陵县、宁津县、庆云县、临邑县共六区县），东营市（东营区、河口区、垦利县、利津县、广饶县共五区县）。

滨州，位于山东省北部，地处鲁北平原、黄河三角洲腹地，北拥渤海，黄河横穿城市，是连接苏、鲁、京、津的重要通道，是鲁北到河北的必经之地，是山东省的北大门。滨州是黄河文化和齐文化的发祥地之一，商朝建有蒲城国，秦朝开始建县，西汉起先后建有郡或国，隋朝开始置州，清朝升州为府，民国初曾一度置道。抗日战争和解放战争时期，是著名的渤海区党、政、军领导机关驻地。新中国成立后，滨州行政区域不断调整、变更：1950 年 5 月，建立惠民专区，1992 年 3 月，惠民地区改名为滨州地区。2000 年，撤地改市。古代著名军事思想家孙武、汉孝子董永、宋代著名政治家范仲淹、清代帝师杜受田出生或成长在这里。

东营，位于山东省东北部、黄河入海口的三角洲地带，东、北临渤海，西与滨州市毗邻，南与淄博市、潍坊市接壤。四千多年前，已有人类在此繁衍生息。东营市建市前的历史主要沿广饶、利津、垦利三县历史追溯。殷朝为薄姑国领地。周为齐地。秦属齐郡。西汉属千乘郡和齐郡。东汉时属乐安国博昌县、湿沃县。三国时属魏国齐郡，西晋时属广饶县、湿沃县。南北朝时属乐安郡广饶县、湿沃县。唐宋时属渤海郡千乘县、蒲台县。元明清三朝境域东部属乐安县、西部属蒲台、博兴县。民国年间，为广饶、蒲台、博兴三县交界之地。1964 年 3 月，胜利油田会战时在境内东营村附近建立指挥部。1965 年为服务油田开发建设，中共惠民地委、惠民地区专署成立中共东营工委、东营办事处。1983 年 10 月建立东营市。1984 年 1 月，市辖东营区、牛庄区建立，1987 年 6 月 10 日，两区合并为东营区。东营是中国第二大石油工业基地胜利油田的崛起地。黄河东营段上起滨州界，自西南向东北贯穿东营市全境，在垦利县东北部注入渤海，全长一百三十八公里。东营被评为“中国六大最美湿地之一”。

我们将从滨州北部、德州北部和东营一带搜集整理一些民间故事，作为《聊山东》的第四篇——鲁北篇，奉献给广大读者。

——题记

沾化冬枣的传说

沾化冬枣，是滨州市沾化区特产，中国国家地理标志产品，果形呈扁圆形或圆形，果面光洁，成熟后分别呈现出点红、片红、全红，着色面颜色为赭红色。成熟的沾化冬枣皮薄肉脆、核小，口感甘甜清香，甜酸适口，食之无渣。提起沾化冬枣，有着许多美丽的古老传说，这些传说大都与泰山奶奶有关。

泰山奶奶即碧霞元君，是道教的女神，道书《续道藏》载其全名为“天仙玉女碧霞护世弘济真人”“永镇泰山，助国裕民，济厄救险，赏功罚罪”。宋真宗时封为“天仙玉女碧霞元君”，并建祠奉祀。到了明代，这段文字被铸造在碧霞祠的御制铜钟上，从此香火兴盛。明代王锡爵撰写的碧霞宫碑文记曰：“自碧霞宫兴，而世人香火东岳者，咸奔走元君，近数百里，远及数千里。”王昭《行脚山东记》记载，泰山周围的老百姓“终日仰对泰山而不知有泰山，名之曰奶奶山”。在沾化历代民间则只知泰山奶奶，不知碧霞元君。这是因为，世传泰山奶奶是泰山大帝的妻子，娘家是沾化久山。久山是沾化重镇，临河近海，建有驿站、巡检司、永利盐场，以繁华闻名遐迩。沾化民间关于泰山奶奶与沾化冬枣的故事有很多版本，在此仅选两则，以飨读者。

拿着银碗讨饭吃

在很久很久以前，沾化久山镇上有一对花姓夫妇，年过五旬喜得一女，取名花仙，视若掌上明珠。其实花仙不但长相丑陋而且头秃，被人们称为丑姑。有一年，花老夫妇因瘟疫相继去世，花仙便成了孤儿。她虽然没有亲门近支，但是善良的乡亲轮流抚养她，东家做条裤，西家缝件袄，吃着百家门的饭，日日长大。乡亲们指望花仙长大成人找个好婆家，也好对得起花老夫妇的在天之灵。

花仙家院子里有一棵老冬枣树，结的枣圆如铃、甜如蜜、脆如梨，非常好吃。

花仙父母在世时，勤于管理，每年都结好多枣，除供乡亲们尝鲜外，还有不少外地人慕名前来求尝。父亲去世前，拉着不太懂事的花仙说："这棵枣树，千万别糟践了，听你爷爷说，这种树非常难得，来之不易。"父母去世后，花仙不会管理，已经多年不结枣了。可是，没想到有一年老枣树特别旺，葱茏的绿叶间竟然结出好几颗枣。枣子熟了，又红又大，玲珑剔透，花仙摘下来自己舍不得吃，敬奉养育她的婶子大娘。婶子大娘们被她的感恩之心所打动，谁都不肯吃，非要花仙自己吃不可。花仙无奈，只得依从她们。谁也没想到，花仙吃了那枣子后，竟然出现了奇迹。不几天功夫，花仙就发生了脱胎换骨的变化，粗矮的身形变得苗条修长，满头秃疮结痂囫囵脱下，长出满头秀发，眉清目秀，俨然变成一个楚楚动人美若天仙的窈窕淑女，而囫囵脱下的秃疮结痂则变成大银碗。从此，她便用银碗讨饭。从此沾化就有了"拿着银碗讨饭吃"的俗语。据说，后来花仙得道成仙，被玉皇大帝封为泰山碧霞元君，老百姓尊称为"泰山奶奶"。

仙界佳果种凡界

三月初三，王母娘娘寿诞之日，她在瑶池设下蟠桃盛宴，邀请各路神仙为自己庆生，泰山奶奶碧霞元君也在受邀之列。

宴会之上，诸位神仙纷纷献上寿礼，各种奇珍异宝，数不胜数，令人目不暇接。这时座中闪出来南极仙翁老寿星。这老寿星可有好东西呀！众仙人目光都投了过来。只见老寿星手提着两篮红彤彤的枣儿，这枣儿一个个小苹果模样，全红的如玛瑙，带绿的似翡翠，还带着露水珠，晶莹透亮，煞是好看。可好看归好看，不过是个枣儿，作为王母娘娘的寿礼，是不是轻了一点啊？仙女呈给王母娘娘，王母轻轻地咬开一颗，咦？真好吃！比蜜要甜，比梨要脆，果肉如雪，一入口便化了一般，不留一丝的渣儿，只是满口清爽，甘甜，回味无穷。王母一连吃了几颗，啧啧称赞："好枣！真是好枣！来呀，众仙大家都来尝尝。"宾客众多，每位只能分得两颗，众仙吃了枣儿连连称奇："实在太好吃了。只是这枣儿少了点，实在太不过瘾。"王母问道："此等异果，为何以前没有见到啊？"老寿星说道："我那南极仙岛之上，奇花异果甚多，这枣树隐在园中，很不起眼，故一直没有发现。前几日，偶有童子采来几颗，始知如此美味，不敢独享，特来献于王母。"王母连连点头。

单说碧霞元君，也分得两颗仙枣，她吃了一颗，哎呀，好吃极了，第二颗她就没舍得吃，她想：“这一颗留个种儿，让人间也能吃上如此美味该有多好啊。”

蟠桃宴结束，已是过午，碧霞元君约了麻姑仙子等一班仙友，准备先游泰山，再到东瀛仙岛，这途中经过她的娘家——沾化县久山村。她想，泰山已经被她打扮得够漂亮了，山上也不太适合种枣，那就把仙枣种在久山村吧，也算报答故乡的养育之恩。这一天她们来到了沾化地界，离久山村不过几十里了，忽然看到一位书生对着一棵老枣树不住地磕头，磕着磕着好像昏过去了，碧霞元君急忙按下祥云，化作一个老婆婆，唤醒了书生，这才问明了缘由。原来这书生姓于，他说：“我的老母亲得了一种重病，她种了一辈子枣，临死了只想再吃上一颗鲜枣，可现在已是初冬，树上的叶子都快落光了，哪里还有鲜枣啊？我在树林里找了整整一天了也没找到，急得对着枣树磕起头来。”碧霞元君被于生的孝心感动了，她想，这里虽不是久山村，可也算是自己的家乡了，看来这书生母子与仙枣有缘啊！想到这里，她拿出仙枣说：“我是泰山碧霞元君，这颗枣儿是南极仙翁老寿星园中的仙枣，蟠桃会上王母娘娘所赐，有益寿延年、祛病养生之功效，回家给你母亲吃了她的病就好了，你千万记住，把枣核留下作为种子，种出更多仙枣，好造福更多的百姓，切记切记！”于生连声应诺，正要拜谢，老婆婆已经不见了。于生赶忙回家，把枣儿给母亲吃下，母亲的病果然好了，他把仙枣的核种在院子里，精心呵护，仙枣从此在这里扎下了根，一棵两棵——越来越多，家家户户都种上了仙枣树，因为仙枣每年初冬季节才成熟，人们管它叫冬枣，又因为主产地在沾化，所以叫沾化冬枣。沾化冬枣不但味道鲜美，而且能强身祛病，真正造福了一方百姓。每年冬枣丰收了，家家户户都要把上好的冬枣供奉泰山奶奶。

人间三百岁，天上正一年，又是一届蟠桃会。诸位神仙见了南极仙翁，纷纷讨要仙枣，南极仙翁却面露难色，欲言又止。齐天大圣孙悟空在一旁搭话了：“嗨，别提了，都怪俺老孙，把那仙枣树给弄没了。”众仙一愣，“老孙取经成功，回到花果山上，各位好友都去做客，我那山上只有些山桃野果，不成招待，上次见老寿星的仙枣十分好吃，就去南极仙岛，硬是把枣树搬到花果山去了，哪知枣树不宜山地，那些孩儿们又不会摆弄，每日里攀折摇晃，我去天上玩了几日，回来那树早已死了好几年了，请了观音菩萨来也没能救活，真是罪过，罪过！”见美猴王这般自责，众仙也不忍再说，反过来还得劝慰几句。

大家正觉得遗憾的时候，碧霞元君微微一笑说："小仙这里也带了几篮子枣儿，大家尝尝味道如何？"众仙回头一看："哎？这不就是老寿星的仙枣吗？"拿来一尝，味道分毫不差。见大家奇怪，碧霞元君述说了前前后后的经过，这些枣儿，就是于生的后人们供奉的，我怕老寿星的枣儿不够吃的，所以带了几篮，没想到还真是对了。王母娘娘说："那从此以后，这冬枣就由碧霞元君专供吧。"众仙鼓掌叫好。这正是：冬枣宇内称奇珍，本是寿星园中根。泰山奶奶一善念，中华神果惠世人。

（上官古月搜集整理）

无棣县海丰塔传奇

在无棣县域内有一座宝塔，叫海丰塔，原名大觉寺塔，唐朝贞观年间，佛教盛传，文殊菩萨"无棣歇脚藏舍利"的说法传到京都长安，唐贞观十三年（639），唐太宗亲派尉迟敬德为督办，在无棣修建唐塔，距今已有一千三百多年。明代维修时，吏部尚书杨巍撰有《重修大觉寺宝塔》，并刻石竖碑。后来到清朝康熙年间和光绪年间遭遇两次地震，塔圮其半。到近代又因战乱，塔已残缺不全，难以修补。20世纪50年代，将残塔夷平，塔基封土保护；90年代初期，无棣县委、县政府在原塔基上重建，海丰塔风貌重见于世。本来这唐塔在无棣县境域内，应该冠以本县的名字叫"无棣塔"，也不应该冠以邻县的名字叫"海丰塔"，这是怎么回事呢？说来话长。

唐宗建塔

海丰塔修建的起因与文殊菩萨歇脚无棣藏舍利的神话传说有关。

相传，文殊菩萨被山西五台山古寺佛院住持请去给众僧徒们传经讲法，某天下午，放假休课。住持陪文殊菩萨到五台转转看看，所到之处，从山顶的台上到山坡，再到山沟，到处光秃秃的，没有树木；山沟里没有泉水、涧溪、河流；天上连一只小鸟也没飞过，地上连一只野兔也没有跑过，真是山沟无水山不绿，天罕飞禽地绝兽。文殊菩萨见此荒蛮苍凉之景象，深感与慈悲为怀的佛教圣地大相径庭，顿生恻隐普救之心，便想在这次传经讲法授课结束后，去一趟东海，拜会东海龙王，给五台山借点水来，使这里泉水淙淙，溪水潺潺，山涧河流长年不断，五台山上山下，松青柏翠，绿草如茵，山花烂漫，瓜果飘香，一片郁郁葱葱。使常年在此生活以及来此学习佛法的佛教徒们有一个舒适、幽静、美好的自然环境，真正成为天下闻名、人们向往的佛教圣地。

于是，文殊菩萨授完课程之后，告别五台山住持，离开五台山，来到东海，被迎进龙宫，会见东海龙王，寒暄之后，便讲明来意，要向龙王借“清凉石”一用，龙王慷慨允诺，命令蟹将军从珍宝室内将“清凉石”取出来，交与文殊菩萨。文殊菩萨接过宝物，告别龙王，出了龙宫，便急急忙忙向五台山奔去。

文殊菩萨在回五台山途中，迤逦而行，路过古邑棣城，走得有点劳累，便在一条河流岸边的枣树下小憩，此时此刻，文殊菩萨仰望天空，万里无云，红日高照，环顾四周，鸟语花香，风景钟灵毓秀，顿觉和风微拂，心旷神怡。心想：此地虽无高山大川，但与佛家有缘，何不将舍利子置于土中，以感念佛祖之恩德，领略这里的秀丽风光？于是，取出舍利子，口念咒语，风沙起处，将舍利子埋入地下。从此，古邑棣城便有了灵气。而文殊菩萨“无棣歇脚藏舍利”的传奇故事，人们是怎么知道的，没有考证，反正是越传越神，越传越远。

到了唐朝贞观年间，当时正是佛教盛行的朝代，从民间到宫廷，从平民到官员，把修建佛寺佛塔，作为一件功在当代、利在千秋的功德无量的大事，皇帝更是大力推崇。文殊菩萨“无棣歇脚藏舍利”的传说传到京都长安，从坊间传到皇宫，唐太宗听到后，在唐贞观十三年（639），亲派鄂国公尉迟敬德为督办，到无棣县城建塔。塔建成后命名为大觉寺塔，并立碑勒石，以记载其事。碑记有“尉迟敬德监建”字样。

神匠锔塔

清朝康熙年间，无棣发生大地震，海丰塔在半腰处裂开一道大口子，摇摇欲坠。人们传说这塔是一座镇海的宝塔，如果这宝塔倒了，将会发生海啸，淹没整个县域，无棣县将会变成一片泽国，万物俱毁，人们便成为鱼鳖虾蟹的食物。老百姓面对宝塔，前来烧香磕头，顶礼膜拜的成群结队，络绎不绝，人们在塔的周围口中念念有词，祈求老天爷保佑万民，把塔的裂口愈合，可是塔的裂口依然故我，老百姓心急如焚，惶惶不可终日，却无计可施。

有一天，不知从哪里来了一个走街串巷的箍炉匠，丁零当啷地挑着担子，一边走一边吆喝："锔大家伙什来，锔大家伙什来……"听到这个吆喝声，塔周围的大街小巷的人们，拿出自己家中最大的锅碗瓢盆，来到箍炉匠面前，只见这个箍炉匠鹤发童颜，有七旬开外，一副仙风道骨的模样。众人争先向前，送上自己的家什，只见老锔匠直摇头，口中喃喃地说："太小啦，太小啦。"塔前一个姓郭的老翁回家端出一个大盆来锔，老锔匠仍然嫌小不锔，郭老翁又回家搬出一个大缸，老锔匠还说太小不锔。郭老翁生气地说："海丰塔大，你锔去吧！"老锔匠听后笑呵呵说："正是要借你老的吉言，没有问题，我就是锔大家伙的，行！"人们一听，都哈哈大笑，觉得这老锔匠把天吹破了，各自拿起要锔的家什回家做夜饭去了。

第二天清早，人们惊讶地发现：被地震震裂的海丰塔上的大裂口子，有丈余长的三个大锔子紧紧地箍牢，人们恍然大悟，这箍炉匠是神仙所化，来保护海丰塔，护佑无棣老百姓的。于是，父老乡亲都焚香顶拜，鼓乐歌舞相庆。从此，海丰塔香火不断。

天王赶塔

无棣大觉寺塔的西南面有好多村庄，而附近海里有条恶龙经常发大水，害得当地百姓妻离子散，家破人亡。有一年的腊月二十三日，灶王爷上天到凌霄殿向玉皇大帝汇报此事，玉皇大帝得知此事后大为震怒，遂降旨派李天王收拾恶龙。

李天王领旨后，遂带领天兵天将，从南天门驾驭祥云，来到无棣海岸，令随军书记官宣读玉帝旨意，恶龙听后，非但不接旨而抗旨，于是李天王命令天兵天将把恶龙擒住，用铁索链把恶龙锁在塔下深深的井里。

为了当地老百姓能够摆脱大海带来的灾害，于是李天王命令神鞭手赶山填海。神鞭手接到命令，立马振臂挥鞭，一通猛抽，大海被赶到百里之外。可是，这大觉寺塔也从无棣城里，同时被抛到西南面，离无棣县城老远老远，而这塔却离海丰县城很近，从此，人们就称它为“海丰塔”了。

后来，冀南鲁北一带有民谚曰：“沧州狮子海丰塔，东光县的铁菩萨”，此三景被誉为冀南鲁北三大古迹名胜。

（上官古月搜集整理）

滨城枣核儿

早先，在滨州城西二十里处有座庙，叫龙草庙。庙的正殿里有龙王爷、雷神爷和火神爷，西殿里有送子娘娘。这送子娘娘肩上扛着的，怀里抱着的，还有搂着她的腿的，都是些光腚子小孩。这些小孩都是用泥捏的，涂上胭脂抹上粉，甭提多好看了。一些没儿没女的人家，爱到送子娘娘这儿来烧香磕头求孩子。

这龙草庙北边有一个庄，庄里有一户人家，两口子都六十岁了，闺女小子没一个。这天，老两口商量着到龙草庙求孩子。老两口跪在送子娘娘面前，一边磕头，一边念叨：“送子娘娘啊，给俺个孩子吧，哪怕给俺个枣核样的孩子也行啊。”

正格儿，老娘们儿回家就怀孕了。待了九个月单十日，她真的生下了个枣核大的孩子。这小小子一生下来，就会跑，会跳，会说话，可机灵啦。老娘们儿甭提多高兴啦。可是，这老头儿一点也不高兴，心里想：生这么个孩子有什么用啊？老娘们儿对老头儿说：“你快给咱那孩子起个名儿啊！”老头儿没好气地说：“还起名儿！就让他叫枣核儿吧！”真的，这孩子就叫枣核儿了。

枣核儿见老头儿成天不见欢喜模样儿，就问：“爹，你有啥心事吗？”老头儿叹了口气说：“孩子，你长得这么点点儿，能替我办啥事儿啊？”枣核儿说：“爹，别看我小，没有不能办的事儿。你说个事儿吧！”老头说：“咱家去年有头大黄牛，叫咱庄的老财主讹去了。人家欺负我少人无手足，又上了年纪，我怎么要也要不回来，你能去要回来吗？”枣核儿说：“这事儿好办。”问好了是啥模样的大黄牛，财主家的门儿在哪儿，就一溜小跑地走了。

枣核儿来到财主家，找着那头大黄牛，从牛桩上解开牛缰绳，牵着那头牛就回了家。

那老财主知道大黄牛是被牵到了老头儿家后，就来要牛。他抓住牛缰绳向外拽，枣核儿就在牛耳朵里喊着不让牛动。牛被惹烦了，一角把老财主抵死了。老财主被抵死后，小财主不干了，他告到州官那里，州官打发人把老头儿叫了去，也把牛牵了去，枣核儿在牛的耳朵里也被带了去。州官怎么断这个案呢？他带着人来到一个空场子里。他牵着牛，站在正当中，让小财主站在西边二十多步远的地方，让老头儿站在东边二十多步远的地方，说："我把缰绳撒开，牛上谁那儿去，牛就是谁的。"

州官撒开缰绳后，枣核儿在牛的耳朵里喊着："嘚，打，喔咿！"那牛就上老头儿那儿去了。小财主看见捞不着牛了，就又对州官说："俺爹被牛抵死咋办啊？"州官一甩手说："赖人家的牛，抵死活该！"

转眼到了年下，老头儿拿出口袋子，想去赶集买年货，枣核儿说："爹，你老啦，在家歇着，我去吧！"老头儿不放心地问："孩子，你行吗？"枣核儿说："你放心吧。"

枣核儿来到集上，买了鱼、菜和肉，放到口袋里就往家滚。路上，口袋被一个人拾起来，背到了脊梁上，连枣核儿也背上了。枣核儿在那人身上，看着那人朝他家的方向走，就不作声。当看到那人朝别的地方走时，就在那人手上用力咬了一口。那人手疼了，忙一撒开，枣核儿和口袋子就掉在地上了。枣核儿说："这口袋子是我的，你为啥要哇？"那人这才知道，这口袋子有主儿。就这么着，枣核儿让好几个人背了他好几回儿，比他往家滚快多了。

老头儿在家惦记着枣核儿，正打算去接接他，没寻思，一出门，正碰上枣核儿回到家来，再一看口袋子里，该买的东西也都买回来了。

别看枣核儿这么点点儿，能办这么些事儿，可把他爹他娘欢喜煞了。这天，他爹说："你快着长大了多好哇，我好给你找媳妇啊！"话音刚落，枣核儿就闷儿闷儿地长开了。不到一袋烟的功夫，就长成了个二十来岁的小伙子。他爹他娘看傻了眼。

他爹忙又说："你长得又着实快了，一下子长这么大，咱家里又穷，可没钱给你找媳妇啊！"话音一落，枣核儿又慢慢抽抽开了。不到一袋烟的功夫，又成了个十二三岁的孩子。他娘一见，甭提多喜欢了，忙说："孩子他爹，咱那孩子可真是个宝贝儿啊，再也不能叫枣核儿了。你快另给他起个名儿吧！"

老头儿欢喜地对着老伴说："你不说咱那孩子是宝贝儿吗？就让他再叫宝贝吧！"从此，枣核儿就成了宝贝儿啦。

（大河草堂搜集整理）

小毛驴拉金磨

古时候，惠民城东秦台以南有个杜家庄。杜家庄周围没有好地，净是些光花花的碱场。庄上的人们只能开点荒地，收个三斗五斗的粮食，掺糠加菜地过日子。

杜家庄有个杜屯，五十多岁，为人精细。杜屯每天上坡总是把毛驴牵到小洼地里，在毛驴的缰绳上接一根长长的觅绳，觅绳上的铁镢插在洼地的中央。毛驴吃着这里的青草，长得可快了，不到一个月，个也高了，腰也肥了，身上的毛也更黑更密，像缎子一样，闪闪放光。吃饱了，它常常昂起头高叫几声，有时还尥起蹶子撒欢呢。

但好景不长。毛驴先是不撒欢了，几天后也不叫了，以后渐渐地膘也退了，毛也长了，腿也细了，腰也弓了。鲜嫩的青草也不大吃，只是一个劲地扯着绳子转圈。

杜屯以为它病了，但摸摸它的耳根觉得也不热。请先生看，也说没病。杜屯想难不成是草有毛病？就把它牵到别处放牧，可它还是挣着要回原来那个草洼子。杜屯只得又把它拴在原处，它却不正经吃草，又转起圈来了。看它那低着头，弓着腰，汗淋淋的样子，杜屯心疼极了。

正在这时，从秦台后边转过来一个人，见此情景，便问杜屯："大哥有何为难之事，请讲出来，小弟也许能帮大哥。"杜屯见来人文质彬彬，态度诚恳，就把如何发现草洼地，如何放驴及毛驴前段和近段情况，叙说一遍。来人听后围着洼地转了几圈，又摸摸毛驴，就顺着觅绳直奔洼子中心，对着拴驴的铁镢瞅了好一会。

突然他大步走过来问："大哥！这匹毛驴饮过秦台八角琉璃井的水吗？"杜屯想了想说："开春干活时饮过。""对了！这就对了。"来人大声说："恭喜大哥，你发财了！""我的驴都快死了，还发啥财呀！"来人见他不信又说："秦台有三件宝，就是金牛、金磨、琉璃井。丈二烧瓜打金牛的故事你可知道？可惜瓜太嫩了，金牛一撅尾巴逃跑了。你春天在琉璃井饮驴时，看到井的东北角陷下去的那几块青砖了吧，那就是金牛逃跑时使劲踩的。金牛走了，金磨可没走。金磨在哪里？就在你拴驴的这块草洼子地下。不然为啥四周都是光板碱场，唯独这块小洼子土肥草旺啊？底下有金磨。你的毛驴正在拉呢！怎么？你还不信？好！你来看。"说着，来人走到洼子中央，一把将铁镢拔出来。怪啦！毛驴顿时走得轻松了，还不时地停下啃几口草。来人又把铁锹插回原处，毛驴就又弓起腰转起圈来。这一拔一插，杜屯完全信服了，忙问："啥时能把金磨拉出来？"来人说："这么个拉法，永远也拉不出来！我有办法让它很快拉出来，但有一条，咱俩一人一半！"杜屯一听一人一半，可揪着他的心系子了，但自己又不知道拉的方法，只好点头答应下来。

来人见杜屯答应了条件，便说："你可记准了，我说的办法你要错了一步，金磨也拉不出来。从明天起，要倒拉三天，正拉三天，每天拉三六一百八十圈，共拉六六三十六天；最后那三天，要倒拉三圈，正拉三圈；最后那三圈，要倒拉一圈、正拉一圈；剩下最后那一圈，要两个人帮着，一人拉着毛驴正转，一人按住铁镢，不然脱了，金磨就拉不出来了。记住了吧！还有，从明天起，毛驴不能吃别处的草，喝别处的水。你每天牵着，在这里放三次，一次半个时辰；还要饮八角琉璃井的水二次，每次三水瓢；你每天从这里割草三十斤，带回家，掺上三斤豆面，三两米面，三钱食盐，一晚上分三次喂，看着毛驴吃完。你只要按照我说的办法去做，风雨无阻、寒暑不误，保你三十六天拉出金磨。"说罢，扬长而去。

从第二天起，十天过去了。二十天过去了。三十天过去了。又熬过了三天。

这天，杜屯到了草洼地，眼前猛然出现一片蓝光，细看，原来是洼地中间，长出了桌面大的一片小兰花。好兆头！杜屯回家告诉老婆，老婆很高兴。可她真不愿意分一半给那人，就对杜屯说："不能等后天了，咱明天加把劲，一气拉出来，那人后天来了，咱和他打铁（方言，赖账的意思）！反正他没见着金磨，怕啥！"嘿，这真是个好主意，正投杜屯的心思。

第二天，两口子早早地到洼地里，把驴拴上。杜屯在后边赶，老婆记着数。开始，毛驴走得挺快，当天的那一百八十圈，到下午的时候就转完了。想着还有明天的一百八十圈呢，杜屯也顾不得让毛驴歇歇，又赶着跑起来了。不多时候，毛驴就跑不动了。杜屯急了，跑到远处折来一把红荆条，照着驴腚就抽。打疼了，毛驴又跑了几圈，就站住了。四腿哆嗦，通身淌汗，任你喊，任你打，就是不动。杜屯问老婆，才转了八十一圈，还有九十九圈没转呢！再看太阳偏西。杜屯又急又气，也顾不得三七二十一了，抄起扁担就朝毛驴砸去。毛驴疼急了，猛地一蹿，挣断绳子，摔倒在地，口吐白沫，死了。金磨没拉出来，倒搭上一条毛驴。从那以后，金磨再也觅不见踪影了。

（大河草堂搜集整理）

乐安州改称武定州

明朝时，为什么将代表幸福安康的“乐安”改为略带暴力的“武定”？这背后有一段真实的历史故事。

在惠民县及其周围一带，一说到“武定府”，人们便与历史上的汉王朱高煦叛乱事件联在一起。原来朱高煦觊觎皇位已久，自恃功高盖世，两次受封都不去上任。早在成祖时，他就私下挑选精兵和招募兵卒三千人（不隶属兵部掌管），胡作非为，制造混乱。明成祖知道后十分生气，可因政事太忙，没有时间去过问。永乐十四年（1416）十月，明成祖出征回到南京，得知朱高煦违法之事屡屡发生，对其进行过深切痛斥，囚禁在西华门内，想痛下狠心，将其贬为庶人。长子朱高炽在父亲面前痛哭流涕，请求放过弟弟高煦。为难之下，成祖只是削去高煦两个护卫，杀了其左右帮凶，于永乐十五年（1417）三月，命高煦到乐安州驻守。永乐十九年（1421），成祖将都城从南京迁到北京。朱高煦到乐安州后，怨恨日盛，谋取皇位的邪念愈加强烈。成祖驾崩后，朱高煦加紧谋夺皇位。仁宗知道后反而厚待高煦，给其增加俸禄，赐予大量财物，并封其长子朱瞻坦为世子，其余儿子均封为郡王，用好心感化朱高煦。而朱高煦却肆无忌惮，仍铁了心地谋取皇位。

不久，仁宗驾崩，太子朱瞻基从南京匆匆赶往北京奔丧和继位。朱高煦得知后，派心腹率兵在半路上截杀，没能得逞。宣德元年（1426）八月，朱高煦迫不及待，派亲信枚青潜到北京，联合其旧部作为内应，并与山东都指挥靳荣等约定，联络天津、沧州、青州、山西等地的都指挥作为策应，发放兵器，掠夺周边郡县马匹，准备谋反。叛军设前后左右中五路大军，朱高煦亲率中军，封王斌、朱恒等为太师，其他领军分别为都督、尚书等官职。王斌统领前军，韦达统领左军，千户盛坚统领右军，知州朱恒统领后军，高煦的儿子们各统领一路叛军。世子朱瞻坦指挥韦弘、韦兴、千户王玉、李智带领四哨兵马据守乐安州。部署已定，叛乱即将爆发。

朱高煦谋反，到处收罗人才为己用，派王斌做因父丧返回乐安城丁忧的四川道监察御史李浚的工作，邀请一起谋反。李浚考虑再三：若不答应，不仅被害，且全家人遭到株连。惊恐之下，假装应诺，立即召集全家紧急商定，由其兄李哲带母亲及妻子儿女等远走他乡避难，李浚连夜急奔济南，速向布政司、按察司、都指挥司通告朱高煦密谋叛乱之事，请求都指挥使靳荣发给符验（通行照件），即刻赴京告变。

靳荣一听李浚要进京告变，唯恐暴露，只好硬着头皮献上符验，尔后急派心腹向朱高煦报告。李浚匆匆上路后，为防追杀，巧妙化装，抄小道或水路，星夜急奔，未被朱高煦派出的人马截杀，终于安全抵京。宣宗得知后，惊怒不已，当即决定率重兵御驾亲征，令阳武侯薛禄打先锋。

朱高煦起初听说薛禄等带兵前来，自以为喜，认为可趁机劝降收编，扩充实力，盲目以为当年成祖起兵夺取帝位的一幕会再度出现。当知道是宣宗率军亲征时，故作镇静，劝其部下："朱瞻基是太平天子，同当年的建文帝差不多，不会带兵打仗，没啥可怕的。"但他哪里知道，朱瞻基早在祖父成祖身边时，就熟读军书，并练就了一身过硬的骑射本领，领兵打仗的能力世间屈指可数。当年蒙古兀良哈部骚扰会州时，朱瞻基曾亲率三千精兵出喜峰口迎击，在宽河与敌交锋，朱瞻基引弓射箭，瞬间射杀敌军三个前锋，兀良哈部溃不成军。

1426年八月二十日，平叛大军前锋抵达乐安州，迅即包围了乐安城四门。朱高煦非常恐慌，众叛军的信心也轰然动摇，不少将士弃暗投明，得到重赏。宣宗派遣信使给高煦送信劝言："张敖失国，始于贯高，淮南被杀，成于伍被。现大军已压境，你只要交出怂恿谋反之人，朕就可免除你的过失，恩惠礼遇像原来一样。否则，一开战你必然被擒，或者你的部下绑了你献于朕，到那时，你后悔也来不及了。”朱高煦自知抗御不过，吓得连夜把通谋书信统统烧掉。二十一日天刚放亮，宣宗亲率的后续大军赶到。朱高煦经过一夜思忖，欲出城认罪归降，遭王斌等极力阻拦。高煦假装认𠔉，然后偷偷从汉王府后门抄小道出城去见宣宗认罪。宣宗当即赦免了乐安城守军之罪，命阳武侯薛禄和兵部尚书张本镇抚乐安州。同时下诏改乐安州为武定州。

（大河草堂搜集整理）

白龙湾

在惠民县李庄镇南北王以东、清河镇吕王庄以南两华里处有一个拐弯，贴北堤有一处深水潭，名叫“白龙湾”。不知从何年开始，这里流传着小白龙的故事。

一天，吕老弯正在菜园里干活，来了一个庄稼汉打扮的年轻人，说自己是从河对岸过来讨生活的，希望吕老弯能收他做帮工，只要管饭就行。吕老弯正愁没个帮手，便收留了他。年轻人聪明勤劳，吕老弯非常欢喜。过了一段时间，吕老弯发现年轻人干活少了，到菜园来送饭时，经常看见他睡大觉，使吕老弯感到奇怪的是，不见年轻人在井台上摇辘轳，菜畦里却天天湿乎乎的；锄头上不见泥，地里却也不长草。吕老弯决心弄个明白。

这天，吕老弯说去赶集，却藏在一棵大树后瞅着，他看到那个年轻人走到井台边一晃就没影了，接着井台出现了一条银光闪闪的白龙。只见龙头一摇晃，井水哗哗地向菜地里流，吕老弯被眼前的情景惊呆了。他想：原来是条龙，我有啥福分惊动了神灵，这还了得。

第二天，吕老弯背上半布袋麦子，来到菜园屋里，对年轻人说：“你在这里已经干了三个月了，应该回家看看了。虽然你说不要工钱，我也过意不去。庄稼人没别的，刚收的麦子，你背上二斗，好养家糊口。”这时，年轻人从地上捡起一根草腰子，编了个小囤，便对吕老弯说："你把粮食装满这个小囤就行，多了我不要。"吕老弯一看这么点的小囤，有一把就满了，于是就抓了一把小麦放进囤里，可仔细一看，还没盖过囤底；吕老弯又捧了一捧放进去，还是盖不过囤底；吕老弯急了，扛起口袋往里倒，一袋小麦全倒光了，才刚盖过囤底。于是，吕老弯又把家里的玉米扛起来往里倒，可一袋子玉米倒进去后还是不满。又扛来了豆子往里倒，一袋豆子倒净了，也是不满。这可难坏了吕老弯，因为家里已经没粮可倒了。年轻人一看吕老弯着急的样子，于是就把囤里粮食又倒了出来，你说怪不怪？他倒上来的粮食，小麦、豆子、玉米都自己分开，一点都不混杂。吕老弯看得出了神。

这时，年轻人对吕老弯说："你的粮食还给你，我什么也不要。现在我和你说实话，我是住在黄河湾里的小白龙。当初，我因错行了雨，被玉帝贬在这里看护黄河大堤。我在这里住了三年了，看你辛辛苦苦，没有帮手，便转化成人形来帮你一把。现在雨季到了，三天后黄河里发大水，七月十三日是下雨的日子，那天有一条黑龙，借着河水上涨来强占我的深湾，黑龙凶猛异常，搏斗时还得请你助我一臂之力。"吕老弯说："我一个凡人咋能帮了你？"年轻人说："这也不难。"他凑到吕老弯身边，压低声音，边说边比画。吕老弯边听边点头，连说："我记住了。"

七月十三这天，天空阴沉沉的，下着小雨。吕老弯蒸了两筐馍馍，准备了一大堆砖头，在大堤上等着。河水暴涨，茫茫不见对岸，黄河水滚滚而来，拍打着河堤，忽然河水翻腾，波涛涌起，一会儿黑浪翻滚，一会儿白浪滔滔。吕老弯知道是白龙、黑龙打起来了，于是忙念道："河水滚滚像开锅，黑龙强占白龙窝。黑龙上来用砖打，白龙上来吃馍馍。"他一边念，一边盯着河水，看见黑浪翻上来就扔砖头，看见白浪翻上来就扔馍馍。吕老弯见黑浪白浪上下翻滚不止，心里一慌，把念词说反了，念成："白龙上来用砖打，黑龙上来吃馍馍。"就在这时，听见"吱"的一声长吼，大堤突然被冲开了一道口子，河水一下子涌出大堤——黄河决口了！小白龙本来力气就没有黑龙大，借着吕老弯的助威才勉强抵挡了一阵。可是吕老弯念反了词，就等于助了黑龙。黑龙借人的助威，凶猛地扑向小白龙。小白龙夺路逃命，仓皇间冲破了大堤。河水像猛兽下山，向吕家庄冲去。

小白龙一看，慌了，喊了一声："不好！"身子一转，在吕家庄前横着躺了下来。河水被小白龙一挡，从庄西向北冲去，直冲出一道十几里长的深沟。吕家庄在小白龙的保护下，没遭水害。小白龙救了吕家庄后，向北顺大流游去，梦想游到东海，于是又掉头回游，企图再入黄河东去。当小白龙游到决口处时，正赶上人们忙着堵口子。推车的、挑筐的、扛麻袋的、抬柳枕的……成千上万的人忙忙碌碌。

但是，由于水大流急，怎么也挡不住，柳枕、砖石、土袋都被急流冲走了，情况万分紧急！正在这时，忽然从人群中冲出一个穿白衣服的青年小伙子。他大喊一声“闪开！”一个箭步跳进豁口中。他身子像一堵大墙，堵住了外流的河水。人们顿时惊呆了，小伙子向不知所措的人们高喊：“快向我身上压土，快！”大家这才醒悟过来，于是忍着心痛向青年人身上压土……

大堤合龙了，可是舍身堵堤口的青年人却再也看不见了。有人说，这个小伙子就是在吕老弯菜园里干活的年轻人，他就是小白龙。先前人都这么说，后来人也这么传，黄河拐弯处的深水潭就被人们称为“白龙湾”了。

（大河草堂搜集整理）

蒲姑城

提起齐国故都，人们自然而然地会想到临淄，而曾是齐国都城的蒲姑，却很少有人知道。

蒲姑国是殷商时期一个小国，西周时被武王所灭。武王封姜子牙齐地时，也包括蒲姑国。姜子牙的五世孙胡公，曾以蒲姑国故城蒲姑城为都，后迁都临淄。史料记载，现博兴（1956 年并入茌平县）境内“蒲姑城遗址”，应是殷商时期蒲姑国国都所在地。

很久以前，博兴境内有一个小国，名蒲国，国王是妙庄王。妙庄王膝下无子，只有三个女儿。当时，人们称妙庄王的女儿们为皇姑。大皇姑和二皇姑都出嫁了，三皇姑年龄小，还没出嫁。三皇姑十五岁那年，妙庄王的背后生了一个疮。这个疮有鼻子、眼、嘴，像一个人的脸，称“人面疮”。妙庄王生了人面疮之后，疼痛难忍，不几天就瘦得不成样子。皇宫里派出人四处请名医，但名医们也束手无策。

这天夜里，妙庄王、皇后和三位皇姑做了同样一个梦。梦中，一位慈眉善目的白胡子老者来到皇宫，把一家人都叫到妙庄王床前，说："妙庄王生的是罕见的人面疮，眼下毒气就要攻心了，再不治就来不及了。我给你开一药方，你们照方抓药，只是药引子难求，要用儿女的两只眼和两只手作药引子，同我开的药一起煎后服下，可保性命。"老者说完，把药方放下，飘然而去。

次日天刚亮，皇后召集三个女儿到妙庄王床前，说了自己做的梦，没想到一家人都做了同样的梦。再看妙庄王床前，真的有一药方。一家人这才知道是神仙托梦。可是药引子怎么办呢？三个女儿你看她，她看你，皇后就望着三个女儿抹眼泪。沉默了好长时间，大皇姑说孩子在家里，不放心，要回婆家看孩子。二皇姑看姐姐走了，也说自己的孩子太小，离开家不行，抱起孩子走了。屋里只剩下三皇姑和父母了。三皇姑站起身，看看奄奄一息的父亲，再看看哭成泪人的母亲，一声不吭地走了。

三皇姑回到自己的绣楼以后，让宫女叫来御医和侍卫，让侍卫把自己绑在柱子上，把自己做的梦跟众人说了一遍，然后让御医挖她的双眼，剁她的双手。在三皇姑的一再命令下，御医流着泪挖出了她的双眼、剁下了她的双手。三皇姑早疼得昏死过去，任凭御医为她止血、包扎。御医忙完三皇姑之后，急忙用托盘端了三皇姑的双眼和双手来到妙庄王床前。妙庄王和皇后一看三皇姑的眼和手，心疼得失声痛哭。御医按方抓药，放上药引子煎药。妙庄王含泪服药后，疼痛减轻了，并且一天比一天好，不几天工夫，人面疮消失了。

妙庄王大难不死，没有忘记孝顺的三女儿。他召集群医，并把三女儿叫进大殿当面封赏。为记住女儿的孝行，他首先下令把蒲国改为蒲姑国，让国民都记住三皇姑，然后封女儿为"孝姑"，让全国臣民永远供奉。

三皇姑的孝行感动了佛祖，亲下灵山，来到蒲姑国，向妙庄王说要封三皇姑为佛，并以此教化人们孝顺。妙庄王听后万分高兴，因为女儿没眼没手，他请求佛祖封女儿为"全手全眼佛"。佛祖点头答应，但把"全手全眼佛"听成了"千手千眼佛"。佛祖叫来三皇姑，当面封她为"千手千眼佛"。佛祖回灵山了，三皇姑身上真的长出了很多手，每只手里都有眼，成了"千手千眼佛"。

三皇姑的眼能辨善恶，就连别人心里想啥都看得清楚。在她的帮助下，妙庄王成了一位明君，并且把国家治理得繁荣富强。博兴境内现在的蒲姑城遗址传说就是三皇姑的绣楼。

奇怪的是，现在的蒲姑城遗址处，每年立春之前，鲁北平原还是冰雪封地的时候，这里的草已经钻出嫩芽，成为博兴县的一道风景——“蒲姑城下春前草”。离开古城遗址几十厘米，就没有这个现象，成了一个千年难解之谜。

（邹华搜集整理）

阳信县村名趣闻

村名是村落的标识，蕴含着丰厚的村落文化内涵，有着永远讲不完的故事。在阳信县七百九十二点四九平方公里的土地上，散落的八百七十九个自然村落，大多是明朝大迁徙时候来的，在民间的谱牒、传说当中留下了相当多的“山西大槐树移民”印记，有很多的趣闻。

水落坡与流坡坞

说起阳信县域，当地人习惯称“东坡西坞”，意思是指县域东边的水落坡镇和西边的流坡坞镇。据考证，原先这儿是黄河淤积平原，洪水泛滥，民不聊生。幸亏大禹疏通九浚，洪水从一片泽国中消退，人们方安居乐业，居住于此地的人们以“水落坡”命村名，后来发展水落坡镇。在九浚之一的鬲津河南岸畔，有一凸显的高坡地带，住着几户人家，历史上过往舟船便在此停靠，久而久之，这里便成为船家的泊坞，商贾往来云集于此，逐渐繁华起来，当地人们便称这个水陆码头为“流坡坞”，村因码头而名，后来发展壮大为流坡坞镇。

破锅牛与锅渣牛

商店镇老牛村、小牛村的牛姓自称“破锅牛”“锅渣牛”。据传说，当初一家牛姓人在“山西大槐树”底下被迫分离，迁往不同的地区，遂将铁锅打破，各执一块“锅渣”作为将来相认归宗的信物。至今当地牛姓人都知道，如在外地遇上知道“破锅”典故的牛姓，便是同姓同宗、来自山西大槐树底下的“自家人”，如不知道“破锅”典故的牛姓，虽然都姓牛，但不是来自山西大槐树底下的“自家人”，虽然同姓却不是一个支脉的“破锅牛”“锅渣牛”，只能认作同姓，而不能认作本家。

牛上房与车上树

流坡坞镇周商村，当年先祖在山西大槐树底下移民迁徙时，不知道去何处安家，彷徨犹豫，拿不定主意，思来想去，只好求助算卦的先生。来到卦摊，经卦师一番“掐算”，说往东而行，走到某地，看见“牛上房，车上树”，才可以安家。于是一家人扶老携幼，一路迤逦东行，来到阳信今流坡坞北。由于当地遭受水灾，房倒屋塌，牛真的跑到“房上”；一辆纺车也被洪水漂起，挂到了树上。这幅“牛上房，车上树”的奇景正好被商姓先人看见，于是定居于此。商姓后裔每每谈起此时，无不感叹先人建村的奇遇景象与理解卦师箴言的机敏头脑。

五霸营与黄巾寨

据说春秋时期，五霸之首的齐桓公，在“五霸营”这个地方设立营寨，并积土夯垒起高高的会盟台，召集其余四霸会盟，从此奠定了他的霸主地位。曾经的会盟台遗迹犹存，给人无限遐想。于是这里的村落就叫“五霸营”。

据传东汉末年起义的黄巾军曾在这一带驻扎，被“桃园三结义”的刘备、关羽、张飞兄弟突袭截杀于此地，幸免于难的黄巾军兄弟揩干身上的血迹，匆匆将牺牲兄弟的尸首掩埋在一起，于是便留下了被杀戮的黄巾军的合葬墓——“黄巾冢”，千百年来，依然矗立在这里。后来，周边逐渐形成了十八个村寨，人们称之为“黄巾寨”。这里的村民从建村以来，村村不建关帝庙，家家不挂关公像。

义士辛与杨度路

清顺治年间，阳信知县周朴，遭小人诬陷，无端弹劾，拘押进京，罢免官职。本县百姓愤愤不平，遂推举四十二名乡亲，带着银两到京城保释。岂料，当他们行至直隶省任丘县的时候，正赶上河间府土寇作乱，驻防武官温某贪暴异常，见财起意，将四十二人诬为土寇，逮捕下狱。四十二人力辩不屈，任丘县令方策亦再三恳请，建议先向山东方面咨询，了解清楚后再行处理。谁知，温某贪婪成性，趁方策外出，残忍地将四十二人坑杀。不久，周朴平反，官复原职，将四十二人的骸骨迁回阳信，合葬于阳信县城西北辛庄附近，于是，人们一提到辛庄，便称“义士辛”。

明天顺年间，杨国忠、杨国良兄弟两个由前刘店村迁到这里，立村杨新庄。清光绪十五年，暴雨成灾，民不聊生，可官府照样横征暴敛。该村任“村首”的杨度路，不忍从百姓手里催粮敛钱，便消极应付，完不成任务。这样，杨度路就要经常受到罚跪的惩处。为了减少皮肉之苦，他让老婆给缝了个长筒厚棉袜子穿上。天长日久，终于露出破绽，上级官员惊骇：“好一个狡猾的棉布袜子杨度路！”随之，他的“村首”职衔被罢免。从此，“杨度路”就成了杨新庄村的别名。

沿河村与集市村

有些在河边的村落，其村名都与“河”字有千丝万缕的关联，如“黄河崖”“河堤刘”“临河魏”“荀家河堐”等；沿河有船坞的，就叫“侯家坞”“邢家坞”“程子坞”“康家坞”等。

相邻的几个村落比较密集，就在居中的某个村立个集市，方便人们物资交流，那么这个村就成了“王家集”“赵家集”“张家集”等。

马道村与店子村

古时阳信县有运盐马车道，在运盐马车道旁的村落就习惯成自然地在名字后面加进“马道”二字，如“张家马道”“任家马道”“段家马道”等。

若是在来往客商的路上开店形成的村落，就叫“燕家店”“商家店”“河流店”“温家店”“劳家店”等，可见当年阳信的繁华。

乡贤村与名宦村

有一些救急帮贫、修桥铺路、见义勇为的乡贤名人，人们便用他们的名字命名为村名，以作永久纪念，像“马英房”“马丰和”“李昂”“王嘉会”“史君汉”“范沾槐”“郑开基”“王兆三”“何次楼”“王朝政”“杨松”“张大头”“李朝干”“张二胡子”“陈大德”“义门丁”“陈本仁”“刘全仁”等。

还有的是后人做了官，村名也跟着沾光，像“李大人”“王二官”“王博士”“张官寨”“孙长史家”“刘同知”等。

特产村与工匠村

有的村落因特产而名，如“梨行”“枣吕家”“苹果于”“香椿王”“菜园刘”“宋家园子”“张瓜家”“稍瓜张”“周养蜂”等。

过去，人们对会手艺的人特别崇敬，村里有手艺人，就会给村子带来好名声。旧时，阳信工匠很多，于是有许多以工匠命名的村落，如“王银匠”“张铁匠”“褚木匠”“路线匠”“瓦刀刘”“打磨张”“韩打箔”“油坊张”“文家纸坊”“簸箕赵”“盆张”“王陶户”“宽（筐）李”“粉刘”“张皮家”“帽李”“贩帽”“刘厨”“孙扣”“香房”“棉花赵”“张箍镥”“刘货郎”“曹家糖坊”等。

（大河草堂搜集整理）

德州扒鸡的传说

德州五香脱骨扒鸡属中国四大名鸡之首是中华传统风味特色名吃、鲁菜经典。早在清朝乾隆年间，德州扒鸡就被列为山东贡品送入宫中供帝后及皇族们享用。德州扒鸡闻名全国，远销海外，倍受中外人士的青睐，凡品尝者无不拍手称绝，被誉为“天下第一鸡”。德州扒鸡的传说有许多版本在坊间广为流传，今选其一，以飨诸位。

古城德州，九达天衢，京杭大运河贯通州城南北，西关即现在的桥口街，古时候这里是运河码头，系德州客货运输的集散地。这里人流如水，货物堆积如山，河里百舸争流，岸上热闹非凡。所以，小商小贩们也就集聚在这里。在德州的小商小贩中，当然离不开扒鸡这个行当，仅西关码头周围就有七八家扒鸡铺。他们都是自做自销，不知是为了安全还是为了声誉，这些小商人都有个定量的习惯，何为定量？就是所做扒鸡的数量和配料基本一致，他们宁愿少做、少盈利，也不降低质量标准。正是这个良好习惯，使德州的扒鸡名震天下，可他们却富不起来。

话说，西关有一家娘俩开的小扒鸡铺，每天就做十几只鸡，娘俩饿不着也撑不着。儿子贾福身强力壮且特别孝顺，他总是累活抢着干、好吃的留给娘。为了让娘少干点活，他每天都是早起晚睡，尽快处理完外面的事后，赶快回家来忙活。这样，娘儿俩过得还算舒服。可美中不足的是，贾福还没说上媳妇。随着年龄的增长，他的老娘体质越来越差，最后，还是卧床不起了。生意和照顾母亲的两副担子，就全部落到了贾福一人身上。可这个孝子情愿生意不做，也不让母亲受一点委屈。请先生（郎中）看病、抓药、照顾老娘起居，加之生意的萧条，把贾福这个三十几岁的汉子，折磨得只剩下骨头架子了。

这一天贾福卖完了扒鸡后，随即请来了先生给母亲看病，等看完病、开完药方，送走了先生，他再给母亲吃饭、洗脚等，等伺候母亲睡下后，时间就很晚了。他为了明早不误母亲喝药，并再多做几只鸡，就不顾已是深更半夜的时分，要去“颐寿药铺”给母亲抓药。去“颐寿药铺”要路过“九达天衢”牌坊，去时一路无事。天色已晚，人家药铺早就上了门，他给人家说了好多好话，花费了好长的时间才把药抓回来。当他再次路过牌坊时，东北角那块趴石蛤蟆的石座上飞起一只鸡，落到了他的肩上，无论他怎么赶，那只鸡就是不离开他的肩膀，这是怎么回事？原来，有一南方蛮子，前几天在恩县以南的“金鸡店”，偷了那里的一只金鸡后，快速赶到德州。打算于今天夜里，再偷了“九达天衢”牌坊下的金蛤蟆后，立即远走高飞、逃之夭夭。所以，今夜他将金鸡揣到怀里，悄悄地藏到牌坊下，准备偷金蛤蟆。哪知，他的这些卑鄙的伎俩，叫路过的张果老看见了。在他偷金鸡时，张果老想，道家应“得让人处且让人”，如果他只偷了金鸡，离开德州也就算了，如果再干坏事再惩罚他也不迟。所以，就悄悄地将金鸡给他换成了一块石头。哪知，这个贪欲心无底线的盗宝贼，又要来偷“九达天衢”牌坊下的金蛤蟆了，张果老见此就不再饶他了。当这个南方蛮子按照他精心设计的盗宝计划，快要捉到金蛤蟆时，南方蛮子怀里的金鸡活了，在他的怀里抓他、啄他，他一慌张脚下一滑，就同石蛤蟆一起滚到了河里。石蛤蟆掉进河里就变活了，游走了，给桥口街附近留下了蛤蟆多的景观。可这个南方蛮子却被河水冲到了回龙坝的漩涡里淹死了。

再说那只鸡，当南方蛮子快要滚到河里时，就从他的怀里飞了出来，站在石蛤蟆趴的石台上不动了。当贾福给他母亲抓了药路过牌坊时，这只鸡就飞到了他的肩上，说什么也不动了。贾福在牌坊下，费了好大的劲，也没赶走这只鸡。最后贾福想，反正这里离家不远，到明天我就提着它，到这里找它的主人。这只鸡就站在他肩上随其回了家。说也怪，到家后这只鸡就从他的肩上飞了下来，落在院子里不动了。贾福将药包放在小桌子上，就去点炉子准备给母亲煎药。哪知他一回身，这只鸡就飞上小桌子，将药包抓破，吃了起来。而且，它还挑食，专找那些有营养的草药吃，什么红花、砂仁、豆蔻、丁香、白芷、陈皮等，一会的功夫三服药里的主药就都给吃光了。这时贾福搬着炉子回到院子里，一看药被这只鸡给吃了，当时就大声呵斥："我怎么得罪你啦，你这么糟践我，我非砸死你不可。"可这只鸡雄赳赳地站在那里，不理他，也不跑，他就更生气了。气得他拿起宰鸡的刀将其给宰了。药没法煎了，他只好先去做扒鸡了，这只鸡也就成了他的原料。洗鸡、装锅生火，按部就班地完成了熟悉的工作程序后。然后闷上火，这时快要天明了，累了一夜的他就靠在炉火旁睡着了。这时，一面目慈祥的白胡子老头向他走来，贾福忙站起来迎上去问好。老者笑着对他说："我知你是个孝子，已治好了你娘的病，今后你要好好孝顺你娘。为此，我送给你一只鸡，保你今后生意兴隆；再娶个媳妇好好过日子吧。"贾福听后深施一礼并说："谢谢老先生。"当他抬起头来时，老者不见了，正在疑惑之时，就听娘说："福儿，是不是鸡熟了？今天怎么这么香！"一句话吵醒了贾福，他揉了揉眼站起来，一看老娘从屋里走了出来，喜得他一蹦老高，立即走到老娘面前问长问短，知母亲的病确实好了后，就将刚才所做的梦，如实地讲给了母亲听。老娘听后对儿子说，这是神仙来给咱家送福了，娘俩立即跪倒在地，对着苍天叩拜，并表示谢意。贾福一再表示要"孝顺老娘、善待众乡亲，以善为本、诚信做生意"。

这时，就听有人叩门说要买鸡，贾福开门见是一过路的商人，商人说他是出来买早点的，在此路过闻见院里香飘四溢，才叩门进来买鸡的。贾福说："先生略等，我立即给你去取。”说着走到煮鸡的锅旁掀开了锅盖。这一掀锅盖不要紧，香气扑面而来，顿时飘出了小院，溢满了四邻八舍和街道。过路的商人买了两只鸡，准备拿回住处再吃。可扒鸡的香味馋得他忘了文明，就边走边吃了起来。他这么一吃却引来不少路人的追问，你在哪里买的？商人回头一指，继续吃他的鸡。不一会贾家的院里就挤满了人。贾福所做的十几只鸡,眨眼就卖完了。他只好对大伙道歉，说明我本小利薄，无力做那么多，请各位明天再来买。

第二天，贾福试着做了二十只，仍被抢购一空。天天如此，不仅不用再到码头上去叫卖了,还出现了头一天预订的事。无奈贾福添置了大锅,每天做五十余只，可仍是供不应求。贾家的扒鸡销路大开，名声大振。有一吃客听说后，特意远道而来品尝，他吃完扒鸡后诗兴大发，在其墙上留诗一首 ：“轻轻一抖骨肉分，齿唇留香不腻嘴。何以垂涎三尺短，西关扒鸡美食魁。”为此，他家的日子越来越富裕了,贾福也说上了名震州城的好孝顺媳妇。他们每到年节都要出舍,周济贫困乡亲。所以，他们不仅过上了好日子，而且，在乡亲和客户中间口碑极好，生意一直红火兴旺。

实际上，西关贾家的扒鸡好吃、不腻且不愁销路，得益于诚信经营、价格适中，不用死鸡，配料齐全、定量生产，老实做人、童叟无欺。周围的扒鸡作坊一并效仿，为今日名震州城的“德盛斋”扒鸡店奠定了基础；为德州扒鸡声震华夏，成为“中华第一鸡”作出了贡献。正是 ：为人多行善,善多福自来 ；诚信做买卖,兴隆传代代。

（汉林搜集整理）

乐陵小枣古树的传说

乐陵历史悠久，盛产金丝小枣，其栽培历史，始于商周，兴于魏晋，盛于明清，距今已有三千多年，现有千年以上的古树千余株，每一棵古树都有着不一样的故事，而这一个个故事，更是传奇了古树，引起了乡愁。

缚龙树 此树以拴过龙而得名。相传，大禹治水，力疏九浚，须降伏九条孽龙，其中八条均被制服，回到东海，唯徒骇河孽龙最为顽固，仍不服输。禹王差人打造千斤木枷给它戴上，又用一条铁链将其牢牢拴于这株老枣树上，等到恶龙被除，树的底部已被磨成道道伤痕，在人们的呵护下，此树不但没有死掉，而且结的枣比往年既多又甜，于是人们悟到了“枷树”的道理，故以后便每年照此环剥枣树，即“枷枣”，迎候丰年。现“开枷”已经成为枣树管理的重要措施之一。

半赤枣树 据传战国时，鬼谷子曾偕孙膑、庞涓二弟子云游至乐陵南夏村，鬼谷子欲考二人才学，就说：“为师腹饥，尔等觅一颗半赤枣来。”庞涓转遍枣林，不见半赤枣，空手而归。孙膑则从此树枝头摘下一颗半红半青的枣子，交与师父。鬼谷子笑着点了点头，红的这半已“赤”，绿的这半还未“赤”，这不是半赤枣吗？后来鬼谷子就将自己的兵学秘籍传于孙膑，此树也被后人叫作“半赤枣”树。

乐毅树 战国时期，燕大将乐毅伐齐，兵囤乐陵境内，发现此地的枣与众不同，特别甜脆爽口，想是水土之故，便命士兵从燕国移来千余棵枣树，栽种于此。历经战乱洗劫，所存无几，唯此树仍枝繁叶茂，据传，它正是当年大将军乐毅所栽，故称此树为“乐毅树”。

相思树 据史料载，乐陵城北曾有两株枣树相依为命，秦始皇令徐福带五百童男、五百童女东渡扶桑时移走一棵，植于日本（现在日本唐昭提寺中），日久，人们发现余下的这棵枣树枝叶总是向东伸，而带去日本的那棵枣树的枝叶总是向西延，原来二树乃一对恩爱夫妻相思也。故此树被称“相思树”。

小金丝王树 相传西汉末年王莽篡位，赶杀刘秀。刘秀逃至乐陵境后，人困马乏，在林中摘枣充饥，树下小憩。一蝼蛄将他拱醒，烦而将其头拽。忽闻林外人呼马嘶，知王莽追兵已至。时觉蝼蛄惊他有功，愧从树上掰下一个棘针插其脖子上，使其身首合一，曰：“金头王往西拱，金丝王往东扎。”后顺碱河逃脱。刘秀称帝后，钦定该树为金丝王树，树上之果为贡枣。元初，蒙古兵伐树烤肉，原金丝王树被砍，金丝王树从根部发芽，又长出一棵枣树，故称“小金丝王树”。

鹦鹉树 相传，乐陵亢儒祢衡（173—199），为避董卓，远游荆襄，与孔融结为忘年交。翌年八月仲秋，携友同游故里，在此观翠红雅景，设宴赏月。忽见树上鹦鹉合鸣，二人高兴食枣作赋《鹦鹉词》。后祢衡击鼓骂曹，得罪曹操，曹借江东黄祖之手将其杀害，葬于武汉鹦鹉洲，后人为纪念这位枣城不惧权贵、才华横溢的词人，便命此树为“鹦鹉红”。祢衡著文集两卷,《鹦鹉赋》是其代表作。

药王树 晋代,乐陵人王欢(265—320),家贫,乞食苦读。永康二年,病卧家中，高平（今巨野）游医王熙，偶遇，以此树枣入药，治愈王欢，随后二人义结金兰。后欢成著名学者，诗人，任国子监博士。熙通游全国，尝百草，试药性，成为一代药王。王熙认为枣能润肺，养心补肾，枣树的阳皮炙干为末能止泻。后人为纪念王欢、王熙，便将此树命名为“药王树”。

躺枣树 传说，罗成父子在边关征战多年，战争略休，他们要回故里济南府历城县省亲。这日进入乐陵地界,罗成便信马由缰,自顾陶醉于“千家小枣射云红”的美景之中，回头却不见儿子。喊了几声，无人答应，罗成好不着急，急解丝缰，翻身上马，一路寻来。发现爱子正在一树下熟睡，说着呓语，喊着杀声。罗成看罢虽说心中痛惜，可又不无气怒，便骂道：“你这孽子，在这睡得安稳，可你让为父找得好苦！”谁知连喊数声，儿子照睡依然。罗成无奈，只好用枪柄将儿子捅醒，父子二人这才继续赶路而去。后来，此事便在当地传播开来，一个躺在树下睡觉，一个四处寻找。原来该树上结的枣犹如睡觉的枕头一般，于是借其音、据其形，人们便将这树上结的枣唤作“躺枣”。此树被称为“躺枣树”。

一品护卫树 公元1426年，朱棣次子朱高煦造反，宣宗朱瞻基御驾亲征，双方在乐陵境内对峙。忽有一支利剑射向宣宗，却被此枣树枝将箭挡落。宣宗帝感激此树救驾有功，赐封为“一品护卫”。

知县树 明万历十九年，王登庸任乐陵知县，“劝民种枣，教民树艺，有过者，罚种枣，以赎错”。规定凡犯错之人，除依法处罚外，另罚栽枣树五十棵。王知县任职期间提倡植树，身体力行，亲手植下枣树五十棵，百姓时称“知县树”。知县树历经战乱，现仅存此一株。

枣王树 据传，乾隆下江南，途经乐陵，至此树下口渴，取几颗红枣入口，顿觉甜透六腑，爽净五脏，脱口而出“好果，称朕意”，并挥毫写下“枣王”二字。乡民感恩御赐，制成金匾，挂于此树。故此树称“枣王树”。现有“枣王”碑为证。

长寿树 当年，清朝才子纪晓岚，出游至乐陵境，枣树旁遇一老翁，问：“此果，能益寿乎？”老翁答曰：“一天吃上三个枣，活到八十不显老。”并摘其与纪晓岚食。纪晓岚食后，立觉甜透肺腑，更见这老翁年逾八旬，仍耳聪目明，一时兴起，借老翁之镰在树上刻下一个“寿”字。细心的朋友自会发现此树隐约还留下一个繁写的“寿”字，故此树被称“长寿树”。

虚心树 位于朱集镇百枣园，传有一男子，恭温谦和，擅画枣树，与一女子相爱，因家庭相阻，相思成疾身亡。后坟前长出一株枣树，结枣无核，以示虚心。后被乡人称为虚心枣。

母子树 传说，古时王双志村有个女子姓王，美貌绝伦，被皇帝看中，一道圣旨被选入宫，逾期满门抄斩。可这女子自小许与同村同姓的王君为妻，两人青梅竹马，两小无猜。于是两家人便商量为他们提前完婚。成婚之日，按照乐陵旧习，新人必先吃枣子，寓意“早生贵子”。由于乡人戏逗，新娘不慎将枣核咽下。然官府催人甚紧，后半夜，新娘思之再三，觉得只有拼自己一死，才能救下全家。打定主意，悄悄溜出家门，投进此树下的一眼深井。待乡人发现，已香消玉殒，众人一片惋惜之声。于是，就地掩埋。第二年，这王氏女子坟头上竟长出一株枣树，人们说这是王姑娘的化身。又过了几年，老树腹中又生出一株小树，人们说，这是她和王君的孩子，也有人说，这是王氏咽下的枣核所生。从此，“母子”树的故事就这样流传下来了。

卧龙树 相传，乾隆在乐陵城南杜刘尹村封下“枣王”树后，正要启程江南，忽听一老者说，城东北角有个叫王清宇的庄子，枣树也极多，品质更为佳。乾隆听得“王清宇”三字，心头一亮，不觉失口喊出一个“好”字，心想，这村名起得真是绝伦：“王”者，岂不乃朕也，“清”当为我大清，“宇”嘛自然是天穹了。三字意味深长，不恰寓意我治理的大清升平，天宇晴朗吗？我要不亲临一睹，岂不枉来此地！乾隆思罢，龙心大悦，不容侍从多言，就直奔王清宇而来。可他毕竟是微服私访，乡人认他不出。他就和乡人谈起枣来，言来语去，乡人便把他当成枣贩子，乾隆也故意装出枣商身份，说先要尝一下枣的口感，村主人就将他们领到这树下，乾隆摘吃几颗，直觉满嘴生津，甜透心肺，欣然喊道：“好枣，真不错！”不想乾隆话音刚落，这树竟朝他歪倒下来。乾隆说：“莫非这树也有灵性，见了朕也跪拜。”村民方知皇上驾到。后来，人们根据帝王为龙体的说法，就把此树称为“卧龙树”。

养性树 董养性（1616—1672），乐陵东董家村人，家贫、聪颖，遍读天下书，有“江北第一才子”之称，做官清廉，后辞官，百姓送他一副对联：“董县令挂冠回家种枣树，奇才子养性晒书晾肚脐。”一日，董养性在树下晾肚睡着，忽天上落下一群红胖子（小枣），将其砸醒，他拿起枣，掰开，满腹金丝相连，一吃，肉甘甜，有清肺、提神、养性之感。随即兴赋诗：“小枣老来红又甜，满腹金丝谱琴弦。弹就阳春白雪曲，云红天外任舒展。”将此树命名为“养性树”，又名“老来红”。

愿庵公树　公元1686年，福建闽县陈师孔，字愿庵，任乐陵知县，自警：“受一分枉法钱，幽有鬼神明，做半点亏心事，远在儿孙近在身。”公明廉洁，体恤百姓，倡导生产，并亲自植树于此。枣乡百姓为纪念这位清官，立“去思碑”，并命此树为“愿庵公树”。

郑焞树　咸丰十一年（1861），乐陵大旱，税赋不减，民不聊生，郑庙人郑焞在此树下聚众造反，抗捐抗税。后义军被清政府镇压，郑在济南府就义。后人赞曰“当年树下聚英雄，抗漕减税泽众生。义胆忠魂随风去，空留此树悼秋风。”人们为纪念这位英雄，便称此树为“郑焞树”。

铁将军树　1933年冬，抗日名将宋哲元，率八千子弟兵抗击日寇。家乡代表携此树所结上品干枣八十余斤，赴前线慰问。枣甘甜入心，士气更旺，于喜峰口大败日军精锐板垣师团。宋将军亢奋之余，挥毫写下“铁将军”三字，捎于树主人。从此，此树称为“铁将军树”。

同心树　据记载，八路军东进抗日挺进纵队司令员萧华，在乐陵被“革命母亲”常大娘（刘相会）所救，并知常大娘曾掩护过六十多位党的干部脱险，甚为感动，便在此树下认常大娘为干娘。后来人们为了纪念这一军民鱼水、母子连心的动人事迹，便把此树称为“同心树”。

千年岁月如瞬间，漫步枣林，面对一株株饱经沧桑、姿态各异的枣树，相信每个人都会在昂首回眸间邂逅一段传诵千古的历史传奇，在闭目沉思间感悟一缕独具魅力的枣乡神韵。今天，我们能做的就是将这些历史的活化石完整地保存下来，并保护好，让后人继续拥有这片千年枣林，让美丽传说继续流传下去。

（上官古月搜集整理）

东方朔传奇

东方朔，字曼倩，平原厌次人，即今德州市陵城区人。性诙谐幽默，善辞赋，汉武帝时大臣、文学家。他有着许多的传奇故事。

一、上书应聘大气概

据传，武帝即位初年，征召天下贤良方正和有文学才能的人。各地士人、儒生纷纷上书应聘。东方朔也给汉武帝上书，上书用了三千片竹简，两个人才扛得起，武帝读了两个月才读完。在自我推荐书中，他说："我东方朔少年时就失去了父母，依靠兄嫂的抚养长大成人。我十三岁才读书，勤学刻苦，三个冬天读的文史书籍已够用了。十五岁学击剑，十六岁学《诗》《书》，读了二十二万字。十九岁学孙吴兵法和战阵的摆布，懂得各种兵器的用法，以及作战时士兵进退的钲鼓，这方面的书也读了二十二万字，总共四十四万字。我钦佩子路的豪言。如今我已二十二岁，身高九尺三寸，双目炯炯有神，像明亮的珠子，牙齿洁白整齐得像编排的贝壳，勇敢像孟责，敏捷像庆忌，廉俭像鲍叔，信义像尾生。我就是这样的人，够得上做天子的大臣吧！臣朔冒了死罪，再拜向上奏告。"武帝读了东方朔自许自夸的推荐书，赞赏他的气概，命令他待诏在公车署中，俸禄不多，也得不到武帝的召见。

二、智争俸禄使小计

过了一段时间，东方朔不满意目前的处境。一天出游都中，见到一个侏儒，恐吓他道："你的死期要到了！"那侏儒问他为何，他说："像你这样矮小的人，活在世上无益，你力不能耕作，也不能做官治理百姓，更不要说拿兵器到前方去作战。像你这样的人，无益于国家，只是活在世上糟蹋粮食，所以如今皇上一律要杀掉你们。"侏儒听后大哭起来。东方朔对他说："你暂时不要哭，皇上就要来了，他来了你去叩头谢罪。”一会儿，武帝乘辇经过，侏儒号泣叩首。武帝问：“为何哭？”侏儒说：“东方朔说皇上对我们这些矮小的人都要杀掉。”武帝问东方朔为什么要如此说。东方朔回答道：“臣朔活着要说，死了也要说这些话。那矮子身高只有三尺多，一袋米的俸禄，钱二百四十。我身高九尺多，却也只拿到一袋米的俸禄，钱二百四十。那矮子饱得要死，我饿得发慌。陛下广求人才，您认为我讲的话对的，是个人才，就重用我；不是人才，也就辞退我，不要让我在这里浪费粮食。”汉武帝听了哈哈大笑，于是立马任命他为待诏金马门，随着官阶的提升，俸禄自然而然地提高了。

三、巧猜谜语现才华

东方朔出任待诏金马门一职，见到汉武帝的机会就多了。一天汉武帝在宫里把一只壁虎放在盂盆里，盖上盖子，令大臣们猜盂盆里放的何物，大臣们猜了半天，都猜不出来。东方朔看看火候已到，觉得该掀开锅盖了，于是上前奏道：“说它是龙吧，但是没有角；说它是蛇吧，却有脚；它既不是龙也不是蛇，却会在墙壁上爬行，那么它到底是什么？它不是壁虎还会是什么？”汉武帝说：“正是一只壁虎。”于是便赐给他十匹缎子。后来，汉武帝经常在宫廷里玩此类猜谜游戏，东方朔每次都能猜中，得到很多的赏赐。

四、诙谐谜语戏宠臣

汉武帝身旁有个宠臣叫郭舍人，对东方朔每次都能猜中，得到很多的赏赐很是嫉妒，颇为不服。千方百计想把东方朔难倒。有一次，郭舍人把一个长有菌芝的树叶放在盂盆下让他猜，如猜出他甘愿受笞一百。东方朔说：“生的肉叫脍，熟的肉叫脯；生在树上寄生的东西叫芝菌，盂盆下就是这个东西。”一听东方朔又猜对了，汉武帝叫人打郭舍人一百下。郭舍人被打得哇哇直叫。东方朔又说：“咄！口上没有毛，声音哇哇叫，屁股翘得那么高。”郭舍人怒道：“东方朔胆敢讥笑皇帝近臣，罪当弃市。”汉武帝问东方朔：“为何要笑他？”东方朔说：“臣并未笑他，只是出个谜语让他猜猜罢了。”汉武帝说：“听卿解释。”东方朔回禀道：“口上没有毛，是狗洞；声音哇哇叫，是老乌在哺小乌，屁股翘得那么高，是仙鹤低头啄食。”郭舍人仍不服气，说道：“我再出一个谜语，他如果猜不出也应受打。”汉武帝允诺。

于是郭舍人用谐音作一谜："令壶龃，老柏涂，伊优亚，旺旺搜馈馐。"方朔想了一会儿说："令，就是命令；壶，是盛东西的器具；龃，是牙齿长得不整齐；老，是人们对他的敬重；柏，就是鬼廷；涂，是慢慢浸湿的路；伊优亚，是说话不清楚；旺旺搜馈馐，是两只狗在争斗。"郭舍人还想狡辩，但汉武帝抚掌大笑，称赞东方朔猜得好。凡是郭舍人出的谜语，没有能难倒东方朔的，大臣们对东方朔的思路敏捷、幽默风趣都很惊讶，汉武帝也非常喜欢他，任他为常侍郎。

五、幽默狡辩领赏肉

一天，大伏酷暑，武帝下诏官员到宫里来领肉。等了好久，分肉的官员还未来，东方朔就自己拔出剑割了一大块肉，并对同僚们说："大伏天，肉容易腐烂，大家快快拿回去吧！"第二天，武帝对东方朔说："昨天赐肉，你为何不等诏书下来，擅自割肉归家，这是为什么？"东方朔说："朔来！朔来！受赐不等诏书下来，为何这样的无礼！拔剑割肉，为何这样勇敢！割得不多，为何如此廉俭！带回家给细君（妻妾），又为何表现得如此的仁爱！"汉武帝听后说："要你自作批评，倒表扬起自己了！"又赏赐给他酒一石，肉一百斤。他都拿回家去给老婆。

六、谏阻武帝兴土木

武帝喜欢微服出巡，恣意游猎。常率卫队到黄山、长杨宫、宜春宫，一路上带了一帮武骑浩浩荡荡，他们骑马射鹿，追逐狐兔，甚至空手格斗熊罴，在游猎过程中，马队践踏庄稼，百姓怨声载道。有人建议武帝搞一个皇家苑囿。武帝命吾丘寿王等人设计，在阿房宫、宜春宫等旁边的一大片土地内围造上林苑，专供武帝游猎、休憩。要用这么大的一片土地筑造苑囿，东方朔上书力劝武帝。他说："如筑造这样的苑囿，破坏了陂池水泽的环境，侵占了百姓膏腴的土地，这上对国家无用，下对百姓无利。这是第一个不能造的理由。其二，它破坏了百姓的冢墓，拆毁黎民的室庐，使百姓死无所葬，生无所居。其三，造这样的苑囿，用马东西跑着，用车南北走着，还要挖深沟大渠，这是劳民伤财的事，以陛下一日之乐，来损害皇上无上的圣名，这是万万不可的。"东方朔的谏阻上林苑书写得真切感人，武帝读罢奏疏后，任东方朔为太中大夫，给事中，赐黄金百斤。然而武帝仍按吾丘寿王所上奏的那样，建造了上林苑。

七、醉谏撒尿金銮殿

隆虑公主的儿子昭平君是个骄奢淫逸的公子哥儿，娶了武帝的女儿夷安公主。其母怕自己死后，儿子闯祸犯罪，于是预先拿出黄金千斤、钱千万给政府，赎他的死罪。隆虑公主去世后，儿子果然日益霸道，一天酒后杀了夷安公主身旁的仆人，被拘禁在内宫那里。因为他是皇亲国戚，不能随便惩处，廷尉于是把他交给武帝处置。武帝身旁的大臣都为他求情，说："他母亲已为他出了一笔钱，赎了他的死罪，陛下也答应过。"武帝说："我那可怜的妹妹，年纪很大了才有这个儿子，生前还托付给我。"说着流下了眼泪。过了一会儿，他擦干了眼泪，又说："法律是先帝制订的，如果是妹妹的关系破坏了先帝的规矩，我有何脸面进高帝的宗庙呢！如何去面对黎民百姓呢？"于是核准了对他外甥的惩处，同时武帝又悲伤地哭了起来。这时东方朔上前高高举起酒杯献酒道："臣听说圣王为政，赏赐不避仇家，诛罚不分骨肉，如今陛下遵循古训，所以四海之内兆民百姓都能各得其宜，这是天下的荣幸。今天，我捧了这杯酒，为皇上敬酒，冒着死罪，再拜万岁、万万岁！"武帝对他说："古书上讲'该说话的时候才说话，这样人们才不会讨厌他。'今天的情景，是你应该上寿酒的时候吗？"东方朔说："臣听说快乐过度了，阳气要溢满；悲哀过度了，阴气要减损。阴阳变了，心气就要动；心气既动，精神扩散，邪气乘虚而入，能够消忧解愁的最好是酒。所以我奉上寿酒，一来表明陛下公正无私，二来要解除你的悲哀。我不知忌讳，真是罪该万死！"这时东方朔已喝得酩酊大醉，在殿上小便，大臣们弹劾他"大不敬"罪，被下诏罢官，贬为庶人。后待诏在宦者署中，因对策有功，任中郎，赐帛百匹。

八、执戟拦谏正风化

武帝的姑妈馆陶公主，亦叫窦太主，其夫堂邑侯陈平去世后，守寡多年，已五十多岁。一个卖珠宝的女子经常到她家去，还带了个十三岁的儿子董偃。董偃长得很漂亮，窦太主就把他留在身旁，教他御射术数。到了十八岁他已是个仪表堂堂的英俊少年。他与窦太主出则执辔，入则侍侧，关系非同一般，整个京师都知道他与窦太主的关系，叫他董君。一天武帝到窦太主家做客，公主激动万分，亲自下厨做菜。武帝坐定后对姑妈说："希望见见你的主人翁。"窦太主就把董偃引了出来。只见董偃头戴绿帽子，手套皮筒子，跟在公主的后面，对武帝说："臣董偃，公主家的庖人，冒死叩拜皇上万岁！"武帝见他长得很美貌，也很喜欢，赏赐他很多东西，并喊他"主人翁"。从此，董偃经常与武帝斗鸡走狗，游猎踢球。由于他与武帝关系日趋亲热，董偃名声大噪，京城王公贵戚没有一个不认识他的。一天，武帝在宣室设酒宴款待窦太主和董偃。当他们要进入宣室时，东方朔执戟上前阻拦，对武帝说："董偃有三个罪名可杀：他以人臣的名义，私侍公主，这是第一条死罪。败坏男女风化，搞乱婚姻礼制，有伤先王的制度，这是第二条死罪。陛下正当壮盛之年，须积思效六经，留心于王事，追慕唐虞的政治，仰敬三代的教化，而董偃却不知依经书劝学，反而以靡丽为重，奢侈为称，尽狗马之乐，极耳目之欲，行邪枉之道，径淫辟之路，这是国家之大贼，社会之大害，这是第三条死罪。"武帝听后，默不作声，过一会儿说："我已经摆好酒宴，下次再改吧！"东方朔说："不可以。宣室是先王的正殿，不是议论正当的国事，不能进去！正是这样，淫乱的事情才渐渐消除下去。不要弄到这样的境地：竖貂教桓公淫乱，后来终究和易牙一同为患；庆父缢死于莒国，鲁国方得安宁；管蔡诛灭了，同室方得治安。"武帝听罢说："是的。"便下诏停摆酒宴于宣室，改摆在北宫。让董偃从东司马门进去，后又把它改称东交门。赏赐给东方朔黄金三十斤。从此，董偃逐渐失去了宠爱，三十岁就去世了。过了几年，窦太主也去世了，董偃与她一起合葬在霸陵。

九、不朽文章传千秋

东方朔还是一个文学家，他的散文赋《答客难》，假设客人向作者问难，嘲笑他虽有"博闻辩智"，却难与苏秦、张仪的地位相比。然后便辩解道："彼一时也，此一时也，岂可同哉！"战国之时，诸侯并争，"得士者强，失士者亡"，谈说之士，身处尊位，而如今天下一统，由朝廷掌握用人大权，贤与不肖没有区别。文章表达了知识分子在汉代大一统局面下才智无所施展的压抑感，暴露了统治者随意抑扬人才，致使贤愚不分的现实。作品采用说反话的形式，充满了牢骚不平之气。他的另一篇《非有先生论》，假托非有先生之口，发表"谈何容易"的感慨，也是抒写怀才不遇之情的作品。东方朔的散文赋以上述两篇最著名。现存作品十八篇，以《七谏》《答客难》最著名。《七谏》借屈原的身世写自己的不遇，表白对国君的诚贞。

（上官古月搜集整理）

宁津蟋蟀的传说

传说之中国蟋蟀文化，历史悠久，源远流长，是具有浓厚东方色彩的中国特有的文化生活，也是中国的艺术。它主要发源于黄河流域的中下游。真正的蟋蟀名产地，以山东齐鲁大平原而闻名全国，而山东的宁津县是蟋蟀王国王冠上的宝石，宁津种的蟋蟀头大、项大、腿大、皮色好，具有勇猛善战，不畏强敌的战斗精神和顽强的耐力、凶悍、咬死不败的烈性。历史上宁津蟋蟀为历代帝王斗蟋蟀的进贡名产地，蟋蟀从原先的听其声，发展到后来的观其斗，至于斗蟋蟀这一活动起源于哪个朝代，至今仍没有资料可以证明。在宋朝时期，朝野上下大兴斗蟋蟀之风，并将“万金之资付于一啄”，这已是历史事实。在宁津，流传着诸多关于蟋蟀的传说，今择其两则与皇家有关传说故事，以飨读者。

一、宋徽宗与蟋蟀

宋徽宗的皇后是德州刺史王藻的女儿，名叫王敏。王皇后从小饱读诗书，对皇帝不理朝政、整日躲在宫里同嫔妃斗蟋蟀看不下去，多次劝说引来徽宗疏远。不久王皇后得病而亡。她变身一只乌头金翅大蟋蟀，陪伴徽宗，缠缠绵绵，徽宗爱不释手，白天带在身边，夜晚放在枕旁，朝朝暮暮在徽宗耳边啼鸣“夫君醒来！夫君醒来！”公元 1127 年，金兵大破东京汴梁，徽宗被金兵俘虏，押送金国，行至鬲津河畔的临津县即今宁津县，遇到大雨，突然随行的行李散了，从车上掉下来一个小盆罐，王皇后化身的乌头金翅大蟋蟀逃出盆罐，跳入路边的草丛中。宋徽宗目睹王皇后化身的爱虫，思念故国，不禁黯然神伤，垂泪对乌头金翅大蟋蟀说：“爱卿快快逃亡吧，待到天朝盛世，再让你娘家的兄弟们拜帅称王，称雄天下。”真是一言成谶，正好 800 年后，在宁津举办了第一届蟋蟀文化节，宁津蟋蟀大赛冠军，称霸天下。

二、慈禧与蟋蟀

到了清同治年间，当时宁津陈庄的蟋蟀在京城已小有名气。这年，恰逢慈禧太后生日之际，准备大庆一番。太监李莲英建议增添斗蟋蟀一项助兴，慈禧很满意。于是，李莲英派两个手下贾大鼎和郭老福，来到陈庄选虫子，并叮嘱要选个大的，成色好的。二人到陈庄后，呵斥人们到地里捉最好的虫子进贡。其实，他们根本不懂什么成色，只记住了“个大的”。当上好的虫子贡上来后，都因“个不大”而没被选中，村民们还挨了臭骂，甚至遭衙役棒打。村里人决心捉弄一下两个太监，于是他们在地里捉到几只特大的雌蟋蟀，把显示雌性的尾巴剪掉，献了上来。两个太监一见，如获至宝，装进箱里，运回京城皇宫。没等慈禧寿筵开，虫子便献到了李莲英面前。太后听说后，欲先睹为快，让选两只斗斗看。李莲英把两只最大的放在一起，可几经挑逗，不见相战。仔细看时，才知是两只雌的。慈禧顿时大怒，因扫了兴，更因“雌蟋”与“慈禧”同音，雌蟋上不了场，影射了女人专权之逆。这一下，触犯了慈禧大忌，她以为是两个下人故意要弄她，便下令将二人下狱，秋后问斩。

（邹华搜集整理）

庆云唐代枣树的传说

庆云县的唐枣树，在庆云镇原后张乡周家村的村南，漳卫新河原鬲津河南岸，清代康熙元年任庆云知县的卢元培作诗赞曰：“半亩清阴俯碧川，沧桑历尽势参天。繁枝自抱风云色，贞干宁辞冰雪缘。高士结庐容啸傲，将军屏坐寄流连。聊珠而后知盈箧，绝胜南华第一篇。”从这首诗对老枣树的描写，可以看出这棵老枣树在隋末唐初就可遮阴凉达半亩之多，虽历尽沧桑，仍有参天之势，枝繁叶茂，罗城及瓦岗寨的这些将军们为了大唐的基业，出生入死进出庆云绝非一次，而每次来都是在此拴战马席地而坐休息。并商议军中大事，成了一个野外的瓦冈将军议事休息的场所，所以那时当地百姓就有将军树之说。唯有罗成将军对这棵树情有独钟、流连忘返，炎热的季节，那战马见到古树可歇凉，也高兴得萧萧嘶鸣。到了枣熟的季节可采摘红珍珠样的一筐又一筐的红枣子。

大家都知道，罗成将军是大唐的开国将军，他来回经过庆云时还没有建立大唐，隋朝是建于公元 581 年灭于 618 年，在历史上仅存在了三十七年，罗成将军要选一棵能自己歇凉又能拴战马的树，可见这棵树之大。他的马不是一般的马，是一匹性子极烈百万军中人见人爱的宝马良驹，在那时这棵古树至少也有百年的树龄。根据清代咸丰四年《庆云县志》里这首卢知县的诗推测，这棵古枣树至少植于南北朝齐国时期（479—502）。一棵年代这么久远的枣树为什么会叫唐枣呢?

在庆云民间流传这样的一个故事，因罗成将军经常到此树下拴马休息，有一年他又一次在老枣树下休息，正值八月十五左右，此树硕果累累，罗成将军饿了，顺手采摘枣子充饥。那枣比蜜还甜，他这次还身负重任，代表瓦岗寨英雄去与唐国公李渊商谈合作推翻腐败的大隋，将军来得匆匆未带礼品。吃此甜枣后决定以此为礼品见唐国公李渊，装满了自己的军粮袋后，见了李渊呈上礼品，李渊问：“何物。”罗成答：“糖枣。”李渊连吃几个不住点头，后李渊将罗成将军所带小枣赏分与李世民及手下众将品尝，以李世民为首的各位大将异口同声说：“好甜啊，真是糖枣！”经过这次以枣为媒的合作洽谈，达成了推翻隋朝的共识；经过几个胜仗，很快就推翻了隋朝。

李渊在与群臣商议建国所用国名时，李世民出班奏道：“父王要以唐字立为国号，原因有二,一是父王是唐国公，二是罗成将军以糖枣为媒，使我们与瓦岗寨英雄达成共识，瓦岗寨英雄除单雄信外都已经归顺了我们，均是忠心耿耿的将领，罗成将军为推翻大隋而捐躯，我们要世世代代纪念他送糖枣结盟之功，不知父王意下如何？”李渊大喜：“准奏。”唐朝的产生与庆云古枣这段传说传了一代又一代。

糖枣、唐枣，传遍了华夏大地的每一个角落。

（邹华搜集整理）

临邑卧牛城的传说

从前，一名四处化缘的癫和尚路经临邑城，他从北门进南门出，一路上疯疯癫癫地唱道：“鞭打卧牛难奋蹄，许下承诺待时机；解开缰绳随缘去，齐心协力唤牛起；汪洋多水城换颜，扬鞭高歌奋蹄疾；卧牛崛起拉金磨，黄金遍地卧牛城。”癫和尚身后跟着一群六七岁的顽童看热闹，癫和尚唱一句，顽童们也都跟着唱一句，直到孩子们都把歌谣背熟了，也走到了城南门了，癫和尚对其中的一个半大孩子悄声说了四句偈语道：“玉瓜打金牛，金牛拉金磨，金磨现了形，遍地黄金豆。”顽童们不解其意，一声呐喊散了去，癫和尚“嘻嘻”一笑，踏歌而去。

歌谣很快在临邑城流传了，几乎家家户户都知晓歌谣的内容了，但是，却没有一个人明白歌谣的真正含义，人们都随口唱唱就罢了。后来，世道变迁，歌谣渐渐被人们淡忘了，那四句偈语更是无人知晓。但是，一个卧牛城传说的故事却在民间广泛地流传着。

临邑城在元朝以前叫犁邱城，到了朱元璋建立明朝以后改名卧牛城，从远处看卧牛城形状像是一头卧在地上的金牛，因此取名卧牛城。它头枕来禽馆井，尾压北城门外的龙泉井，独占临邑城两口甘洌无比的甜水井。传说在城的地底下卧有一头金牛，一旦这头金卧牛崛起，临邑城将成为富甲天下的风水宝地。

有一天，一个叫皮三的南方相士四处云游到此，望见卧牛城附近有一道白气冲天而起，他经过一番仔细推算，识破了卧牛城的秘密。他不顾师父的再三劝阻，独身一人来到卧牛城暗中窥视卧牛城崛起的时机，妄想独吞金牛。

卧牛城北有一处古迹名胜景观叫“凤落燕”，凤落燕西侧就是一个红色粉墙的梵冈寺，梵冈寺坐北朝南，面临一条波涛滚滚的大河叫朱家河，直通东海，经商运输的船只帆影直下，川流不息。梵冈寺里的大铜钟响彻远播四十里，给过往的旅客报送钟声。清朝临邑人马宗晰曾作诗赞美此地风景道：“唱罢金鸡晓气清，忽闻梵院响钟声。音飘尘外过闾巷，韵度风前散市城。惊起贾人还旌旗，唤回游客返长征。群登觉路禅心静，免教睡魔逐梦生。”

话说梵冈寺东侧不远有一处瓜棚，种瓜的老汉姓郝，他妻子早逝，儿女都已成家立业，他把全部心思都用在了种瓜上，他的几十亩瓜田西邻梵冈寺，南临朱家河，东靠浓密的万亩槐树林，北面不远就是他的家。郝老汉不知他选中了一块风水俱佳的宝地，连续几年种瓜丰收，郝老汉心中喜悦无比。他按不同季节分别种植的脆瓜、甜瓜、面瓜、西瓜都给他带来了颇丰的收入。这年春天，郝老汉刚刚播下瓜种，忽然见到一只七彩大鸟率领着一群说不上名的鸟儿降落在瓜田里。郝老汉又惊又喜，他觉得这只大鸟就是传说中的凤凰。凤凰是百鸟之王，是吉祥之鸟，古人说过凤凰不落无宝之地，只有大富大贵的人才有缘见到它。郝老汉惊喜之中，连忙进屋用瓢端出一些粮食，想喂喂这群不速之客，没想到等他出来时，七彩鸟儿和那一群叫不上名的鸟儿不见了，郝老汉后悔得直跺脚，直怨自己是福薄之人。瓜苗出土以后，郝老汉精心伺候。该施肥时施肥，该浇水时浇水，瓜苗都长得绿油油的，一天一个样。有一天郝老汉在锄苗时忽然发现有一棵瓜苗与众不同，它不但长得又高又壮，而且它的叶子形状也更是让种了大半辈子瓜的郝老汉大惑不解，郝老汉竟然无法辨认这是什么瓜苗。郝老汉手持铁锄犹豫不决，沉吟思量了一阵，决定任其自生自长，看看它到底能结出什么样的瓜。光阴似箭，日月如梭，郝老汉的瓜苗已经长大开花结果了。那棵叫不上名来的瓜苗也跟着一齐开花结果，奇怪的是这棵瓜秧只开了一朵花，只结了一颗瓜。郝老汉因为它来路蹊跷，心中不免生出几分厌烦，懒得再去管理它。

梵冈寺南面有个燕家村，燕家村里有一个财主，他家养了一头金色大骡子，财主用它驮东西和拉大车。有一天半夜，财主突然听到一阵急促的马蹄声，他急忙点燃了灯笼去马棚里观看，吃惊地发现那头健壮的金色骡子不见了，他提着灯笼走到院门照了照，发现院门锁得好好的，他心中疑惑不解，误认为家中的长工暗中做了手脚，为了不打草惊蛇，他没有立刻声张，决定第二天报官破案。第二天清早，财主又被一阵由远而近急促的马蹄声惊醒，他急忙披衣去马棚查看，只见那头健壮的金骡子不知什么时候又回来了，而且浑身大汗淋漓，显得非常疲倦。财主大惊失色，急忙喊起家中的长工询问是怎么回事，长工却一脸茫然，被问得丈二和尚摸不着头脑。财主见长工不像是家贼自盗，心中更觉蹊跷，叮咛长工先不要声张此事，暗中静观其变，看看到底是怎么回事。果然，第二天半夜金骡子又不见了，一直等到清晨雄鸡打鸣前，它又浑身汗淋淋地自己回来了，白天仍然显得很疲劳。财主心中惊诧，不知是福是祸，为了搞清金骡子来龙去脉，他与长工定下一计，决定让长工骑马跟随金骡子，看看它究竟是干什么去了。长工是个老实人，他在喂牲口时特意对金骡子进行观察，发现金骡子像是干过什么重活一样，腿腋下的毛都湿透了，长工动了怜惜之心，在喂料时特意多撒了几把黄豆。第三天夜里，金骡子又出去了，隐藏在暗处的财主和长工连忙牵出一匹枣红马，由长工骑马尾随追赶金骡子。但是，他们万万没想到，金骡子出了门像阵风一样，眨眼之际就没了踪影，枣红马只追了一阵就扫兴而归。金骡子来来往往一个月有余，财主也未能搞清它去哪里了？它干了些什么？但是，令财主不安的是金骡子一天比一天瘦，渐渐变得腹大如鼓，它仍是夜出晨归，更让人惊骇的是它拉出的粪便在夜间能闪出金灿灿的亮光。

有一天，种瓜的郝老汉半夜里肚子疼，翻来覆去睡不着觉，他披衣走出瓜棚一看，不由得吓了一跳，只见一头双目似电的大黑牛正在瓜田里吃草，那是卧牛现形到这里来吃草，它七天来这里一次。它冷不丁一见有人出来，就仰着脖子“哞哞”叫了两声，撒开四蹄朝南奔去。郝老汉被吓出一身冷汗，肚子也不疼了，他耳朵里听到西面梵冈寺有嗡嗡作响声，心中更是惊疑不定，他悄悄地走到梵冈寺朝里一看，只见一头金骡子正在吃力地拉着一盘大石磨磨豆子，梵冈寺里的一个老和尚手端簸箕，不停地往石磨上添加豆子。郝老汉惊诧不解，他不明白梵冈寺的和尚为什么深更半夜偷偷磨豆子，他怕自己半夜前来偷看惹老和尚不高兴，刚想悄悄地离开，不料，不小心碰倒了倚在墙上的一根木头，老和尚闻讯脸色大变，他双手合十，喃喃自语道：“天意，天意呀！”说罢，他朗声说道：“施主，请出来说话。”郝老汉自知无法隐藏，急忙上前施礼道：“师傅，休怪小人无礼，我半夜肚子疼痛难忍，不小心冒犯了师傅，请师傅恕罪。”老和尚脸如黄金，仍然双手合掌道：“天意，天意难违啊！”郝老汉又说：“师傅，我真不是有意冒犯，请师傅恕罪。”老和尚一言不发，他亲自给拉磨的金骡子卸下套，伸手拍了拍金骡子脑袋，金骡子飞也似的朝南奔去。老和尚又伸手从石磨上捡了两颗黄豆递给郝老汉，脸上充满了慈祥的笑容说：“虽然是天意难违，你却是有缘之人，前些日子七色神鸟降落于你的瓜田，我就料到你是有福之人，果然不假，只是没想到这么快就应验了。”郝老汉知道梵冈寺里的老和尚是有名的高僧，他惶惶不安地说：“师傅，你的话我怎么越听越糊涂呢？”老和尚叹息道：“天机本不可泄露，怎奈我大限已到，既然如此，我泄露给你几句又何妨？”说到这里，老和尚仰头看了看星空，缓缓地说：“卧牛城是块风水宝地，五百年转一次运。刚才你见到的那个石磨是藏在地下的一副金磨，它必须用金骡子或是金牛拉七七四十九天才能拉出地面，只要金磨一现世，这方圆几十里凡是能听到梵冈寺钟声的地方，都能变成富甲天下的宝地，可惜的是江南来了个居心不良的相士，他要破坏这一带风水，为了保住这块风水宝地，我抢先一步用还未成形的金骡子拉了四十八天石磨，只差一天就要大功告成了，没想到还是被你撞破了。”郝老汉听了更加恐慌不安地自责道："我浑，我浑啊，我怎么没头没脑地撞到这里来呢？”老和尚缓缓地说："你不用自责，并不是你故意坏了大家的事，你今天能见到这一切是你的福分。”郝老汉难过地问："师傅，还有挽救的余地吗？”老和尚摇摇头说："南蛮子明天虽然能杀死金骡子，但他却得不到金骡子的金身，他还会千方百计阻挠卧牛崛起，所以，我宁肯冒犯天条也要告诉你一个秘密，你要千方百计保护好瓜园里那颗无名瓜。只要你能保住它，你就能捕获金牛继续来这里拉磨，只要拉满七七四十九天，就能将金磨拉出来，否则，只能再等五百年以后啦！”说到这里，老和尚附在他耳边悄声说："玉瓜打金牛，金牛拉金磨，金磨现了形，遍地黄金豆。”话音刚落，远处传来一声雄鸡报晓声，老和尚陡然失色，急忙转身而去。郝老汉再回头看那副石磨时，发现石磨也不知什么时候没了踪影。

第二天早晨，从梵冈寺里传出低沉的诵经声，老和尚圆寂了。郝老汉一觉醒来，太阳已经升起两竿多高了，郝老汉觉得似梦非梦，忽然想起老和尚曾经送给自己两颗黄豆粒，他急忙往衣袋里一摸，那两颗黄豆粒果然还在，他用手往外掏时觉得豆粒沉甸甸的，他定睛一看，不由得大吃一惊，手掌里却是两粒金光闪闪的金豆子。郝老汉忽然想起老和尚说的金骡子的事，心里“咯噔”一下。他不顾一切地朝南面的燕家村奔去，一心想去拯救那头拉了四十八天金磨的金骡子，没想到，朱家河一夜之间发了大水，汹涌奔波的河水阻住了他的去路，以前在渡口摆渡的老船工不知道干什么去了，那只渡河用的小木船孤零零地漂泊在水面上，郝老汉跳着脚大声呼喊了一阵，对岸连个人影也没有，郝老汉又急又气，悲愤交加，忍不住落下泪来。郝老汉在渡口一直等到太阳正午时，摆渡的老艄工才慌慌张张地驾船过来，一见到郝老汉就忍不住地大声嚷道："老伙计，我告诉你一个天大的秘密，燕家村财主家的金骡子被南蛮子买去杀死了，太可惜了，太可惜了，金骡子五脏六腑都已变成金色了，要是晚杀一两天，金骡子就要成形了。”郝老汉一听双腿发软，一屁股坐在河岸上放声大哭起来。郝老汉从渡口回到瓜棚以后，一连几天闷闷不乐，心中一直后悔自己冒失撞破了金骡子拉金磨的事，为了弥补自己的过失，他每天更加细心地照料那棵奇怪的瓜秧，照料着那个无名瓜，为了防止野兽的侵害破坏，他把附近都布满了削成尖的木桩。瓜田里的各种瓜渐渐地开始成熟了，郝老汉就将瓜摘下来，等着卖给前来买瓜的瓜贩子，按照行情，郝老汉宁可赔点钱也不肯离开瓜田，他全心全意地保护着那个无名瓜，那个金牛的秘密只有他一个人知道。他盼望着那个金牛早一天出现在他的瓜田里，只要是按照老和尚的叮咛捕获了那头金牛，他就能将那个金磨从地下拉出来。

再说，皮三重金购买了燕家村财主的金骡子以后，迫不及待地当场就将金骡子杀死了。可惜他早杀了一天，金骡子的肉身还差一天就变成金身，他白白赔了五十两银子。皮三懊悔不已，觉得无脸回江南见师父和家人。这次到北方来寻宝，他的师父曾经再三劝阻他，劝他做事不可太绝，以免泄露天机太甚遭报应。但他仍然是一意孤行，宁肯减寿也想发大财，没想到一出手就遭到失败。皮三失魂落魄，决心一死。半夜以后，他偷偷来到城外的一口古井边，打算当个落水鬼，古井是一口废弃了的水井，井台上的青砖全都破烂不堪，这口井原本是口甜水井，因一个妇女失足落井淹死，人们从此就不再吃这口井里的水。古井里的水很深，井水静得像是一面光滑的镜子，天上的星星清晰地映照进井水中，皮三想起了猴子捞月亮的故事，他觉得自己的行径确实应验了竹篮子打水一场空的那一卦。

皮三此时又恨又怒，他恨自己学艺不精，恨师父没有把满腹玄学之术统统传授给自己，他一怨自己求财心太急，到了手的金骡子变成肉身。他二怒苍天不公，让自己做一个落水鬼。皮三叹息了一阵，又流泪哭了一阵，刚想纵身跃入井中，忽然听到夜空中有一阵阵雁鸣声,他仰脸朝星空中一望,脸上不由得又布满了欣喜的笑容，只见城西北那一道冲天白光不但未消失，反而更加强烈了。皮三连忙冲着星空磕了几个头，爬起身来撒开腿朝出现冲天白光的地方狂奔而去。眼看着离冲天白光的地方越来越近，忽然一条大河阻住了去路，河里流水哗哗作响，波涛打着旋向东滚滚流去，河水中的鱼儿不停地从水里跃出，闪了一下白光又落入水中。皮三望着不远处的那道白气，心中又惊又喜，白气之处定藏有宝物，眼看天色快亮了，自己却无法渡河去看，皮三急得在河岸上焦躁地乱转，无意之间他在地下连跺了三脚。不料，随着皮三跺脚声，附近村庄的报晓雄鸡开始啼叫，不一会儿，其他村庄的雄鸡也一齐引颈长鸣起来，皮三大吃一惊，无意之中的这三脚暴露了他偷宝的行径，他回头再看那道白光时，白光已经消失殆尽。天亮以后，皮三渡过了朱家河，因为劳累了半夜，他饥肠辘辘，走了不远看见一块瓜地，就抬脚进了瓜棚。郝老汉一看大清早进来一个陌生人，就连忙迎出来问道："干什么的？"皮三赔着笑脸答道："是过路的，口渴想歇息一会儿。"郝老汉一听是外地口音，心中立刻产生了几分不悦，就说："既然是路过，你吃个瓜就走人吧。"说着，转身进了屋，不再理睬他。皮三饥不择食，从瓜堆里挑选了一个金黄色的面瓜，蹲在地下大口大口地吃起来，一个瓜下肚后，撑得他肚子溜圆。他用手扑了扑肚皮，倚在墙根上打起盹来，不一会儿就酣然熟睡了。

郝老汉见陌生人又饥又困，非常疲倦地坐在地下睡着了，忍不住生出几分怜惜之情，就伸手拿起炕上的一件皮袄盖在他身上。皮三一觉醒来，天色已经大亮，他举目四下观望，发现瓜田里果然风景迷人，他朝西一看，见到那一座高大雄伟的梵冈寺，心里不由"咯噔"一声，根据他的推断，此处就是夜间发出冲天白光的地方，那里一定藏有地下宝藏。郝老汉见他望着梵冈寺发呆，心中更加不安，决定赶他早一点走。皮三见梵冈寺背依郝家庄，南临朱家河，左靠黄沙岗，右邻大森林，果然是一块难得的风水宝地，正应验了他师父刘半仙寻找了半生的那种宝地。根据他师傅传授给他的秘诀，"铜山西崩，灵钟东应"来推算，这一带肯定还会有奇珍异宝出现。皮三心生诡计，借口是前来梵冈寺进香的香客，假装偶患风寒之疾要求借宿。郝老汉是个心地善良之人，就满口答应了皮三的要求。皮三睡到半夜时，忽然发现有两道金光从墙角砖缝里射出，皮三赤着双脚将那两粒金豆子掏出来一看，心里更加有数了，他将金豆子原样放好，透过窗户朝外一看，只见一头浑身闪着金光的大黑牛正在瓜田里吃草，皮三惊得差一点失声，他万万没有想到金骡子和金牛都会同时在这里出现。

第二天早晨，皮三又发现了那只硕大的无名瓜，皮三不动声色观看了一阵地形，只见瓜田里到处都有隐隐可辨的牛蹄印，这更加印证了他的推断。皮三围着瓜田四处察看的举动更加引起郝老汉的疑虑，郝老汉心中也知道皮三来者不善，吃过早饭以后，郝老汉下逐客令道："皮三，要进香你去梵冈寺，要过路你去码头找船家，平白无故围着我的瓜田胡转悠什么？"皮三一听话里有刺，索性一口挑明道："郝大伯，明人不做暗事，我皮三想与你合伙发笔大财，如何？"郝老汉一怔，说："你的话我听不明白。"皮三说："风水五十年一转，宝藏五百年一显，只要你答应跟我合作，发了财咱俩平分。"郝老汉愈加知道皮三不是等闲之辈，就不理不睬道："我一个种瓜穷老汉，能吃饱肚子不挨饿就行了，不求发什么大财。"皮三进一步点破道："好，好，我想买你地里那颗无名瓜，你出个价吧。"郝老汉大惊失色道："你，你到底是干什么的？”皮三干笑道：“我是专程来此地寻宝藏的！”郝老汉心中明白了，此人就是那个杀死金骡子的术士，也就是破坏梵冈寺高僧用金骡子拉金磨的那个人。他转念又一想，高僧宁肯殒命告诉自己的秘密也能被他识破，自己一个种瓜为生的普通老汉又怎能奈何他呢？想到这里，他不由悲从中来，两滴热泪滚落到地下。皮三以为郝老汉同意了，就说：“只要是无名瓜长足了九九八十一天，金牛一定难逃劫数。”郝老汉心中一惊，心想：“如让他分去半个金牛，那埋在地下的金磨不就今生今世也拉不出来了吗？”皮三又说：“七彩凤凰鸟叼来的这颗种子，只有天庭上有，它长到九九八十一天后，就会变成一只翠绿玉瓜，是天庭用来打金牛的。”郝老汉心里更是一惊，脸色大变，他回想起梵冈寺高僧和金骡子之死，心中更加痛恨皮三。如果不是皮三前来破坏捣乱，这方圆几十里就会变成富甲天下的风水宝地。他在心中仔细算了算，那个七彩凤凰鸟叼来的瓜种已经八九七十二天了，再过九天就能瓜打金牛了，他原本想捕获住这头金牛以后去梵冈寺把金磨从地下拉出来，造福于一方，现在看来是很难办到了，与其是让皮三破了这里的风水，还不如把金牛金磨藏在地下留给子孙，等待五百年以后，再等卧牛崛起把金磨拉出来，造福于子孙后代，想到这里，他心情豁然开朗。皮三眼看着翠玉瓜一天比一天透莹，心中暗暗喜欢。但是，玉瓜打金牛这件事师父早就交代过，必须是有大富大贵的人才能做到，也就是说必须拥有这颗玉瓜的人才行，一般人是难以将金牛捕获的，所以，这件事必须由郝老汉亲自动手才行。

眼看还差一天就要满足九九八十一天了，郝老汉更加细心地给瓜秧做最后一次浇水施肥。此时的玉瓜已经基本成型了，它采天地之精华，吸纳万物之灵气，长得通身光滑翠绿，晶莹透明，只是瓜蒂之处还略显青翠鲜嫩。郝老汉将心一狠，一把扯断了瓜蒂秧。皮三大吃一惊，慌忙伸手去护，但是，已经晚了，玉瓜与瓜秧刚一分离，马上黯然失色，变得似绿非绿，模糊不清了。皮三大怒，抢过玉瓜抱在怀里，两眼冒着凶光骂道：“老杂毛，你不想发财啦？”郝老汉冷冷地说：“梵冈寺里的高僧早就有交代，满足九九八十一天就可以摘瓜打金牛，你是半路上杀出个程咬金，你算是个什么东西，竟想来分我一半金牛，岂有此理？”皮三一听立刻软下来，他赔着笑脸说：“这是缘分，是天意，只有我们俩联手才能制服金牛，否则，还得再等五百年才有机会！”郝老汉听了心中暗暗盘算道：“皮三跋山涉水，不远万里前来寻宝，肯定不是平庸之辈，必须小心对付。”想到这里，郝老汉伸手从皮三怀里接过玉瓜，转身而去。皮三又气又怒，却无可奈何，因为他的师父再三交代：玉瓜打金牛，必须是借玉瓜主人之手才能完成。上一次误杀金骡子，就是自己一时高兴，忘记了师父的话，才弄得人财两丢。这天夜里，皮三和郝老汉一夜未睡，各自盘算着明天的事。

第二天夜里，果然是秋高气爽，星空闪烁。夜深人静之后，一只闪着斑斑金光的金牛前来瓜田悠闲地吃草，皮三眼里冒出贪婪的亮光，连声催促道："郝大伯，快去吧！只要打中金牛，你我今生就要永享荣华富贵了！"郝老汉二话没说，手持玉瓜直奔金牛而去，奇怪的是金牛不但不跑，反而像见了主人似的温驯地站在那里一动不动。郝老汉高擎玉瓜大声喝道："畜生，哪里跑……"说罢，一扬手将手中玉瓜丢出去。只见金光一闪，金牛应声倒地，郝老汉大吃一惊，放声大哭道："卧牛崛起，金牛快跑……"皮三一见手足乱舞，大呼小叫道："瓜打金牛，瓜打金牛啦！"正在这时，只见金牛在地下打了一个滚，又复站起来，它瞪着一双通明的眸子瞪了瞪皮三，仰颈长哞一声，撒开四蹄狂奔而去。皮三大惊失色，尾随其后狂追不舍，一不小心失足淹死在朱家河里，还是应验当了落水鬼。

郝老汉活到八十多岁无疾而终，在他去世的那一天，七彩神鸟又一次降落在他的瓜田里，叼走了那颗翠玉瓜。郝老汉用自己的智慧提前一天摘下了翠玉瓜，保全了金牛和宝藏，给子孙后代留下一个美丽的传说。

千百年过去了，人们没有见到金牛，而临邑却在今天真正的崛起了。

（夏辽搜集整理）

东营村与东营市

东营这个名字可是有一定的历史了，可以追溯到唐朝初年。

相传，唐太宗李世民率兵东征，大队人马沿着秦始皇到渤海的路，浩浩荡荡向东而行，行至东营村这片荒滩时，前方探子回报：海上大潮正起，不得前行。于是，他们就在这安营扎寨，待机行事。

等了数日，潮涨潮落，泥质海岸泥泞依旧，仍然不得成行。这里的将领骑马回报李世民，讲明地理情况，并建议另选路线。李世民决定留下小队人马驻扎在这里继续观察，以便及时报告。于是领兵的将领把人员分东、西两个营子驻守，一边垦荒、种粮，一边等候军令。可这一等就是数年，他们也没有等到被调遣的命令。于是，就开始自己管理自己，相继成家立业，并自己动手种粮、种菜、煮盐、牧马、饲鸡、养猪。就这样，便有了东营村和西营村，延续至今。东营市之名也就源于这个小村子。

说起将东营确立为市名，还要从20世纪60年代胜利油田会战初期说起。1961年，在东营村以东三公里处打出华北石油钻探的第八口井（简称华八井）。4月26日，华八井出油，日产石油8.1吨，从此拉开了华北石油会战的序幕。当时的华北石油勘探会战指挥部就设在东营村。那时，石油系统经常召开全国石油系统电话会，部署工作，交流经验，掌握各地动态。会前点到时，因为“华北石油勘探会战指挥部”字数太长，通常用“东营”代替。久而久之，“东营”这个名字已经叫得很顺了，加之当年的惠民地区在这里设立专为油田提供服务的办事处，名字就叫“东营办事处”，以后为适应胜利油田的开发和黄河三角洲建设的需要，1983年10月成立省辖地级市时，就起名叫“东营市”。而东营村这个当年唐太宗东征曾安营扎寨的地方，也随之身价倍增。

（丰昆、丽娃搜集整理）

龙居店与打狼台

据说，现东营区境内的龙居店村原名叫郎家村。这并不是因为该村郎氏人家多，而是因为五代时村子里出了一个“有名”的郎姓屠夫的缘故。此夫依仗身强体壮又会点拳脚，再加上用银子买通了当地官府，横行乡里，欺行霸市，鱼肉百姓。方圆十几里的村庄百姓无人敢惹他，渐渐地人们就把他所在的村子叫作“郎家村”。久而久之，反而把原来的村名给忘了。

郎屠夫身高八尺有余，扫帚眉、金鱼眼、蒜头鼻子下一张阔嘴，满脸横肉上长着一圈杂乱无章的络腮胡子。由于他卖肉时，不管你要多少，只割给你“一刀”，并且是只少不多，日子一长，人们就送他一个绰号“狼一刀”。百姓们对他的行为敢怒不敢言。据说，曾有一位远乡的老人走亲戚时路过“狼一刀”的肉铺买肉，因不够秤而与其理论，结果被他一刀捅死了。由于官府收了“狼一刀”的贿赂，不但没拿他怎么样，还把罪名安在了老人的头上。从此以后，“狼一刀”更是霸道，不仅将附近肉铺全给轰走了，还逼着人们到他的摊子上买肉，并时常欺男霸女，抢夺他人财物。当地百姓对他恨之入骨。

据说，五代末年，赵匡胤在后周为将，曾随周世宗柴荣东征，兵败后到此，在距郎家村不远的旷野里安营扎寨。有一天黄昏时分，赵匡胤身着便装，带着两个护卫，四处察看地形，打探军情。在经过郎家村东南面一个瓜园时，看到一个老汉正在收拾瓜地，便上前询问。看瓜老人突然看到几个陌生人闯进瓜地，吓得浑身直打哆嗦，嘴里还不停地哀求着：“好汉，好汉，看在老天爷的份上，饶了我吧！”赵匡胤见状，赶忙躬身施礼，向老人解释自己是过路的外乡人，之所以冒冒失失地闯了进来，是想在这里歇歇脚、借口水喝，并无恶意。老人闻听此言，仔细看了看赵匡胤等人的商人装束，发现他们说话的口音不是本地的，行为也十分得体，便打消了顾虑，把他们让进瓜棚，随手摘了两个西瓜请他们吃。赵匡胤一面吃瓜一面向四周看去，只见瓜棚外瓜皮狼藉，瓜地也好像被人破坏过。他联想起老人刚才的神态，便主动与老人攀谈起来。言语中，老人便把他们来之前“狼一刀”曾到这里吃瓜、吃足不给钱、以瓜不甜为由把瓜地给“踢”了的事情，全盘托出。接着，老人又诉说起了“狼一刀”日常的所作所为。赵匡胤听后，对“狼一刀”的恶行十分气愤，决定帮助百姓铲除这一恶霸。赵匡胤等付了瓜钱，便在距郎家村不远的一座破庙里临时住了下来。

第二天，正逢郎家大集，赵匡胤便与两个护卫来到集上。这个集市虽不算热闹，却也是人来人往、人流不断，唯有一家肉铺前冷冷清清、格外扎眼。赵匡胤判定这就是“狼一刀”的肉铺了。他驻足观看，见经过此摊者大都被他一嗓子唬到铺子前，确如看瓜老人所言。赵匡胤看到这里心里有了主意，便叫一名护卫前去假装买肉，“狼一刀”照例只割给了一刀。赵匡胤一看，分量差得太远，便上前假装评理道：“我说这位卖肉的老板，买卖公平，为何买你的肉不给够秤呢？”“狼一刀”平日里横行霸道惯了，无人敢说三道四，今天突然冒出位找茬的，一下还真把他给镇住了。他略一愣神，再细一打量这位敢出来说话的人，见是位外乡人，这人除了身材魁梧外，也没什么特别的地方。“狼一刀”顿时来了性子，一边破口大骂，一边操起剔骨刀直奔赵匡胤而去。赵匡胤的两个护卫哪能容他撒野，况且个个身怀绝技，对付一个花拳绣腿的屠夫犹如囊中取物一般。说时迟那时快，不等“狼一刀”蹿到赵匡胤面前,便像老鹰捉小鸡一样地将“狼一刀”按在地上,捆了个结实。

这时候，赶集的百姓们见状一下子都涌了过来，群情激愤地高喊：“杀了他！杀了他！”赵匡胤见状，更清楚了“狼一刀”的日常所为，便下定决心为民除害。他顺手从肉摊上操起一把砍刀，命令两个护卫拖着“狼一刀”来到了村东头的一个大土台子上。赵匡胤在土台上站定，望了望四周里三层外三层的百姓，转过脸冲“狼一刀”高声喝道：“你平日里欺压百姓，鱼肉乡亲，为非作歹，今天撞到我赵匡胤的手里，我要为这里的百姓主持个公道，除掉你这个披着人皮的恶狼！”话音刚落，只见刀光一闪，也不知道是刀快还是赵匡胤的功夫了得，人们还没有反应过来，“狼一刀”的人头已经被齐齐地砍下。

960年，宋朝建立，赵匡胤当上了皇帝。这里的人们为了纪念这件事，便把郎家村改成了“龙居店”,意思是“真龙天子”赵匡胤曾经在这里居住过。说起来也奇怪，赵匡胤曾经留宿过的那个破庙，从此以后每年夏天再也不见一个蚊子。时至今日，那个庙台的遗址还在。当年，杀掉“狼一刀”的那个大土台子，也被人们称为“打狼台”。打狼台上常年生长着一种草，据说是“狼一刀”死后的络腮胡子变的，人们便称其为“狼尾巴草”。

（丰昆、丽娃搜集整理）

广饶梯门村

唐太宗贞观元年，河水泛滥，广饶县陈官乡梯门一带，房屋、庄稼被淹，民不聊生。

当时，官府下令征调民工五万人，在千乘县境内挖河排水。不知怎么的，民工们白天挖出的沟,夜晚又自行填平了,民工们大惊。报河工,河工就亲自做了标记,结果天亮一看,标记全没了,又恢复了原样。河工大惑,但下令继续干。可日复一日,工程毫无进展。

传说当时民工中有张姓兄弟俩，家境非常贫困，便带着老娘讨饭要来的干粮前来挖沟，眼看着带来的干粮快要吃完了，可是工程却遥遥无期。他俩想起家中的老娘，不禁暗自伤心落泪。这时候，有一个白胡子老头来到这里，向兄弟俩讨饭。白胡子老头有气无力地说："小兄弟，我到女儿家，走到这里，饿得一点力气也没有了，给口吃的吧！"弟弟对哥哥说："哥哥，咱俩就这点吃的，若给他吃了，我们还吃啥？"哥哥却说："救人要紧，况且这位大爷还要走远路。"说着，哥哥就把干粮递给了老头。老头也不客气，接过来就吃了起来。也不知道他几天没吃饭了，饭量惊人，一会儿功夫，就把兄弟俩余下的干粮吃了个精光。吃完后，老头看着兄弟俩伤心的样子，关切地问："吃你们的干粮心疼了？""不，不是。""那是为啥？"哥哥就把这儿的情况告诉了他。老头一听，哈哈笑了起来，说："不用愁，明天你俩回家侍候老娘就是了。"说完，白胡子老头就又继续向西走去……

到了晚上，人们睡得正香，忽听得自西向东刮来一阵狂风，工地上就如翻江倒海一般，万马奔腾，声如响雷，吓得人们蒙着头缩在被窝里，不敢出门。有几个胆大的出去一看，只见一条巨大的青龙，张牙舞爪，正用头拱着土，由西向东而去。第二天早上，大家起来一看，眼前出现了一条弯弯曲曲、河岸陡直的大河。这条河由西大芦湖（今高青境内）向东直达东海，地上的积水也顺河而下了。因这条河两岸陡直，人们便为其取名陡河。从此以后，河两岸便成了富庶之地。

为了纪念这条青龙，人们用河两岸的土，在河南崖修筑了一个数丈高的高台，并在高台上建了一座龙王庙，香火极盛。兄弟俩带着老娘，来到庙东南附近安家立户，世代繁衍。后来这里形成了村庄，因村里通往庙台正门的路呈阶梯状，便取名"梯门村"。

（丰昆、丽娃搜集整理）

一箭地与通天河

奔流不息的黄河，携带着黄土高原的无尽泥沙，执着地向渤海湾填充。蓝色逐渐变成了黄色、绿色，代代百姓在这广袤、肥沃的土地上生息繁衍，孕育、演绎出了无数神奇传说。

一箭地

很早以前，千乘县（利津县古名）城以下是浩瀚大海，沿海居住的百姓由于缺地，每年收的粮食不够吃。一天，来了位身背弓箭的白胡子老翁，说是专为世人消灾解难的，百姓们把缺地之事告诉了老翁。老翁问道："究竟缺多少地？"众人你看我，我看你，没谁说出数量。片刻之后，有人答道："不要多，不要少，只求长年肚子饱！"老翁笑道："这里只有退海才能扩地，我请求渤海龙王，尽量为你们多多争取！"

老翁快步来到海岸，朝着大海高声喊道："虾兵蟹将们听着，告诉你们龙王，我有要事求见！"渤海龙王心地不坏，得报后速速露出海面，恭请老翁进了龙宫。老翁求道："陆上百姓缺地少粮，长年挨饿。我想为百姓借一箭之地，以救众生。"渤海浩大，一箭之地寥寥无几，龙王爽快答应。

老翁回到海边，用力朝大海射出了一箭。这箭穿云破雾飞驰向前，长时间竟不落下。龙王见此急了，速令鱼蟹众将迎箭立起一高大石桩拦挡飞箭。飞箭被迎头一挡，急速转弯，围着石桩转了几周后回到了老翁手中。此后，海水急剧退缩，没几天就退到了石桩之处，退海陆地便是"一箭地"。

原来，白胡子老翁是鹤伴山上的一只仙鹤，射出的是支神箭。因退海之地盐碱程度重，只长黄蓿菜、卤蓬等等，百姓们的吃饭问题仍没解决，只好采食黄蓿菜及其种子等勉强活命。后来黄河决口改道注入渤海，广阔的盐碱地淤上了厚厚的泥沙，新淤地不断向大海延伸，这里终于成了富庶之地。

通天河

相传唐代初期，黄河尾闾左岸的一处高地上住着几户人家，其中一户只有一康健老翁，妻子早逝，无儿无女，以打鱼为生。某年的八月十五中午，黄河上漂来一根粗长独木，中间有槽，形如大船。独木漂到老翁的屋子近处，靠岸停了会儿后竟逆流而上，见者无不惊奇。来年的同日，似船独木又至，人们断定这是只神船。有人向老翁提议："如果第三年那木船再来，你当乘船同行，看看它是从何处来的？"于是，老翁提早备好了数袋炒面和必需衣物。到了第三年的八月十五中午，木船准时到来，众人赶来为老翁送行。木船昼夜不停地逆河而上，老翁饿了吃炒面，渴了喝黄河水，冷了加衣服，吃睡在船上。某天夜里，他蒙眬听到"咯噔"一声，感觉木船就像过了道门槛似的。天亮后一看，那景色美极了，云雾缭绕、金光闪烁、奇花异草、天鹅仙鹤翩翩起舞，一派仙境。又走了些日子，只见河边有一头扎竖髻、身穿蓝衫的英俊青年在饮牛。木船停了下来，老翁客气地问那青年："年轻人，能否告诉我这是什么地方？"青年笑了笑，弯腰摸了块石头递给老翁，说："魏征是唐太宗李世民的宰相，回去后您拿着这块石头问他就知道了。"老翁迷惑不解地跨上船，木船却掉头而下。走了好多天又是"咯噔"一声，沿河两岸恢复了原来景致。

木船继续前行多日，一天中午停了下来。老翁抬头一看，方知到了自个屋前，这天恰是八月十五。人们蜂拥欢迎，追问究竟，老翁向乡邻们详细地讲述了来往所到之处的所见所闻，邻居们都投以羡慕的眼神。

第二天，老翁告别众乡亲，便轻装上路，直奔京城。到了京城，巧遇皇帝御驾视察，老翁上前跪地拦驾，恳求要见魏征。正好魏征随从，他见到石头惊呼了起来："这是天河里的石头！你是怎么得到的？"老翁说明了经过，皇帝和众臣惊叹不已。魏征对老翁又说："你逆河而上的过程中，听到那'咯噔'的一声，是进了天河，所遇到的那个饮牛的青年是牛郎。在顺流而下的过程中，听到那'咯噔'的一声，是回到了黄河。"老翁又惊奇又兴奋地喊道："黄河通天河！我去了天河！我去了天河！"

后来，到了大唐天宝年间，诗仙李白游览华夏名山大川，到达黄河岸畔，看到黄河奔腾不息的滔滔流水，写下流传千古诗句："君不见，黄河之水天上来。"很可能就是听到了这个传说。

（上官古月搜集整理）

利津地名趣闻

豆腐巷

城有四关，而利津独无南关。原来早年河决，利城东南角塌入河中，城南关顿成泽国。侥幸逃出的赵、隆、刘三家，选择一高地另建新庄。为避南关“难关”之忌，取名“三姓庄”。有一年，新任潘知县夜间登临城楼巡视，见城南村落有隐约灯火，问左右，衙役谎报乃刁民聚众赌博。潘知县怒道：利津地本贫瘠，百姓尤艰，聚赌歪风，岂能不刹！即唤两名衙役，径往三姓庄一探究竟。

两名衙役进村见家家灯火通明，到一户人家隔窗观看，满屋热气蒸腾，一家老小正忙着做豆腐呢，一连看了数家均如此。于是返回城楼，禀报知县大人，潘知县听后会心一笑，打道回府。

次日，潘知县请三姓庄长者到县衙，道：“三姓庄人勤劳本分，精于持家，家家做豆腐谋生，村名改为豆腐巷如何？”豆腐谐音“都福”，村人乐于接受。于是，“豆腐巷”村名沿用至今。

望参门

在利津县明集乡北部有南望参门和北望参门两个村。这里是退海之地，战国时已有人生存，并建有窑厂、盐灶，人们以烧制陶器煮盐谋生。相传黄河泛滥成灾，淹没了窑群。人们被迫远走他乡，这里就渐渐荒芜了。

三国时期，曹操建立魏国，为了富国强民，发动将士屯垦，开进了北海沿边。那时这里方圆几百里不见人烟，遍地荒草，荆棘丛生。曹操的兵马到这里开发屯垦，正逢阴雨连绵，白天不见太阳，夜晚不见月亮。将士们转来转去，迷失了方向，忽然一个晚上晴了天，有一将军抬头仰望天空，找到了北斗星，才辨清方向。

为了以后不再迷失方向，这个将军就叫军士们用荆条茅草搭了一个很高的牌坊，在几里外就能看到。也不知这位将军是哪方人，他把北斗星叫作“参”（音 shēn），这个牌坊就叫“望参门”。

后来曹操统一了黄河中下游流域的广大地区，这里人烟渐多，人们为了纪念这个将军和开垦荒地的军士，就把定居后的村落叫作“望参门”。

三眼井

利津城有个三眼井街，可是此街只有两眼井，这是怎么回事呢？

此街原来的确有三眼水井，因而得名，后来为什么只剩下两眼井呢？据传，原来的三眼井皆通东海龙宫，深不可测。逢月圆，三井同映月，俯身井口，能听龙宫之声。有一年七月十五，月照井中，壁泛异光。高家少爷高贡龄备考，苦思制艺文章，盘桓井侧，似闻人语从井中传出。侧耳细听，原是龙王与众臣讨论会试题目。高贡龄半信半疑，待会试，竟是龙王口中的题目，遂中进士。高家人得知，以为求取功名捷径，众子弟皆在月圆夜趴在井口，屏息听龙宫天机。龙王闻报大怒，施法术迁走一井。故今三眼井，实有两眼井。

此后，月光依旧映二井，只是再也听不到来自龙宫的声音了。但是人们仍旧习惯称之为三眼井。

双井村

双井村位于利津老城以北几里处。早先，该村西边有并排着的两口水井。令人奇怪的是，这两口水井相距仅几米，却一口是甜水，一口是咸水。其中有一神奇的传说。

元末明初，利津城北已成了大片的黄河新淤地，各地移民陆续迁来开垦定居。其中赵永宁一家从河南省迁来，虽其选居点地势较高、土质也好，但缺乏水源，吃水须到五里开外的黄河去挑，相当费力。赵家老少下决心挖井找水，先后在附近多处凹地掘地三尺都未见水。赵永宁并不灰心，带领全家继续挖探。当挖到第十眼井时，深度不到两丈，清清的泉水就突突地冒了出来，但舀起一尝，泉水齁咸，不能饮用（此现象俗称海眼，黄河口地区曾出现多处）。由于连累带急，赵永宁竟晕倒在地。

昏迷中的赵永宁蒙胧觉得，挖成的水井成了甜水，欲想舀起品尝，突听有人喊道：“不用尝，这水是咸的！”抬头看时，只见对面站着一位红光满面、发须雪白、身穿蓝袍、手持拐杖的老翁。老翁和蔼地笑道：“此乃甜水和咸水双井之地，咸水可熬晒食盐，甜水在咸水井西边五六步之处。这里埋藏的甜水本不让人提取，我怜你举家远来不易，找水心切，怎忍心不让取用？”说完这话，老翁飘然而去。赵永宁醒来后，感到梦中的情景非常奇怪：是不是神灵帮俺一家？于是，就在那咸水井西侧五六步处，连夜挖了起来。当挖到近两丈深时，底部出现了两个拳头大的泉眼，清清的泉水汩汩涌出，舀起品尝，甘甜无比，透心润腹。但未到天亮，赵永宁因过度兴奋和劳累，竟眼含热泪、面带微笑辞世井边。

因为有了水源，这里后来很快聚成了村落。为纪念赵永宁老人，该村取名“双井村”，沿用至今。

（乐善山人搜集整理）

王王庄庙的前世今生

垦利县胜坨镇的东王村，历史上曾称王王庄，其庄东曾经建有一片规模宏大的庙宇群，闻名齐鲁燕赵大地，人们称为王王庄庙。据传，明朝永乐年间，天逢大旱，颗粒无收，在持续干旱，人们难以生存下去的情况下，王王庄全村老幼在庄东挖井，以缓解旱情。当时，其他村都效仿王王庄打井抗旱，但打出来后不是枯井就是咸井，既不能抗旱浇地，又不能生活饮用，唯有王王庄村东头的井，似泉涌溢，取之不尽，用之不竭。当时大旱两年，周边地区死人不计其数。王王庄这口井不仅救了全村人的性命，还惠及四乡邻村。

大旱过后，王王庄人及四乡百姓，为了感念庄东水井的救命之恩，便自发捐款，在井后修建了龙王庙。当时，许多村民传说此井直通东海。在此后的日子里，村民有时梦到老龙王到凡间救济灾民，吃了王王庄的井水可以去百病、防瘟疫，此井还具有仙性，人落入井后，不沉不死，故此，人们称王王庄井为神井，一时名声大振，越传越远。

到明万历年间，王王庄村民与周围邻村人们自发组织捐款，扩建龙王庙。此后，在当地官方的帮助支持与周边群众自愿捐助下，经过前后一百七十多年的不断建设，至明崇祯年间，便形成了七十二殿的巨大规模，人们称为王王庄庙。

明末清初，战事频繁，兵荒马乱，王王庄庙因战乱残毁严重。至康乾盛世，王王庄庙得以修复。修复后的王王庄庙，建筑更加壮观，建有过街牌坊，七十二殿，房屋二百六十余间，其中，最前排建有观音殿、七姑殿、龙王殿，再向后建有正大殿、阎王殿、百子殿、孔圣殿、玉皇殿、王母殿、天圣殿等等。规模宏大，形成屋连屋、殿接殿、殿阁相接相连的建筑风貌，不但建筑艺术达到了极致，而且庙内各种佛像或彩塑或金装，形态各异，栩栩如生。各种佛像达千尊之多，故当时民间说："王王庄庙神仙多。"

王王庄庙的宏伟建筑群及一些古老美丽的传说，吸引了当地和外地一些善男信女，他们不顾路途遥远，前往王王庄庙烧香拜佛的人络绎不绝，并逐渐形成了农历三月三、六月六、九月九、腊月十五四次大的庙会，尤其九月九庙会规模最大，赶会人数最多，赶庙会做生意买卖的群众来自四面八方，南到济南，东至胶东，北连河北三地群众。庙会期间，有许多马戏团、民间杂技团、戏剧团到会助兴，热闹非常。

然而，天有不测风云。由于王王庄庙地处黄河下游，在历史上由于黄河泛滥，曾经将庙宇全部冲毁，当地民众不得不多次重建重修。至民国末年，重修后的王王庄庙，最后只保留了原来七十二殿中的六大殿。即龙王殿、百子殿、阎王殿、关圣殿、正大殿、仙姑殿，并建有雄伟、壮观的过街楼，还有后建的七姑子殿。王王庄庙常年香火不断，求子的、还愿的、烧香拜佛、祈福求祥的人络绎不绝，其中香火最旺盛的要数百子殿。每逢庙会，更是人头攒动，摩肩接踵，人山人海。

后建的七姑子庙，前来烧香还愿的也是人来人往。据传说，续建的部分是七姑子撵赶香火而建成的，所以王王庄庙有七姑子撵香火一说。据传，一百三十年前，薛家村有一大户之女，不愿待在家中，偏在王王庄庙西南角的一小屋中独自居住，不吃不喝，整日诵经拜佛，迷恋佛法，家人无奈，此后就任由她了。几年后，这位在常人眼中不正常的少女，无人知其去向。后来，利津盐窝的一对兄弟，在海上打鱼时遇到了大风浪，小木船被巨浪打烂，兄弟俩抓住破船板，漂到了一小岛上，茫茫黑夜中，只见不远处有一间低矮的破茅房，房中透出微亮的灯光，兄弟俩拖着疲惫的身子走近一瞧，只见小屋内一老婆婆正坐在灯下纺线，兄弟俩便敲门向老婆婆求救。老婆婆见兄弟俩如此饥寒交迫的样子，就知道他俩在海上遇了难，便捏了几粒米，放在破锅中生火做饭，只一会儿功夫，饭就熟了，老婆婆便叫兄弟俩快吃，趁热暖暖身子。兄弟俩心想老婆婆拿这么几粒米做饭够谁吃的？可兄弟俩怎么吃，锅里的米饭就是不见少，令兄弟俩目瞪口呆。饭后，兄弟俩便请教老婆婆的来历，老婆婆告诉他俩说是王王庄一带的七姑子，四方搭救落难之人。说话中，不知不觉天已放亮，举目望去，茫茫大海上就只见落脚的这处孤岛，船被打烂，兄弟俩如何平安回家呢？兄弟俩知道遇上了仙人，便跪倒在老婆婆的脚下，请老婆婆搭救他俩回家。老婆婆便向海中扔下一根竹竿，叫兄弟俩趴在船板上，并嘱咐不管听到什么风声千万不要睁眼，等船板停稳，听不到风声你们就到家了。老婆婆说完，兄弟俩觉得海水涌动，船板像箭一样在嗖嗖的风声中快速向前窜动。不知过了多少时辰，兄弟俩感觉风声没了，船板也没有动的感觉了，便睁眼一看，破船板已停在了自己村前的小河边。为了报答七姑子的搭救之恩，兄弟俩便同家人敲锣打鼓专程到王王庄庙上香，感谢七姑子。

王王庄庙是一座美丽的建筑群，它充分体现了古代劳动人民的智慧和灵巧，遗憾的是这一古老宏伟建筑没有保存下来。现在，只有大庙遗址还历历在目，能够见证古庙风采的只有现存极少的碑匾、石鼓、方砖、房瓦等实物。令人十分惋惜的是，王王庄庙这座可称历史瑰宝的大型建筑群，最终不是损毁于自然灾害，而是遭到了人为的破坏，成为当地及周边地区人民群众的一大遗憾。

（胡华、乐善搜集整理）

LU ZHONG PIAN

第五辑 鲁中篇

鲁中，特指山东省中部。

鲁中地区在地域范围上包含现在的济南市（辖历下区、市中区、槐荫区、天桥区、历城区、长清区、章丘市、平阴县、济阳县、商河县共六区一市三县），淄博市（辖淄川区、张店区、博山区、临淄区、周村区、桓台县、高青县、沂源县共五区三县），潍坊市胶莱河以西县市区（含潍城区、寒亭区、坊子区、奎文区、青州市、寿光市、安丘市、临朐县、昌乐县共四区三市二县），泰安市（辖泰山区、岱岳区、新泰市、肥城市、宁阳县、东平县共二区二市二县），莱芜市（辖莱城区、钢城区共二区），滨州市南部的邹平市。

济南，是山东省的省会，南依泰山，北跨黄河，依山傍水，分别与西南部的聊城、北部的德州和滨州、东部的淄博、南部的泰安和莱芜交界。济南地处鲁中南低山丘陵与鲁西北冲积平原的交接带上，地势南高北低，境内河流主要有黄河、小清河两大水系，有大明湖、白云湖等湖泊，因泉水众多，拥有七十二名泉，被誉为“泉城”，素有“四面荷花三面柳，一城山色半城湖”的美誉。济南殷商时期建立了谭国；春秋战国属齐国，为齐之泺邑；秦属济北郡，称历下邑；汉代改称济南，因地处古四渎之一“济水”（故道为今黄河所据）之南而得名。设立济南郡，此为“济南”一名出现之始。济南是史前文化——“龙山文化”的发祥地之一，区域内新石器时代的遗址城子崖，有先于秦长城的齐长城，有被誉为“海内第一名塑”的灵岩寺宋代彩塑罗汉、隋代大佛（位于历城区大佛村，凿山而成，建于隋代，为山东第一大佛）。中国首部诗歌总集《诗经》中有谭人所作讽刺诗《大东》，是现存最早的有关济南的文献。舜（约公元前22世纪）曾“渔于雷泽，躬耕于历山”。历山即济南市历下区南部的千佛山。济南市历下区，南依千佛山，坐拥大明湖，西临趵突泉，集湖光山色于一体，是济南古老历史和文化的重要发祥地，1986年12月被国务院公布为国家历史文化名城。济南诞生了许多中国历史上的著名人物，像中医学的奠基人扁鹊，阴阳五行学派大师邹衍，唐代（618—907）开国元勋房玄龄、秦琼，中国著名文学家李清照、辛弃疾、张养浩、李开先，中国公共图书馆的首倡者周永年，著名建筑师魏祥等。另外，李白、杜甫、苏辙、曾巩等历代杰出的作家学者，都先后在济南生活游历，故有“济南名士多”的佳誉。

淄博，地处华北平原东部、山东省中部，南依沂蒙山区与临沂接壤，北临华北平原与东营、滨州相接，东接潍坊，西与省会济南接壤。是一座独具特色的组群式城市，为齐文化的发祥地，是中国历史文化名城。“淄博”一词最初是“淄川”和“博山”两地的合称，后泛指作为此组群式城市的名称。春秋战国时期，淄博曾是当时世界最大的城市；现今在山东省内建成区面积仅次于济南、青岛，为山东第三大城市。淄博历史悠久，文化灿烂。距今七千年至四千年之间，生活在淄博地区的远古先民在劳动、生息、繁衍中创造了北辛文化、大汶口文化、龙山文化，谱写了新石器文化的篇章。西周建立后，姜尚封齐，开创了“泱泱大风”的齐国文化。淄博地区作为齐国的政治、经济、文化中心长达数百年，被誉为“海内名都”，至西汉前期仍“钜于长安”。临淄作为春秋战国时期“春秋五霸之首，战国七雄之冠”的齐国都城长达八百年，在此期间，风云变幻，波澜壮阔。姜太公、齐桓公、齐威王、管仲、孙武、晏婴、田单、司马穰苴等明君贤相、英帅良将，不仅创建了“临淄之中七万户，临淄之途车毂击、人肩摩、连衽成帷、举袂成幕、挥汗如雨、家敦而富、志高而扬”的海内外闻名的东方名都，也创造了一部波澜壮阔的齐国历史。淄博历代人才辈出，除了春秋战国时期的明君贤相、英帅良将之外，还有文学家左思，农学家贾思勰，西汉名医淳于意，唐朝开国元勋房玄龄，清朝文学家赵执信、王渔洋等。他们的早期思想成就，昭示着淄博的文化渊源。中国历史上第一本手工业专著《考工记》、第一本农业专著《齐民要术》以及最早阐述服务业的专著《管子》都是在这片土地上写成的。清代文坛大家蒲松龄和他的巨著《聊斋志异》以其博大精深的文化内涵，成为不朽的传世之作。数千年来，淄博地区属郡、属国、属州、属府、属道，历代迭次交替，没有形成统一的地方行政建置，仅有隶属于不同郡、府、州的县，其中较完整的有临淄、淄川、桓台和博山。“淄博”作为地域名称，是随着淄川、博山煤矿开发于 20 世纪 20 年代初形成的；作为区域名称，是从 1938 年 10 月成立中共淄博特委时开始的；作为一个行政区域，始于 1945 年 8 月 23 日中共鲁中区党委建立的淄博特区专员公署。淄博是齐文化的发祥地、国家历史文化名城。齐文化具有开放进取、兼容并蓄的特质，是中华文明的重要渊源之一。淄博是发现使用陶器最早的地区之一。中国有“舜陶于河滨”“女娲炼石补天”等优美的神话传说，在淄博博山有供奉舜帝的“窑神庙”与供奉女娲的“炉神庙”。从商代到西周（约前1700—前771），淄博的制陶工艺显著进步，并烧出釉陶器。商代，淄博寨里一带出现原始青瓷。周朝，淄博专设陶正官，并设立制陶作坊，从事陶器的专业化生产。春秋战国（前770—前221），制陶业繁荣。春秋战国时期，齐国最早兴起蹴鞠运动，作为齐国都城的临淄，被国际足联认定为世界足球起源地。以淄博为中心是汉唐时代中国北方丝绸产品主要供应地，是兴盛于汉唐时代“丝绸之路”的主要源头之一。周村区是历史商业名镇，与中国南方的佛山、景德镇、朱仙镇齐名。

潍坊，古称“潍县”，又名“鸢都”，是齐鲁大地人文与自然的摇篮，是北方的“江北小苏州”。位于山东中部偏东，与青岛、日照、淄博、烟台、临沂等地相邻，地扼山东内陆腹地通往半岛地区的咽喉。潍坊历史悠久，早在六千多年前，弥河故道旁就有人群定居。自夏以来，历代王朝政权在此封国建邑，设州立府。夏商，境内有斟灌、斟鄩、寒、平寿等封国；春秋，曾分属于齐、鲁、杞、莒等国；战国，境域大部属于齐，诸城等地属鲁；秦，东部属于胶东郡、西部属于临淄郡、东南部属于琅琊郡；汉，为青、徐二州刺史部所辖；唐，属河南道，青、密二州；宋、元，属于京东东路，青、潍、密三州；明、清，分属青州、莱州二府；民国，前期先属胶东道、中期属莱胶道与淄青道、后期各县直属山东省；1948年4月潍县解放，潍坊特别市（省直辖）建立，1949年6月潍坊特别市改称潍坊市，仍为省辖市；中华人民共和国成立以后，潍坊市域1949—1988年，地专级行政建置主要为昌潍专区、昌潍地区、潍坊地区、潍坊市。潍坊自秦朝便成为京东古道的重要枢纽，明清以“二百只红炉，三千铜铁匠，九千绣花机，十万织布机”闻名遐迩，是历史上著名的手工业城市，清乾隆年间便有“南苏州、北潍县”之称，1904年在德国殖民者的提议下，潍坊开埠。潍坊是中国风筝文化的发祥地，被称为“世界风筝之都”，是我国历史上最大的风筝、木版年画的生产销售集散地。潍坊作为历史古州名郡，文化名人灿若星辰，生于潍坊市域或曾活动于此的高层次文化名人就有一百多人。他们对潍坊的政治、经济、文化、科学的发展，有重要的影响。据传孔子的七十二弟子之一、精通鸟语的公冶长就生长在安丘市的书院村，至今该村还有碑文为记。春秋末期，齐国政治家晏婴，博闻强记，善于辞令，辅佐齐灵公、庄公、景公，政绩卓著，他出使楚国的故事为后人广为传颂。东汉末年的哲学家、文学家徐干，是“建安七子”之一。另一名“建安七子”孔融曾在寿光一带任过北海相，“在郡六年，政绩赫然”，世称“孔北海”。北宋画家张择端，现存《清明上河图》，描绘了当年汴梁近郊在清明时节社会各阶层的生活景象，画面形象生动，是一幅具有重要历史价值的优秀风俗画。北宋著名的金石学家赵明诚与夫人李清照多年寓居青州，他们的诗词创作，以及有名的《金石录》著作，名噪一时。明代散曲家冯惟敏，所写散曲，风格爽朗，题材广泛，有些作品反映了当时的民间疾苦，讽刺了封建官僚的贪婪横暴。清朝著名宰相刘墉“刘罗锅”更是家喻户晓。清道光年间潍坊陈官俊，任过户部、兵部、吏部三部尚书和协办大学士，有多种著述留于后世。其子陈介祺，是我国著名金石学家，著有《十钟山房印举》等专著三十多部，对潍坊的嵌银、仿古铜、铸铜印、拓片等民间工艺品的发展起了奠基作用。清朝末年，潍坊一条巷子出了曹鸿勋、王寿彭两名状元，一时传为佳话。原籍他乡，曾在潍坊为官做事的历史名人有许多，如唐代大书法家李邕、北宋宰相寇准、著名文学家欧阳修等等。宋代大文学家苏轼知密州，写下了《超然台记》《水调歌头·明月几时有》等二百多首脍炙人口的佳作。清乾隆年间，扬州八怪之一的郑板桥曾在潍县做过七年的县令，他为政清廉，诗、书、画并称“三绝”，他在此留下了不少诗文和书画，至今流传于世，为世人称颂。久远的历史和厚重的文化底蕴，给潍坊境内留下了不同时期的文化群带，有古遗址、古建筑、古石刻和遗像等不可移动文物一千八百多处，其中国家级重点文物保护单位三处，省级二十七处，县级四百多处。

泰安，位于山东省中部的泰山南麓，北依山东省会济南，南临孔子故里曲阜，东连瓷都淄博，西濒黄河。泰安是华夏民族文明的发祥地，五千多年前这里孕育了灿烂的大汶口文化，成为华夏民族文明史上的一个重要里程碑。夏商为青州、徐州之地；周代分属齐鲁；秦属济北郡、东郡；西汉设泰山郡，隶兖州刺史部；隋分属济北郡、鲁郡、琅琊郡；唐代隶兖州、沂州；宋代隶兖州袭庆府，隶京东西路；金先设泰安郡，泰安之名由此始，后设泰安州，隶山东西路；元代隶东平路、中书省；明代隶济南府；清改为泰安直隶州；后改设泰安府，隶山东行省；民国分属济南、济宁、东临三道；1950年5月，泰山、泰西合并成立泰安专区。1967年，改称泰安地区。1985年3月改泰安市并升为地级市。泰安物华天宝，地灵人杰。春秋末期史学家、文学家、思想家、散文家、军事家左丘明是今山东省肥城市石横镇东衡鱼村人，与孔子同时或者比孔子年龄略长些，曾任鲁国史官，为解析《春秋》而作《左传》(又称《左氏春秋》)，又作《国语》；齐国大夫鲍叔牙是今新泰市汶南镇鲍庄人，以知人善任著称；柳下惠是今新泰人，美女坐怀不乱，作风正派、品德高尚，人称和圣；冉子是今肥城市冉家庄人，名耕字伯牛，为"孔子七十二贤人"之一；有子是今肥城市人，名若字子若，为"孔子七十二贤人"之一；羊祜今新泰市人，为西晋政治家、军事家；等等，古往今来，泰安名人不胜枚举。泰安寓意"国泰民安"，境内有"五岳之首"的泰山，有"天下第一名山"之美誉。泰安与泰山有着密不可分的历史渊源，不仅其名源自泰山，其建置沿革莫不与泰山关联，《泰山述记》载曰："泰安之为郡、为州、为县，实以泰山故也。"可见泰安"因山而置""因山而址""因山而兴"。由于古人对太阳和大山的崇拜，自尧舜至秦汉，直至明清，延绵几千年，泰山成为历代帝王封禅祭天的神山。随着帝王封禅，泰山被神化，佛道两家、文人名士纷至沓来，给泰山与泰安留下了众多名胜古迹。泰山山体高大，形象雄伟。南坡山势陡峻，主峰突兀，山峦叠起，气势非凡，蕴藏着奇、险、秀、幽、奥、旷等自然景观特点。从泰城西南祭地的社首山、蒿里山至告天的玉皇顶，形成"地府""人间""天堂"三重空间。岱庙是山下泰城中轴线上的主体建筑，前连通天街，后接盘道，形成山城一体。由此步步登高，渐入佳境，而由"人间"进入"天庭仙界"。泰山风景区内，有山峰一百五十六座，崖岭一百三十八座，名洞七十二处，奇石七十二块，溪谷一百三十条，瀑潭六十四处，名泉七十二眼，古树名木万余株，寺庙五十八座，古遗址一百二十八处，碑碣一千二百三十九块，摩崖石刻一千二百七十七处。主要分布在岱阳、岱顶、岱阴及灵岩。1987年被联合国教科文组织列为世界自然与文化遗产。

莱芜，位于地处山东省中部，泰山东麓，北邻章丘市，东临淄博市博山区和沂源县，南临泰安市所辖的新泰市，西邻泰安市岱岳区。古称“嬴、牟”，别名钢城，历来是兵家必争之地，春秋时期在这里发生过“长勺之战”，解放战争时期华东野战军曾在此发动了“莱芜战役”。20世纪60年代是中国重要的冶铁中心，是山东钢铁生产和深加工基地。2019年1月，国务院批复同意山东省调整济南市莱芜市行政区划，撤销莱芜市，将其所辖莱芜区、钢城区划归济南市管辖。

邹平，属滨州市，位于山东省中部偏北，地处鲁中泰沂山区与鲁北黄泛平原的叠交地带，东接淄博、西邻省会济南、南依胶济铁路、北靠黄河。邹平历史悠久，文化源远流长，西汉置县，古称梁邹。是历史上有名的齐鲁上九县之一。境内有多处古文化遗址，1991年，境内发现属龙山文化的丁公遗址，把中国文字史向前推进了八百年。邹平古往今来群贤辈出，战国时，思想家陈仲子创立“於陵学派”，为战国时期六大学派之一；秦汉之际，伏生传《尚书》，被历史学者称为尚书再造；魏晋之际，古代数学泰斗刘徽作《九章算术注》，奠定了中国古代数学领先世界的地位；隋末王薄首举义旗，拉开了隋末农民起义的序幕；晚唐段成式作《酉阳杂俎》，内容广博，闻名中外；北宋名相范仲淹的青少年时代在这里度过，为其“先忧后乐”思想的形成奠定了良好的基础；明末张万钟因著《鸽经》而被誉为世界研究鸽子的真正开创者；近代硕儒梁漱溟20世纪30年代在邹平创办了山东乡村建设研究院，进行了长达七年的乡村建设实验，现代诗人李广田、版画家刘建庵、《周易》研究专家刘大钧，都是知识界颇有影响的邹平籍人。邹平是全国第一个对美国学者开放的农村调查点，1986年以来，外国学者先后访问邹平达一千多人次。美国前总统吉米·卡特专程来邹平进行考察访问。

我们将从济南、淄博、潍坊胶莱河以西县市区、泰安、莱芜和滨州的邹平市一带搜集整理一些民间故事，作为《聊山东》的第五辑——鲁中篇，奉献给广大读者。

——题记

舜耕历下

传说上古五帝之一的舜帝很小的时候，母亲便去世了，父亲瞽叟随后娶了新妻，并给舜生了同父异母的弟弟，名字叫作象。

舜小的时候，他的后母和弟弟为了夺取家业的继承权，将舜视为眼中钉。枕边风、膝边语齐上阵，蛊惑瞽叟排挤舜。瞽叟偏爱后母和弟弟，三个人时常联合起来欺负舜。舜屡屡受到家人刁难，但是心里并不怨恨他们。非但没有怨言，还时常反思，“是不是因为自己做得不够好，才招来父亲和后母的不满？”“是不是因为自己没有做出好的榜样，才害得弟弟失德？”每当此时，舜就会为自己没能做到尽善尽美而深深自责。

有一次，舜的父亲和后母为了刁难他，派他到历山脚下，在一块满是荆棘、石块的土地上开荒种田。面对几乎不可能的任务，舜任劳任怨，挥汗如雨、辛勤耕耘，经过一年多的努力，将这片荆棘丛生的土地打造成了肥沃的农田。可是，秋收的时候，他丰厚的收成招来当地的百姓眼红。于是，有人开始在晚上偷他地里的粮食，一人偷粮，余众效仿，东家偷一撮，西家撸一把，不消数日，舜的劳动果实就丢了一半。第一年如此，次年亦如此。有心善的邻居忍不住提醒他：“舜，有人偷你家庄稼呢！”舜却说：“我早就知道邻居们在偷我的粮食。我想，他们偷粮兴许是因为家里遇了难事，需要粮食周济，这才没有制止。”舜的话借着邻居之口传遍了整座历山，偷过他粮食的人听了，为自己往日龌龊的行为而懊悔，主动将粮食如数奉还；没有偷过粮食的人则敬佩他以德报怨的举动，愈发尊敬他。连大象和小鸟都被他感动，成群结队地走出森林、飞下蓝天，大象助他耕田，飞鸟帮他除草。在他的带领下，历山脚下在数年之内从少数人群的聚居点，发展成了一座繁华的大都会。舜的德行也在人们的口口相传之中，传遍了四海。

这个时候，尧帝年迈，正为找不到中意的禅让继承人而烦心。他随后找来四岳部落首领，询问世间“淳朴宽厚、谦虚谨慎，可担当帝位之人”。四岳首领多数都推荐舜。耳听为虚，眼见为实，保险起见，尧帝将舜招到面前，亲自考察。他问舜：“怎样才能让天下太平？”舜不卑不亢地回答，说：“身为首领，面对世事无论大事还是小事，都能做到公平、公正和诚信，天下就能太平。”尧又问：“什么事最重要？”舜答：“祭祀上天。”尧再问：“什么官职最重要？”舜回答：“管理土地。”尧复问：“什么是首先要做的？”舜回答：“关心百姓。”舜句句珠玑，尧帝十分满意。为了赏赐舜，也为了进一步考察他，尧帝将自己的两个女儿娥皇和女英一并嫁给了他，同时还让自己的十个儿子追随在他的左右。

舜的父亲和后母眼见舜的声望一天天高涨，既嫉妒又害怕。他们怕舜有朝一日反过头来报复自己，便决定铤而走险，杀死舜永绝后患。舜的后母跟舜父瞽叟随后安排舜修补屋顶，想趁舜登上屋顶之后放火烧死他。修房当日，舜刚刚上房，瞽叟夫妇便开始放火。熊熊烈火自屋底烧向屋顶，茅草堆成的屋顶霎时变成一片火海。就在所有人以为舜命不久矣的时候，却见一道人影从屋顶窜了出来，竟是舜一手撑着一支竹竿，大鹏鸟一样从天而降。原来，瞽叟夫妇密谋烧死舜的时候，被恰巧从门前经过的娥皇、女英听了去，便提前准备了两支竹笠助舜逃出。

瞽叟夫妇一计不成又生一计，派他去挖井，想趁他挖井挖到深处时，将他活埋，但是他们的阴谋又被娥皇、女英提前获知。所以挖井当天，舜在挖井之余，还在井壁上凿了个逃生的侧洞。水井挖到一半，瞽叟夫妇往井里回填石块、泥土时，舜顺着侧洞逃出，回到地面。他父亲、后母和同父异母的弟弟象正在为占据了他的财富而沾沾自喜，看到舜平安归来，他们一度以为大难临头，却不承想舜非但没有责怪他们，还比以前更加善待他们。他的沥血丹心终于感化了父母和弟弟，自此之后亲人再也没有为难过他。

舜的孝举和德政借着娥皇、女英和她们的兄弟之口传到尧帝耳中，尧帝对舜愈发满意。他让舜学习处理政事二十年，摄政八年，最终将帝位传给了舜。舜即位以后，勤于政事，以德治国，以自身为榜样，构建起了团结友爱的社会气象，成就了千古帝业，成了人们口口相传的五帝之一——虞舜。

（上官古月搜集整理）

历下亭与历代名人

北魏时期，在山东济南五龙潭处有一亭，称“客亭”，是官府为接迎宾客而建造的。后来，在745年，齐州司马李之芳将此亭迁至大明湖水域，改名“历下亭”。

恰逢在齐鲁漫游的杜甫从兖州、泰山一带北上来到了济南。杜甫来到济南，立刻成了李之芳的嘉宾。

杜甫来到济南的消息不胫而走，很快传至北海，即后来的山东益都。时任北海太守的李邕坐不住了，连日赶往济南与杜甫会面。李邕到达济南后，立即在历下亭摆设宴席，宴请了杜甫和李之芳。当时李邕六十八岁，早已名满天下。而杜甫此时才是个三十三岁的后生。

李邕、杜甫、李之芳在座，还有许多济南的知名人士出来作陪。李邕与杜甫把酒长谈，论诗论史，也谈及了杜甫的祖父杜审言，这让杜甫十分感激。在这次欢宴中，杜甫即席赋《陪李北海宴历下亭》诗一首：“东藩驻皂盖，北渚凌清河。海右此亭古，济南名士多。云山已发兴，玉佩仍当歌。修竹不受暑，交流空涌波。蕴真惬所遇，落日将如何。贵贱俱物役，从公难重过。”诗中第一句叙述李邕驻临济南，设宴历下亭，第二句说明了历下亭古老历史。当时方位以西为右，以东为左，济南在大海之西，故称“海右”。因济南有过鲍叔牙、邹衍、伏生、房玄龄等大批历史名人，又因当时在场的有济南士绅蹇处士等人，因此称赞名士多。而接下来诗句描述的是亭内外景物和宴饮的情趣，以及对日落将席散，盛情难在的感慨。李杜宴饮赋诗历下亭使这海右古亭从此声名远扬。而“海右此亭古，济南名士多”一联，千百年来更成了济南的骄傲。清代文人龚易图曾撰有一则名联：李北海亦豪哉，杯酒相邀，顿教历下古亭，千古入诗人歌咏；杜少陵已往矣，湖山如昨，试问济南过客，有谁继名士风流？此联可以形容李邕、杜甫等人那次历下亭雅集的诗风流韵。

至唐代末期，历下亭逐渐废圮。北宋时期又重建历下亭，重建的历下亭位置在大明湖南岸州衙宅后。之后历下亭又几经兴废变迁，在明代末期，历下亭完全被毁了。但是从杜甫登临历下亭的那一刻起，历下亭已由单纯的亭子变成了一个意蕴丰富的文化符号，这也是历代文人如此看重历下亭的原因。

明代末期济南诗人刘敕《历下亭》写道："不见此亭当日古，却逢名士一时多。"概括出其间的深意。同样的明代诗人张鹤鸣在诗中也写道："海内名亭都不见，令人却忆少陵诗。"

这两首诗都显示出，历下亭虽然已经毁坏，但文人学士追忆昔日盛宴，遥想李、杜诗酒酬答，心中仍有难以泯灭的情结。

至 1693 年，山东盐运使李光祖和山东按察使喻成龙在大明湖中岛上重建历下亭。重建历下亭的工程刚刚竣工。清代著名小说家蒲松龄应山东按察使喻成龙的邀请来济南做客。

在喻成龙的盛情邀请之下，蒲松龄作了《重建古历亭》一诗，诗中借古喻今，追忆了盛唐时期李邕、杜甫的历下亭盛会，表达了他对重建历下新亭的感慨。诗写道："大明湖上一徘徊，两岸垂杨荫绿苔。大雅不随芳草没，新亭仍傍碧柳开。雨余水涨双堤远，风起荷香四面来。遥羡当年贤太守，少陵佳宴得追陪。"至 1694 年，喻成龙任安徽巡抚，离开济南时，蒲松龄又作了《古历亭》诗相赠。蒲松龄抚今追昔，借用"白雪清风"和"青莲旧谱"之典故，对诗坛的振兴寄予了热切的厚望："历亭湖水绕高城，胜地新开爽气生。晓岸烟消孤殿出，夕阳霞照远波明。谁知白雪清风渺，犹待青莲旧谱兴。万事盛衰俱前数，百年佳迹两迁更。"

新建的历下亭使蒲松龄振奋不已，赋诗言犹未尽，于是又以他那如椽的大笔洋洋洒洒写了千余言的长赋《古历亭赋》。该赋开篇一段写道："凭轩四望，俯瞰长渠；顺水一航，直通高殿。笼笼树色，近环薜荔之墙；泛泛溪津，遥接芙蓉之苑。入眶清冷，狎鸥与野鹭兼飞；聒耳咴嘈，禽语共蝉声相乱。金梭织绵，喽呷蒲藻之乡；桂楫张筵，容与芦荻之岸。蒹葭挹露，翠生波而将流；荷芰连天，香随风而不断。蝶迷春草，疑谢氏之池塘；竹荫花斋，类王家之庭院。"在这篇长赋中，蒲松龄对重建后的历下亭景色和亭上观赏到的湖中美景作了逼真描绘，并追忆了历下亭"再衰再盛"的历史，赞颂喻成龙、李兴祖修复历下亭，重现了往日辉煌。

历下亭名声越来越广，后来乾隆皇帝下江南的时候，也来到了历下亭。据说，济南最有名的历下亭酒还跟乾隆皇帝来历下亭有着千丝万缕的关系。传说，济南很早就有酿酒历史，因为济南泉水好，所以酿的酒也十分香甜，可惜济南的佳酿一直也没个响亮的名字。有一次，清代乾隆皇帝下江南，途经济南，在历下亭休息，济南府的大小官员都去觐见，并奉上没有命名的济南佳酿。皇帝饮后龙颜大悦，连声说："好酒好酒，赛过皇家御品！"乾隆皇帝询问官员："如此佳酿，叫何名字？"众人不敢对答，因为这种酒还没有名字，可是大家也不敢告诉皇上这酒没名字，但是也不好胡乱编造名字糊弄皇上。于是只见一官员回禀："万岁，还请万岁给此酒赐名！"于是，太监们备好笔墨，乾隆皇帝看亭题字，御笔亲题"历下亭"三个大字，从此这个酒便名为"历下亭"了，并且有诗为证：飘香四溢泉城水，皇家御品历下亭。从此以后，历下亭更是名扬天下了。

（上官古月搜集整理）

药山的传说

在早年，药山不叫药山，那后来为什么叫药山呢？

相传，唐太宗李世民征东的时候，连连打了大胜仗，三军将士累得人困马乏，无精打采。这时，唐王看着这些疲惫不堪的将士们，心里想：我虽然打了胜仗，可还得防备打败仗，趁这时候，何不把兵养一养，让将士们吃饱喝足，把精神头儿振奋起来，然后继续征战。于是，唐太宗李世民率领着三军将士来到一座大山脚下，安营扎寨。

两天过后，三军将士由于不服水土，大多数得了疾病，有的身上起水泡，有的连拉带吐，又赶上三伏天，将士个个都打了蔫儿。唐王一看这情景可不好，急忙叫来手下大将尉迟敬德想办法。唐王说："将士得了病，我们在深山老林，去哪里寻药求医？"敬德寻思了一下，说："唐王，从这里往西找才能寻药求医。"唐王接着问："怎么知道？""唐王，我们大军征东，一路胜战，那里的黎民百姓安居乐业，行业俱兴，哪能没良医呢！"敬德高兴地说着。李世民听了觉得有道理，就叫他带领几个将士前去求医寻药。

将士们刚走出营寨，就看见大山上走下两个人，尉迟敬德勒住马缰绳，一个翻身跳下马来，准备迎住他们。那两人发现前面有身穿战服的将士，吓得转身往山上跑。“喂，不要跑，我们是好人，请站住！”将士们撵到跟前一看，原来是两个小和尚。看面相也就十几岁，手里都拿着一个杏条编织的小团篓，里边装着些花草树叶。敬德觉得挺奇怪，仔细地看了看，说：“你们是哪里的？到这儿干什么？”“我们是山上庙里的，出来采点药。”小和尚手指着团篓里的花草树叶回答说。“采草药！这山上有草药？”敬德追问道。“对呀！这大山上到处是草药，能治百种病，可灵啦！”“此话当真？”“出家人不打诳语！”“好。”敬德听了很高兴。“我说小和尚，我们是征东的大军，暂时在这里待几天，歇歇脚儿，可事不凑巧，将士们不服水土，得了疾病，你俩能不能帮个忙，给采点草药治一治？”小和尚说：“那得上山请求我们师父，他对这山上的草药最熟悉，知道什么病用什么草药，吃上准好。”“是吗？那太好啦！这么的，我领你俩先见一见我们的唐王，如果治好了疾病，他还能许你们个愿。”敬德对小和尚说。“救苦救难是我们出家人应该做的。”小和尚解释说。尉迟敬德怕唐王不相信这个事儿，所以他要把两个小和尚领回给唐王看一看，让他亲自唠一唠。这个时候，唐太宗李世民也没有什么主意，不管怎么的，有病乱投医吧！远水难解近渴，只好这么办了。于是，他让尉迟敬德大将和几个小兵跟着两个小和尚上山去了。

原来，这几天山下烟气腾腾，人喊马叫的，山上的和尚不知道怎么回事，老和尚派两个小和尚边采药边下山去看看闹得什么景。两个小和尚领着将士们拜见了老和尚，尉迟敬德把事情的原委一说，老和尚听了，“嗯嗯”地答应两声，然后告诉将士们在这山上等着，他叫庙里的僧人都出去采药，不到半天功夫，和尚们采回好多草药，将士拿回了草药，按照老和尚的说法，把草药熬好，给得病的将士喝，两天过去，可真神了，将士们都好了病，个个精神起来，唐王非常感谢山上的和尚，许愿修庙。山上的草药都是宝，唐太宗李世民就把这座大山封为“宝药山”。

后来人们叫“宝药山”不大顺口儿，干脆，就叫作“药山”吧。所以，药山的名儿一直叫到今天。

（夏辽搜集整理）

大明湖畔夏雨荷

故事发生在乾隆十三年，也就是公元 1748 年的春天，乾隆皇帝带着一干随从微服私访进了济南城。

说来也巧，他到的这一天正赶上一场“比菜招亲”的盛会。举办“比菜招亲”的是济南城内著名的老字号饭店“夏家鱼庄”，当家人夏永民，要为他的独生女夏雨荷公开选女婿。夏家几辈人都是开饭店的，祖传名菜“夏家炖鱼头”非常出名，号称“江北第一鱼”。夏家早有祖训，这个“炖鱼头”的秘方是传子不传外、传媳不传女。所以，夏永民要选的是上门女婿，而且还得有个先决条件，要入赘的此人必须是深谙庖厨之道的行内人。

招亲盛会就在大明湖南岸、曲水亭街百花洲旁边举行，吸引了全城的年轻人。大家都知道夏雨荷的容貌沉鱼落雁，闭月羞花，而且夏永民家道殷实，生意红火，攒下不少钱。如果能入赘，马上就能少奋斗十几年了。所以，无论是为了年轻美貌的雨荷小姐，还是为了夏永民的财产，都值得一试。

乾隆皇帝跟随着看热闹的人群到了曲水亭街，这里已经摆下了十几口炉灶，旁边的大水缸里养着几十条金鳞赤尾的大明湖鲤鱼，炉火熊熊，鲤鱼撒欢，就等着开锅做菜呢。就在这时候，夏永民登台，先感谢全城的年轻人捧场，然后把雨荷小姐请出来展示才艺。

起初，乾隆皇帝只是为了看热闹，顺便了解济南城的风土人情，结果雨荷小姐一登场，把他的注意力一下子就吸引过去了。

大明湖人杰地灵，自古以来就出美女。这夏雨荷长得太漂亮了，眉如弯月，腰如柳枝，五官端正，落落大方。乾隆皇帝不知不觉就向着招亲舞台凑近，想把这位济南美女看得清楚一点。他的手下全都善解帝意，连扒拉带推搡，把闲人弄到一边去，亮出一条胡同，请乾隆皇帝近前观看。

这边的喧嚣惊动了雨荷小姐，她一抬头，正跟乾隆皇帝看了个对眼。乾隆皇帝是天子，那种天生的皇家气度无人能比，站在这么多人里，如同鹤立鸡群一般，实在太耀眼了。看见这么帅、这么高贵的男人，雨荷小姐顿时心生好感，自然地微微一笑。就这第一笑，乾隆皇帝心里就印满了夏雨荷的倩影，再也擦不掉了。

接下来，雨荷小姐展示了自己在琴棋书画、女工刺绣上的造诣，更是技惊四座。夏永民只有这一个宝贝女儿，千顷地一棵苗，当然从小就请来名家悉心培养，终于出落到今天这种让乾隆皇帝惊为天人的绝世美女。最难能可贵的是，雨荷小姐还是一个天生的好厨师，当场做的一大锅“炖鱼头”让所有赶来“比菜招亲”的年轻人既泄气又敬佩。

按照规矩，只有在“做菜”上胜过雨荷小姐，才有资格入赘夏家。几个年轻人按捺不住，上台一试，做出鲤鱼来给大家伙尝，现场立刻“呸呸呸”声一片。其中同为济南餐饮业同行、垂涎夏雨荷美貌的马家少爷也自不量力，上台做鱼，结果被大家连骂“糟蹋大明湖鲤鱼”，只好灰溜溜地落荒而逃。

乾隆皇帝身边带着御厨，这时候他微微一笑，亲自上台，按照御厨的指点，也做了一条“京城酱焖鲤鱼”。清朝发源于东北，这“酱焖鲤鱼”可是满族的名菜。不得不说，乾隆皇帝是人中之龙，其智商远远高过普通人，虽然只是“临时抱佛脚”，却也做得有模有样，让吃瓜群众大加赞赏。当他亲手夹起鱼头送给雨荷小姐品尝时，小姐又对他微微一笑，已经芳心暗许。当然，美女这第二笑，也让乾隆皇帝飘飘然起来。

夏永民当场宣布了“比菜招亲”的最终结果，乾隆皇帝独拔头筹，成了夏家择婿的不二人选。

雨荷小姐冰雪聪明，当晚，她约乾隆皇帝到大明湖畔雨荷厅去弹琴，借着琴声试探。

乾隆皇帝说出了自己的身份，雨荷小姐当即表示，不求名分，只愿两心相许，两情缱绻，身无彩凤双飞翼，心有灵犀一点通。

就在此时，一直觊觎夏雨荷的马少爷带着一群家奴赶来，要教训教训“情敌”乾隆皇帝，被皇帝身边的卫士打得抱头鼠窜。

一夜风流之后，乾隆皇帝表示，一定会带雨荷入京，更郑重许诺，钦点她为“荷花妃子”，统管后厨，把“夏家炖鱼头”变成皇宫专享的“皇家炖鱼头”。

俗话说，要想抓住男人的心，就得先抓住男人的胃。民以食为天，皇帝脱去龙袍之后，也是个平常人，所以雨荷小姐的“夏家炖鱼头”抓住了他的胃，也等于是抓住了他的心。

两人一交往，夏雨荷对相貌堂堂、文采过人的乾隆皇帝更是倾心不已，死心塌地，对天盟誓，此生非乾隆皇帝不嫁。

就在两人举案齐眉、如胶似漆的时候，手下人来报，西北发生军队哗变，叛军攻下城池，杀戮百姓，八百里加急军情报告已经送至京城。这是国家头等大事，大臣们等着乾隆皇帝回去做决定。乾隆皇帝眷恋着娇媚可人的雨荷小姐,不愿启程。

雨荷深明大义，力劝皇帝先顾国家大事，把男女私情暂且放下，并且发下毒誓，愿意一直等着乾隆皇帝回来，直到海枯石烂。

乾隆皇帝幡然猛醒，决定辞别雨荷，赶回京城。临别时，雨荷含泪而笑，笑容像一把小刀,搅碎了皇帝的心。他记住了美人的这“第三笑”,并且暗自下了决心，处理完国家大事马上回来，迎接“荷花妃子”入宫。

没想到，这一别就过了整整一年，叛军势大，乾隆皇帝御驾亲征，经过十几次苦战，才消灭了叛军，让边陲平定下来。

这一年，他原配的孝贤皇后富察氏染病身亡，正宫位置一直闲置，后宫所有的嫔妃也都入不了他的法眼，他满心里只想着夏雨荷。

同样在这一年，夏家在乾隆皇帝离开后发生了大变故。马家少爷并未放弃对夏雨荷和夏家财产的图谋，他安排诡计诬陷夏家，说夏家的“炖鱼头”里面加了官方禁止的佐料，致使家奴吃过鱼头后暴毙。官府的人收了马少爷的钱，胡乱判案，先是把夏家饭馆充公，然后又转卖给马少爷。悲愤交加的夏永民老两口病倒，相继离世。夏雨荷没办法，只能深居简出，靠着过去的积蓄艰难度日。

一年后，乾隆皇帝再回济南，没进济南城，而是把夏雨荷接到西郊行营里。见面之后，两人抱头痛哭。夏雨荷是汉人，乾隆皇帝出宫前，已经跟太后商量，想把夏雨荷带进宫里，给她一个名分。可是，这个想法遭到太后的强烈反对，宫里所有的旗人妃子也都联合起来，在皇帝寝宫外面连跪了三天三夜，泣血劝谏，恳请他不要把汉人妃子带进宫。

所以，乾隆皇帝到了济南，看到夏雨荷为了等自己受了那么多的苦，他左右为难，无法抉择。夏雨荷是个通情达理的人，而且深爱着乾隆皇帝，绝不会逼迫对方为自己做什么。于是，一个月之后，她仍然像从前那样，力劝皇帝回宫，治理国家大事，而自己甘愿在济南默默地等待着下次见面的时候。

这种聚少离多的日子维系了几年后，乾隆皇帝感念夏雨荷的好、美、敦厚、温柔，同时也厌倦了国家政治、操心劳碌，准备效仿从前剃度五台山的另一位皇帝，主动退位，离开京城，到大明湖畔长伴夏雨荷，两人重开夏家鱼庄，专做“夏家炖鱼头”，双宿双栖，过“只羡鸳鸯不羡仙”的日子。

夏雨荷深知，乾隆皇帝是百年难遇的明君。他在位期间，四海升平，国家稳定，老百姓安居乐业。如果他退位，一定会引发国家动荡，导致民不聊生。

她知道乾隆皇帝对自己一往情深，只要自己在济南等着，皇帝就会不断地借东巡、南巡之名到济南来会她。

百般无奈之下，夏雨荷选择了归隐南山，退出红尘，让皇帝彻底死心，不再牵挂济南，而是坐镇京城，做一个好皇帝。

乾隆皇帝再次来到济南的时候，只看到了夏雨荷留下的一封短信：“三笑留情，姻缘已了，望君勿以雨荷为念，返回京师，励精图治，做个万古流芳的好皇帝。”

这段美好的民间故事就以这种令人怅惘的方式结束了，而乾隆皇帝也真正如夏雨荷所祝愿的，成了名垂青史、万古流芳的好皇帝，在位六十年，造就了真正的大清盛世。

（云泉山人搜集整理）

大明湖的三个传说

位于山东省会济南市中心的大明湖，是济南的三大名胜之一。它是一个由众泉汇流而成的天然湖泊，湖面面积四十六点五公顷。该湖不但历史悠久，风光秀美，而且还流传着诸多民间传说故事。

一、荷柳情缘

“四面荷花三面柳，一城山色半城湖”，这是大明湖的最好写照。漫步湖畔，但见垂柳飘拂，红荷点波，景色如诗似画。看到红荷垂柳，人们自然会想到有关柳荷的美丽传说。

很久很久以前，湖边一对青年男女痴心相爱，男的叫杨柳，女的名荷花。小伙子英俊潇洒，姑娘如花似玉。杨柳诚实勤劳，荷花美丽聪慧。他们自小便在一起游戏玩耍，青梅竹马，两小无猜。长大以后，便互生爱慕之情，且情深意笃，曾互指湖水为誓：非君不娶，非君不嫁。两家的家长也认为他们是天生一对，地配一双，准备待筹备妥当之后，择日为他们完婚，结成百年良缘。

谁知天有不测风云，湖畔有一官宦人家的恶少，垂涎荷花的美貌，生出歹心。一日趁荷花家中无人，带人抢走了荷花，欲行不轨。杨柳闻讯，追来抢救。恶少指使家丁对杨柳动武，杀死了杨柳，他含恨倒在了大明湖畔。荷花见状，悲痛欲绝，挣开强人之后，纵身跳入湖中，殉情自尽了。

他们死后，湖畔杨柳被害的地方，长出了茁壮的柳林；湖中荷花自尽的地方，生出了艳丽的红荷，柳枝拂水，向着荷花点头；红荷挺立，朝着柳枝传情。湖民们说：这是杨柳和荷花的化身，他们活着不能结合，死后也要日日厮守相聚。

二、大明寺沉明湖生

古时候，济南北郊有个大明国寺。寺内殿宇雄峙，亭阁林立，每天经声佛号，响遏行云，看上去极为庄重、排场。然而寺内的和尚却不守教规，勾结官府，欺压百姓。尤其可恶的是经常利用信徒烧香还愿、祈求得子等机会，坑害奸污来寺拜佛的良家妇女。传说有一个官人的母亲病了，请了许多医生医治，也不见效。官人的妹妹至爱至孝，便要去大明国寺为母亲烧香许愿，官人说什么也不同意。妹妹为治好母亲的病，每天晚上都偷偷地朝大明国寺的方向烧香祈祷，一月之后，母亲的病果然好了。

妹妹决心到大明国寺还愿，怕哥哥不答应，就趁哥哥不在家的时候，独自来到大明国寺。那天寺内老和尚外出不在寺院，几个小和尚见这女子长得年轻漂亮，遂起歹心，悄悄跟踪，并查看了住处，报告了老和尚，老和尚眉飞色舞，立即派人把官人的妹妹掳到寺内。官人得知后，勃然大怒，肝胆欲裂，他抄起大刀，骑上战马，奋力向大明国寺追去，刚到大明寺附近，突然天空乌云滚滚，狂风大作，暴雨倾盆。一声霹雳，顿时天塌地陷，那座金碧辉煌的大明国寺，就这样沉入地下。

接着从地下冒出一片水，形成了一个很大的湖泊，就是现在的大明湖。

三、大明湖里蛙不鸣

大明湖的青蛙为什么不会叫？当地流传这样一个传说：当年，乾隆皇帝下江南，路经济南，就住在大明湖边的巡抚衙门里。晚上，大明湖的青蛙聒噪盈耳，吵得这位万岁爷睡不着觉。于是他便把随侍的大臣刘墉（即刘罗锅）叫来，让刘墉传他的圣旨，不准大明湖的青蛙再叫了。

刘墉只得遵命，来到高高的北极阁上，大声向着湖中的青蛙宣布了乾隆皇帝的圣旨。毕竟皇帝是金口玉言，连青蛙也不敢违旨。从此，大明湖的青蛙就再也不叫了。

（云泉山人搜集整理）

乾隆游趵突泉逸闻

趵突泉位于济南市历下区，南靠千佛山，东临泉城广场，北望大明湖，五龙潭。面积一百五十八亩，该泉位居济南七十二名泉之首，被誉为“天下第一泉”，也是最早见于古代文献的济南名泉。趵突泉是泉城济南的象征与标志，与济南千佛山、大明湖并称为济南三大名胜。当年乾隆下江南，在这里留下不少逸闻。

换水趵突泉

话说当年乾隆下江南，驻跸济南。趵突泉好，乾隆早就有闻，故传旨前往，赏泉观水。那趵突泉三窟喷涌，涛声震响，乾隆看了，自是心花怒放，惬意非常。

不觉来到了观澜亭。乾隆抬首，却见一旁有殿，楹联“云雾润蒸华不注，波涛声震大明湖”，乃问：“诸位爱卿，此联寓意不凡，何人所作？”一旁随臣却是刘墉、和珅、纪昀三个，赶忙趋应。就听刘墉答道：“禀万岁，此联乃元代赵孟頫《趵突泉》诗之颈联。诗云：‘泺水发源天下无，平地涌出白玉壶。谷虚久恐元气泄，岁旱不愁东海枯。云雾润蒸华不注，波涛声震大明湖。时来泉上濯尘土，冰雪满怀清兴孤。'”乾隆听了，点头笑道：“不愧诗文大家，倒把泺水景致写绝了。”这时，侍从龙椅伺候，乾隆坐下，却忽发奇想，道：“朕看这泺泉三股突突趵跃，倒真似‘玉壶’一般。诸位爱卿，尔等皆为学士，寻常尽有阳春白雪之作，今日闲暇，不妨也以‘壶’字入诗，限以四句，各咏一首，不必求雅，但求一乐，如何？”乾隆旨下，臣子焉有不从。刘墉抢先吟诗一首：“趵突泉水出玉壶，一壶一壶又一壶。壶壶都是琼浆液，沏得茗香迎面扑。”乾隆笑道：“有趣，有趣。”就听和珅也吟一首：“趵突泉水涌三窟，窟窟都似白玉壶。欲沏茶茗汲琼液，不知该取哪一壶？”乾隆也笑：“和珅差些了。”纪昀跟着也吟一首：“一壶一壶又一壶，壶壶琼浆出趵突。只留一壶沏茶饮，余下都倾大明湖。”

吟毕，各人均乐。乾隆笑道：“尔等吟得有趣，虽是难登大雅，倒也很有意思。今日观览泺泉，一见果知非凡，朕心里高兴，听爱卿吟诗，一乐而已。”

乾隆又道：“方才尔等皆提茶茗。泺水沏茶自然不会有差，但今日朕要单品泺水。”闻旨，早有侍从泉中取水，杯奉御前。乾隆接杯微啜，立觉甘洌溢口，通体舒畅，不由惊讶：“真是天地造化美泉，朕竟不知用何言称其佳好。”于是，乾隆起身至岸，目视三涌，语出却是和缓：“唐朝陆羽定谷帘泉为‘天下第一泉’，朕一直不以为然，以为陆羽不到北京不知玉泉水好。其实朕自己何尝不是犯了此忌——没到济南，又怎知趵突泉好？”乾隆话落，刘墉等人忙道：“佳泉之外更有佳泉，唯我泱泱中华，才有此等景况……”

乾隆复回龙椅坐定，颜改肃穆，道：“古人评水，讲什么‘香、清、甜、活’，其实水之品相，还看其德。譬如泺泉，远有贤舜汲水灌地，教化生民，是为有古贤之德。世间佳泉，水美且有古贤之德，惟趵突泉也。”言毕，乾隆再饮泺水一杯，复言：“此等佳泉，何不常饮？”遂传旨，将随身携带供路上饮用的玉泉水全部换成趵突泉水。

乾隆传旨换水，却把行程耽搁了一天。刘墉等人无事，便在一起闲聊。就听和珅问道：“二位可知皇上为何将玉泉之水换成趵突泉水？”刘墉道：“愿听和大人明示。”和珅道：“当初皇上曾封北京玉泉为‘天下第一泉’，眼下喝了趵突泉水，皇上显然是有些悔封。但天子金口玉言，岂能更改，所以，皇上传旨把玉泉之水换成趵突泉水。这实乃是把‘天下第一’又封给了趵突泉，皇上只是不明讲罢了。”

御封趵突泉

趵突泉，素称“天下第一泉”。据说，这“天下第一泉”的誉名，乃乾隆皇帝所御封。

传说当年乾隆南巡，首次来济，行宫就在趵突泉不远。是夜，乾隆微感疲乏，早早入睡，迷蒙中，忽见门扉轻启，有古装二女，体态窈窕，貌端容美，持玉壶玉盏，翩跹入内。二女近前，纤纤施礼，乾隆惊问：“尔是何人？”二女笑不应答，却倾壶注水于盏，献于乾隆，道：“尊驾远道而来，无甚迎接，敬纳水饮，聊表地主之谊。”乾隆视之，见盏水澈如明镜光如琥珀，乃饮，觉清洌甜美回味甘醇。复敬，又饮，如是者三，二女方似意尽，冉冉退去……乾隆醒来，方知原是一梦。

次日，乾隆传旨，游趵突泉。原来，那乾隆在宫中常听人讲趵突泉好，早就存心观之，这次滞济，正好完愿。不一会儿，前呼后拥到了趵突泉边，但见云雾润蒸、波涛声震，三涌喷薄盈地三尺，乾隆不禁称好。缘泉行，见北有古殿，问之，是娥英祠。乾隆道：“娥皇女英，大舜之贤妃，不可不祭。”乃入祠，拈香祭拜。一抬头，见壁上娥皇女英像，却是面熟，猛然想起昨晚梦境，才知梦中二女，乃是娥皇女英，内心大是惊异。于是复至泉边，汲水尝之，清洌甘口，与梦中无异，更是惊异，就对众臣讲述昨夜梦境，众臣听罢奏道：“舜乃古之圣贤，其妃梦谒敬水，足见皇上德昭天下与古贤等齐。”乾隆大喜，道：“朕治国家，虽不敢妄比尧舜，也力望古贤项背。趵突泉好，非惟水美，还因其古。当年娥皇女英在此，浣衣洗裳、汲水饮食，助贤舜德统天下。今朕饮此水，犹记古贤之德。世间美泉颇多，惟趵突泉，水好，又兼存古贤之风，实乃天下第一泉也！”

从此，就有了乾隆御封趵突泉“天下第一泉”之说。

诗赞趵突泉

乾隆十三年（1748），乾隆首到济南。济南泉水让乾隆大开眼界。众泉中，给他印象最深的当然是趵突泉和珍珠泉了。趵突泉已经很好，而珍珠泉则更具独特的天然性：点点水泡宛若神灵孕育一般，徐徐冒出，就像南海鲛人从水中捧出的串串珍珠；泉水清濯，映照着雕梁画栋和游人的面庞……水色泉景，使乾隆有了置身仙境的感觉，而瞻仰了圣祖康熙的题字“作霖”，则使他心潮起伏，产生了要让

“作霖”的思想像泉水一样恩泽天下的愿望。于是御笔题诗《乾隆戊辰上巳后一日题珍珠泉》:“济南多名泉，岳阴水所潴。其中孰巨擘？趵突与珍珠。趵突固已佳，稍藉人工夫。珍珠擅天然，创见讶仙区。卓冠七十二，分汇大明湖。几曲绕琼房，一泓映绮疏。可以涤心志，可以鉴眉须。圆流有灵孕，颗颗旋相於。乍如历海峤，鲛人捧出馀。又如对溟渤，三五呈方诸。作霖仰尧题，泽物留神谟。我来值暮春，农夫正新畬。看彼芃芃者，欣此涓涓如。安得符圣言，远近均沾濡。”

转眼二十三年过去。乾隆三十六年（1771)，乾隆再次莅临趵突泉。趵突泉三窟照涌，泉水依旧。只是其时山东大旱，民生艰难。于是，乾隆命人在趵突泉边摆下香案，然后率文武官员跪拜祈雨。仪式毕，当场作《再题趵突泉作》:“济南城南古观里，别开仙境非尘世。致我清跸两度临，却为趵突三窦美。喷珠屑玉各澜翻，孕鲁育齐相鼎峙。汇为圆池才数亩，放泺达江从此始。朱栏匼匝接穹楼，祀者何仙钟吕子。曲廊蜿蜒壁勒字，题咏谁能分姓氏。过桥书室恰三楹，研净瓯香铺左纸。拈咏名泉已知多，氿兹实可称观止。曾闻地灵古所云，屯膏殄享恐非礼。拟唤天龙醒痴眠，今宵一洒功德水。”

祈雨当日大雨骤下，于是官民齐颂，都道乾隆圣恩通天。其实，巧合而已。

（上官古月搜集整理）

千佛山的传说故事

千佛山位于山东省济南市历下区，是济南三大名胜之一，古称历山，因为古史称舜在历山耕田的缘故，又曾名舜山和舜耕山。隋开皇年间（581—600)，因佛教盛行，随山势雕刻了数千佛像，故称千佛山。千佛山是泰山的余脉，海拔二百八十五米，占地一百六十六点一公顷，距济南市中心二点五公里，位于山东省济南市中心南部，与趵突泉、大明湖并称济南三大名胜。这里的景点有诸多真真假假、虚虚实实的传说。

鬼集大市 在旅游路东有一条小道直上千佛山后山，平常很少有人问津，沿道而上五百米左右就会发现左边是一块谷地，相传每逢阴历的三月十五、七月

十五、十月初一，月光高照、夜深人静时，这个地方却非常热闹：卖东西吆喝的、唱戏的、赶车的声音随风传来，俨然一场大集，却只闻其声不见踪影；有老济南人说：如自家亲人当年意外而亡，都可到这里寻其声音，运气好的话在特殊时间，用特殊的方法还可看到他（她）们的影子。

铁索锁山　传说很久以前,山上有把古铁索,粗如人臂,绕其峰两周。为什么呢?原来历山原本是一座海上仙山，在山上居住的仙人生性好动，总是带着这山东游西逛，惹得海神大为不悦，暗用铁索将山锁住。谁料一日铁索被挣断，那座山便飞落此处，但一断索却依然系于峰上。唐代文献记载了舜井附近一名历山的大石上有铁索，后民间附会为千佛山。

黔娄山洞　黔娄洞的洞口有一题刻，记述黔娄子隐居此洞的传说。黔娄是春秋时齐国的高士，齐、鲁国君都请他做官，他坚辞不就。齐威王曾亲临此洞请教，为了表示尊重，他远远就下马脱靴，徒步进洞。黔娄死后，因家贫如洗，盖体的被子太短不能盖满全身，有人建议将被子斜盖以盖住全身，黔娄的妻子说："斜之有余，不如正之不足，先生生前不斜，死后斜者，不是先生之意。"东晋诗人陶渊明曾经作《咏贫士》赞黔娄等人："安贫守贱者，自古有黔娄。好爵吾不荣，厚馈吾不酬。一旦寿命尽，弊服仍不周。"

和尚墓塔　相传，有一位神仙路过千佛山下，走得太累了，便向正在耕田的一个农夫讨水喝。农夫赶紧拿出了水和干粮递给了神仙。神仙吃饱喝足后，便一头倒在田埂上睡着了。醒来后，他感到此地民风淳朴，居民乐善好施，便在田间用神力建了一座庙宇，以保佑风调雨顺，祥和太平。据说，庙宇里住的第一任住持就是神仙的徒弟，这位住持死后，人们为了纪念他，便在庙前盖了一座墓塔。

齐烟九点　千佛山西部半山腰有个齐烟九点坊，凡经过牌坊的人，大概都会读一下"齐烟九点""仰观俯察"八个大字。

唐朝诗人李贺《梦天》诗曰"遥望齐州九点烟，一泓海水杯中泻","齐烟九点"即由此诗句演化而来。诗中"齐州"本指中国，清代人因济南古称齐州，便借用该诗句描绘济南的山景。"九点"所指，古今不同。清朝郝植恭在《游匡山记》中曰："自鹊华而外，如历山、鲍山、崛山、粟山、药山、标山、匡山之属，蜿蜒起伏，如儿孙环列，所谓'齐州九点烟'也。""九"并非确数，泛指山多。意为站在千佛山"齐烟九点"坊的地方，北望能见到的卧牛山、华山、鹊山、标山、凤凰山、北马鞍山、粟山、匡山、药山九座孤立的山头。而由于现在的植被增加，树木高大茂密，站在“齐烟九点”处，已观赏不到北方延绵起伏的这些山头了。

（云泉山人搜集整理）

灵岩寺的传说故事

灵岩寺是长清的代表性佛教圣地，自晋朝建寺以来就充满了许多传说故事，使这片土地更具神秘色彩。

朗公说法石点头

东晋时候一个叫朗公的和尚，当时是历城神通寺的方丈。那时有个叫张忠的隐士，很有能耐，但得不到朝廷的重用，为避那时候的战乱，便来到灵岩峪修行隐居。朗公和张忠是多年的好朋友，无话不谈，交心的话什么也说。所以朗公经常从历城仲宫那边翻过两座山来找张忠，相互交流佛理，舒泄胸中的憋闷。朗公每回来到灵岩峪，都被这里美丽的风景所吸引，高兴的时候总在灵岩山上讲《放光般若经》，每次都有一大堆人听讲。有一次讲到最精彩的时候，周围的山动了起来，石头跟着点头，老虎猛兽趴在地上也不起来，也听不到了平时的马嘶人叫和猿叫狼嚎，只有朗公的说法声在山谷中回荡。有一个信士问朗公：“这是怎么回事？”朗公说：“我讲法，我的内心急剧变化，穿过了人的理解边缘，扩展到了无限的境界中去了。因此，大地为我祝贺，用石头点头欢迎我。动物向我致敬，保持静默，此乃佛法之摄化。山有灵犀，不足为怪。”信徒立即磕头施礼，高呼“善哉……”从此，这个地方就叫灵岩了。

朗公讲完法，当走到灵岩山的山顶时，身子突然定格，不动了。山顶上，突然出现了一个像披着袈裟，手拄禅杖，攀越山峰的老人形象的巨石，后人为纪念这位佛法高深的高僧，便称它为“朗公石”了。

现“朗公石”为灵岩寺浑然天成的一大自然景观。

法定与三泉

相传在北魏孝明帝的时候，法定高僧从西方来到灵岩寺，进入灵岩峪，有一条巨蟒在前面为他引路，两只老虎为他驮着经卷。走着走着，忽然前面长出了一堵墙，无路可行。法定和尚对着墙坐下，闭着眼诵经。坐到第七七四十九天的时候，突然雷声大作，山石迸裂，崩下来的石头落在法定的面前，打断了他的修行。睁眼一看，只见头顶有一束强光向山下射去。原来法定高僧面壁打坐的真心感动了太阳神，阳光把山崖都射穿了，透过洞穴形成光束，为高僧指路。至今灵岩南山峭壁上留有一个圆洞，史称明孔洞。

法定顺光束下山，在山脚下遇到一位打柴的老头，法定向他问路，老头低头不说话，只用手指头一指，面前突然有一对白鹤飞起来，法定沿着双鹤飞行的方向，来到灵岩寺。只见青山一色，苍翠欲滴，地净气爽，云气生辉，实在是太美了！但最为遗憾的是寺院内没有水，显得没有灵气，老法师用禅杖在千佛殿东侧的山崖处就地一杵，只见一股泉水喷上来，并形成小溪。两只鹤在空中看得清楚，一只鹤在空中直下，在东侧落地，一股清泉涌出来，后人取名为“白鹤泉”；另一只鹤落在南侧，又一股清泉涌出来，后人取名为“双鹤泉”。因三泉相距不远，故有“五步三泉”之称，是今灵岩寺的胜景之一。

清代诗人韩章曾赋曰：“双鹤何年饮此泉，泉名得与鹤相传。而今不作长空唳，只在涓涓石窦边。”

王干哥

每年的春秋两季，灵岩寺夜间都有一种奇特的鸟叫，“王干……哥，王干……哥”，叫声悲切凄凉，挺瘆人！这种鸟学名叫人参鸟，俗称棒槌鸟，它专门踅摸人参果吃。但这种鸟，灵岩人又给它取了一个特殊的名字，叫作王干哥，它来源于一个美好的民间传说故事。

相传，方山脚下，滴水崖边上，有一户姓王的人家，户主叫王大壮，妻子姓姚，大壮三十得子，为孩子起名叫王干，一家三口全靠大壮打柴过日子。有一天，大壮和他媳妇在卖柴火回家的路上，发现了一个用破麻袋包着的小女孩，两口子把小孩抱回了家，取名莲儿，莲儿比王干小半岁。实在的两口子硬撑着把两个孩子拉扯大。大壮每天天不亮就上山打柴，然后挑到十里外的集市上去卖，回来还要顶着太阳拾掇租来的二亩地。日复一日，年复一年。常年没白没黑的劳累终于使大壮病倒了。他媳妇变卖了家里所有值钱的玩意儿，也没有拉住大壮的命。就在王干十二岁那年，大壮撇下妻儿离开了人世。

穷人的孩子早当家，懂事的王干小小年纪就挑起了家庭重担。他到灵岩寺重新租来二亩地，辛勤耕作，抽空就上山砍几担柴卖掉，换些油盐。莲儿也常到寺里干点小活，换点钱贴补家用。姚氏掌管家务，也喂些牲口，孤儿寡母倒也过得下去。王干、莲儿挺懂事，兄妹相称，一家三口过得也算滋润。

光阴似箭，转眼六年过去了，王干变成了五大三粗的小伙子，莲儿出落得如花似玉，媒婆跑断了腿，也没能给王干说成一个媳妇；媒婆说破了嘴，也没给莲儿说成一门婆家。老人看出了孩子的心事，便在农闲的时候为他们举行了婚礼，婚后的小日子过得既和睦又幸福。

天有不测风云，人有旦夕祸福。有一天，姚氏上山打草不慎滚下山坡，摔断筋骨昏死过去。王干急忙请来灵岩寺的和尚，开了药方，其中三味药尚未配齐：泰山后的灵芝草、灵岩山的人参果、莲台山滴血石旁的续骨草。王干好不容易上山找来了灵芝草和续骨草，但还差人参果。这一天王干按照老和尚的指点，跑遍了灵岩的边边坎坎，最后在一处断崖边上长着树根的地方看见了一棵人参苗，他特别高兴，解下缠在腰里的绳子，一头系在山顶的小树上，一头系在腰上，慢慢向下滑，谁知系在山顶的小树突然松动，小树连绳子同王干一起坠入山下，头撞在石头上，脑浆溢了出来……

莲儿在家等王干的人参果，等了三天三夜也没等来，婆母却因得不到医治也负痛病逝。莲儿忍着悲痛，在乡亲们的帮助下，掩埋了婆母，决定下山寻夫。登明孔山，穿白杨沟，攀方山顶，涉万人坑，边寻边喊："王干……哥，王干……哥。"日复一日，年复一年，莲儿的头发白了，面容苍老了，"王干……哥"的呼声却越发强劲起来了。一天晚上，寻夫的莲儿跌落崖下，不幸身亡。在摔死的莲儿身上飞起一只小鸟，嘴里不停地呼唤着："王干……哥，王干……哥。"

鸡鸣山

在进入灵岩峪的山口，有一座奇形怪状的山，犹如古代重要门户用以显示威严的阙。它确实是灵岩寺的门户，过山跨桥，就算是进入灵岩寺的境地了。此山有一个离奇而使人向善的传说。故事发生在很久很久以前，有一伙盗贼，夜间前去行窃，当盗贼路过此山时，山上突然雄鸡高鸣，盗贼以为晨鸡报晓，原路返回。贼回去一计算时间，尚不到子夜，又集合行动。当再次路过此地时，山上仍有雄鸡鸣啼。这样盗贼行动三次未果，他们认为路经灵岩圣地门户，三次鸡鸣，是老佛爷在教化他们，从此，他们一改常态，弃恶向善了。后来有一个云游老道，听说这个故事后，他断定山上有金鸡，深藏此山，夜查暗探，费了很大的力气，果真将金鸡盗走，后人将此山命名为“鸡鸣山”。

鸡鸣山地处地壳变动的断层带，同泰山一样，每年都有所增长，经过多年的地壳运动，其山形也越来越像金鸡了，鸡首高昂，雄冠高耸，告诉人们弃恶从善，遵纪守法，做一个文明善良之人。

（乐善山人搜集整理）

章丘古时八景的传说

古时在章丘民间流传着一首“章丘八大景”的诗歌,其诗曰 :“高耸危山圣井澄，绣江春涨流水声。百脉寒泉珍珠滚，黉堂夜雪粉妆城。锦川烟雨时时润，龙洞熏风日日清。白云棹罢归来晚，卧看东岭晓月明。”诗中的每一句，都形象地描述了章丘的一大景点。

高耸危山圣井澄

危山，位于章丘明水城的西部，山后寨村南，面积约四平方公里，海拔高度约二百零五米。据说古时的危山周围，曾经有三年连续不下雨。土地干裂，颗粒不收。居住在此地的老百姓别说吃饭，后来竟连水也喝不上了。

有一天，忽然来了一个高僧，说是从天竺国来解救众生的。天竺僧把众人领到山上，向四周观望了一下，然后用禅杖指着一个地点说：“此地不深就是水源，何不在此打井？”众人看时，果见脚下的地方不干不裂，地面湿漉漉的，杂草丛生。众人大喜，遂举镐挖井。果然得一清泉。但见那泉水汩汩，喷涌而出。喝一口，甜如甘汁；手一捧，清凉入脾。老百姓把天竺僧人奉若神明，称为“圣僧”。那井也就叫作“圣井”，那井中之泉叫作“圣泉”。自此，圣井之水源源不断地流下山来。滋润着危山周围的土地，养育着当地的父老百姓。而且那泉水一直流到平陵城的护城河里，哺育了远古的龙山文化，滋润着平陵城的经济繁荣。不仅如此，据说，汉初平陵王刘辟光死后就安葬在危山。因此，也有人把危山叫作“铁墓顶”。

每逢农历的三月三和八月八，当地人民都举办危山庙会。一来为感谢天竺圣僧搭救众生之恩，二来为繁荣当地经济，方便生活，可谓一举两得。庙会时，山上山下，人群如织，一片欢腾景象，商来贾往络绎不绝，甚是壮观。危山大寺内的“圣泉书院”里，更有无数文人墨客，或讲学探经，探奇览胜；或吟诗作赋，挥毫泼墨。那情那景，蔚为大观。

绣江春涨流水声

绣江，又叫盲河或盲水，发源于明水诸多泉群，往北流至金盘村与西巴漏河合流，穿过绣惠镇，流经章丘巨商孟洛川的家乡旧军村，最后注入小清河。曾有无名氏吟诗曰：“绣江源头小泉城，奔流直入小清河。”蜿蜒曲折的绣江河，全程三十多公里，是章丘境内最大的一条河流。自古以来，源远流长的绣江河水，滋润着两岸的土地，哺育着沿河的人民。漫步绣江河边，宛然置身于江南水乡。每逢夏季到来，随着雨量的增多，绣江河水突涨，一派奔腾之势。两岸绿柳成荫，鸟语花香，景色甚为壮观。也曾有诗赞曰：“绣江之水清如许，荷花香接稻花香。”

特别是沿河而置的水磨被水冲击后发出的轰鸣声，在万籁俱寂的春江花月夜中，声闻数里不绝。水磨，是古老的绣江河上曾经亮丽的一道风景。据说，仅从明水到绣惠镇金盘村这二十多华里的河道上，就分布着几十盘水磨，当时号称七十二盘。至今，乡间还流传着“绣江河弯十八拐，昼夜十八盘”之说。因此，清康熙年间，章丘知县钟运泰在《绣江春涨》诗中，曾有“一天春卷千堆雪，三月晴轰两岸雷”的真实描写。美丽的绣江河，曾使无数文人墨客前来观光游览，即景赋诗，留下了许多千古绝唱。

百脉寒泉珍珠滚

章丘又名“明水”，素有小泉城的美誉。闻名遐迩的百脉泉，位于明水东北隅的龙泉寺内，泉池长二十六米，宽十四点五米，深二米。池岸由青石砌垒，东西向架一虹桥，卧于碧波之上。池岸和桥上装饰雕刻石栏。

池内涌珠浮翠，堪为天下奇观。池底涌出的数不清的水泡，缓缓浮上水面，似珍珠般滚动，红鲤游弋其间，有“鲤鱼戏珠”之趣。宋代文学家曾巩曰：“岱阴诸泉，皆伏地而出，西则趵突泉为魁，东则百脉为冠。”明代戏曲大家李开先曾有“水劲无过济，脉泉更著名”的诗句。泉周林木扶疏，柳绿花红，鸟语蝉鸣，景色迷人。泉水冬暖夏凉，沏茶味正色浓。用其与当地所产明水香米相煮，香及四邻，令人馋涎欲滴。

绕过主泉，向南一拐有一眼较大的独立泉池，这就是有名的“张公池”。它是百脉泉群泉中最大的一眼泉，如同一个较大的井筒，泉水日夜喷涌，发出一种低沉的啸声。据《章丘县志》记载，这个“张公池”是为了纪念明代一个有德政的县令——张万青而专门人工开凿的。

黉堂夜雪粉妆城

黉塘岭，位于相公庄镇北约三公里处，是从石龙庵向西平地中隆起的一个高阜。东北方向即是长白山诸峰。西临东皋村。海拔仅六十余米。方圆不过四平方公里，但却是章丘的一大景观。远远望去，黉塘岭恰似一只俯卧在地上的梅花鹿。因此，古人有“西临漯河真鹿卧”的描绘。最主要的是这里有一种好似“海市蜃楼”般的奇幻景观，在夏秋之日的拂晓，岭上会升起一道道白霜似的东西。犹如粉妆素裹的城垣。漫步其中，脚下会发出嚓嚓的声音，好像行走在雪地上似的。于是，“黉堂夜雪粉妆城”便成了章丘八景之一。

说起“簧塘岭”还有许多美丽的传说。

传说一：这里曾是东汉大学者郑玄著书立说的地方。相传，簧塘岭上有一口古井。井中长一种叶子细长的水草，其形状似野韭菜。郑玄往往用它来捆扎书卷。到现在当地的人们还叫它郑公书带草。

传说二：范仲淹与醴泉寺，醴泉寺旧名大云寺，现在的醴泉寺在长白山（区别于吉林长白山）上，据史料记载为宋范仲淹所重建。

据说北宋政治家、文学家范仲淹幼年随母嫁适长山，曾在醴泉寺就读。“划粥断齑”“窖金捐僧”的故事均出于此。寺南簧塘岭，高峰独出群岫，似龙舞其巅，中有一山洞。当年范仲淹为避寺内喧嚣，经常来此攻读。世称“读书洞”，又叫“上书堂”。话说范仲淹是宋代大文学家。他九岁的时候，听说章丘境内的簧塘岭有座醴泉寺，寺里的长老很有学问，便一心想到那里去读书。后经过母亲的同意，他终于来到醴泉寺。不过寺中僧多粥少，生活非常困难。一天晚上，范仲淹在月下读书，长老见了，拿出一块面饼悄悄地放在石桌上走了。专心的他竟然没有发现，等他起身的时候，这块面饼被衣袖扫落到地上，他弯腰拾起，把它放回原处。尽管他的肚子饿得直叫，可他咽了咽口水，又继续读起书来。忽然，他听到一阵“吱吱”的叫声，一只老鼠叼起面饼钻到一棵紫荆树下。范仲淹好奇心起，他拿来铁锹去挖老鼠洞，掘开黄土后发现下面有一块石板，掀开石板，只见里面装满了亮闪闪的金元宝。这是怎么回事，是谁放到这儿的？范仲淹忙把石板盖好。他想：我读我的书，怎能为金银所动！这件事一直在他心底藏了几十年。后来，范仲淹做了参知政事。有一天，一个和尚找到范仲淹，告诉他醴泉寺在一场大火中被烧毁，长老派他来求助，以便重修寺院。想起当年的情景，范仲淹写了一张纸条，让和尚交给长老。上面写着：荆东一窖金，荆西一窖银，一半修寺院，一半赠僧人。长老根据范仲淹的纸条，从紫荆树下找到了那堆金元宝，重新修复了寺院。从此，醴泉寺僧人一代又一代传下了范仲淹不取藏金并义赠金银的故事。

锦川烟雨时时润

旧章丘（今章丘绣惠镇驻地）西门有内外两门，外门叫“通济”门，内门叫“锦川”门。“锦川烟雨时时润”的意思是：若在春秋佳日之晨，登上“锦川”门，举目北望，旭日曦辉中的女郎山，云蒸霞蔚，如烟似雾；山中的庙殿佛寺，在那烟雨迷蒙中，隐约其间，若隐若现，恰如玉宇琼楼一般，景色十分壮观。转首西移，但见百川汇集，绣江河水白水似练，蜿蜒曲折，流向白云湖，景色十分壮观，令人陶醉。故“锦川烟雨时时润”成为章丘八景之一。

女郎山即章丘山，据传章丘之名乃战国时期齐国名将匡章死后葬于此处，称为“章子之丘”，简称章丘。此说应该是章丘得名的最早传说。又传古时有一官宦之家的千金葬于此处，故取名“女郎山”。匡章墓在今章丘市女郎山西坡，南京博物院镇院之宝——陈璋壶就是匡章伐燕，缴获自燕国王室的战利品。

龙洞熏风日日清

龙藏洞，在章丘市区东南方，阎家峪乡赵八洞村的南面，天仓岭以东，一个叫四暨山的半山腰中。又名龙堂洞；当地人称其为东龙洞、赵八洞。它是一天然形成的溶洞，洞阔八米，进深五十二米，高五米，进洞不远，在右侧高十三点六米处有一天然洞窗，直径二米左右，可仰望青天白云。

洞内南侧有一平台，高三米，长八米，宽二米，冬春平滑如床，夏秋有山泉流下，这就是所说的“龙床”。“龙床”向上有一小洞，可以容身，再向前走几米后便狭窄难进，深不可测。如有灯光照之，便见钟乳嶙峋，水滴泉淌。洞内共有各时期造像八十五尊，其中南壁四十一尊，除洞口内第三组为关羽、关平、周仓外，其余皆为佛像。北壁共刻有大小佛像四十四尊，除洞口一组为菩萨外，余者皆为佛像。刻凿年代自元代至明代不一。进口处一米，有一石匾，上书“通天透地”四个行书大字，落款是明嘉靖己酉岁四月。

明嘉靖二十四年农历六月十五日，李开先携其好友杨尚卿等十余人同游龙藏洞。是日，天气晴和，南风徐来。一行人攀山而上来到龙藏洞前。但见：水从洞出，冷气袭人。有诗为证：“水自石边流出冷，风从花里过来香。”要么为啥说，要等到天暖风和的时候才能来呢？冷啊！远看那洞门，则是“左虚旷而右幽邃，上穹隆而下磊珂，内凹奥而外通明”。门上一孔，阔约一丈，如山之天窗一般，可谓之洞天。门向东北，进得门来，但见龙床在西南高处，龙柱一旁；只是龙去遗其迹，鳞甲却飞动！见者自是毛骨悚然。李开先一干人等，那是又惊又喜。为此，李开先竟不惜笔墨，情不自禁书写了两首寓意深刻的《龙藏洞赋》。

白云棹罢归来晚

白云湖的特点，人文厚重为重点，湖光山影为特色，称得上是厚载人文，历史久远。白云湖的美景，触动了历代社会名流的游兴和情思，他们或在此撑船棹舟，或在此饮酒作诗，留下了许多风流佳句。如：元代张养浩的《游湖有感》，明代康迪吉的《游白云湖》，李开先的《白云湖夜泛》等，歌咏白云湖的诗篇，自古以来难以数计。其中尤以清初牛天宿的《白云湖》，最为脍炙人口。据《章丘县志》载："白云英英出其中，溪谷缕注，众水潴而为湖。"湖因以名，故"白云棹罢归来晚"为"章丘八大景"之一。

每到夏日，碧叶连天，荷花亭立。清幽的荷香满湖飘荡；二十公里绿堤垂柳依依，婀娜多姿；公园内有高达三十米的大型雕塑菩萨和十二生肖雕塑群；有重达二吨的"山东第一钟"，钟上书"风调雨顺，国泰民安"八个大字。据说，如果是赶上下小雨去游览白云湖，更是别有风味。白云湖上，烟波浩渺；垂柳依水，渔帆点点；雨中赏荷，别有一番情趣。试想：雨水敲打着荷叶，那会是怎样的一种情景？那才叫千珠万珠落玉盘呢！此时，或泛舟湖上，或漫步柳堤，定会轻松惬意。

卧看东岭晓月明

远望东岭山，仿佛山崖上生出无数的杈岈，故又称"杈岈山"，当地人俗称"茶叶山"，它是进入长白山的第一座高峰，与摩诃峰遥遥相对，海拔六百一十二米，山势峻拔，巨石嶙峋。

东岭山顶北崖，山巅巨岩矗立，犹如南天一柱，蔚为壮观。诸峰之间，巨岩相倚，其中有一大石窟，每当月明之夜，晓月晨星从孔中峰间显露出来，别有一番神韵。相传在旧章丘县衙堂上，开窗东望四十里外的东岭山上，石窟中之朗朗明月，便可看到"东岭晓月"的奇观，故古人有"卧看东岭晓月明"的诗句。因此，古人将此景列为章丘八大景之一。

东岭山上泉水众多，一年四季汩汩不断，山腰有一泓碧水的水库，阳光袭来，与巍巍青山交相辉映，景色宜人，引人入胜。清代著名小说家蒲松龄曾游此山，发现山中有一个洞口“望之钟乳林，林如密笋。然深险无敢入”。（见蒲松龄《聊斋志异·查牙山洞》）并在其《聊斋志异》中记有关于“查牙山洞”的鬼妖传说。山上壑深洞幽，孔窍连通，相传一窍生火，遍山生烟，神奇莫测。

山巅巨岩矗立，蔚为壮观。诸峰之间，巨石相倚，其中一岩壁通透有巨孔，相传每年中秋夜晚，皓月当空，月光穿过石孔射向西南的村庄。每若晴空万里，夜尽将晓，在四十里外的旧章丘县城（今章丘绣惠镇）躺在床上，透过窗口，便可看到“东岭晓月”的奇观，故古人有“卧看东岭晓月明”的诗句。山之东侧半山腰，山岩宽阔，纹理纵横，犹若衣纹。深秋拂晓，洒满露珠，旭日普照，五光十彩，酷似一件缀满宝石的“神袍”于此晾晒，景致奇妙，人称“神仙晒袍”。坐落于山之东麓，形似老人，雍容端庄，面目和善，人称“月老石”。

据说，有一老人深居山中修仙养道，在山坡上种了好多药材为民间治病。有一个叫嫦娥的村姑求治脸上黑斑，老人用自己所种药材为姑娘精心治疗，终于使姑娘恢复了原来俊俏的面庞。感激之下，姑娘拜老人为师出家修道。后来，老人受王母之托荐嫦娥与吴刚为妻升入月宫。老人从月宫归来后，顿觉寂寥，化为巨石，巍然屹立于山下。山之北峰有一组石形似爬山的三个和尚，故而得名“三和尚上山”。据传，长白山中居住着三位老人，经常上山采药，救济百姓，普度众生。后来三人都得道成了仙，人们念及他们的慈善之举，分别取名叫长白山老祖爷、华佗爷、石大夫爷。由于此山景色佳丽，历代文士多游历、隐居于此。元初著名文学家刘敏中曾在山麓建“中庵别墅”，筑“含辉亭”“赋诗台”，晚年归隐于此，著《平宋录》《中庵集》传世。山之北方，长白山重峦叠嶂，景色秀美。隋大业七年（611），“知世郎”王薄等人在此起义，掀起隋末农民大起义的风暴。

东岭山山花野草有三百多种，其中二百多种可入药，每到春季，漫山遍野，山花烂漫，采药童叟，朝辞暮归，往来穿梭，络绎不绝；每至夏季，烈日炎炎，三五成群，登临此山，避暑纳凉，望空赏月，别有一番情趣。

（乐善山人搜集整理）

葱仙女的传说

北京烤鸭驰名中外，但如果没有山东章丘大葱做佐料，吃起来就不出味。章丘大葱植株高大，质地细腻，生食甜脆，烧炒郁香，切剁不辣眼睛，被视为葱中上品。关于它，还有一段故事呢。

传说，大葱原本是天上王母娘娘后花园的一种“药花”，和牡丹、菊花、芍药、玫瑰等互为姐妹。这天，王母忙着筹办蟠桃会，众姐妹在牡丹姐姐的提议下，掀开云雾，偷看人间。人间却遭受着瘟疫的折磨，尸横遍野，满目荒凉。瘟疫婆疯狂地跳着舞着，传播着瘟疫。姐妹们看了不寒而栗，流出了同情的泪水。葱仙女更是沉痛，她愧疚地说：“我们枉为药花，却无能为力！”大家问道，能有什么解救的办法呢？葱仙女说：“我们为什么不用自己的精灵，去拯救受苦受难的世人呢？！”

姐妹们雀跃起来。牡丹姐姐首先舒起广袖，把牡丹花瓣上的甘露全部洒向人间。姐妹们向人间望去，人间瘟疫没有被祛除，瘟疫婆仰天大笑。牡丹姐姐只好作罢。而芍药等姐妹的都一样，还是对付不了这个恶毒的瘟疫婆。等大家都使完了自己的仙法，却看不到成效时，目光投向了葱仙女。

葱仙女望了望大家，又看了看人间，紧紧咬了几下牙，伸开双臂，绿色的羽衣便在白色的云端里飞舞起来。顿时，天地朦胧，风急雨狂，一股强烈的辛辣味呛得瘟疫婆喘不过气，睁不开眼。葱仙女舞呀舞，风刮呀刮，雨下呀下，半天功夫，天空中的浊气被清除得干干净净，大地被洗刷得焕然一新。

葱仙女耗尽了全身的力量，洒尽了全身的血汗，晕倒在云端里。众姐妹望着她那憔悴的面容，哽咽着把她扶回天宫。葱仙女渐渐苏醒过来，慢慢睁开眼睛，望望人间，高兴地笑了。

王母开罢蟠桃会回来，众姐妹都前去请安，王母问葱仙女为何不来，牡丹解释道：“启禀娘娘，葱妹妹为人间做了一大好事，累病卧床，无法前来请安。”牡丹把经过说给王母后，王母把脸一沉，训斥道：“大胆！这次瘟疫是人间怠慢了天庭，玉帝恼怒给的惩罚。小小葱女，竟敢胡作非为，这还了得！给我打入下界，牧放石羊！”

从此，在章丘老城北的女郎山上，出现了一尊绿色的仙女石像。她手持鞭子，牧放山上的石羊，这就是被惩罚下天庭的葱仙女。她立在山顶，凝望着人间。瘟疫婆又在逞凶发狂，沟沟躺死尸，村村断炊烟。葱仙女望着人间的苦难，吞咽着伤心的泪水。

一天，山顶上的石像突然变成一株大葱，深翠的叶，雪白的茎，叶顶上长着一团淡玉色的绒球花。花谢后，长出一粒粒小黑籽。染上瘟疫的人们只要用鼻子嗅一下大葱溢放出来的芬芳，身体马上就会恢复健康。人们从四面八方赶来治病，女郎山下，人山人海。

瘟疫婆将这件事禀报了王母，王母又转禀玉帝，玉帝大怒。雷公奉旨下到人间，一个霹雳炸碎了这棵大葱。葱仙女粉身碎骨了，可是那黑色的种子却崩散在女郎山下。不久，地上长出了一片片葱秧。人们把葱秧带到各地种植起来，再也不怕瘟疫婆逞凶了。

过了三千年，王母又忙着开蟠桃会，牡丹姐姐和众姐妹才得空偷看人间。只见女郎山下，一片片青翠的大葱，频频地向天上的姐妹招手。牡丹仙女愤恨地说：“姐妹们，与其在天庭整日受王母虐待，倒不如去人间和葱妹妹作伴，过着自由自在的生活。”于是，药花们一起离开天庭逃到人间。从此，人间便有了百花和诸药，为人们驱疫治病。

据说，如今葱叶中的汁液，就是当年葱仙女牧羊时吞咽的泪水。

（乐善山人搜集整理）

宝葫芦

过去，有一家兄弟三人。这天老大把两个兄弟叫在一起说：“咱兄弟三个都长大成人了，到了分家的时候了。”俩弟弟都同意。老大又说：“分是分，咱们弟兄三个得出去干一年，挣些钱回来再分。”两兄弟点头称是。

兄弟三个动身就走，来到三岔路口。眼前三条路，都不知向哪走好。好心的老三让两个哥哥挑，老大挑了一条有树的大路，老二挑了一条有水的宽路，剩下一条是又窄又难走的山路，老三只好走这条路了。三人约定一年后来这里碰头，就各自去了。老三望着两个哥哥走远了，自己也沿着山路一步一步爬上去。老三看不到人家，心里犯了愁，前不着村，后不挨店，天快黑了咋办呢？他转来转去找不到出路。这时候又饿又累，就爬到一棵大树上，从怀中拿出一支短笛吹了起来，笛声在林子里传出很远。

过了一会儿，林子后面传来了一阵说笑声。老三停下吹笛，回头一看，林子深处走出一些人马。几个穿着绸缎的漂亮姑娘，围着一个气宇不凡的老者走来。老三知道这是财主人家。那一帮人来到树下，其中一个姑娘指着树上吹笛的人说：“这么好听的笛声就是他吹的。”老者点点头，微笑着问年轻人是从哪里来的，为啥不回家？老三一一回答了，老者听了点点头。那姑娘说：“让他到咱家去吹笛吧。”老者点头同意了，就这样老三跟着这伙人向林子深处走去。果然是富贵人家。老三从来没见过这样的高楼大院，他呆呆地看了一会儿，就拿起笛子，吹了一支最好听的曲子，这家人听了都喜欢不尽，老三便在这家留了下来。除了每天为财主吹笛外，还为家里干些杂活。他起五更睡半夜，很受这家人的称道。眼看一年期限到了。一天，财主的女儿把老三叫到一边说：“等你走的那天，俺爹给你啥也别要，你只要墙上挂的宝葫芦，那是件宝物，要啥有啥！”老三记下姑娘的话。等走的那一天，老财主拿出了米面、金银，老三全不要，问他要什么，老三指着墙上的宝葫芦说：“就要它。”老财主犯了难。心想我就这件宝贝，给了他，我吃啥？姑娘站在一边见爹不想给，就说：“爹，我看大哥要，就给他吧，人心换人心，难得他一年给我们尽心尽力。”就这样，老财主便把宝葫芦给了老三。一家人打发老三上了路。

走了半天，老三累了。他想起了宝葫芦，心想这玩意儿是宝贝，我试一试。他就对宝葫芦说：“给我出一台四人小轿。”话音刚落，果然四个壮汉抬着一顶小轿颤悠悠地走来了。老三高兴得不得了。他坐上轿吹着笛，一路上欢欢喜喜。走了半天，老三有些饥困。他收了轿，叫出一桌酒席来。他大吃一顿，收了席。他又叫出一匹大马来，骑在上面向家赶去。他一溜烟来到三岔路口，一看哥哥们还未到。他就收了马等着。他忽然想起要和哥哥们开个玩笑，就向宝葫芦要了一张狗皮和一身破衣服，打扮成一个穷要饭的，躺在路边等着两个哥哥。

过了一会儿，大路上来了两个人，一个骑着高头大马，一个骑着一匹骡子，全穿着绫罗绸缎。老三一看正是大哥、二哥。他俩来到跟前，见三岔路口躺着一个穷要饭的，走近一看，认出是三弟，心里瞧不起他。大哥说："老三，你混了一年，混了一张狗皮，回去不让人家笑话！"二哥哼了哼说："这种无能的人就知道让别人养活，咱走，不管他。"二人气呼呼地打马走了。老三见两个哥哥走远了，爬起来向宝葫芦要了一匹马，一阵风追上去，等超过一段路，他又装扮成穷要饭的，照旧躺在狗皮上。两个哥哥又是一阵嘲笑，扬鞭走了。老三暗自高兴。到了村头家人出来迎接，大嫂、二嫂高高兴兴，把自己的丈夫迎进家。老三媳妇见自己的丈夫没带金没带银，手里光拿了张狗皮，流下泪来。老三安慰她说："别难过，我有办法。"

第二天老大把一家人叫在一起，决定分家。老三便对两个哥哥说："家里东西我一点也不要，我只要河滩那个闲院子。"两个哥哥自然高兴。老三不顾妻子劝阻，硬是搬进了那个闲院子。晚上，老三拿出宝葫芦说："给我来一套青堂瓦楼外带一个小花园。"立时河滩上出现了一座未见过的高楼。老三妻子见了，只觉得怪，不知是怎样弄来的。二人搬进楼房。老三又说："给我出十二美女，会吹拉弹唱、能歌善舞。"果然全按老三的意思实现了。二人吃着酒菜，看着歌舞，满心高兴。

天亮了，村里人见河滩上一夜间起了一座小楼，都感到奇怪，一传十，十传百，河滩上挤满了看热闹的人。老三拿出礼物招待众人。

事情传到两个哥哥那里，他们半信半疑地跑来，一看，全惊讶得说不出话来。便问三弟怎么弄来的，老三打趣地说："是老天爷给备的料，土地爷给动的工，请来天兵天将一夜间就盖好了。"两个哥哥就求告三弟说："咱们换换吧！俺俩的家产换你一个。"三弟听了就说："换是换，以后就永远不要再倒换了。"两个哥哥一口答应。大哥二哥欢喜地搬进楼房，老三搬进了两个哥哥的家园。

等到半夜，大哥二哥家人全被冻醒了。他们睁眼一看，原来全都躺在河滩上。老三夫妻俩却过上了好日子。

（乐善山人搜集整理）

章丘铁匠树的传说

章丘是我国著名的铁匠之乡，有着悠久的历史。章丘人曾以打铁为谋生的手段之一，章丘铁匠曾在全国各地留下了深深的足印，《闯关东》便是以章丘铁匠闯关东史实为题材，至今东北三省有众多章丘铁匠的后代。章丘有这样的民谣："一人生火，全家打铁，祖辈相传，儿孙续接。"有资料显示，20 世纪 50 年代章丘有七十三万人口，其中与打铁有关的人口就有三十五万之多。可见，在一个县级区域中，当年有这么多人打铁实属罕见。

既然章丘铁匠有着悠久的历史，当然也不乏有关章丘铁匠的美丽传说。今天，想和大家交流的是一段关于章丘铁匠树的美丽传说。

话说很久之前，章丘县衙门口有一棵大槐树，叶子长得像纱帽翅。树上每落下一对叶子，章丘就出一个官。隋朝末年，铁匠王薄为反抗贪官污吏，举起义旗，杀富济贫，称号"知世郎"，百姓称为"郎王爷"。有一次，起义军进了县城。郎王爷指着县衙门口的那棵槐树说："为官者，必苦民，官越多，民越苦。倒不如先杀了这棵树，免得日后官害百姓。"言罢，便令手下人把槐树锯倒，又令人去找来一个大铁砧子，安放在槐树墩上，自己挽一挽袖子，抡起一把烧瓜锤，叮叮当当为义军打造起武器来。可是，几天之后那棵树墩竟又发出芽来。郎王爷一看很生气，亲自动手把树墩连根挖出，又抡起一把烧瓜锤将它砸成树渣，然后在树窝里点起一把火，把它烧成灰烬。郎王爷哈哈大笑，一甩手，把烧瓜锤砸进了树窝里。不料第二天，锤把居然又发出芽来，几天功夫就长成了一棵大树，树叶密密麻麻，每片叶子酷似郎王爷的烧瓜锤。满城百姓称这树为"郎王树"。秋后，树叶黄了，掉下来就变成一把烧瓜锤，百姓称为"郎王锤"。人们纷纷把"郎王锤"捡回家。夜里他们做了一个相同的梦，梦见了郎王爷教他们打铁。第二天醒来，他们拿出锤来试试，这锤果然好使，打制出的铁器就和梦中学的一模一样。此后，人们便推车挑担，带着郎王锤外出打铁。年复一年，每年秋天百姓都能从树下得到郎王锤，也都成了铁匠，足迹遍及全国各地。一天夜里，郎王树突然不见了。人们传说，那是郎王爷见大家都有了生活的门路，把树收回去了。

打铁不仅是当年章丘人谋生的手段，也造就了章丘现在工业基础的雄厚。章丘能成为中国著名的百强县市，除了章丘人勤劳智慧之外，也不要忘了郎王爷当年的功劳。

（乐善山人搜集整理）

于阁老

于慎行，字可远，又字无垢，世称于阁老，平阴县东阿镇人，生于明嘉靖二十四年（1545），卒于万历三十五年（1608）。于慎行是万历皇帝的老师，累官资政大夫、礼部尚书、太子少保兼东阁大学士，赠太子太保，谥文定。他是平阴县古代在朝中任职的众多官员中职务最高，成就最大的一位历史名人。于慎行少年聪慧，十四岁试童子科，即郡县第一。弱冠入朝，初受首辅张居正青睐，并被破格提拔为翰林院修撰，曾做首辅的叶向高称其为“绝世之才”。他一生为官清正耿介，在朝中享有很高的声誉。万历皇帝曾亲书“责难陈善”赐予他，以示他“不善临池”而说实话的褒奖。他一生勤奋，学识渊博，《明史》多褒其功绩，并称他：“学有原委，贯穿百家。北人居词馆，以慎行与临朐冯琦为一时冠。”

于慎行是一位文学家，史学家，一生著述丰硕。著有《谷城山馆文集》《谷城山馆诗集》《读史漫录》《谷山笔麈》《兖州府志》《东阿县志》等二百余部。明清学者纪晓岚等对他评价甚高，称其诗文“春容宏丽”“典雅和平，自饶清韵，以反常规，横开旁径”。他所著《读史漫录》和《兖州府志》，对研究我国古代史和齐鲁历史具有很高的研究价值和学术价值。其中《兖州府志》被评为中国古代十大优秀志书之一。他的著作受到越来越多的近现代学者专家关注，于慎行也被认定为山东省和济南市历史文化名人。由于他为官耿直，曾因张居正“夺情”事件和立太子之事多次向万历皇帝上疏，公正直陈，万历不准，他两次借故告病还乡，前后在家里隐居十几年。在家乡，他亲善乡里，济贫扶困，惩恶扬善，颂扬故乡山水，留下了很多脍炙人口的故事。几百年来，于慎行的故事在当地广为流传，深入人心。

六岁秀才

明朝年间，是哪一年记不清了，反正是春暖花开的时候，整个谷城花红柳绿，县大院里正考秀才。六岁的于慎行跟着义父（谷城县知县）在谷城县衙大院里跑来跑去看热闹。就在这时，济南府来的主考官大老爷问话了："这是谁家的小娃娃？在这里乱跑。"知县老爷急忙恭恭敬敬地答道："这是我家的小孩子。"主考官大老爷满脸笑容地说："噢，看这孩子天庭饱满，秀眉大眼，聪明伶俐，来，来，来，我问问你。"边说边直向小慎行招手。

小慎行毫无害怕慌张之意，慢慢走到他的面前。主考官问道："小娃娃，今年几岁了？""六岁。""姓什么，叫什么？""姓于，名叫慎行。""学过字吗？""学过。"主考大老爷一听，这孩子小小年纪，口齿清楚，对答如流。心想这个娃娃是有个才分的，我不妨考考他。于是装着一本正经地说："今天是全县考秀才，这是考场，你在这里也得考考才行！"小慎行毫无畏惧，立即答道："考就考呗！"他歪着头还笑呢。这考官大老爷高兴极了，抚着他的头说了声："好，趁着考试还未开始，娃娃，现在先考你，你先围着讲台转三圈，我看你像个秀才样子吧！"小慎行点了点头，围着讲台走了一圈便停住了。主考官大老爷说："怎么不走了呢？还有两圈呀！"于慎行微笑着说："一个小小的秀才走一圈还不行？"主考官乐了，称赞地说："好，好，有气魄！我再给你出个题目吧，你若能答上，我马上给你一个秀才。"小慎行说："好，你说吧！"主考官大老爷又说了："娃娃，你听着，我说一句，你对一句。"他拍着脑门想，出个什么题目呢？他一看小慎行正穿着一件绿色的新袄，一想有了，便说："坑里的青蛙穿绿袄。"小慎行一听，眼皮一磕巴，心想你这大老爷还糊弄着骂我呢！一抬头看见主考大老爷的官服，正着一件红色的长袍，立即对上："下锅的螃蟹挂红袍。"话音刚落，主考官大老爷红着脸苦笑道："行了，行了，别再对了，我给你一个秀才就行了。"知县大老爷在一旁急乎乎地喝道："小慎行，不得无礼，还不快给主考大老爷叩头谢恩。"

诗开得胜

于慎行自幼天资十分聪颖，刻苦好学，才华出众。二十四岁中进士，在朝做官多年，家眷却一直住在乡下老家，从没到过京城。

有一年，桃花盛开的时候，于慎行的夫人请人修书一封，要求到北京住些日子。于慎行想："结发之妻是个没文化的农村妇女，也该外出走走，见见世面，开开眼界，也好夫妻团聚一番。"于是回信答应让夫人来京玩几天。于夫人进京以后，那些和于慎行同僚高官的贵夫人，纷纷带上丰厚的礼物到于府看望她，为她接风洗尘。酒宴间，谈笑风生，亲如家人，自然不免要问起于夫人家乡的风土人情。其中一位贵夫人问道："于夫人，您山东有些什么？"于夫人答道："有山。"又问："还有什么？"答道："有水。"那位贵夫人暗暗想道："有山，有水，这还用说吗？谁不知道。"她又紧接着问道："还有什么？"于夫人从容不迫脱口而出："俺那里还有人！"众夫人哄堂大笑了，还有人私下里嘀咕：先说有山有水，再问就说有人。唉，原来是个乡巴佬，什么也不懂。怎么于大人娶了这么个内贤？真是无才便是德呀！恰巧，于慎行又不在场，否则，定能为她解围的。于是，人们岔开话题，又谈别的，不再为难她了。

事后，夫人向于慎行讲起这件事，内疚得很，悔恨自己没文化，给丈夫丢了面子。于慎行听后，很不以为然，他安慰夫人说："没事，你回答得很好，正合我意。这样吧，我写首小诗备点礼物，放在一块，你明天带上去她们府上，一一回拜，并要求她们写一首和诗给我带回来。"说罢，泼墨挥笔写了一首诗，诗曰："泰山岩岩，海水泱泱，文有孔孟，武有孙姜（指孙子、孙膑、姜太公），山东山水人物数第一。"

那些贵夫人读了这首诗如梦初醒，似乎才明白了于夫人所说的"有山、有水、有人"的深刻含义，那就是：山东的山水人物绝非一般。这时，她们不但不敢小看于夫人，反而纷纷毕恭毕敬起来了。至于要她们和诗，那真是望诗兴叹，谁也写不出来。后来，这首诗就被高悬在金銮殿里。据说，历经几代皇帝、几代文人，一直到清朝末年，仍无人写出和诗呢！

于孟打赌

传说，在万历三十年间，于慎行和孟督堂游玩洪范池后，坐船向北游去。一天，他俩来到一个庄前，只听远处吹吹打打，锣鼓喧天，十分热闹。不一会儿，一顶娶亲大轿抬到眼前。于慎行懂得一些占卦问卜之术，他想：今日是黑道凶日，娶亲不好啊，若大将出征对敌可损兵折将，若大兴土木，必定房屋倒塌，若今日娶亲将落得家破人亡。他把此卦卜告诉了孟督堂，督堂不信。于慎行说："你要不信，三年后，谁输了就来此请客，饮酒。""好。"孟督堂答道。于慎行和孟督堂随着娶亲的队伍向着庄里走去。

来到庄里，轿在一家门前停下，于慎行和孟督堂各自站在大门一旁，观看新娘下轿，直到新娘进了大门和新郎拜了天地入了洞房，他俩才往别处游去。

三年过后，于慎行和孟督堂又来到这里。呵！一切都变了，三年前的破大门、破草房全部成了楼阁亭台。没等督堂发话，于慎行道："孟兄，我输了，走，上亭台上喝酒去。"两人上了楼阁。这时，一位中年人端来了酒菜，于慎行问中年人三年前这家新人喜结良缘是哪位先生看的日子，中年人回答是庄东头有名的刘忠厚先生看的。于慎行道："有请这位刘先生。""好，您等着，我这就去。"说着往庄东头走去。不一会儿中年人领着一位白须老人来到楼阁，于慎行问："你就是刘忠厚先生？""在下就是。""三年前这家娶亲是您看的日子？""是。""您可知那日是何日子？""是黑道凶日。""黑道凶日娶亲难道不怕遭天灾人祸吗？""虽是凶日，却有两位贵人把守大门，看着新娘下轿，拜了天地，定会逢凶化吉，遇难成祥，这日子是越过越好。"说完，三人哈哈大笑起来。

巧选坟茔

明朝翰林院东阁大学士于慎行，晚年告病还乡，居住在云翠山下洪范池边的于家村。

回到家乡后，他还是每天看书写书，《谷山笔麈》一书，就是完成于此时。在这段时间他没白没黑地编写，累了的时候，就同家里人、朋友们游览"谷邑八景"，一边游览一边题诗作赋。

一日，于慎行登上云翠山天柱峰，忽然一阵凉风吹来，把他刮了个趔趄，立时就觉得浑身冰凉，回家后就病倒在床上。四处求医问药，就是不见好转。家里人急得不知怎么办好，就请了个神嬷嬷。那神嬷嬷说："这是狸猫妖风，饿急了扑人。"家里人听了，便每日烧香求神，一连十几天，可就是不见病好。眼看着于阁老病重难撑，一天不如一天，家里人就请了几个风水先生选坟茔宝地。

那几个风水先生各有各的小算盘，都想让于阁老知道自己能力，在选坟地的时候，他们都争得脸红脖子粗，谁也不服谁。越吵劲越大，声音越高，惊醒了昏睡的于阁老。他问怎么回事？众人就给他说啦。他勉强支起身子，拿起笔来就写了“于家陵”三个大字。大伙看了，大眼瞪小眼，于阁老笑了笑说：“于家陵居两海两河间，又有四方百姓保着，岂不是天造地合的茔地吗？”这回大家明白啦。原来“于家陵”四面环村，陵东村叫杨河，陵西村叫周河，陵南叫张海，陵北叫苗海，正是两海、两河的中间。从那以后，这四个村人丁兴旺，风调雨顺，日子过得挺好。后来有人编了四句诗：河深海阔养“于”（鱼）肥，鱼大撑死妖猫狸。四方百姓护阁老，慎行功名留天地。

小有大志

于慎行小时候和孟一脉、乔学诗、张发事都是要好的同学。四人中，有三个后来都做了官，唯有张发事一点官星没有，在家卖了一辈子豆腐。提起他们小时候读书，这里还有一个故事呢。

据说有一年春天，他们四人一块到停山头北面的那个山洞里去玩。玩累啦，就一块下来拉闲呱。说到今天念书苦苦用功，长大了干什么呢？于慎行先说：“我要做阁老爷，让皇帝都得叫老师。”孟一脉说：“大的我不敢吹，但一定要做个督堂，保卫京城。”乔学诗说：“我立志做个布政，管好一方的人民百姓。”“你呢？”三人一起问张发事。“哼！我可没那么大本事，把书念好，回家卖豆腐能记个账就不错了。”

正好这时候吕洞宾正驾祥云路过上空。听见有人说话，留神细听，全都听进去了。听到最后，说：“前三个么，算是从小有大志。这个只图卖豆腐会记账的真没出息。你们说的话可是都要算数的喽！”

后来真的灵验了。于慎行官做到资政大夫太子少保、太子太保、礼部尚书兼东阁大学士，号称三代帝王师；孟一脉官做到京都的督堂，乔学诗官至两广的布政司使。

据说，至今在那个山洞门楣上，还刻着不知什么人写的“自封自贵”四个大字。

亮印解围

话说万历年间，于慎行年纪大了，就告老还家。万历皇帝忘不了他一生功劳，特意安排他带职还乡。阁老爷的官服、官印仍让他随身带去，用来准备着应急。

正好也在这时候，于阁老小时候的两个同学，后来也都做高官的孟督常（孟一脉）、乔布政（乔学诗）也都先后告老还家了。他三人小时候是同学，好朋友，后来又都做官，现在又都告老还家，家又都在老东阿县，自然地免不了常常凑在一起赏月观花，作诗答对。

话说有一天，三位老人商量好，趁着身体还好，又春暖花开，不妨去游泰山。还一致商定好：不骑马，不坐轿，不带家人。为了照顾知府的面子，只给他去个信，说某日前后到，但不必迎接。就这样，三位老人悄悄地步行向泰安城走去。一路上三个人作诗答对，谈古论今，朝行暮宿，很是高兴地来到了泰安府。

他们虽然说已通报了知府，说某日来游泰山。但是他们到泰安后并没有马上到府上，却不声不响地玩了三天。这下子可慌了知府大人，四方打听，八路迎接，还是不见个踪影。估摸着早该来到，咋就不见动静，莫不是出了什么事？再说于慎行三人不声不响地在山上玩了三天后，于阁老提议说："今天上午游过岱庙，就到泰安府里去吧。"二人听后都说行。于是他们又在岱庙里游玩。临近中午，孟督堂先饿了，买了十几张大饼打尖。吃就吃呗，孟督堂却喜欢出洋相，他把三张大饼接起来卷上，有二尺多长，两只手掐着，狼吞虎咽地吃起来。乔布政在一旁又卷好一根拿在手里，等着递给他。

正在四处打探于阁老消息，四处寻找于阁老的三名差人，以为阁老爷他们三个人肯定是遭到坏人的绑架或者遇到了什么不测。一见这个样，当即认定这三个老头子不是好人，不问青红皂白，一人抓住一个上了绳，把三人投进监狱。三人也不反抗，任他们捆绑，随他们进了监狱。等到未时，于阁老在监门口外张望，只见看门的禁卒叹声不止，愁容满面。便近前问道："看你唉声不住的，有什么忧愁，请告诉我，我年纪大了，兴许能给你出个主意。"

禁卒说："您不知道，知府大人说，阁老爷、督堂老爷、布政老爷三人要来游泰山，按日期三天前就该来到。各路派人迎了三天啦，也没迎着。要是万一有个好歹，那知府大人可受不了，所以全城的人都愁得没办法。"于阁老说："原来如此。"又问："你认得字吗？"禁卒道："原也学过一些的。""我这里有件东西，你看看认得不。"说罢让禁卒从他腰里解下一个黄缎子包来。禁卒一层层打开，露出一枚精致的玉玺。一看，这不是于阁老的大印吗？禁卒扑通一声跪倒在地："原来是阁老爷，这是咋回事？三位老人家怎么到这里来啦？”

于阁老说：“别问啦，告诉你们知府大人，就说我们三人都在这里。”孟督堂大声一喝：“慢！还有，问问他我们三人犯了什么法？”乔布政一笑催他说：“快回去吧。”禁卒爬起来撒腿就跑着报告去了。

这事被飞快地报到知府那里。这下子可真慌了这位知府老爷，还没走到牢狱门口，便双膝跪地，步步叩头，口中喊着：“阁老爷、督堂老爷、布政老爷，小人大罪，小人该死，老爷饶命。”等到知府、衙门大小官员，个个跪着向前喊饶命时，于阁老三人已经走出牢房，往客厅里走来了，但还没松绑。

知府急忙上前就要解绳，阁老爷和布政老爷都没说什么，孟督堂却大喝一声：“慢着！”直吓得知府大人愣住了，一动不敢动。孟督堂又说：“我先问问，请说个明白，我们三人来到泰安犯了什么法？为什么平白无故地抓人？”直吓得知府等十几个人又跪下叩头，口中不住求饶：“小人有罪，卑职该死，老爷饶命……”头磕得像捣蒜。于阁老在三个中职位最高，又年长他们二人，遇事应该做主。乔布政秉性极善，见这样下去不好，也要缓解。唯有武将出身的孟督堂不愿意，向于、乔二人使个眼色，又向知府说：“不说明白为什么抓人，不能解绳。谁来说事也不行，就是叫东阿城里卖豆腐的张发事来说事也不行。”

知府听出话里有话，这个事可能非他说的那张某某说事不可。于是赶忙差了一匹快马一路飞奔，直投东阿城来。

再说这匹快马一进东阿城就打听，家住东阿的张发事，是个卖豆腐的，在哪里住，很快就问到了。原来这个卖豆腐的张发事，虽说卖豆腐，但不能小看这人，他和于、孟、乔三人在小时候都是同学、朋友。

待赶到张家，见到张发事，赶忙跪下磕头说：“您老人家赶快行行好，帮个忙吧！”

张说：“看你是官家来的人，我一个小小百姓能帮您什么忙？”那人就把于、孟、乔三人被误捕入监前后过程说了一遍，又说：“三位老爷都不让解绳，非得让您老人家前去说事才行。”

张这时已经明白了，却故意说：“他们都是高官，找小百姓去了有啥用？再说，我还得做买卖，耽误两天，家里就难生活了。”“不要紧，我们知府大人说过了，要重重地谢您。这里有纹银三百两，您老人家先用着，回去后，还要派人送银子来。”

张一看来人说话诚恳，不像有假，寻思着：莫不真的要我去？便说："好吧，上路。"心想，快点让三个老头子松了绳，莫受罪要紧。

二人骑马一路飞奔，待赶到时，已到戌时。于阁老三人虽然被请到客厅，却仍然上着绳，知府等十几人跪了一大片。张发事一到这些人慌忙向他跪拜，求他千万多说好话。这个普通老百姓还是第一次受到这么高的荣誉和赏识。他一看三人还绑着绳，便上前说："怎么回事？还不快松开？"随即上前解绳子。因三人是有意如此安排，所以很顺从地让他把绳解开了。知府一伙官员一看问题解决了，更是惊喜，朝张和于三人叩头再拜。

张发事一时成了中心人物，于阁老三人的住宿安排都得跟他商量，由他说了算，好像他成了泰安府最大的官。知府大人又派人到他家里送去许多米面和银两。于阁老三人见了暗暗高兴："老同学这下半辈子不用再卖豆腐了。"

知府留下张发事和阁老爷三人一起游玩，一天三顿饭，都是知府亲自端到跟前，还恐赎不了罪。

巧续喜联

有一年，告老还乡的于阁老、乔布政、孟督堂三人一块游泰安，正好遇上知府家里给太老夫人祝寿，三人被请了去喝喜酒。知府还说前几天得了个胖小子，算来也该今天喝喜酒，今天是个双喜的日子哩。于阁老等三人也不推辞，就一块往知府家里来了。只见知府家里早已宾朋满座，早就挂好了寿匾，贴上了喜联。大堂正中还挂着两幅空白条幅，但等有学问的名人仕宦当场题写。

孟督堂一看，对知府说："今天是个大喜的日子，俺三个也该题个词才是呀！"知府一听高兴得不得了："我……我早就有这个意思，只是……只是不敢……不敢说。"忙叫人取出文房四宝，亲自磨墨，"哪位老爷先写？"

于阁老想，论学问、论资格要数我，但论书法，却不如乔布政，就让乔布政写，我给他出个词吧。这里还没开口，孟督堂却抢先说："我写。"

于阁老给他使个眼色，意思是：你写倒行，可别闹些胡捣鼓、吓唬人的事。

孟督堂接过笔去又说："不过，这上下联我只写半句，下半句还得请诸位高手续上。"说完提起笔来刷刷写出来了：

“太老夫人不是人……”

“养个孩子准是贼……”

众人一看都呆了，你看我，我看你，不敢吱声。督堂爷怎么写出这样的话来呢？知府吓得脸色焦黄，心里想：这下要倒霉了，前几天将三位老爷误捕入监的事，督堂老爷还记恨在心，存心当众给我难看。

于阁老见一个个当真害了怕，笑着说：“大家要没对的，还是我来吧。”转身又对孟督堂说：“你就会吓唬人。”于阁老拿过笔，接着两个上半句“刷刷刷”写完了对联。等到大家缓过气来，都拍手叫好！原来是：“太老夫人不是人，九天仙女下凡尘；养个孩子准是贼，偷得蟠桃孝母亲。”

众人都夸于阁老有本事，不愧是教过皇帝的阁老爷。

拾米增寿

相传于阁老在朝时，从不忘简朴节省。每次用饭，都用筷子把沾在碗上和掉在桌上的饭粒叨起来吃掉。他手下用人及亲人都非常钦佩，都仿效他。

有一次阁老风趣地说：“我吃了这些掉的饭粒，就能多活好几年。”果然，阁老年寿较高，后人传“拾吃一粒米，增添一年寿”，这话不假。

于街胡同

相传于阁老在京为官，家人院公自然觉得威风。东邻周家也是财门大户，两家因为一堵墙闹了意见，争持不下，越来越紧张，大有打大仗的苗头。于家写了急信，差人快马星夜赶往京城。家人见了阁老，呈上书信，心想：只要一纸公文，下达县衙，还有周家的好吗？阁老看过书信，写了两句话，就命家人送回家中，依书而行。书上这样写：“他进一墙，咱退一墙，再进再退又有何妨？”家里人含气照办了，原墙扒了，后退一墙。周家一看心想：你退一墙，咱们也退一墙。就这样，一条四尺多宽，沟通前后于街的胡同就成了。从此，于、周两家结为善邻。

（上官古月搜集整理）

张店的来历

张店这一名称的来历，据说与姜太公有关。

西周初年，姜太公带领家眷和随行护卫军队，到自己的封国营丘去。这一天，他们从於陵顺大路往东走到了中午。太公命属下人马安营扎寨，埋锅造饭。他自己则骑着马，带着十几个随从，催马上了南山顶。俯瞰齐国大地，往北是一片平原，往南是连绵山冈。他觉得这是块好地方，可惜连年征战，土地荒芜，人烟稀少，需要很好地治理才行。回头问随从，这里叫什么名字，大家都说不知道。太公见山前大路边树林内有人家，就下山来想问一问。

姜太公下山时，看到山上的泉水顺山而下，清澈见底，水内有些小鱼在游动，就顺着小溪而下，进入了一片树林，满地都是黄桑叶，厚的地方有一尺多厚。再仔细看山上山下都是桑树。不免产生疑问，这里的人们不知道用桑叶养蚕吗？他来到一户人家门前一看，像个店铺，开着门，挂着黄柏草编的门帘。掀起门帘来到屋内，里边摆放着几张破旧的桌椅。有位年过花甲的老人走上前问："客官，你是吃饭呀还是住宿？"太公说："我既不吃饭，也不住宿，请问这是什么地方，为什么这么冷清？"老人说："我们这里前几年还住着十几户人家，因为征兵打仗，把年轻的都征走啦。从去年不打仗了，却又来了强盗。那几家都搬走啦，剩下我和老伴不怕死，还在这里开店。"太公听罢，点点头，又问："这是什么地方？"老头说："从爷爷起就在这里开店，已经三辈子了，因此叫张家店。这里山上有个泉子，形成小河往北流，可好了。""叫什么山？""我们都叫它南山，我这里是山前，往北是北坡，往西叫黄土崖，往东是营丘。"

太公谢过老人回营后，拿出东行绘制的线路图说："你们听着，在於陵城东四十里地名为'黄桑店'，有九个泉水的山叫'九泉山'。今后要移民到此，养蚕织绸，供军民穿戴。这是强齐富民的一项举措。"儿子们问："父亲，营外这条河应叫什么河？""为了让子孙后代不忘植桑养蚕富国强民，此河就叫'桑干河'吧！"

太公说罢，命属吏赶紧标在图上。大队人马拔营起寨，直奔营丘。

后来，燕国大将乐毅伐齐，屯兵于此。燕王封乐毅为昌国王，这一带又叫昌国，是乐毅的封地。随着历史的变迁，桑干河、黄桑店，可能因为有个“桑”字同“丧”字，渐渐不叫了。太公访过张家的后人，为使店越开越大，就叫这里“张店”，叫着叫着，就叫成了地名。

（邹华搜集整理）

周村“今日无税”碑

淄博周村李化熙，字五弦，号白云道人，出生于官宦世家。清军入关时，接任陕西巡抚。崇祯帝派他任榆林三边总督，率十万大军进京救驾。大军自西往东开进途中，京城已被闯王率军攻破，崇祯皇帝吊死煤山。李化熙无奈之下，只好引军退守家乡周村城，励精图治，以待时局之变，使得周村城方圆百里免受战乱。一时间四方富豪商贾云集、百姓纷纷迁居来此。

后来，李化熙顺应时势，初任清朝工部左侍郎、兵部侍郎加都察院右都御史，因政绩卓越，晋升刑部尚书、光禄大夫、太子太保。后来，他以老母年事已高为由，辞官回乡侍奉老母。临行时，顺治皇帝问他有什么要求时，李化熙说：“家乡赋税沉重，请求皇上下旨优惠一下。”顺治皇帝沉思片刻说：“国家赋税不可免，念爱卿有功于朝廷，朕赐爱卿一道手谕，免除爱卿家乡一日赋税，以示皇恩。”

李化熙遂领旨回乡，寻思免一日税何用？就把圣旨埋于祠堂的院子里。不料，当晚埋圣旨处红光四射，大放异彩，十里可见，而且光华中似隐有巨龙浮动。次日，李化熙只好取出圣旨供在家中，可是那夜光景却令李化熙百思不解。

这天，李化熙吃罢早饭，正在孜孜不倦地读书，忽然听见门口吵闹，忙叫来管家责问：“为何门口如此喧哗，成何体统！”管家忙说：“老爷，是一老道姑天天来化缘，每次来都说：只今日来化缘，明日不来。可不知何故，第二日，她又来化缘。因看她年纪大，咱府上施舍了几日。今天叫门房请她到别处化缘，她不听，却要面见大人，被门房拦住。故此喧哗，不想惊动了大人。”李化熙正为圣旨烦恼，忽听到“今日”二字，心中一动，忙叫管家把老道姑请进来。过了一会儿，管家回来说：“那老道姑闻听大人要见她，却不进门，只留下一破布包裹，说送与大人，回头一转身，就不见了。”

李化熙觉得蹊跷，忙命人打开包裹，只见包裹里是一块无瑕碧玉，上面满是云霞纹饰，正面刻有“元君”二字。李化熙寻思了一下，顿然醒悟：“碧”“霞”加上“元君”，合起来不是“碧霞元君”吗？这是碧霞元君来点化自己啊。

于是，他赶紧让地方官把皇帝圣旨刻在石碑上，竖立在大街北首。这样，不论哪天人们去看，都是“今日无税”，周村城因而由交税的“官集”变为不交税的“义集”。同时，李化熙组织“巡勇护街”，打击扰乱市场的地痞无赖。各地客商闻风而来，周村城一时“大下之货聚焉，熙熙然贸易有经如游化日”。

（邹华搜集整理）

淄博吴家碾

淄河岸边有个村子叫吴家碾，该村为何要以碾取名呢？这源于一个传说。

有一年，一吴姓夫妇携儿带女来淄河一带投亲，寻亲未果，却因孩子生病回不去了。当时吴家碾村叫东坡，他们只好在好心人的帮助下在村里找了间屋子住了下来。后来一打听才知道亲戚已于几年前搬走，没办法，只好留在东坡村长期住下。

为了生计，吴姓夫妇只好为人帮工或给财主家扛活。这年除夕，吴姓人家实在揭不开锅了，邻居给他家送来了两升秕谷。秕谷不经碾压难以做饭，吴姓女主人只好端上秕谷找碾。全村只有一盘碾安在刁财主家里，万般无奈，吴姓女主人决定去敲财主家的大门。这时刁财主刚送完仙家，正准备吃年夜饭，听到有人叫门，就问：“谁啊？这么晚了啥事？”当听说是碾秕谷，又得知是新近迁来的穷户，就没好气地说：“快走吧，大年三十晚上别给我家带进穷气。”吴姓女主人又气又悔，说不出的难受，于是自言自语说：“将来我家要是过有了，安上碾，不管什么时候，不管人家碾什么，我都不会说出半个不字。”

后来，吴姓人家的孩子渐渐长大，日子也越过越好，不但新盖了房子、建起了院落，并且还用淄河滩里的大砂石打凿了一盘小碾，安在了自家的院里。这一年又是除夕，天已很晚了，年夜饭也吃过了，吴姓人家刚要熄灯睡觉，突然听到有人叫门。女主人打开大门一看，发现有个衣衫褴褛的老婆婆，病歪歪地端着一个破簸箕，说要碾压点鸡粪。吴姓女主人心想，天都这么晚了，老太太要碾鸡粪，一定有急用，就热情地说："大娘，您等着，我去给您拿碾棍，帮着您碾。"老婆婆听说吴姓女主人要帮她推碾，便说："不用，你还是忙你的吧，我自己能行。"吴姓女主人有心想帮老婆婆，又怕人家大年下碾这种东西难堪，就没有再坚持。

过了大半个时辰，吴姓女主人不见老太太碾完告辞，就来到碾旁想看个究竟，却不见了老婆婆的踪影。但是，她定睛一瞧，只见碾台上有堆黄灿灿的东西，走近一看，原来堆放着许多金豆子。她联想到前几年除夕自己找碾时说过的话，心里恍然大悟：老婆婆并非凡人，一定是哪位神仙下凡考验自己。

吴家有了钱，并没有像有些人那样自高自大、欺穷压贫，而是出资修桥铺路；办学堂，让村里上不起学的孩子读书识字；每年都要拿出银子周济穷人，尽做善事。另外，他们还新购买了一盘大碾，安在了村子中央，起名叫"无家碾"，意思是这盘碾没有具体的主人，不属于哪一家，无论何人何时都可以随便使用。吴姓人家第一次把私碾改为公碾，村民感激吴姓人家，便以碾名作村名，把东坡村改为"无家碾"，由于"无"与"吴"同音，后人就把"无"字直接改写成"吴"字，"无家碾"就成了今天的"吴家碾"。

（邹华搜集整理）

刘锢炉赋诗教子

早年，淄河岸边一村子里，有一个刘姓锢炉匠，人称刘锢炉，专为人做些补锅修理农具之类的活计，常年走街串巷不着家。刘锢炉妻子去世早，儿子岁数小，他不得不一头挑着儿子一头挑着工具走街串巷，又当爹又当娘地奔波在求生路上。

刘锢炉文化不高，但有点小才，很爱面子。

他精打细算，处处节俭。等儿子锁柱十八岁时，体体面面地把儿媳娶进了门。儿子成家之际，也是刘锢炉年老体弱之时，他不得不抛弃本行与儿子、媳妇一起生活。锁柱自从娶了媳妇生了儿子，却把含辛茹苦、一把屎一把尿把自己拉扯成人的老父亲忘在了脑后。由于儿子对父亲轻视，儿媳对公爹也是不冷不热，吃饭经常忘了父亲。刘锢炉时常吃了上顿没下顿,忍饥挨饿成了家常便饭。由于爱面子，刘锢炉不好当面指责儿子儿媳。这天又早已过了吃晚饭的时间，可儿子儿媳又没有来叫自己吃饭。

刘锢炉隔着窗子看到儿子又是哄又是吓地劝孙子吃饭，便写了首打油诗从窗户眼里投给了儿子。儿子看到诗是这样写的 :“曾记当年养我儿，我儿今又养孙儿。我儿饿我凭他饿，莫叫孙儿饿我儿。”在这首诗后还附有一首 :“隔窗望见儿喂儿，想起当年我喂儿，今日我儿来饿我，明日他儿饿我儿。”儿子锁柱看到父亲的诗非常惭愧，想到父亲到现在还没吃上晚饭，自己却不闻不问。而儿子不好好吃饭，自己却千方百计地喂他，为人之父，也为人之子，怎么对父亲和对儿子的关心有天壤之别呢？想到这里，锁柱立即将儿子交给妻子，到厨房做好饭菜给父亲送去。

儿子锁柱虽然改变了对父亲的态度，但却经常不在家，操持家务的是儿媳，儿媳对待公爹不抵对丈夫的一半。这天中午，儿子、媳妇、孙子、刘锢炉一家四口吃面皮汤。儿媳先给丈夫盛了一满碗稠稠的面皮，而给公爹刘锢炉盛的却是仅有几片面皮的面汤。刘锢炉端起碗又放下，放下又端起，吃也不好，不吃也不好。暗想 : 真是好儿不如好儿媳，好闺女不如好女婿。儿子虽然转变了做法，但儿媳却是家里的掌勺人，儿疼媳不疼等于无人疼，最后再三斟酌又给儿媳写了一首诗 :“今天午饭吃面皮，端起碗来泪欲滴。要是当年老伴在，我碗也是稠稠的。”然后，饭也不吃就回自己屋里躺下了。儿子、儿媳看到父亲写的诗，知道父亲生了气，因为爱面子不好当面批评，只好写诗表明心迹，实在难为他老人家了。儿媳读罢痛悔不已，不等丈夫明说，立即到厨房重新做好饭菜，亲自给公爹端到了房里，并一再承认错误，请求原谅。

刘锢炉赋诗教子的做法为后世为人父母者提供了一个极好的典范，这种方法虽没有雷霆万钧之力，却能收到润物无声的绝佳效果。

（邹华搜集整理）

孝妇河的传说

在博山城郊西南境内的凤凰山下，有一座历史悠久且具有浓郁民族风格的古典建筑群，这就是闻名遐迩的颜神庙。大殿修得真够奇了，琉璃瓦、盘龙柱，整个大殿一根梁也没有。不过更奇的是，还是殿前的那眼泉，泉水说不出有多么清亮，多么样的甘甜了。长年不断地流成了一条河，当地人称为孝妇河。

孝妇河全长蜿蜒曲折二百三十四里，仅淄博市境内流程就达一百五十四里，横穿博山、淄川，经张店，绕周村入桓台马踏湖，后经广饶、博兴等地入小清河注入渤海。山中有城、城中有山，“文姜孝水分两岸”是博山一大特色。孝妇河给博山人民留下了厚重的文化和讲不完的故事。

都说先有孝妇河，后有颜神庙，这中间有一段凄美的传说。

博山流传着一句话：“寅时娶进颜家女，卯时死了郭家郎。”别寻思这只是一句话，一辈一辈地流传下来，哪知道这里面有着多少妇女的冤屈和苦难。在从前爹娘包办买卖婚姻的世道里，流传着“冲喜”的坏风俗，男的病得不中用了，男方要娶，女方也得去。

那时候，凤凰山前住着一户姓郭的人家，老两口有一儿一女，给儿子说下了颜家庄的一门亲事。未过门的媳妇叫颜文姜。偏偏在这时候儿子得了重病，眼看就不行了。公公主张把日子往后拖拖，婆婆说：“定下的媳妇，买下的马，这阵不娶还等什么时候？”儿子病得越重，她娶得越急，还说给儿子冲喜呢！可怜颜文姜早晨进了郭家的门，没过一个时辰就做了寡妇。她心想，公公婆婆这么大年纪了，小姑又小，自己要是不支撑这个家，叫老人小姑怎么办？不管怎样，不能使得他们树倒无荫。颜文姜不光心地善良，还勤快能干，她上侍候公婆，下照看小姑，上炕剪子下炕刀，给一家人做了棉的做单的，做了吃的做喝的，真是从早忙到晚，夜里还推磨到四更。天有阴晴，月有圆缺。可是颜文姜，日接月，月接年的，从年头到年底，总是这样苦苦地忙活着。

公公待她还好，婆婆却又狠又毒，一包坏心眼子。她转过身骂儿媳妇是“扫帚星”，掉过脸骂儿媳妇是“丧门旋”，也从来不让颜文姜走娘家。不用说颜文姜有多么想爹娘了。骂她能忍，苦她能熬，说到做活上，她常想，自己有两只手，力气使了还会有！可是成年不叫回娘家看看，心里是真想得慌，她央告婆婆说：“让我回趟娘家吧！”婆婆马上板着脸说：“不行！”

有一天，娘家托人捎口信来，叫她回去看看，公公还通情达理，答应了。婆婆见公公应承了，当着捎信人的面，想要阻挡，又找不到借口，也只得勉强地放了手。

捎信的人刚刚离了门，婆婆便骂道：“想要脱身走？哼！你这么个蚂蚱媳妇，不怕飞了你，要走娘家那也行，可得当天去，当天回。”

这明摆着是刁难她。从凤凰山前到颜家庄，少说也有二十里的山石路，颜文姜一听，心里犯了难：爬山越岭去二十里，回二十里，当天打来回，往返就是四十里，时间都跑在路上啦！可是又一想，怎么也不能错过这个机会呀！哪怕是回娘家看一眼也好。

颜文姜生怕婆婆变了卦，一句旁的话也没敢言语，连忙答应了。真是背晦老的连阴天，不会难为一桩便罢手的。婆婆见这一招难不住颜文姜，立时又生出歪主意，说道：“你答应啦，也不能叫你轻身空手的去！你把这块布拿上，回来得给我做成七双鞋，八双袜！按着葫芦抠籽，这可是规定下来的数，少我一件也不行。”颜文姜听了，心里感到真是雪上加霜。来回走四十里山路，还要做七双鞋八双袜，这不是把人往死道上逼吗？可是她还是一句怨言也没有，又连忙地答应了。

两桩事都没难住颜文姜，婆婆没了法，气哼哼地让儿媳妇走了。真是禁住身子禁不住心，颜文姜离了婆家门，走得星飞那样快。她的心里乐一阵，愁一阵，乐的是就能见着爹娘了；愁的是七双鞋八双袜，做不起来怎么办？说起来真够苦的了，颜文姜回到娘家，不光自己两手不停地忙，连左邻右舍，大姑大姨，加上以前的耍伴，都帮着她做。要能有办法把日头拽住该多好呀，可是天快黑了，紧忙快忙，做起了六双鞋八双袜了，只有一双鞋还没来得及做好，颜文姜就急急忙忙地动身回婆家了。婆婆还兜着豆子，寻锅要炒哩，正没法煞气，就为这一双鞋没做起来，抓这个引子把颜文姜狠狠地打了一顿。

那阵，凤凰山前没有甜水，要喝甜水得到十里外的石马去挑。上那石马村，爬山越岭不说，中间还得走一段老长的石头蛋子路，要多难走有多难走。为了一家人能喝上甜水，不管是三伏六月，日头火毒，还是隆冬数九，北风如刀，颜文姜也是照常去挑。真个是，天下就有那么一种蛇蝎般的人，一万个形容不尽他那些恶处。婆婆就这样千势百样地凌辱作贱颜文姜还嫌不够，又生出了坏点子：特地做了一对尖底筲，叫颜文姜挑水用，这样，一担水上肩路上连歇息一下也不能够。光直走不住下，便是铁打的肩膀也受不了呀！

一天，颜文姜挑着尖底筲又去石马挑水，那正是伏顶子时候，她尽管动身早，去的路上也没敢歇歇，紧撵紧撵的，到了石马村打上水，天就大半头午了。人都说：冷在三九，热在中伏，那日头火毒火毒的，颜文姜挑着一大担水，过了一弯又一弯，上了一坡又一坡，走完了石头蛋子路，爬到了石马岭上面。远路无轻担，累得她气喘喘的，通身汗湿得水浇一样。她望着山山岭岭，说道："黄河还有澄清日，我这苦日子什么时候才能熬到头呀！"话声才落，就听到"咴咴"的一声马叫，转脸看到一个白胡子老汉牵着匹白马走了过来。这老汉善模善样，一看就知道是个善良厚道的人。老汉站住了说："看你累得汗暴露水的，快放下歇歇吧！"颜文姜道："这挑的是尖底筲，没法放呀。"老汉笑了笑说："这好办。"只见他用马鞭朝青石上指了指，青石板上立时出现了两个窝窿，不大不小，不深不浅，可帮可底正好能放下两个尖底筲。直到如今石马岭上还有两个窝窿，传说，那老汉是太白金星。

打这以后，颜文姜挑水时，到了石马岭，便能够放下担子歇一歇了。有一次，她在那地方遇到了老汉，老汉说："我这马渴了，你把筲里的水给我的马饮饮吧？"颜文姜忙答应说："用前面这一筲饮，回去我喝，后面那一筲给公公婆婆喝。"饮完了马，老汉送给了她一支鞭子，嘱咐说："你回家把这鞭子放进水缸里，用水时就提一提，多用多提，少用少提，千万不要提过了头，还得记住，这事不能让任何人知道，不然，会出危险的。"说完，一阵风过来，老汉和马一起都不见了。

颜文姜回家以后，悄没声地把马鞭放进了屋里的水缸里，试一试果然不差，只要把马鞭子轻轻一提，水缸里的水立刻就满了。从此，她再也不用爬山越岭到石马村去挑水了。可哪有不透风的墙？天长日久，婆婆疑惑起来，心想："这些日子，扫帚星也没出去挑水，怎么还有甜水喝？这不是出神了吗？"她一心想弄个明白，亲自去饭屋看看，也看不出什么来，问颜文姜，也不说，只好把儿媳恶口冷舌地咒骂了个够，但还是解不了自己的疑心，越发觉得蹊跷古怪。

这一天，婆婆忽然对颜文姜关心起来，蜜口甜舌地说道："文姜啊！多日你也没回娘家啦，你爹娘岁数也不小了，身子骨也不是那么壮实，再说街坊邻舍、七姑八姨的也都想你,抽空回去看看他们吧。”听说叫她回娘家,颜文姜心里真欢喜呀,忙问:“我什么时候走?”“明天一早走吧。”

第二天,颜文姜侍候公婆吃完了饭,里里外外都拾掇好,高高兴兴地走出了门。她头脚走了,婆婆跟着便把小姑喊到跟前,说道:“你到饭屋看看,那扫帚星成天在那里弄什么鬼?找找有没有可疑的东西。”小姑应声跑进了屋。东看看,西望望,这里翻那里找,什么稀罕东西也没有。末了,揭开缸盖,看到里面有根鞭子,骂道:“真是昏了头啦,水缸里泡着这么个东西做什么?”气得顺手往外一拽,扔到了地上,就在这时,山崩地裂地响了一声,那水柱有一搂粗,顺着缸沿往外涌了出来。滔滔滚滚地翻着浪头朝院子冲去。这工夫颜文姜才走出了不远,刚刚爬上了对面的山岭,听到“轰隆”一声响,赶忙回头一看,哎呀!凤凰山前全变成一片水了。她知道出了事啦,连忙返身赶回了家里,只见公公、婆婆、小姑都在水里蹬歪,她一手拉着婆婆,一手拽着公公,用脚挑起小姑,一下子坐在了水缸上。水立时消了,小缸不见啦,鞭子也没有了,就在她坐过的地方,冒出了甘甜的泉水,哗哗滔滔地长年淌不完。人们把这泉子叫灵泉,流成的河叫孝妇河。

这孝妇河往北直流入淄川县境内,河水清清亮亮的,两岸柳树成荫。从那以后不光是凤凰山前有了甘甜的泉水,连沿河的人家也都能喝到甜水了。人们感激善良、勤劳的颜文姜,便在泉水的上头修了个颜神庙。这就是先有孝妇河,后有颜神庙的传说,那庙保留到如今,颜文姜的故事也传说到如今。

(夏辽搜集整理)

会说鸟语的公冶长

临淄路山乡小张王庄南有一古墓,据说是春秋时期齐国大夫公冶长之墓。这里广为流传一个公冶长与鸟交朋友的故事。

公冶长,齐国人,复姓公冶,名长,字子长。他博学多识,是孔子的得意门生,并择为侄婿。传说他会鸟语，爱跟鸟儿交朋友。他家院子里种着很多树，各种各样的鸟儿经常落在树上跟他闲谈，像好朋友在一起拉家常一样。

鸟儿凭着一双翅膀，飞到这，飞到那，不受国界的限制，不受王宫的约束，愿意往哪飞，便往哪儿飞。它们的眼睛尖、耳朵灵，哪儿有什么奇闻逸事，都能知道，它们又喜欢把每日见到的事情说给公冶长听，所以公冶长知道很多远近发生的事情。有些与国家有关的，他便启奏国君，对治理国家很有一些好处。国君对公冶长自然格外器重。为此，公冶长遭到了朝内一位失宠大臣的嫉恨，总想寻机会把公冶长整治下去。

一天，公冶长正在屋里看书，忽然一只鸟儿落在公冶长窗前的树上，高声喊道："公冶长，公冶长，南山顶上一只羊，你吃肉，俺吃肠。"公冶长抬起头，望着鸟儿说："羊是有主儿的，我们怎好随便取人家的呢？"鸟儿摇着头说："不是哩，不是哩，是只刚刚跌死的野羊哩。"公冶长笑笑说："这倒是件好事，我这几日正馋得很呢。"公冶长高高兴兴地赶到南山一瞧，果然见山顶悬崖处有一只死羊，公冶长便把羊拖回家里，先剥了皮，晾在院子里，再把肠子掏出来，挂在树枝上，让鸟儿们随便吃，最后，把肉洗干净，放到锅里煮着吃了。

那位嫉恨公冶长的大臣，为了找公冶长的碴儿，早就派亲信把公冶长的一举一动盯上了。他听亲信报说公冶长去南山捡了一只羊煮着吃了，眼珠儿一转，嘴角一下咧到了耳根上，乐得连车也来不及坐，便跑着进宫，见了国君哭丧着脸说："主公，这可怎么得了呀，我好不容易养了一只羊，正准备献给主公你享用，可公冶长知道后，竟趁羊在南山吃草的时候，偷偷将羊打死，拖回家煮着吃了，这罪多大啊！主公，公冶长如此作恶，你可要为臣做主呀！"那大臣说着，竟哭得鼻涕一把泪一把。

那时候，齐国实行酷刑重罚，非常严厉，要是偷了人家的东西，得判重刑。国君听说公冶长偷吃了大臣家的羊，而且是大臣准备献给自己的，自然气不从一处来，两眼一瞪，立时派人把公冶长叫到殿前，厉声问："公冶长，你偷吃了人家的羊，是吗？"公冶长愣愣神，说："没有啊，我没有偷吃人家的羊啊！"那位大臣赶紧说："你还想抵赖！你偷吃我家的羊，现时羊皮还在你院里晾着哩，羊肠挂在树枝上，鸟儿们正在抢吃呢。"公冶长无奈，便把鸟儿如何告诉他南山顶上有羊的事儿，如实说了一遍。国君听了将信将疑，那位大臣忙说：“主公，你别听他胡言乱语，鸟儿能会说话吗？公冶长花言巧语哄骗主公，应罪加一等。”国君有些为难了，寻思了一阵，说：“咱们试验一下就知道了。”他指着公冶长说：“如果你不会跟鸟儿说话，就是你偷了人家的羊，而且还用谎言骗我，我就从严治你的罪。”公冶长坦然地点点头。国君又指着那个大臣说：“如果公冶长真会跟鸟儿说话呢，就是你诬赖人家，我可要治你的诬陷罪。”那位大臣也满口答应。于是，国君领着他们两个来到御花园里。花园正中，有一座假山，假山下有一股清泉，清泉边长着高大的树，树上落了许多鸟儿，鸟儿们正在唱歌呢，歌声动听极了。国君在假山面前停住了，对公冶长说：“你能跟鸟儿说话，是鸟儿的朋友，那么你就告诉那只鸟儿。”国君用手指着假山上一只长尾巴鸟说，“先让它飞回到树上，停一停，叫三声，再落到泉边洗洗头，喝口水。然后飞到花丛中啄一片花瓣儿仍飞回假山上去。如果它这样做了，这便证明你确实会跟鸟儿说话，羊便不是你偷的，没你的事儿。”公冶长微微一笑说：“这有何难，再好办不过了。”于是公冶长学鸟叫了一阵子，只见那只长尾巴鸟一展翅，从假山上飞下来，落到了树上，朝国君连叫了三声，又飞到清泉旁，把脑袋伸到水里晃动着洗了一阵子，然后喝了一口水，刚要展翅往花丛中飞呢，就在这时，那位大臣着急了，他万万没想到，鸟儿会这么听公冶长的话。怎么办呢？他眼珠儿一转，躲在国君背后，做了个弯腰捡东西的样子，再朝长尾巴鸟做出要扔的姿势，长尾巴鸟见了，以为这个凶凶的人要暗算它，距离又这么近，再也顾不得去啄花瓣，展开翅膀，一下飞得无影无踪了。那位大臣却装出若无其事的样子，对国君说：“刚才这只鸟儿是渴极了，没法儿才大着胆子落下来喝水，鸟儿哪会跟人说话呢？”国君见鸟儿没按他说的做，相信了那位大臣的话，便把公冶长下了监牢。

一天，公冶长正两眼盯着小窗眼儿发呆，忽听外面鸟儿大声呼唤他的名字。他连忙爬到窗口上应了一声，鸟儿一下子落到了窗口上，探头往里一瞧，里面黑黑的，只能瞧见公冶长那忧愁的脸。鸟儿不解地问：“公冶长朋友，你怎么啦，为什么躲在这儿不见我们？是不是我们得罪你了？”公冶长摇头。“那是为什么呢，我们大伙都在四处找你，心里有多么着急啊，快回家吧。”公冶长只是无可奈何地叹口气。

鸟儿们听说，纷纷飞来了，都劝公冶长快回家去，它们有许多新鲜事要对公冶长说。公冶长便把有人告他偷羊的事，从头至尾说了一遍。当初那只告诉公冶长说南山羊的鸟儿生气地高叫着地："这是哪儿的话呀，明明是一只野羊，跌到悬崖下摔死的。哪里会是别人的羊呢？"公冶长叹口气："这事哪里说得清楚呀！"鸟儿们愤愤地齐声嚷嚷："这个人也真可恶，不是自己的东西，怎么好要赖呢？"它们都用不满的眼光盯着那只长尾巴鸟，长尾巴鸟惭愧地说："那天我正打算按朋友说的去啄花瓣，可那个大臣凶凶的，捡起东西要打我，我一时慌张，只顾逃命了，忘记了啄花瓣，不想正中了那家伙的奸计，反倒误了朋友，我，我……"公冶长见鸟儿们都为他难过，便强堆起笑脸，说："这事怎么能怪你们呢？都是那个大臣想害我，才找借口这么办，以后事情总会弄明白的，只是我现在被关在牢里，心里憋闷得慌，你们要是能把外面发生的新鲜事儿告诉我，不是跟在家里一样吗？"鸟儿们见公冶长显出高兴的样子，便忙不迭地纷纷答应说："可以，可以。"从此，鸟儿们便每日来向公冶长报告消息，远飞归来的鸟儿告诉公冶长，说很远的地方正在操练军队；近游的鸟儿告诉公冶长，说许多兵士和百姓正在忙着盖漂亮的房子；有的说村里又饿死不少人；有的说兵士们偷偷指着王宫骂……公冶长听了，暗暗着急，心想：远处一定是敌国在练兵，说不定什么时候会来侵犯我们，兵士们和百姓们一定又是被迫在为国君修游乐宫，横征暴敛使百姓们生活无着。这样下去，国家有多危险呀。公冶长不免为国家担心起来，日夜坐卧不宁。

一天深夜，公冶长刚刚入睡，忽听外面成群的鸟儿一边匆匆地飞，一边高声叫着："公冶长，公冶长，快快躲，快快藏。"公冶长翻身爬起，趴在窗口问："鸟儿朋友，深更半夜，你们匆匆忙忙干什么去呀？"鸟儿们慌慌张张地回答："深更半夜天虽黑，还是逃命要紧。"公冶长知道一定发生了什么事，着急地问："你们说清楚，到底是怎么一回事？"鸟儿们说："大队兵马悄悄行，刀枪剑戟样样凶。"公冶长猜想定是敌人要偷袭我们，忙问："他们现在走到哪里，有多少人？"鸟儿们说："都在不远的密林中，兵士多得数不清。"鸟儿们说完急急忙忙飞走了。公冶长一想：不好，敌人来偷袭我们，城里却连一点消息也不知道，眼看着国家就要遭难，这可怎么办哪？他连忙拍打着窗口大声喊："狱卒！狱卒！快快开门让我出去，我有要事要面见国君。"狱卒哪里敢随便开门放公冶长出牢呀！公冶长急得直跺脚，狱卒只得去报告狱官，幸好狱官知道公冶长是个有才能、一心为国的人，看他急成这样，必定有紧要之事，便带了公冶长进宫。

狱官叫醒宦官，说公冶长有要事要见国君，宦官不耐烦地说："国君正睡觉呢，有事等明日再说吧！"公冶长说："敌人马上要偷袭我们的都城啦，怎么等得明日！"宦官一听，怕误了国事，不敢怠慢，急忙去禀报国君。

国君睡得正香呢，听到喊声，先有几分生气，但一听说有人要偷袭都城，急忙起来，把公冶长叫到面前，不相信地问："你在狱中，连城里的事也不会知道，怎么会知道城外的事呢？"公冶长如实回答说："是鸟儿告诉我的。"国君冷冷一笑，说："是你又在骗我吧。要不是看你以前做过许多对国家有益的事，真该把你杀死。"说完，打了个哈欠，就要回去睡觉。公冶长急了，紧赶几步，拦住国君，两眼流着泪说："主公，这可是关系到国家存亡的大事啊，我怎敢信口胡说呢？主公不相信，我愿以性命担保，如果我说的是假话，请主公治我的死罪。"国君见公冶长说得如此认真，便不由得不信，连忙会集文武大臣，一面派人去打探消息，一面连夜调兵遣将，准备迎敌。

一会儿，打探消息的人气喘吁吁地带着一个边关将士来到国君面前。将士告诉国君，敌人买通了边关守将，连夜悄悄向国都进犯，要偷袭我们的国都，他不愿叛国，趁人不注意，才抄近路跑回来报信的，现时敌人离国都已不远了。国君听说后，吓出了一身冷汗。

齐国的军队刚刚布置停当，偷袭的敌人便赶到了城下。敌将见城门紧闭，以为城里人还没发觉哩，得意忘形，正要攻城，就听一声炮响，城门大开，齐军一下杀了出来。敌将发觉齐国已有准备，急忙传令撤退，可是已经迟了，听得四下里一片呐喊，齐国在城外早有埋伏，内外夹攻，偷袭的敌人乱了阵脚，死的死，伤的伤，余下的都做了俘虏。

第二天，国君知道公冶长确实懂得鸟语，是那位大臣诬告了他，国君欲寻那位大臣问罪时，却没寻到。原来，夜里前来偷袭的敌人就是那位大臣暗中勾结来的。他见大事不妙，趁混乱之际，连夜逃走了。于是国君加封了公冶长，并接受了公冶长的意见，停止了修建游乐宫，减轻了百姓的赋税，国民无不拍手称快。

数年后，公冶长死了。人们为了纪念他，便给他筑起了高大的墓。

（夏辽搜集整理）

博山颜文姜祠的传说

唐朝初年的一个夏天，唐王李世民率大军东征，来到颜神（今博山区）神头这地方。因为天热，三军长途跋涉，人困马乏，唐王便传旨停止前进歇息，寻找水喝。

那时，神头四面环山，人烟稀少，全军将士东寻西找水源呢。个个心焦口燥，一筹莫展。正在这紧要关头，忽然从南面来了一个白发苍苍的老婆婆，慈眉善目，满面笑容，身着蓝粗布衣裙，左手提个四鼻水罐，右手拄一根龙头拐杖，好像特意送水而来。

御林军见了喜出望外，急急忙忙迎上前去说："老婆婆，唐王东征路过这里，想找点水解解渴。"

老婆婆慈祥的脸上，笑开了花，毫不犹豫地说："喝呗！天子先喝，大家再喝，一定让大家喝个饱。"御林军小心谨慎地接过水罐，心中想："这个四鼻小罐能盛多少水？这么多人怎么能喝饱呢？"边想边把水罐双手跪献给唐王。

唐王见了水，端起罐子，咕嘟咕嘟一气喝了个饱。喝过以后，罐子里的水还是满满的。于是，他又传给将军们喝，将军们挨个喝完后，又传给士兵们喝，三军将士挨个喝饱后罐子里的水照样满满的。唐王感到很惊讶，心里揣摩：一定是神仙下凡相助，才要拜谢，抬头一看，老婆婆却无影无踪。唐王立刻派人打听这是什么地方？有什么神庙？

御林军很快探得实情，便向唐王禀报：这个地方叫颜神，后周时这地方有个孝妇叫颜文姜，她秉性勤劳贤淑，孝敬公婆，治服了洪水之患，救活了一方人的性命，人民感念其恩德，所以就在当地建立了颜奶奶庙，四时香火不断。颜奶奶救苦救难，为民造福，还常常显灵显圣呢！唐王听了以后，立刻到庙前一看，哎！原来是一座小庙！于是，马上焚香跪拜，虔诚地祷告说："您老人家多多保佑，待我东征胜利归来，一定给您老人家塑个金身，建九十九间无梁大殿。"祷告完毕，大队人马又继续东征去了。

不久唐王东征凯旋，又路过颜神神头，却把许愿之事给忘了。当他的大队人马走到离神头五里多远的马棚之时，不知从哪里突然飞来一群大马蜂，团团围着唐王的坐骑嗡嗡地叫个不休，怎么轰也轰不走。他觉得马蜂来得蹊跷，一定有缘。于是，派人打听这是什么地方。地方官禀告说是颜神地方。唐王恍然大悟，想起了当年路过此处颜神保佑和自己许愿之事。

唐王便急忙下了坐骑，焚香下拜说："神蜂息怒，寡人因军务繁忙，忘掉许愿之事，望你宽恕，我立即办理修庙之事，一定不负诺言。"说完之后，也真奇怪，马蜂立刻散去，云雾开处，红日高照，青天再现。

于是，唐王火速传旨，大军就地宿营，急速责令地方官请来能工巧匠，设计图样，准备材料，择地建庙。可是颜神四面环山，地方狭窄，盖不开九十九间大殿。唐王又重新焚香祷告，说明原因，便在神头建了九间供承攒的无梁大殿。只见琉璃瓦面，金碧辉煌；五脊六兽，栩栩如生；飞檐斗拱，古朴壮观；雕梁画栋，镂金错彩。殿前建有双檐四角尖式的香亭，山门外有一对精工细雕的大石狮子把门，真是雄伟壮观极了。唐王还亲笔书写"孝妇祠"三个大字，制成金字大匾，悬挂于山门的上方。

此后，在标榜以孝治天下的宋熙宗年间，又进行了重修，并改称为"颜文姜祠"。

（夏辽搜集整理）

淄川聚相山

山不在高，有仙则名。淄川聚相山，漫山绿树成荫，山泉四季水流不息，人若徜徉其间，身心会得到自然享受和满足。龙泉镇就在这山下，优越的自然条件、淳朴的民俗民风和厚重的龙泉文化，向世人展示着与众不同的人文环境和精神风貌。在这片神奇的土地上，流传着牛梁遇神仙而成仙得道的故事。

古时一位牛姓老秀才带领妻子和儿子牛梁，来到离淄博淄川县城东南二十里地的地方，依崖挖了几孔土窑洞住了下来。大土屋村由此得名。在大土屋村落脚后不久，儿子牛梁娶本村杨氏为妻结婚生子。牛梁依然跟随老秀才勤耕苦读，生活在一起。牛梁天资聪颖，好学上进。在耕读之余，常和父亲下棋。

有一天，牛梁吃过早饭，手拿斧头，出了村向东上聚相山山后砍柴。他沿着崎岖小道向东而行，来到聚相山后山，这里林木稠密，云雾缭绕，山泉流水，风景秀丽。是人们不常来砍柴的地方。

牛梁挽衣捋袖，砍了起来。一会儿，一担柴就砍够了。他放下斧头，整好柴捆，坐在一块石头上擦着汗水休息。忽然，隐隐约约听见聚相山峰顶上有人说话，出于好奇，他沿着山路向山上走去。牛梁拨开树丛，拽住藤条，攀上绝壁，一口气爬上了顶峰。定睛一看，峰顶上有两名道人正屈膝盘腿坐着对弈。一位鹤发童颜，身穿红袍，腰系丝绦，手摇芭蕉扇子，正注视着棋局苦思冥想；一位面目清癯，三绺长须，身着青衣，背插宝剑，聚精会神地举子走步。牛梁凑了过去，惊叹两人棋艺高超，一方眼见要赢，另一方捻须一笑又支新招，牛梁急了，脱口而出：丢了马就输了。这时两个人一齐站起来，赞扬牛梁说："后生聪明，棋路不错嘛。"

牛梁躬身作揖说："吾土屋村人，晚辈冒昧了。请问师傅名号？"只见红袍道人微笑着抖了抖汗巾，青袍道人伸腰打了两个哈欠，不置可否地望着他说："孩子，快砍你的柴去吧。"说毕，腾云驾雾飘然而去。

牛梁望着两个道人消失在远方云彩之中，待了好一会儿才回过神来。低头遥望聚相山山下，只见村子方向的山峦上，茂密的森林和田野里一片片庄稼地，颜色闪烁不定，一会儿嫩黄，一会儿翠绿，一会儿姹紫嫣红，他诧异极了。

牛梁忽然感到饿了，摸了摸身上，才想起干粮还在山下。他小心翼翼地下了聚相山山峰，回到自己砍柴的地方去担柴，见扁担还立插在地上，刚刚用手一碰就倒了。蹲下身一摸，下半截早已腐烂在土里。斧头和柴捆也不见了。他捡起一截树枝，扒拉开枯叶，终于找到了斧头，但斧头已锈蚀得不成样子，斧柄也腐烂完了。

牛梁着实吃了一惊，他急匆匆跑回村子。回到自家院前，街门破烂不堪，院里的房子却比以前多了三间，从上窑里走出个白发苍苍的老人，眯着昏花的老眼问："小伙子，你找谁呀？"牛梁更惊诧了，急切地回答："我是牛梁呀，我爹妈、老婆、孩子呢？我砍柴回来了。"

那老人一怔，气愤地说，你不要对我祖宗的名字不礼貌！牛梁再三解释，老人颤颤巍巍地走上来扳住他的肩膀，仔细打量了一会，才若有所思地说："哎呀，我是牛梁后人，小时候听说我老老爷爷，他上山砍柴一去未归，唉，这都是百年以前的事了。"牛梁莫名其妙："不对呀，我才走了半晌，还没吃午饭呢，父母亲和妻子都离开了人世？”他泪流满面，后悔不迭地把打柴遇上老道下棋的事讲述了一番。

牛梁回家的消息，很快传遍了全村，老老少少来了一大帮子。得知情况后，大伙儿都半信半疑。还是年迈的老人见多识广，他思索了一阵说：“这也许是天机奥秘，那个红袍道人手摇芭蕉扇，临走抖了抖汗巾，一定是汉钟离；那个青衣道人，背插青锋宝剑，临走时打了两个哈欠，一定是吕洞宾。他在山上看到峰下山林、田野的颜色闪烁不定，那一闪就是咱人世间一度春秋呀！古有诗云：‘王子去求仙，丹程入九天。洞中才七日，世上已千年。’难怪咱凡人和仙家们只待了一小会儿，世间早已经过去了百八十年哩。老前辈能够见到他们，也实在是造化了。”

牛梁看见当年的院子早已面目全非，父母亲和妻子也都去世多年了，心中感到一阵悲凉。忽然间，他听见村街上传来一阵马的嘶鸣声，急忙走出院门，一匹白马早已停在面前。他纵身一跃跨上马背，随着又一声嘶鸣，白马蹄下生风，朝着村子正东方向飞奔而去，瞬间便消失了，牛梁成仙走了。

（云泉山人搜集整理）

范王庄

泮水镇范王庄，原称贩牛村，后又叫“叩角村”，后改“范王庄”。该村中，旧有龙溪潭、狮子山及竹园，在乔氏的大门口，曾见有“狮子山竹林乍翠、龙溪潭绿柳才黄”的对联。其村名，源于战国时期宁戚贩牛拜相的故事。

在《东周列国志》（冯梦龙、蔡元放编著）一书的第十八回，有“桓公举火爵宁戚”一节，故事说：齐桓公联合陈、魏、曹等国举兵讨伐宋国，在途经猱（náo）山时（猱山，古属临淄县，今在青州市城南），遇见一位能言善辩、名叫宁戚的贩牛郎（系卫国人），经管仲推荐，被齐桓公封为大夫，用为大司田，主管农业生产，与管仲一起，共同辅佐齐桓公。因而有诗赞曰：“短褐单衣牧竖穷，不逢尧舜遇桓公；自从叩角歌声歇，无复飞熊入梦中。”据旧《临淄县志》记载：今临淄区梧台乡西河头村西南，曾立有“宁戚贩牛处”石碑。

相传，战国时候，有一个名叫宁戚的很有才能的牛贩子，他每次贩牛回来，都是住在这个村里。当牛饿了的时候，他就赶着牛到山上去放牧。人们常见他骑在一头牛上，一边敲着牛角，一边唱歌。其歌声惆怅，以发泄怀才不遇的苦衷。

一次，管仲陪同齐桓公到鲁国出访，路过这里时，管仲见宁戚骑在牛背上，两眼一直看着他，并不停地一边敲着牛角，一边高声唱道：“沼沼乎白水，南山灿，北石烂，中有鲤鱼长尺半，生不逢尧与舜禅，短褐短衣至骨干，从昏贩牛至夜半，长夜漫漫何时旦。”管仲走出去了很远，歌声仍在不断传来。他回头看时，见宁戚照旧双眼直看着自己，用力击角，放声唱歌。管仲不解其意，就问夫人。他夫人说：“望洋兴叹，望水生悲，是人之常情，恐怕这个人也不例外。”于是管仲就又返回去向宁戚问明不停地击角唱歌的缘由。并且把自己的手串摘下来交给宁戚，叫他凭此物去见齐王。来到齐王面前，宁戚将管仲交给他的信物呈给齐王，齐桓公看到手串便知道是管仲推荐给自己的贤才，便高兴地让宁戚随同出访。回国后，齐王封宁戚为左相，与右相管仲一起辅佐齐王，治理国家。后来，人们为了纪念宁戚，便将这个村取名“贩牛村”，不久，又改为“叩角村”。

宁戚被封左相后，主张兴齐必先奉周。齐王采纳了他的意见，并让他带着贡品三次去拜见周王。齐王便借助周王的名义称霸诸侯。自此齐国更加强大。齐王见宁戚确有治国安邦之才，便晋封宁戚为范王，于是叩角村民又以宁戚的官名命村名，改称“范王庄”。

（云泉山人搜集整理）

淦河名字的由来

周村西部有一条河，贯通南北。过去，这条河是弯到城边来，再向北折，形成一个“S”形状。早先，这条河叫泔沟河，到了清朝后期，改成了淦河，这里面还有一段故事呢。

传说泰山奶奶奉了天旨要点化一地兴旺，她便巡游各地仔细择地。当她走到周村西南黄甲渡口时，看到泔沟河两岸良田平畴，民风淳朴，就随手把一块“狗头金”投到河中。

次日早晨，黄甲渡口的一个庄稼汉子去河里饮牛，看到河底有一块三角不愣的石头，暗绿色，就伸手捞了上来，拿在手上一掂，沉甸甸的压手脖子，心想，大早晨我捞这石头有何用处？晦气！就随手抛到河里，牵牛走了。

这东西又顺流而下，冲到了南下河，准提庵的一位道姑也去担水，木桶扣到水底，撅上来一看，怎么有块大石头在桶里呢？随即倒进河里，换个地方另打一桶水走了。

那东西又顺流而下，冲到了北下河。武圣门旁有一家烟袋头子作坊，小伙计去河边担水，又把那东西捞了上来，他在作坊里干活，知道长绿锈的不是石头，是一块铜。就拿回作坊，兴冲冲地告诉掌柜的说，我在河里捞了一块铜，少说也有三斤多重，掌柜的看也不看，就说扔到锅里吧。那时坩埚里正在炼铜，这东西就和铜熔在了一块，铸成了烟袋头子。这批烟袋头子和往常不一样，颜色鲜艳，金黄光亮。

刚一出炉，碰巧让街里一家铜器铺的掌柜看见了。这个掌柜的眼力极高，一眼看出烟袋头子里有金子，他不动声色出了个高价，把这一炉的烟袋头子全部买了过来，然后打出牌子：“八成铜，两成金，不卷边，不裂纹，使一年，亮一分，摩挲十年照出人。”

顾客一看，这烟袋头子确实和别人家的不一般，争相购买，虽然是价钱比别家的高一倍，仍然是供不应求。这样一来，那烟袋头子作坊发了一笔小财，铜器铺发了一笔大财。

俗话说，没有不透风的墙，这事一传十，十传百，周村街上都知道泔沟河里出金子，那个小伙计打水的河床就叫响了“金盆底”，人们说，泔沟河不能叫了，水中有金，就叫淦河吧，到了民国初年，连官府的文书上也写作淦河了。

泰山奶奶见了，长叹一声说，周村这地方，种庄稼的不发财，寺院虽多不担财，开作坊的担小财，做买卖的发大财。于是，周村街又叫“流水地”，成了商贾云集日进斗金的旱码头。

（夏辽搜集整理）

燕崖的地名故事

燕崖是沂源县主要风景区之一。这里山清水秀，风景优美，气候宜人。众多名胜古迹点缀其间，每处景观都有着奇异的故事。听来妙不可言，回味无穷……

豁达牙和石柱坡

燕崖乡境内的九顶莲花山绵延数里，其东段延伸到燕崖村南，当地又叫燕崖南山。山上有一景观，名叫豁达牙。被称作“崮”的山顶在这里突然中断一截，约有三丈来宽，五丈来长，两边是齐刷刷的峭壁，就好像一排整齐的牙齿中间掉了一颗，形成一个明显的缺口，故称“豁达牙”。

燕崖村东的北山坡叫石柱坡。山坡上有一突兀高大的石柱，拔地而起，高宽均有几丈。说来也巧，北山的石柱和南山顶上的豁口正好对应，不仅方位相对，体积也相仿，因此，传说是杨二郎担山造成的。

天上的二郎神挑了两座大山，准备送往东海。来到此处时，挑子一端山尖上插扁担的地方突然挑崩了，两山落地，南山顶形成了一个豁口，就是今天的豁达牙。被挑崩的一块远远地抛到北山坡上，稳稳当当地垛在那里，就是今天石柱坡上的石柱。

白马崖上天门洞

燕崖村西的白马崖，又名百丈崖，到底有无百丈，没人测量过。但确实很高、很险，其势如斧劈刀切，巍巍壮观，乃燕崖风景一绝。在白马崖西边的悬崖上有一个洞，叫天门洞。此洞有一个离奇的故事，广为流传。

天门洞不很大，约有三丈方圆，两丈来高。洞内有一小洞，据说能和别的山头相通，但现今已被碎石和泥土堵塞。

天门洞之“奇”，是它有两个洞口：一个洞口向北，开在悬崖峭壁上，常人无法攀登；另一个洞口向东，进洞后逐渐向下倾斜，上午八九点钟的太阳能直射到洞底，游人可由此洞出入。洞口平放着一块巨大青石，人称石炕，据说是陈抟老祖睡觉的地方。

在很久以前，小神陈抟（后称陈抟老祖）云游到此。进洞往石炕上一躺，顿觉清新凉爽，舒服自在，便要睡上一觉，并声言“太阳晒不着腚不起来”。从此，此洞叫“陈抟洞”。那时，此洞只有一个向北的洞口，且开在高高的悬崖上，常年不见太阳，怎么能照着睡觉人的腚呢？所以，陈抟在洞内一睡就是八百年。

忽一日，王母娘娘路过此地，听得洞内鼾声如雷，好生奇怪。掐指一算，方知是陈抟小神在洞内偷懒睡觉，已达八百个春秋。便高声叫道：“陈抟醒来！”陈抟朦胧中听得有人呼唤，勉强睁了睁眼，见洞内还是一片昏暗，嘟哝道：“太阳还没晒着腚呢，不起！”接着又呼呼睡去。

王母心中暗暗好笑：好一个陈抟，你不好好修炼，却在此睡大觉！你不是要太阳晒着腚嘛，这有何难！随即从头上拔下金簪，向东面轻轻一戳，便出现了一个洞口，阳光射了进来，正晒着陈抟的腚。把陈抟从昏睡中解救出来。

从那时起，陈抟洞多了一个向东的洞口。后人把陈抟洞改称“天门洞”。天门，即天上神仙给开的门。此名沿用至今。

神仙顶上一盘棋

九顶莲花山的主峰叫神仙顶，在白峪村南，是燕崖境内较高的山头。为何叫神仙顶？引出下面这段故事。

很早以前，山下的村里有个青年上山砍柴，顺小山路来到山腰，已是汗流浃背，放下扁担、镰刀，坐在路边青石上休息。

忽然传来隐隐约约的说话声，仔细一听，好像山上有人下棋。青年人决心看个究竟，便顺着声音寻去。一路上攀高崖，过陡涧，走走听听，听听走走，不大一会儿来到山顶。只见古松下的大青石上坐定两位老者在下棋。青年人向前打个招呼，便观起阵来。两老人也不理会那青年，只管自己下棋。青年人看得入神，也不知过了多长时间，眼前像走马灯一样，一阵黑，一阵白，一阵黄，一阵绿，只是没仔细留意。

棋终于见了分晓，两老者抬起头来看了看年轻人，相视微微一笑。一老者说：“时间不短了，你该回去了。”年轻人谢罢，顺来路下山。到了适才休息的地方，伸手去拿扁担棋绳，抓起的只是一把碎末。再看镰刀，只剩下一个锈迹斑斑的镰头。年轻人心中诧异，百思不得其解。再看天色不早，只好下山回家。来到自己家，却谁都不认识。原来他那年轻美貌的妻子已成了七十老妪，年幼的孩子已成家立业。只是这个年轻人还是几十年前的样子。

后来人们才明白，山顶上一阵黑一阵白是日夜交替，一阵黄一阵绿是四季轮回。正是：神仙顶上一盘棋，凡夫俗家几十年。从那以后，人们就把南山顶叫“神仙顶”。

圣佛院南石佛殿

圣佛院坐落在燕崖乡刘庄村西，是国营织女洞林场的一个分场所在地。圣佛院有好多古老的庙宇建筑，始建年代不详，只是当地有“先修圣佛院，后设沂水县”之说。

在圣佛院南边山梁上有一座小庙，名曰石佛殿，从石佛殿向东，顺山梁往下至河边约有二里地。在接近河边的山头，叫摞石顶，山头两侧各有一对摞在一起的花岗岩巨石。从石佛殿向西，顺山梁往上也有两里之遥，名叫蒋崮山。站在这条山梁的对面远远望去，整个山梁像一条巨龙，头东尾西，蜿蜒曲折，摇头摆尾，气势磅礴。摞石顶的摞石像一对龙眼，威武壮观。

说起石佛殿，有一段神话传说。相传在很久以前，当地有一个道士，其外婆家是现在中庄乡焦家上庄村，姓逯。他出家修成正果后，骑一条龙回家，看到家乡田间庄稼因天旱无雨而枯死，心中不是滋味。为报答家乡养育之恩，随将骑的龙点化为一道山梁，龙头在河边吸水。如遇旱天，当地老百姓便求龙下雨，据说焦家上庄来人求雨最灵验。每当早晨起来看到蒋崮顶上有雾，三日内必然有雨。那是龙已吸饱了水，连龙尾都有水了，所以很快就会下雨。

后来，那道士死了。后人为了纪念他不忘家乡，为老百姓解除旱情，使人们能够吃饱饭的高尚品行，在那条山梁上，也就是在龙的脊背上修了一座庙，庙内花岗岩巨石上刻上了那道士的全身影像，以示永久纪念。此庙名曰“石佛殿”。直到今天，每逢天旱时，还有好多老年人前去石佛殿求雨。

铜钱岭上难如愿

铜钱岭在红旗水库北岸，白杨公路与去石板的公路交叉处。

传说很早以前，附近有一村妇，为了维持贫苦的生活，到山坡挖野菜。她无意中听到“乒乒”的声音，便顺着声音找去，看是什么东西发出的响声。奇怪的是发现在一片杂草中的岩石上有一个小孔，小孔中不断向外跳铜钱，铜钱一枚接一枚落在岩石上，发出“乒乒”的响声。那村妇又惊又喜，怀疑自己是在做梦，当她清醒过来时，赶忙把野菜从菜篮中倒掉，把铜钱拾进篮子，她不停地拾，那铜钱也不停地向外跳，时间不长就拾了满满一篮子。

那村妇想：这是神仙帮我发财，我今后就不愁没钱了，得送回家放下，再回来拾。可走后被别人发现了怎么办呢？为了不被别人发现，她想了个办法：随手薅了一把杂草，将跳钱孔堵住，等回来时再拔开继续拾钱。但是，她万万没有想到，等回来时，怎么也找不到那个跳钱的孔了，只有一片野蒿。

据后人讲，那村妇是用一种叫“万年蒿”的草堵住了跳钱的孔，需一万年以后才能重新向外跳铜钱。于是人们就把向外跳铜钱的那个山梁叫作“铜钱岭”，一直流传至今。

马头崮上金马驹

燕崖乡刘庄有个自然村叫马王峪。村东面有座山，据传说山上有个金马驹。山下沟内有个清水长流的大水汪，每天夜深人静的时候，那头金马驹便到大水汪边喝水。

有一次夜间，那金马驹正在大水汪边饮水，闪烁着万道金光，被一个过路人发现了。那可是无价之宝，过路人便跑上前去捉它。金马驹发觉后，便腾空而起，化作一道金光飞上高山。从此，再也没有人发现金马驹下山饮水了。

后来，人们把金马驹飞去的高山叫作“马头崮”；山下金马驹喝水的汪，逐渐演化为“马汪”；那山峪为马汪峪，到现在演变为“马王峪”。

死老婆峪的由来

在燕崖乡蒲峪村西北有一条山沟，叫死老婆峪。这个地名的由来，有一段故事。

据传说，在很早以前，那条山沟里住着一个家境贫寒、生活困苦的傻老婆子，靠讨饭过日子。有一年冬天，下了大雪，寒风刺骨，有个住在近处的老大娘给那傻老婆子送去一些吃的，眼看要黑天了，老大娘临走时给她点着油灯。

晚上，雪越下越大，风越刮越紧，傻老婆子因为没有棉衣、被褥，冻得实在难熬。想起白天讨饭时，发现人家火炉里的火能取暖，便到附近人家去借火种。天黑看不见路，她便端着油灯照明。当走到半路上，一阵狂风将油灯吹灭。那傻老婆子迷失了方向，怎么也走不出那条山沟了。等到天亮，人们才发现那傻老婆子已经冻死在路边，流干了油的铁油灯扔在身旁。人们都议论那位不知油灯是火，冻死在半路的傻老婆子。开始叫那条沟为冻死傻老婆子的山峪，后来就叫“死老婆峪”。

据说，在狂风大雪的黑夜，有人曾听见那傻老婆子哀叫：“我不知道灯是火，如果知道灯是火，就不会冻死我！”

（云泉山人搜集整理）

郑板桥赠驴

郑板桥在任潍县县令时，关心民苦，不以书画媚贵，常以此扶贫济困。平常除自己化装成不同身份深入民间了解民众疾苦外，并不断派衙役昼夜深入民间，暗察民众疾苦。这天晚上，一衙役奉命走街串巷，暗察民情。当他走到一条贫民陋巷中的一个小门楼前时，听见院内有男女对话声和隆隆的推磨声。于是，便停了下来想听个明白，他悄悄靠近门楼向院内暗暗一瞧，原来是一座豆腐坊的两口儿正唉声叹气地磨豆腐。只听那女的说：“都说郑大人关心穷人，我才不信呢！像咱穷得夜夜当驴推磨，受这人间苦，他也不赠头驴帮咱一下。”那男的不耐烦地反驳说：“妇道人家懂个啥？郑大人管这么大个县，人口众多，正事多得很，哪顾得管咱这穷家小院？”女的反驳说：“当官不管民间苦，那算什么好官？”男的安慰说：“郑大人是不知道，要知道咱家穷困，我看不一定不帮咱买驴拉磨。你就别埋怨啦！咱就这个穷命，推咱的磨吧，还是自挣自吃心里踏实。”衙役一听是在埋怨本县郑大人，事关重要，立即回衙禀报去了。这天晚上，郑板桥正在灯下处理案情。一听衙役来禀报民情，立即停笔。当他听完豆腐坊夫妻埋怨的话时，不但没生气，反而捻着胡须笑盈盈地对衙役说：“今晚你去告诉豆腐坊的主人，明天一早，将豆腐送来县衙，咱用头最好的驴换他的。”衙役听了不敢怠慢，立即向豆腐坊走去。豆腐坊的两口子听说后，真是喜出望外，高兴得直咂舌头，心里都在暗想：“这样的好事上哪找？看来郑大人确实是个为穷人办事的好官呢！”两口子高兴得一夜没合眼。次日一早，男主人就挑上豆腐向县衙送去了。豆腐送到厨房，既没过秤，也没讲价钱，将豆腐放好，那衙役就把豆腐主人带去大堂找郑大人领驴去了。二人来到大堂一看，郑大人手持一张驴画早在大堂门口等候了。没等豆腐主人开口，便迎上前笑眯眯地说：“听说你家磨豆腐没驴子，今天我赠你这头纸驴，到集上可换头最好的毛驴。你就拿去吧，豆腐就用这纸驴顶啦。”豆腐主人一看，原来是一张驴画，顿觉头顶轰地一阵，被气蒙了。嘴里不敢讲，心里在暗说，原来都说得好听，你郑板桥也在骗人，这不明明是官大压人吗？我好端端一担豆腐，发给张画顶了，什么画这样贵？要这样我还换你的什么驴呢？欲想发火，又一想，郑大人是有名的郑青天，说话是算数的，他能骗人？都说他的字画很值钱，说不定真的能换头驴呢，不管怎样，也不好当面拒绝。唉，管他呢，换不着就权当一担豆腐打了水漂，咱也算有了郑大人的名画。想到此，便无可奈何地将画接过收好，无精打采地挑起扁担走出了县衙。来到集市上，他将画亮出说卖，大家一看是郑板桥画的，果然纷纷争买。其中一店铺老掌柜没问画贵贱，将画抢到手，谁看也不放。并说主人要多少钱给多少钱。豆腐主人是老粗不懂画价，看他决心要买，狠狠心只说给头最好的活驴就换。老掌柜一听二话没说，拉上他就往牲口市走去了。来到市上，任他挑好一头驴，双方交付好了事。豆腐主人牵着称心如意的毛驴，高兴得见人就夸郑大人如何关心穷人。自此郑板桥扶贫济困赠驴的故事流传至今。

（潍河艄翁搜集整理）

潍坊卧龙桥

潍坊古称“北海”，人文历史悠久，古往今来有许多民间传说，今天我们就讲一讲当地流传多年的卧龙桥传说。

现在的卧龙街，是潍坊市区北部一条非常繁华的街道，这条街因白浪河相隔，自然分为东西两段，分别称为卧龙东街和卧龙西街，分界线就是河上的卧龙桥。

相传在某朝某代，我国南方有一个名叫杜觉的举子，只身一人到北京赶考。因古代交通不便，平时出门，长途跋涉，穷苦人家大多靠步行，有钱的人家能雇一辆骡车，或者骑头驴子就算不错了。只有官员和商贾等有权有势之家，才有钱骑马坐轿。杜觉的家庭条件一般，从遥远的南方到北京赶考，只能徒步而行。一路上饥餐渴饮，晓行夜宿，其中的艰辛困苦不必细说。

当他进入潍坊地界时，随身所带的盘缠已所剩无几。作为饱读诗书的赶考举子，他平时两耳不闻窗外事，一心只读圣贤书，很少出远门。这次一路远行，可以说历尽千辛万苦。就在又累又饿之际，不幸又崴了左脚，疼痛难忍。但是放眼望去，前不着村，后不着店，没有办法，只能强打精神，一瘸一拐，步履蹒跚，踯躅前行。

话说潍坊以北有个无名的小村庄，村头住着一户三口之家。老两口和一个十六岁的女儿兰香，一家三口，依靠多年的积蓄，张罗着一家悦来客店。平时，就靠客人住宿和简单的炒菜做饭，赚点辛苦钱维持生计。虽然生活水平一般，倒也衣食无忧，其乐融融。老两口心地良善，热心好客。别的没有什么担心，就是眼看着女儿一天天地长大了，却一直没有找到合适的人家。

这天一大清早，老两口醒来起床后，都抢着说自己昨天晚上做了一个梦，二人为此争得不亦乐乎。最后，老头子让了步，先让老婆子说说她做的梦。老婆眉飞色舞地说，昨天晚上，我梦见今天傍晚时分，忽忽悠悠飞进咱家院内一只瘸凤凰，哎，你说怪不怪，它别的地方不去，稳稳地落在咱家院里的石磨子上。不知道这个梦预示着什么？此时此刻，只见老头吃惊得睁大了双眼。原来，老头子昨晚上所做的梦，和老婆子说的丝毫不差。

于是从早上开始，他们就格外留意来店里住宿吃饭的客人，说来也怪，整整一天，没有一个人来店里吃饭住宿。直到傍晚太阳落山的时候，老两口同时看到，一个人一瘸一拐地走进店来，只见他，脚步歪斜，随手把雨伞和袋子往地上一放，然后把左脚一抬，整个人就坐到了石磨子上面。老两口心中暗想，难道这就是梦中所说的"瘸凤凰"？带着心中的疑问和不解，老两口迎上前打招呼。杜觉诉说自己要进京赶考，走路崴了脚，如今身心疲惫，想找个地方歇歇脚。老两口二话没说，把杜觉让进屋里住下，又张罗着烧水做饭。谁知这么一住，麻烦事就多了。由于杜觉一路长途劳累，住店休息了一下，突然急火攻心，眼看着病体日益沉重了。

面对身无分文，身患重病的杜觉，老两口没有丝毫嫌弃，花钱为他请医生诊治，一心一意地照顾他；这些天来，为了照料杜觉，女儿兰香也枕不安席，衣不解带，煎汤熬药，端茶倒水，跑前跑后，无微不至。或许是店主一家人的盛情感动了上天，也许杜觉命不该绝，经过医生二十余天的精心调治，店家悉心周到的照料，病体沉重的杜觉一天一天地好转了。

店家的热情好客，多日的无私帮助，也深深感动了杜觉，面对大恩大德，他总觉得无以为报。通过二十多天的照料病情，店家女儿兰香和杜觉之间不可避免地耳鬓厮磨，也互生了爱慕之情。老两口看在眼里，喜在心上，女儿的婚事终于有望了。再过了几日，杜觉的身体就康复如初了。

因为挂念赶考，杜觉提出了辞行。老两口做了一桌子可口的饭菜，让女儿暂时回避，单独和杜觉提出了女儿的婚嫁之事。面对老人的深情厚谊，感觉无以为报的杜觉，此刻满口应承。但他有言在先，如果将来赶考得中，需要先回家禀明父母，然后再来迎娶。父母之命，媒妁之言，也是人之常情，老两口慨然应允。随后，请女儿过来见面，两人互定了终身大事。为了一路进京方便，老两口倾其所有，为杜觉凑足了盘缠，一家三口含泪送别。

一路无话，杜觉顺利地抵达京城，金榜题名高中了状元。皇帝看到杜觉文采不凡，相貌出众，当着金銮殿上的文武大臣，询问杜觉有无婚配。一则，皇帝金口玉言，说一不二，杜觉不敢在金銮殿上明说自己有婚约；二则，此时的杜觉，被高官厚禄蒙瞎了双眼，将店家父女的救命之恩抛到了九霄云外。面对巨大诱惑，杜觉跪拜在地，说自己尚未娶妻。皇帝金殿赐婚，将杜觉招赘为东床驸马。

自杜觉赶考走后，老两口和女儿就像盼星星盼月亮一样，心急如焚，望眼欲穿。等了大半年时间，一直音讯全无。于是托人打听这次中了皇榜的名单，听人说杜觉高中了状元。老两口和女儿非常高兴，但是等了又等，过了很长时间，杜觉也没有来迎娶。女儿兰香就对娘说，娘啊，我想和爹爹去京城一趟，如果能见到杜觉，就当面问一问他，如有个准信，我们就放心了。一家三口商量好以后，老头雇了一辆驴车，拉着女儿赶赴京城。

经过多日奔波，爷俩终于赶到京城。几经周折，打听到杜觉被皇帝招了驸马。爷俩来到驸马府，向看门人说明了事情经过。看门人非常同情，将他们的来意禀报了杜觉。但杜觉矢口否认。家人无可奈何地向爷俩说明了事情经过。兰香姑娘虽是农村小户人家出身，但从小性格刚强，遇事颇有主见。她没有吵闹，和颜悦色地说，不要紧，麻烦你们向驸马爷说清楚，让他出来见一面，把话说清楚，我们转身就走，绝不纠缠。

杜觉从驸马府出来，装作不认识兰香爷俩，更别说认亲一事了。兰香姑娘一看，亲事没有挽回的余地，就让杜觉当众盟个誓。杜觉本来内心有愧，怕盟誓应验，思忖再三，认为古往今来从无冬天打雷一说。于是发下誓言。“我保证没有与兰香姑娘签婚约一事，如果口不应心，就让老天爷在腊月里打雷劈了我。”兰香姑娘万念俱灰，一语不发，拉起爹爹就走。来京城的路上，两人还满怀希望，谁料杜觉忘恩负义，拒不相认。

父女二人乘兴而来，败兴而归。在返回途中，经过一片松树林，姑娘要爹爹等一等，想方便方便，下车走进了松林中。老头一等姑娘不出来，二等姑娘也不出来，进入松林一看，女儿已经碰死在一块大石硼前。此情此景，让老人痛不欲生。恨天，为什么如此不公，恨地，为什么好人没有好报。草草掩埋了女儿的尸体，他满怀悲痛地返回了老家。

这一年的冬天，为了考察民情，皇帝任命杜觉为钦差大臣，到山东私访民情。这一日，在众人前呼后拥之间，杜觉乘坐八抬大轿来到了潍坊城北。此时，他忽然感到腹中疼痛难忍，着急找个地方出恭。一眼看到前面有座石桥，于是命差人落轿，自己到桥下方便。刚来到桥下，原本晴空万里的天气，瞬间阴云密布，空中出现一条张牙舞爪的金龙，顷刻间炸雷滚滚，将杜觉劈死在桥下。随后云收雷消，复归平静。腊月里打雷，自古未有。应该是杜觉的逆行触怒了神明，遭到了天谴。

为了纪念龙神惩恶扬善的义举，从此以后，这座石桥就被人们称为卧龙桥。距离此桥不远的小村庄，也因桥得名，叫作卧龙桥村至今。这正是：莫把毒誓作戏言，公道自在天地间。善恶到头终有报，只是早来与迟延。

（潍河艄翁搜集整理）

埠口乡艄翁庙

潍城区军埠口乡有一个村庄，明朝末年村中曾修了一座庙，里面供奉的却是一位老艄翁，所以这庙就叫艄翁庙。后来由于此庙香火很盛，远近闻名，连村庄的名字也这样称呼了，就叫“艄翁庙村”。

据民间传说，自立庙以来，乡民都把老艄翁当作神仙一样尊敬，四季香火不断，可见人们对他的功德多么感激。庙中的塑像神采奕奕，栩栩如生，艄翁鹤发童颜，手握竹筒，就像姜太公下凡一样。此庙清末犹存，艄翁庙的故事流传了数百年，老艄翁济世救人的事迹，深深地教育着这一方的黎民百姓。

据说明朝末年，朝廷腐败，加上连年灾荒，瘟疫千里，到处见到饿死、病死的人，真是民不聊生，痛苦难言。有一年，又逢大旱，潍城四乡田地龟裂，河溪干涸，禾苗枯焦，到处家家悲啼，户户断炊，真是叫天天不应，呼地地不灵。没办法，乡亲们只好靠挖草根、啃树皮来苦度时光。不少人离乡背井，携儿拖女去逃荒。

在走投无路的时刻，一天下午，从庄外大路上远远走来一位老人。这老人手拄木棍，背负口袋，步履艰难地走着。进庄后，大家惊疑地问老人要往哪里去，老人含悲忍泪向众人说：“我姓李，家住黄河之滨，以撑船渡客为生。不幸上月黄河决口，将一家人冲散，今已家破人亡，小船已失，只好只身逃荒来到这里，望乡亲们收留！”

大家一听，原来是一位异乡遇难的艄公，同病相怜，大家安慰老人不要悲伤，并说：“我们这里闹旱灾，庄稼都干死了，就是下雨再种也晚了，要不，咱们一块到外地去找条生路吧！”老人叹口气说：“这年头，往哪里去都是一样。我走过几百里地，全是灾荒严重，无法安身，今天来到贵地，不想再走了，咱们就在这里一块想想办法吧！”大家一听，只好将老人安置在村头刘老汉的闲屋中暂住。这刘老汉三世单传，向来好善，不幸去年儿子得瘟疫早亡，只剩下他与老伴、儿媳与一个六岁的小孙子，小孙子的乳名叫小宝，见新来老翁，便跑上前去叫“爷爷”，喜得老艄翁合不上嘴。

第二天，大家都来看老艄翁。老人对众人道谢后，谈了些家常。特别谈到了黄河两岸人民荒年晚种荞麦度荒的习惯。原来潍县一带从没种过荞麦，也不知道荞麦是什么样。他从口袋里抓出了一把荞麦种子给大家看，大家喜出望外，看着那三棱卵圆形的籽实，简直成了闪闪发光的珍珠。老艄翁说：“我远道而来，没什么好东西可赠，就将这点心意送给乡亲们吧！这是一年生的作物，希望大家赶快想办法种上，以便度过荒年。”众人如获至宝，连连感谢老人。大家想，在这万分危急的时刻，来此异人，莫非是神仙下凡来搭救我们吗？大家分到种子后，都暗祝上苍，希望赶快下一场透地雨。

说也奇怪，第三天下午，天上忽然乌云密布，闪电雷鸣，转眼间下起了一场酣畅淋漓的大雨！有诗为证：“漠漠乌云聚，蒙蒙黑雾生。北风呼呼来，雷鸣万物惊。好雨从天降，甘露救众生。檐前垂瀑布，窗外响叮咚。河道条条满，溪湾处处涌。老幼齐欢呼，笑围老艄翁。”雨过天晴，大家纷纷抢种荞麦。不几天，荞麦苗怒发，田野一片碧绿。老艄翁带领大家细心管理，按时耕锄，最后荞麦丰收了，全村老少度过了荒年。大家都称赞老艄翁是姜太公下凡，是救命的活神仙。

第二年夏季，雨水较勤，周围变旱为涝。接连又下了几场滂沱大雨，村内村外，沟满壕平，孩子们有了游泳的好去处。有一天中午，小宝跟着大孩子到村外的河边洗澡。刘老汉不放心，与老艄翁一起到村外找孩子，忽听一孩高呼：“快救人啊！河里淹着孩子了！”老艄翁一听，急忙跑向河边，只见河水滔滔，有几个大孩子在水中捞人，但总是捞不着。老艄翁二话没说，甩掉衣服，一猛子扎到了水中，只见河水打了几个漩涡，不多时，老人踩着水，双手将孩子托了上来。老艄翁的水性确实好，踩水到齐腰，就像脚踏平地一样走上岸来。大家一看，落水的正是小宝，这时孩子已经面色苍白，不省人事，刘老汉一看顿时放声大哭起来，老人三世单传，就这一条命根，怎能不悲痛欲绝！老艄翁劝住刘老汉，往孩子胸口一摸，幸喜尚有一丝气息。老艄翁与众人将孩子腹中的水控出，在胸口按摩多时，孩子苏醒了，刘老汉看见孩子得救了，扑通跪倒在地，向老艄翁连连磕头，称老艄翁是救命恩人。从此，小宝把“李爷爷”改称为“爷爷”了。

这年秋后，村中忽然瘟疫流行。患病者苦无医药，命在旦夕。李艄翁精通医术，有着不少民间验方。他无偿为病人看病，把许多秘方传给了村民，救活了许多人。外村人得知此消息，也纷纷来求医问药。老艄翁的药，全是从南部山区挖来的中草药，他每天起早贪黑地挖药，那些不被人注意的野生植物，在他的炮制下，能治好大病。从此，乡亲们更加敬重这位乐善好施救人苦难的老人了。

瘟疫过去了。村中父老到他家道谢，艄翁说：“都是自己人，同舟共济是应该的。我有个建议，咱们应该打井修渠，解决天旱缺水的后顾之忧。”众人同声称赞。说干就干，艄翁带领大家开始巡查水源，后来终于在村头找到了一个泉眼，挖开后，泉水清澈甘甜，汩汩外溢。大家修上了水渠，将甘露通到了自己的田里。后来有人称此泉为“海眼”，村内连年有了好收成。

几年后，年景大大好转，老艄翁忽生思乡之念。他打听到家乡的生活较之前安定了，便于八月中秋之前，决意辞别相处数载的乡亲返回故里。众乡亲再三挽留不住，只好在村头与老艄翁挥泪告别。刘老汉与小宝更是恋恋不舍，一直送出三十里路方回。

若干年后，乡民为了纪念李艄翁的功德，由乡中父老议定，众人捐资在村头的“海眼”附近立一小庙，起名就叫“艄翁庙”。老艄翁动人的故事一代一代地传下来，老艄翁的高尚精神也一代一代地发扬光大。但是，人们却没有一个知道老艄翁是黄河沿岸哪一村的人。

（潍河艄翁搜集整理）

潍县状元胡同

“柳树行子党家湾，状元胡同西南关；神仙胡同往北走，顺着月河到西关。”这是旧时老潍县人对县城老街古巷的一段顺口溜。说起老街古巷，老潍县人首屈一指的还要数状元胡同。状元胡同位于现在的潍城区南关街道西南关社区。

在清朝光绪年间，老潍县西南关新巷子里在二十六年间竟然出了两名状元。一条名不见经传的小胡同里两人考中状元，这在我国长达一千三百多年的科举史上，也是不曾有过的奇迹。

状元胡同由此闻名遐迩。潍坊的状元胡同作为本地观光旅游的景点一直保留到 20 世纪 90 年代初，后来由于旧城改造而被拆毁，使这一重要的历史文化遗址荡然无存，令人遗憾和惋惜。

纵观整个潍县，仅仅在清朝一个朝代就出了举人二百九十六人，进士八十一人。虽然潍县自古以来文风昌盛，科举发达，但是自科举制从隋朝大业元年即 605 年开始实行，一直到清朝光绪二年即 1876 年，这 1271 年间潍县竟然没有考中一位状元，这对一直注重文化教育的潍县人来说难免有些遗憾，特别是潍县城内的名门望族心中更是憋着一股劲，希望有朝一日潍县城的第一位状元能够出自自己的家族中。

而最终打破这种历史沉寂的却是居住在潍县西南关新巷子的一位出身贫寒的年轻人——曹鸿勋。

不过状元胡同出名除了出双状元之外，还有一个原因——状元胡同口有个双层牌坊。

据民间传说，曹鸿勋中状元后，为光宗耀祖，没与其他几家商量，就在几家共享的胡同口修建了一座高大无比、气势宏伟的石牌坊。屈于曹家的权势，当时其他几家也没说些什么，可是等到王寿彭长到六七岁时，曹鸿勋遇到了麻烦。

有一天，小小年纪的王寿彭问父亲，为何在胡同口建个石牌坊？父亲说：“曹家有人中了状元，建牌坊是为了光宗耀祖。”王寿彭问父亲：“他们家把石牌坊建在胡同口，那将来我中了状元的话，那石牌坊该修在何处？”父亲一听：“对啊，我怎么没想到这个呢？不行，咱们得去问问曹状元家，讨个说法和公道。”

王氏父子来到曹府，说明了来意。曹家心想，中一个状元是百年甚至千年不遇的事情，有科举考试一千多年来，咱们偌大一个潍县就考中了我家一个状元，整个山东省也屈指可数，难道你们家想中状元就能考中吗？于是，曹家没加认真思考就脱口说道：“如果你们家有人中了状元的话，可以把石牌坊摞在我们家立的牌坊的上面。”空口无凭，立字为据。当下请来了中间保人作证，两家代表立了字据，并签字画押，每家各存一份。

从此以后，年幼的王寿彭发愤读书，“功夫不负有心人”，宏伟的抱负可以改变人的命运，终于在他二十八岁那年，王寿彭进京赶考，一举中了状元。于是，王家不由分说，便兴师动众，在胡同口曹家原来立的石牌坊上，又摞上了一个石头牌坊,就此一个高大的双层石头牌坊矗立在这个乡村小胡同的入口处。从此以后，潍县状元胡同的名气就更大了，前来观赏的人也越来越多了。

“状元胡同”虽然已经不复存在，但是在五道庙小区“状元胡同”的遗址上却建起了纪念曹鸿勋和王寿彭的状元碑与状元亭，一座状元亭、一尊石碑是人们对这条胡同唯一的纪念。以此提醒后人在这里曾经见证过潍县城科举史上的辉煌。

（潍河艄翁搜集整理）

青州笔聊

说起青州，她实在不能算是个小城，历史上青州作为古九州之一，曾经一度是山东（太行山以东的地区，不是现在意义的山东）的政治、经济、文化中心。

现在的青州却实实在在是一座年轻的小城。她原来的名字是益都县，在 20 世纪 80 年代后期才撤县设市。这里文蕴深厚，文脉绵延，自然景观和人文景观相得益彰。在下现撰写青州笔聊五则，与诸位共赏。

云门山

位于青州市南二点五公里，海拔四百多米，因山顶有一自然山洞，远望如明镜悬空，天门洞开，每逢夏秋之季，云雾缭绕，穿洞而过，景色如同仙境，云门山由此而得名。

云门山山上多摩崖石刻，其中巨大繁体“寿”字，是全国石刻之最。云门山群峰兀立，自然风光秀丽迷人，文化古迹众多。云门山上最有名的景点是“寿”字和云门洞，云门山上的寿字确实够大的了。云门山上的寿字刻于明嘉靖三十九年九月初九，当时正值衡王（当时住在青州，现在青州市有衡王府遗址）生日，衡王府内掌司周全为巴结上司，请来了全国最有名的石匠，在衡王府南的云门山顶的大岩石上刻了一个高七点五米、宽三点五米的巨大寿字。工程完工那天，衡王来观看大寿字，发觉整个寿字都涂成了鲜艳的红色，唯独下边“寸”字的一点没有颜色。衡王不解，周全解释说，这要由衡王您亲自“点睛”。当衡王拿笔把这一点涂红后，这个巨大的寿字突然大放光芒，将整个青州城以及北边的土地都照亮了。衡王大悦，并命名青州以北的地方叫“寿光”。

衡王的女儿快到出嫁的年龄，求婚者门庭若市，衡王的女儿却给他们出了一个难题：谁要是拿镜子让她看一眼她就嫁给谁。但公主身在深宫闺阁，寻常人想见她都不容易，更别说带镜子给她看了，人们想了很多办法都没有成功。这件事让云门山脚下的一位石匠知道了，就历尽三年时间把云门山山顶给凿了一个大洞，城里的人只要一抬头就能看见山上的这个大洞，阳光照射过来就像一面大镜子。衡王果然把公主嫁给了那个石匠。

范公祠

“先天下之忧而忧，后天下之乐而乐”的范仲淹大人，永远被人民记在心中。

北宋年间，名臣范仲淹任青州知府，正赶上青州遇上了特大水灾，范大人不顾年老体弱，亲自来到城头察看水情，但见天上黑云翻滚，电闪雷鸣，瓢泼大雨铺天盖地而来。一会儿的功夫南阳河山洪暴发，咆哮如雷，滚滚而至，大浪中大树连根拔起，整堆的草垛、落水的牛羊等等，一起随着洪流浩浩荡荡向着城墙撞来。范大人看此情形，不顾个人安危，指挥民工紧急抢险。这时一阵大风把大人的乌纱帽吹到洪水之中，却也奇怪，洪水竟然下落了二尺有余。大人惊疑帽子竟有这般神力？暴雨一直下个不停，洪水又涨上来了。大人毫不犹豫把自己的官服脱下来扔到了洪水里，立时猛涨的洪水如同烧开的粥锅加上一瓢凉水一样落了下去。老天爷却不服输似的下起了更大的雨。眼看洪水就要漫堤，范大人不顾众人劝说，纵身一跃跳进了滚滚的洪水，大人本想为民鞠躬尽瘁，死而后已，令百姓宽慰的是，随着洪水的下落，范大人安安稳稳地坐在一老龟盖上逆流而上，一直漂到今天范公祠的位置才把大人送上岸来。老天感大人功德，洪水退了。然灾后的青州却流行开了一种红眼病，大人又不顾辛劳，亲自用泉水制成白丸子分发给青州百姓，灾情得到有效的控制。青州人民感激范大人的功德，在范公上岸的地方修建了范公祠。

范公井与范公亭

皇祐二年（1050），著有“先天下之忧而忧，后天下之乐而乐”名句的范仲淹主政青州时，青州一带流行一种“红眼病”，蔓延很快，为此，范仲淹亲自汲水制药，发放民间，很快制止了瘟病的流行，百姓感激不尽。恰在这时，南阳河畔有泉水涌出，且水质纯净，甘甜可口，饮用制药都相宜，百姓以为这是范公的德行感动了苍天，就取名“醴泉”。并在泉子上建造了一座亭子，后人感念范公，就把“醴泉”叫作“范公井”，把亭子叫作“范公亭”。

范公亭为六角形，顶开一圆孔，与井泉上下相对，其亭之柱上木下石，别具风格。迎面的柱子上镌刻着一副对联：“井养无穷兆民允赖，泉源不竭奕世流芳。”

三贤祠

青州范公亭东有三贤祠，为后人祀三位青州知州范仲淹、富弼、欧阳修之所，范祠居中，建于范公离青不久，富公祠与欧阳公祠故址均在城西瀑水涧之侧。明末皆移建于范公祠左右，称“三贤祠”。范公亭院内有数棵唐楸、宋槐，虽说已活了千年之久，但仍然枝繁叶茂，生机盎然。院门南侧，植翠竹千竿，使这一组古老的建筑越发显得清静幽雅，生机勃勃。古树下，翠竹旁，耸立着一块块石碑，或为历代名人缅怀先贤的题刻。

夥巷街

青州城里，有条宽五米，长三百一十五米，东西走向的街道，叫“夥巷”。清朝康熙年间，这儿相邻住着两户显赫世家：文华殿大学士冯溥的家住南，左都御史房可壮的家居北。两家本来是好邻居。可是这年，两家中的人竟为宅基发生了纠纷，你争我夺，各不相让，以至打起官司来。县令接到状子悄悄地溜了，知府收到诉信无缘无故地病了。因为他们都知道，这两家，惹着了谁家也不是好玩儿的。冯、房两家见告来告去没结果，便给在京做官的主人写信。冯溥阅毕家书，十分生气："哼，房家如此无理，非教训教训他们不可！"但转念一想，兼听则明，偏信则暗，怎能轻信自家人的话呢？再说，为区区小事，闹得邻里不和，何苦呢？于是他挥笔写道："千里捎信为一墙，让他三尺又何妨？万里长城今尚在，不见当年秦始皇。"冯溥的家人收到回信，立即让出了三尺地基。再说房可壮，本是个心直口快、不畏权贵的人，他看完家书，气得剑眉倒竖，正欲发作，却又接到冯家已让地三尺的消息，遂亦写信令家人也让地三尺。双方让了地，又合伙用青石板铺成了街道，并取名"夥巷"，以示两家永远和好。三百多年来，街道多次翻修，名字却一直被沿用了下来。

（潍河艄翁搜集整理）

"寿光"名字的由来

寿光历史悠久，"寿光"的名字有着传奇色彩的传说。

"闾丘乞寿"的传说

相传齐宣王狩猎杜山（今临淄城西，有的典籍作社山），闾丘长老偕十二名长者前往慰问。宣王高兴地说："父老们辛苦了！赐令父老们的田地免缴租税。"父老皆拜，唯独闾丘不拜。宣王说："父老们认为太少了吗？"他接着对左右说："再免除各位父老的徭役。"父老接着又拜，闾丘仍不拜。宣王不高兴地说："寡人今天为感谢父老们前来慰劳，所以免除你们的田租和徭役。大家都为此而拜谢，只有先生你不拜谢，难道是我有什么过错吗？"闾丘长老回答说："不是这样，我们来慰问大王，是想借此机会向大王求寿、求富、求贵的。"

齐宣王说："人寿由天，不是我所能给予的，无法使先生长寿；如今虽说府库充实，但那是防歉备荒之用，也不能随意发放使先生富裕；我们国家的官职，现在大官不缺，小官又太低，也无法使先生显贵起来。”闾丘长老说：“这些不是我所敢乞求的。只希望大王任用品德端直、秉公理事的人在此做官吏，使法令制度公平，我等便可长寿了；百姓出现困苦之时能得到及时赈济，官府平时不去烦扰百姓，我等也就稍微得到富足了；希望大王颁布法令，让少者敬长、长者敬老，这样，我等也就得到一些尊贵了。若按大王所说，免去田租赏赐我们，国库会受到损失；赐我们不服徭役，官府也会失去劳役。这些都不是人臣所敢期望的。”

齐宣王听罢，高兴地说：“说得好！愿请先生为相。”

乾隆《续寿光县志》还写道：“汉置寿光县，隋置闾丘县，义皆取此。”不论是“寿光县”还是“闾丘县”，都带着闾丘长老的影子。这就是闾丘长老乞寿的故事，取“以光其寿”之意，为县命名寿光。这便是“寿光”地名的由来。

云门山“寿”字的传说

据说，明朝时期，青州府的衡王过六十岁生日，要宴请青州境内的文武百官、豪绅贵族前来祝贺。并事先发出告示，谁送给的寿礼最值钱最名贵，就让他坐首席座位。一时间青州的受邀者抬猪赶羊，携带厚礼，争富比贵，蜂拥而至。但到了最后，却没有一人敢去首席就座。时近中午，寿宴马上就要开始了，首席首座还是空着。就在此时，只见从王府门外进来一穷道士，衣帽不整，旁若无人，竟径直走向那首席落座。百官惊愕不已，责问他献了何等宝物，敢如此傲慢。道士微微一笑，手指云门山，众人南望，只见在云门洞西侧的悬崖处，有一金光闪闪的大寿字凸现在峭壁之上，光芒直照衡王府，众人都被这神光仙迹惊得目瞪口呆。过了多时，衡王才缓过神来，细看“寿”字，却发现下面的寸字中缺少一点，衡王心急，不知怎么办好，道士却笑道，你们不辨贤能，那一点就随它去吧。衡王央求再三，道士要来两匹绸缎，让百官一齐撩水磨墨，他把两匹绸缎揉作一团，向墨盘一蘸，信手向南抛去，绸团凌空飞了五里，直朝大“寿”字扑去，正好补上了那一点，众感神奇。衡王推窗北望，见那光亮竟达渤海之滨。衡王大喜，发出指令：‘寿’字光照之境从此称作寿光。”自此青州以北的地域就叫寿光了，并一直沿用至今。

（夏辽搜集整理）

牟山的传说

安丘西南约十华里有一座山，名曰牟山。东西走向排列着三个山头。位于中间的山头最高，当地人俗称大山，其西山头略低，俗称小山，其东山势平缓，叫康家山。牟山名不见经传，但在当地却流传着许多美丽的传说。

石门

大山与小山之间，有一条深一百二十米，宽三十米的沟，沟壁如削，形如直槽，故曰鸿沟。从沟底仰视，鸿沟西壁向内倾斜，势欲倾倒，令人胆寒。就在鸿沟壁上，有一石窟，形如门户，故曰石门。传说，很久以前，有一双目失明的母亲和一孩童相依为命。母子二人食不果腹，衣不御寒，靠讨饭赖以活命。孩童每讨得一碗残汤剩饭，总是先让母亲吃，母慈子孝，穷而有节。一天，孩童又去讨饭，走到山腰，见一老妪满脸病容。他走向前关切地问："老婆婆，咋着啦？"老妪有气无力地说："老身已三天未进汤水，刚才饿昏于此。望公子馈食，以活残命。"孩童忙去讨饭篮中取过讨得仅有的一块玉米饼，双手捧与老妪。老妪吃罢又说："老身渴饮，还望公子取水来饮。"在这半山腰，哪有汲水之处？孩童从篮中取出破碗对老妪说："小子不曾讨得残汤，待我上山找寻清泉，婆婆坐等。"约有半个时辰，孩童满脸汗水，气喘吁吁，端来一碗清水。老妪饮罢，用瘦得像鸡爪似的手去怀中掏出一个布包说："蒙公子馈食得以活命，德莫大焉，善莫大焉。老身无以相报，聊送一粒瓜子，以谢活命之恩。"说完倏忽不见。孩童不解其意，惆怅良久，只得袖起瓜子回了家。至晚，孩童得了一个异梦，梦中又见老妪。老妪嘱言："念你恭顺盲母，孝心虔诚，特赐瓜子一枚，你可把它种下，精心侍弄，三年后可结一瓜，待瓜成熟，你拿上瓜去鸿沟西壁，口中默念'石门开开'，然后将瓜掷向石壁，石壁上会打开一扇石门，出现一间石屋，里边有无数金银珍宝。但你只可取走里面的一面小铜锣，切戒贪欲。"

孩童依言，三年后果得一瓜。他拿上瓜来到鸿沟西壁前，口中默念："石门开开。"说完，用力将瓜掷向石壁。只见一道光闪，石壁上打开一扇石门，出现一间石屋。石屋不大，但满屋金银珍宝。他不敢贪心，捡起小铜锣便走。脚刚出石屋，石门就关闭如初。这时他已是饥肠辘辘。"唉！铜锣要是能变成一张饼该多好啊。"话音未落，一张香喷喷的大饼已摆在面前。他知道捡到了宝贝，忙跪下向天祷告，拜谢老妪所赐。

康家山

大山东约五百米，有一平坦小山，名康家山。因其山顶有数座康姓坟茔而得名。康家坟的每座墓穴，均为长约两米，宽约一米，深约二米半的长方体石槽，系在山体上开凿而成，至今犹在。只不过墓穴内已空无一物，变成了露天石穴。从墓穴结构的精巧，施工的难度，依稀可看出当年康家的富有。

传说，当时山下有一康姓分支，虽有良田百顷，房屋百间，只是人丁不旺，伯、仲、叔老哥仨，只守着独苗儿子一个，是康家烟火之望，自然视若掌上明珠，从小娇生惯养，百般宠爱，万千呵护，养成了儿子极端任性的脾气。儿子年龄稍大、翅膀略硬，专事与父辈对抗以为乐。叫他向东他向西，叫他打狗他赶鸡。初时，老哥仨不以为意，常说树大自直，谁知苗已成木，虬干曲枝再难斧修，后悔不及，唯有唉声叹气。

却说老哥仨信奉风水，也略知风水，耄耋之年，时常思虑："康者，糠也。糠怕风吹，遇风必被吹散。康家祖坟要埋在低洼之处才相宜，千万不要埋在山高风大之处。孩子从小不听话，专门正话反做，反话正做。我们百年之后，要他埋在山洼，他一定会埋在山顶，要他埋在山顶，他才会埋在低洼之地。"说话不到一年，老哥仨相继离世。

此时，儿子突然良心发现，孝心顿萌：一辈子没有听父辈一句话，父辈遗嘱不可违拗，不然羞为人子。于是，不听邻人劝告，把伯、仲、叔三人葬在了山顶。

老哥仨过世后，衣来伸手，饭来张口惯了的儿子，不知创业艰难，持家辛苦，任意挥霍家产，致使家道迅速败落。房屋倒塌，田产变卖，身无遮羞衣衫，家无隔夜食粮，不几年饥寒交迫而死。至此，山下村中康门绝后，只留得山顶数座坟墓，令今人凭吊惋惜。

（夏辽搜集整理）

白龙爷爷的传说

白龙爷爷，姓钟名玉秀，出生于临朐北五里庄村。每逢久旱不雨，村民搭台求雨，无不灵验。后被三朝皇帝敕封，流传数百年。

白龙诞生

元朝时期，在临朐县城北有一村庄，因距县衙五里，故名北五里庄。该村自西至北有一小河，名曰“石河”，小河常年水流清澈，波光粼粼，滋养着沿岸的村民。

在村子西南，石河由北向东改向，在拐弯处东侧石河岸边，建有一石灰窑，灰窑以南，高崖之上，几户居民，以烧窑为业，形成一个独立的小村落，名曰西灰崖村（现村落已消失）。

村中有一张姓老太太，老伴早亡，生有一女，起名芙蓉。年方十八，招赘一上门女婿，名叫钟世太，三人相依为命。

一日，天降大雨，雷声震天，电闪雷鸣之中，一道金光射向芙蓉，从此，芙蓉肚子一天天大起来。直到第二年六月十三日，芙蓉肚子里的宝宝突然发声说道：“我是一条小白龙，今要出世，快在屋里准备一大缸，装满水，我好出来洗澡。”张老太太急忙备缸、提水。半夜时分，芙蓉肚子剧痛，开始分娩，结果生出一条浑身带血的小白龙。小白龙出生后，一头扎进水缸里，洗掉血渍后，变成一个白白胖胖的小男孩，取名叫钟玉秀，此子即为白龙爷爷的化身。民间传说白龙爷爷的生日为农历六月十三日，即来源于此。且每到白龙爷爷生日这天，北五里庄一带几乎年年降雨，分毫不差。

白龙行雨

钟玉秀长到十几岁，邻居们发现，他鼻宽口阔，发须飘然，果非常人。一日，家人嘱咐他去菜园浇菜，只见他折一根柳枝，往水车下的清水里搅了几下，水车中清水源源不断地流向菜畦，很快菜畦被浇灌得水汪汪的。麦前要泼场，钟玉秀倒在场院前便睡。一位村民好奇，躲在一旁偷看，只见一块与场院大小的云彩，在上空飘荡。一阵微风细雨之后，将场院淋得不干不湿，正好轧场。村民大惊，急忙告诉另一村民。钟玉秀见天机泄露，立即化作飞龙游走，尸解成仙。

两龙争洞

传说，小白龙尸解成仙后，至石家河桃花山一带，栖居于白龙洞，此洞依山傍水，宽敞明亮，里面泉水清冽，别有洞天。附近另有一洞，名唤黑龙洞，居一黑龙，但洞穴浅显，亦无深水。故此，黑龙经常侵占白龙洞府。两龙因此在空中激战，惊动了玉帝。玉帝震怒，派王灵官前去解斗。王灵官持铁鞭前往，见两龙激战犹酣，遂挥动铁鞭，将两龙隔开，一边念念有词道："白龙进你黑龙洞，黑龙回那白龙窝。"这一错喊，逼白龙进了黑龙洞，黑龙侵占了白龙府。

当天夜里，小白龙托梦给他姥姥张老太太，说："姥姥，王灵官把我给害苦了，他让黑龙住进了我的洞府，我在黑龙洞待不下去了。我现在鹿皋南山，赶快给我修个庙，好让我安身。"第二天，老太太托人找到崔册村西，发现白龙在此羽化成仙。遂邀集当地村民开凿一洞，建一小庙，是为白龙神庙。

皇帝敕封

白龙庙建成后，当地人经常去庙前求雨，无不灵验。后来，五里庄一带大旱，村民想起小白龙钟玉秀，遂商议请回行雨，屡试屡验，遂上报地方官府，又逐级上报朝廷。明嘉靖皇帝玉笔敕封为"召感白龙圣神"；清乾隆八年，敕封为"召感龙王"；同治九年敕封为"召感龙神"，在白龙洞前立碑。求雨途中，因路途遥远，人们在冶源老龙湾建一白龙行宫，为来回驻跸之地。

村民求雨

每逢大旱年份，五里庄村民举行求雨仪式，仪式由县长主持，附近七县参与，声势浩大。求雨之时，村中扎起大棚，主事单位下黄帖，晓谕各县，县内各富户筹集资金，以备资用。求雨大典分三个步骤：一曰“迎接龙神”，北五里庄村里男性村民集合，前往老龙湾白龙行宫，请出白龙木制雕像及牌位，用轿子抬着。周围一行人，扮作雷公电母、三官娘子、霹雳将军、风伯雨神、阴司判官、牛头马面等等。其他人等头戴柳帽，扮作小鬼，手持荆杖、铁链，浩浩荡荡，前往白龙庙，迎请龙神。一路之中，妇女回避，不准观看。众人在白龙庙前举行隆重迎请仪式，当地村民举行送别仪式。迎至老龙湾行宫，当地村民再行祭拜，后请至五里庄村举行盛大安放仪式，将神像及牌位安放入大帐之中。二曰：“滚瓜求雨”，安座仪式后，举行求雨仪式，即“滚瓜求雨”，所谓“滚瓜求雨”，即在一个六面瓜体上刻有“即时有雨”“当日有雨”“三日有雨”“六日有雨”“久旱无雨”等卦辞，主事者在转盘内滚动木瓜，连滚三次，最后一次瓜体正面所显卦辞，即为白龙爷爷赐雨之日。一般三日内降雨，若三日内无雨，求雨队伍再请白龙爷爷到粟山、龙山、珍珠山等地游玩。民国某年，冯县长主祭时，第一滚，就滚到“当日有雨”，到第三滚时竟滚到“即时有雨”的卦辞，冯县长十分疑惑，当时天气晴朗，毫无下雨迹象，怎会“即时有雨”呢？结果，冯县长一行人举行完仪式，打道回府，刚走到庄前冯家陡沟，忽然看到从天空西北方向起来一块云朵，紧接着，一声雷响，彤云满天，随即降下瓢泼大雨，其灵验若此。三曰“唱对台戏”，降雨后，要举行谢雨仪式，即唱“对台戏”。龙帐坐北朝南，在龙帐以东以南，两个戏班各搭台唱戏。戏班遍请当地梨园名角，粉墨登场。南边的戏演得好，人们便向南潮水一般汹涌奔去；东边的戏唱得出色，人们又忽地漫向东边。此时，四方商贾云集，八方百姓齐观，连演三天，盛况空前，为县衙年度大事。礼庆完毕，原班人马举行送别仪式，送神至白龙洞，祭奠安放，当地百姓迎接。一应人众再回老龙湾行宫，将所有物品存放入行宫，盛事方毕。

盛事终结

求雨谢雨，盛极于明清两朝，有三位皇帝敕封为证。民国时期，时局动荡，盛事渐衰。日寇侵占临朐后，求雨不再灵验。且在一次祭奠后白龙棚无端失火，周围树木尽燃，唯民房无恙。因事发突然，白龙神像及一应物品未及时送回白龙行宫，存放于本村大户申树梓家中。20 世纪 60 年代中期，明清两道圣旨及神像牌位等被从申家搜出，上交有关部门，后被损毁殆尽。唯白龙爷爷赐雨姥姥家——五里庄的故事，在民间口口相传，经久不息。

（邹华搜集整理）

石佛堂

据《临朐县志》《临朐县地名志》记载："石佛堂，北宋即有此村，姚姓先居，名艾峪村。元丰八年（1085）村后象山上有一巨石骤然而下，滚落在老母庙前，状似一尊佛像，时人感奇，遂雕佛像百余尊于其上，并重修庙堂。村名因之易为石佛堂。"从史志资料记载看，这里北宋时即有此村，姚姓先居，原名艾峪村。据说，石佛磐石是从村后玉象山半腰的悬崖上滚落下来的。传说有一年的夜间，老母庙后的玉象山石崖上突然传来了锣鼓声和唱大戏的声音，连唱了三个夜晚，在第四夜光听天上有人喊："慢点、稳点、稳稳放，前挪挪、后移移"的声音。第二天天亮后，人们便发现在老母庙前有了这尊大石佛。为什么艾峪村改名叫石佛堂了呢？

原来，这艾峪村和周围各村的村民，每在农闲和逢年过节时，便成立子弟班，搭台子唱戏，一来庆祝丰收，二来劳累一年也乐呵乐呵。有一次，几个戏班子在艾峪村唱起了对台戏，有一个戏班子不知从哪儿来的，当地人都不认识，他们行当齐全，人员整齐，箱（唱戏的服装）也漂亮，唱、做、念、打、演得特别出色。当地人从来没见过这么好的戏班子，把观众都吸引到他们的台前来了，别的戏班子也都被吸引而悄悄停住了。

散戏后人们议论纷纷，有人上前询问他们是哪里的，他们齐声回答说："青州府石佛堂村的。"人们更纳起闷来，这方圆几十公里特别是青州府辖区内根本就没有个叫石佛堂的村庄呀！于是，好奇的人便悄悄跟踪他们，想弄个究竟，可跟着跟着，当他们来到艾峪村东老母庙前那块雕刻着石佛佛像的大石头附近时，那戏班子百八十号人都一下子不见了，人们看看老母庙大门紧闭无动静，便来到大石头跟前围着石头找。在月光映照下，他们看到了大石头雕刻的佛像那凝视的面孔，并发现有的佛像脸上还有些唱戏的彩妆未谢时，才恍然大悟：原来是这群石佛像显灵。跟来的人们立即跪在了石佛像前口念“阿弥陀佛”，感谢神灵助兴。后来在百里之外的莒县、沂水、沂源等地，不时有百八十号人的戏班子在唱大戏，当问起来自何处时，总是回答：“青州府的石佛堂村。”从那时起，艾峪村便改名叫成石佛堂村了。

（邹华搜集整理）

郑板桥扶贫罚富商

清朝乾隆年间，潍县是山东“财丰物阜、甲第连云”的大县。手工业和商业都很发达，当时有“小苏州”之称。也就是这个时候，著名的清官、书画家和诗人郑板桥，于乾隆十一年（1746）调任潍县，在这里做了七年知县。郑板桥在潍县任职七年，审理了不少民事诉讼案件，其中对贫苦百姓，都是给予暗中保护。

有一次，潍县城里一个盐店富商将一卖盐小贩扭送县衙，告他欠债不还，要求县官将小贩在街上枷号示众。郑板桥历来对为富不仁的豪族巨商深恶痛绝，这次他将计就计，令衙役用高粱秆和草纸扎一个小枷，戴在小盐贩肩上，让他坐在盐商店门前。由于纸枷挡住了盐店大门，影响了盐商生意，几天之后，盐商便央求郑板桥将示众小贩带走。郑板桥当众斥责了这位盐商，并让他拿出二十两银子交给小盐贩，作为补偿。

还有一次，郑板桥到西关外私访，看到一位白发老太太头顶烈日，冒着酷暑，还穿着较厚的衣服，在卖自己手工纳的鞋垫子。但时值盛夏，无人问津。郑板桥看到后心生怜悯，便上前聊起来。知其年迈，孤苦伶仃，为了生计，只好做点手工活，维持生计。郑板桥就让人拿来笔墨，在一块布上画了道杠，写了一个大大的“一”字。然后嘱咐老太太日后必有用处，如有人讨要，离了千金不卖。老太太半信半疑地将这块布留了下来。

当时潍坊人都以请知县写店号为荣。有个“永昌”当铺老板，托人请郑板桥写店号。请托的人回去一看，上面的日字里面少写了一横，这下当铺老板急坏了。

找人写的又配不上，只好再去找郑板桥。郑板桥就说缺的一横在西关一个老太太那里，可以去买。

老板只好吩咐下人到西关卖鞋垫的老太太那里去买布上的“一”字，老太太离了千金不卖，老板也无奈地被人敲了一竹杠。但是回来将“一”字放到“口”字里面，浑然一体，其“日”甚是好看。

郑板桥在潍县关于千金一笔的故事很多，都是其体恤民情，接济穷人的写照。

郑板桥不愿趋奉高官，却能礼贤下士，经常与潍县城里的贫寒书生韩镐谈诗论文。有一次他与韩镐在酒肆对酌，即席写下“删繁就简三秋树，标新立异二月花”的名句。

现在，潍坊市十笏园内还保存着许多郑板桥的诗画，以及在他任职期间书刻的《修城记》和《修城题名》（1748）、《永禁烟行经纪》（1749）、《文昌阁序》（1750）、《新修城隍庙》（1752）五块碑刻。凡是参观十笏园的游览者，在鉴赏郑板桥的画像、诗、画和石碑时，无不深情地怀念这位“橐囊萧萧两袖寒”的父母官。

（邹华搜集整理）

黎柱与阎郎中

在昌乐县营丘镇白浪河西岸，有一个远近闻名的村庄黎家村。相传，清朝乾隆年间，村里有一个叫黎柱的铁匠，与在京城吏部文选司担任掌印郎中（后任工部尚书）的阎循琦是邻居。虽说两家距离很近，但是两人的性格各有不同。黎柱这个人上学少，文化底子薄，头脑简单，思想幼稚、单纯。但他和他的弟兄们会打铁，开了个铁匠铺，生意还挺红火的。在四周几个村庄里，他的生意也算是数得着的。而阎循琦呢，学识广，水平高，头脑灵活，待人接物考虑周到，心地也十分善良。因此，他赴京城考试成绩优秀，一举成名，被选入吏部文选司任郎中，最后又升为工部尚书。可说是闻名全国。虽然地位高了，环境变了，但是他功高不忘恩。尤其不忘父母养育之恩、父老乡亲的抚育之情、不忘左邻右舍的无私帮助。在外任职他兢兢业业，在村里他真诚待人，谁家有困难，他都会主动帮助解决。

因此深得全村人的好评。

年年春天普天庆，家家户户贴春联。这一年，除夕就要到了，好多人家都在大门口挂上了灯笼，贴上了春联。阎循琦从京城赶回家，也写好对联，贴到了自家大门上，对联为："一门三进士，父子九登科。"此时，黎柱也把写春联的红纸裁好了，可对联的内容还没想出来。写老词吧，怕人家看了觉得不新鲜，可写新词吧，自己一时半会儿编不出来。琢磨来琢磨去，他忽然心头一亮，有了主意："阎循琦的对联不是已经贴上了吗，我看看他是怎么写的，然后仿照他的编一下，不就行了？"想到这里，他悄悄来到阎家大门前，一遍一遍地默读阎循琦写的对联，直到背熟。回到家里，他仿照阎家的对联，根据自家的情况，写好后贴了上去，对联曰："一门三支炉，父子九柄锤。"大年初一早上，乡亲们互相拜年。看到阎家的春联，大家都伸出了大拇指，交口称赞；看到黎柱写的对联，大伙儿却是扑哧一笑，扭头便走。

黎柱这个人还有一个缺点，就是做事好自以为是，不顾后果。一次他垒墙，竟然多占出近一尺宽的土地，把墙建到了阎循琦的地界上，事前没跟阎家打招呼，过后也没吱声。不但这样，他还说出了有损阎家声誉的话："大家伙儿都说阎郎中多么厉害，多有能耐，我看，他们家半点本事也没有。这回我垒墙多占了他们家近一尺宽的地，他们全家人没一个敢出来找我茬的。我才瞧不上阎家哩！"他的这番话被后邻张奉荣老汉听到了，张奉荣老汉气愤地驳斥道："柱子啊，你这话说得可就大错特错了！你以为你很聪明？你以为阎家人怕你？人家不吭声，那是讲风格，让着你，不是怕你，更不是无能！要是无能，咋出了个阎郎中在朝里做大官？你觉得自己很有本事，你咋就连个秀才也不是呢？"张老汉的一席话，说得他满脸通红，心服口服。不过，黎柱虽然意识到自己做得不对，却不好意思去认错，事情就这么搁置下来。

有一天，不知因为什么缘由，黎柱与妻子在家中闹僵了。两人你指责我一句，我谩骂你一句，越吵越厉害，最后气得老婆一跺脚，离家出走了。这一走就是十几天；连个人影也找不到。别看黎柱与老婆吵嘴时火气挺大，寸步不让，可老婆一出走，他就后悔了，直埋怨自己不该太自私、太无理，不该对老婆发火。一连几天，黎柱饭吃不香，觉睡不稳，活也干不下。就在他心神不定、无计可施的时候，还是后邻张老汉给他出了个主意："看来你老伴一定是返回山西她娘家去了，这事咱村里只有一个人能帮你，就是郎中阎循琦。"黎柱羞愧地说："以前垒墙的事情我很对不起阎郎中，现在没脸去见他。"张老汉给他打气："不要紧，你去给阎郎中认个错就是了，他不会与你计较的。”

按照张老汉的指点，黎柱见到了阎郎中，检讨垒墙之错后，便开门见山地向郎中提出帮助寻找家眷的请求，阎郎中一听黎柱妻子出走去了山西，感到事情特别重大，于是便给任山西太原知府的刘墉的父亲写了一封亲笔信，信的主要内容就是要求刘墉之父帮助查寻黎柱的妻子，并使黎柱与妻子言归于好，破镜重圆。黎柱带着阎循琦郎中的亲笔信，马不停蹄地赶往山西，奔赴太原，走进了太原府……按照阎循琦郎中在信中的要求，太原知府刘墉之父很快就把黎柱的妻子找到，并穿针引线，使黎柱与妻子和好如初。

一年又一年，白浪河滔滔不息地奔流，奔向浩瀚的大海；一代又一代，黎家人辈辈讲述着黎柱与阎循琦的故事，谱写着与时俱进的和谐篇章。

（邹华搜集整理）

昌乐蓝宝石的秘密

“爱此一拳石，玲珑出自然。溯源应太古，堕世又何年？有志归完璞，无才去补天。不求邀众赏，潇洒作顽仙。”从古至今，宝石一直是人们心中高洁神圣的象征。而昌乐正是一个远近闻名的宝石之乡，今天便带领大家一起探索昌乐蓝宝石的秘密。

古火山的孕育

乔官镇的团山子，当年中空的火山口由于采石的缘故，只剩下半圆了，一根根规则的六棱形黑色石柱齐刷刷地冲向那瓶颈似的山口。县政府已把这里开辟为旅游区，可以让游客们自由地“寻宝”。这里规定，谁找到了蓝宝石就归谁。在昌乐，像这样的火山，不仅仅是几座，而是几十座、上百座。站在昌乐境内最高的方山上，眼前的一个个长满植被、起起伏伏的山包，或峰、或丘、或陵、或脉连、或独立，都是一千八百万年前火山活动时形成的火山山头。1989 年前后，政府开始组织村民大量开采产于古火山中的硬度极高的玄武岩石子用于济青高速公路、潍坊机场二期工程、京福高速公路等大型项目的建设。后来随着开采面的不断扩大，一个接一个的火山层面出现在人们的面前，而规模最大、壮观神奇的是郝家沟火山群，蓝宝石也正是产自这些火山群中。

火山群中的至宝

谈及昌乐，最让昌乐人骄傲的就是蓝宝石了。“找到了就是你的！”这是在昌乐县最常听到的一句话。自从在这里发现第一颗蓝宝石起，这片平凡的土地瞬间就变成了寻宝者的新大陆，一夜致富已不再是神话，因为这里的每一块泥土和岩石中都有可能深藏一颗价值几十万甚至上百万元的蓝宝石。据勘测，这个县的蓝宝石矿面积达四百多平方公里，储量在数亿克拉以上，是中国最大的蓝宝石矿区，也是世界五大蓝宝石矿区之一。难怪在三千多年前，周朝的姜太公就曾以“此地有宝，可造福子孙万代”评价过这里。今天我们一起发现蓝宝石夺目光芒背后的秘密。

千万年前那场汹涌澎湃的火山喷发活动中，炽热的岩浆在接触地球表面的一刹那，部分熔岩和氧气在高温和高压的条件下发生了化学反应，形成了三氧化二铝，也就是今天我们所看到的蓝宝石。感谢大自然频繁的火山活动，为昌乐形成了以蓝宝石为主，包括石灰石、玄武岩、钾长石、重晶石、木鱼石、矿泉水、金、银、铜、煤等在内的二十多种丰富的矿产资源。昌乐就这样成了一个坐拥火山的蓝宝石之城。

灰姑娘版的蓝宝石

美丽善良的灰姑娘一夜之间到达顶峰的故事感动了许许多多的人，昌乐蓝宝石就像是宝石中的灰姑娘，她也有一个由平凡到超凡的动人经历。在昌乐，很多人都能绘声绘色地讲出蓝宝石被发现的故事。在方山脚下一个叫辛旺的小山村里，牧羊的老人经常会在雨后的山岭上，捡到一种棱角分明、坚硬无比、深蓝色的明亮的石头，他们用它去蹭火镰打火、点烟，并叫它为“蓝火石”；当地农家妇女下地干活时，也经常会看到一些在阳光下闪闪发光的蓝色石块，她们就把这些石头擦干净捡回家给孩子当玩具。直到 1987 年的秋天，山东省地矿队来到这里，在与老人聊天时，意外地发现他们拴在烟荷包上的蓝火石竟然很像蓝宝石，赶紧进行了科学鉴定。这一鉴定，爆出了惊人的消息——这些用来打火、取乐的蓝火石居然真的是珍贵无比的蓝宝石！而且，这是中国迄今为止发现的质量最好的蓝宝石！平凡无比的灰姑娘从此一步登天！

（邹华搜集整理）

白浪河的由来

传说很早以前，昌乐县城西南打鼓山南麓有一个山庄，叫孟家峪。庄里有一位姓孟名富贵的，为人勤朴憨厚。继承祖业，家私虽无万贯也值千金，在打鼓山一带堪称富户。娶妻王氏，夫妻和谐，百事如意，只是婚后十余年来未生得一男半女，为此夫妻整日愁容满面，双眉紧锁。

为求子嗣，王氏每逢远近有香庙会，免不了买些香、纸、供品之类，虔诚地祈求送子娘娘赐给一男半女，也好为孟家传宗接代。凡信神者都说，“心诚则灵”。这天从玉皇庙求神回来，夜间忽做一梦，送子娘娘怀抱一只身着丽装的小狼对她说：“吾奉南斗星之命，送此孽子投入孟代门下，给他一个悔改的机会。”说罢将小狼掷于王氏怀中，吓得王氏惊叫一声，汗如雨下。翌日精神疲惫，心情恍惚。但对梦中之事记忆真切。从此身怀有孕。十月临盆，添了一个胖小子，取名玉郎。次年王氏又生一子，名曰继祖。孟氏夫妇视二男为掌上明珠，百般娇惯。二子虽说一母所生，但性情各异。玉郎听摔碗之声则喜，继祖听纺车之声则乐。富贵见此情景不免暗自思忖。一日，富贵对王氏说：“我看玉郎恐是败家之子，若不早做打算，恐你我晚年无着。”王氏听后点头默许。

光阴似箭，转眼七载已过，孟氏夫妇看二子长大，便请了邻庄耿老先生来家中书房教二子攻读诗书。日月如梭，不觉又过了八年，玉郎虽在书房却终日无所用心，学业始终不见长进，先生免不了要训导一番。那先生虽出于一片善心，换来的却是玉郎一顿谩骂。一气之下，辞馆回乡。玉郎学业中断，更像脱缰野马，本自放荡，又结交一班无赖，蛮横耍赖，欺压乡里，吃、喝、嫖、赌，挥霍无度。

孟富贵拳打鞭笞无效，只好暗自与夫人计议，早为玉郎娶妻，指望枕边之言或可劝其改邪归正。哪知儿媳过门之后，和玉郎一般无二，虽身着绸缎，日食珍馐，总是挑肥拣瘦，嫌这嫌那，稍不应心，即柳眉直竖，杏眼圆睁，昂首挺胸指着公婆骂不停口。小两口待二老如家奴猪狗一般。孟氏夫妇只好忍气吞声，委曲求全，暗自垂泪。次年，继祖娶妻李氏，此女虽出身贫寒之家，却勤劳贤惠，对公婆百般孝敬。继祖又读书明理，街里乡亲无人不夸。李氏对兄嫂为人处世渐渐不满，日久天长难免发生口角，相处不睦。老两口见这样下去，合家总难维持，趁身体尚健，请了中间人，将房产家具一分为三，各自持家谋生。

花开花谢，年复一年，转瞬孟氏夫妻年过花甲，犹如霜叶枯枝形容憔悴。一日孟富贵突然染病卧床不起，自觉岁月难熬，如同残烛将熄。暗告王氏在南山寿坟之内还藏着私积银两。又将二子唤到床前，令继祖记下嘱言："……死后务必葬于南山祖墓……"继祖挥泪道："爹爹的嘱咐孩儿一定照办，母亲日后由孩儿供养，爹爹放心就是。"玉郎一看生气地说："还没写上你死后那份家产怎……"话没说完，富贵双目紧闭，七魄幽沉，一命归阴了。富贵死后，丧事料理，里里外外都是由继祖一人应酬，玉郎从不照面。守灵七日，午后发丧，刚走到南沟，只见玉郎夫妻内着艳装，外披孝服，手提丧棒赶至棺前挡住去路。继祖出示先父遗嘱，玉郎怒骂道："遗嘱又不是银子，今有何用？活着叫声爹，如今死了死了，早烂了更好，甭听这些屁话，偏把这老东西埋在阴沟里！"继祖无法，只是泣不成声。玉郎喝令众人落棺刨坑。刚入地半尺，见有黑石板一块，无法刨深。玉郎两口子一见，火冒三丈，夺过镢头狠狠地向黑石板刨去。镢刚触石，只听见惊天动地一声巨响，从石下喷出一道擎天水柱，将玉郎夫妻推到了浪尖上，起于半空。众人惊愕，又听见空中说道："众生皆有恻隐之心，因此孽子前世作恶多端，今生无悔改之意，吾奉命将其抓回，压于海底，永不复生！"众人复看浪尖上有一对白眼狼，磕头作揖，号叫着乞求天神饶命，却无济于事。这一对白眼狼被水冲着连跌带滚，顺沟转弯，向东北滚入茫茫大海之中。继祖扶灵柩至南山，亮开寿坟，见有纹银两坛，还有先父亲笔留言："善恶到头终有报。"

从此泉水川流不息。为告诫后人，故起名曰"白狼河"，后来人们嫌弃名字不雅，遂更名为"白浪河"。

（邹华搜集整理）

哑巴湾里漂秤砣

在昌乐县的东部，有个村子叫朱刘店。这是一个很古老的村子，据说已经有两千多年了。这个村子很大，有几百户人家。农历每月逢一、六的日子，就是朱刘店大集，周围方圆几十里的人们都来这里赶集。集市上，不管是买的还是卖的，都是公平交易，老少无欺，从不缺斤短两。这里的人不论干什么事情都是“碾砣卡在碾盘上——实（石）卡实（石）”。

据老人们传说，当地这种良好风气的形成，是和一个神秘的故事有关的。

朱刘店村的西边原来有一个哑巴湾，哑巴湾最长和最宽处各十几米，形状像个大葫芦。湾虽然不是很大，但是，不管春夏秋冬，还是一连几个月不下雨，从来没有枯竭过,仍是一湾的水。桂河从哑巴湾的一边流过。桂河上游两岸都是红泥，夏季大雨后,河水暴涨,携带着红泥而下,灌到哑巴湾里,哑巴湾里的水也成了红色。

据说宋朝末年，世风日下。朱刘店的西北有个村子叫园子，园子村有一个人做了本地的县令，县令的几个本家也在当地飞扬跋扈起来。有几个贩菜的和县令有裙带关系，就在朱刘店集上欺行霸市，缺斤少两，坑骗百姓。老百姓们敢怒不敢言。一些妇女在河边洗衣服时，也是满腹怨言。

有一年的夏季六月，朱刘店一带接二连三地下了几场瓢泼大雨，桂河里的水灌进了哑巴湾，湾里的水又变成了红色，看起来有些瘆人。

雨过天晴后，到了六月二十一的朱刘店大集。早晨，园子村的一个菜贩子推着满满的一车茄子、西葫芦等到集上去卖。他路过哑巴湾边时，不知道怎的脚下一滑，车子一下子歪了，车子翻了几个滚，带着人一起滚到了湾里。几个早起赶集的人赶忙跑过去救，但还是迟了，眼睁睁地看着车子和人都被红水吞没了。人们用棍子、钩子打捞了半天，也没有找到菜贩子。有人说，别找了，过几天尸体泡发了会上来的。令人不解的是，菜贩子的秤砣在河面上竟然像一枚树叶一样飘来飘去。可是，过了几天，尸体还是没有上来。

转眼到了六月二十六，早晨，园子村一个年轻健壮的小伙子，又推着一车子菜到朱刘店卖菜。当他走到大湾边时，车子突然颠了一下，放在车篓子上的秤砣“咕噜、咕噜”地滚了好几下，从车上掉到了地上。然后，秤砣又在地上滚了几下，滚到了湾里。到了湾里秤砣并没有沉底，而且离岸边很近，伸手就能捞到。年轻人赶紧放下车子，几步迈到岸边去捞秤砣。没有想到，他没有站稳，一下子跌进了哑巴湾里。他在水里挣扎了几下，很快就不见了。这时，一些早起赶集的人都急忙过来打捞，可是，他们忙活了半天，也不见那个年轻人的影子。红色的河面上有两个黑色的秤砣像两片叶子一样在飘来飘去，显得有些怪异。

在这个不大的哑巴湾里，连着两个集淹死了两个人，而且死尸还不知道哪里去了，让不少人人心惶惶。而更怪的是那两个秤砣竟然不沉底，更增添了哑巴湾的神秘感。这件怪事迅速在当地传开了，惊动了十里八乡的人们，让人们对哑巴湾有种恐惧感。尤其是那些卖菜的，一时间都不敢来了，赶集的人也少了许多。往日熙熙攘攘的大集，变得萧条了。

当时在朱刘店，人们说什么的都有。有的老人就说，哑巴湾本来就很怪，多少年了都没有干过，里面不知道藏有什么精怪。又有人说，哑巴湾很硬，哪年哪年有人死在里面，里面既有冤鬼也有淹死鬼，现在，湾里的水又红了，鬼们又开始滋事了。也有的人说，自己某一天夜里路过哑巴湾时，曾看到过水里的怪物，圆圆的，很是吓人。村里有一些人不相信，说哑巴湾里根本就没有什么鬼怪。但是，有两件事他们却也无法解释，两个掉到水里的人哪里去了？这么长时间了怎么还没有尸体浮上来？为什么秤砣会漂浮在水面上？秤砣是铁的，可不是棉花、布团，怎么能浮在水面上呢？

朱刘店村里有个叫刘铁柱的小伙子，他为人憨厚，胆子很大。他本来是从菜贩子手里批菜卖菜的，可是不知为什么，近一段时间他卖菜老是赔本。他每次批菜时看到菜贩子过秤时的秤都是高高的，可是到了手里就是卖不出数，卖一上午菜要赔不少的钱。他思前想后，就是搞不清楚其中的原因，他一气之下就不干了。

他的几个伙伴见他不干了，就嘲笑他说：“你不是胆子挺大的吗？哑巴湾里有鬼怪你也害怕了？不敢卖菜了？”刘铁柱说：“什么鬼呀怪呀的，我从来都不怕。我不干了，并不是因为害怕，而是老赔钱。”几个伙伴不相信，一个说：“我不信，如果你不害怕，到下一个集，你就早晨推着一车子菜从湾边走一走。”“走就走，我就不信这个邪。”刘铁柱说。

到了赶集的这一天，刘铁柱就像菜贩子一样，早早地推着一车子菜，后面跟着那几个伙伴，来到湾边。他推着车子，沿着湾边慢慢地由西向东走去。几个伙伴站在不远处看着，等待着怪事的发生。刘铁柱已经走到湾的尽头了，也没有发生什么事，放在车子顶上的秤砣也不向下掉。刘铁柱放下车子对那几个伙伴喊道：“怎么样？没什么事吧。”一个伙伴还不死心，又向他喊道：“你也把秤砣弄到湾里看看。”刘铁柱应了一声，拿起秤砣像滚球一样，用力向湾边滚了过去。秤砣掉进湾里，可是并没有浮在水面上，而是立刻就沉下去了。几个伙伴也走到岸边来了，他们也搞不明白，铁柱的秤砣怎么一下子就沉到了水里，而那两个菜贩子的秤砣却还在远处随风漂着。

刘铁柱脱下衣服，不顾伙伴的劝阻，慢慢走下了湾沿，下到水里，开始寻找他的秤砣。很快，他就在岸边不远处踩着了自己的秤砣，他弯下身子一下子把秤砣摸了上来。他刚要上岸，有一个伙伴指着漂在远处的两个秤砣对铁柱说：“柱子，你敢把那两个秤砣也捞上来吗？”铁柱笑笑说：“这有什么不敢的？”又有伙伴劝阻他，铁柱说：“不用怕，湾里的秤砣都能漂起来，也能把我漂起来。”说着，他就扭头向湾里的深处走去。实际上，刘铁柱和桂河边的不少孩子一样，自小就在河里学习游泳，侧泳、仰泳、踩水都会，他的水性不错。

他越向里走水越深，很快水就没到铁柱的下颌了。铁柱正准备要踩水，忽然他感到好像有一只大手按在了他的屁股上。铁柱有些害怕了，心想糟了，这湾里确实有些怪异。可是，水里的东西却并没什么恶意，不但不让他下沉，还推着他向前而去。很快，铁柱没费什么力气就到了两个漂浮着的秤砣边。他一伸手，抓住了一个秤砣。再伸手，又把另一个秤砣握在了手里。然后，他又感到有一股力量推着他，向岸边而去。

岸上已经聚集了一大群人，紧张地看着湾里的铁柱，担心他发生什么意外。铁柱上了岸，穿上衣服，和围观的人们仔细端详起那两个不沉的秤砣来。很快，人们就发现了两个秤砣中间的奥秘。原来，这两个秤砣都是空心的，一个塞了一团棉花，一个塞了一些葵花籽皮，封口处伪装得很妙，没有一点破绽，不仔细看是看不出来的。

铁柱把自己的秤从车子上拿了下来，用几个秤砣分别称菜，结果分量相差很大，一斤菜用贩子的秤砣竟然变成了二斤多。围观的人们十分气愤，本来对那两个淹死的菜贩还抱同情心的人也纷纷骂起来了，说淹死活该，这么黑心的家伙就该淹死。

晚上，铁柱做了一个奇怪的梦。一只盖垫大的老鳖来到了他的家里。老鳖对铁柱说："小伙子，我对你说呀，那两个黑心的菜贩是被我吃了。我不是怪物，我是一只千年的老鳖。我不吃好人，只吃那些坑蒙拐骗黑心肠的家伙！他们该死！小伙子，你挺好，卖菜一两也不缺。你放心，在这一带，你走到哪里也不会被淹！"说完，老鳖就一下子不见了。

第二天，铁柱就把自己做的梦跟伙伴们说了。不过，铁柱把老鳖说成了一个黑脸汉子，那黑脸汉子是包拯的后代，专门惩罚那些短斤少两、黑心肠的买卖人。

铁柱的话很快就在当地传开了，那些做买卖的人都怕缺斤短两会遭到惩罚，都诚实交易，朱刘店集上再也没有缺斤短两的现象了。

后来，当地的人们就把哑巴湾改名为"秤砣湾"了。

（邹华搜集整理）

泰山天贶殿

泰山天贶殿踞岱庙正中，是岱庙的主体建筑。它重彩描绘，古朴典雅，重檐叠角，若苍鹰展翅欲飞；清风徐来，风铃响动，使四周显得格外清幽，令人心旷神怡。这天贶殿无论就规模还是气势，都与北京的金銮殿相差无几，据说它们之间，还有着千丝万缕的联系呢。

相传，很久以前，这里仅仅是个小山神庙，周围是断壁残垣，而且年久失修，透风漏气，不避风雨。庙里的道士为此十分着急，泰安知府又不给拨钱，他就下决心自己攒钱修庙。

一晃一年过去了。道士把香客扔的钱和化缘得来的银子统统收起来，藏在山神的神台底下。一天晚上，等到夜深人静，道士把钱拿出来一查，修庙的钱已经够了。他虔诚地跪在神像前说："山神爷，我给你老人家修庙的钱够了，过不了多久，你就不用担心风吹雨淋，跟我活受罪了。"没想到，道士的举动被一个前来投宿的小偷看见了。等道士睡下以后，小偷把神台底下的钱全偷走了。第二天，道士发现后，像丢了命一样急得直哭。抬头一看，山神爷还依旧笑眯眯地坐在那里，就埋怨道："山神爷呀山神爷，我都快急死了，你还笑。我省吃俭用一年有余，好不容易攒了这些钱，你自己都看不住家，这庙还怎么修？"他躺在床上，迷迷糊糊地就睡着了。蒙胧中，只见山神笑着向他走来："别着急，庙自然要修，还不用我们自己动手。现在京城里皇帝的女儿得了重病，请了各地名医都没治好，我有三包香灰，你拿去给她诊治。到那时，庙自然就有了。"说完，从袖中掏出三包香灰递给道士。道士一睁眼，原来是个梦，可手里确实有三包香灰，于是，他便收拾行李进了京城。

这个道士一进京城，只见城门前许多人都在围着看告示，一打听，是皇上最宠爱的公主生了怪病：脸上长满了疮，丑陋至极。皇上下令谁能治好公主的病，将满足这个人的任何心愿。道士这下可高兴了，他伸手就把告示撕下，大摇大摆地进了皇宫。到了后宫，道士一看公主的病，和山神爷说的不差分毫。他想到治好疮就能修庙，也就什么都不在乎了，于是，就把香灰敷上。就这样，道士连上了三天香灰，那疮第一天就合了口，第二天结了痂，第三天就完全好了，而且一点疤也没有，恢复如初。

皇上得知爱女的病治好了，非常高兴，就把道士召进金銮殿，要赐给他许多金银财宝、绫罗绸缎，可是道士一概不要。皇帝很纳闷，世上还有见了财宝不动心的人，忙问："你想要什么？"道士就把他攒钱修庙的事如实地告诉了皇帝，只要求皇帝帮忙修座小庙。修座小庙还不是小事一桩，皇帝便一口答应了，问道士要修个什么样的庙。道士哪里见过世面，他向四周环视了一下说："我看你这屋不错，就修个这样的吧！"一个穷道士，怎能和皇帝住一样的金銮殿呢？可是皇帝已有言在先，要什么给什么，怎能失信于民？就很不情愿地说："好吧，就修个这样的，可要比我的金銮殿矮三砖才成。"矮三砖就矮三砖，道士没说的，连忙向皇帝叩头谢恩，离开京城。

有了皇帝的金口玉言，大批银两拨付下来，老道士有了钱，赶忙请人规划设计；组织附近的山民肩挑人抬，运送各种建筑材料；挑选能工巧匠加紧施工，并亲自监工。山东巡抚、泰安知府一听说是当朝天子下旨修建岱庙天贶殿，也乘坐官轿，前来巡查，并在许多方面给予支持。一年后，岱庙天贶殿竣工，其模样和气势与北京的金銮殿一样，显得金碧辉煌、灿烂夺目，只不过矮三砖而已。

（泰山挑夫搜集整理）

泰山罗汉崖

在泰山红门的东北方向，有一座罗汉崖。崖上有一条两丈多长、一拃多宽的车辙沟。据传，那是十八罗汉推车时留下的车辙沟。泰山共有大小山峰六十九座。为啥是这个数呢？说起来还有一段有趣的故事。

当初，碧霞元君刚当上泰山神主的时候，泰山还是一座孤立高耸的山峰。为扩大自己的地盘，碧霞元君曾同天宫封神侍官姜子牙吵了一架，说："我是玉帝的女儿，你把我封为泰山神主，只是一座孤山，附近连座陪伴的山峰也没有，让我如何是好？"但姜子牙却答："泰山是五岳之首，把你封为泰山神主，已经是厚待你了，别不知足啦！"争吵了半天也无结果。为此，碧霞元君整天闷闷不乐。这天，她闻听父皇玉帝要来泰山巡游，眉头一皱，计上心来。她命令王灵官用震山金鞭把泰山削成了一座孤仞千丈的独峰，光秃秃的，没有一棵树，也没有一棵草。这一天，玉帝来到了泰山，只见泰山周围悬崖四立，正觉得惊奇，碧霞元君赶了过来说："父皇呀，亏了我还是你的女儿，你让姜子牙把我封到这里，名为五岳之长，可这孤零零的一座山，老百姓连进香朝供的路也没有，我可怎么熬呀！"说着，便哭泣起来。

玉帝被哭动了心，心痛地说："元君呀！我派人给你修条天梯不就行了吗？"碧霞元君听了，哭得更厉害了，边哭边说："那天梯是凡人走的吗？你这不是哄我开心吗？"玉帝一想，也是啊，可怎么办呢？这时，只见太上老君走了过来，说道："大帝，泰山既为五岳之长，何不从其他四岳匀来一些小的山峰给她，既助了岳长之威，又为泰山搭了天梯。"玉帝一听，急忙说："对呀！可匀多少呢？咳，上天七十二神位，就给泰山匀出七十二座山峰来吧。今后我再来泰山，文武神官也都有个座位了。"于是便下旨让十八罗汉推着神车，从西岳华山、中岳嵩山、南岳衡山、北岳恒山中各选了十八座山峰，推到了泰山来。

御旨一下，碧霞元君可高兴啦！这样一来，不仅扩大了地盘，还增峰添岭，大长了自己的威风！然而，姜子牙却不高兴啦！他细细一算，这样一来，岂止是五岳之长，按碧霞元君所管辖的范围，当个天下众山之长也差不多了。于是，他暗使巧计，在泰山的汶河桥上拆了几块石板，想让众罗汉翻车，把运来的山峰卸在远离泰山的地方，谁知碧霞元君早有提防，派人一路上清理道路，把那桥面又修好了。这天，十八罗汉的车子一辆接着一辆，顺利地通过了汶河，眼看就要过完了，姜子牙急了，一下子跑到桥头，拦住了最后一辆车，用肩头一扛，“咣当”，这车就翻了，四座山峰全倒在了汶河南面。后人便把这四座山叫作徂徕山。意思是被姜子牙阻拦下的山。剩下的十七罗汉推车上了泰山，从此，泰山上便多了六十八座山峰，加上泰山主峰，就成了六十九座。由于车载过重，便在石崖上碾出了一道车辙沟，人们就称其为“罗汉崖”。

（泰山挑夫搜集整理）

泰山卧龙槐

在泰山南麓，有一座庙宇叫龙泉观，也叫斗母宫，庙前有一棵古槐，树身约有五丈高，枝繁叶茂，别有一番风景。

传说在明末的一天，忽然刮起了暴风，下起了大雨，将这棵古槐刮倒在地，于是斗母宫里的尼姑请来木匠，想要把这棵大树卖掉，于是两人经过讨价还价最终确定五吊钱，木匠付钱之后确定了伐木的日期。

而另一边，在泰安红门附近，住着一位叫刘长庚的人，为人忠厚善良，就在暴风雨后的这天夜里，他做了一个梦，梦见一位身穿道袍的老人来到了他的家里，拜托他明天早晨带着五吊钱到斗母宫走一趟。

刘长庚醒后，很是奇怪，但是还是依照梦中约定，早饭都没有吃。匆忙赶到斗母宫。来到斗母宫后，看到两位携带工具的木匠正蹲在槐树旁谈话，刘长庚觉得这老槐树砍掉很可惜，于是交谈起来，便问道：“您二位是来伐树的吗？”木匠回答：“斗母宫的尼姑已经五吊钱将这棵老槐树卖给了我。”顿时刘长庚明白过来，昨晚的梦应验了，于是跟两位木匠商量道：“家中急用木材，是不是可以把这棵树让给我，除了这五吊钱之外，另外还有酬谢。”

木匠见刘长庚人还不错，也不亏本，便把古槐树让给了他，而刘长庚赎回古槐之后，见古槐并未连根拔起，便小心翼翼地替古槐掩土，浇水，修理枝丫，日复一日，古槐渐渐恢复生机，因为经历这场暴风雨，猛一看竟像是一条斜卧着的龙，因此人们称它为卧龙槐。

就这样刘长庚把这棵古槐看作老朋友，日日来看望古槐。过了几年后，刘长庚得了噎食病，病情日益严重，泰山附近的名医都找遍了，却不见疗效，即便如此，刘长庚还是日日看望槐树。这一天刘长庚感觉自己时日无多，拖着病体看望槐树，想着这应该是最后一次来了，走到斗母宫外的时候，刘长庚遇见一个卖药的土大夫，就顺便问了一句有没有治疗噎食病的药。

卖药的答道：“我这槐角万灵丹就可以的，不过这个药可是很贵啊！”于是刘长庚便问：“多少钱？”卖药的回：“五吊钱。”但是刘长庚没有带钱，卖药的让刘长庚先带回去吃，好了再来给钱。

于是刘长庚带着药回到家中，只服用了一次便药到病除了，好了之后立刻带着五吊钱去给土大夫，哪里还有人影？刘长庚日日在斗母宫外等待，一连几个月也没有人影。刘长庚心里认定那大夫便是槐树精所化，便向卧龙槐作了三个揖。

后来他请了一位石匠在老槐树旁的石头上刻了卧龙槐三个字。

故事就结束了，一直相信好人有好报，无论经历什么艰难，始终保持一颗善意的心，好运会不请自来！

（泰山挑夫搜集整理）

泰山石敢当

泰山脚下有一个人，姓石名敢当。此人非常勇敢，武功高强，好打抱不平，在泰山周围名气很大。

泰安南边五六十里地，有个大汶口镇。镇里有户张姓人家，张家的女儿年方二八，长得是脱俗漂亮。可近来每到太阳压山的时候，就从东南方向刮来一股妖气，刮开她的门，上她屋里去。这样天长日久呢，女孩就面黄肌瘦，很虚弱。找了许多先生看，也治不好。人们说，这是妖气缠身，光吃药是治不好的。

张家老人听说泰山上有个石敢当很勇敢，就备上毛驴去请他。

石敢当一听，他就去了。他交代下人："准备十二个童男，十二个童女。男的一人一个鼓，女的一人一面锣。再就是准备一盆子香油，把棉花搓成很粗的灯捻，准备一口锅，一把椅子，只管把东西准备齐了。"

这样天色一黑，他就用灯芯子把香油点着了。他用锅把盆子扣住，坐在旁边，用脚挑着锅沿，这样虽然点着灯，远处也看不见灯光。

一会儿，从东南方向来了一阵妖风，看着风就过来了。石敢当用脚一踢，踢翻了锅，灯光一亮，十二个童男童女就一齐敲锣打鼓，妖怪一进屋，看见灯光一亮，就闪出屋，朝南方跑了，上了福建。然而福建有的农户又被妖风缠住了身体。怎么办呢？人家就打听，后来，听说泰山有个石敢当，能治妖，就把他请去了。他又用这个办法，妖怪一看又跑了，就上了东北。东北又有个姑娘得了这个病，又来请石敢当。他想："我拿他一回儿，他就跑得很远，山南海北这么大地方，我也跑不过来。这样吧，泰山石头很多，我找石匠打上我的家乡和名字：'泰山石敢当'，谁家闹妖气，你就把它放在谁家的墙上，那妖就跑了。"以后就传开了，说妖怪怕泰山石敢当，只要你找块石头或砖头，在上面刻上"泰山石敢当"，妖怪就不敢来了，所以现在盖房子、垒墙的时候，总是先刻好了"泰山石敢当"几个字垒在墙上，就可以避邪。

（泰山挑夫搜集整理）

徂徕地梨湾

徂徕山以南大汶河之畔的宣洛村一带，有一道特殊的土水沟，每逢春暖花开，土水沟上便长满葱葱的绿苗，片片碧绿，让人心旷神怡，豁然明朗，这就是被当地人们称为地梨湾的地方。年年如此。每逢此时，当地和附近的村民都会赶来刨地梨，这里的地梨香甜可口，清心润肺，还能延年益寿、祛病避邪，它带给人们的不只有食用，带来的也有吉祥和祝福，传说泰山老奶奶会保佑每一个来刨地梨的人。关于地梨湾的故事，当地还有一个美丽动人的传说。

传说在很久很久以前，大汶河附近有一个聪明善良的小闺女被卖到当地一户财主家做丫鬟，财主家有一位老太太，对她百般刁难。天不亮就要挑水做饭，太阳落山才能背起砍完的木柴往回赶，小闺女在老太太非人的折磨下受尽了苦难。有一次，小闺女在下山时不小心摔了个大跟头，等她在昏迷中醒来时已是日落西山，回到家早已是星光满天，大门却被老太太牢牢插着，任她说尽好话近乎哀求，狠心的老太太始终没有开门，忍着饥饿和恐惧，可怜的小闺女在门外等了整整一夜。就在黎明即将破晓，夏天即将到来的清晨，天空突然下起了鹅毛大雪，不一会儿，雪花就覆盖了整个大地。

第二天一大早，当老太太推开门时，被眼前的一切惊呆了。夏天的早晨雪花盖地，而小闺女站的那片土地却没有一片雪花，这雪花将那片地团团围着，雪上没有任何足迹，她却不见了。老太太抬头看到小闺女消失在天空中的背影，知道自己犯下大错，后悔不已，不停向小闺女离去的方向磕头。

小闺女成了仙。原来，玉皇大帝巡游归来正打此而过，不经意往下瞟了一眼，正巧看到小闺女可怜无助，掐指一算，得知是老太太恶意刁难，便生怜爱之心，遂令天神大雪封天，以此警示世人，发扬慈悲心怀，玉皇大帝觉得与此小闺女确有些渊源，便收下小闺女为干女儿，小闺女经玉皇大帝指点，历经数年修炼，终成上仙。但她还是非常留恋这个地方，她慈悲为怀，心地善良，不多久就回来看看，看看这里曾经的家。

小闺女突然觉得这片土地风光秀丽，南面汶水汤汤，北面依仗大山，颇具几分灵气，又对这片土地有种说不出的留恋，于是就有了占此地为己有的念头。她吸万物之灵气，只身坐在了这片土地上。突然之间，地面下沉了三尺，小闺女预感此地虽好，但承受不了自己蒸蒸日上的灵气，于是便飞离了此地。此地下沉三尺以后便成了今天的这道土水沟，也就是地梨湾的前身，小闺女飞离此地后，她飞上了泰山，她看到泰山雄伟无比，力拔通天，便坐在了泰山之巅，泰山突然长了三尺，小闺女感到泰山的灵气可伴自己一起日升，就选定了泰山作为自己的宫殿。小闺女也就是今天人们所信仰与熟知的泰山老奶奶。

有一年，大汶河南岸闹疾灾，一些人患疾不治而亡，一些人患疾奄奄一息，等待死亡。就在此刻,一位精神矍铄的老奶奶来到当地,她手挎精致竹篮,篮中几个果实。老奶奶每到一户患疾人家，便赠送一个果实，病人吃后大愈。奇怪的是，篮中果实取之不尽。看着是几个小果，却分遍当地每户患疾人家。有人便问：老奶奶，您是慈悲心肠的大善人，定是不凡之身，可否留下家乡地址，择日定登门再谢。老奶奶嘴角略笑：我家天空彩云飘，土沟遍生地梨苗。人们沉思之时，老奶奶已不见身影。

一天，一个传奇消息传遍当地。一朵七彩祥云出现在当地北方，许多人追云而去，却发现，彩云下面是绿葱葱的苗子，旺盛的苗子长满了这里的一道土水沟，而这道土水沟就是泰山老奶奶在此升天的地方，人们方才大悟，回想着泰山老奶奶的话，纷纷磕头敬谢。

后来，当地人把这片生机勃勃、绿意盎然的土水沟尊称为地梨湾，以怀念这位可亲可敬的老奶奶。人们一提起地梨湾，便想起老奶奶，当地人为感激与泰山老奶奶有着知遇之恩并拯救她于苦难的玉皇大帝，在地梨湾东南200米处修建了一座气势恢宏的玉皇堂（今称玉皇庙，存于宁阳后海子村二百多年前的刘氏老族谱对此有记载），堂内供奉玉皇大帝神像，供奉香火长年不断，这香火中，不仅承载着当地人对玉皇大帝的敬仰，更承载着人们对泰山老奶奶的一种绝对崇拜。玉皇堂原有一口大钟和一棵古柏，后经动乱岁月破坏，大钟被砸毁，古柏被砍伐，玉皇堂被拆除，这里改为耕地，但遗址仍在，远远望去，其址高高耸立。

每到年终，人们会家家摆供迎候泰山老奶奶，泰山老奶奶会飞下泰山去汶河两岸送福尝供品，而在当地也世代传承着大年初一送老奶奶的习俗，老奶奶每当路经地梨湾时，总有一朵七彩祥云在此停留，足以展示出她对于这片土地的留恋和感恩。而每年的四五月份，就到了人们开始刨地梨的旺季，地梨学名荸荠，而地梨湾的荸荠却有了更深层次赋予的意义。如今的地梨湾就分布在泰安市岱岳区良庄镇宣洛村的北坡中，以查宣洛村和房宣洛村北坡的地梨湾为主地带。

（泰山挑夫搜集整理）

新泰的风物传说

新泰有许多著名传说故事，从其内容上来划分，可分为地方风物传说、神话传说和历史人物传说三类。地方风物故事凝聚了新泰人民对家乡山川的赞美之情。新泰的先人，从五万年前就在群山环抱的新泰大地上繁衍生息，并为这一片古老而美丽的大地，世世代代地留下了许多精妙而迷人的风物传说。

山川由来

相传，很早以前，新泰这地方原是一片平展展的绿野。玉皇大帝看着这地方不错，就传旨让一位造山的神仙下凡，至新泰这地方来安山。新泰有一位名叫安山的老人，从小就仰慕泰山峰峦高耸、万壑争流的岿然雄姿，做梦都盼着自己的家乡有朝一日也能长出几座山。这一天，安山老人正在瓜山棚歇晌，朦胧间，见一位面若敷粉的行者骑着骏马打这路过，“哗啦”一声从马上掉下个口袋。老人愣了愣神儿，就大声呼喊那行者，可那行者头也不回，一会儿就远去了。尔后，一位名叫张三的人，探知安山老人拾了一口袋财宝，整日放在瓜秧底下等失者来取，这天晚上乘其不备，就偷着摸进瓜地，背起来就跑。谁知这老人早在一旁候着呢，见贼人从眼前一晃而过。遂以瓜刀戳之，就听“通”一声，从戳破的口袋里漏下一块灵宝，旋即灵宝又神奇地膨大起来，眨眼间变成一座高山，这就是现在的金斗山。老人一看，这还了得呀，原来是神仙作法给他送来了一口袋山啊，怎能让贼人背去呢！于是贼人在头里跑，老人在后边喊。紧追不舍地撵了一程，就见贼人惶惶跌了一跤，“通”一声漏，又从口袋里漏下一块灵宝，那灵宝又浑然膨大变成一座山，这就是现在的莲花山。再后来贼人还是跑，老人撵他一程，又“通”一声漏下块灵宝，膨大成现在的徂徕山。就这样，绕着新泰撵了一夜，一座座大山就全从那口袋里抖搂出来了，如龟山、蒙山、崮山、九顶凤凰山、榆山，另外还有雷山、雨山、法云山……直到天大亮了，老人撵上那人，原是邻家张三。说道：“你看你看，让你合撒了一遭子山，你让河水往哪里淌呀？”张三说：“我以为这口袋里是财宝呢，没想到原是一口袋山啊，悔不该爱财宝，可吓死我啦，累死我啦，往后可不敢啦！”这时，安山老人就让张三再抖一抖，看看口袋里还有山吗？结果只抖落出一撮沙土，而这撮沙土竟也奇妙地膨胀起来，瞬间变成了一座岭，就是城西的懊悔岭。

玉皇大帝一看新泰群山环绕变了新貌，但方圆百里却聚起一片汪洋，便急忙下旨，让大禹前来治水。大禹来了以后，见东面地势太高，就在西南柴城那地方，凿开一条泄洪的河道，让水流向西，绕道儿入海。打这以后，群山环抱的新泰大地，才有了向西流淌的柴汶河，而大禹治水住过的地方，就称作禹村。这便是新泰山川由来的一个传说。

龙女牧羊

“多情不限仙凡界，挚爱长存远近乡”——这是峙山龙女祠大门前的一副楹联，此祠是为纪念东海龙王的女儿所建，“龙女牧羊”的故事在新泰民间一直流传，经久不息。

话说峙山有一清泉，与东海龙宫相通。东海龙王有个女儿，有一年她看到山东大旱，眼看颗粒无收，遂起恻隐之心，就偷来龙珠，为这一方下了场透地大雨。这一来，老百姓都高兴了，可龙女却触犯了仙规，按律当斩。龙王一怒之下，就给龙女戴上木枷，罚她从峙山泉眼里出来，在峙山牧羊。这一日，有书生柳毅路过，见山上有女子戴枷牧羊，特别是看到大片大片的青石板上踩下的羊蹄印，觉得好生奇怪，就问女子何处人，何故戴枷牧羊？龙女向柳毅诉说了自己的遭遇，意欲拜托他向叔父洞庭龙王传书，请洞庭龙王帮忙，说服东海龙王，还小女自由。柳毅闻听龙女为解黎民的饥渴而蒙难，就决意放弃赶考，带上龙女信札，日夜兼程到了洞庭，于湖边长跪不起，后被巡湖夜叉引入龙宫，见到洞庭龙王。经洞庭龙王周旋，东海龙王才解除了对龙女的处罚。龙女见柳毅正直无私，见义勇为，严守信义，行重操守，遂起爱慕之心，就与他结为夫妻，在峙山住了下来。

新泰“龙女牧羊”的传说打破了唐人小说《柳毅传》的艺术架构、赋予其新的情节与内涵，使故事更加真切、动人。峙山的龙女庙亦因之名闻四方。

《新泰县志》载：“峙山，县西南二十五里，山上有羊蹄迹，相传龙女牧羊在此，士人柳毅为之传书洞庭，遂成姻媾，土人立祠于此。”后人每年九月九日，都要到此祭拜龙女夫妇，表达对这对神仙眷属的祝福。

白衣花仙

从前，有一位寄居徂徕山光化寺的书生，邂逅一位白衣美人，两情相悦，临别书生以一枚白玉指环相赠，美人出寺院百余步便倏然不见，书生缘其踪迹前往寻觅，其处不见美人，只有一株百合花，白花盛放，十分可爱，书生便折取而归。当他回到室中拆去重重花瓣，却在花心中发现那枚白玉环。至此方知美人便是百合花的化身。书生误杀名花，懊悔非常，恍惚成疾，抱着绵绵长恨，病卒于光化寺中。

秃尾老李

传说新泰龙堂山下，有个龙池庙，庙侧有龙池，渊深不可测。这一年，小栗峪有个李寡妇，和妹妹桂香到龙池庙赶会，回来的路上，因遭雷雨，惊厥在地，雷雨过后复又醒来，过了几天就不思茶饭。尔后觉得有了身孕，羞得门也不敢出了。到了这天夜里，忽觉下身一阵疼痛，身子轻了大半：分明是孩子出生了。可床上一汪羊水，孩子哪去了呢?

第二天三更时，李寡妇觉得有个怪物吮她的奶，点上灯一看，却啥也没有。一连几夜，都是如此，李寡妇就和妹妹桂香想了个办法。到了又一天夜里，李寡妇在枕旁点了灯用瓢头盖住，桂香就拿把菜刀躲在门后候着。夜至三更，怪物又来吮奶，李寡妇猛地把灯敞开，只见长长的龙尾巴搭在梁上，花里胡哨的头正拱在她怀里，李寡妇“啊”一声昏过去了，桂香妹妹赶紧举刀，“咔嚓”一声把龙尾砍掉了，那龙便成了秃尾巴龙，后来人们就叫它“秃尾巴老李”。

秃尾巴老李很伤心，一边往东跑，一边呜呜地哭。声音传到天上，变成“轰隆隆”的雷声；眼泪洒在地上，就变成了雨点。走了一会儿，停下来听了听动静，这地方就叫“龙停”，就是现在的龙廷。秃尾巴老李很挂念母亲的性命，又回头向西望了望，这地方就叫“龙西望”，现在叫“龙西庄”。到了一个山头，它知道母亲已经死了，就躺在山上哭泣，眼泪浸透了山峰，从峰西冒出个泉子，这泉就叫“龙泣泉”，现在叫“龙西泉”；躺的那山，就叫“龙躺山”，现在叫“龙堂山”。山下正是龙池庙。庙侧的龙池是秃尾巴老李的藏身之所。传说秃尾巴老李年年都到小栗峪给母亲上坟,每次上坟都连风加雨,有时还带着冰雹。迄今在新泰山乡,依旧流传着“下冰雹,扔菜刀”的俚俗,而且小栗峪村南还有李寡妇的坟墓,坟前的石碑上刻着“龙母墓”三个字。

古槐复荣

在新泰旧县衙前，有一株唐代古槐。据史载：元初废新泰县，古槐枯死，三十年后复置新泰县，古槐复荣，这堪称世间奇事。

据传，新泰被废后，古槐枯死，托生在江南唐姓人家，取名唐怀。后与邻村名叫芙蓉的姑娘喜结伉俪，夫妻恩爱，情深意笃。唐怀三十岁时，忽与爱妻告别，言其祖籍新泰，要回故土，嘱芙蓉到新泰衙内探望。唐怀一去不归，芙蓉千里寻夫，来到新泰县衙，梦见丈夫叙说因由，方知唐怀乃衙内唐植古槐，因复县又荣生故里。

黑白窑王

在很久很久以前（有人说是在唐朝的时候），柴汶河边的陶瓷业就很发达。那时候，新汶的黑山脚下住了一位男黑窑王，他擅长做黑陶，什么黑碗黑盆黑坛子，经他的手一制，又结实又漂亮。寺山脚下住了一位女白陶王，她善于造白瓷，什么白碗白碟白盘子，经她的手一制，那细白瓷具又薄又白又光滑。黑白陶王都说自己烧制的陶瓷好，两下里各有不少人学着干，一时间，柴汶河南岸东到东都汶南，西到碗窑头大窑沟，绵延四五十里都是黑白瓷窑场，产的黑白瓷具各州各县都有。

铸剑老人

很久以前，新泰石莱至泗水泉林一带，有一黄龙兴风作浪，年年发大水，使百姓不得安宁，苦不堪言。有一年秋天，洪水过后有一位鹤发童颜的老人，人称铸剑老人来到这里，发誓说要铸剑制服孽龙。他深知孽龙已修炼千年，功夫十分了得，要想制服它没有称手的兵器不行，必须铸出雌雄宝剑才能行。他取北谭之雪水，拌后山之黄泥，做成铸剑炉，又取南山地火的火种，点燃炉火。可是无铸剑的玄天宝石难以动工，这玄天宝石非得西上昆仑山才能求到，但路途遥远又没有脚力，困难重重。忽然，从西北空中飘来一片白云，刹那间，只见一匹白马从云端急驰而下，冲着铸剑老人嘶叫点头，铸剑老人大喜过望："真是天助我也！"立刻带了工具，乘马向西北驰去。铸剑老人来到山上，乘守宝的老虎正在打盹之机，悄悄进入宝洞，装了玄铁宝石。回来后立即开炉冶炼，那匹白马则将每日所需木材从东海驮来帮助铸剑。炼呀炼呀，直到七七四十九天，宝剑终于铸好，只是没有灵性，需用灵兽的血来祭祀，方可降龙伏虎。铸剑老人搭起祭坛，供奉起宝剑，口中念念有词，乞求上天恩赐灵兽之血，注入宝剑，唤起宝剑之灵气。午时三刻，只见天降神龟，对着铸剑老人连叫三声后，竟扑死剑刃上。宝剑得了灵气后"吱吱"作响，寒光四射，剑气逼人。老人含悲把神龟埋在了东北面，过了三天，掩埋神龟之处长出一座山来，如龟一般，后人都叫它龟山。铸剑声惊动了孽龙，它不甘末日的来临，飞腾九天之上，天地为之变色。它纠集虾兵蟹将，大兴水法，顿时巨浪滔天，河流改道，直冲祭坛。在这危急关头，只见白马腾云驾雾而来，飘落在坛前长嘶一声，横过身来变成一座高山堵住了水势，顿时，河水向北改道流去。这时老人托起神剑，只见道道寒光朝孽龙直射而去，一道斩龙头，一道削龙尾，龙头落在了如今河西的西龙宝庄，龙尾落在河东的东龙宝庄。虾兵蟹将见首领被斩，四处逃散，水势很快退去。铸剑老人收回宝剑，仰天叹道："如今孽龙已降伏，但连伤了两条有灵性的生命，我就永远地陪着它们吧。"说完，遁入石莱河不见了。天马完成了自己的使命，一阵跳跃，马鞍被甩到石莱河下游变成现在的鞍山，它自己长啸一声，化作白马山。

还我青白

二龙山位于石莱镇东班庄村南一里，此山高四百三十八米，东西走向，西与黄山寨对峙，东接林放故里放城椅子山，南连泗水石窟洞山，形似两条头朝西，尾朝东的巨龙，人称二龙山。

传说古时山东连年大旱，河床干裂，庄稼枯死，民不聊生，饿死的人无数。为普度众生，救民于水火，玉皇大帝派东海龙王爱子青白二龙前来治水，次日，行至二龙山上空，看到山峰峻峭，景色奇异，就停下脚步，认为此处行雨最佳，不愿离去，于是，青白二龙呼风唤雨，连降倾盆大雨七七四十九天，水满河涨致山东境内黄河多处决堤，形成史上最严重涝灾，百姓颗粒无收，数十万间房屋被淹，一百多万人无家可归，人畜死伤无数。玉皇大帝得知此事，大怒，降罪于青白二龙，于是，派天兵天将“大力神”肩挑两座大山（即现今二龙山、黄山寨）缚住二龙后就地压在山下，一万年不得翻身。青白二龙自知惹下大祸，只得束手就擒，被压在了二龙山下。

从此以后，每当阴雨连绵之日，二龙山顶总是升起一股青烟，一股白烟，雾气萦绕不绝，以示青白二龙的存在。有一年，天大旱，接连三个月无雨，有素人在山脚下焚纸香求雨，青白二龙为救众生，悔过自新，施出浑身法术，果然，喜降甘霖，雷电将山北凸处劈出一条二米宽，数十米长的裂缝，名为龙劈缝，每当干旱少雨之时，人们前来此处烧纸祈求，三日内必降喜雨，人们为了感恩，每年清明时节，都要到山顶南的“神仙府”处烧香祈福，以求风调雨顺，增收五谷。

东海龙王自恃众人求情，为保二子性命，常赴天宫与玉皇大帝评理，以求尽快释放青白二龙，曰：“从古至今，功盖于过，则论功请赏，吾儿千百年来不遗余力，为何无出头之日？”玉皇大帝曰：“功乃功，过乃过也，岂能将功抵过，况人死怎能复生？”东海龙王无言以对。

后众人既同情青白二龙的特殊遭遇又理解东海龙王恋子之情，人间于是流传广泛的“还我青白”一词，即出自此处，以证实自己无辜受冤。

（徂徕山人搜集整理）

李斯碑历险记

在碑刻如林的泰山岱庙里，最珍贵、最有价值的自然是秦代的李斯碑，堪称艺术瑰宝。其遒劲若虬龙飞动，其清秀如出水芙蓉，足见其艺术魅力。正因为它被视为珍品，才引来了一段非凡的经历。

据说，此碑是公元前209年，秦丞相李斯奉秦二世胡亥之命所刻，立于岱顶玉女池上，为其歌功颂德。明代嘉靖年间，为防止风蚀雨淋，移于碧霞祠东庑。到了清代乾隆五年，碧霞祠突然遭火，火借风势，越烧越旺，结果把碧霞祠烧了个一塌糊涂，李斯碑也因之不翼而飞，下落不明，许多人都叹为可惜。

到了嘉庆二十年，喜文弄墨的汪汝弼被朝廷任命为泰安知县，他早知李斯碑的珍贵，一直为不能亲睹而慨叹。来到泰安以后，便下决心把它找到。于是他四处散贴告示：有告知李斯碑下落者，悬赏重金。

不久，一位年逾九旬的赵老头，由家人搀扶来到县衙，对汪知县说："知县大人，在下是个瓦匠，以前在泰山顶修玉女池时，见过一截残碑，不知是否大人所寻之物。"赵老头把碑的形状、字迹等，一一告知，说："当时被人扔进玉女池，叫池水淹没，望大人差人前往查视。"汪知县听了赵老头的介绍，已知十有八九是李斯碑，自然喜不胜喜，也不怕山高路险，便邀前任知县蒋因陪同上山。果然从玉女池中打捞出一截残碑，冲洗去污泥后，"臣斯臣去昧死请"等字，历历在目，确实是李斯真迹。于是汪知县大加庆贺，在山顶造房兴宫，于东岳庙西筑起精美的小亭，取名曰"宝斯亭"，以后又改为"读碑亭"。安入之时，还举行了隆重的仪式，重赏了赵老头。屈指算来，李斯碑自失而复得，已有七十五年。

时光荏苒，一晃又过了十七年。到了道光十二年，东岳庙因年久失修，西墙在一场暴雨中倒塌，此祸殃及"读碑亭"，碑亭被砸塌。新任知县徐宗干得知，忙差人从瓦砾中找出，将李斯碑移到山下，放置于岱庙道院壁间。

光绪十六年，有一贼眉鼠眼的小偷看到人们将此碑视若珍宝，暗想此物定值千金，便在一个风雨之夜将此碑偷走。事发以后，即任知县毛蜀云下令全城戒严，搜索了整整十天，终于在泰安城北关的石桥底下发现了李斯碑，重新置于岱庙。真可谓千载碑文能历世，失而复得不寻常。

现在，李斯碑存于岱庙东御座内。我们今天能看到李斯碑，确是三生有幸。游泰山，不睹此碑，乃一生憾事啊！

（泰山挑夫搜集整理）

云山囚娥

泰山，气势磅礴，雄伟壮观，誉称“五岳独尊”，乃是历代帝王将相、文人骚客及游人向往的地方，是誉满中外的游览胜地。然而，在泰山西南九十里处宁阳县境内的云山，却鲜为人知。传说，原来的云山在其高大、气势、风景上都不亚于泰山；那为何云山却不那么知名呢？这里还有一段神奇的故事。

那是在上古时代，西王母命她的两个女儿下凡去造山，且给每座山取了名字：大女儿造泰山，二女儿造云山。并言明：以她们造山的优劣来评论赏罚。母命难违，两个女儿下凡后，施展各自的本领去造山。大女儿自恃本领高强，且受母亲宠爱，造山时不过是日出而作、日落而息。二女儿名叫雪娥，自幼心灵手巧，待人善良，她一心要奉献出自己的全部智慧和精力，给人间造出最秀丽的山川，以胜过天堂的人间乐园。她日夜奔波，跑遍了世间各地，运来了多种奇石秀木，引来了最甘美的泉水，采集了千百种奇花异草，招来了多种鸟兽鱼虫；她仿造天堂盛景，建造了楼台殿阁；依照蟠桃园林，遍植奇花异果，让云山变成花果山。为美化云山，她耗尽心血，终于在姐姐之前建造了一座拔地冲天、气势宏伟、风光秀丽的山峰；她虽然有了成就，却毫不松劲，特意去西天请如来佛祖赐给圣水来滋润云山，使它变得更加美好，也使母亲意满心欢。她稍事休息后，便奔西天而去。

雪娥走后，王母下界巡视，看过泰山心里倒也如意，夸奖大女儿一番后，就直奔云山而来。啊！眼前的云山林木茂密、果树满山、泉水叮咚、楼阁别致、庙堂宏伟、云缠山腰、奇峰多姿，不是天堂胜似天堂，真是一座好山啊！王母不由得连声赞叹：“这个妮子比她姐姐强过百倍呀！”可她眉头一皱，妒心顿起：“这个该死的，你本领再大也不应该逞强好胜，超过你姐姐呀；再说，你为下界的凡夫俗子们建造这样的天堂盛景是想取悦于他们，好使这些贱民们只称颂你雪娥而忘记我这天堂圣母！何况你还不是我的亲女儿……”呸！看我破了你的好梦！她狠狠地抬起右脚，猛力向山顶踏去，只见石飞山抖、峰塌地陷、山尖歪向东北方；

她又拔下头上那支曾划天河的银簪，狠命地向山的西南面一划，一道大裂谷轰然出现；再念咒语，招来一阵狂风暴雨，扫尽了满山的奇花异果和楼台殿阁。这时，她才稍解心头恨气，一阵大笑，吼声："老娘去也！"

且说雪娥取了圣水归来，目睹自己辛勤建造的云山被如此糟践，大哭一场，痛不欲生。当她得知是王母所为，茫然不知所措。她百思不解：母亲对我为何如此狠心啊！你知道西王母为何如此狠毒做出这种非礼之事来？原来雪娥不是她的亲生女儿，她本是月宫嫦娥之女，因貌美如母，便取名雪娥。嫦娥被打入月宫就是西王母的主谋。她闻说嫦娥生一女，为了显示她慈悲，便把雪娥接来收养为义女。当她发现雪娥聪慧异常，非她女儿可比时，便暗生害人之意，今日见她修建的云山超过她亲生的女儿，所以……这还不算，回宫后还将她的手绢扔到云山上，蒙住了山的灵气。

可怜雪娥，她并不知道自己的身世，心想：哪有母亲不疼爱女儿之理呢？她准备上天求告母亲开恩，使山恢复原形。正在这时，雷神突然来到她面前："小神奉西王母之命，接你回宫。如若不然，把你锁在此山，不得返回仙界！""啊！"雪娥闻言五内俱焚，恨母亲如此绝情，决心再不回宫。王母闻听，立时大怒，命夸娥氏之子托起云山，将雪娥压在山底，永世不得翻身。

至此，雪娥就永远压在了山底。她伤心极了，终日流泪。日子久了，她的泪水竟泪滴石穿，冲破岩石，流了出来，就是现在的"奶泉"，此泉有个特点，就是一点一点在滴，泉水甘美爽口，经过开掘，用它酿造的"云山特酿"美酒，享誉中外。由于雪娥长久哀叹，水汽积压过久，便升腾到山顶，形成云雾。此时的嫦娥也在思女落泪，流下天界化为雨水，形成一大景观，这就是宁阳历来传说中的八大景之一"云山烟雨"。

如今，断崖（又称鳌龙沟）和"奶泉"依旧存在。在山顶上还依稀能辨得出西王母那绣花鞋印呢！

（泰山挑夫搜集整理）

神女湾

新泰市谷里镇高南村西南三公里处，有一占地约两亩的湾坑，里面积水常年不干。刨开湾边的土层,会捡到很多古代的陶制碗片和水晶石。此地被村民称为“神女湾”，流传着一个迷人的传说。

传说很久以前，此地有座小山，山上杂花生树，风景优美。南方有一姓欧阳的商人，深谙风水之道，勘察到此处地下有金刚石，遂先将地皮买断，栽植杏树，两年后进行开采,雇佣一千多劳力,挖了近一年时间,接近矿石时,突然地下水上溢，形成一个汪坑,再也无法开采,汪坑形状酷似一个大海碗,深不可测。湾边土质坚实，湾内水质清澈，遇干旱不涸，逢大雨不浑，蕴含着一种神秘的气息。

有一年夏天，天降暴雨，电闪雷鸣，一位放牛娃躲在湾边杏树下避雨，水面突然哗哗响动，水花四溅，一条一米多长的大鲶鱼浮出水面，围着湾坑游了三圈，一双鼓突突的大眼睛四处张望,放牛娃吓得大气不敢出,大鲶鱼见无异常,就潜回水下。

不一会儿，水面上又有水花不停地冒出，像珍珠攒成的花，波浪翻动间，水底飘上来一条玲珑彩船，上面端坐着一位十七八岁的姑娘，头发披散肩后，柳叶眉、丹凤眼、肤色白嫩透红，好一位绝色佳人，把放牛娃看傻了……一会儿，姑娘微启丹唇，唱起了悠扬悦耳又略带伤感的小曲：晚上睡前洗好碗，早上盛饭把碗端。摔碎龙王白玉碗，龙王怪罪把俺贬，贬到此处好孤单，整天守着碟子碗。今天人静出水面，谁能见我的好容颜……

放牛娃呆呆看着，雨水淋湿了衣服也不觉得，由于风冷，抑制不住打了个喷嚏，少女闻声，猛抬头，露出羞怯、惊慌的神色，浪花翻动，少女和彩船倏然不见了。

放牛娃正在惊讶，湾里再度波浪翻滚，一股血水冒出水面，一颗人头般大的鲶鱼头滚到放牛娃的身边。放牛娃吓得哇哇大叫，一口气跑到了家，把所见所闻告诉了村里人。几个年轻后生跑到湾边看，见鲶鱼头还在，但湾水平静，清澈如往常。一位神婆闻之说道：“这是神灵显圣，只有龙宫才有这么漂亮的姑娘，听这姑娘唱的，定是在龙宫料理碗碟时，不小心摔坏了龙王金贵的白玉碗被贬到这里，鲶鱼是姑娘的把门将军，可惜没尽心尽责，被杀了，这湾不是平常的湾，一定通东海。”

神女湾的故事一传十、十传百，人们管这个湾叫神女湾。碰到村民婚丧嫁娶要摆像样的宴席伺候客人，碗碟无处去借，那位有见识的神婆说：“神女湾的龙女是管碗碟的，求求她或许能借到。”有人真的到湾边焚香烧纸，祈祷一番，要求借碗碟，水面上果然有碗碟冒出，漂到岸边，人们用完后，洗干净并如数放回到湾里，碗碟会自动漂到湾中间沉没，村民都非常感激。

有个贪财的家伙，垂涎那些精细漂亮的碗碟。他到湾边装模作样地烧纸焚香，还跪下虔诚地磕了三个响头，心满意足地挑了满满两筐碗碟盅回家，用完后竟一件也没有送还。突然有一天，暴雨倾盆，雷鸣电闪，贪财人的房子被雷击毁，他的腿被砸断了一根，所得的碗碟全都被砸碎，碎片顺水流到了神女湾。

之后，人们再到神女湾借碗碟时，湾里静悄悄的，什么东西也不出了，只留下一个迷人的传说。至今人们说起这个故事时，还在唾骂那个贪财的瘸子。

（徂徕山人搜集整理）

养姑洞

泰山西麓盛传着一个美丽动听的传说——养姑洞的故事。

相传，很早以前，山西洪洞县有一位叫王淳的青年，从小失去双亲，靠姑妈抚养长大。他姑妈也是个苦命人，婚后无子，丈夫病逝，为保贞节决意不再改嫁，和侄儿相依为命。在一个大旱之年，王淳和姑妈外出逃荒要饭，二人来到山东肥城南尚任一带。由于长时间的饥渴劳顿，王淳姑妈病倒了，他只好在一座山的南面找了一个山洞（阳谷洞）把姑妈安顿下来，白天讨了饭来给姑妈吃，夜晚守护在姑妈身边。

有一天，王淳转了好几个村，一点吃的也没讨到。回到洞里，看到躺在草铺上的姑妈一动也不动，便慌了神。他连喊了几声，姑妈均无应答，知是饿昏了。他急忙走出洞来，想寻点野菜为姑妈充饥。刚走出洞口，忽然发现不远处有棵桃树结满了桃子，便上前打量了一番，知道桃子不熟。但转念一想，这里没有其他可吃的，桃子不熟也可以充饥。于是，便急忙爬到树上摘了几个带回洞去。桃子青涩酸硬，王淳知道姑妈牙口不好，就自己先把桃子嚼碎，一口一口地喂。

不一会儿，姑妈渐渐醒了过来。王淳非常惊喜，扶姑妈坐了起来。姑妈揉揉眼对侄儿说："刚才我迷迷糊糊地做了一个梦，看到东山坡上有位仙女，说是王母娘娘的女儿，因羡慕人间的自由，偷了蟠桃来到人间。只因自己体单力薄，无力挑水浇灌，因而桃子又小又青。仙女托我找个勤劳能干的年轻人，替她挑水浇树……"

王淳听了姑妈的述说，觉得山坡上这棵桃树确实蹊跷，二话没说，就到村里借了两只水桶，挑着上了山。果然在山顶的巨石旁，有股淙淙泉水，清澈见底。他不顾饥饿，挑起两桶水，顺着崎岖的山路下来，把水浇在了桃树根里，水很快就滋润了下去。他继续去担，累得腰酸腿疼、汗流浃背。虽然衣服被划破了，脚上磨起大水泡，王淳也不在乎。等挑到第十一担水时，王淳发现上一担的两桶水还没有滋润下去，就心想歇息一会。刚放下水担，忽然看见两颗碗大的桃子恰好掉在了水桶里。拿起来一摸，软软的，就知道是熟透了的桃子。他高兴得忘记了疲劳和水桶，捧着桃子就往山洞里跑，来到姑妈面前说："姑妈，你瞧这熟桃子多好，快尝尝！"姑妈接过桃子，喜得嘴都合不拢，心想：桃这么软，还愁没牙吗？她咬了一口，觉得香甜无比，顿时耳清目明、精神清爽。她知道这是侄儿辛勤劳动的结果，就赶紧让王淳吃另一个。王淳推托不掉，只好遵命吃桃。他吃了以后，也觉得像喝了仙汤一般，浑身有劲。姑侄二人高兴地唱起了家乡小调。

以后，王淳每天去挑水，辛勤地浇灌那棵桃树。他每天都能得到两个熟透的桃子，一个给姑妈吃，一个自己吃。在王淳的精心照料下，姑妈的病很快就好了，而且身体也比过去更加硬朗起来。

王淳勤快能干、孝敬老人的美德，在附近很快流传开来。有一天，来了一位姑娘，自称父母双亡，无依无靠，只身来到此地，愿嫁王淳为妻。王淳拿不定主意，来问姑妈。老人看着姑娘与梦中的仙女一般模样，俊气迷人，又惊又喜。她想：王淳也该成家了，就满口答应下这门亲事。小两口结婚以后，恩恩爱爱，孝敬老人，在十里八乡传为美谈。

白发苍苍的姑妈，跟着他们幸福地生活了好多年。那棵桃树也在王淳小两口的精心管理下，长势越来越好，后来经过世世代代的精心培育，成为现在举世闻名的肥城桃。

这个动人的传说在王庄镇一带影响很大。在当地，早年盛行种桃，并出现了桃园庄、桃山等。很早以前，就有人把王淳姑侄二人住过的这个“阳谷洞”叫作“养姑洞”，于是附近也有了“姑山”“孝堂峪”等山名和村名，王淳也被传为孝子。

（夏辽搜集整理）

肥城仙桃

从前，肥城陶山脚下住着一户人家，家中有一个老母亲，兄弟两个，哥哥叫陶大，弟弟叫陶山。爹死后，哥哥成了家，找了个胖大嫂。哥嫂好吃懒做，贪睡懒觉，太阳上了树梢还不下坡干活。天长日久，地也荒了，秋天颗粒不收，日子越来越难过。弟弟陶山看到老母亲又黄又瘦，心里很难过，常常唉声叹气，悄悄流泪。

一天，娘把陶山叫到炕头说：“儿呀，你也是十六七岁了，咱不能眼看着都饿死在一起。也该给娘争口气，出去闯一闯，挣个仨瓜俩枣的，也顾一顾我这条老命。”

陶山背着行李，上了山路，翻过了九座山，蹚过了九条河，最后，走到葫芦谷中一家桃园，恳求园主留他在桃园干短工。陶山在桃园干活很卖力，起早贪黑，不怕苦，不怕累，很受园主的赏识。不久，陶山便把种桃的技术学到了手。秋后，桃子大丰收，园主很高兴，便赏给了他一点碎银子。陶山打点了一个小包袱，往肩上一撩就回家了。

陶山把从桃园挣来的银子交给娘。娘擦着眼泪说：“自从你离开家门，娘也后悔了，眼巴巴地盼你回来，恐怕临死也见不到你了，这次你就别再出去了。”过了几天，陶山娘快要死了，就把儿子叫到跟前说：“儿啊，我眼看不行了，你哥嫂心肠不好，我死后你自己另过，不要挨着他们。别忘了，在我的坟上多栽些树，娘就喜欢树，最喜欢桃树。”说完就断了气。

陶山埋葬了母亲，就在坟上栽了各种各样的桃树苗苗，还养了一只心爱的小狗。

娘死了后，哥嫂就把弟弟撵出了家门，陶山只好在离母亲坟不远的山坡下，盖了一间小草房。不久，他娘坟前的树越长越高，常常有成群的鸟儿喳喳地飞着。陶山看着鸟群愣了神，要是这些鸟能在树上搭个窝，下个蛋，该多好呀。陶山想着想着，把小柳条割下来，编成小筐挂在树杈上接着唱起歌来："南来的雀，北来的雁，飞到筐里下个蛋。"鸟儿听到歌声飞来了，落到筐里，下了蛋就飞走了。一会儿筐里的鸟蛋满了。陶山高兴极了，把蛋挑到集上卖了，手头上有了零花钱。

这件事被哥嫂知道了，趁弟弟到集上卖鸟蛋之机，也编了小柳筐，跑到树下喊叫："南来的雀，北来的雁，飞到筐里猛下蛋。"一会飞来一群鸟，围树转了一圈，落到树上便拉屎，还拉了哥嫂一身。气得陶大把鸟筐烧了，又把看家狗也打死了。

弟弟赶集回来，见鸟筐被烧了，狗被打死了，伤心透了，泪水流了下来。趴到母亲坟上大哭。可巧，这时孙悟空在天宫蟠桃园偷桃吃，把一枚桃核扔落人间，掉在陶山的面前。陶山捧着桃核觉得奇怪，心想这是不是天意。便在娘的坟边挖了一个深坑，把死狗、鸟粪、筐灰都埋在里面，然后，把这枚桃核种在坑中。

不久，桃核冒了芽，长起来，只三年便结出又大又甜的蜜桃。陶山挑到集上，被抢购一空，人人称赞："真是仙桃。"从此，陶山发了家，还娶了一个美丽贤惠的妻子。

这事，似旋风一样传遍了当地村庄，惊动了当地财主们，他们对仙桃都垂涎三尺。为了把仙桃弄到手，财主们买通了钱迷心窍的哥哥，并让他偷看弟弟的行动。一天深夜，趁陶山睡熟的时候，陶大伙同几个地痞把仙桃树挖走了，他们把仙桃树栽到家园里，只两天，仙桃树便枯萎了。

陶山得知仙桃树被偷走后，哭得死去活来。就在陶山绝望之时，他妻子忽然想起小时候母亲告诉她，树苗可以接活，立即跑到陶山面前安慰他，并告诉他仙桃树枝可以嫁接。一句话使陶山开了心窍。陶山收拾起残落的桃枝，和妻子连夜逃到深山老林之中，把仙桃枝芽嫁接在本地桃树上。从此，天桃和地桃结合在一起，慢慢发展成了甜美可口的肥城大桃。直到今天，肥城桃还是靠嫁接育苗的。

（夏辽搜集整理）

左丘明传奇

司马迁曾经说过：盖西伯（文王）拘而演《周易》；仲尼厄而作《春秋》；屈原放逐，乃赋《离骚》；左丘失明，厥有《国语》；孙子膑脚，《兵法》修列；不韦迁蜀，世传《吕览》；韩非囚秦，《说难》《孤愤》；《诗》三百篇，大抵圣贤发愤之所为作也。此人皆意有所郁结，不得通其道，故述往事、思来者。乃如左丘明无目，孙子断足，终不可用，退而论书策，以舒其愤，思垂空文以自见。

左丘明（约前502—约前422），汉族，姓丘，名明，因其父任左史官，故称左丘明。东周春秋末期鲁国都君庄（今肥城市石横镇东衡鱼村）人。春秋末期史学家、文学家、思想家、散文家、军事家。左丘明是中国传统史学的创始人。史学界推左丘明为中国史学的开山鼻祖。被誉为“百家文字之宗、万世古文之祖”。左丘明的思想是儒家思想，在当时较多地反映了人民的利益和要求。左丘明与孔子同时或者比孔子年龄略长些。曾任鲁国史官，为解析《春秋》而作《左传》（又称《左氏春秋》），又作《国语》，作《国语》时已双目失明，两书记录了不少西周、春秋的重要史事，保存了具有很高价值的原始资料。由于史料翔实，文笔生动，引起了古今中外学者的爱好和研讨。被誉为“文宗史圣”“经臣史祖”，孔子、司马迁均尊左丘明为“君子”。历代帝王多有敕封：唐封经师；宋封瑕丘伯和中都伯；明封先儒和先贤。

左丘明打小就聪明伶俐，勤奋好学，加之受祖父辈文化底蕴的影响，博学多才，特别对天文、地理、文学、历史等产生浓厚的兴趣，成年后知识渊博，才华出众，受到鲁王赏识，任左史官。在任期间尽职尽责，德才兼备，受众人尊敬。但身居官场，需要应付的繁杂琐事多如牛毛，各种规矩礼仪又极大地束缚了人的手脚，因此，虽然他做左史官二十多年，所编写出的《春秋左氏传》篇章却很有限。眼看着自己年龄越来越大，体力越来越弱，还有大量的篇章未编撰出来，他如坐针毡，焦虑万分。经过深思熟虑之后，便以年老体衰，不能胜任正常工作为由向鲁王辞去了官职。

马车奔驰如飞，左丘明终于解脱了官场的羁绊，回到了梦寐以求的故乡。一路上望着恬静优美的田园景色，他的心里充满了喜悦，这是他一生中最惬意的时光。清晨起来，沿康王河河堤漫步，吸一口带着淡淡田野风味的新鲜空气，放眼远处绿波翻滚的庄稼和岸边随风摇摆的柳枝，有一种久违了的说不清道不明的快感，面对这条清澈的母亲河，他兴奋得且歌且舞："肥子河面水平铺，两岸人家似画图。"带着这样的喜悦心情编史写传，真如猛虎下山，蛟龙入水，要多顺畅有多顺畅，不出三个月，就将《春秋左氏传》中剩余的部分全都编写好了，这真让左丘明喜出望外。

这样的生活是他苦苦追索，梦寐以求的，今天在自己的故乡终于实现了，他万分高兴，有种心花怒放，飘飘欲仙的感觉。为了把写好的竹简上的字尽快晾干，便于收藏保存，他趁着初夏时节朗朗晴空，艳艳丽日，将上千卷竹简全部搬到院了里晾晒。衡鱼这个村子，土地肥沃，交通便利，历史文化丰厚，按说应该是块风水宝地，但大家可能不太清楚，这里地势非常低洼，遇到大暴雨，就会造成北面陶山上的山洪暴发，把衡鱼淹没在一片汪洋中。千百年来共造成多少人员伤亡和财产损失真是无法统计。因此，当地的老百姓编了个顺口溜："衡鱼洼，衡鱼洼，谁家的姑娘也不往这里嫁。"

衡鱼的地势这么低，那个时候又没有楼房，全都是茅房和土坯房，因此房间内非常潮湿，看到外面太阳这么好，左丘明就兴高采烈地与家里人一起把竹简搬到院子里晾晒。晚饭以后出外散步，见月色明亮，星光闪烁，也就没把这些竹简往屋子里搬。为了防止意外，临睡觉前他又特地到院子里瞄了一眼，月光仍然皎洁，星灿如旧，这才放心地回屋里休息。谁承想天有不测风云，半夜过后，一道闪电划破了漆黑的夜幕，沉闷的雷声如同开山的炸药震得大地抖动。左丘明在残梦中被惊醒，隔着木头窗棂向外看了一眼，狂风夹着暴雨咆哮着，如天河决口般愤怒地倒向人间，天与地连成一片水帘，密集得分不清线条，风雨怒吼中隐约听到四下里有人喊叫："洪水来了，快跑啊，晚了就没命了。"

原来后半夜老天爷突然变了脸，趁大家熟睡的时候悄悄地下起了大雨，而且是从北面山上逐次南移过来的，所以当这里的人们听到风雨声的时候，陶山上的山洪已经冲下来，那真是水借山势，风助水流，一泻千里，势不可挡。汹涌澎湃的山水，没过康王河河堤，蜂拥而至，浩浩荡荡，无边无际。左丘明吃了一惊，暗叫一声："糟糕！"立即翻身下床，谁知道脚还未落地，便踩入水中，刹那间一股冷气从脚底传遍全身。

这一下惊得他魂飞天外，冷汗立马就吓出来了。也顾不得找鞋穿了，赤着脚猛地打开屋门就冲进了院子里。屋子虽然低矮，但毕竟是打了地基的，所以屋里面的水只漫过了膝盖，而此时院子里的水已达齐腰深，水面上漂浮着树枝、菜板、小凳子、小盆子之类的生活用品和遍及院子每个角落密密麻麻的竹简。看到这种阵势，左丘明的夫人和孩子们都傻了眼，站在屋门口呆望了一会儿，马上回转身到屋子里去包好了粮食、衣服、常用炊具等生活必需品，把门板拆下来，将重一点的东西放上去，推到院中，准备立即开大门逃生。

左丘明此时的心思，全部放在这些编撰好的史书上，早已将生死置之度外，电光下见儿子已走近影壁墙，便高喊一声："先别开大门，大家快帮我捞竹简。"多亏了有坚实的院墙护着，竹简才没被大水冲走，如果一打开大门，狂风暴雨顷刻间就会把这些书稿冲刮到外面浩如烟海的大水中去，再想捞起来，恐怕比登天还要难了。但尽管有院墙围着，竹简暂时冲不走，但在这伸手不见五指的深夜里，在狂风的怒吼和雨幕的笼罩下，没有电灯，蜡烛灯笼根本无法点亮照明，全家人只能借助刹那间明灭的闪电金光来捡拾竹简，满满当当啊，何时才能捞完呢？更让人恼火的是洪水上涨得非常迅猛，才一袋烟的功夫，已从人的腰部升到了胸口，再不撤离的话，就很危险了。左丘明心急如焚，努力睁大被风雨击痛的眼睛，尽量快地捞拾着竹简，在家人的配合之下，将大部分的竹简装进了麻袋里，放到了门板上。水位继续升高，个头矮一些的夫人和女儿已经喝了几口洪水，再不走就要出人命了，他才在孩子们的生拉硬拽下撤出了院子，大家相互搀扶着，向着有灯光的方向慢慢移动过去。

天亮了，左丘明站在村东头的小土坡上，眼巴巴地望着一卷卷散开的竹简被风浪冲击着向南面的汇河漂去，他是又气又急又懊悔，心里像刀绞一样难受，他无法原谅自己的大意，明明知道衡鱼这地方经常被水淹，还把竹简留在院子里，不收起来放到安全的地方，深深的悔恨令他急火攻心，老天爷的变化无常让他气血冲顶，由于焦急而冒出的汗水模糊了他的眼睛，他有些支持不住，一个趔趄险些晕眩过去，幸好被孩子们及时发现给扶住，才未跌倒。年过半百的左丘明，由于长年钻研学问，身体早已非常虚弱，特别是那双陷得很深的眼睛，因昼夜读书著书，损害严重，视力已经很差了，在这次突发的洪水灾害中，又与暴风骤雨搏斗了大半宿，身心受到极大的摧残，他病倒了。县官得到乡里的报告马上赶来把他接进县城进行治疗。七天以后，洪水退去，没有完全康复的左丘明在强烈的历史责任感驱使下，回归故里，勉强打起精神，重新投入传记的编撰中。

在整理抢救出的文稿时，他感觉竹简上面的字闪闪烁烁，晃晃悠悠，像一群蚂蚁在地上乱跑，他努力克制住情绪，仔细辨识，结果还是模模糊糊认不出字来。初遇这种变故，他方寸大乱，不知道如何是好。他发怒了，抓起几卷竹简使劲摔到地上，同时从内心深处发出撕心裂肺的悲鸣："老天爷啊，为什么这样对我！我成了瞎子，还怎么写书啊！"夫人见他眼睛全坏了，劝告他说："急也没用，不如带着残稿到县城的学馆附近去找间房子住下，一来不再受山水的威胁，二来可让学馆的学生们听你讲解，然后帮你记录整理史稿，尽早完成著作。"

左丘明听了转忧为喜，笑逐颜开，于是差人报告了县官，论官职，左丘明比县官大多了，接到乡里的报告，不敢怠慢，立即派车将左丘明接到县城内靠近学馆的一套房子里，在几个学生及子孙的帮助下，继续史册的编纂工作，直到把《春秋左氏传》和《国语》全部编撰完成，他都没有离开那间房子。这套值得纪念的房屋，被后人们尊为"左传精舍"，距离家乡衡鱼村五十五华里。

（泰山挑夫搜集整理）

宁阳民间传说荟萃

宁阳县，隶属于山东省泰安市，位于鲁中偏西，泰安市南部，西汉时汉高祖于宁山（今伏山村南）之南置县，因山南为阳，故名宁阳。宁阳县历史悠久，民间传说很多。

堽城星星山

在宁阳县堽城镇南落星村北有一堆由几十块巨石组成的"怪石"，石质、外观与方圆百里的石头迥异，内里为红褐色，表面为黄黑相间的杂色，大大小小的"马蹄印"遍布其上，当地村民称为"星星山"。

按当地人的说法，古时候两个星星性格不合，发生争吵而至动手，相撞陨落至此，一块落到南边为“南落星”，一块跌至北边为“北蹦星”，周边多个村庄由此得名。据《左氏春秋》记载：鲁庄公七年（前687）夏，“星陨如雨，与雨偕也”。描述的就是埕城陨石陨落时的情景。经考证,该陨石为罕见的石铁陨石。当地有“摸摸陨石头（东部的突起处），求么么到手；踩踩陨石背，枕着金银睡”的民谣，其碎石片被当作吉祥物而珍藏。

夜读魁星阁

神童山风景区宁家庄村南，有一座独立的小山，名叫“姑仙山”，它就像一扇大门挡在宁家庄村南，庇护着宁家庄村民，正因为这个特殊的地理位置，村民对这座小山非常崇拜，又称为南顾山。在明朝以前，村民就在这座山上修建了魁星阁，后来宁家庄果然名人辈出，清顺治年间金榜进士太宰太傅、陕西布政使宁之风就是宁家庄人。在宁家庄有一个妇孺皆知、交口相传的关于宁之风的传奇故事，故事就发生在南顾山上。

清朝顺治年间，宁家庄有两位读书人，两人都只有十几岁，每天结伴到学堂去读书。虽然年龄不大，但是两人都胆子很大。因为两家家庭都不富裕，买不起灯油，每天在学堂里学完后就一起来到魁星阁，借着神像前的烛火苦诵经书研讨学问，每次都学到深夜才回来。姑仙山虽然不高，却十分陡峭，只有一条不足一米的狭窄山路通向山顶，为防止摔倒，两人一前一后小心下山。

一天夜晚，天黑如墨，两人照例到魁星阁读书，夜深人静的时候才起身回家，两人摸着石头慢慢下山，年龄大的书生说：“都怨咱们家穷，如果家里有钱，咱们也不用受这么大罪，冒这风险，再说还不知道能不能考中进士。”宁之风听后说：“古有凿壁偷光，囊萤映雪，头悬梁锥刺股，我等受这点罪又算得了什么，只要我们两个坚持不懈，一定会有所回报的。再说了，我们考取功名，也并不单单是为了扬眉吐气，乌鸡变凤凰，而是要像王半山一样先天下之忧而忧，后天下之乐而乐，为老百姓谋利益。”宁之风刚说完，突然面前出现一团亮光，仔细一看原来是一个灯笼，而灯笼并无人打着，人走灯也走，人停灯也停，照得宁之风前面的路清清楚楚，两人都感到很惊奇。天气很冷，两人又饿，也没有考虑很多就跟着走，走到村里，两人各分东西回家，宁之风住在村东头，灯笼就跟着他一直到门口，宁之风到家后，亮光就消失了。后来连续几天晚上都是如此，两人都认为里面有玄机，约定都不外说。

又一天晚上，两人读完书后，相约回家，因为天黑路滑，那个人不小心摔了一跤，不由得埋怨说："我们两个一块到山上读书，为什么灯笼只给他照路，不为我照路？"前面的火光答道："你不用发牢骚，我是魁星阁里的小鬼，是开文运点状元的魁星神让我专门为布政老爷打灯笼，宁之风虽然和你一起读书，但他心胸开阔，志在千里，必然会独占鳌头，而你只为个人，不会有大作为。"那个书生听后差点没气死。

后来，两人都去赶考，结果那个书生只考了个秀才，而宁之风却是金榜进士，一直升到太宰太傅、陕西布政使，这时和宁之风一块学习的书生才把这个事说了出来，人们无不叹服。当官后，宁之风果然如他少年时所说，体恤民苦，淡泊名利，处处为苍生社稷考虑，年老辞官回家，造福乡里，享年78岁。至今宁家庄及周边都以宁之风为荣。

神奇太阳石

龙马寨风景区位于葛石镇北杨村，龙马寨内真武庙、山神庙、跑马场等历史遗迹遍布。在北杨村，二郎神担山赶太阳的故事由来已久，现在山上仍保存着二郎水池、太阳石、二郎椅这些传说景点，来到山上，奇石随处可见，人们不仅要佩服人类的想象力，更要佩服大自然的神力。

相传，盘古开天地的时候，曾经有十个太阳涌出地面，庄稼烤焦了，河水晒干了，整个人间比蒸笼还要热，百姓处在危难之中。民间苦，传天宫，玉皇大帝束手无策，众神仙也干瞪眼。于是玉皇大帝在天宫贴出告示，说谁如果能把十个太阳征服，就官升三级，赏银无数。尽管如此，众神没有敢揭榜的。却说二郎神杨戬，年轻有为，血气方刚，力大无比，大得能搬起几座大山，且有七十三变之术，他有一双飞虎鞋，穿上它能翻山跨海，日行千里，又是天宫皇亲国戚。凭借这些条件，二郎神心想我何不担起大山，把太阳压在下面，建功立业为民造福呢？

于是，二郎神找了一根桑木篾片扁担，一下担起十座大山自西向东担山赶太阳，赶上一个压一个，走到龙马寨的时候，东面还有一个太阳，他感到又累又渴，恰好身边有一个泉池，用手捧起水池的水，捧了七捧就没有了，泉水甘洌，令人神清气爽，后来人们就把这个水池称作二郎神的水瓮，也叫二郎神水池，直到现在，这个水池不多不少正好装七筲水，说是二郎神饮后就定下了这个规矩。喝完水，二郎神就坐下来歇息，他坐在一个巨石上，看到眼前一个石头，石头造型独特，好像太阳升起之势，二郎神赶太阳赶得头晕脑胀，对太阳没有好感情，顺势在石头上写下“太阳”二字定身符，口里念叨着：“我让你再跑”，其实这是二郎神的幻觉。从此，在这块石头上就留下两个石筋，晴天的时候不敢出头，只有雨后，太阳二字就会隐现出来，据说是害怕二郎神，现在只要在石头上倒上水，一会儿功夫“太阳”二字就会时隐时现地出来，人们无不感到惊奇，称之为“太阳石”，这真是大自然的造化。二郎神休息了片刻，谁知二郎神坐的石头也被他压下一个石窝，石窝里正好坐下一个人，好像一个凳子，人们把他坐过的凳子叫作二郎椅。

后来，二郎神担着两座大山追到渤海边时，恰好赶上了逃跑的太阳，他当即瞄准太阳撂下大山。机灵的太阳就势在地上一滚，骨碌一下钻进了渤海，使二郎神又扑了个空。结果，太阳没压住，山却落在海里，成了现在的海岛。

人们佩服二郎神的勇力，用他的精神教育鼓励后人，他的足迹也成为家喻户晓的故事，二郎担山赶太阳的神话，广为流传。

银青双龙池

双龙池是神童山风景区观音庵附近一处美丽的景点，绿树掩映处，溪流欢畅，鱼翔其间，池边挂满枝头的是红的山楂及大枣、黄的梨子，别有一番风味，这水、这池的神奇总是那么让人流连忘返、难以忘怀。

相传，在很久以前，观音庵是十分闻名的。神庵之神，在于庵内有两只小虫。周围百里乡亲，婚丧嫁娶，请神许愿，都到此烧香磕头，结果事事如愿。如此，神庵威望越来越高，及至当地与周边的朝廷命官到此，也常常下轿燃香供食，求助神灵。

一年的夏天，久旱不雨，天热如蒸，地干得裂了缝，庄稼干枯到了见火就燃的地步，老百姓眼巴巴望着刺眼的苍天发呆，盼雨如命。一天，一位谙熟奇门遁甲的算命老先生巡游来到神童山，路过观音庵时，见两千多名百姓跪倒在神庵前，敲鼓鸣锣，燃香叩头，正在虔诚地求神降雨。“老天爷，快降些雨水，救救我们这些难民吧！”“苍天啊，可怜可怜，快下雨吧，救救孩子们！”那些老百姓齐声高呼，在神庵前响起一片片祈祷声。

这位算命老先生见状，感到十分痛心，看看四周没人注意，就悄悄地、不声不响地偷偷进了神庵。他先朝神庵中央祭拜一番，又向庵内四处张望，只见神庵内有一张供桌，桌上满摆供食，蜡光通明，香雾缭绕。他仔细一看，供桌正中上方供奉着一只装饰精美的小盒，再细看，盒内放着两只银色和青色的干巴小虫。算命老先生纳闷：盒内为什么放两只小虫，这虫还与众不同，莫不是有些玄机。他又朝小盒内望了望，觉察到了其中的玄机，想起庵外那么多百姓求雨，决定用法术帮帮他们。他正在想方设法时，听到庙外锣鼓声和凄凉的祈祷声又起。于是他马上闭目双手合十，念出咒语，随着咒语声声，只见盒内两只干巴小虫慢慢苏醒复活，驱动起来。他见咒语十分灵验，于是再念，两只小虫由小变大，再念，再变大，念念念，大大大，两只小虫变作两条银色和青色的大龙，“嗖、嗖”从神庵内穿出，腾空而起。只见两条银色和青色的神龙在空中摇头摆尾，很快，天空乌云翻滚，电闪和着雷鸣，大雨倾盆而下。

这两条龙在空中降下了大雨，滋润了花草树木和庄稼，惠泽了百姓。可是这又给两条龙带来了麻烦，原来这两条龙是东海龙王的子女，一银一青，它们趁龙王外出时偷偷溜出来，在外惹了事，激怒了玉皇大帝，被玉帝困在神童山里的观音庵内。没想到，这么多年后被这位算命老先生识破，并施法术激活了龙体，恢复了本能，在空中大降雨水。玉皇大帝很快知道了此事，于是大怒，安排特使趁银青双龙在空中降雨时又使法术，把银青双龙使劲往神童山上压。观音庵外的众百姓望着银青双龙，浇着倾盆的大雨，惊愕地叩头，再叩头。银青双龙抵挡不住压力，一面挣扎，一面被迫朝观音庵附近的山丘沉去，只听两声巨响，银青双龙变成两座小山。银青双龙变成山后也不忘使劲地喷出大量雨水，雨水冲出了一条山涧继续往下流淌，到了观音庵下方东南处竟成了一个大池子。池子里的水不断上涨，水溢出四周的山石，向西面的山沟流去。

后人为纪念银青双龙，分别称那两座山为银龙山和青龙山，池子为双龙池。双龙池的水常年流淌，孕育了一方的生态环境，给当地百姓带来了生机，也为神童山增添了神奇的色彩。

独特堽城里

从古至今，有关宁阳县堽城的传说甚多，一个“堽”字传了几千年，但传说是历史的影子，古迹是历史的化石，残存的堽城遗址，负载了古代人文的信息待后人破解。

历史如车，载着这方土地上的日月星辰，载着这里的沧桑变故，沉重且缓慢地走过，而堽城之谜尚未解开。

堽城历史上就是商贾云集之要地，人流、物流、信息流，市场繁荣，各地商贾利用大汶河船运来往做生意，年复一年，红红火火，久盛不衰，历史名人堽城写怀诗曰：“南风吹不歇，桃杏正红酣。暮景旬将六，春光月已三。农家修旧耒，织女视新蚕。”足以证实堽城物产丰富，信息畅通，属极其重要的商贸流通宝地，也证明着这里有着独特的吸纳能力。

堽城因堽城里而得名。堽城里是刚邑故城遗址，堽城里北枕大汶河、洸河，往西南是雪埠山（今张果老山），邻近有堽城南、堽城西，往西七里有堽城坝——坝为元代著名水利工程，本在堽城里村西，明代移筑下游，仍沿旧称，向南为堽城屯，历史上为屯兵屯粮之重地。现在是堽城镇政府驻地。

堽城的“堽”字与众不同，我国地名用“堽”字的只有堽城，“堽”读 gāng，同“冈”“岗”。古往今来，凡堽城人大都认识“堽”字，但说起“堽”字名字的由来，没有人能解读，外地人，即便是有文化的人也多不认识此字。由此，时而在来信来函来电和网上出现把“堽”写成“堤”字，或者写成“罡”。如今，随着“堽城钢球，遍布全球”的声誉和堽城经济的快速发展，国内外人士逐渐对堽城的“堽”有了大致的了解，也就对“堽”字有所认识，也往往把“堽”字去掉了土字旁，其实，“堽”字去掉了“土”字旁，也就失去了它的意义。也有的干脆写成“冈”“刚”“岗”，无意中恢复了历史上的名称读音，但这些都与现在的“堽”字意义不同，这就证明着“堽”字与众不同；同时，也足以表明“堽”字只属于堽城这个地方。以至于向来辞书“堽”字的释义，一般只释义为地名，列举：堽城坝，即堽城屯，地名，在山东省宁阳县境内。这就是堽城历史之谜。

（泰山挑夫搜集整理）

东平一收吃十秋

女娲娘娘带敖银来东平湖任职，由于它被玉皇大帝抽去龙筋，不得再回归北海为龙，女娲娘娘便赐名它为“蟒深”。这里水面广大，蟒深日夜操劳，想退水还陆于民，使一方百姓过上平安无灾的生活，这样它就游历于周边湖河，拜访各湖河龙王学治这水面之法。

这一天，蟒深顺大清河逆水而行，很快进入大汶河，大汶河龙王蟒汶感水动，忙出龙宫迎接蟒深进汶河龙宫。蟒深就向蟒汶求教治水、使人们免受水灾的办法，蟒汶知道这里面也有自己的责任，自己的河面集几百里的山水、雨水、河水还有泉涌之水，滚滚西流，常年不歇，都流入东平州，可自己也没办法，那沿途之水都流入自己所管之河，自己只有顺势流入蟒深所管水面，这两边山上所有生物又都需雷公电母击打才能繁荣昌盛，雷公电母行动又都伴随着司职的龙王行雨，自己必须集山水、支河水以及泉涌之水汇流西行至这里，这是听从女娲娘娘旨意的，自己也不能改变水的流向，就对蟒深说：“可去微湖龙王蟒丰处求教，自己经历尚浅。”

这一日，蟒深来到微湖龙宫，微湖龙王蟒丰热情地邀请它进宫，并招荆河龙王蟒文和白蟒龙于席间相陪，荆河龙王蟒文向它介绍了自己被贬来荆河时治理水灾的方法，并说了白蟒龙协助它，使它顺利地度过了初来荆河所遇之难，现在荆河平安，白蟒龙和蟒慧生活平安幸福，自己愿借白蟒龙与蟒深去管理东平州水泊，以使白蟒龙建功勋于东平州。蟒深经过这段时间的了解，也知这八百里的水面使自己忙得精疲力竭，依然也没想出两全之法，那东平州的百姓都逃到那半山腰，就连忙谢过蟒文关爱之意，邀请白蟒龙与自己一起回东平州，管制那里的水面，白蟒龙在这里也过得平平淡淡，想建立功业，忙答应蟒深，自己愿尽微薄之力帮助蟒深治理东平州水泊。

蟒深带白蟒龙回到东平水泊处，它们升至半空巡查了解这里的水面，见水满八百里南与微湖相连，如北面山势不连，水泊之水定会北流至太行山，那将淹没太行山以东平原大片土地，这将是人间悲剧，太行山以东都是大平原，土地肥沃，人烟稠密，自己要让水稳，不致北流成灾，定要水位降下来，不然时间一长，这水定然北浸，喷涌而出，造成灾害，女娲娘娘定不会再保自己，此时，大汶河流水滚滚不息地流入东平州水泊处，加之卧牛山九女泉之水日夜长流不息，各山泉涌流如柱，水位定然长涨不已，怎样才可得两全之法，蟒深日夜思虑不已。

白蟒龙随蟒深巡查了东平水泊面，深感责任重大，如不及时解决这八百里之水，这里必然不适应人们聚集繁衍，虽可造船捕鱼捉虾，可毕竟不如人们在山间平原陆地之间方便，收获丰富的物产才能使人们身体强壮健康，白蟒龙也在思考两全之法。这一日，白蟒龙游历于山间，思想豁然开朗，忙进蟒深龙宫向它提议，是否可加深百里水系，使这深处山石泥沙化作山陵阻水四溢。蟒深听白蟒龙建议，思想豁然开朗，随化风来到女娲娘娘庙前，向女娲娘娘报告，愿移水底之石造山岭，深建水湖于东平，女娲娘娘见它尽心尽力地想办法治理东平湖，就准许它照计施行，自己在合适的时间帮助于它，这样，蟒深就来到东平水泊，自己精心丈量，周密计算，使东平百里长宽下沉几十米，周围相继鼓起几个大山包又阻水四面八方地乱流。女娲娘娘见蟒深兢兢业业，就助它在水中起了无数的山峦、丘陵。让那滚滚流水沉降在这深湖里，使大地露出水面，便于人们耕种，使人们不至挨饿。

可是到了雨季那雨水和汶河集各支流及山泉之水滚滚流入东平州，使这里的平原水漫大地，庄稼淹没在水中，依然颗粒无收，人们只得流离失所。这时蟒深再也没有好的办法，只得带领白蟒龙邀请主要流入东平州的大汶河之主蟒汶一起来到女娲娘娘行宫报告，寻求保全之法，蟒汶介绍了自己大汶河水流只得流入东平州，这雨季加重灾情是自己无奈之举。女娲娘娘也知这里详细情况，就说东平州十年九不收，一收吃十秋的话语，蟒深、蟒汶连忙躬身而谢，从此，在东平州十年内都有一年旱涝适宜、风调雨顺，人们的收成足以吃上十年，这一年行雨龙王行雨适量，各湖、河、泉水流温顺，慢慢老百姓都寻到规律，依天时而种，从此幸福健康，生活美满，繁衍昌盛。

以上就是东平州十年九不收，一收吃十秋的故事。

（泰山挑夫搜集整理）

银山的传说

过去经常听老人说，穷金山、富银山、不太平的是梁山。银山，位于东平县。是一个十分富裕的地方。关于银山的来历，还有一个美丽的传说呢！

在很久很久以前，银山有一个姓齐的老汉，他十分的勤快，每天五更就早早地起来，然后挎个粪叉头，上山拾粪。这天晚上午夜时分，齐老汉做了一个很奇怪的梦，在梦中他家门口突然冒出一道白光，他蹑手蹑脚地走过去，推开房门，惊奇地发现门口全是闪闪发光的银子，照得齐老汉的眼睛都眯成了一条缝。“我发财啦！我真的发财啦！我可以为我娘治病啦！”齐老汉高兴地叫了起来，他在床上手舞足蹈，嘴里不停地大声叫喊着，还时不时地发出笑声。齐老汉的手重重地打在老婆张氏的脸上，熟睡中的张氏一下子被惊醒了，她一脚把齐老汉踹醒，恼怒地骂道：“你这个老不死的，做什么发财梦呢？看你高兴的那个熊样。”齐老汉虽然被老婆踹醒了，但是脸上还是挂着笑容。他急急忙忙跑到门口，打开房门一看，外面漆黑一片，哪有什么银子啊？他晃晃悠悠地边走边揉眼自言自语道：“原来是个梦啊，怎么跟真的似的呀！”齐老汉把刚才的梦一五一十地告诉了老婆张氏，张氏嘲讽道：“你真是财迷心窍了，你就是个穷鬼的命，嫁给你我是倒了八辈子霉了。银子，哼！还金子呢！要是不睡，你就给我滚出去。”“可是一个算命的先生说我今年会发财的！”“发你的财去吧！”张氏转过身后又沉沉地睡去。只剩下齐老汉一脸的苦笑。

十里八村的人都知道齐老汉是个有名的孝子，他弟兄三个，老爹死得早，只剩下老娘含辛茹苦地把兄弟三个拉扯大，又给他们三个娶了媳妇，老二和老三家过得很是富裕，可是他们嫌弃多病的老娘，便找各种借口不赡养老人，老母亲为此总是偷偷地抹眼泪。虽然齐老汉十分的孝顺，可是老母亲依然十分的担忧：一是齐老汉家穷得叮当响，两口子日子过得也是十分的紧巴，老人家实在是不愿意拖累他们；二是齐老汉又是一个“妻管严”，但好在张氏虽然泼辣刁蛮，她倒是对老人也很孝顺，就是对老二老三不养老人十分气愤，经常把怨气无缘无故地发在齐老汉的身上，老人见了总觉得是自己拖累了儿子。

齐老汉又重新躺下之后，睁着眼愣是睡不着觉。他想到了年迈的母亲，自己没让老人家过上一天好日子，自己穷得甚至都没有钱为老母亲医治已经一瘸一拐的脚！他想着等自己有钱了，一定要把母亲的脚伤治好！他越想越觉得内疚，干脆穿上衣服径直走出了家门。他挎起叉头，又拾粪去了。他刚走出家门就发现自己起得实在是太早了，四周黑咕隆咚的，啥也看不见。齐老汉心想反正是出来了，就四处走走吧！于是他在山上转悠开了，从前山转悠到后山。突然齐老汉眼前一亮，一道强有力的白光从石缝里射了出来！齐老汉以为自己眼花了，使劲揉了揉眼，突然他想到了自己刚做的梦，赶紧三步两步地跑过去一看，哎呀，我的个天哪！那道亮光不是别的，正是咕咕往外流淌的银子啊！他愣了，木桩似的站在那里一动不动，好长时间才回过神来。齐老汉心想是老天可怜自己吧，这下有钱替母亲看病了，也让老人家过上几天舒坦的日子！想到这他用粪叉头接了满满一叉头，可银子还是不停地往外冒。这时候齐老汉又想起了自己的两个兄弟，虽然他们不仁，可是自己不能不义，再说长兄如父，自己也得顾着他们。想到这他又把衣服脱下来包了满满一褂子。可是银子还是一个劲地往外淌，齐老汉想了想薅一把草把石缝堵上了！

齐老汉急急忙忙赶回家，这时候老婆张氏刚刚睡醒还没有起来，她见到齐老汉抱回来那么多银子顿时喜出望外，吃惊地问哪来的。于是齐老汉一五一十地告诉了她发现银子的经过，张氏自然是高兴得合不拢嘴，说道："你那梦还真准啊！要不咱再去接点！""这些已经够咱们用的了，做人可不能太贪心啊！"张氏一瞪眼说："屁话！快点去！"齐老汉只得带着老婆去了。可他们打着灯笼找了半天却怎么也找不到那道石缝！

日子久了，村民们慢慢地也都得知了齐老汉在后山上找到银子的事，于是他们把那座山就叫作银山！

（泰山挑夫搜集整理）

张道一的逸闻轶事

张道一，莱芜张家台村人（原属常庄乡）人，系原山张氏之先祖，明末进士，曾官至榆林兵备道。因清正廉洁、直言抗上，不久即弃官归里。晚年穷愁潦倒，死于贫病之中。在莱芜说起张道一可谓家喻户晓，他是个恬淡之人，生性豁达，诙谐有趣，不拘小节，不修边幅。关于他的逸闻轶事多不胜数，世代广为流传。

义救陈廷敬

张道一在做陕西榆林兵备道的时候，敢于为民做主，直言犯上，刚正清廉，政绩很为世人称道。

有一年，湖南举子陈廷敬进京赶考，途经陕西地面时不幸染疾，住在一家客店中养息。这客店与一举人家为邻,界墙中有一洞可以互相看见两边的情形。一天，举人的妹妹从洞中看到陈廷敬，见他生得风流倜傥，举止不凡，心中暗生爱慕之意，只是无缘接近，无由表达，不免着急。苦苦思索终得一计。于是，她装作在墙洞边洗衣，等陈廷敬从墙洞边走过时，猛地将一盆洗衣水泼过去，泼了陈廷敬一身。陈廷敬正待发作，却见一年轻俊俏的女子正瞧着自己笑，那火气便先自消了一半。只听那女子又赔礼道："不慎失手，请相公海涵。"莺语娇声，更撩动他的心弦，赶忙说："不慎失手，何足为怪？"说完就要走，那女子却又叫着他说："相公稍候，你出门在外，必然缺少换洗衣裳，我哥哥现有成衣在家，待我取来给你换上。"那女子说完回房，片刻便拿来一身新衣，从墙洞里递给陈廷敬，又叮嘱道："相公快拿去换了,免得耽搁久了着凉。"一个有意,一个有心,自此之后便常常借墙洞相会。不料此事被举人窥见，便以"行为不轨"将陈廷敬送进县牢。

陈廷敬身陷囹圄，眼看考期已近，心里着急却没有办法。身在异乡举目无亲，找谁去诉冤呢？这时候他忽然想到张道一，便即刻修书一封，将自己的冤情全部写明并托人送去。张道一拆书看后，很为陈廷敬的文才所折服，又知是举人仗势将他系狱，他本来爱管不平事，便当即赶到那里，亲自到大牢将陈廷敬放出来，并送他踏上赴京大道。临别时又对陈廷敬说：“你既同那女子有意，我愿做个月下老人，你可于大考之后来此找我。”

陈廷敬进京一举夺魁，名列榜首。随后，他赶去陕西找张道一。张道一便亲自主婚叫他与那举人的妹妹成亲。陈廷敬十分感恩于他，以后便尊他为师长。

名师脏先生

张道一看不惯官场的腐败，便辞官归里，授徒度日。他做官时廉洁清正，归里后穷愁潦倒，常常是草带束腰，破鞋露趾，不像教书先生的模样。他所教的学生也大多是穷苦人家的子弟，同他一样的破衣烂衫。地方上那些有钱有势的人都不把他放在眼里，背后叫他“脏先生”。

有一年，陈廷敬做了钦差，奉命巡察各地。到山东后，先来莱芜探望恩师张道一。他知道张道一正在开馆授徒，便叫地方领他去学馆。这里原有两处学馆，彼此相邻。那地方瞧不起张道一，便把陈廷敬领到富豪子弟读书的学馆去了。那学馆的先生见了钦差大人自然拼命巴结，阿谀逢迎之后又大摆筵席。陈廷敬不见张道一很是纳闷。刚在首席坐定，忽听隔壁有读书之声，再三追问，地方才如实相告。说那里有个脏先生，只教着六个穷学生，又脏又邋遢，故未相告。陈廷敬立即作色道：“非也，人不可貌取，唯才者为尊；学生无论穷富，皆国之栋材。”立命请脏先生相见。张道一来到后，陈廷敬即刻延为上座，口称恩师，伏地叩拜，众人都目瞪口呆，自此再不敢小瞧脏先生了。

陈廷敬又问及学生状况，张道一喟然叹曰：“惜哉！三年有余，‘也’字尚不会挑勾呢。”

翌年，山东乡试，陈廷敬为总督考，张道一所教六名学生前去应试，结果得中七名。原来邻馆一个学生见他们“也”字不挑勾便也模仿，于是也得中了。

吊孝颜神镇

康熙十三年九月，已经到了很凉爽的季节。苍龙峡这个地方平时很少有人来，这一带除了流瀑的水声和鸟儿的鸣叫声，其他就听不到恼人的声响，因此这儿的景色更显得幽静了。就在有一天，日头当空。张道一老夫子在峡畔的“乐饥斋”里喝了一点自己熬的南瓜粥,算是吃了午饭。便躺在容一个人躺的木榻上读了一会书，觉得有点烦闷，心里好像是有什么事情一般。干脆不读书，不如去钓鱼寻得一乐。自门后的墙角拿出了鱼竿和鱼篓，下得来那高高的台阶，又在园子里挖了些蚯蚓，才向鱼儿比较多的地方走去。来到水边，往水里看了看，蹲下身来，用嘴吹了吹临水边石头上的浮土，坐了下来。取了半条蚯蚓，穿在了用缝衣服的针做成的鱼钩上。鱼线不是很长，轻轻一甩，就把鱼钩搭在了水里。水很清，大点的鱼儿吃饵能看得到，并不是所谓的水清而无鱼。

就在一条鱼快上钩的时候，张道一听到身后有人喊他。听声音不像是本地人，会是谁呢？很高兴地转过头来，因为要钓的鱼快上钩了。他用力眨巴了几下昏花的老眼,才看清楚是两个健壮的后生,汗水和灰尘胡掺了一脸,身后还有两匹枣红大马。年龄稍长些的就很客气地问：“你老可是张先生？”张道一又转过头去看着他的鱼钩说：“正是老朽，因何寻我？”“回张先生，我两个是青州府颜神镇（今淄博市博山区）的,孙廷铨孙国老昨日仙逝,家人命我二人前来与张先生通报一声。”没等说完，张道一已站起身来：“前些时日，老孙还曾修书与我，这老东西怎么说不在就不在了？”正要往下说，老眼已经泛红了。接着又说：“我与老孙相交多年，既已归西，我必前去上香吊唁。不枉兄弟交往一场。”说完提起鱼竿和鱼篓就回到了“乐饥斋”。张道一把东西放好，就对那两个人说：“二位先行一步，我随后即到。”那两个就说：“张先生你的衣服……就不换一下吗？”由于张道一穿的衣服有很长时间没浆洗，那领口和袖子都放亮了。张道一低头看了看自己的衣服说：“休要多言，先到孙家通报一声，就说莱芜张道一前去祭奠！”等两个人走了，才把他的小毛驴牵了出来。

到了颜神镇，天已经黑得看不清路了。张道一进到孙府，找到管事的人就说：“我是莱芜的，你看……”还没说完，管事的一看他的穿着扮相，就随口应了一声。张道一的嘴又要张开，那管事的可能真是很忙的缘故，没搭理张道一就急忙忙地去了账房。张道一这个时候就有些生气了，忍着没吱声。自己来到伙房，伙房的人还以为他是要饭的，就要撵他，再看他的面相又不像是要饭的。张道一也不管别人说什么，找了一点吃的，垫巴了一下肚皮。夜很深了，找到管事的那个人，管事的说是没了空闲地方，结果被安排到柴房去睡一夜，好歹他一个人过惯了清贫的日子，还是忍住了。

好不容易熬到天亮，这一天正是孙国老开丧。张道一在柴房里还没起身，就听到外面有叫嚷，探耳细听，原来是为了写丧联的事情，外面的人都在酸里酸气地谦虚推让。从柴房里走出来，瞪眼一看，好多人都围着一张大桌子，还是在你推我让的。大桌子上放着文房的东西，砚台里已经磨好了不少的墨。又看了看那些人，挤到大桌子边上，高声说："都别你推我让了，还是我写吧……"还没说完，每个人的眼睛都盯在了这个脏老头身上。有一个不服气的就说了："听口音是莱芜的吧？好啊！这里就有割好的两张纸，写好便罢。写不好，嘿嘿，不但要赔纸钱，你还要爬出孙府！到时候可别怨颜神的人欺负你年纪大，如何？"张道一压住火慢慢地说："就如此！我有个条件，我先写上联，等我写下联之前，我还须喝一壶酒，吃一只烧鸡。若写得不遂众愿，我甘愿受罚。"那个管事的就说："好！那就依你。"只见张道一走到孙国老的棺材前，作了三个揖。下巴的胡子微颤了几下高声说："老孙啊，既然你先行一步，我特来与你见最后一面，别无所赠，就为你写副联吧。"又作了三个揖，红着眼圈转回身来。

他这番举动，众人丈二和尚——摸不着头脑，这个老头到底和孙家是什么关系呢？张道一提了提油得发亮的袖口，拈笔蘸了蘸墨，定了定神，铁画银钩写了七个字。字真是好字，可众人都皱起了眉头！有的还要动怒。为什么？原来张道一写的上联是“这个老头不是人”。你想，那些人能愿意吗？更包括孙国老的子侄门人。可还不好发作，还等他的下联呢，看看他怀里装的什么“枣”，等他写完了好一并与他算账，再要他当众出丑也不迟。写完这七个字，张道一就蹲在一边喝酒吃烧鸡了，众人看他那吃相，也都随着咽唾沫。张道一吃完，用手攥住袖子抹了抹嘴上的油渍，又提起了笔，凝神贯气又写完下联的七个字，众人一看都叫起“好”来，“高”“有文采”“厉害啊”“了不起”，管事的才知道此人不凡，定有来头，慌忙笑着问："只知道先生是莱芜的，怎么称呼啊？""屈屈微名，不足道也。""但说无妨，你我也算是认识一场啊！""老朽不才，我就是张道一。"众人一听，“啊呀！得罪了”“失敬、失敬”“冒犯了”，又嚷了起来，为什么都对张道一说这番话？

因为张道一曾任陕西榆林兵备道按察司副使一职，又是当今相爷陈廷敬的恩师，都听过他的大名，所以都对他另眼相看了。管事的急忙换了称呼吩咐一边的人："速速为张老爷做一桌酒席。"说完，就请张道一去另一间房里喝茶去了。喝茶的工夫，对联已经贴在了大门口。原来那对联是这样写的：这个老头不是人，西天如来佛一尊。张道一喜好闹玄，写上联的目的是为了给自己出口气，嫌孙家人没看起自己，下联是为了称赞孙国老生前的处事修为。虽不甚工整对仗，却能看出张道一的诙谐文采。往来吊唁的人看后无不叫好称奇，一打听才知道是出自莱芜张道一之手，来人早就听说过张道一的大名，都争着要认识一下这位相爷的恩师。等吊唁的拜祭完了，去寻张道一，却没找到人，原来张道一骑着毛驴已经在返回莱芜路上了。

仙逝乐饥斋

早年，苍龙峡畔有一小屋，泥墙草顶，独处孤伶。这便是张道一的“乐饥斋”。乐饥安贫，虽饥犹乐，其豁达之状可见，这也正是他人生哲学的真实写照。

有一次，陈廷敬专程到“乐饥斋”看望他。这时的张道一已是年逾古稀，贫病交加了。陈廷敬见状大动恻隐之心，忙问他有什么困难，一定满足恩师需要。张道一淡淡一笑，依然豁达地说：“上有蓝天丽日，下有青山绿水，中有不贪之心，还复何求？足矣！”他毅然拒绝了陈廷敬的一切馈赠，最后老死在“乐饥斋”中。他的尸骨也埋在了苍龙峡附近的山坡上。

（邹华搜集整理）

莱芜棋山

棋山柯烂，为明清时期莱芜八景之一，这里有一段优美的神话传说。

棋山坐落在莱沂边境。南望峰峦起伏，宛如卧牛，山阴绝壁悬崖，陡如刀削。若站在山顶极目远望，只见东、南、北三面群岭起伏，如万马奔腾，西面汶水倒流似银蛇折行。棋山有两峰，惯称“南大顶”“北大顶”。南大顶有“望海石”，立其上望，旭日东升，可见远处银光粼粼，晴空万里的早晨能看到东海旭日喷薄欲出的壮观景象。望海石西面悬崖下有一石洞，这就是民间传说的“雪蓑洞”。据说明代游士雪蓑游览棋山，修仙炼道于此洞，故而得名。棋山北大顶是棋山的额头，山顶现存有民国初年当地老百姓为防御土匪而筑的山寨遗址。

两峰之间为“棋子垭”。在棋子垭北面峰岩上，有一块重二三十吨的椭圆形砂石，酷似棋子，更有趣的是棋子石下有块平面巨石，石面上，裂缝纵横成格，形成偌大的棋盘。正是这天然棋盘，引出“棋山柯烂”的一段动人传说。

相传东晋建元年间，棋山脚下有一樵夫名叫王质，不仅夫妻恩爱和睦，而且对老人百依百顺，从不让老人生气。传说王质的老母名叫王刘氏，不惑之年便半身不遂，不但衣食住行不能料理，大小便也失禁，常年卧床不起。王质和妻子张秀芝找遍了看病的郎中，为给老人治病；跑遍了所有山坳，为老母寻药。就连给老母熬药、喂药也十分周到细心。有一次王质给老娘喂药，热了怕烫了娘的嘴，凉了怕寒了娘的胃，苦了还怕老人难咽。喂一服中药，他用嘴尝了不知多少次。在生活起居料理上，更是细心备至，他和妻子每天用温水给老娘擦身、梳头、换洗尿布、翻身、端屎端尿。在饭食上，老人想吃啥就做啥。

有一年寒冬腊月，老人想吃鱼，王质在集上没有买到，便跑到河里砸冰，摸了一条鱼拿回家。妻子将鱼开膛破肚，等鱼炖熟了，王质发起烧来，老母心疼儿子，难过得直掉热泪。从此，老母不再要鱼吃，可是王质心里有数，总是隔三岔五地将鱼买回家，尽量让老人吃上可口的饭菜。在穿戴上，冬有棉、夏有单。为了让老人睡好，王质总是细心照料，孩子们说话嗓门稍高一点，他都不允许。每到夏天，王质怕老娘被蚊蝇叮咬，天不黑，他便把驱蚊蝇的艾蒿给老人点上，夜里夫妻俩轮流给老母扇扇子、打蚊子，一直到老母睡着才关门离去。到了冬天，宁愿自己挨冻，他也要上山打柴，把娘的炕头烧得热乎乎的。在铺盖上，王质和妻子总是把里外全新的被褥让娘盖。为了不让老娘孤独，夫妻俩一有空就给老人拉呱解闷，讲些开心的故事，让老娘高兴。为了让老人舒心，每逢上山砍柴归来，王质像小孩一般趴在娘的枕头前，轻轻地喊一声“娘”，并与娘聊天。

时间长了，王质孝母的故事传遍了棋山周围的村村落落，每逢提起他孝顺老母的故事，人们便赞不绝口，可王质总把功劳归在妻子身上。他常对街坊邻居说：好儿不如好媳妇，我再孝顺，妻子若不通情达理，时常让娘生气，就是吃住照料再好，俺娘也不会幸福的。妻子张秀芝也是个求孝不求功的忠厚人，每逢王质对她说些感激话时，她总是说：“嫁鸡随鸡，夫唱妇随啊。”就是这个孝子王质，有一天，独自一人上山砍柴，来到了棋子垭。他见参天大树下坐着两位白发苍苍的老人戏棋对弈，出于好奇，便不声不响地站在二位老者背后观棋。二位老者你攻我杀，互不相让，令樵夫王质大饱眼福。观棋中，樵夫王质感到口渴，便喝了两位老人身边的一碗茶水。谁知，喝后顿觉眼前忽明忽暗，身边树木在摇动，树叶像眨眼一般，闪来闪去，一青一黄，黄了又青，青了又黄，似有白昼黑夜、春夏秋冬交替之感。王质心中感到惊奇，待他去拿斧砍柴，不料斧柄已经腐烂。

王质越想越觉得奇怪，空手回了家。一路上碰到的男女老少，乡里乡亲都不认识他。王质到了村口，怎么也找不到自己的家。原来的篱笆柴扉换成了一片青房瓦舍，唯有使他认出的是那门前竖着的石碑，上面的个别字也已看不清了。正踌躇间，门楼里走出了一位中年人，问他从何而来，他便说明了身世。那中年人端详着他，有些好奇；听了他的话，更觉得诧异。于是，走回家去翻出了一张人像图，那上面画了一位男子，跟这位樵夫一般无二。中年人告诉他，这是他老爷爷的画像。很久以前，外出砍柴一直未归，家里请画匠画了像，四处寻找，均无下落。他的老爷爷名叫王质。樵夫又让他叙述了一下家谱，樵夫一听正是自己。这时，樵夫才悟出那树叶青黄的秘密，一青一黄便是一年，那二老便是神仙。

樵夫和他的重孙子一合计，急忙上山去寻那两个仙人，谁知到了山上，人影皆无，只有那棋子静静地压在棋盘上。

（邹华搜集整理）

黄羊山传奇

莱芜钢城区腹地北部有座黄羊山，其九峰起伏，逶迤于汶河之东五六里。因其山势雄伟和传说神奇而闻名，自古有“九顶黄羊山，八宝莱芜城”之说。

相传，该山之巅有一巨石，千百年来采日月精华，得甘霖滋润，渐有灵气。忽一日，狂风大作，电闪雷鸣，巨石崩裂，金光四射，跃出一只黄羊。它每年一次西登泰山，去傲来峰食灵芝仙草，到黑龙潭饮甘泉圣水，归来后隐于一山谷洞穴之中。此山有此宝物栖息，祥云瑞雨，应时而发，山清水秀，五谷飘香，百姓安乐，黄羊山因此而得名。

却说南方有一道人，年近五十，自幼习黄老之术，颇有法力，目能视地下百尺之物，法能驱百怪诸神，可惜其心术不正。此道人常手执拂尘，携囊中法宝，周游名山大川，猎获宝物而据为己有。

一年春天，妖道沿汶河东上，来到黄羊山，顿觉此处风水非同一般。乃于夜半登上山顶，踏罡步斗，口念真言，双目凝神窥视，见金羊卧于山底。妖道贪心骤起，便欲捕获。但历数身边法器，自知不能奏效，辗转反侧，彻夜难眠。次日一早，妖道即四下寻找降羊之物。转至山南坡，见瓜田数亩，绿叶迎风，幼瓜遍地。妖道与看瓜老汉打过招呼，便沿山埂察看，只见他眼睛一亮，盯上一只梢瓜。此瓜二寸有余，竟是鲜红颜色。妖道先是惊奇，继而顿悟：南方、红色，五行中属火，时近夏日，火季将临，以火克金，势在必得。“真是天赐宝物啊！”妖道强抑心中惊喜，与老汉约定夏至这天来付钱取瓜。

妖道走后，老汉寻思此人面色阴冷，目光狡诈，不似修道行善之人，单购此瓜，到底何用？于是老汉心存戒备。夏至前一天，老汉便剪断了瓜蒂。第二天妖道如期而至，得瓜后高兴万分，竟未发现破绽。夜晚，二人便宿于瓜田茅屋中。至夜半时分，老汉假装睡熟，听妖道起身溜出，便于黑暗中紧随其后。老道拨开灌木，钻入洞中，斗折蛇行。突然眼前金光四溢，金羊惊觉而起。老汉见妖道目露凶光，口念咒语，手举火红梢瓜向黄羊击去，便一声断喝：“妖道，住手！”空洞传响，声如巨雷。老道大吃一惊，又因梢瓜摘期提前，自然功效不济，故未击中金羊要害，只是擦去小片皮毛。黑暗中金羊腾空一跃，风驰电掣而去。至山北一村附近，盘卧休息片刻，此村遂得名为盘羊沟（即今钢城区潘家庄）。

妖道恼恨不已，无暇与老汉纠缠，便挥瓜疯狂追去，至盘羊沟未得，又循血迹追到汶河北一村，探问金羊下落，后人将该村取名问羊村（即今莱城区汶阳村）。妖道得知金羊向南涉汶河而去，便去河南岸东西两村寻找，两村村民皆说难知下落，后两村被命名为东西问难村（即今莱城区东汶南村、西汶南村）。

妖道仍贼心不死，东奔西窜，昼夜打探金羊下落，终因急火攻心而死，这也是其罪有应得。金羊的传说历经千年，流传至今，到底羊去何方？有说隐于泰山者，有说西登昆仑者，众说纷纭，不得而知。听当地人说，古来就有人在山南麓的城子坡开挖金矿，那里的金子就是当年金羊身上抖落的毛发。

（汶河艄公搜集整理）

莱芜凤凰城

早年间，莱芜城不叫凤凰城。叫啥，谁也想不起来了，称它土城吧！为啥，因为它的墙是用土圈起来的，是一个不足千人的玲珑土城。城里住着些买卖人和手工业者。

麻雀虽小，五脏俱全。土城里酒店铺户齐全，买卖兴隆，远近客商往来比较频繁。到了元朝，莱芜的冶铁技术得到发展，便在土城里设冶铁监。大批冶铁工人把整个土城挤了个满满当当，只好又在城的四周搭房建舍，修造冶铁炉，土城活跃起来。

有位地理先生顺着倒流的汶河水岸，来到土城。放眼一看，顿觉心旷神怡，土城坐落有序，前依碧波荡漾的汶河水，后靠九个山头的雅鹿山，街巷纵横，有条不紊。城里男女老幼，你谦我让，相敬如宾。先生围着土城转了一圈，又顺着街巷踩了踩，认为土城人丁兴旺，百业发达，定是建在了风水宝地上。于是，急急爬上九顶雅鹿山的最高峰。他手搭凉棚，鸟瞰土城，不禁大吃一惊，只见城池为中，左右东西关为翼，南关为头，北关（城北埠、花园等村）为尾，组成一只展翅欲飞的凤凰，那凤凰的冠羽轮廓清晰，鸟嘴伸进了玉带似的汶河水。北部的几个村庄星罗棋布，组成了凤凰多彩的尾巴。时隐时现的群山，如一条腾云驾雾的苍龙，围着凤凰腾飞。看到此处，他不禁脱口说道："好一座龙腾凤舞的凤凰城。这样的天时、地利、人和，准能代代出名人，辈辈出孝贤。"

不久，一个美丽的故事就在土城里传开了。说是一只五彩凤凰栖落在了城里，带来了万道瑞气。说来也怪，此时的土城，风调雨顺，五谷丰登；倒流的汶河水，变得甘甜爽口；平常见不到的鱼，一群一群云层般地逆水而上；岸两边树丛里传出了清脆悦耳的鸟鸣，飞旋起五彩缤纷的鸟儿；城北面那座几近光秃的九顶雅鹿山，披上了绿装；小树下，草丛里，千姿百态的灵芝，长得圆顶溜溜，喜煞了人们；树上的害虫，不由自主地把自己封结起来；肆虐的田鼠，不仅不偷粮，反而四处搜集鸟畜粪便，埋在庄稼根上；就连平时让人讨厌的乌鸦，也学着喜鹊那么喳喳叫个不停。收获的季节到了，只见田里的谷子尺把长，树上的果子茶壶大，更让人惊喜的是西瓜，个个都像碌碡大。吃不尽的青菜脆生生，伸手捉住的白缝鱼，扑棱扑棱似银灯。家家户户你谦我敬，和和睦睦做营生。真个是政通人和、生机勃勃的凤凰城。自此，小城有了凤凰城的美名。

凤凰城自古就有每月三、八逢集。每到集日，方圆百里的乡民，肩担、手提土特产，起五更爬半夜，餐风饮露到城里。说是赶集，实际上是来看看传说中的凤凰。赶完集，吃完饭，人们便聚到九顶雅鹿山上看凤凰城。天长日久，把东面最高的山顶，硬是踏下去了一截。

据说逢集这一天，蓬莱八大仙人和散居在莱芜的提篮老媪、了源道人也到集上凑热闹。铁拐李卖跌打膏，吕洞宾卖剑耍把式，韩湘子说快板，汉钟离卖蒲扇，何仙姑卖鲜花，还带着露珠儿哩！提篮老媪挎着竹篮在人群里挤来挤去，问这问那。别看她脏兮兮的，神通大着哩！她的竹篮啥也能装，遇着买卖实心的人，竹篮盛水点滴不漏；遇到贪心坑人的卖主，那篮子连西瓜都盛不住，惊得一般奸人缩头藏脑，再也无心来坑人了。了源道人，穿着蓝布长袍，手持封旗，专给那些不孝儿女看相，当面点破，把那些不孝儿女个个臊得无脸见人，引得众人唏嘘、惊诧不已。更让人惊奇的是，每逢仙人来时，城内上空，祥云飞飘，离城南十几里的凤凰山上一条七色的彩虹把整个山都圈了起来。文人雅士三五结伴聚在雅鹿山魁星阁里，左手提着美酒，右手捏着炸蚂蚱，叽叽喳喳，吟诗作赋。如果赶上矿山呈瑞（九顶雅鹿山，又叫矿山，“矿山呈瑞”为古八景之一），那美景更是举不胜举。

凤凰城果真是座宝城，传说共有八宝。哪八宝咱暂且不说，仅逢凶化吉、遇难成祥这一条就够让人咋舌的。元世祖至元九年（1272）的一天，麻杆子雨从子时一直下到次日丑时，汶河水暴涨，冲毁村庄无数，唯独凤凰城安如泰山，奔涌的河水咆哮着到了城边，便风平浪静地朝下游淌去。到了至正六年（1346），连续七天的大地震，把山顶上的平石都震了下来，凤凰城里的房屋及树木却无一损坏，就连城墙的土也没掉下一点来。

凤凰城经历了千百年的风霜雨雪，养育着一代代孝子贤孙，留下了“九顶雅鹿山，八宝凤凰城”的美誉。

（汶河艄公搜集整理）

燕家庄和金井村

明朝初年，山西洪洞县的焉姓人家迁移到莱芜钢城区杨庄一带建村，叫焉家庄。后来，村里有个名叫焉星春的人，颇有才学。有一年，他进京赶考，主考大人老眼昏花，竟误把“焉”读成了“马”。发榜之后，差人来报。高喊马老爷高中了。焉星春很是生气，接过红帖子在背面写了一首打油诗：“主考大人真可气，焉马不分放狗屁。三篇文章该中举，偏得再写打油诗。”为防止今后再发生类似的事，焉家庄全族商议，决定将“焉”改为“燕”，焉家庄也就成了现在的燕家庄。

现在莱芜钢城区寨里镇的金井村原名叫黄庄。它的西边有条小河，河中有一架黑石梁，状如卧牛，平时暴露在外，只有汛期洪水才从上面流过。经过长年冲刷，石梁上留下许多形状各异、深浅不一的小石窝。

相传，很久以前的一年夏天，连日大雨，河水猛涨，水流湍急。洪水过后，江南有一风水先生路过这里，突然发现黑石梁的一个石窝里闪出道道光亮。走近一看，原来是几粒金子。他心中大喜，将金子取出，换了些钱粮。此后，风水先生便在村里胡三家住了下来。平日给人家看风水，雨季便去取些金子。这样，天长日久，风水先生逐渐富裕起来。

一日，风水先生欲回江南故乡，就对房东胡三说：“我在这里住了多年，给你添了不少麻烦，临走别无馈赠，我把石窝取金的秘密告诉你，以表谢意。”随后，把胡三引到黑石梁旁，指点金窝，交代取金的时间和方法，并再三告诫：“千万莫贪，别动金窝。”胡三自是欢喜，连声答应，并置办酒席，热情为其饯行。胡三盼金心切，好不容易熬到雨季。一场大雨过后，他按风水先生的指点，果然从石窝里取出几粒沉甸甸、黄澄澄的金子。他把金子卖掉，换了不少粮米油盐。这样连续取了两三年，胡三由穷变富。

冬去春来，转眼又是雨季。胡三贪心膨胀，暗想：若是把石窝凿大些，沉下的金子岂不更多？于是，他置风水先生的告诫于不顾，带了工具，把金窝凿成一口深大的金井。一天，暴雨过后，山洪暴发，胡三满怀希望地去捞金子。谁料，金井里淤积下来的竟全是泥沙，连一粒金子也没有。胡三贪财、弄巧成拙的故事很快在周围十里八乡流传开来。久而久之，人们也习惯地把黄庄改称“金井村”。

（汶河艄公搜集整理）

望夫山的戍妇石

望夫山又名万福山，在莱城东北二十五里处。世传有一个叫田英的少妇因丈夫久役不归，登山望久化为山，故名望夫山。

山上的戍妇石，周长十五米，高七米半。这里峰峦层叠，山势峭绝，溪流纵横，树木苍翠。望夫山峭壁突兀，巨石屹立。石上顶端，有一脚印，相传为泰山奶奶看到望夫石长得太快，有欺泰之势，便用力踏了一脚，遂从此停止长高。望夫山之所以闻名遐迩，不仅由于它雄伟浑奇的山势和迷人的风光，更重要的是有一段美丽的传说特别扣人心弦。

相传，齐宣王时期，公差奉旨征集天下民夫，修筑齐长城。圣旨下到各府县。君王一句话，差人跑断腿。府县差人如狼似虎，四处抓捕壮丁，押往北山做苦役，别说城镇上的男壮劳力没处躲藏，就连深山老林神仙到不了的地方，男子汉亦难逃这步厄运。真是人不见山长，知了不见树长。那时候这座山还小得不起眼，山顶是圆形的，像个和尚头。山脚下住着位贫苦的猎户，他在这座山上跑哒了一辈子，直到四十头上才娶了房丑媳妇，隔年添了个胖小子，取名丰良。富户添口喜煞人，穷人生孩愁上愁。

一年小，二年大，山上苦菜和粗粮糟糠把丰良养大成人。丰良五岁那年，母亲到山上挖野菜，滚下山去摔死了。从此，丰良爹又当娘又当爹，一把屎一把尿把他拉扯成人。丰良少年英俊，十八岁那年，丰良爹求亲告友，好歹给儿子说了个媳妇，选个好日子给两人办了喜事。媳妇叫田英，不仅模样长得俊，心地也和善，在十里八乡中很有名。

穷人面前一条路，步步通到鬼门关。婚后第三天，丰良被强拉硬拽赶到遥远的地方去修筑齐长城。丰良爹急得卧床不起，吃喝屙尿不能自理。生活的担子压在了过门没几天的田英肩上。她东求医西抓药给公公治病。有道是，长胳膊拉不住短命的，尽管田英费尽周折抓药熬汤，老公公还是故去了。孤零零的田英，无邻无亲无友，含着眼泪把公公埋葬在了山脚下。每天给老人守灵，直到百日。真是秋霜偏打过冬草呀！

在一个大雪纷飞、北风呼啸的夜晚，田英梦见丈夫，在那蜿蜒起伏绵亘的群山之中，冒着严寒，搬运石料，修筑长城。丈夫夹杂在一群苦役队中，衣衫褴褛，骨瘦如柴，胡须毵毵，面带病容，饥寒交迫之惨状，令人不忍目睹。一觉醒来，回想梦境，万分凄凉。再想这世道黑暗无光，这家境一贫如洗，本指望与丈夫共度饥寒，白头偕老。谁料想，被迫分离，相隔千里，备受熬煎。于是盼夫之心，急不可耐。

她每天都爬到屋对面的圆山上，朝丈夫被押走的方向翘望，盼着丈夫早点回来。春夏秋冬，风雪雨霜，年复一年，田英天天如此，从不间断，到头来一直没见到丈夫的身影。她失望了，在流尽最后一滴相思泪之后，身体逐渐化成了一块人形石头，后人称她为成妇石。

人们被田英的行为所感动，给圆顶山取名“望夫山”。后来，人们又根据字韵称其为“万福山”。百姓捐资修筑了“万福寺”，日夜香火旺盛。

（汶河艄公搜集整理）

范仲淹与邹平的不解之缘

邹平，古名长山，是宋代著名政治家、文学家范仲淹的第二故乡。他的“先忧后乐之志”（《宋史》语），以及“不以物喜，不以己悲”，“居庙堂之高，则忧其民；处江湖之远，则忧其君”（《岳阳楼记》）等名言，世代相传，至今人们仍敬慕不已。

范仲淹，入仕为官四十年，足迹遍布大半个中国，“在州县为能吏，在边境为能将，在朝廷为良相”，他的文采与政治才能同样出色，被朱熹赞为“天地间第一流人物”。然而，在入仕前，范仲淹在山东淄州长山县（今邹平长山镇）度过了他的青少年时期，与长山结下了一生之缘。

随母改嫁，一心向学

范仲淹的曾祖曾任吴越中吴节度判官，祖上三代都在吴越王钱氏手下做官。范仲淹的父亲范墉随吴越王归顺了宋朝，任武宁军节度掌书记，是一个掌管文书信札等工作的小官。范墉早年丧妻,续娶了谢氏,宋太宗端拱二年（989）八月二日，范仲淹出生在武宁军（今江苏徐州市）节度官邸。范仲淹两岁那年，范墉不幸病逝,谢氏护送丈夫的灵柩回到家乡平江府（今苏州吴县）安葬。由于范墉为官清廉，家无积蓄，孤儿寡母生活无着，虽有乡亲邻里的接济，但也不是长久之计。这年，在平江府做推官的朱文翰新丧妻室，经人介绍，谢氏带着四岁的儿子改嫁给了他，从此,范仲淹改姓朱,名说（同“悦”)。朱文翰带着范仲淹母子先是在平江府任上，不久，调去汴京。范仲淹少年时，曾随继父宦游过一些地方。

景德末年（1007)，朱文翰辞官回家，范仲淹与母亲谢氏也随继父回到长山。朱家兄弟姐妹多，又都年幼，继父也日渐年老，母亲谢氏就想让范仲淹学些商贾技艺，赚钱补贴家计。虽然很想读书，但范仲淹也不愿违背母亲意愿，就在继父的安排下到一家店铺学徒。干了一个多月，范仲淹就因看不惯商人的虚伪奸诈，回到家中请求母亲允许他继续求学。继父知道后，非但没有责怪他，反而夸奖范仲淹的志向，支持他继续读书。

当地学塾已经不能满足范仲淹的求知需求。一天，县城里传出消息，说长白山醴泉寺从京城来了一位高僧，不但德高望重，而且博古通今，学识渊博，于是范仲淹决定进山求学。长白山位于邹平、长山、淄川、章丘四县交界处，范仲淹赶了五十多里路，终于在醴泉寺见到这位高僧。一番攀谈后，高僧对这名志趣远大、谈吐不俗的青年产生好感，决定收留他在寺中读书。

范仲淹在醴泉寺读书时，一天在寺外的荆林处看见一只大老鼠窜进一个大洞里，他追踪前去，却发现洞的深处有两大窖池，一个窖池中藏有满满的一池金锭，一个窖池中藏有满满的一池银锭。仲淹暗暗称奇，但觉得这是不明之财，自己虽贫苦，却分毫不能动，于是便转身离开了大洞。

然而朱家家境日渐拮据，范仲淹不愿给家里增加压力，他经常是每天只煮一碗粥，等粥凉了，把粥划为四块，撒上点盐和菜末，再拌上点醋，早晚各吃两块，这就是“划粥断齑”的来源。到后来，范仲淹刻苦的精神不仅感动了欣赏他的高僧，连寺院的住持都被他感动，每天送给他四个饼子。进山求学的第一年，正遇上县里科举考试，范仲淹去应试，被举为学究，大约相当于后来的秀才，范仲淹在县里名声大振。范仲淹在醴泉寺读书的第三年，继父因病去世。办理完继父的丧事，范仲淹回到寺庙中，高僧鼓励他去全国闻名的应天府书院求学。

进士及第，上书复姓

真宗大中祥符四年（1011）秋，二十三岁的范仲淹来北宋四大书院之一的应天府（今商丘）书院读书。应天府书院当时的执教者均为书院的名师，再加上应天府书院是免费的，学生多为贫寒好学之士，从而形成了刻苦严谨的学风。

在这种良好学习氛围的熏陶下，胸怀壮志的范仲淹求学之志甚坚，以颜回自比，“昼夜苦学，五年未尝解衣就枕”。“冬月惫甚，以水沃面；食不给，至以糜粥继之。人不能堪，仲淹不苦也”。苦学五年之后，大中祥符八年（1015），范仲淹进士及第，任广德军（今安徽广德）司理参军，从此踏上仕途。

因为在去应天府之前，范仲淹已经得知了自己的身世。到了广德，范仲淹先对政务作了些安排，就回到了淄州长山县。他拜见了朱氏长辈，向朱氏族众和乡亲们对自己的养育关照表示感谢，又对朱氏诸兄弟作了一番安排后，便将母亲接往广德。

大中祥符九年（1016）冬，范仲淹游览广德的太极洞，亲手题写了“玺然岩”，署名仍为“宋进士朱说”，此遗迹至今保存完好。天禧元年（1017），范仲淹迁文林郎，改集庆军节度推官，时年二十九岁的他，决意复姓更名。

与母亲商议后，他上书朝廷，提出了复姓改名的请求。在奏表中，范仲淹引用了范蠡、范雎的故事，说：“名非霸越，乘舟偶效于陶朱，志在投秦，入境遂称于张禄。”经朝廷批准，进士朱说正式更名为范仲淹，字希文。不仅实现了少年时“自立门户”的心愿，也立下了“以天下为己任”的凌云壮志。

书信往来，不忘朱氏

然而，对长山，对朱氏，范仲淹是怀有深厚感情的。原《长山县志》《范仲淹传》记载，范仲淹“性至孝，虽改姓还吴，仍念朱氏顾育恩，乞以南郊封典，赠朱氏父子太常博士，朱氏子弟以荫得官者三人……”“在孝妇河南置义田四顷三十六亩以赡朱族。”

居官后，范仲淹与长山朱氏一直有书信往来，《范文正公全集》尺牍卷与朱氏的十五封信中可以看出范仲淹与朱氏兄弟子侄的深厚情谊和亲密关系。信中提到了“秀才三哥”“朱侄秀才”“五娘儿”等并表示关切，同时再三叮嘱侄子们要“温习文字，清心洁行，以自树立。生平之称，当见大节，不必窃论曲直，取小名招大悔矣。”

五十岁那年，他徙润州，途中，将妻子李氏的灵柩停放在瓜州寺中，曾写信给朱氏子侄，信中说“六婶（范仲淹在朱家排行老六）神榇且安瓜州寺中，悲戚！悲戚！”五十七岁时，范仲淹在邓州任上给朱氏子侄的信中详细介绍了他在邓州情况。

宋仁宗皇祐三年，六十三岁的范仲淹“以户部侍郎知青州”，赴任途中，他专程绕道长山县，长山父老迎接于城西十五里处。范仲淹轻车简从，下车参拜故乡父老，并赋《留别乡人》一首：“长白一寒儒，荣归三纪余。百花春满路，二麦雨随车。鼓吹罗前部，烟霞指旧庐。乡人莫相羡，教子苦读书。”

感念前恩，窖金赠僧

范仲淹曾经读书的醴泉寺在二十年后突遭大火，寺院几乎被火烧光。曾送饼子给范仲淹的住持一心想修复寺院，但身无分文，苦闷中想起了时任陕西都部署的范仲淹，于是立即打点行装，一路化缘西行，跋山涉水直奔陕西而去。

范仲淹见到老僧后十分亲切，待若上宾，嘘寒问暖，关怀备至，并且尽量抽出时间与老僧交谈。老僧住了些日子，见范仲淹与士兵同吃同住，同甘共苦，生活十分俭朴，向他求助的意思实在难以开口。又住了几天，老僧便提出回寺，范仲淹因为边事十分繁忙，也没有强留。临行，范仲淹取出一包茶叶相赠。

老僧回到醴泉寺，感到千里迢迢去看望这位当年的穷书生，临归时仅送给他一包普通茶叶，心里不是滋味，回到寺里随便放在一边，也没在意。

长山知县听说醴泉寺老僧晋见范公回寺，专程从县城前来看望。于是老僧拿范仲淹给他的那包茶叶招待知县，打开茶包一看，里面有范公的一封亲笔信，里面写着："荆东一池金，荆西一池银。一半修寺庙，一半斋僧人。"住持立即派人去刨，果然刨出一窖黄金和一窖白银。寺庙重修后，余下的钱购置了三百多亩庙田，住持感念范仲淹恩德，便在寺庙旁建了一处范仲淹读书堂。

范仲淹去世后，僧人们在读书堂前竖起了一块石碑，镌刻"范文正公读书处"，后又陆续修建了范公祠、上书堂、下书堂等建筑，如今这些已经成为古迹名胜。

（大河草堂搜集整理）

白云山学仙记

很早很早以前，白云山顶上有一位老神仙。他除了驾着一只白鹤或骑一头梅花鹿云游四海外，平时只在山上苦苦修行。他炼成的仙丹，凡人吃一颗，就能祛病延年；吃两颗，便可得道成仙。因此，附近村子的人，都想拜他为师，修炼成仙，老神仙也十分开明，凡是前来拜师的，都一概收留，但不知为什么，从没听说有学成的。

却说这一天，正是秋高气爽的好天气，从外乡又来了三位访仙修行的人。这三位结伙而来，到得山下，便探问神仙消息。经人指点，他们径直来到老神仙的住处。老神仙正在蒲团上闭目打坐，三人不敢惊动，只在门外屏声恭立。半晌，老神仙才睁开眼，看见他们仨，便笑道："喜鹊绕门飞，便有客登门。不知三位到此何事？""回大仙的话，弟子三人前来拜您为师，诚心修炼，望大仙大发慈悲，收留我们。"三人跪倒地上，不肯起来，三双眼睛，一齐定定地望着老神仙。"哈哈哈！"老神仙听罢，禁不住仰天大笑，并随口唱道："神仙好，神仙好，撇下娇妻卧荒草；神仙态，神仙姿，脱下绫罗披蓑衣；神仙乐，神仙乐，饥餐石头当馍馍。这般好处你们受得了吗？"三人早听得老神仙功行满道德高，法力无边；如今又眼见他的鹤发童颜，仙风道骨，且谈吐不俗，早佩服得五体投地，三人异口同声地说："受得了！"

谁知老神仙却像没看见他仨跪在地上似的，左手捻着两胡须，右手从一块青石板上拿过一块河卵石吃起来，就像吃甜瓜、鸭梨那么脆生，说：“神仙好当，苦修难熬，半途而废，枉费辛劳，倒不如……”“师傅不必多虑，今天我们三人跟定了您老人家。您一日不收，我们跪一日，您一月不收，我们跪一月；您一年不收，我们就跪一年。师傅不收俺们，俺们就永远不起来了。”“好吧，我暂且收下你等三人，不过，修行学道，苦不堪言，你们……”老神仙说到这里，笑而不语，只是一个劲地用手捻着下巴上的银丝。“只要师傅肯收下我们做徒弟，苦，我们能吃；累，我们能受。”好容易拜在神仙名下，这三人岂能放过！“中！不过俗话说得好：师傅领进门，修行在各人。其中奥妙，自参自悟，也许三早两晚，也许十年八载。得道成仙，谈何容易！”“请师傅放心，千难万难，知难而进，再难俺们也不怕！”“好，我收下你们。”老神仙一撩齐胸银须，满脸都是喜意，“徒儿听偈：虚心、巧心、恒心，三心凝成灵心；灵心一点通仙境，草青柳绿花开新。你等三人，素有仙缘，要想得道并非难事，只需遵偈而行，便成正果。”三人叩头而起，垂手侍立。只见老神仙从道袍里摸出一个花骨朵，对三人说道：“从今日起，你等三人支锅生火，何时将它煮开花，你等也就功德圆满，得道成仙了。”三人上前接过花骨朵一看，愣住了：“这哪里是花骨朵，分明是花骨朵形状的青石块！这石头怎么能煮开花呢？”但这是心里话，谁敢出口！他们嘴上齐道：“谨遵师命！”说罢三人就要出屋去煮青石。“慢！”老神仙好像并没有看出三人的为难，“煮这花骨朵，须将玉皇庙前的石香炉为缸，注入山腰水帘洞的清水，再将山坡后花园的金针花为柴；若是柴不够，就以腿为柴。”“啊！……”这三人听了都失声叫道。老神仙却又撩起银须，眯起眼睛，口中念念有词，仿佛面前并不存在这三人似的。三人交换了一下眼色，退了出来；又一想，刚才师傅吃的东西，就跟这青石花骨朵一样，心里稍许踏实了些。

却说这三人按师傅的吩咐，一个在炉前看火，一个到水帘洞提水，一个到后花园采金针花。三人想：反正这是师傅吩咐的，神仙还能骗人？既然师傅说煮得开，就一定能煮得开。整整煮了七七四十九天，那花骨朵还真咧开了嘴，这三人心里别提有多高兴了。谁知火好烧，水好提，柴却难打。别看后花园的金针菜成片成片的，花儿似乎开不完、采不尽，可这毕竟不是当菜吃，要采来晒干烧火，却显得太少了。眼看石头花骨朵不断开大，火势却弱了下去。怎么办？难道还真的把腿去当柴烧吗？要烧先烧谁的腿呢？

这三人本来同心协力干得挺带劲，这会儿却推让起来。烧火的说打柴的无能，打不来柴应先烧他的腿。打柴的也不傻，说谁管烧火就得先烧谁的腿。打水的见他俩争得不可开交，不由得想起了师傅的话：虚心、巧心、恒心……

他看了看在锅里的石头花骨朵，开得差不多了，而炉子里的火却乏了，就一咬牙，把腿伸进了火里，那火苗子一下子就蹿了起来；另外两人见了，咧着嘴，丝丝地直抽凉气。就在这一刹那，奇事出现了，只听啪的一声，石香炉里迸出一道金光，耀得人睁不开眼。等到金光散尽，朝锅里一看，嘿！那朵石头花已经大开了，与真花没有两样。三人的心里也乐开了花，神仙是当定了。三人正兴高采烈，不料天上飞下来一只大老雕，叼起那朵花就飞了。不知是石头沉，还是老雕力气小，反正它飞得不高也不快。三个人那个急劲就没法提了。好容易煮开了石头花，却被这恶鸟叼了去，这下子怎么向师傅交代？受尽千辛万苦，眼看就要得道成仙了，想不到被这恶鸟毁了。追！三人一齐奋不顾身撵了上去。老雕在天上吃力地飞，三人在地上拼命地撵。气喘了不能歇，腿酸了不能停，脚破了咬咬牙。一直撵了三天三夜，也不知到了什么地方。三人简直累瘫了，再看看天上的老雕，也是飞得有气无力的。

苦归苦，累归累，神仙可不能不当，三人仍然拼了命地撵。眼看就要撵上了，一条大河横在眼前，老雕扑闪扑闪翅膀，飞过去了。三人这回真急了，往远处望望，既无船又无桥；往近处瞧瞧，漩涡一个连一个，实在过不去。怎么办？打柴的先泄了气，烧火的也散了架，打水的烧了腿，又跑了这些路，也早已精疲力竭，可他不甘心，“扑通”一声跳进水里，豁上命也要过去，抢回石头花。说也奇怪，他没沉底，也没被冲走，却像在平地上一样，“咚咚咚咚”，贴着水面跑了过去，一把逮住了那飞不动的老雕，夺回了石头花。

河这边两人一看，前边早已没有什么老雕的影子，只有老神仙一手托着石头花，一手拉着打水的徒弟，笑眯眯地在说什么。这一看真比吃药还灵；泄气的鼓了气，散架的有了劲儿，都一骨碌从地上爬起来：师傅，师傅，等等我！他们喊着，奋不顾身地往河里跳去。只听得“咕咚，咕咚”两声响，两人都摔在了地上。哪里还有什么大河，只有一根白线横在地上，两人只摔得爬也爬不起来。

老神仙朝这边一摆手，白线化作一只白鹤飞到老神仙身边，师徒两人骑上白鹤，飘然升天了。“师傅——师傅——师傅——”剩下的两人在地上连滚带爬，大声呼喊，可是仙鹤驮着老神仙师徒俩早飞远了。

（汉林搜集整理）

FU LU

附录

千字话山东

山东，又称“齐鲁”。齐鲁是西周在今山东地区建立的两个最大的封国，对后世影响很大，号称“齐鲁文化之邦”。直到今天，“鲁”仍是山东省的简称。

山东的地理名称始于战国时期，当时泛指太行山以东的地区。山东作为政区名称，始于金代，明朝设山东布政使司（当时包括辽东、北京、天津及河北），清初设置山东省，“山东”才成为本省的专名。到康熙年间，耕地达到九千余万亩。

山东境内地形中部突起，鲁中南为山地丘陵区；东部半岛大部是起伏和缓、谷宽坡缓的波状丘陵，为鲁东丘陵区；西部、北部是黄河冲积而成的平原，是华北平原的一部分，为鲁西北平原区。鲁中南山地丘陵区位于沂沭大断裂带以西，黄河、小清河以南，京杭大运河以东，是全省地势最高、山地面积最广的地区。主峰在千米以上的泰、鲁、沂、蒙诸山构成全区的脊背。鲁东丘陵区位于沭河、潍河谷地以东，三面环海。海拔七百米以上的崂山、昆嵛山、艾山等山峰耸立在丘陵地之上。

山东自古就是中国政治、经济、文化中心地区之一。公元前21世纪夏朝时期，东夷各部族就活跃在山东地域。商朝（约前17世纪—前11世纪）早期的活动中心在今山东西南部。春秋战国时期（前770—前221）著名的齐、鲁两国是西周（约前11世纪—前256）在今山东境内最大的诸侯国。

山东境内还有其他许多小一些的诸侯国，仅见于《左传》的就有五十五国之多，其中疆域及影响较大的有莱、莒、邹、滕、曹等国，它们后来多被齐、鲁两国并吞。进入战国时代，齐国成为七雄之一；而今日山东的大部分地区都由齐、鲁两国拥有。及至公元前221年，齐国成为最后被秦国吞并的诸侯国。

在齐鲁大地上，不仅存在着从八千年前的后李文化到北辛、大汶口文化，再到龙山文化直至距今四千年左右的岳石文化这样一个在文化传统演变上一脉相承又相对独立的文化谱系，而且发现了距今五千年左右众多的城堡遗址和标志着文明发展程度很高的图像文字、陶文以及生产的大量精妙绝伦的蛋壳黑陶及各种手工饰品。

齐鲁文化是先秦时期齐鲁国地盘对照至今山东形成和发展的一种地域文化，包括道家文化、兵家文化、法家文化、墨家文化以及阴阳、纵横、方术、刑、名、农、医等。其中最核心的是儒家文化。齐鲁文化的渊源，应追溯到距今五千年以前聚居在齐鲁之地的古老民族——东夷族的发展。自20世纪以来，大量史前考古发掘出的文物和数千遗址证明这是一个文化发达早、文明程度高的民族。据说三皇五帝中的舜帝和大禹都曾生活在山东。孔子、孟子、左丘明、孙武、孙膑、诸葛亮、王羲之、黄巢、李清照、辛弃疾、戚继光、蒲松龄等，都是山东人，孔子创立了儒家学说，孙子是兵圣，王羲之是书圣。

（平起伟整理）

山之东　何止一

九曲黄河横东西，巍巍太行纵南北。

也不知什么时候，一个山西人翻过了一座山，叫太行山，渡过了一条河，叫黄河，终于有一天来到了山东地，在小酒馆里，沏上茶，煮上酒，点上菜，他要见山东的一个好朋友，拱手谦让道，两座山碰不到一块，而两个人可以相聚，于是他们就有滋有味地聊起了山东。

山西人说："山之东，了不起，一山一水一圣人。"山东人问："哪三个一？"山西人说："一山即泰山，一水乃趵突泉，一圣人为孔子。"

山东人性子急，一拍大腿，快言快语直截了当顶了上去，"你是不识数，还是孤陋寡闻？山之东，岂止一个？"山西人像被一口老陈醋猛呛了一下似的，心想，莫非说错了话？山东人见状又哈哈大笑起来，此刻山西人环顾了一下四周，感到一头雾水，就更加茫然不解了。

这时，山东人品了一口茶，就开始侃侃而谈，打开了话匣子，如数家珍，一一道来。他说，咱就从大的方面来看，我们山东是两国、两山、两海、两河、两湖、两水、两圣人！

两国：就是齐国和鲁国。齐国国都在临淄，鲁国国都在曲阜，山东素有齐鲁之邦之说。

两山：就是泰山和崂山。李白曾有诗曰：泰山虽云高，不如东海崂。

两海：渤海和黄海。古代也曾合称为东海。自元朝以后，渤海的名称一直沿用至今，而黄海的名称自清末开始使用到现在。

两河：黄河和大运河。黄河在山东入渤海。山东段的大运河是元代修的。

两湖：大明湖、微山湖。

两水：趵突泉和崂山神仙水。

两圣人：孔子和孙子。也就是鲁国曲阜的文圣孔夫子，齐国乐安（现惠民）的武圣孙武子。一个写了《论语》代表作，一个著《孙子兵法》代表作，名扬天下，代代相传。当然山东还有很多圣，如书圣、农圣、医圣、词圣、工圣、智圣、算圣等等。纵横天下大成者乃孔子、孙子，一文一武。

古言道：文武之道，一张一弛，治国安邦，文韬武略，齐鲁集大成。山东人说到这里，送出去一个自豪得意的目光。山西人说，原来是这样，服了，服了，真是服了，我先敬你一碗酒！接着山东人挽起袖子，双手举碗过头，喊道：山之东，何止一！你我相隔太行山，东西一碰就得干！

（波宏整理）

HOU JI

后记

光阴飞逝，岁月不居，历经九载春夏秋冬、寒来暑往，我们编撰团队终于完成了《聊关东》《聊胶东》《聊山东》三部民间故事集。可是天有不测风云，人有旦夕祸福。谁能想到，在《聊关东》出版发行之后，不幸连续袭来。2018 年，副主编孙茂乐同志病逝。我们坚持把《聊胶东》编撰完成并出版，在面向读者的同时，也是对这位曾经在农村任过多年党支部书记、热爱乡土文学老者的最好纪念。随后，我们又马不停蹄地投入到搜集整理工作中，准备编撰《聊山东》。可是又万万没有想到，更大的打击降临，我们团队的发起组织人、主编，青岛市政协原主席孙德汉同志，于 2020 年 9 月 11 日病逝。噩耗传来，我悲恸地号啕大哭，每每夜半醒来，辗转反侧，难以入眠，往往披衣起坐，遥望窗外星空，情不自禁，执笔写下一些缅怀他的诗文。

德汉同志是我宦海生涯的崇拜者，是三十多年前在蓬莱县委（后来撤县改市）领导班子的班长，三十多年的相识相知相惜，在老来退休后，共同的文学爱好、共同的理想情操、共同的文化自信和文化自觉，我俩相约黄海之滨，探讨着如何利用自己可以支配的休闲时光，把千百年来口口相传的民间故事，搜集整理成文字，为民间文学得以永久流传而尽绵薄之力。德汉同志是我们这个编撰团队的主帅，他的病逝，使团队失去了主心骨。《聊关东》与《聊胶东》已经出版发行，还剩下《聊山东》，怎么办？我们三位副主编凑在一起商议，“行百里者半九十”，不能半途而废，功亏一篑，一定要再接再厉，把“三聊”的最后一聊编撰出来。可是“屋漏偏逢连阴雨”，2020 年 11 月 9 日，副主编权锡铭同志不幸病逝，这位曾经的山东省首批对口援藏干部，一生勤奋笔耕不辍，他是我们这个编撰团队的干将，这可怎么办？我与另一位副主编胡其华商量，无论如何，也要把“聊三东”编撰完成。因胡其华还受聘于福山区史志办，分不开身，这项工作责无旁贷地落在我的肩上。

经过不懈的努力拼搏，现在终于将《聊山东》编撰完成并出版，实现了德汉同志生前策划编撰“聊三东”民间故事集三部曲的夙愿，可以告慰德汉同志的在天之灵，我问心无愧。至于编撰的宗旨、编撰的过程，我已经在《聊关东》和《聊胶东》的后记里讲过，在此就不赘述了。庆幸的是德汉同志在 2020 年 3 月就把前言写好，这也是他“只争朝夕”的一贯工作作风。他还用笔名写了《千字话山东》和《山之东 何止一》两篇高度概括山东省人文风物的短文，很有风趣，特作为附录，以飨读者。

正如德汉同志所言，我们这些老伙计们做这些事情，是为弘扬和传承中华优秀传统文化贡献一点力量。在此过程中，大家不辞辛劳，广征博采，孜孜以求；同时，来自各界的朋友热心鼓励，献计出力，提供素材，予以指导，给了我们很大的信心和力量。在这里，谨向这些民间故事传说的创作者、搜集者、整理者，向关心帮助本书编撰出版的各位同人和有关单位表示衷心的感谢！

各位方家和广大读者：山东太大，聊口太小，难以聊全，更难聊好，错误难免，纰漏不少，盼望指正，多多指教。

值此《聊山东》出版之际，让我们共同缅怀主编孙德汉同志。

胡其林

2024 年 3 月